I0706161

VÍCTOR HUGO

LOS MISERABLES

(TOMO II)

astria

LOS MISERABLES
(Tomo II)
Víctor Hugo

©Astria Ediciones
Diseño de portada: Andrea Rodríguez—Lilyana Gálvez
Supervisión Editorial: Óscar Flores López
Administración: Tesla Rodas y Jessica Cordero
Levantamiento de texto: Zona Creativa
Director Ejecutivo: José Azcona Bocock

Primera edición
Tegucigalpa, Honduras—Junio de 2024

UNA OBRA QUE NO DEBE FALTAR EN TU LIBRERO

Traición, venganza, intrigas, maldad… Pero también hay bondad, solidaridad, esperanza, justicia. Aún en medio de los sentimientos más oscuros, la fe, el amor y la esperanza son rayos de luz que iluminan el mundo.

En esta obra, Víctor Hugo también nos señala que todo hombre merece una segunda oportunidad, como ocurre con Jean Valjean, expresidiario convertido (una vez en libertad) en el dueño de una fábrica y, posteriormente, en alcalde.

Valjean había sido enviado a la cárcel acusado del robo de pan para alimentar a sus siete sobrinos.

La cárcel lo convertiría en un ser rencoroso, amargado, con deseos de vengarse de la sociedad…

Cuando queda en libertad, Valjean vuelve a cometer otro delito: le roba los candelabros al generoso monseñor Myriel, quien le ha extendido generosamente su mano.

Pero, en lugar de denunciarlo, monseñor perdona a Valjean, y a partir de ese momento comienza un cambio radical que borra en él todo rastro de resentimiento.

¿Aquí terminan los problemas para Valjean? Pues no. El "cabal" inspector Javert descubre por casualidad que el honorable alcalde oculta un secreto del pasado que podría llevarlo a la ruina.

Y hay razones para ellos, pues tiene una hija, la bella Cosette.

A partir de entonces se inicia una despiadada persecución del representante de la ley por "hacer lo correcto".

Las guerras, las revoluciones, los fusilamientos, la caída de Napoleón, también están presentes en Los Miserables.

ASTRIA Ediciones publica este clásico de la literatura universal, una obra inmortal, en dos tomos.

¿Qué les pareció el Tomo I? ¿Están de acuerdo con la actitud del inspector Javert? ¿Merece Jean Valjean una segunda oportunidad?

Si la primera parte le pareció emocionante, espere a que lea la continuación de Los Miserables, una de las obras literarias más vendidas de la historia…

Óscar Flores López
Editor COLECCIÓN ERANDIQUE

JONDRETTE CASI LLORA

El cuchitril estaba tan oscuro que a quienes llegaban de la calle les daba, al entrar en él, la impresión de estar entrando en un sótano. Los dos recién llegados anduvieron, pues, con pasos titubeantes, ya que apenas si veían unas formas inconcretas alrededor, mientras que los ojos de los moradores de la buhardilla, acostumbrados a ese crepúsculo, los veían y examinaban a la perfección.

El señor Leblanc se acercó, con aquella mirada suya, bondadosa y triste, y le dijo al señor Jondrette:

—Caballero, en este paquete tiene prendas de vestir nuevas, medias y mantas de lana.

—Nuestro angélico benefactor nos colma —dijo Jondrette, haciendo una reverencia hasta el suelo.

Luego se arrimó a su hija mayor y le dijo al oído, en voz baja y a toda prisa, mientras los dos visitantes miraban detenidamente aquella vivienda lamentable:

—¿Qué te decía yo? ¡Ropa! Y de dinero, nada. ¡Todos son iguales! Por cierto, ¿cómo iba firmada la carta de este viejo imbécil?

—Fabantou —contestó la hija.

—El artista dramático; bueno.

Bien hizo Jondrette en preguntarlo, porque en ese preciso momento el señor Leblanc se estaba volviendo hacia él y le estaba diciendo con esa cara de andar buscando el nombre de alguien:

—Veo que es usted muy digno de compasión, señor…

—Fabantou —respondió con presteza Jondrette.

—Señor Fabantou, sí, eso es, ya me acuerdo.

—Artista dramático, caballero, y que tuvo sus éxitos.

Llegados a este punto, a Jondrette le pareció que era el momento de hacerse con el «filántropo». Exclamó con un tono de voz en que había a un tiempo vanagloria de saltimbanqui de feria y humildad de mendigo del camino real: «¡Alumno de Talma, caballero! ¡Soy alumno de Talma! La fortuna me sonrió antaño. Ahora, ¡ay!, le ha tocado el turno a la desgracia. Vea, bienhechor mío, no tenemos ni pan ni fuego. ¡Mis pobres chiquillas no tienen fuego! ¡Mi única silla tiene roto el asiento! ¡Un cristal roto! ¡Con este tiempo! ¡Mi esposa en la cama, enferma!».

—Pobre mujer —dijo el señor Leblanc.

—¡Mi hija herida! —añadió Jondrette.

La niña, distraída con la llegada de los extraños, estaba mirando a «la señorita» y había dejado de llorar.

—¡Llora! ¡Berrea! —le dijo Jondrette por lo bajo.

Y, al mismo tiempo, le dio un pellizco en la mano enferma. Todo ello con destreza de prestidigitador.

La niña puso el grito en el cielo.

La joven adorable a quien Marius llamaba, en su corazón, «su Ursule», se acercó rápidamente.

—¡Pobrecita niña! —dijo.

—¡Vea usted, mi encantadora señorita —continuó diciendo Jondrette—, le sangra la muñeca! Es un accidente que le ocurrió trabajando en una máquina para ganar 30 céntimos diarios. ¡A lo mejor hay que cortarle el brazo!

—¿De verdad? —dijo el anciano caballero alarmado.

Arreciaron los sollozos de la niña, que se había tomado en serio la frase del padre.

—¡Ay, sí, por desgracia, benefactor mío! —contestó Jondrette.

Llevaba unos momentos mirando fijamente al «filántropo» con una expresión rara. Mientras hablaba, parecía pasarle revista con mucha atención como si estuviese intentando hacer acopio de sus recuerdos. De pronto, aprovechando que los recién llegados le estaban preguntando a la niña con mucho interés por la mano herida, se acercó a su mujer, que estaba en la cama con expresión abatida y alelada, y le dijo con vehemencia y en voz muy baja:

—¡Fíjate bien en ese hombre!

Luego, volviéndose hacia el señor Leblanc, siguió lamentándose:

—¡Fíjese, caballero, no llevo encima más que una camisa de mi mujer! ¡Y toda rota! ¡En pleno invierno! No puedo salir porque no tengo levita. Si tuviera una levita, la que fuera, iría a ver a la señorita Mars, que me conoce y me tiene mucho cariño. ¿Sigue viviendo en la calle de La Tour-des- Dames? ¿Sabe, caballero? Actuamos juntos en provincias. Compartí con ella los laureles. ¡Célimene me ayudaría, caballero! ¡Elmire le daría una limosna a Bélisaire! Pero ¡no! ¡Nada! ¡Y ni un céntimo en casa! ¡Mi mujer enferma y ni un céntimo! ¡Mi hija peligrosamente herida y ni un céntimo! Mi esposa tiene ahogos. Es cosa de su edad, y además se ha metido por medio el sistema nervioso. ¡Necesitaría cuidados, y mi hija también! Pero ¡el médico! Pero ¡el boticario! ¿Cómo los iba a pagar? ¡No tengo un ochavo! ¡Me arrodillaría delante de una moneda de diez céntimos, caballero! ¡A esto han llegado las artes! ¿Y sabe usted, mi encantadora señorita, y sabe usted, mi generoso protector, saben ustedes, ustedes que respiran virtud y bondad y que perfuman esa iglesia donde los ve a diario mi pobre hija cuando va a rezar…? Porque yo crío a mis hijas religiosamente, caballero. No he querido que entrasen en el teatro. ¡Ah, las muy tunas! ¡Que no las vea yo desmandarse! ¡No soy hombre que se ande con bromas! ¡Menudas melopeas les suelto sobre el honor, la buena conducta y la virtud! Pregúntenles. Tienen que andar derechas. Tienen un padre. No son de esas desdichadas que empiezan por no tener familia y acaban por casarse con el público. De ser señorita Nadie pasan a ser la señora de Todo-el-mundo. ¡Por Dios vivo! ¡En la familia Fabantou nada de eso! ¡Tengo mucho empeño en educarlas virtuosamente, y que sean honestas, y que se porten bien y que crean en Dios! ¡Por Cristo! Pues mire, caballero, mi digno señor, ¿sabe lo que va a ocurrir mañana? Mañana es 4 de febrero, el día fatídico, el último plazo que me ha dado el casero; si no le pago esta noche, mañana a mi hija mayor y a mí, y a mi esposa con la fiebre que tiene, y a mi hija herida, nos echarán a los cuatro y nos pondrán en la calle, en el bulevar, sin refugio, bajo la lluvia, bajo la nieve. ¡Eso es lo que va a pasar, caballero! ¡Debo cuatro recibos, un año! O sea, alrededor de sesenta francos.

Jondrette mentía. Cuatro recibos habrían sido sólo cuarenta francos; y no podía deber cuatro, ya que no hacía ni seis meses que Marius había pagado dos.

El señor Leblanc se sacó del bolsillo cinco francos y los arrojó encima de la mesa.

A Jondrette le dio tiempo de refunfuñar al oído de su hija mayor:

—¡Bribón! ¿Qué querrá que haga con sus cinco francos? ¡Con eso no pago ni la silla ni el cristal! ¡Para eso se mete uno en gastos!

Entretanto, el señor Leblanc se había quitado una levita parda muy amplia que llevaba encima de la levita azul y la había puesto en el respaldo de una silla.

—Señor Fabantou —dijo—. Sólo llevo encima esos cinco francos, pero voy a acompañar a mi hija a casa y volveré a última hora de la tarde. ¿No es esta noche cuando tiene que pagar?

A Jondrette le iluminó la cara una expresión extraña. Contestó impetuosamente:

—Sí, mi respetable señor. A las ocho tengo que ir a ver al casero.

—Estaré aquí a las seis y le traeré los sesenta francos.

—¡Bienhechor mío! —exclamó Jondrette fuera de sí. Y añadió por lo bajo:

—¡Míralo bien, mujer!

El señor Leblanc había vuelto a coger del brazo a la hermosa joven y se dirigía a la puerta.

—Hasta la tarde, amigos míos —dijo.

—¿A las seis? —preguntó Jondrette.

—A las seis en punto.

En ese momento, la mayor de las Jondrette se dio cuenta de que la levita se había quedado en la silla.

—Señor —dijo—, se deja olvidada la levita.

Jondrette fulminó a su hija con la mirada al tiempo que se encogía de hombros rabiosamente.

El señor Leblanc se volvió y respondió con una sonrisa:

—No se me olvida; la dejo.

—¡Ah, protector mío! —dijo Jondrette—. ¡Mi augusto benefactor, me deshago en llanto! Permita que lo acompañe hasta el coche.

—Si sale —respondió el señor Leblanc—, póngase el gabán, que hace mucho frío.

Jondrette no se lo hizo repetir dos veces. Le faltó tiempo para enfundarse la levita parda.

Y salieron los tres. Jondrette iba precediendo a los dos extraños.

X

TARIFA DE LOS CABRIOLÉS DEL TRANSPORTE PÚBLICO: DOS FRANCOS POR HORA

Marius no se había perdido nada de aquella escena, pero, en realidad, no había visto nada. No había apartado los ojos de la joven; por decirlo de alguna forma, se había adueñado de ella y la había envuelto por entero con el corazón en cuanto dio el primer paso dentro de la buhardilla. Durante todo el rato en que estuvo en dicha buhardilla, Marius vivió en esa vida propia del éxtasis que deja en suspenso las percepciones materiales y abalanza al alma hacia un punto único. No contemplaba a la muchacha, sino esa luz que llevaba una capa forrada de piel y un sombrero de terciopelo. Si la estrella Sirio hubiese entrado en la habitación, no habría quedado más deslumbrado.

Mientras la joven abría el paquete, desdoblaba la ropa y las mantas y le hacía preguntas bondadosas a la madre y enternecidas a la niña herida, Marius espiaba todos sus ademanes e intentaba oír sus palabras. Ya le eran familiares aquellos ojos, aquella frente, aquella hermosura, aquel talle, aquellos andares, pero no sabía nada del sonido de la voz. Le había parecido captar algunas palabras en una ocasión en Le Luxembourg, pero no estaba seguro del todo. Habría dado diez años de vida por oírla, por poderse llevar en el alma algo de esa música. Pero todo se perdía entre las penosas explicaciones y los trompetazos de Jondrette. Con lo cual el embeleso de Marius llevaba aparejada una indiscutible ira. Miraba a la joven celosamente. No podía creer que fuera realmente esa criatura divina la que estaba viendo entre aquellos seres inmundos en aquel cuchitril monstruoso. Le parecía ver un colibrí entre sapos.

Cuando se fue, sólo pensó en una cosa: seguirla, pegarse a su rastro, no perderla de vista hasta que supiera dónde vivía, al menos no volver a quedarse sin ella después de haberla vuelto a encontrar de forma tan milagrosa. Se bajó de un salto de la cómoda y cogió el sombrero. Cuando estaba poniendo la mano en el pestillo y a punto de salir, lo detuvo un pensamiento. El pasillo era largo; las escaleras, empinadas; y Jondrette, charlatán; y, seguramente, el señor Leblanc todavía no se había subido al coche; si, al volverse en el pasillo, o en las escaleras, o en el umbral, lo divisaba a él, a Marius, en aquella casa, estaba claro que se alarmaría, daría con la forma de volver a escabullirse y, otra vez, habría acabado todo. ¿Qué hacer? ¿Esperar un poco? Pero, durante esa espera, el coche podía irse. Marius estaba perplejo. Por fin, se arriesgó y salió de su cuarto.

No había ya nadie en el pasillo. Fue corriendo a las escaleras. Ya no había nadie en las escaleras. Bajó a toda prisa y llegó al bulevar a tiempo de ver que un coche de punto daba la vuelta a la esquina de la calle de Le Petit- Banquier y regresaba a París.

Marius se abalanzó en aquella dirección. Al llegar a la esquina del bulevar, volvió a ver el coche de punto que iba deprisa calle de Mouffetard abajo. El coche estaba ya muy lejos, no había forma de alcanzarlo. ¿Qué hacer? ¿Seguirlo a la carrera? Imposible. Y, además, desde el coche se fijarían seguramente en un individuo que perseguía a carrera tendida el carruaje y el padre lo reconocería. En ese instante, azar inaudito y maravilloso, Marius vio un cabriolé de alquiler que pasaba vacío por el bulevar. Sólo cabía una decisión: subirse a ese cabriolé e ir detrás del coche de punto. Era algo seguro, eficaz y sin peligro.

Marius le hizo una seña al cochero para que se detuviera y le gritó:

—¡Por horas!

Marius iba sin corbata y con el frac viejo que se ponía para trabajar y al que le faltaban botones; tenía un siete en uno de los frunces de la pechera de la camisa.

El cochero se detuvo, guiñó un ojo y alargó hacia Marius la mano izquierda, frotando despacio el índice y el pulgar.

—¿Qué? —dijo Marius.

—El pago por adelantado —dijo el cochero.

Marius se acordó de que sólo llevaba encima ochenta céntimos.

—¿Cuánto es? —preguntó.

—Dos francos.

—Pagaré a la vuelta.

Por toda respuesta, el cochero silbó la canción de aquel señor de La Palisse que murió en viernes y habría vivido un día más si se hubiera muerto en sábado, y fustigó el caballo.

Marius miró con expresión extraviada cómo se alejaba el cabriolé. ¡Por faltarle un franco con veinte céntimos perdía la alegría, la dicha, a su amor!

¡Había recobrado la vista y ahora había vuelto a quedarse ciego! Se acordó amargamente y con hondo remordimiento, todo hay que decirlo, de los cinco francos que le había dado aquella misma mañana a la mísera muchacha. Si hubiera tenido cinco francos, se habría salvado, habría vuelto a nacer, habría salido del aislamiento, de la melancolía, de la viudedad; había vuelto a anudar el hilo negro de su destino al hermoso hilo de oro que le había flotado ante la vista y había vuelto a romperse. Volvió desesperado al caserón.

Habría podido decirse que el señor Leblanc había prometido volver a última hora de la tarde y que lo que tenía que hacer era andar más listo para seguirlo en esa ocasión; pero, absorto en su contemplación, apenas si había oído lo que éste decía.

Cuando iba a subir las escaleras, divisó, del otro lado del bulevar, y junto a la tapia desierta de la calle del portillo de Les Gobelins, a Jondrette, arropado en el gabán del «filántropo» y hablando con uno de esos hombres de aspecto inquietante a los que se les suele dar el nombre de maleantes de portillos, gente de rostro equívoco y de monólogos sospechosos, que parecen un mal pensamiento y suelen dormir de día, lo que da a suponer que trabajan de noche.

Los dos hombres, que charlaban quietos bajo la nieve que caía en torbellinos, formaban un grupo en que un policía municipal se habría fijado seguramente, pero a Marius apenas si le llamó la atención.

No obstante, por muy preocupado que estuviera, no pudo por menos de decirse que aquel maleante de portillos con quien hablaba Jondrette se parecía a un tal Panchaud, conocido por Printanier y Bigrenaille, que le había indicado una vez Courfeyrac y que tenía fama en el barrio de ser un paseante nocturno bastante peligroso. En el libro anterior ya ha salido su nombre. A aquel Panchaud, conocido por Printanier y Bigrenaille, lo juzgaron después en varios procesos criminales y desde entonces se ha convertido en un pillo bastante famoso. A la sazón no era aún sino un pillo redomado. Hoy en día es una leyenda entre los bandidos y los escabechadores. A finales del último reinado tuvo muchos imitadores. Y por las tardes, cuando ya caía la noche, a la hora en que se forman grupos que hablan en voz baja, era tema de conversación en el patio Saint-

Bernard, el foso de los leones, de la prisión de La Force. Podía incluso en aquella cárcel, y precisamente en el lugar en que pasaba por debajo del camino de ronda ese canal de las letrinas que usaron en 1843, para una evasión descabellada en pleno día, treinta presos, podía incluso, decíamos, leerse encima de la losa de esas letrinas su nombre, Panchaud, que atrevidamente grabó en el muro de ronda durante uno de sus intentos de evasión. En 1832 la policía ya lo vigilaba, pero todavía no había debutado en serio.

XI
LA MISERIA SE PONE A DISPOSICIÓN DEL DOLOR

Marius subió despacio las escaleras del caserón; en el momento en que iba a meterse en su celda, vio, detrás de él, a la mayor de las Jondrette que lo iba siguiendo. La vista de aquella muchacha le resultó odiosa, porque ella era quien tenía sus cinco francos; era ya demasiado tarde para volvérselos a pedir, el cabriolé ya se había ido y el coche de punto estaba muy lejos. Por lo demás, ella no se los devolvería. En cuanto a preguntarle dónde vivían las personas que habían estado allí hacía un rato, era inútil; estaba claro que no lo sabía, puesto que la carta que llevaba la firma de Fabantou iba dirigida al señor benefactor de la iglesia de Saint-Jacques-du-Haut-Pas.

Marius se metió en su cuarto y empujó la puerta al entrar, para cerrarla.

No se cerró; se volvió y vio una mano que sujetaba la puerta para que siguiera abierta.

—¿Qué pasa? —preguntó—. ¿Quién anda ahí? Era la hija mayor de los Jondrette.

—¿Es usted? —añadió Marius casi con dureza—. ¿Usted otra vez? ¿Qué me quiere?

Ella parecía pensativa y no lo miraba. Había perdido el aplomo de la mañana. No había entrado, sino que se había quedado en la oscuridad del pasillo, donde Marius la veía por la puerta entornada.

—¿Va usted a contestarme o no? —dijo Marius—. ¿Qué quiere de mí?

Ella lo miró con ojos taciturnos donde parecía encenderse una luz inconcreta y le dijo:

—Parece triste, señor Marius. ¿Qué le pasa?

—¿A mí? —dijo Marius.

—Sí, a usted.

—No me pasa nada.

—Sí que le pasa.

—No.

—Le digo que sí le pasa algo.

—¡Déjeme en paz!

Marius volvió a empujar la puerta, pero ella siguió sujetándola.

—Mire —dijo—, hace usted mal. Aunque no sea rico, ha sido bueno esta mañana. Séalo ahora otra vez. Me dio para comer, ahora dígame qué le pasa. Se nota que está disgustado. No quiero que esté disgustado. ¿Qué hay que hacer para que no lo esté? ¿Puedo valer para algo? Utilíceme. No le pido que me cuente sus secretos, no hace falta que me los diga, pero, vamos, puedo ser de utilidad. Si ayudo a mi padre, es que puedo ayudarlo a usted. Cuando hay que llevar cartas, ir a las casas, preguntar de puerta en puerta, dar con unas señas, seguir a alguien, yo para esas cosas sirvo. Así que puede decirme qué le pasa e iré a hablar con la gente que sea. A veces, que alguien hable con la gente basta para enterarse de las cosas y todo se arregla. Utilíceme.

A Marius le pasó una idea por la cabeza. ¿Qué rama desdeñamos cuando notamos que nos estamos cayendo?

Se acercó a la Jondrette.

—Oye… —le dijo.

Ella lo interrumpió con un relámpago de alegría en los ojos.

—¡Ay, sí! ¡Llámeme de tú! Lo prefiero.

—Pues oye —siguió diciendo él—, trajiste a ese señor viejo y a su hija…

—Sí.

—¿Sabes sus señas?

—No.

—Búscamelas.

A la Jondrette le había pasado la mirada de taciturna a alegre; ahora le pasó de alegre a sombría.

—¿Eso es lo que quiere? —preguntó.

—Sí.

—¿Los conoce?

—No.

—Es decir —siguió diciendo ella con vehemencia—, que no la conoce, pero quiere conocerla.

En ese los que se había convertido en la había un toque significativo y amargo.

—¿Puedes o no? —dijo Marius.

—Tendrá usted las señas de la señorita guapa.

Había en esas palabras, «la señorita guapa», un matiz que molestó a Marius. Añadió:

—¿Qué más dará? Las señas del padre o las de la hija. ¡Sus señas, vamos!

Ella lo miró fijamente.

—¿Y qué me dará usted?

—¡Todo lo que quieras!

—¿Todo lo que quiera?

—Sí.

—Tendrá las señas.

Agachó la cabeza y, luego, con un ademán brusco, tiró de la puerta y ésta se cerró.

Marius se quedó solo.

Se desplomó en una silla, con la cabeza y ambos codos encima de la cama, sumido en pensamientos que no podía domeñar y como presa de un vértigo. Todo cuanto había sucedido desde por la mañana, la aparición del ángel, su desaparición, lo que la muchacha aquella acababa de decirle, una luz de esperanza flotando en una desesperación inmensa: de todo eso es de lo que tenía colmada la mente.

De pronto algo lo sacó violentamente de su ensimismamiento.

—Te digo que estoy seguro y que lo he reconocido.

¿De quién hablaba Jondrette? ¿A quién había reconocido? ¿Al señor Leblanc? ¿Al padre de «su Ursule»? ¿Cómo? ¿Jondrette lo conocía? ¿Iba a obtener Marius de aquella forma brusca e inesperada todas las informaciones sin las que su vida le resultaba incomprensible incluso a sí mismo? ¿Iba por fin a saber de quién estaba enamorado, quién era esa joven? ¿Y quién era su padre? ¿Esa sombra tan densa que los cubría estaba a punto de disiparse? ¿Iba a desgarrarse el velo? ¡Ah, cielos!

Más que subirse a la cómoda, se plantó encima de un brinco y volvió a ocupar su sitio cerca del ventanillo del tabique.

Volvía a ver el interior del tugurio de los Jondrette.

XII

PARA QUÉ SIRVE LA MONEDA DE CINCO FRANCOS DEL SEÑOR LEBLANC

Nada había cambiado en el aspecto de la familia a no ser que la mujer y las hijas se habían surtido del paquete y se habían puesto medias y camisolas de lana. Encima de ambas camas había unas mantas nuevas.

Estaba claro que Jondrette acababa de volver. Tenía aún la respiración acelerada de haber andado por la calle. Sus hijas estaban junto a la chimenea, sentadas en el suelo, y la mayor le vendaba la mano a la pequeña. La mujer estaba como encogida en el catre que estaba al lado de la chimenea, con expresión atónita. Jondrette iba y venía por la buhardilla, arriba y abajo, a zancadas. Tenía una mirada extraordinaria.

La mujer, que parecía tímida y pasmada ante el marido, se atrevió a decirle:

—¿Cómo? ¿En serio? ¿Estás seguro?

—¡Segurísimo! ¡Hace ocho años, pero lo reconozco! ¡Ah, ya lo creo que lo reconozco, lo reconocí enseguida! ¿Cómo? ¿No te ha saltado a la vista?

—No.

—Pero ¡si te dije que te fijaras! Si es que tiene la misma estatura, la misma cara, casi no parece más viejo; hay personas que no envejecen, no sé cómo se las apañan; y el mismo tono de voz. ¡Va mejor vestido, y nada más! ¡Ay, viejo misterioso del demonio, ya te tengo pillado!

Se interrumpió y les dijo a sus hijas:

—¡Vosotras, a la calle! ¡Qué raro es que no te saltara a la vista! Las muchachas se levantaron para obedecer.

La madre balbució:

—¿Con la mano mala?

—Le sentará bien que le dé el aire —dijo Jondrette—. ¡Hala!

Era evidente que se trataba de uno de esos hombres a quienes no se les lleva la contraria. Las dos hijas salieron.

Cuando iban a franquear la puerta, el padre sujetó a la mayor por el brazo y dijo con entonación peculiar:

—Volved a las cinco en punto. Las dos. Os voy a necesitar. Creció la atención de Marius.

Al quedarse a solas con su mujer, Jondrette volvió a pasear por la habitación y le dio la vuelta tres o cuatro veces en silencio. Se pasó luego unos cuantos minutos metiéndose y remetiéndose por la cinturilla del pantalón los faldones de la camisa femenina que llevaba.

De pronto, se volvió hacia la Jondrette, se cruzó de brazos y exclamó:

—¿Y sabes lo que te digo? Que la señorita…

—¿Qué pasa con la señorita? —saltó la mujer.

A Marius no podía caberle duda, era de ella de quien estaban hablando.

Atendía con ferviente ansiedad. Tenía toda la vida puesta en los oídos.

—¡Es ella!

—¿Ésa? —dijo la mujer.

—¡Ésa! —dijo el marido.

No hay expresión que pueda dar cuenta lo que había en el ésa de la madre. Era sorpresa, rabia, odio, ira, todo ello revuelto y combinado en una entonación monstruosa. Bastaron unas pocas palabras, el nombre seguramente, que el marido le dijo al oído, para que aquella mujer gruesa y amodorrada se despertase y de repulsiva pasase a tremenda.

—¡No puede ser! —exclamó—. ¡Cuando pienso que mis hijas van descalzas y no tienen un vestido que ponerse! ¡Cómo! Capa de satén forrada de piel, sombrero de terciopelo, borceguíes, ¡y de todo! ¡Más de doscientos francos en ropa! ¡Como para tomarla por una señora! ¡No, tienes que estar equivocado! ¡Para empezar, la otra era feísima y ésta no está mal!

¡De verdad que no está mal! ¡No puede ser ella!

—Te digo que es ella. Ya lo verás.

Ante esa afirmación tan rotunda, la Jondrette alzó el rostro ancho y rubicundo y miró al techo con una expresión que se lo deformaba. En esos momentos le pareció a Marius aún más temible que su marido. Era una cerda con mirada de tigresa.

—¡Cómo! —siguió diciendo—. ¡Esa guapa señorita tan horrible, que miraba a mis hijas con cara de compasión, puede ser aquella golfa! ¡Ay, querría reventarle la tripa a patadas!

Salió de la cama de un brinco y se quedó por unos momentos a pie firme, despeinada, con las ventanas de la nariz dilatadas, la boca abierta a medias, los puños crispados y echados hacia atrás. Luego se desplomó en el catre. El hombre iba y venía sin fijarse en su mujer.

Tras unos instantes de silencio, se acercó a la Jondrette y se quedó parado ante ella, con los brazos cruzados, como ya había hecho antes.

—¿Quieres que te diga otra cosa?

—¿Qué? —preguntó ella.

Él contestó en voz baja y tajante:

—Que esto ha sido un golpe de suerte.

La Jondrette lo miró con esa expresión que quiere decir: «Pero ¿qué dice éste? ¿Se estará volviendo loco?».

Él siguió hablando:

—¡Rayos y truenos! ¡Anda y que no llevo ya tiempo siendo parroquiano de la parroquia de muérete-de-hambre si-tienes-lumbre, muérete-de-frío-si- tienes-pan! ¡Estoy harto de miserias! ¡Me han tocado mi ración y la de los demás! ¡Se acabaron las bromas, ya no me hace gracia, ya está bien de chistes, por Cristo! ¡Ya está bien de gracias, vive Dios! ¡Quiero comer hasta hartarme, quiero beber hasta no poder con más! ¡Zampar, dormir y no hacer nada! ¡Quiero que me toque a mí la vez, caramba, antes de reventar!

¡Quiero ser millonario!

Dio una vuelta alrededor del tugurio y añadió:

—Como los demás.

—¿Qué quieres decir? —preguntó la mujer.

Él sacudió la cabeza, guiñó un ojo y alzó la voz como un médico charlatán que va a hacer una demostración en una esquina:

—¿Lo que quiero decir? ¡Atiende!

—¡Chisssss! —refunfuñó la Jondrette—. ¡No tan alto! Si se trata de negocios, no deben oírnos.

—¡Bah! ¿Y quién nos va a oír? ¿El vecino? Lo vi salir hace un rato. Por cierto, ¿de qué se va a enterar ese pánfilo? Y además te digo que lo vi salir.

No obstante, por una especie de instinto, Jondrette bajó la voz, aunque no lo suficiente para que lo que decía se le escapase a Marius. Una circunstancia favorable que le permitió a éste no perderse nada de aquella conversación es que la nieve que había caído amortiguaba el ruido de los coches en el bulevar.

Esto fue lo que oyó Marius:

—Óyeme bien. ¡Ya tenemos pillado al creso ese! O como si ya lo estuviera. Es cosa hecha. Todo está arreglado. He visto a unos cuantos. Vendrá esta tarde a las seis. ¡A traer los sesenta francos, el muy canalla! ¿Has visto cómo lo lié con eso? ¡Que si los sesenta francos, que si el casero, que si el 4 de febrero! ¡Que ni siquiera es una fecha para que venza un recibo! ¡Menuda sandez! ¡Así que va a venir a las seis! Es la hora en que va a cenar el vecino. La señora Burgon anda fregando platos por el centro. No hay nadie en la casa. El vecino no vuelve nunca antes de las once. Las niñas vigilarán. Tú nos ayudarás. Y él tendrá que hacer lo que digamos.

—¿Y si no lo hace? —preguntó la mujer.

Jondrette hizo un ademán siniestro y dijo:

—Entonces seremos nosotros los que le hagamos algo.

Y se echó a reír. Era la primera vez que Marius lo veía reírse. Era una risa fría y suave que daba escalofríos.

Jondrette abrió una alacena que estaba al lado de la chimenea y sacó una gorra vieja que se puso tras cepillarla con la manga.

—Ahora salgo —dijo—. Todavía tengo gente a la que ver. Gente de la buena. Ya verás como saldrá bien. Tardaré en volver lo menos que pueda. Es un buen golpe. Cuida de la casa.

Y, con los dos puños metidos en los bolsillos de los pantalones, se quedó pensativo un momento y, luego, exclamó:

—¡Y menos mal que él no me ha reconocido! Si me hubiera reconocido, no volvería. ¡Y se nos escapaba! ¡Me ha salvado la barba! ¡Mi perilla romántica! ¡Mi bonita perilla romántica!

Y se rió otra vez.

Se acercó a la ventana. Seguía nevando y la nieve rayaba el cielo de gris.

—¡Qué tiempo de perros! —dijo. Luego añadió, cruzándose la levita:

—Me queda ancho el gambeto. Pero no importa; ¡ha hecho endemoniadamente bien en dármelo, ese viejo bribón! ¡Sin él, no habría podido salir a la calle y todo habría vuelto a salir mal! ¡Hay que ver de qué detalles dependen las cosas!

Y, encasquetándose la gorra hasta los ojos, salió.

Apenas le había dado tiempo a andar unos cuantos pasos cuando volvió a abrirse la puerta y su perfil de alimaña inteligente asomó por la rendija.

—Se me olvidaba —dijo—. Ten preparado un hornillo de carbón.

Y le arrojó a su mujer en el delantal la moneda de cinco francos que le había dado el «filántropo».

—¿Un hornillo de carbón?

—Sí.

—¿Cuántas medidas le echo?

—Dos bien cumplidas.

—Me costarán franco y medio. Con lo que sobre, compraré algo para cenar.

—Ni hablar.

—¿Por qué?

—Ni se te ocurra gastarte los cinco francos.

—¿Por qué?

—Porque yo también voy a tener que comprar algo.

—¿Qué?

—Algo.

—¿Y cuánto vas a necesitar?

—¿Hay un ferretero por aquí?

—En la calle de Mouffetard.

—Ah, sí, uno que hace esquina; ya sé qué tienda dices.

—Pero dime cuánto vas a necesitar para lo que tienes que comprar.

—Entre dos francos y medio y tres.

—No va a sobrar mucho para la cena.

—De lo que se trata hoy no es de comer. Tenemos que hacer cosas mejores.

—Está bien, tesoro mío.

Jondrette cerró la puerta mientras le contestaba su mujer y esta vez Marius oyó cómo se alejaban sus pasos por el pasillo del caserón y bajaban rápidamente las escaleras.

En ese momento estaba dando la una en Saint-Médard.

XIII
SOLUS CUM SOLO, IN LOCO REMOTO, NON COGITABUNTUR ORARE PATER NOSTER

Marius, por muy absorto que estuviera, era, como ya hemos dicho, un carácter firme y enérgico. El hábito del recogimiento solitario, al desarrollar en él la simpatía y la compasión, habían hecho quizá que le fuera a menos la facultad de irritarse, pero había dejado intacta la facultad de indignarse; tenía la benevolencia de un brahmán y la severidad de un juez; se compadecía de un sapo, pero aplastaba una víbora. Ahora bien, el sitio al que acababa de bajar la vista era un nido de víboras; lo que tenía ante los ojos era un nido de monstruos.

—Hay que pisotear a esos miserables —se dijo.

No había quedado aclarado ninguno de los enigmas que tenía la esperanza de que se disiparan; antes bien, todos se habían vuelto, quizá, más densos; no sabía nada nuevo acerca de la hermosa joven de Le Luxembourg y del hombre a quien llamaba señor Leblanc; sólo que Jondrette los conocía. A través de las palabras tenebrosas que se habían pronunciado, no veía con claridad sino una cosa: que estaban preparando una encerrona misteriosa, pero terrible; que el padre y la hija corrían ambos un gran peligro, ella probablemente y el padre a ciencia cierta, que había que salvarlos, que había que burlar las intrigas abominables de los Jondrette y romperles la tela a esas arañas.

Estuvo un rato observando a la Jondrette. Había sacado de un rincón un hornillo viejo de chapa y estaba hurgando entre la chatarra.

Se bajó de la cómoda lo más despacio que pudo y teniendo buen cuidado de no hacer ruido alguno.

Aterrado con lo que se estaba preparando y lleno del espanto que le habían infundido los Jondrette, notaba algo así como una alegría al pensar que a lo mejor estaba en su mano hacerle un favor como aquél a la muchacha a la que amaba.

Pero ¿cómo actuar? ¿Avisar a las personas amenazadas? ¿Dónde dar con ellas? No sabía sus señas. Habían aparecido de un momento ante su vista y luego habían vuelto a sumirse en las gigantescas honduras de París.

¿Esperar al señor Leblanc en la puerta a las seis, cuando llegase, y avisarlo de la trampa? Pero Jondrette y su gente lo verían al acecho; la zona estaba desierta; serían más fuertes que él, darían con la forma de apresarlo o de alejarlo, y el hombre al que Marius quería salvar estaría perdido. Acababa de dar la una, la encerrona estaba preparada para las seis. Marius tenía cinco horas por delante.

Sólo quedaba una cosa por hacer.

Se puso la levita presentable, se anudó una bufanda al cuello, cogió el sombrero y salió sin hacer más ruido que si caminase descalzo por el musgo.

Por lo demás, la Jondrette seguía hurgando en los hierros viejos. Una vez fuera de la casa, se fue hacia la calle de Le Petit-Banquier.

Había llegado más o menos al centro de la calle, junto a una tapia muy baja, que se puede salvar de una zancada en algunos tramos y da a un solar; andaba despacio porque estaba preocupado; la nieve le amortiguaba los pasos; de repente, oyó voces que hablaban muy cerca de él. Volvió la cabeza, la calle estaba desierta, no había nadie y, no obstante, oía las voces con toda claridad.

Se le ocurrió mirar por encima de la tapia junto a la que estaba pasando.

Había allí, efectivamente, dos hombres con la espalda apoyada en la pared, sentados en la nieve y hablando entre sí en voz baja.

Las caras de ambos le eran desconocidas. Uno era un hombre barbudo que vestía un blusón, y el otro un hombre de abundante melena y cubierto de andrajos. El barbudo llevaba un bonete griego y el otro iba con la cabeza al aire y tenía nieve en el pelo.

Asomando la cabeza por encima de ellos, Marius podía oír lo que decían.

El melenudo le daba con el codo al otro y decía:

—Con el culo del gato el asunto no puede fallar.

—¿Tú crees? —dijo el barbudo. Y el melenudo contestó:

—¡Nos caerá a cada uno un papiro de quinientos; y lo peor que nos puede caer son cinco años, seis años, diez como mucho!

El otro contestó con cierto titubeo y rascándose la cabeza por debajo del gorro griego:

—Ésa es la verdad. No puede uno ir en contra de esas cosas.

—Te digo que el asunto no puede fallar —repitió el melenudo—.

Engancharán la tartana del compadre ese, como se llame.

Se pusieron luego a hablar de un melodrama que habían visto la víspera en el teatro de La Gaîté.

Marius siguió su camino.

La parecía que las palabras enigmáticas de aquellos hombres, tan curiosamente ocultos tras aquella tapia y sentados en la nieve, no eran quizá ajenas a los abominables proyectos de Jondrette. Ése debía de ser el negocio.

Se encaminó hacia el barrio de Saint-Marceau y preguntó en la primera tienda con que se topó dónde había un comisario de policía.

Le indicaron la calle de Pontoise y el número 14. Allá fue Marius.

Al pasar delante de una panadería, compró un pan de diez céntimos y se lo comió, pues preveía que no iba a cenar.

De camino, le hizo justicia a la Providencia. Pensó que, si no le hubiera dado los cinco francos por la mañana a la hija de Jondrette, habría ido tras el coche de punto del señor Leblanc, no se habría enterado de nada, nada se habría opuesto a la encerrona de los Jondrette y el señor Leblanc habría estado perdido, y su hija con él, seguramente.

XIV
EN QUE UN AGENTE DE POLICÍA LE DA DOS CACHORRILLOS A UN ABOGADO

Al llegar al número 14 de la calle de Pontoise, Marius subió al primer piso y preguntó por el comisario de policía.

—El señor comisario de policía no está —le dijo un oficinista—. Pero lo sustituye un inspector. ¿Quiere usted hablar con él? ¿Es algo urgente?

—Sí —dijo Marius.

El oficinista lo hizo pasar al despacho del comisario. Un hombre de elevada estatura estaba de pie, detrás de una reja, apoyado en una estufa y recogiéndose con ambas manos los vuelos de un amplio carrique con tres esclavinas. Tenía la cara cuadrada, los labios finos y firmes, unas patillas muy abundantes y tremebundas que empezaban a encanecer, una mirada que le ponía del revés los bolsillos a cualquiera. Habría podido decirse de esa mirada no que era penetrante, sino que lo registraba a uno.

Aquel hombre no aparentaba menor ferocidad ni parecía menos temible que Jondrette; a veces no resulta menos inquietante toparse con el dogo que con el perro.

—¿Qué quiere? —le preguntó a Marius, sin añadir «caballero».

—¿El señor comisario de policía?

—Está ausente. Yo lo sustituyo.

—Es para un asunto de mucho secreto.

—Pues hable.

—Y de mucha urgencia.

—Pues entonces hable deprisa.

Aquel hombre tranquilo y brusco daba miedo y, al tiempo, resultaba tranquilizador. Inspiraba temor y confianza. Marius le refirió la aventura: que a una persona a quien no conocía más que de vista iban a hacerla caer esa misma tarde en una encerrona; que, como él, Marius Pontmercy, abogado, vivía en la habitación de al lado del tugurio, había oído toda la confabulación a través del tabique; que el granuja que había ideado la trampa era un tal Jondrette; que iba a tener cómplices, seguramente maleantes de portillo, entre otros un tal Panchaud, conocido por Printanier y Bigrenaille; que las hijas de Jondrette vigilarían; que no había forma alguna de avisar al hombre amenazado, dado que ni siquiera sabía cómo se llamaba; y que, para terminar, todo lo dicho iba a llevarse a cabo aquella tarde a las seis en el punto más desierto del bulevar de L'Hôpital y en la casa que llevaba los números 50 y 52.

Al oír el número, el inspector alzó la cabeza y dijo fríamente:

—¿Así que es la habitación esa del fondo del pasillo?

—Precisamente —dijo Marius; y añadió—: ¿Conoce usted la casa? El inspector se quedó callado unos momentos y, luego, contestó, calentándose el tacón de la bota en la boca de la estufa:

—Tal parece.

Y añadió entre dientes, hablándole menos a Marius que a la corbata:

—Algo debe de tener que ver El culo del gato. Esa frase le llamó la atención a Marius.

—El culo del gato —dijo—. Efectivamente, he oído esa expresión.

Y le contó al inspector el diálogo del melenudo y del barbudo en la nieve, detrás de la tapia de la calle de Le Petit-Banquier.

El inspector masculló:

—El melenudo debe de ser Brujon y el barbudo debe de ser Demi-Liard, conocido por Deux-Milliards.

Había vuelto a bajar los párpados y reflexionaba.

—Y en lo referido al de la tartana, veo más o menos quién debe de ser. Ya me he quemado el carrique. Siempre encienden demasiado estas malditas estufas. Los números 50 y 52. La antigua finca Gorbeau.

Luego miró a Marius.

—¿Sólo ha visto al barbudo y al melenudo?

—Y a Panchaud.

—¿No ha visto rondar por allí a una especie de currutaco endemoniado?

—No.

—¿Ni a uno alto y gordo, de material macizo, que se parece al elefante del Jardín Botánico?

—No.

—¿Ni a uno muy ladino que parece un payaso de los de antes?

—No.

—En lo referido al cuarto, no lo ve nadie, ni siquiera sus ayudantes, encargados ni empleados. No es de extrañar que no lo haya visto usted.

—No. ¿Quién es toda esa gente? —preguntó Marius. El inspector contestó:

—Por lo demás, ésas no son horas para ellos. Volvió a callarse y, luego, siguió diciendo:

—El 50 y el 52. Conozco el local. Es imposible esconderse dentro sin que se enteren los artistas. Y entonces les bastaría con suspender el vodevil.

¡Son tan modestos! Les da apuro actuar en público. Nada, nada. Quiero oírlos cantar y hacerlos bailar. Concluido el monólogo, se volvió hacia Marius y le preguntó, mirándolo fijamente:

—¿Tendrá usted miedo?

—¿De qué? —dijo Marius.

—De esos hombres.

—¡No más que de usted! —replicó con rudeza Marius, que empezaba a fijarse en que el de la pasma aquel aún no le había dicho «caballero».

El inspector miró a Marius aún con mayor fijeza y añadió, con algo así como una solemnidad sentenciosa:

—Habla usted como un hombre valiente y como un hombre honrado. El valor no le tiene miedo al crimen y la honradez no le tiene miedo a la autoridad.

Marius lo interrumpió:

—Bien está. ¿Qué piensa usted hacer? El inspector se limitó a responderle:

—Los inquilinos de esa casa tienen llaves maestras para volver de noche a casa. Usted debe de tener una.

—Sí —dijo Marius.

—¿La lleva encima?

—Sí.

—Démela —dijo el inspector.

Marius se sacó la llave del bolsillo del chaleco, se la entregó al inspector y añadió:

—Si me hace usted caso, vendrá con refuerzos.

El inspector le lanzó a Marius la misma ojeada que Voltaire a un académico de provincias que le hubiera brindado una rima; hundió a la vez ambas manos, más que manos, manazas, en los dos bolsillos gigantescos del carrique, sacó dos pistolitas de acero, de esas a las que llaman cachorrillos. Se las alargó a Marius y lo instó con tono cortante:

—Coja esto. Vuelva a casa. Ocúltese en su cuarto. Que crean que ha salido. Están cargadas. Lleva cada una dos balas. Quédese observando; ya me ha dicho que hay un agujero en la pared. Esa gente vendrá. Deles un poco de cuerda. Cuando le parezca que la cosa está en su punto y ha llegado el momento de hacer detenciones, dispare un tiro. Que no sea demasiado pronto. Lo demás corre de mi cuenta. Un tiro al aire, al techo, donde sea. Pero, sobre todo, que no sea demasiado pronto. Espere que esté en marcha la ejecución; es usted abogado y ya sabe de qué le hablo.

Marius cogió las pistolas y se las metió en el bolsillo interior del frac.

—Se nota un bulto así, y se ven —dijo el inspector—. Métaselas mejor en los bolsillos del chaleco.

Marius escondió las pistolas en los bolsillos del chaleco.

—Ahora —siguió diciendo el inspector— ya no podemos ninguno de los dos perder ni un minuto. ¿Qué hora es? Las dos y media. ¿Va a ser a las siete?

—A las seis —dijo Marius.

—Tengo tiempo —dijo el inspector—, pero sólo tengo eso, tiempo. Que no se le olvide nada de lo que le he dicho. ¡Pan! Un tiro.

—Quédese tranquilo —dijo Marius.

Según ponía Marius la mano en el picaporte para salir, el inspector le gritó:

—Por cierto, si me necesita de aquí a entonces, venga, o mande a alguien. Que pregunte por el inspector Javert.

<h2 style="text-align:center">XV</h2>

<h2 style="text-align:center">LA LISTA DE LA COMPRA DE JONDRETTE</h2>

Poco después, a eso de las tres, Courfeyrac pasaba con Bossuet, casualmente, por la calle de Mouffetard. La nieve caía a más y mejor y lo llevaba todo. Bossuet le iba diciendo a Courfeyrac:

—Con tantos copos de nieve parece que hay en el cielo una peste de mariposas blancas.

De pronto, Bossuet divisó a Marius, que iba por la calle del postigo arriba y tenía un aspecto peculiar.

—¡Anda! —exclamó Bossuet—. ¡Marius!

—Ya lo he visto —dijo Courfeyrac—. Vale más no dirigirle la palabra.

—¿Por qué?

—Está ocupado.

—¿En qué?

—Pero ¿es que no ves la pinta que tiene?

—¿Qué pinta?

—Pinta de ir siguiendo a alguien.

—Es verdad —dijo Bossuet.

—¡Fíjate en qué mirada lleva! —añadió Courfeyrac.

—Pero ¿a quién demonios sigue?

—A alguna jovencita ligera de cascos en la flor de la vida. Está enamorado.

—Pero —comentó Bossuet— es que no veo ni jovencitas, ni cascos, ni flores, ni vida por la calle. No hay ni una mujer.

Courfeyrac miró y exclamó:

—¡Está siguiendo a un hombre!

Efectivamente, un hombre tocado con una gorra y a quien se le veía la barba gris aunque estuviera de espaldas caminaba unos veinte pasos por delante de Marius.

Aquel hombre llevaba un levita nueva que le estaba grande y unos pantalones espantosos, hechos jirones y sucios de barro negro.

Bossuet se echó a reír:

—¿Y quién será ese hombre?

—¿Ése? —contestó Courfeyrac—. Un poeta. Los poetas son aficionados a los pantalones de comerciante de pieles de conejo y las levitas de miembro del Senado.

—Vamos a ver dónde va Marius —dijo Bossuet— y vamos a ver dónde va ese hombre. Los seguimos, ¿te parece?

—¡Bossuet! —exclamó Courfeyrac—. ¡Aigle de Meaux! Es usted un borrico asombroso. ¡Seguir a un hombre que va siguiendo a un hombre!

Y se volvieron por donde habían venido.

Marius, efectivamente, había visto pasar a Jondrette por la calle de Mouffetard y lo estaba espiando.

Jondrette iba a lo suyo sin sospechar que tuviese ya unos ojos clavados en él.

Salió de la calle de Mouffetard y Marius lo vio entrar en una de las casuchas más espantosas de la calle de Gracieuse, donde estuvo alrededor de un cuarto de hora; luego volvió a la calle de Mouffetard. Se detuvo en una ferretería que había por entonces en la esquina con la calle de Pierre- Lombard y, pocos minutos después, Marius lo vio salir del local llevando en la mano un cortafríos de buen tamaño con mango de madera de pino que escondió debajo de la levita. A la altura de la calle de Le Petit-Gentilly, torció a la izquierda para llegar enseguida a la calle de Le Petit-Banquier. Iba cayendo la tarde; había dejado de nevar un rato, pero ahora volvía a caer la nieve; Marius se quedó emboscado en la propia esquina de la calle de Le Petit-Banquier, que estaba desierta como de costumbre, y dejó de seguir a Jondrette. Hizo bien, porque, al llegar cerca de la tapia baja junto a la que Marius había oído hablar al melenudo y al barbudo, Jondrette se volvió, se aseguró de que no lo seguía ni lo veía nadie y, luego, salvó la tapia de una zancada y desapareció.

Por el solar que aquella tapia bordeaba se llegaba al patio trasero de un antiguo negocio de alquiler de carruajes, de mala fama, que había quebrado.

Todavía quedaban algunas medias berlinas viejas en los cobertizos.

Marius pensó que sería sensato aprovechar la ausencia de Jondrette para volverse a su cuarto; además, iba avanzando la hora; todas las tardes, la señora Burgon, cuando se marchaba para ir a trabajar de friegaplatos en el centro, tenía costumbre de cerrar la puerta de la casa, que siempre estaba ya a cal y canto al hacerse de noche. Marius le había dado su llave al inspector de policía; así que era importante que se diera prisa.

Había caído la tarde; ya era casi noche cerrada; no quedaba en el horizonte y en la inmensidad del espacio más que un punto que recibiera la luz del sol: era la luna.

Se estaba alzando, roja, por detrás de la cúpula baja de La Salpêtriere.

Marius regresó a zancadas a la finca de los números 50 y 52. Todavía estaba la puerta abierta cuando llegó. Subió las escaleras de puntillas y fue escurriéndose, pegado a la pared, por el pasillo hasta su habitación. Recordemos que a ambos lados de ese pasillo había buhardillas que estaban, aquella temporada, todas ellas vacías y por alquilar. La señora Burgon solía dejar las puertas abiertas. Al pasar por delante de una de esas puertas, a Marius le pareció divisar en una de las celdas deshabitadas cuatro cabezas de hombre que blanqueaba desvaídamente un resto de luz diurna que caía de una claraboya. Marius no intentó ver más, pues no quería que lo vieran. Consiguió meterse en su habitación sin que lo viese nadie y sin hacer ruido. Había llegado a tiempo por los pelos. Un momento después oyó irse a la señora Burgon y cerrarse la puerta de la calle.

XVI
EN QUE OÍMOS UNA CANCIÓN CON MELODÍA INGLESA QUE ESTABA DE MODA EN L832

Marius se sentó en la cama. Podían ser las cinco y media. Sólo lo separaba media hora de lo que fuera a suceder. Oía cómo le latían las arterias de la misma forma que oímos el latido de un reloj en la oscuridad. Pensaba en esa doble caminata que transcurría en esos momentos por entre las tinieblas: el crimen se acercaba por un lado, y la justicia estaba llegando por otro. No tenía miedo, pero no podía pensar sin sobresaltarse un tanto en las cosas que iban a suceder. Como les sucede a todos aquellos a quienes los acomete de pronto una aventura sorprendente, todo aquel día le parecía un sueño, y, para no creer que era presa de una pesadilla, necesitaba notar en los bolsillos del chaleco el frío de las dos pistolas de acero.

Había dejado de nevar; la luna, cada vez más clara, iba saliendo de la bruma y su resplandor, junto con la blancura de la nevada, daba a la habitación un aspecto crepuscular.

Había luz en el cuchitril de los Jondrette. Marius veía brillar el agujero del tabique con un fulgor rojo que le parecía sangriento.

Era evidente que esa claridad no podía venir de una vela. Por lo demás, no había movimiento alguno en casa de los Jondrette; nadie rebullía; nadie hablaba; ni un soplo; reinaba un silencio gélido y hondo, y, de no ser por aquella luz, hubiera uno podido creerse junto a un sepulcro.

Marius se quitó despacio las botas y las metió debajo de la cama.

Pasaron unos pocos minutos. Marius oyó cómo la puerta de abajo giraba sobre sus goznes; un paso pesado y veloz subió las escaleras y recorrió el pasillo; se alzó ruidosamente el pestillo de la puerta del tugurio; era Jondrette que volvía a casa.

Se alzaron enseguida unas cuantas voces. En la buhardilla estaba toda la familia. Pero callaba, en ausencia del amo y señor, igual que los lobeznos cuando no está el lobo.

—Soy yo —dijo.

—Buenas noches, padrucho —chillaron las muchachas.

—¿Todo bien? —dijo la madre.

—Todo de primera —contestó Jondrette—, pero traigo los pies más fríos que un muerto. Bueno, muy bien, ya veo que te has vestido. Tienes que inspirar confianza.

—Estoy arreglada para salir.

—¿No se te olvidará nada de lo que te he dicho? ¿Lo harás todo bien?

—Quédate tranquilo…

—Es que… —dijo Jondrette. Y no acabó la frase.

Marius oyó que dejaba algo pesado encima de la mesa, seguramente el cortafríos que había comprado.

—¡Caramba! —dijo Jondrette—. Alguien ha estado comiendo aquí.

—Sí —dijo la madre—, me llegó para tres patatas grandes y sal.

Aproveché que había lumbre para cocerlas.

—Bueno —dijo Jondrette—. Mañana os llevo a cenar conmigo. Habrá pato y más cosas. Cenaréis como si fuerais Carlos X. ¡Todo va bien!

Luego añadió en voz baja:

—La ratonera está abierta. Y ya han llegado los gatos. Bajó la voz más aún para decir:

—Mete esto en la lumbre.

Marius oyó el entrechocar de los carbones que alguien removía con unas pinzas o una herramienta de hierro. Y Jondrette siguió diciendo:

—¿Has untado de sebo los goznes de la puerta para que no hagan ruido?

—Sí —contestó la madre.

—¿Qué hora es?

—No falta mucho para las seis. Acaba de dar la media en Saint-Médard.

—¡Demonios! —dijo Jondrette—. Las niñas tienen que irse a vigilar. A ver, vosotras, venid y atendedme bien.

Hubo un cuchicheo.

Volvió a alzarse la voz de Jondrette:

—¿Se ha ido la Burgon?

—Sí —dijo la madre.

—¿Estás segura de que no hay nadie en el cuarto del vecino?

—No ha vuelto en todo el día y ya sabes que cena a esta hora.

—¿Estás segura?

—Segura.

—De todas formas, no pasa nada por ir a ver si está —dijo Jondrette—.

Hija, coge la vela y vete a ver. Marius se puso a cuatro patas y se metió debajo de la cama arrastrándose sin hacer ruido.

Acababa de acurrucarse allí debajo cuando vio una luz a través de las rendijas de la puerta.

—¡Papá —gritó una voz—, ha salido! Marius reconoció la voz de la hija mayor.

—¿Has entrado? —preguntó el padre.

—No —contestó la hija—, pero si está la llave puesta es que ha salido. El padre gritó:

—Entra de todas formas.

Se abrió la puerta y Marius vio entrar a la mayor de las Jondrette con una vela en la mano. Era igual que por la mañana, sólo que con aquella luz asustaba más.

Se fue derecha hacia la cama. Marius pasó por un momento de ansiedad indecible, pero, cerca de la cama, había un espejo clavado en la pared, y allí era donde iba. Se puso de puntillas y se miró. Se oía que en la habitación de al lado andaban moviendo chatarra.

Se atusó el pelo con la palma de la mano y se sonrió a sí misma repetidas veces en el espejo al tiempo que canturreaba con voz ronca y sepulcral:

Nos hemos querido toda la semana.

¡Los ratos de amor, ay, qué cortos son!

¿Valía la pena quererse ocho días?

¡Eterno tendría que ser el amor!

¡Eterno tendría que ser el amor!

Marius, entretanto, temblaba. Le parecía imposible que la muchacha no lo oyese respirar.

Ella fue hacia la ventana y miró a la calle hablando en voz alta con aquella expresión de loca que tenía.

—¡Qué feo está París cuando se pone una camisa blanca! —dijo.

Volvió al espejo y siguió poniendo caras, mirándose sucesivamente de frente y de tres cuartos.

—Pero ¿qué estás haciendo? —voceó el padre.

—Mirando debajo de la cama y de los muebles —contestó ella mientras seguía retocándose el pelo—. No hay nadie.

—¡Ven aquí ahora mismo, alma de cántaro! —vociferó el padre—. Y no andemos perdiendo el tiempo.

—¡Ya voy! ¡Ya voy! —dijo ella—. ¡Con qué prisas se andan siempre en esa casa!

Tarareó:

Me abandonáis para buscar la gloria. Mi corazón en pos vuestro irá siempre.

Le echó una última ojeada al espejo y se fue, cerrando la puerta al salir.

Momentos después, Marius oyó el ruido de los pies descalzos de las dos muchachas por el pasillo y la voz de Jondrette que les gritaba:

—¡Fijaos bien! Una por el lado del portillo, la otra en la esquina de la calle de Le Petit-Banquier. ¡No perdáis de vista ni un minuto la puerta de la casa y en cuanto veáis algo, aunque sea poco, os quiero aquí enseguida!

¡Subiendo los escalones de cuatro en cuatro! Tenéis una llave para entrar.

La hija mayor refunfuñó:

—¡Montar guardia descalzas en la nieve!

—¡Mañana tendréis botinas de seda tornasol! —dijo el padre.

Bajaron por las escaleras y, pocos segundos después, el golpe de la puerta de abajo al cerrarse anunció que ya estaban en la calle.

Sólo quedaban en la casa Marius y los Jondrette y también, seguramente, los seres misteriosos que había visto a medias Marius en la luz crepuscular detrás de la puerta de la buhardilla desocupada.

XVII
PARA QUÉ SIRVE LA MONEDA DE CINCO FRANCOS DE MARIUS

A Marius le pareció que había llegado el momento de volver a su observatorio. En un abrir y cerrar de ojos, y con la agilidad propia de sus años, estuvo junto al agujero del tabique.

Miró.

La vivienda de los Jondrette tenía un aspecto singular, y Marius vio la explicación de aquella claridad rara que le había llamado la atención. Ardía una vela en un candelero cubierto de cardenillo, pero no era ésa la llama que iluminaba en realidad la habitación. Lo que alumbraba todo el cuchitril era la reverberación de un hornillo bastante grande de chapa, colocado en la chimenea y repleto de carbones encendidos. El hornillo que la Jondrette había preparado por la mañana. El carbón ardía y el infiernillo estaba al rojo; bailaba en él una llama azul que contribuía a que se viera la forma del cortafríos que había comprado Jondrette en la calle de Pierre-Lombard y que se estaba poniendo al rojo hundido en las brasas. Veíanse en un rincón, cerca de la puerta, y como dispuestos para un uso previsto de antemano, dos montones, uno de los cuales parecía de chatarra, y el otro, de cuerdas. Todo aquello habría conseguido que a alguien que no hubiese sabido qué se estaba preparando le titubease la mente entre una idea muy siniestra y una idea muy sencilla. El tugurio, con aquella iluminación, parecía más una fragua que la boca del infierno; pero Jondrette, a aquella luz, parecía más un demonio que un herrero.

Era tal el calor de aquella lumbre que la vela que estaba encima de la mesa se derretía por el lado que miraba al hornillo y se consumía en bisel. Una vieja linterna sorda de cobre, digna de un Diógenes que se hubiera convertido en Cartouche, estaba encima de la chimenea.

El hornillo, colocado en el hogar, junto a unos tizones casi apagados, mandaba el humo al cañón de la chimenea y no olía a nada.

La luna, que entraba por los cuatro huecos de la ventana, proyectaba su blancura en la buhardilla purpúrea y llameante; y, para la mentalidad poética de Marius, soñador incluso en plena acción, era como un pensamiento del cielo que se entremezclaba con los sueños deformes de la tierra.

Una corriente de aire, que entraba por el cristal roto, contribuía a disipar el olor del carbón y a disimular la existencia del hornillo.

La guarida de los Jondrette era, si recordamos lo ya dicho acerca del caserón Gorbeau, un lugar admirable para servir de escenario a una acción violenta y tenebrosa y dar cobijo a un crimen. Era la habitación más remota de la casa más aislada del bulevar más desierto de París. Si las emboscadas no hubieran existido ya de antes, las habrían inventado en ese sitio.

Toda la anchura de la finca y una multitud de habitaciones desocupadas separaban aquel tugurio del bulevar; y la única ventana que tenía daba a solares rodeados de tapias y de empalizadas.

Jondrette había encendido la pipa, se había sentado en la silla agujereada y fumaba. Su mujer le hablaba en voz baja.

Si Marius hubiera sido Courfeyrac, es decir, uno de esos hombres que se ríen en todas las circunstancias de la vida, habría soltado la carcajada al tropezarle la vista con la Jondrette. Llevaba un sombrero negro con plumas bastante parecido a los sombreros de los heraldos de la coronación de Carlos X, un chal escocés grandísimo encima de la falda de punto y los zapatos masculinos que su hija había desdeñado por la mañana. Era ese atavío el que había provocado la exclamación de Jondrette: ¡Bueno, ya veo que te has vestido! ¡Muy bien! ¡Tienes que inspirar confianza!

En cuanto a Jondrette, no se había quitado el gabán nuevo que le había dado el señor Leblanc y que le estaba ancho y seguía habiendo en su atuendo ese contraste entre la levita y los pantalones en que residía, desde el punto de vista de Courfeyrac, la imagen ideal del poeta.

De pronto alzó la voz Jondrette.

—¡Por cierto! Acabo de caer en la cuenta. ¡Con el tiempo que hace, vendrá en coche de punto! Enciende la linterna, cógela y baja. Quédate detrás de la puerta de la calle. En cuanto oigas pararse el coche, abre enseguida; subirá, tú lo alumbras por las escaleras y por el pasillo y, mientras entra, bajas corriendo, pagas al cochero y despides el coche.

—¿Con qué dinero? —preguntó la mujer.

Jondrette rebuscó en los pantalones y le dio cinco francos.

—¿Y esto de dónde sale? Jondrette respondió muy digno:

—Es el coronado que soltó el vecino esta mañana. Y añadió:

—¿Sabes que aquí harían falta dos sillas?

—¿Para qué?

—Para sentarse.

Marius notó un escalofrío por el espinazo cuando oyó a la Jondrette contestar tan tranquila:

—¡Rediez! Voy por las del vecino.

Y con ademán veloz abrió la puerta del tugurio y salió al pasillo.

Marius no tenía tiempo material de bajar de la cómoda, llegar a la cama y esconderse.

—Coge la vela —gritó Jondrette.

—No —dijo la mujer—, que me estorbaría; tengo que llevar las dos sillas. Da luz la luna.

Marius oyó cómo la mano pesada de la Jondrette buscaba a tientas la llave en la oscuridad. Se abrió la puerta. Se quedó clavado en el sitio, petrificado de sobrecogimiento y estupor.

La Jondrette entró.

Por la ventana del techo abuhardillado entraba un rayo de luna entre dos lienzos grandes de sombra. Uno de esos lienzos de sombra cubría por completo la pared a la que estaba adosado Marius, de forma tal que no se lo veía.

La Jondrette alzó la mirada y no vio a Marius; cogió las dos sillas, las únicas que tenía Marius, y se fue, dejando que la puerta se cerrase sola de un portazo al salir ella.

Volvió a entrar en el tugurio.

—Aquí tienes las dos sillas.

—Y aquí tienes la linterna —dijo el marido—. Baja corriendo. Ella se apresuró a obedecer y Jondrette se quedó solo.

Colocó las dos sillas a ambos lados de la mesa, le dio la vuelta al cortafríos entre las brasas, colocó delante de la chimenea un biombo viejo para que tapase el hornillo y fue luego al rincón donde estaba el montón de cuerdas y se agachó como para examinar algo. Marius se dio cuenta entonces de que lo que había tomado por un montón informe era una escala de cuerda muy bien hecha con peldaños de madera y dos garfios para engancharla.

Aquella escala y unas cuantas herramientas grandes, auténticos bloques de hierro, que andaban revueltas con la chatarra del montón de detrás de la puerta no estaban por la mañana en el tugurio de los Jondrette y parecía que las habían traído por la tarde, mientras Marius no estaba en casa.

«Son herramientas de herrero de corte», pensó Marius.

Si Marius hubiera sido algo más versado en la materia, habría reconocido, en aquello que tomaba por trebejos de herrador de corte, algunos instrumentos que pueden forzar una cerradura o usarse de ganzúa para una puerta y otros que pueden cortar o rebanar, las dos familias de herramientas que los ladrones llaman hurgonas y esquiladoras.

La chimenea y la mesa con las dos sillas estaban precisamente de cara a Marius. Al quedar escondido el hornillo, la habitación no tenía ya más luz que la de la vela; el mínimo cascote de loza encima de la mesa o en la chimenea proyectaban una sombra muy grande. Un jarro de agua desportillado tapaba la mitad de una pared. Había en aquel cuarto a saber qué calma repulsiva y ominosa. Se notaba que algo espantoso estaba a la espera.

Jondrette había dejado que se le apagase la pipa, síntoma de gran preocupación. La vela destacaba los ángulos ariscos y astutos de la cara. Fruncía las cejas y gesticulaba aparatosamente con la mano derecha como si estuviera respondiendo a los últimos consejos de un tenebroso monólogo interior. En una de esas oscuras réplicas que se daba a sí mismo, abrió con viveza el cajón de la mesa, sacó un cuchillo largo de cocina que estaba allí escondido y probó el corte en una uña. Hecho eso, volvió a meter el cuchillo en el cajón y lo cerró.

Marius, por su parte, agarró la pistola que llevaba en el bolsillo derecho, la sacó y la montó.

La pistola, al montarse, hizo un ruidito claro y seco. Jondrette se sobresaltó y se levantó a medias de la silla:

—¿Quién anda ahí?

Marius contuvo el aliento. Jondrette se quedó un rato escuchando y luego se echó a reír diciendo:

—¡Seré tonto! Es que cruje el tabique. Marius se quedó con la pistola en la mano.

XVIII
LAS DOS SILLAS DE MARIUS CARA A CARA

De pronto se estremecieron los cristales con la vibración lejana y melancólica de una campana. Estaban dando las seis en Saint-Médard.

Jondrette acusó todas las campanadas, una a una, asintiendo con la cabeza. Tras la sexta, apagó la vela con los dedos.

Se puso luego a recorrer la habitación, prestó oído a los ruidos del pasillo y siguió andando; volvía luego a prestar oído.

—¡Con tal de que venga! —refunfuñó. Luego, se volvió a la silla. Aún no se había acabado de sentar cuando se abrió la puerta.

La había abierto la Jondrette, y se había quedado en el pasillo poniendo una espantosa sonrisa de amabilidad que una de las aberturas de la linterna sorda iluminaba desde abajo.

—Entre, caballero —dijo.

—Entre, benefactor mío —repitió Jondrette, poniéndose de pie apresuradamente.

Entró el señor Leblanc.

Tenía una expresión serena que le daba un aspecto singularmente venerable.

Dejó cuatro luises encima de la mesa.

—Señor Fabantou —dijo—, aquí tiene para el alquiler y las primeras necesidades. Para más adelante ya veremos.

—¡Dios se lo pague, generoso benefactor mío! —exclamó Jondrette. Y luego, acercándose rápidamente a su mujer, le dijo:

—Despide el coche.

Ella se esfumó mientras su marido saludaba una y otra vez al señor Leblanc y le ofrecía una silla. Volvió, pasado un momento, y le dijo al oído:

—Ya está.

La nieve, que no había dejado de caer desde por la mañana, formaba una capa tan espesa que no se había oído llegar el coche de punto y no se lo oyó irse.

Entretanto el señor Leblanc se había sentado.

Jondrette había tomado posesión de la otra silla, frente por frente con el señor Leblanc.

Ahora, para hacernos una idea de la escena que viene a continuación, que se imagine el lector la noche gélida, la solitaria zona de La Salpêtriere cubierta de nieve y blanca a la luz de la luna como un sudario gigantesco, la luz de lamparilla de los faroles que ponía toques rojos acá y allá en esos bulevares trágicos y en las largas hileras de olmos negros; ni un transeúnte, quizá, en un cuarto de legua a la redonda; el caserón Gorbeau en su estado máximo de silencio, de espanto y de oscuridad nocturna; y, en ese caserón, en medio de esa soledad, en medio de esa oscuridad, la amplia buhardilla de los Jondrette a la luz de una vela; y, en ese tugurio, dos hombres sentados ante una mesa: el señor Leblanc, tranquilo; Jondrette, sonriente y aterrador; la Jondrette, la madre loba, en un rincón; y, detrás del tabique, Marius, invisible, de pie, que no se perdía ni una palabra, ni un gesto, con la mirada al acecho y la pistola empuñada.

Marius, por lo demás, sólo notaba la conmoción del espanto, pero no sentía temor alguno. Apretaba la culata de la pistola y se daba cuenta de que lo tranquilizaba. «Detendré a ese miserable cuando quiera», pensaba.

Notaba que la policía estaba por allí, en algún sitio, emboscada, a la espera de la señal convenida y lista para alargar el brazo.

Por lo demás, tenía la esperanza de que de aquel encuentro violento entre Jondrette y el señor Leblanc surgiera alguna luz en relación con todas las cosas de las que le interesaba enterarse.

<h1 style="text-align:center">XIX</h1>

PREOCUPARSE DE LA OSCURIDAD DEL FONDO

No bien se hubo sentado, el señor Leblanc volvió la vista hacia los jergones, que estaban vacíos.

—¿Qué tal está esa pobre niña que estaba herida?

—Mal —contestó Jondrette con una sonrisa consternada y agradecida

—, muy mal, mi digno señor. Su hermana mayor la ha llevado a La Bourbe a que le hagan una cura. Ahora las verá, volverán dentro de un rato.

—La señora Fabantou me parece que se encuentra mejor —siguió diciendo el señor Leblanc, fijándose en el curioso atuendo de la Jondrette, quien, de pie entre él y la puerta, como si estuviera ya de guardia para impedir la salida, lo miraba en postura amenazadora y casi combativa.

—Se está muriendo —dijo Jondrette—. Pero ¿qué quiere que le diga, caballero?, ¡tiene tanto valor la mujer esta! No es una mujer, es un buey.

La Jondrette, a quien le llegó el elogio al alma, protestó, haciendo melindres, como un monstruo halagado:

—¡Me tratas siempre mejor de lo que me merezco, señor Jondrette!

—Jondrette —dijo el señor Leblanc—. Yo creía que se llamaba usted Fabantou.

—¡Fabantou, conocido por Jondrette! —replicó con presteza el marido

—. ¡Apodo de artista!

Y, tras un encogimiento de hombros dirigido a su mujer que el señor Leblanc no vio, siguió diciendo con un tono de voz enfático y meloso:

—¡Ay, si es que siempre nos hemos llevado muy bien mi mujercita y yo! ¿Qué nos quedaría, si no tuviéramos eso? ¡Somos tan desgraciados, mi respetable señor! ¡Tenemos brazos y no tenemos trabajo! ¡Tenemos coraje, pero no tenemos faena! No sé cómo hace estas cosas el gobierno, pero, le doy mi palabra de honor, caballero, de que no soy un jacobino, señor mío, no soy un republicano andrajoso, no quiero mal al gobierno, pero si fuera yo ministro, se lo juro por lo más sagrado, de otra manera irían las cosas. Mire, un ejemplo, quise que mis hijas aprendieran el oficio de cartoneras. Y usted me dirá: ¿Cómo? ¿Un oficio? ¡Pues sí! ¡Un oficio! ¡Un simple oficio! Para ganarse el sustento. ¡Qué forma de caer, benefactor mío! ¡Qué degradación cuando se ha sido lo que fuimos! ¡No nos queda, ay, nada de nuestros tiempos de prosperidad! Una única cosa, un cuadro al que le tengo mucho apego, pero del que, sin embargo, estaría dispuesto a desprenderme. ¡Porque hay que vivir! ¡Eso es, hay que vivir!

Mientras hablaba Jondrette, con una especie de desesperación aparente que no le remediaba en absoluto la expresión calculadora y sagaz de la cara, Marius alzó la mirada y divisó, al fondo de la habitación, a alguien a quien no había visto aún. Acababa de entrar un hombre, tan despacio que no se habían oído girar los goznes de la puerta. Aquel hombre llevaba un chaleco de punto violeta viejo, raído, con manchas, con cortes y con todas las arrugas boqueando, un pantalón ancho de pana y en los pies unas zapatillas de las que se usan con zuecos; iba sin camisa y con el cuello al aire, los brazos también al aire y tatuados y la cara tiznada de negro. Se había sentado en silencio y con los brazos cruzados en la cama que tenía más a mano y, como estaba detrás de la Jondrette, sólo se lo veía confusamente.

Por esa especie de instinto magnético que alerta a la mirada, el señor Leblanc se volvió casi al mismo tiempo que Marius. No pudo evitar un ademán de sorpresa que no se le escapó a Jondrette.

—¡Ah, ya veo que está mirando su levita! —dijo Jondrette abrochándosela con cara de agrado—. ¡Me sienta bien, a fe mía que me sienta bien!

—¿Quién es ese hombre? —dijo el señor Leblanc.

—¿Ése? —dijo Jondrette—. Un vecino. No le haga caso.

El vecino tenía una pinta singular. Pero en el arrabal de Saint-Marceau abundan las fábricas de productos químicos. Muchos obreros fabriles pueden tener la cara negra. Por lo demás, de toda la persona del señor Leblanc se desprendía una confianza cándida e intrépida. Añadió:

—Perdone, señor Fabantou, ¿qué me estaba diciendo?

—Le estaba diciendo, caballero y querido protector mío —respondió Jondrette, poniéndose de codos en la mesa y contemplando al señor Leblanc con mirada fija y afectuosa, bastante parecida a la de la boa—, le estaba diciendo que tengo un cuadro en venta.

Se oyó un leve ruido en la puerta. Acababa de entrar otro hombre, que se había sentado en la cama, detrás de la Jondrette. Iba, como el primero, remangado y con una máscara de tinta o de hollín.

Aunque aquel hombre se hubiera escurrido, literalmente, dentro de la habitación, no pudo evitar que el señor Leblanc lo viera.

—No haga caso —dijo Jondrette—. Son vecinos de la casa. Así que le estaba diciendo que me quedaba un cuadro valiosísimo... Mire, caballero, fíjese.

Se puso de pie, se acercó a la pared a cuyo pie estaba el entrepaño que ya hemos mencionado y le dio la vuelta, aunque lo dejó apoyado en el tabique. Se trataba de algo que tenía, efectivamente, parecido con un cuadro y que la vela iluminaba hasta cierto punto. Marius no podía ver bien lo que representaba, porque Jondrette estaba entre el cuadro y él, pero divisaba a medias unos chafarrinones muy burdos y algo así como un personaje principal coloreado con la crudeza chillona de los telones de las ferias y de los dibujos de los biombos.

—¿Y eso qué es? —preguntó el señor Leblanc. Jondrette exclamó:

—¡La obra de un maestro de la pintura, un cuadro de gran valor, benefactor mío! Lo quiero como a mis hijas. ¡Me trae recuerdos! Pero ya le he dicho, y no me desdigo, que soy tan desdichado que estaría dispuesto a desprenderme de él.

Bien fuera por casualidad, bien porque estuviera empezando a preocuparse, la mirada del señor Leblanc, mientras examinaba el cuadro, volvió hacia el fondo de la habitación. Ahora había cuatro hombres, tres sentados en la cama y uno de pie junto al marco de la puerta; los cuatro iban remangados, estaban inmóviles y tenían la cara tiznada de negro. Uno de los que se sentaban en la cama se había apoyado en la pared, con los ojos cerrados, y parecía dormir. Era viejo; el pelo blanco coronando el rostro negro hacía un efecto espantoso. Los otros dos parecían jóvenes. Uno era barbudo, y el otro, melenudo. Ninguno llevaba zapatos; los que no llevaban zapatillas, iban descalzos.

Jondrette notó que al señor Leblanc se le quedaban los ojos clavados en esos hombres.

—Son unos amigos. Vienen de visita porque somos vecinos. Están tiznados porque trabajan con carbón. Son fumistas. No les haga caso, benefactor mío, y cómpreme el cuadro. Compadézcase de mi pobreza. Se lo dejo barato. ¿En cuánto lo valora usted?

—Pero —dijo el señor Leblanc, mirando a Jondrette a los ojos y como hombre que se está poniendo en guardia— si esto es un rótulo de taberna; vale como mucho tres francos.

Jondrette respondió con voz suave:

—¿Lleva encima la cartera? Me conformaría con mil escudos.

El señor Leblanc se puso de pie, apoyó la espalda en la pared y recorrió rápidamente la habitación con la mirada. Tenía a Jondrette a la izquierda, del lado de la ventana, y a la Jondrette y a los cuatro hombres a la derecha, del lado de la puerta. Los cuatro hombres no se movían y ni tan siquiera parecían verlo; Jondrette había seguido hablando en tono quejumbroso, con mirada tan vaga y entonación tan plañidera que el señor Leblanc podía pensar que tenía delante sencillamente a un hombre al que había vuelto loco la miseria.

—Si no me compra el cuadro, querido benefactor —decía Jondrette—, estoy sin recursos, lo único que me queda ya es tirarme al río. Cuando pienso que quise que mis hijas aprendiesen el oficio de cartoneras en semifino, para hacer cajas de regalo. Bueno, pues se necesita una mesa con un tablón detrás para que no se caigan los vasos al suelo; se necesita un horno ex profeso, un bote con tres divisiones para las colas de diferente fuerza según que se usen para madera, para papel o para tela, una chaira para cortar el cartón, un molde para ajustarlo, un martillo para clavar los aceros, pinceles, y a saber qué mas, una cantidad endemoniada de cosas. ¡Y todo eso para ganar veinte céntimos diarios! ¡Trabajando catorce horas! ¡Y cada caja le pasa trece veces por las manos a la obrera! ¡Y hay que mojar el papel! ¡Y no hay que manchar nada! ¡Y que la cola esté siempre caliente!

¡Una cantidad de cosas endemoniada, ya le digo! ¡Y veinte céntimos diarios! ¿Cómo quiere usted que se pueda vivir?

Jondrette no miraba al señor Leblanc mientras hablaba; y éste lo observaba. El señor Leblanc tenía la vista clavada en Jondrette, y Jondrette la tenía clavada en la puerta. La atención jadeante de Marius iba de uno a otro. El señor Leblanc parecía estar preguntándose: «¿Es un idiota?». Jondrette repitió dos o tres veces con todo un surtido de inflexiones dentro de un registro moroso y suplicante: «¡Lo único que me queda ya es tirarme al río! ¡La otra tarde bajé los tres peldaños que hay junto al puente de Austerlitz para tirarme!».

De pronto, se le iluminaron las pupilas mortecinas con una llamarada repulsiva; el hombrecillo aquel se irguió y se volvió amedrentador; dio un paso hacia el señor Leblanc y le gritó con voz de trueno:

—Pero ¡vamos a dejarnos ya de tonterías! ¿No me reconoce?

<h1 style="text-align:center">XX</h1>
<h2 style="text-align:center">LA EMBOSCADA</h2>

La puerta de la buhardilla acababa de abrirse de golpe y asomaban por ella tres hombres con blusón de algodón azul y máscaras de papel negro. El primero era flaco y llevaba un garrote largo y herrado; el segundo, que era como un coloso, llevaba cogida por la parte central del mango y con la hoja hacia abajo un hacha de las de matar a los bueyes. El tercero, un hombre achaparrado, menos flaco que el primero y menos robusto que el segundo, empuñaba una llave enorme robada de la puerta de alguna cárcel.

Por lo visto, lo que estaba esperando Jondrette era que llegasen esos hombres. El hombre del garrote, el flaco, y él entablaron un diálogo veloz.

—¿Está todo listo? —dijo Jondrette.

—Sí —contestó el hombre flaco.

—¿Dónde está Montparnasse?

—Nuestro galán joven se ha parado a charlar con tu hija.

—¿Con cuál?

—Con la mayor.

—¿Hay un coche abajo?

—Sí.

—¿Está enganchada la tartana?

—Enganchada está.

—¿Con dos buenos caballos?

—Estupendos.

—¿Está esperando donde dije que esperara?

—Sí.

—Bien —dijo Jondrette.

El señor Leblanc estaba muy pálido. Miraba cuanto lo rodeaba en el tugurio como un hombre que cae en la cuenta de dónde ha ido a meterse; y movía la cabeza girando el cuello, por turnos, hacia todas las caras que lo rodeaban, con lentitud atenta y asombrada; pero nada había en su expresión que se pareciera al miedo. Se había atrincherado provisionalmente detrás de la mesa; y aquel hombre, que momentos antes sólo parecía un anciano bondadoso, se había convertido repentinamente en algo parecido a un atleta y apoyaba el puño robusto en el respaldo de su silla con un gesto temible y sorprendente.

Aquel anciano, tan firme y tan valiente frente a semejante peligro, parecía tener uno de esos caracteres que son valerosos de la misma forma que son buenos, con facilidad y sencillez. Nunca nos resulta ajeno el padre de una mujer a la que amamos. Marius se sintió orgulloso del desconocido aquel.

Tres de los hombres remangados, de los que había dicho Jondrette: son fumistas, habían cogido, del montón de chatarra, uno de ellos una cizalla grande; otro, unas pinzas de hacer palanca; y el tercero, un martillo; y se habían cruzado delante de la puerta sin decir palabra. El viejo se había quedado en la cama y se había limitado a abrir los ojos. La Jondrette se había sentado junto a él.

Marius pensó que faltaban pocos segundos para que llegase el momento de intervenir y alzó la mano derecha hacia el techo y apuntando al pasillo, dispuesto a disparar la pistola.

Jondrette, tras dar por concluido el coloquio con el hombre del garrote, se volvió otra vez hacia el señor Leblanc y repitió la pregunta acompañándola con esa risa baja, contenida y terrible, tan suya:

—¿Así que no me reconoce?

El señor Leblanc lo miró a la cara y contestó:

—No.

Entonces Jondrette se llegó hasta la mesa. Se inclinó por encima de la vela, cruzándose de brazos, acercando el rostro anguloso y feroz a la cara tranquila del señor Leblanc; y, arrimándose cuanto pudo a él, sin que éste retrocediera, en esa postura de la fiera que va a morder, gritó:

—No me llamo Fabantou; no me llamo Jondrette; ¡me llamo Thénardier! ¡Soy el posadero de Montfermeil! ¿Se entera? ¡Thénardier! ¿Me reconoce ahora?

Al señor Leblanc le pasó por la frente un imperceptible rubor, y contestó sin que le temblase la voz y sin alzar el tono, con su placidez ordinaria:

—Pues no.

Marius no oyó esa respuesta. Quien lo hubiera visto en aquellos momentos, en aquella oscuridad, se lo habría encontrado descompuesto, alelado y fulminado. En el momento en que Jondrette dijo: Me llamo Thénardier, tuvo Marius un estremecimiento de todos los miembros y se apoyó en la pared como si hubiera notado el frío de una hoja de acero atravesándole el corazón. Luego se le bajó despacio el brazo derecho, listo para disparar un tiro y dar la señal, y, en el momento en que Jondrette repitió: ¿Se entera? ¡Thénardier!, los dedos desfallecidos de Marius estuvieron a punto de dejar caer la pistola. Jondrette, al revelar quién era, no había conseguido que se inmutara el señor Leblanc, pero sí trastornar a Marius. Aquel apellido, Thénardier, que al señor Leblanc no parecía sonarle, a Marius sí le sonaba. ¡Recordemos lo que era ese apellido para él!

¡Ese apellido lo había llevado junto al corazón, escrito en el testamento de su padre! Lo llevaba en lo hondo del pensamiento, en lo hondo de la memoria, en aquella recomendación sagrada: «Un tal Thénardier me salvó la vida. Si mi hijo se encuentra con él, que le haga todo el bien que esté en su mano». Como recordaremos, aquel apellido era una de las devociones de su alma. En el culto que rendía a su padre, unía ese nombre al de éste.

¡Cómo! ¡Ese hombre era Thénardier, ése era el posadero de Montfermeil que había buscado tanto tiempo en vano! Al fin lo encontraba y ¡en qué circunstancias! ¡El salvador de su padre era un bandido! ¡El hombre en quien Marius soñaba con volcarse abnegadamente era un monstruo! ¡El liberador del coronel Pontmercy estaba cometiendo un atentado cuya forma no vislumbraba aún Marius con claridad pero que tenía visos de ser un asesinato! ¡Y a quién estaba atacando, por Dios! ¡Qué fatalidad! ¡Qué amarga burla de la suerte! Su padre le ordenaba desde lo hondo del sepulcro que le hiciera a Thénardier todo el bien que estuviera en su mano; hacía cuatro años no pensaba sino en pagar aquella deuda de su padre y, en el momento en que iba a entregar a la justicia a un bandido cuando estaba cometiendo un crimen, el destino le gritaba: ¡Es Thénardier! Por fin iba a pagarle a ese hombre la vida de su padre, rescatado de un granizo de metralla en el campo heroico de Waterloo, ¡e iba pagársela con el patíbulo! Se había prometido a sí mismo, si alguna vez encontraba a Thénardier, que no se acercaría a él sino arrojándose a sus pies; y lo había encontrado, efectivamente, pero ¡para entregárselo al verdugo! Su padre le decía:

«¡Socorre a Thénardier!». ¡Y él respondía a aquella voz adorada y santa aplastando a Thénardier! ¡Brindarle a su padre, que estaba en la tumba, el espectáculo del hombre que lo había arrancado a la muerte, jugándose la propia vida, ejecutado en la plaza de Saint-Jacques, por obra y gracia de su hijo, de ese Marius al que había dejado por herencia a aquel hombre! ¡Y qué irrisorio resultaba haber llevado tanto tiempo pegadas al pecho las últimas voluntades de su padre escritas de su puño y letra para caer ahora, de forma espantosa, en todo lo contrario! Pero, por otra parte, ¿podía presenciar aquella emboscada y no impedirla? ¡Cómo! ¡Condenar a la víctima y salvar al asesino! ¿Podía sentir alguien agradecimiento alguno hacia un miserable de esa laya? Todo cuanto llevaba Marius pensando desde hacía cuatro años lo había atravesado de parte a parte aquel golpe inesperado. Temblaba. Todo dependía de él. Sin que aquellas personas que estaban ahí, moviéndose ante sus ojos, lo supieran, las tenía en sus manos. Si disparaba el tiro, el señor Leblanc se salvaba y Thénardier estaba perdido; si no lo disparaba, sacrificaba al señor Leblanc y, ¿quién sabe?, Thénardier escapaba. ¡Despeñar a uno o desentenderse del otro! Remordimiento por ambos lados. ¿Qué hacer? ¿Qué escoger? ¡No cumplir con esos recuerdos tan imperiosos, con esos compromisos tan hondos que había adquirido consigo mismo, con el deber más sagrado, con el texto más venerado! ¡No cumplir con el testamento de su padre o permitir que se cometiera un crimen! Por un lado, le parecía estar oyendo a «su Ursule» rogarle por su padre; y, por otro, el coronel ponía bajo su amparo a Thénardier. Sentía que se volvía loco. Se le doblaban las rodillas. Y no tenía siquiera tiempo de pensárselo, porque la escena que se desarrollaba ante su vista se iba acelerando furiosamente. Aquello era como un torbellino que había creído dominar y que lo arrastraba. Estuvo a punto de desmayarse.

En tanto, Thénardier, pues en adelante sólo lo llamaremos así, paseaba de arriba abajo, pasando por delante de la mesa, presa de una suerte de extravío y de triunfo frenético.

Agarró la vela y la puso encima de la chimenea con un golpe tan violento que la mecha estuvo a punto de apagarse y el sebo salpicó la pared.

Se volvió luego hacia el señor Leblanc, atemorizador, y escupió las siguientes palabras:

—¡Flameado! ¡Ahumado! ¡Guisado! ¡A la parrilla! Y volvió a pasear arriba y abajo, en plena erupción.

—¡Ah! —gritaba—. ¡Por fin lo encuentro, señor filántropo! ¡Señor millonario de tres al cuarto! ¡Regalador de muñecas! ¡Señor simplón! ¡Ah! ¡Dice que no me reconoce! ¡Será que no fue usted quien estuvo en Montfermeil, en mi posada, hace ocho años, en la Nochebuena de 1823! ¡Será que no fue usted quien se llevó de mi casa a la hija de Fantine, a la Alondra! ¡Será que no fue usted quien llevaba un carrique amarillo! ¡Qué va! ¡Ni un paquete de ropa en la mano, igual que esta mañana, aquí, en mi casa! ¡Ya ves, mujer! ¡Por lo visto es una manía que tiene, esa de llevar a las casas paquetes llenos de medias de lana! ¡Menudo viejo caritativo está hecho! ¿Será que es usted comerciante de géneros de punto, señor millonario? ¿Y les regala a los pobres las existencias de la tienda, santo, que es usted un santo? ¡Menudo funámbulo está hecho! ¿Así que no me reconoce? ¡Pues yo sí que lo reconozco! ¡Lo reconocí enseguida, en cuanto asomó los morros por aquí! ¡Ah, por fin va a quedar claro que no puede uno ir de rositas a casa de la gente con el pretexto de que es una posada, vestido de mala manera, con pinta de pobre, tan pobre que cualquiera le habría dado cinco céntimos, para engañar a la gente y hacerse el generoso, y dejarla sin su forma de ganarse el pan, y amenazarla en el bosque, y creerse que ya ha cumplido trayéndoles luego, cuando esa gente está en la ruina, una levita ancha y dos malas mantas de hospital, viejo granuja, ladrón de niños!

Calló y, por unos instantes, pareció que hablaba consigo mismo.

Hubiérase dicho que aquella furia suya caía, como el Ródano, en un agujero; luego, como si rematase en voz alta las cosas que acababa de decirse por lo bajo, dio un puñetazo en la mesa y gritó:

—¡Con esa pinta bonachona!

Y, encarándose con el señor Leblanc, siguió diciendo:

—¡Cuerpo de Cristo! ¡Hace tiempo se rió de mí! ¡Tiene usted la culpa de todas mis desgracias! ¡Se llevó por mil quinientos francos una chica que tenía yo y que era seguramente de alguna gente rica y que me había proporcionado ya mucho dinero y tenía que darme para vivir toda la vida! ¡Una chica que me habría resarcido de todo lo que perdí en aquel figón asqueroso donde había aquelarres por todo lo alto y donde me dejé, como un imbécil, todos los cuartos que tenía! ¡Ah, cuánto me gustaría que todo el vino que se bebió en mi taberna se les volviera veneno a quienes lo bebieron! Pero, bueno, ¡da igual! ¡Oiga, qué gracia debí de hacerle cuando se largó con la Alondra! Llevaba su garrote, en el bosque. Era el más fuerte. ¡La revancha! ¡Los triunfos los tengo yo hoy! ¡Va listo, compadre! Pero ¡si es que me da la risa! ¡Lo que me estoy riendo, de verdad! ¡Cómo ha caído en la trampa! ¡Le dije que era actor, que me llamaba Fabantou, que había trabajado con la señorita Mars, con la señorita Más, que el casero quería cobrarme mañana, 4 de febrero! ¡Y ni siquiera cayó en la cuenta de que los alquileres vencen el 8 de enero, y no el 4 de febrero! ¡Cretino ridículo! ¡Y esos cuatro felipes de mala muerte que me trae! ¡Canalla! ¡Ni siquiera se le ha movido el alma y ha llegado a los cien francos! ¡Y cómo se tragaba las ramplonerías que le contaba! ¡Qué risa! Me decía a mí mismo: «¡So pánfilo! ¡Te tengo pillado! ¡Esta mañana te lamo las patazas y esta noche te roeré el corazón!».

Thénardier calló. Estaba sin resuello. El pecho débil y estrecho jadeaba como el fuelle de una fragua. Le rebosaba de la mirada esa innoble felicidad propia de un ser débil, cruel y cobarde que por fin puede derribar a quien temía e insultar a quien le bailó el agua, el júbilo de un enano que le pisa la cabeza a Goliat, el júbilo de un chacal que está empezando a arrancarle la carne a tiras a un toro enfermo, lo bastante muerto para no defenderse ya y lo bastante vivo para sufrir todavía.

El señor Leblanc no lo interrumpió, pero cuando Thénardier calló, le dijo:

—No sé a qué se refiere. Se confunde. Soy un hombre muy pobre y desde luego disto mucho de ser millonario. No lo conozco a usted. Me toma por otro.

—¡Ah! —dijo, como en un estertor, Thénardier—. ¡Vaya broma!

¿Pretende seguir con ese chiste? ¡Vaya torpeza, amigo! ¿Así que no se acuerda? ¿No cae en la cuenta de quién soy?

—Disculpe, caballero —contestó el señor Leblanc con un tono cortés que, en aquellas circunstancias, tenía un toque extraño y poderoso—; sí caigo en la cuenta de que es usted un bandido.

Como todo el mundo habrá observado, los seres odiosos tienen su susceptibilidad, y los monstruos son quisquillosos. Al oír la palabra «bandido», la Thénardier se tiró de la cama. Thénardier agarró su silla como si fuera a partirla con las manos.

—¡Tú no te muevas! —le gritó a su mujer. Y, volviéndose hacia el señor Leblanc, dijo—: ¡Bandido! ¡Sí, ya sé que ustedes, los ricos, nos llaman así!

¡Pues sí, es cierto, quebré, me ando escondiendo, no tengo pan, no tengo ni un céntimo, soy un bandido! Llevo tres días sin comer, ¡soy un bandido!

¡Ay, ustedes andan con los pies calientes, llevan escarpines de Sakoski, llevan levitas guateadas, como si fueran arzobispos, viven en el piso principal y en fincas con portero, comen trufas, comen manojos de espárragos de cuarenta francos en el mes de enero y guisantes, se atiborran, y, cuando quieren saber si hace frío, miran en el periódico lo que marca el termómetro del ingeniero Chevalier! Pero nosotros somos los termómetros, no necesitamos ir a mirar en el muelle, en la esquina de la torre de L'Horloge, cuántos grados de frío hay, notamos que la sangre se nos coagula en las venas y que el hielo nos llega al corazón y decimos: ¡No hay Dios! ¡Y vosotros venís a nuestras cuevas, sí, a nuestras cuevas, a llamarnos bandidos! Pero ¡nos los comeremos! ¡Sí, os devoraremos, infelices! Entérese bien, señor millonario: ¡yo fui un hombre con una posición, y tuve mi negocio con patente, y fui elector! ¡Yo soy un burgués! ¡Y a lo mejor resulta que usted no lo es!

Al llegar aquí, Thénardier dio un paso hacia los hombres que estaban junto a la puerta y añadió, presa de un temblor:

—¡Cuando pienso que se atreve a venir aquí a hablarme como si fuera yo un zapatero remendón!

Luego, dirigiéndose al señor Leblanc con recrudecido frenesí:

—¡Y entérese bien, señor filántropo, de que yo no soy un hombre poco claro! ¡No soy un hombre que nadie sabe cómo se llama y que va a las casas a secuestrar a los niños! ¡Soy un antiguo soldado francés y deberían haberme condecorado! ¡Yo estuve en Waterloo! ¡Y salvé en la batalla a un general que se llamaba el conde de no sé qué! Me dijo cómo se llamaba, pero hablaba tan flojo aquella puñetera voz que no lo oí. Sólo oí: Gracias. Más me habría gustado un nombre que un agradecimiento. Así podría haberlo localizado. Ese cuadro que ve ahí y que pintó David en Bruselas, ¿sabe lo que representa? Pues me representa a mí. David quiso inmortalizar ese hecho de armas. Llevo al general cargado a la espalda y me voy con él, cruzando entre la metralla. Ésa es la historia. ¡Nunca hizo nada por mí ese general, no valía más que los otros! Pero eso no quita para que le salvase la vida jugándome la mía, ¡y tengo los bolsillos repletos de papeles que lo certifican! ¡Soy un soldado de Waterloo, por vida de…! Y ahora que ya he tenido la bondad de contarle todo esto, acabemos. ¡Necesito dinero, necesito mucho dinero, necesito muchísimo dinero, o, si no, me lo cargo, voto a Dios!

Marius había conseguido domeñar hasta cierto punto sus angustias y escuchaba. Acababa de desvanecerse la última posibilidad de dudar. Era, efectivamente, el Thénardier del testamento. Marius se estremeció al oír que tildaban a su padre de ingrato y que él estaba a punto de dar pie fatalmente a ese reproche. Se sintió aún más perplejo. Aunque, por lo demás, había en cuanto decía Thénardier, en el tono, en los ademanes, en la mirada que arrancaba llamas a todas las palabras, había en aquel estallido de una naturaleza perversa completamente al descubierto, en aquella mezcla de fanfarronería y de abyección, de orgullo y de bajeza, de rabia y de estupidez, en aquel caos de agravios reales y de sentimientos falsos, en aquel impudor de un hombre malo que paladea la voluptuosidad de la violencia, en aquella desnudez descarada de un alma fea, en aquella conflagración de todos los padecimientos combinados con todos los odios, algo que resultaba repulsivo como el mal y desgarrador como la verdad.

La obra maestra, el cuadro de David cuya compra le había propuesto al señor Leblanc, no era, como ya habrá adivinado el lector, sino el letrero del figón de Thénardier, que, como recordaremos, había pintado él en persona, el único despojo que le quedaba del naufragio de Montfermeil.

Como ya no interceptaba la trayectoria visual de Marius, éste podía, mirar despacio el objeto, y, en aquel pintarrajo, ahora reconocía realmente una batalla, un fondo de humo y un hombre que cargaba con otro. Era el grupo de Thénardier y Pontmercy, el sargento salvador y el coronel salvado. Marius estaba como ebrio; aquel cuadro le devolvía, en cierto modo, la vida a su padre, no era ya el letrero de una taberna de Montfermeil, sino una resurrección; se abría a medias una tumba y se erguía fuera de ella un fantasma. Marius notaba los golpes del corazón en las sienes, tenía en los oídos el cañón de Waterloo; su padre, ensangrentado, pintado de mala manera en aquel entrepaño tétrico, lo espantaba; y le parecía que aquella silueta informe lo miraba fijamente.

Cuando Thénardier hubo recobrado el resuello, clavó en el señor Leblanc las pupilas inyectadas en sangre y le dijo con voz baja y tajante:

—¿Qué tienes que decir antes de que te cortemos en pedacitos?

El señor Leblanc callaba. En medio de ese silencio, una voz ronca soltó desde el pasillo este sarcasmo lúgubre:

—¡Aquí estoy yo si hay que partir leña!

Era el hombre del hacha, que andaba de guasa.

Al mismo tiempo, una cara enorme, erizada y terrosa, asomó por la puerta con una risa terrorífica que mostraba no unos dientes humanos, sino unos colmillos de fiera.

Era la cara del hombre del hacha.

—¿Por qué te has quitado la máscara? —le gritó Thénardier furioso.

—Para hacer una gracia —contestó el hombre.

El señor Leblanc hacía unos instantes que parecía estar siguiendo y acechando todos los movimientos de Thénardier, a quien cegaba y deslumbraba su propia rabia e iba y venía por la guarida con la confianza de saber que la puerta estaba guardada, que él estaba armado y tenía atrapado a un hombre desarmado y que eran nueve contra uno, en el supuesto de que la Thénardier no valiera por un hombre. Mientras se encaraba con el hombre del hacha, le daba la espalda al señor Leblanc.

El señor Leblanc aprovechó ese momento, le dio una patada a la silla, empujó la mesa con el puño y, de un salto, con una agilidad prodigiosa y antes de que Thénardier tuviera tiempo de darse la vuelta, ya estaba en la ventana. Abrirla, subirse al antepecho y sacar una pierna por ella fue cuestión de un segundo. Ya tenía medio cuerpo fuera cuando seis puños robustos lo agarraron y volvieron a meterlo enérgicamente en el tugurio.

Eran los tres «fumistas» que se le habían echado encima. Al mismo tiempo, la Thénardier lo agarró del pelo.

Al oír aquel ruido de pies, los otros bandidos llegaron desde el pasillo. El viejo que estaba encima del catre y parecía tomado del vino bajó del camastro y llegó, tambaleándose, con un martillo de peón caminero en la mano.

Uno de los «fumistas», cuya vela le iluminaba la cara tiznada y en quien Marius reconoció, pese a ese tizne, a Panchaud, conocido por Printanier y Bigrenaille, enarbolaba, por encima de la cabeza del señor Leblanc, una especie de porra que consistía en dos bolas de plomo en los dos extremos de una barra de hierro.

Marius no pudo soportar aquel espectáculo. «Padre —pensó—, ¡perdóneme!» Y buscó con el dedo el gatillo de la pistola. Estaba a punto de disparar cuando la voz de Thénardier gritó:

—¡No le hagáis daño!

Aquel intento desesperado de la víctima, en vez de exasperar a Thénardier, lo había tranquilizado. Había en él dos hombres: el hombre feroz y el hombre hábil. Hasta entonces, al desbordársele el triunfo y ante la presa cobrada y que no se movía, había predominado el hombre feroz;

cuando la víctima forcejeó y pareció querer luchar, apareció el hombre hábil y se impuso.

—¡No le hagáis daño! —repitió. Y, sin sospecharlo, su primer logro fue que detuvo la pistola a punto de disparar y paralizó a Marius, para quien desapareció la urgencia y que, ante aquella frase diferente no vio inconveniente en seguir esperando. A lo mejor se presentaba alguna oportunidad que lo liberase de la espantosa alternativa de dejar morir al padre de Ursule o de llevar a la perdición al salvador del coronel.

Se había entablado una lucha hercúlea. De un puñetazo en pleno pecho, el señor Leblanc había mandado, rodando, al viejo hasta el centro de la habitación; luego, de dos manotazos, dio en el suelo con otros dos atacantes y los tenía sujetos con sendas rodillas; los miserables aquellos lanzaban un estertor bajo esa opresión como si estuvieran bajo una muela de granito; pero los otros cuatro habían agarrado el temible anciano por ambos brazos y por la nuca y lo sujetaban, acurrucado encima de los dos «fumistas» derribados. Así, al señor Leblanc, que dominaba a unos mientras a él lo dominaban los otros y aplastaba a los de debajo asfixiándose bajo los de arriba, sacudiéndose en vano todas las fuerzas que se apiñaban encima de él, no se lo veía bajo el grupo espantoso de los bandidos, igual que un jabalí bajo un montón aullador de dogos y de sabuesos.

Consiguieron derribarlo encima de la cama más próxima de la ventana y allí lo tuvieron a raya. La Thénardier no le había soltado el pelo.

—Tú —dijo Thénardier—, no te metas. Se te va a romper el chal.

La Thénardier obedeció como la loba obedece al lobo, con un gruñido.

—Vosotros —añadió Thénardier—, registradlo.

El señor Leblanc parecía haber renunciado a resistirse. Lo registraron. Sólo llevaba encima una bolsa de cuero donde había seis francos y el pañuelo.

Thénardier se metió el pañuelo en el bolsillo.

—¡Cómo! ¿No lleva cartera? —preguntó.

—Ni reloj —contestó uno de los «fumistas».

—¡En cualquier caso —susurró con voz de ventrílocuo el hombre enmascarado que llevaba la llave grande— es un viejo duro de pelar!

Thénardier fue hasta el rincón que estaba junto a la puerta y cogió una brazado de cuerdas que les arrojó.

—Atadlo a la pata de cama —dijo. Y, al ver al viejo, que se había quedado en el suelo, cruzado en medio de la habitación tras el puñetazo del señor Leblanc, y no se movía, preguntó:

—¿Boulatruelle está muerto?

—No —contestó Bigrenaille—, está borracho.

—Barredlo a un rincón —dijo Thénardier.

Dos de los «fumistas» empujaron al borracho con el pie hasta el montón de chatarra.

—Babet, ¿por qué has traído a tantos? —le dijo Thénardier por lo bajo al hombre del garrote—. No hacía falta.

—Mira, es que todos han querido tener algo que ver —replicó el hombre del garrote—. La temporada es mala. No se presentan negocios.

El catre en el que habían tendido al señor Leblanc era algo así como una cama de hospital con cuatro montantes toscos de madera casi sin desbastar.

El señor Leblanc no opuso resistencia. Los bandidos lo ataron fuertemente, incorporado y con los pies en el suelo, al montante de la cama más alejado de la ventana y más cercano a la chimenea.

Tras apretar el último nudo, Thénardier cogió una silla y fue a sentarse casi enfrente del señor Leblanc. Thénardier no parecía ya el de antes; en pocos instantes su fisonomía había pasado de la violencia desenfrenada a la suavidad serena y astuta. A Marius le costaba reconocer en aquella sonrisa cortés de oficinista la boca casi bestial que lanzaba espumarajos durante el monólogo anterior; miraba estupefacto aquella metamorfosis fantástica e inquietante y notaba lo que notaría un hombre que viese un tigre convertirse en abogado.

—Caballero —dijo Thénardier.

Y, apartando con un ademán a los bandidos que tenían todavía las manos puestas en el señor Leblanc, les dijo:

—Apartaos un poco y dejadme que charle con este señor.

Todos se retiraron, yendo hacia la puerta. Thénardier siguió diciendo:

—Caballero, ha hecho mal queriendo saltar por la ventana. Habría podido romperse una pierna. Ahora, si me lo permite, vamos a hablar tranquilamente. Para empezar, tengo que ponerlo al tanto de algo que he observado, y es que todavía no ha soltado usted ni un grito.

Thénardier tenía razón; era un detalle verídico, aunque se le hubiera escapado al alterado Marius. El señor Leblanc apenas si había pronunciado unas pocas palabras y sin alzar la voz; e incluso mientras luchaba junto a la ventana con los seis bandidos había sido en el más profundo y singular silencio. Thénardier siguió diciendo:

—La verdad es que si hubiera gritado ¡al ladrón! a mí no me habría parecido fuera de lugar. ¡Al asesino! es algo que se dice llegado el caso y, en lo que a mí se refiere, no me lo habría tomado a mal. Es de lo más natural que organice uno cierto jaleo cuando se encuentra en compañía de personas que no inspiran suficiente confianza. Si lo hubiera hecho usted, no se lo habríamos impedido. Ni siquiera lo habríamos amordazado. Y voy a decirle por qué. Porque esta habitación es muy sorda. Sólo tiene esa ventaja, pero la tiene. Es un sótano. Si alguien tirase aquí una bomba, al cuerpo de guardia más próximo sólo le sonaría al ruido de los ronquidos de un borracho. Aquí un cañón haría bum y un trueno haría puf. Es un lugar apañado. Pero, a lo que íbamos, usted no ha gritado, lo cual es preferible, le doy la enhorabuena y voy a decirle a qué conclusión me lleva. Mi querido señor, cuando uno grita, ¿quién viene? La policía. ¿Y detrás de la policía? La justicia. Pues bien, si usted no ha gritado, es que no tiene ningún interés, como tampoco lo tenemos nosotros, en que se presenten aquí la justicia y la policía. Es que —y hace mucho que lo sospecho— le conviene, por lo que sea, ocultar algo. Por nuestra parte, nos conviene lo mismo. Así que podemos entendernos.

Mientras decía estas palabras, parecía como si Thénardier, con los ojos clavados en el señor Leblanc, intentase hundir las puntas afiladas que le salían de los ojos en la conciencia de su prisionero. Por lo demás, su forma de expresarse, impregnada de una especie de insolencia moderada y socarrona, era discreta y casi escogida, y en aquel miserable que, una hora antes, no era sino un bandido se notaba ahora al «hombre que ha estudiado para cura».

El silencio que había guardado hasta entonces el prisionero, aquella precaución que lo llevaba incluso a olvidarse de luchar por la vida, aquella resistencia a caer en la reacción más espontánea de la naturaleza, que es gritar, todo aquello, debemos decirlo, importunaba a Marius, desde que Thénardier lo había comentado, y le causaba una extrañeza incómoda.

Aquella observación tan fundada de Thénardier le tornaban a Marius aún más oscuros los misterios impenetrables tras los que se ocultaba aquel personaje serio y peculiar a quien Courfeyrac había puesto el apodo de señor Leblanc. Pero, fuere cual fuere la situación, atado con cuerdas, rodeado de verdugos, hundido a medias, por así decirlo, en un foso que se iba ahondando más y más por momentos, enfrentado tanto a la ira cuanto a la suavidad de Thénardier, aquel hombre seguía impasible; y Marius no podía por menos de admirar, en un momento así, ese rostro soberbiamente melancólico.

Estaba claro que se trataba de un alma inaccesible al espanto y que no sabía lo que era la sensación de desamparo. Era uno de esos hombres que dominan el pasmo de las situaciones desesperadas. Por extremada que fuese la crisis, por inevitable que fuese la catástrofe, nada había en él que tuviera que ver con la agonía del ahogado que abre bajo el agua unos ojos espantosos.

Thénardier se puso de pie sin afectación, fue a la chimenea, corrió el biombo, que apoyó en el camastro vecino, y dejó así a la vista el hornillo lleno de brasas encendidas entre las que el prisionero podría ver a la perfección el cortafríos al blanco que constelaban, acá y allá, unas estrellitas escarlata.

Luego Thénardier volvió a sentarse junto al señor Leblanc.

—Prosigo —dijo—. Podemos entendernos. Vamos a zanjar esto amistosamente. He hecho mal en perder los estribos hace un rato, no sé dónde tenía la cabeza, he ido demasiado lejos, he dicho extravagancias. Por ejemplo, porque es usted millonario, le he dicho que le exigía dinero, mucho dinero, muchísimo dinero. Pero no sería sensato. La verdad es que, por muy rico que sea, tendrá usted sus obligaciones. ¿Quién no las tiene? No quiero arruinarlo, a fin de cuentas no soy un avariento. No soy de esas personas que, porque están en posición ventajosa, aprovechan para hacer el ridículo. Mire, voy a poner de mi parte y hacer un sacrificio en lo que a mí se refiere. Necesito sencillamente doscientos mil francos.

El señor Leblanc no dijo ni palabra. Thénardier prosiguió:

—Ya ve que le pongo mucha agua al vino. No estoy al tanto de cuál es el estado de su fortuna, pero sé que no mira el dinero, y un hombre como usted, aficionado a las buenas obras, bien puede darle doscientos mil francos a un padre de familia que no ha tenido suerte. No cabe duda de que usted también es sensato, y no se habrá figurado que iba a tomarme el trabajo que me estoy tomando hoy y a organizar lo de esta noche, que es un trabajo bien hecho, según reconocen estos señores, para acabar por pedirle para ir a tomar un tinto de setenta y cinco céntimos y un plato de ternera en Desnoyers. Doscientos mil francos, en eso lo taso. En cuanto salga de su bolsillo esa bagatela, le respondo de que todo quedará dicho y no tendrá que temer que nadie le toque un pelo. Usted me dirá: «Pero es que no llevo encima doscientos mil francos». ¡Claro, claro, no soy ningún exagerado! No exijo nada así. Sólo le pido una cosa, que tenga la bondad de escribir lo que voy a dictarle.

Llegado a este punto, Thénardier se interrumpió; luego, añadió, recalcando las palabras e indicando el hornillo con la sonrisa.

—Queda usted avisado de que no admitiré que me diga que no sabe escribir.

Un gran inquisidor podría haberle envidiado esa sonrisa.

Thénardier arrimó la mesa al señor Leblanc y sacó el tintero, una pluma y una hoja de papel del cajón, que dejó a medio cerrar y en el que relucía la larga hoja de un cuchillo.

Le colocó delante la hoja de papel al señor Leblanc.

—Escriba —dijo.

El prisionero habló por fin.

—¿Cómo quiere que escriba? Estoy atado.

—Es cierto. ¡Perdón! —dijo Thénardier—. Tiene toda la razón. Y, volviéndose hacia Bigrenaille, le dijo:

—Desátele el brazo derecho al señor.

Panchaud, conocido por Printanier y por Bigrenaille, obedeció la orden de Thénardier. Cuando el prisionero tuvo libre la mano derecha, Thénardier mojó la pluma en el tintero y se la ofreció:

—Que no se le olvide, señor mío, que está en nuestras manos y a nuestra discreción, que no hay poder humano que pueda sacarlo de aquí y que nos consternaría muy de verdad tener que llegar a extremos desagradables. No sé ni cómo se llama ni sus señas, pero lo aviso de que seguirá atado hasta que regrese la persona encargada de llevar la carta que va a escribir usted. Ahora, tenga a bien escribir.

—¿El qué? —preguntó el prisionero.

—Se lo dicto.

El señor Leblanc cogió la pluma. Thénardier empezó a dictar:

—«Hija mía…».

El prisionero dio un respingo y alzó la vista para mirar a Thénardier.

—Ponga «querida hija mía» —dijo Thénardier. El señor Leblanc obedeció. Thénardier prosiguió:

—«Ven inmediatamente…». Se interrumpió.

—La llama de tú, ¿verdad?

—¿A quién? —preguntó el señor Leblanc.

—Pues a la chiquilla, claro, a la Alondra —dijo Thénardier. El señor Leblanc repuso sin la mínima emoción aparente:

—No sé qué quiere usted decir.

—No importa; siga —dijo Thénardier. Y volvió a dictar—: «Ven ahora mismo. Te necesito ineludiblemente. La persona que te entregará esta nota debe traerte donde estoy. Te espero. Fíate y ven».

El señor Leblanc lo había escrito todo. Thénardier siguió diciendo:

—Bueno, tache fíate y ven; podría dar a suponer que el asunto no es tan sencillo y que cabe la desconfianza.

El señor Leblanc tachó las tres palabras.

—Ahora —añadió Thénardier— firme. ¿Cómo se llama? El prisionero soltó la pluma y preguntó:

—¿Para quién es esta carta?

—Ya lo sabe —contestó Thénardier—. Para la chiquilla. Se lo acabo de decir.

Estaba claro que Thénardier evitaba llamar por su nombre a la joven a la que se refería. Decía «la Alondra», decía «la chiquilla», pero no decía el nombre. Hábil precaución de hombre que no revela su secreto en presencia de sus cómplices. Pronunciar el nombre habría equivalido a ponerles en las manos «el negocio» y a informarlos de más de lo que precisaban saber.

Siguió diciendo:

—Firme. ¿Cómo se llama?

—Urbain Fabre —dijo el prisionero.

Thénardier, con movimiento de gato, metió precipitadamente la mano en el bolsillo y sacó el pañuelo que le había quitado al señor Leblanc. Buscó las iniciales y las acercó a la vela.

—U. F. Eso es, Urbain Fabre. Muy bien, pues firme U. F. El prisionero firmó.

—Como se necesitan las dos manos para doblar la carta, démela, que ya la doblaré yo.

Tras hacerlo, Thénardier añadió:

—Ponga las señas. Señorita Fabre, y la dirección de su casa. Sé que vive no muy lejos de aquí, por los alrededores de Saint-Jacques-du-Haut-Pas, puesto que es ahí donde va a diario a oír misa, pero no sé la calle. Veo que entiende cuál es su situación. Como no me ha mentido al decirme su nombre, tampoco me mentirá al decirme las señas. ¡Póngalas usted mismo!

El prisionero se quedó pensativo un momento; luego cogió la pluma y escribió:

—Señorita Fabre, en casa del señor Urbain Fabre, calle de Saint-Dominique-d'Enfer, n.º 17.

Thénardier cogió la carta con algo parecido a una convulsión febril.

—¡Mujer! —exclamó. La Thénardier acudió.

—Aquí tienes la carta. Ya sabes lo que tienes que hacer. Hay un coche de punto abajo. Vete ahora mismo y vuelve ídem.

Dijo luego, dirigiéndose al hombre del hacha:

—Tú, como te has quitado la bufanda, acompaña a mi parienta. Te subes a la parte de atrás del coche. ¿Sabes dónde has dejado la tartana?

—Sí —dijo el hombre.

Y, dejando el hacha en un rincón, salió detrás de la Thénardier.

Cuando se estaban marchando, Thénardier asomó la cabeza por la puerta entornada y gritó en el pasillo:

—¡Sobre todo no pierdas la carta! Piensa que llevas encima doscientos mil francos.

La voz ronca de la Thénardier contestó:

—Tranquilo. La llevo pegada al estómago.

No había transcurrido un minuto cuando se oyó el restallar de un látigo que fue decreciendo y no tardó en apagarse.

—¡Bien! —gruñó Thénardier—. Van a buena marcha. Si siguen a ese galope, la parienta estará de regreso dentro de tres cuartos de hora.

Arrimó una silla a la chimenea y se sentó, cruzándose de brazos y acercando al infiernillo las botas sucias de barro.

—Tengo los pies fríos —dijo.

Sólo quedaban con Thénardier en el tugurio cinco bandidos. Aquellos hombres, a través de las máscaras o de la tizne negra que les cubría la cara y los convertía, según lo decidiera el miedo, en carboneros, en negros o en demonios, parecían adormilados y apagados, y se notaba que llevaban a cabo un crimen igual que cualquier otra tarea, tranquilamente, sin ira y sin compasión, con algo parecido al aburrimiento. Estaban en un rincón, apiñados como animales, y callaban. Thénardier se calentaba los pies. El prisionero había vuelto a su estado taciturno. Había caído una calma lúgubre tras el escándalo virulento que llenaba la buhardilla poco antes.

La vela, en la que se había formado una seta ancha, apenas si iluminaba el enorme tugurio, el brasero se había amortiguado y todas aquellas cabezas monstruosas proyectaban sombras difusas en las paredes y en el techo.

No se oía más ruido que la respiración apacible del borracho viejo, que dormía.

Marius esperaba sumido en una ansiedad que todo incrementaba. El enigma era más impenetrable que nunca. ¿Quién era esa «chiquilla» a quien Thénardier había llamado también la Alondra? ¿Era su «Ursule»? Al prisionero no parecía haberle inmutado ese nombre: la Alondra, y había contestado con la mayor naturalidad: «No sé qué quiere usted decir». Por otro lado, ya tenía una explicación para las letras U. F.: eran Urbain Fabre, y Ursule ya no se llamaba Ursule. Eso era lo que tenía más claro Marius. Una especie de fascinación espantosa lo tenía clavado en el sitio desde el que observaba y dominaba todo el escenario. Allí estaba, casi incapaz de reflexionar y de moverse, como si ver de cerca cosas tan abominables lo tuviera anonadado. Esperaba, pendiente de que sucediera cualquier incidente, lo que fuera, sin poder ordenar las ideas y sin saber qué partido tomar.

—Pase lo que pase —decía—, ya veré si ella es la Alondra, porque la Thénardier va a traerla aquí. ¡Y entonces ya estará todo dicho; daré mi vida y mi sangre si es menester, pero la salvaré! No habrá nada que me detenga.

Transcurrió así cerca de media hora. Thénardier parecía absorto en una meditación tenebrosa. El prisionero no se movía. Pero a Marius le parecía, a intervalos, desde hacía unos momentos, que estaba oyendo unos ruiditos sordos que venían del sitio en que estaba el prisionero.

De repente, Thénardier apostrofó al prisionero:

—Mire, señor Fabre, más vale que se lo diga sin más demora.

Esas pocas palabras parecían ser el inicio de una aclaración. Marius aguzó el oído. Thénardier siguió diciendo:

—Mi esposa volverá, no se impaciente. Creo que la Alondra es de verdad su hija y me parece de lo más normal que se quede usted con ella. Pero atienda: con su carta, mi mujer irá a verla. Le dije a mi mujer que se arreglase, como usted habrá visto, para que su jovencita se fuera con ella sin poner pegas. Se subirán las dos al coche y mi compañero irá detrás. En algún sitio, fuera de un portillo, hay una tartana enganchada con dos caballos estupendos. Llevarán ahí a su jovencita. Bajará del coche. Mi compañero se subirá con ella a la tartana y mi mujer volverá aquí para decirnos: «Ya está». A su jovencita nadie le hará daño, la tartana la llevará a un lugar donde estará tranquila, y, en cuanto usted me dé esos doscientos mil francos de nada, se la devolveremos. Si usted me entrega y me detienen, mi compañero despachará a la Alondra. Así está la cosa.

El prisionero no dijo ni palabra. Tras una pausa, Thénardier siguió hablando:

—Como puede ver, es muy sencillo. No pasará nada malo si usted no quiere que pase algo malo. Yo le cuento cómo están las cosas. Y lo aviso para que esté al tanto.

Se calló. El prisionero no quebrantó el silencio y Thénardier volvió a hablar.

—En cuanto vuelva mi esposa y me diga que la Alondra ya está de camino, lo soltaremos y tendrá usted libertad para irse a dormir a su casa. Ya ve que no tenemos malas intenciones.

A Marius le pasaron por la cabeza unas imágenes espantosas. ¡Cómo!

¿No iban a llevar allí a aquella joven a la que estaban raptando? ¿Uno de esos monstruos iba a llevársela entre las sombras? ¿Y dónde? ¿Y si era ella? Estaba claro que era ella. Marius notaba que el corazón le dejaba de latir.

¿Qué hacer? ¿Disparar la pistola? ¿Entregar a la justicia a todos aquellos miserables? Pero no por eso dejaría de estar fuera de todo alcance el espantoso hombre del hacha con la joven; y Marius recordaba esas palabras de Thénardier cuyo significado sangriento intuía: Si usted me entrega y me detienen, mi compañero despachará a la Alondra.

Ahora lo que notaba que lo retenía no era ya sólo el testamento del coronel; era su mismísimo amor, el peligro de la mujer a la que amaba.

Aquella situación espantosa, que duraba ya más de una hora, cambiaba de aspecto a cada instante. Marius tuvo fuerzas para pasar revista sucesivamente a las conjeturas más dolorosas, buscando una esperanza y no dando con ella. El tumulto de sus pensamientos contrastaba con el silencio fúnebre del tugurio.

En medio de ese silencio se oyó el ruido de la puerta de las escaleras, que se abría y volvía a cerrarse.

El prisionero se movió entre las ataduras.

—Aquí llega la parienta —dijo Thénardier.

Efectivamente, apenas había acabado de decirlo cuando la Thénardier se abalanzó dentro de la habitación roja, sin resuello, jadeante y con los ojos echando chispas y voceó, dándose palmadas con las manazas en ambos muslos a la vez:

—¡Señas falsas!

El bandido que había llevado consigo llegó detrás de ella y fue a recoger el hacha.

—¿Señas falsas? —repitió Thénardier. Ella añadió:

—¡Nadie! ¡En el diecisiete de la calle de Saint-Dominique no hay ningún señor Urbain Fabre! ¡No saben quién es!

Se calló, falta de aire, y luego siguió:

—¡Señor Thénardier! ¡Este viejo te ha tomado el pelo! Eres demasiado bueno, ¿sabes? ¡Yo, de entrada, le habría partido en cuatro el bautismo! ¡Y, si se portaba mal, lo habría cocido vivo! ¡Y no le habría quedado más remedio que hablar y que decir dónde está la chica y dónde está la mosca!

¡Así lo habría hecho yo! ¡Qué razón tienen los que dicen que los hombres son más tontos que las mujeres! ¡No hay nadie en el número diecisiete! ¡Es una puerta cochera enorme! ¡No hay ningún señor Fabre en la calle de Saint-Dominique! ¡Y ahí hemos ido a todo galope y dándole propina al cochero y toda la pesca! ¡He hablado con el portero y con la portera, que es una real moza, y no conocen a nadie que se llame así!

Marius respiró. Ella, Ursule, o la Alondra, esa a la que no sabía ya cómo llamar, estaba a salvo.

Mientras su mujer, exasperada, daba voces, Thénardier se había sentado encima de la mesa; estuvo unos momentos sin decir palabra, columpiando la pierna derecha, que tenía colgando, y mirando el hornillo con expresión de ensimismamiento salvaje.

Por fin le dijo al prisionero con inflexión lenta y singularmente feroz:

—¿Una dirección falsa? Pero ¿qué esperabas?

—¡Ganar tiempo! —gritó el prisionero con voz tonante.

Y, mientras lo decía, se sacudió las ataduras; estaban cortadas. El prisionero sólo estaba atado ya a la cama por una pierna.

Antes de que a los siete hombres les hubiera dado tiempo a hacerse cargo de la situación y abalanzarse hacia él, ya se había agachado hacia la parte baja de la chimenea y había alargado la mano hasta el hornillo; luego se había enderezado, y ahora Thénardier, la Thénardier y los bandidos, que habían retrocedido sobrecogidos hasta el fondo del tugurio, miraban estupefactos cómo enarbolaba por encima de la cabeza el cortafríos al rojo, del que brotaba un resplandor siniestro, casi en libertad y en una postura impresionante.

La investigación judicial que hubo tras la emboscada del caserón Gorbeau levantó acta de que una moneda grande, de cinco céntimos, cortada y tallada de forma especial, había aparecido en la buhardilla cuando la registró la policía; la tal moneda era una de esas maravillas industriosas que la paciencia del presidio engendra entre tinieblas, maravillas que no son sino herramientas para la evasión. Esos productos espantosos y exquisitos de un arte prodigioso son a la joyería lo que las metáforas de la jerga son a la poesía. Hay algunos Benvenutos Cellini en presidio, de la misma forma que, en lo tocante a lengua, hay algunos Villon. El desdichado que aspira a ser libre se las apaña, sin herramientas a veces, con una navaja o con un cuchillo viejo, para serrar una moneda de cinco céntimos en dos láminas finas, ahuecar esas dos láminas sin tocar el grabado de la moneda y hacer una rosca en el filo de forma tal que las dos láminas se unan otra vez. Se pueden enroscar y desenroscar a voluntad; es una caja. En esa caja se esconde un muelle de reloj y ese muelle de reloj, sabiéndolo manejar, corta manillas de buen calibre y barrotes de hierro. Piensan que ese desdichado presidario sólo tiene una moneda de cinco céntimos; y no es cierto, tiene la libertad. Fue una moneda de ésas la que encontraron en el registro policial posterior, abierta y en dos pedazos, en el tugurio y debajo del catre de al lado de la ventana. También encontraron una sierrecita de acero azul que podía ocultarse dentro de la moneda. Es probable que, cuando los bandidos registraron al prisionero, éste llevase encima la moneda y consiguiera esconderla en la mano y que, luego, al tener libre la mano derecha, la desenroscase y usase la sierra para cortar las cuerdas que lo tenían sujeto, lo que explicaría el ruido leve y los movimientos imperceptibles que le habían llamado la atención a Marius.

Como no podía agacharse por temor a traicionarse, no había podido cortar las ligaduras de la pierna izquierda.

Los bandidos se habían repuesto de la sorpresa inicial.

—Tranquilo —le dijo Bigrenaille a Thénardier—. Todavía tiene atada una pierna y no se marchará. Respondo de ello. Esa pata se la he amarrado yo.

En éstas, el prisionero alzó la voz.

—Sois unos indeseables, pero mi vida no merece que la defienda tanto. Y si os imaginabais que me ibais a hacer hablar, que me haríais escribir lo que yo no quisiera escribir, que me haríais decir lo que no quiero decir...

Se levantó la manga del brazo izquierdo y añadió:

—Mirad.

Al tiempo, extendió el brazo y se colocó sobre la carne desnuda el cortafríos al rojo, que sujetaba en la mano derecha por el mango de madera. Se oyó el estremecimiento de la carne quemada y se extendió por el cuchitril el olor característico de las cámaras de tortura. Marius se tambaleó, horrorizado; los propios bandidos se estremecieron; al extraño anciano apenas si se le contrajo el rostro y, mientras el hierro al rojo se hundía en la llaga humeante, impasible y casi augusto, clavaba en Thénardier la hermosa mirada donde no había odio y el sufrimiento se desvanecía en una majestad serena.

En los caracteres grandes y elevados, las rebeliones de la carne y de los sentidos presas del dolor físico hacen aflorar el alma y la llevan al rostro, de la misma forma que los amotinamientos de la soldadesca obligan al capitán a hacer acto de presencia.

—Miserables —dijo—, no me tengáis más miedo del que os tengo yo a vosotros.

Y, arrancándose el cortafríos de la llaga, lo arrojó por la ventana, que se había quedado abierta; la espantosa herramienta candente desapareció en la oscuridad girando sobre sí misma, fue a caer a lo lejos y se apagó en la nieve.

El prisionero añadió:

—Haced conmigo lo que queráis. Estaba desarmado.

—¡Agarradlo! —dijo Thénardier.

Dos de los bandidos le pusieron la mano en el hombro y el hombre enmascarado con voz de ventrílocuo se le plantó delante dispuesto a saltarle la tapa de los sesos dándole un golpe con la llave en cuanto se moviera.

Al mismo tiempo, Marius oyó a sus pies, en la parte de abajo del tabique, pero tan cerca que no podía ver a quienes hablaban, este diálogo a media voz:

—Ya sólo queda una cosa por hacer.

—Escabecharlo.

—Eso mismo.

Eran el marido y la mujer, que celebraban consejo.

Thénardier se acercó despacio a la mesa, abrió el cajón y sacó el cuchillo.

Marius sobaba la culata de la pistola. Perplejidad inaudita. Llevaba una hora con dos voces en la conciencia; una le decía que respetase el testamento de su padre; la otra le gritaba que socorriera al prisionero. Esas dos voces seguían luchando ininterrumpidamente e infligiéndole una agonía. Había tenido hasta aquel momento la inconcreta esperanza de que daría con una forma de conciliar aquellas dos obligaciones, pero no había surgido nada que fuera posible. Entre tanto, el peligro era acuciante, ya estaba rebasado el último límite de la espera; a pocos pasos del prisionero, Thénardier reflexionaba con el cuchillo en la mano.

Marius paseaba en torno una mirada extraviada, último recurso automático de la desesperación.

De pronto, dio un respingo.

A sus pies, encima de la mesa, un brillante rayo de la luna llena iluminaba una hoja de papel y parecía mostrársela. En esa hoja leyó esta línea que había escrito en letras grandes esa misma mañana la mayor de las hijas de Thénardier: «Ahí viene la tiña».

Una idea, una iluminación, le pasó por la mente a Marius; era el medio que estaba buscando, la solución de aquel espantoso problema que lo torturaba: librar al asesino y salvar a la víctima. Se arrodilló en la cómoda, alargó el brazo, cogió la hoja de papel, desprendió sin ruido un trozo de yeso de la pared, lo envolvió en el papel y, por la grieta, arrojó el envoltorio hasta el centro del tugurio.

Ya era hora. Thénardier había vencido sus últimos temores, o sus últimos escrúpulos, y se estaba acercando al prisionero.

—¡Han tirado algo! —gritó la Thénardier.

—¿Qué es? —dijo el marido.

La mujer se abalanzó y recogió el trozo de yeso envuelto en el papel. Se lo entregó a su marido.

—¿Y esto de dónde sale? —preguntó Thénardier.

—¡Anda! —dijo la mujer—. ¿Y de dónde quieres que salga? Ha entrado por la ventana.

—Lo he visto pasar —dijo Bigrenaille.

Thénardier desdobló rápidamente el papel y lo acercó a la vela.

—Es la letra de Éponine —dijo—. ¡Diablos!

Le hizo una seña a su mujer, que se acercó enseguida, le enseñó la línea escrita en la hoja de papel y luego añadió con una voz sorda:

—¡Pronto, la escala! ¡Hay que dejar el tocino en la ratonera y largarse!

—¿Sin cortarle el cuello al individuo? —preguntó la Thénardier.

—No da tiempo.

—¿Por dónde? —preguntó Bigrenaille.

—Por la ventana —contestó Thénardier—. Si Ponine ha tirado la piedra por la ventana, es que la casa no está rodeada por ese lado.

El hombre enmascarado de voz de ventrílocuo dejó en el suelo la llave grande, alzó los dos brazos y cerró rápidamente las manos tres veces sin decir palabra. Aquello fue como la señal a una tripulación para el zafarrancho de combate. Los bandidos que tenían agarrado al prisionero lo soltaron; en un abrir y cerrar de ojos desenroscaron la escala de cuerda y la sujetaron sólidamente al filo de la ventana con los dos garfios de hierro.

El prisionero no atendía a lo que sucedía entorno. Parecía estar soñando o rezando.

En cuanto fijaron la escala, Thénardier gritó:

—¡A ver, tú, mujer, vamos!

Y se abalanzó hacia la ventana.

Pero cuando iba a sacar una pierna por ella, Bigrenaille lo agarró con rudeza por el cuello de la levita.

—¡De eso nada, so bromista! ¡Nosotros primero!

—¡Nosotros primero! —vociferaron los bandidos.

—¡Sois unos niños! —dijo Thénardier—. Estamos perdiendo el tiempo.

Tenemos a la bofia pisándonos los talones.

—Bueno —dijo uno de los bandidos—, vamos a echar a suertes a ver quién baja primero.

Thénardier exclamó:

—¡Os habéis vuelto locos! ¡Estáis mal de la cabeza! ¡Vaya panda de simples! Vamos a perder el tiempo, ¿no?, echándolo a suertes, ¿verdad?; ¡A la china! ¡A ver quién saca la pajita más corta! ¡Ponemos los nombres en un papel y los metemos en un gorro!

—¿Queréis mi sombrero? —gritó una voz desde el umbral de la puerta. Todos se volvieron. Era Javert.

Llevaba el sombrero en la mano y se lo ofrecía, sonriente.

XXI

HABRÍA QUE EMPEZAR SIEMPRE POR DETENER A LAS VÍCTIMAS

Javert, al caer la tarde, había apostado a unos hombres y se había emboscado él también detrás de los árboles de la calle del portillo de Les Gobelins, que está enfrente del caserón Gorbeau, del otro lado del bulevar. Empezó por «abrir el bolsillo» para meter dentro a las dos muchachas a cuyo cargo estaba la vigilancia de las inmediaciones del tugurio. Pero sólo «pescó» a Azelma. Éponine no estaba en su puesto, había desaparecido y no pudo detenerla. Luego Javert se puso en guardia, aguzando el oído para oír la señal convenida. Las idas y venidas del coche de punto lo alteraron mucho. Por fin, perdió la paciencia y, seguro de que allí había un nido y de que estaba de suerte, y como había reconocido a alguno de los bandidos que habían entrado, acabó por decidirse a subir sin esperar al tiro de pistola.

Recordemos que llevaba la llave maestra de Marius. Llegó en el momento oportuno.

Los bandidos, sorprendidos, se abalanzaron hacia las armas que habían dejado tiradas por todos los rincones cuando estaban a punto de escapar. En menos de un segundo, esos siete hombres de aspecto espantoso se agruparon en actitud de defensa, uno con el hacha, otro con la llave, otro más con el mazo y los demás con las cizallas, las pinzas y los martillos. Thénardier empuñaba el cuchillo. La Thénardier agarró un adoquín enorme que estaba en uno de los extremos de la ventana y usaban sus hijas de taburete.

Javert volvió a calarse el sombrero y dio dos pasos dentro de la habitación, con los brazos cruzados, el bastón debajo del brazo y la espada en la vaina.

—¡Alto ahí! —dijo—. No saldréis por la ventana, saldréis por la puerta. Es mejor para la salud. Sois siete y nosotros somos quince. No vamos a zurrarnos como patanes. Vamos a portarnos como buenos chicos.

Bigrenaille cogió una pistola que llevaba escondida debajo del blusón y se la puso en la mano a Thénardier diciéndole al oído:

—Es Javert. Yo no me atrevo a dispararle a ese hombre. ¿Te atreves tú?

—¡Ya lo creo! —contestó Thénardier.

—Pues dispara.

Thénardier cogió la pistola y apuntó a Javert.

Javert, que estaba a tres pasos, lo miró fijamente y se limitó a decir:

—¡No dispares, no te molestes, fallarás el tiro! Thénardier apretó el gatillo. El tiro falló.

—¡Si ya te lo decía yo! —dijo Javert. Bigrenaille arrojó la porra a los pies de Javert.

—¡Eres el emperador de los demonios! Me rindo.

—¿Y vosotros? —preguntó Javert a los demás bandidos. Contestaron:

—Nosotros también.

Javert contestó muy tranquilo:

—Eso es; muy bien; ya decía yo que erais buenos chicos.

—Sólo pido una cosa —añadió Bigrenaille—. Que no me tengan sin tabaco mientras esté incomunicado.

—Concedido —dijo Javert.

Y, volviéndose, llamó a los que tenía detrás:

—¡Ya podéis entrar!

Una patrulla de guardias empuñando espadas y de agentes armados con porras y garrotes entró atropelladamente al llamarla Javert. Ataron a los bandidos. Aquella muchedumbre de hombres a quienes apenas iluminaba una vela colmaba de sombra la guarida.

—¡Esposadlos a todos por los pulgares! —gritó Javert.

—¡Acercaos si os atrevéis! —gritó una voz que no era una voz de hombre, pero de la que nadie habría podido decir: «es una voz de mujer».

La Thénardier se había atrincherado en una de las esquinas de la ventana y ella era quien acababa de lanzar aquel rugido. Los guardias y los agentes retrocedieron.

La Thénardier se había quitado el chal, pero seguía con sombrero; a su marido, acurrucado tras ella, no se lo veía casi bajo el chal que había caído al suelo; y ella lo cubría con su cuerpo, alzando el adoquín con ambas manos por encima de la cabeza y bamboleándose como una gigantona que va a arrojar una roca.

—¡Mucho ojo! —gritó.

Todos retrocedieron hacia el corredor. Se abrió un ancho espacio vacío en medio de la buhardilla.

La Thénardier miró a los bandidos que se habían dejado atar y susurró con voz gutural y ronca:

—¡Los muy cobardes!

Javert sonrió y avanzó por el espacio vacío al que la Thénardier no quitaba ojo.

—¡No te acerques, vete! —gritó—. ¡O te dejo baldado!

—¡Menudo granadero! —dijo Javert—. Tú tendrás barba como un hombre, buena mujer, pero yo tengo garras como una hembra.

Y siguió acercándose.

La Thénardier, desgreñada y tremenda, separó las piernas, se echó hacia atrás metiendo la cintura y le tiró a la cabeza a Javert, a la desesperada, el adoquín. Javert se agachó. El adoquín le pasó por encima, fue a chocar contra la pared del fondo, de la que cayó al suelo un cascote de buen tamaño, y fue, rebotando de esquina en esquina a través del tugurio, casi vacío por fortuna, hasta caer sin fuerza junto a los talones de Javert.

En ese mismo momento, Javert llegaba hasta la pareja de los Thénardier. Puso una de las manazas en el hombro de la mujer y la otra en la cabeza del marido.

—¡Esposadlos por los pulgares! —gritó.

Los hombres de la policía entraron todos, arremolinándose, y en pocos segundos ya habían ejecutado la orden de Javert.

La Thénardier, desfondada, se miró las manos aherrojadas y miró las de su marido, se desplomó en el suelo y exclamó, llorando:

—¡Mis hijas!

—Están a la sombra —dijo Javert.

Mientras tanto, los agentes habían visto al borracho, dormido detrás de la puerta, y lo estaban zarandeando. Se despertó balbuciendo:

—¿Ya está todo, Jondrette?

—Sí —contestó Javert.

Los seis bandidos, atados, estaban de pie; por lo demás, conservaban la apariencia de espectros: tres con la cara tiznada de negro y tres enmascarados.

—No os quitéis las máscaras —dijo Javert.

Y, pasándoles revista con la mirada de un Federico II en la parada de Potsdam, les dijo a los tres «fumistas»:

—¿Qué tal, Bigrenaille? ¿Qué tal, Brujon? ¿Qué tal, Deux-Milliards?

Luego, volviéndose hacia los tres enmascarados, le dijo al hombre del hacha:

—¿Qué tal, Gueulemer? Y al hombre del garrote:

—¿Qué tal, Babet? Y al ventrílocuo:

—Muy buenas, Claquesous.

En ese momento vio al prisionero de los bandidos, quien, desde que habían entrado los agentes de policía, no había dicho ni palabra y agachaba la cabeza.

—¡Que desaten al caballero —dijo Javert— y que nadie salga!

Dicho esto, se sentó con aire soberano ante la mesa donde seguían la vela y la escribanía, se sacó del bolsillo una hoja de papel timbrado y empezó a redactar el atestado.

Tras escribir las primeras líneas, que no son sino fórmulas siempre iguales, alzó la vista.

—Que se acerque el caballero a quien tenían atado estos señores. Los agentes miraron en torno.

—¿Qué pasa? —preguntó Javert—. ¿Dónde está?

El prisionero de los bandidos, el señor Leblanc, el señor Urbain Fabre, el padre de Ursule o de la Alondra, había desaparecido.

La puerta estaba custodiada, pero la ventana, no. En cuanto se vio libre, y mientras Javert escribía, había aprovechado la confusión, el tumulto, la aglomeración, la oscuridad y un momento en que nadie se fijaba en él para abalanzarse hacia la ventana.

Un agente se acercó velozmente al tragaluz y se asomó. No se veía a nadie en la calle.

La escala de cuerda aún se movía.

—¡Diablos! —dijo Javert entre dientes—. ¡Menuda buena pieza debía de ser!

XXII
EL NIÑO QUE LLORABA EN LA SEGUNDA PARTE

A la mañana siguiente del día en que sucedieron estos acontecimientos en la casa del bulevar de L'Hôpital, un niño, que parecía venir de la zona del puente de Austerlitz, subía por el paseo lateral de la derecha en dirección del portillo de Fontainebleau. Era noche cerrada. Aquel niño estaba pálido y flaco e iba vestido de andrajos, con unos pantalones de algodón en el mes de febrero; y cantaba a pleno pulmón.

En la esquina de la calle de Le Petit-Banquier, una vieja encorvada rebuscaba en un montón de basura a la luz de un farol; el niño tropezó con ella al pasar y, luego, retrocedió exclamando:

—¡Anda! ¡Y yo que había tomado el bulto este por un perro grandísimo!

Repitió la palabra «grandísimo» engolando la voz burlona, lo que podría expresarse muy bien con unas mayúsculas: ¡un perro grandísimo, GRANDÍSIMO!

La vieja se enderezó furiosa.

—¡Maldito chico! —refunfuñó—. ¡Si no hubiese estado agachada, bien sé yo dónde te habría puesto el pie!

El niño ya estaba lejos.

—¡Venga, chucho, dale! —dijo—. A lo mejor resulta que no me había equivocado.

La vieja, ahogándose de rabia, se irguió del todo y la luz rojiza del farol le dio de lleno en la cara lívida, que socavaban aristas, arrugas y unas patas de gallo que le llegaban a las comisuras de la boca. El cuerpo se perdía en la sombra y sólo se le veía la cara. Hubiérase dicho la máscara de la Decrepitud que una luz destacase en la oscuridad. El niño se la quedó mirando atentamente:

—La señora —dijo— no es el tipo de mujer guapa que me hace tilín. Siguió andando y volvió a cantar:

El rey Trancobarranco cuervos salió a cazar subido en unos zancos…

Al llegar al tercer verso, se interrumpió. Había llegado delante de los números 50 y 52 y, al encontrarse con la puerta cerrada, empezó a darle patadas, unas patadas sonoras y heroicas, que hablaban más de los zapatos de hombre que llevaba que de los pies de niño que tenía.

Entre tanto, la misma vieja con quien se había encontrado en la esquina de la calle de Le Petit-Banquier llegaba corriendo, lanzando fuertes voces y prodigando ademanes desmedidos.

—Pero ¿esto qué es? Pero ¿esto qué es? ¡Señor Dios mío! ¡Que están derribando la puerta! ¡Que están derribando la puerta!

Las patadas continuaban.

La vieja seguía diciendo a grito herido:

—¿Éste es el trato que se les da ahora a los edificios? Se interrumpió de repente. Había reconocido al golfillo.

—¡Cómo! ¡Eres tú, satanás!

—Anda, si es la vieja —dijo el niño—. Hola, Burgonucha. Vengo a ver a mis padruchos.

La vieja contestó con una mueca compuesta, improvisación admirable del odio sacándoles partido a la caducidad y a la fealdad, que, por desgracia, se perdió en la oscuridad:

—No hay nadie, descarado.

—¡Ahí va! —dijo el niño—. ¿Y dónde está mi padre?

—En La Force.

—¡Caray! ¿Y mi madre?

—En Saint-Lazare.

—¡Vaya! ¿Y mis hermanas?

—En Les Madelonnettes.

El niño se rascó detrás de la oreja, miró a la señora Burgon y dijo:

—¡Ah!

Luego se dio media vuelta y, al cabo de un momento, la vieja, que se había quedado en el umbral de la puerta, lo oyó cantar con su voz clara y joven, mientras se internaba bajo los olmos negros que estremecía el viento invernal:

El rey Trancobarranco cuervos salió a cazar subido en unos zancos. Quien debajo pasaba diez céntimos pagaba.

CUARTA PARTE: EL IDILIO DE LA CALLE DE PLUMET Y LA EPOPEYA DE LA CALLE DE SAINT-DENIS

LIBRO PRIMERO
UNAS CUANTAS PÁGINAS DE HISTORIA

I
BIEN CORTADO

1831 y 1832, los dos años inmediatamente posteriores a la revolución de julio, son uno de los momentos de la historia más peculiares y que más sorprenden. Esos dos años, situados entre los que los preceden y los que vienen a continuación, son como dos montañas. Poseen la grandeza revolucionaria. Se divisan en ellos precipicios. Las masas sociales, los cimientos mismos de la civilización, el sólido grupo de los intereses superpuestos y aglutinados, los perfiles seculares de la antigua organización francesa aparecen y desaparecen continuamente en su transcurso a través de las nubes tormentosas de los sistemas, de las pasiones y de las teorías. A esas apariciones y a esas desapariciones les dieron el nombre de resistencia y movimiento. A intervalos vemos brillar la verdad, esa claridad del alma humana.

Esta época notable está bastante bien delimitada, y empezamos a tenerla a suficiente distancia para que podamos ya vislumbrar sus líneas principales.

Vamos a intentarlo.

La Restauración fue una de esas fases intermedias de difícil definición, en las que hay cansancio, zumbidos, susurros, sueño y tumulto, y que no son sino la llegada de una gran nación a una etapa. Son épocas singulares y engañan a los políticos que quieren sacarles partido. De entrada, la nación sólo pide descanso; sólo está sedienta de una cosa: de paz; sólo ambiciona ser pequeña, que es la traducción de quedarse quieta y tranquila. A los grandes acontecimientos, los grandes azares, las grandes aventuras, los grandes hombres los tiene ya muy vistos, a Dios gracias, y está harta de ellos. ¡Cambiaría a César por Prusias y a Napoleón por el rey de Yvetot, que era «un rey modesto y tan afable»! La nación lleva andando desde las claras del alba y está cayendo la tarde de una jornada larga y dura: la primera posta fue Mirabeau; la segunda, Robespierre; la tercera, Bonaparte; está rendida. Todo el mundo quiere irse a la cama.

Las abnegaciones exhaustas, los heroísmos marchitos, las ambiciones ahítas, las fortunas logradas buscan, reclaman, imploran, solicitan, ¿qué? Un techo. Lo tienen. Toman posesión de la paz, de la tranquilidad, del ocio; ya están satisfechos. No obstante, al tiempo, aparecen ciertos hechos, se dan a conocer y llaman por su cuenta a la puerta. Esos hechos son fruto de las revoluciones y de las guerras, existen, viven, tienen derecho a afincarse en la sociedad y en ella se acomodan; y casi siempre los hechos son aposentadores y furrieles que no hacen sino prepararles el alojamiento a los principios.

Y, llegado ese momento, esto es lo que ven los filósofos políticos.

Al mismo tiempo que los hombres cansados piden descanso, los hechos consumados piden garantías. Las garantías son para los hechos lo mismo que el descanso para los hombres.

Eso era lo que les pedía Inglaterra a los Estuardo después del Protector; eso era lo que les pedía Francia a los Borbones después del Imperio.

Tales garantías son una necesidad de los tiempos. No queda más remedio que concederlas. Los príncipes las «otorgan», pero, en realidad, quien las proporciona es la fuerza de las cosas. Verdad honda y sutil que es menester saber; que no sospecharon los Estuardo en 1660; que los Borbones ni siquiera intuyeron en 1814.

La familia predestinada que volvió a Francia cuando se desplomó Napoleón tuvo la fatídica simpleza de creer que era ella la que concedía algo y que lo que había concedido podía volver a tomarlo; que la casa de Borbón estaba en posesión del derecho divino; que Francia no poseía nada; y que el derecho político que otorgaba Luis XVIII en la Carta no era sino una rama del derecho divino que la casa de Borbón había desgajado y entregado graciosamente al pueblo hasta el día en que pluguiera al rey volver a hacerla suya. No obstante, puesto que esa donación le resultaba tan desagradable, la casa de Borbón habría debido caer en la cuenta de que no procedía de ella.

Fue esta casa arisca y rabiosa durante el siglo XIX. Le puso mala cara a todos los florecimientos de la nación. Por usar la expresión trivial, es decir, popular y auténtica, lo hizo todo a regañadientes. Y el pueblo lo vio.

Creyó que tenía fuerza porque presenció cómo el Imperio desaparecía como un bastidor de teatro. No se dio cuenta de que ella había llegado de la misma forma. No vio que ella también estaba en esa misma mano que había quitado a Napoleón.

Creyó que tenía raíces porque era el pasado. Se equivocaba; formaba parte del pasado, pero el pasado entero era Francia. Las raíces de la sociedad francesa no estaban en los Borbones, sino en la nación. Esas raíces oscuras y vivaces no eran el derecho de una familia, sino la historia de un pueblo. Estaban en todas partes menos debajo del trono.

La casa de Borbón era para Francia el nudo ilustre y sangriento de su historia, pero no era ya el elemento principal de su destino ni la base necesaria para su política. Francia podía prescindir de los Borbones; había prescindido de ellos veintidós años; se había dado a sí misma una solución de continuidad y ellos no se habían enterado. ¿Y cómo se iban a enterar si se figuraban que Luis XVII estaba reinando el 9 de termidor y que Luis XVIII estaba reinando el día de la batalla de Marengo? Nunca, desde los orígenes de la historia, habían estado tan ciegos unos príncipes ante unos hechos y ante esa parte de autoridad divina que reside en los hechos y éstos promulgan. Nunca esa pretensión de abajo que se conoce con el nombre del derecho de los reyes había negado hasta tal punto el derecho de arriba.

Error capital que condujo a esa familia a volver a echarles el guante a las garantías «otorgadas» en 1814, a las concesiones, como ella decía. ¡Qué cosa más triste! Eso que llamaba sus concesiones eran nuestras conquistas; lo que llamaba nuestras usurpaciones eran nuestros derechos.

Cuando le pareció que había llegado la hora, la Restauración, dando por hecho que se había alzado con la victoria sobre Bonaparte y tenía raíces en el país, es decir, creyéndose fuerte y creyéndose profunda, se decidió de repente y se arriesgó. Una mañana se encaró con Francia y, alzando el tono de voz, puso en tela de juicio el título colectivo y el título individual, les negó la soberanía a la nación y la libertad al ciudadano.

Dicho de otro modo, negó a la nación lo que la hacía nación y al ciudadano lo que lo hacía ciudadano.

Eso es lo que subyace en los famosos decretos que reciben el nombre de Ordenanzas de julio.

La Restauración cayó.

Fue justo que cayera. No obstante, hay que decirlo, no había sido absolutamente hostil a todas las formas de progreso. Se habían hecho grandes cosas a su vera.

En tiempos de la Restauración, la nación se acostumbró a debatir con calma, cosa de la que había carecido en tiempos de la República; y a la grandeza en la paz, de lo que había carecido durante el Imperio. Esa Francia libre y fuerte fue un espectáculo alentador para los demás pueblos de Europa. La Revolución tuvo la palabra en tiempos de Robespierre; el cañón tuvo la palabra en tiempos de Bonaparte; fue con Luis XVIII y con Carlos X cuando le llegó la palabra a la inteligencia. Se calmó el viento y se volvió a encender la antorcha. Pudo verse vibrar en las cumbres serenas la luz pura de las mentes. Espectáculo espléndido, útil y delicioso. Pudieron verse, manos a la obra durante quince años, en completa paz, en plena plaza pública, esos grandes principios, tan antiguos para el pensador, tan nuevos para el hombre de Estado: la igualdad ante la ley, la libertad de conciencia, la libertad de palabra, la libertad de prensa, todos los cometidos al alcance de todas las aptitudes. Todo eso duró hasta 1830. Los Borbones fueron un instrumento de civilización que se quebró en manos de la Providencia.

La caída de los Borbones rebosó grandeza, no por parte de ellos, sino por parte de la nación. Ellos dejaron el trono con ponderación, pero sin autoridad; su bajada a la oscuridad no fue una de esas desapariciones solemnes que dejan en la historia una emoción sombría; no fue ni la serenidad espectral de Carlos I ni el grito de águila de Napoleón. Se fueron, y nada más. Dejaron la corona y no les quedó ninguna aureola. Fueron dignos, pero no fueron augustos. Le fallaron en cierta medida a la majestad de su desgracia. Carlos X, durante el viaje de Cherburgo, cuando mandó cortar una mesa redonda para convertirla en mesa cuadrada, pareció más preocupado en velar por la etiqueta amenazada que por la monarquía que se venía abajo. Esa mengua entristeció a los hombres entregados que sentían cariño por sus personas y a los hombres serios que rendían honra a su estirpe. El pueblo, en cambio, estuvo admirable. La nación, al ver que una mañana padecía el ataque a mano armada de una especie de insurrección del rey, notó en sí tanta fuerza que no sintió ira. Se defendió, se contuvo, volvió a poner las cosas en su sitio, al gobierno dentro de la ley, a los Borbones, ¡ay!, camino del exilio y en eso se quedó. Agarró al anciano rey Carlos X bajo el dosel que había cubierto a Luis XIV y lo dejó en el suelo con suavidad. No puso la mano sobre las personas regias sino con tristeza y precaución. No lo hizo un hombre, no lo hicieron varios hombres; fue Francia, Francia entera, la Francia victoriosa y ebria de su victoria, que pareció recordar, y puso en práctica ante los ojos del mundo entero tras el día de las barricadas, estas ponderadas palabras de Guillaume de Vair:

«Fácil les resulta a quienes suelen catar los favores de los grandes y pasar, cual pájaro de rama en rama, de una fortuna amarga a otra floreciente, atreverse, en la adversidad, contra su príncipe; pero para mí la suerte de mis reyes siempre será venerable, y más aún si se hallan en la aflicción».

Los Borbones se fueron con respeto, pero nadie lo lamentó ni los echó de menos. Como acabamos de decirlo, su desgracia fue más grande que ellos. Se desvanecieron en el horizonte.

La revolución de julio tuvo en el acto amigos y enemigos en el mundo entero. Hubo quienes se abalanzaron entusiasmados y jubilosos a su encuentro; hubo quienes se desviaron de ella; cada cual procedió según su forma de ser. Los príncipes de Europa, al principio, búhos de aquel amanecer, cerraron los ojos, heridos y estupefactos, y no volvieron a abrirlos sino para amenazar. Temor comprensible; ira disculpable. Esta extraña revolución apenas si había sido un choque; ni siquiera le había hecho a la monarquía vencida el honor de tratarla como enemiga y derramar su sangre. Los gobiernos despóticos, siempre interesados en que la libertad se calumnie a sí misma, tenían contra la revolución de julio el inmenso agravio de que había sido tremenda sin dejar de ser suave. Por lo demás, nadie intentó ni tramó nada contra ella. Los más descontentos, los más irritados, los más vibrantes la acogían; por muy grandes que sean nuestros egoísmos y nuestros rencores, un respeto misterioso brota de los acontecimientos en los que se nota que proceden de la colaboración de alguien que labora a un nivel superior al del hombre.

La revolución de julio es el triunfo del derecho que da en tierra con el hecho. Algo colmado de esplendor.

El derecho dando en tierra con el hecho. De ahí el esplendor de la revolución de 1830, y también su mansedumbre. El derecho que triunfa no precisa en modo alguno ser violento.

El derecho es lo justo y lo auténtico.

Lo propio del derecho es seguir siendo eternamente hermoso y puro. El destino del hecho, incluso el más necesario en apariencia, incluso el que mejor acogida recibe de sus contemporáneos, si sólo existe como hecho y si no hay en él sino poca parte de derecho o ninguna en absoluto, es infaliblemente convertirse, con el paso del tiempo, en deforme, inmundo y, quizá, incluso, en monstruoso. Si queremos comprobar de una sola vez qué extremos de fealdad puede alcanzar, visto desde la distancia de los siglos, fijémonos en Maquiavelo. Maquiavelo ni es un genio malvado, ni un demonio ni un escritor cobarde y miserable; sólo es el hecho. Y no es sólo el hecho italiano, es el hecho europeo, el hecho del siglo XVI. Parece repugnante, y lo es en presencia del concepto ético del XIX.

Ese combate del derecho y del hecho viene durando desde el origen de las sociedades. Concluir ese duelo, amalgamar la idea pura con la realidad humana, introducir pacíficamente el derecho en el hecho y el hecho en el derecho, tal es la tarea de los sabios y cuerdos.

II

MAL COSIDO

Pero está la tarea de los sabios y está la tarea de los habilidosos. La revolución de 1830 se detuvo enseguida.

En cuanto una revolución queda varada, los habilidosos desguazan el barco zozobrado.

Los habilidosos, en nuestro siglo, se han otorgado a sí mismos la calificación de hombres de Estado, de forma tal que esta expresión, hombre de Estado, ha acabado por convertirse hasta cierto punto en una expresión de jerga. No debemos, efectivamente, olvidar que donde sólo hay habilidad no puede por menos de haber bajeza. Decir habilidosos equivale a decir mediocres.

De la misma forma, decir hombres de Estado equivale a veces a decir traidores.

Decíamos, pues, que, si nos fiamos de la opinión de los habilidosos, las revoluciones como la revolución de julio son arterias cortadas; es necesario ligarlas lo antes posible. El derecho, proclamado con exceso, hace mella. En consecuencia, cuando ya está firme el derecho, hay que reforzar el Estado. Cuando ya está asegurada la libertad, hay que pensar en el poder.

Llegados aquí, los sabios aún no se apartan de los habilidosos, pero empiezan a desconfiar de ellos. El poder, bien está. Pero, antes que nada, ¿qué es el poder? Y, en segundo lugar, ¿de dónde procede?

Los habilidosos parecen no entender esa objeción, que les susurran, y siguen adelante con la maniobra.

Según esos políticos, ingeniosos a la hora de colocarles a las ficciones de las que pueden aprovecharse una máscara de necesidad, lo primero que precisa un pueblo, después de una revolución, cuando ese pueblo pertenece a un continente monárquico, es hacerse con una dinastía. De esta forma, dicen, puede haber paz después de la ya mencionada revolución, es decir, tiempo para curarse las heridas y reparar la casa. La dinastía oculta el andamiaje y tapa la ambulancia.

Ahora bien, no siempre es fácil hacerse con una dinastía.

Si no queda más remedio, al primer hombre de talento, o incluso el primer hombre de buena fortuna que pase por allí, basta para que lo conviertan en rey. En el primer caso, ahí tenemos a Bonaparte; y, en el segundo, a Iturbide.

Pero no vale cualquier familia para convertirse en dinastía. En una estirpe no puede por menos de haber determinada porción de Antigüedad, y la arruga de los siglos no se improvisa.

Si miramos las cosas desde el punto de vista de los «hombres de Estado», con todas las reservas por supuesto, tras una revolución, ¿qué prendas debe tener el rey que salga de ella? Puede ser un revolucionario, es decir, que haya contribuido personalmente a esa revolución, que haya participado, que se haya comprometido en ella o haya adquirido fama, que haya tenido en la mano el hacha o que haya manejado la espada, y resultará de utilidad que lo sea.

¿Cuáles son las prendas de una dinastía? Debe ser nacional, es decir, revolucionaria a distancia, no porque haya hecho cosas sino porque haya aceptado ideas. Debe tener pasado y ser histórica y tener porvenir y ser simpática.

Todo lo dicho explica por qué las primeras revoluciones se contentan con dar con un hombre, Cromwell o Napoleón; y por qué las segundas tienen gran empeño en dar con una familia, la casa de Brunswick o la casa de Orleans.

Las casas reales se parecen a esas higueras de la India todas y cada una de cuyas ramas, al curvarse hasta llegar al suelo, vuelven a echar raíces y se convierten en higueras. Todas sus ramas pueden convertirse en una dinastía. Con una única condición, la de inclinarse hasta el pueblo.

Tal es la teoría de los habilidosos.

He aquí pues el arte mayor: conseguir que un éxito suene en cierta medida como una catástrofe para que a quienes le saquen partido les inspire también cierto temor; aliñar con miedo todo paso que se dé; incrementar la curva de la transición hasta llegar a frenar el avance del progreso; tornar insípida esa aurora; denunciar y apartar los rigores del entusiasmo; cortar las aristas y las uñas; acolchar el triunfo; arropar bien el derecho; abrigar con franela al gigante que se llama pueblo y meterlo corriendo en la cama; poner a dieta ese exceso de salud; imponerle a Hércules un tratamiento de convaleciente; desleír el acontecimiento en el expediente; servir a las mentes sedientas de ideales ese néctar aguado con tisana; tomar precauciones contra un exceso de éxito; ponerle a la revolución una pantalla.

1830 puso en práctica esa teoría, que 1688 ya había aplicado a Inglaterra.

1830 es una revolución que se quedó a mitad de la cuesta arriba. Mediado el progreso; incompleto el derecho. Ahora bien, la lógica no se entera de las aproximaciones; de la misma forma que el sol no se entera de las velas.

¿Quién detiene las revoluciones a mitad de la cuesta arriba? La burguesía.

¿Por qué?

Porque la burguesía es el interés ya satisfecho. Ayer era el apetito; hoy es la plenitud; mañana será la saciedad.

El fenómeno de 1814, posterior a Napoleón, volvió a ocurrir en 1830, posteriormente a Carlos X.

Se ha querido convertir en una clase a la burguesía, y ha sido un error. La burguesía es, sencillamente, la parte del pueblo que ya tiene lo que quería. El burgués es el hombre que ya tiene tiempo de sentarse. Una silla no es una casta.

Pero quien quiera sentarse demasiado pronto puede detener el avance del género humano. Y eso ha sido con frecuencia culpa de la burguesía.

Cometer una falta no es ser una clase. El egoísmo no es una de las divisiones del orden social.

Por lo demás, hay que ser justo incluso con el egoísmo; el estado al que aspiraba, tras la sacudida de 1830, esa parte de la nación que recibe el nombre de burguesía no era la inercia, que lleva el aditamento de la indiferencia y la pereza y en la que hay algo de vergüenza; no era el sueño, que equivale a un olvido momentáneo accesible a las ensoñaciones; a lo que aspiraba era a hacer un alto.

El alto es una palabra que contiene un sentido doble y casi contradictorio: tropa en marcha, es decir, movimiento; parada, es decir, descanso.

El alto es lo que permite reparar las fuerzas; es el reposo armado y despierto; es el hecho co nsumado que coloca centinelas y sigue en guardia. El alto implica que se combatió ayer y que se combatirá mañana.

Es el intermedio entre 1830 y 1848.

Eso que llamamos combate puede llamarse también progreso.

La burguesía necesitaba, pues, igual que los hombres de Estado, a un hombre que fuera la expresión de esa palabra: un alto. Un «aunque porque». Una individualidad compuesta, que significara al tiempo revolución y estabilidad; dicho de otro modo, que diera solidez al presente mediante la compatibilidad evidente entre el pasado y el porvenir.

Y había un hombre que «ni hecho adrede». Se llamaba Luis Felipe de Orleans.

Los 221 convirtieron en rey a Luis Felipe. Lafayette tomó a su cargo la coronación. La llamó la mejor de las repúblicas. La Casa de la Villa de París sustituyó a la catedral de Notre-Dame.

Esa sustitución de un trono entero por medio trono fue «la obra de 1830».

Cuando los habilidosos acabaron la tarea, pudo verse entonces el tremendo vicio de aquella solución. Todo aquello se había llevado a cabo al margen del derecho absoluto. El derecho absoluto gritó: ¡Protesto! Y, luego, acontecimiento temible, volvió a esfumarse en la sombra.

III
LUIS FELIPE

Las revoluciones tienen brazo temible, pero también buena mano; golpean con fuerza y escogen bien. Incluso incompletas, incluso envilecidas y bastardas y reducidas al estado de revolución menor, como le sucedió a la revolución de 1830, casi siempre les queda suficiente lucidez providencial para no resultar inoportunas. Su eclipse no es nunca una abdicación.

Pero, sin embargo, no echemos las campanas al vuelo; las revoluciones también se equivocan; y han ocurrido grandes errores.

Volvamos a 1830. 1830, al desviarse, tuvo suerte. Al implantarse lo que dieron en llamar orden, después de interrumpirse la revolución, el rey valía más que la monarquía. Luis Felipe era un hombre infrecuente y valioso.

Hijo de un padre al que la historia concederá sin duda circunstancias atenuantes, pero tan digno de estima cuanto fue el padre digno de censura; poseedor de todas las virtudes privadas y de varias de las virtudes públicas; diligente al cuidar de su salud, de su fortuna, de su persona y de sus asuntos; conocedor de lo que vale un minuto y no siempre de lo que vale un año; sobrio, sereno, apacible, paciente, bonachón y buen príncipe, dormía con su mujer y tenía en palacio lacayos a cuyo cargo corría enseñarles el lecho conyugal a los burgueses, hacer ostentación de una alcoba decente que se había vuelto útil después de las antiguas exhibiciones ilegítimas de la rama primogénita; sabía todas las lenguas de Europa y, lo que es más raro, todos los lenguajes de todos los intereses, y los hablaba; era un representante admirable de «la clase media», pero la trascendía y, en todos los aspectos, era de mayor categoría que ella; tenía la sensatez, aunque le tuviera aprecio a la sangre de la que venía, de estimarse sobre todo por su valor intrínseco y, en lo referido a su estirpe, la sensatez muy peculiar de proclamarse Orleans y no Borbón; se consideró príncipe de sangre muy principal mientras no fue sino alteza serenísima, pero se consideró burgués de pura cepa en cuanto fue majestad; poco concreto en público, conciso en la intimidad; supuestamente tacaño, aunque no esté demostrado; en el fondo, uno de esos ahorrativos de tan fácil prodigalidad para sus antojos o sus obligaciones; letrado y con poca sensibilidad para las letras; gentilhombre, pero no caballero; sencillo, reposado y fuerte; su familia y su casa lo adoraban; conversador atractivo, hombre de Estado desengañado, frío por dentro, lo dominaba el interés inmediato y gobernaba siempre a favor del viento; incapaz de rencor y de agradecimiento, recurría sin compasión a las superioridades contra las mediocridades, diestro en conseguir que las mayorías parlamentarias hicieran quedar mal a esas unanimidades misteriosas que rugen sordamente bajo los tronos; expansivo, a veces imprudente en esas expansiones suyas, pero de maravillosa habilidad en la imprudencia; fértil en recursos, en caras, en máscaras; metía miedo a Francia con Europa y a Europa con Francia; era innegable que quería a su país, pero prefería a su familia; valoraba más el dominio que la autoridad y más la autoridad que la dignidad, disposición de ánimo funesta porque, como todo lo encarrila hacia el éxito, admite la astucia y no repudia por completo la bajeza, pero que resulta, en cambio, provechosa porque protege a la política de los choques violentos, al Estado de las fracturas y a la sociedad de las catástrofes; minucioso, correcto, despierto, atento, sagaz, infatigable, se contradecía a veces y se desmentía a sí mismo; osado contra Austria en Ancona, tozudo contra Inglaterra en España, bombardeó Amberes e indemnizó a Pritchard; cantaba con mucho convencimiento la Marsellesa; era inasequible al desaliento, al cansancio, a la afición por lo hermoso y lo ideal, a las generosidades temerarias, a la utopía, a la quimera, a la ira, a la vanidad, al temor; poseía todas las formas de la intrepidez personal; fue general en Valmy y soldado en Jemmapes; el regicidio le pasó rozando ocho veces y siempre sonreía; valiente como un granadero, valeroso como un pensador, sólo lo preocupaban las posibilidades de una conmoción europea y no valía para las grandes aventuras políticas; siempre estaba dispuesto a arriesgar la vida, pero no su obra; disfrazaba la voluntad de influencia para que lo obedecieran más por avenencia que por ser el rey; estaba dotado de sentido de la observación y no de sentido de la adivinación; no hacía mucho caso a las inteligencias, pero era entendido en hombres, es decir, necesitaba ver para juzgar; tenía sentido común pronto y penetrante, sabiduría práctica, palabra fácil y memoria prodigiosa, y recurría continuamente a esa memoria, su único punto en común con César, Alejandro y Napoleón; conocía los hechos, los detalles, las fechas, los nombres propios y desconocía las tendencias, las pasiones, los diversos caracteres de las muchedumbres, las aspiraciones internas, los alzamientos ocultos y oscuros de las almas, en pocas palabras, lo que podríamos llamar las corrientes invisibles de las conciencias; lo aceptaba la Francia de la superficie, pero no coincidía demasiado con él la Francia de debajo; salía del paso porque era sutil; gobernaba demasiado y no reinaba lo suficiente; era su propio primer ministro; destacaba en el arte de convertir la pequeñez de las realidades en un obstáculo para la inmensidad de las ideas; mezclaba una facultad creadora auténtica para la civilización, el orden y la organización con a saber qué mentalidad de procedimientos y triquiñuelas jurídicos; era fundador y procurador de una dinastía; había en él algo de Carlomagno y algo de fiscal; recapitulando: una figura elevada y original, un príncipe que supo crear poder pese a la agitación de Francia y potencia pese a la envidia de Europa; Luis Felipe ocupará un lugar entre los hombres eminentes de su siglo; y se contaría en las filas de los gobernantes más ilustres de la historia si hubiese tenido algo más de amor a la gloria y hubiera contado con un sentimiento de lo grande tan desarrollado como el sentimiento de lo útil.

Luis Felipe había sido guapo y, ya viejo, había seguido siendo de aspecto agradable; la nación no siempre lo aceptaba, pero la muchedumbre lo aceptaba siempre; gustaba. Tenía ese don: el encanto. Carecía de majestad; ni llevaba corona, aunque era rey, ni tenía el pelo blanco aunque fuera viejo. Tenía los modales del antiguo régimen y los hábitos del nuevo, una mezcla de noble y burgués que encajaba bien en 1830; Luis Felipe era la transición reinante; conservaba la pronunciación antigua y la ortografía antigua, que ponía al servicio de las opiniones modernas; le agradaban Polonia y Hungría, pero seguía conservando para sus ciudadanos los usos anteriores a la Revolución: escribía polonois y no polonais y pronunciaba hongrais y no hongrois. Solía vestir la casaca de la Guardia Nacional, como Carlos X, y llevar el cordón de la Legión de Honor como Napoleón.

Iba poco a la capilla, no salía de caza y nunca iba a la ópera. No podían corromperlo ni sacristanes, ni mozos de traílla ni bailarinas, y eso formaba parte de su popularidad burguesa. No tenía corte. Salía con el paraguas debajo del brazo, y ese paraguas fue parte de su aureola durante mucho tiempo. Tenía algo de albañil, algo de jardinero y algo de médico; sangraba a los postillones si se caían del caballo; Luis Felipe no iba a parte alguna sin lanceta de la misma forma que Enrique III no iba sin puñal. Los monárquicos se burlaban de ese rey ridículo, el primero que derramaba sangre para curar.

Entre los agravios de la historia contra Luis Felipe hay que hacer unos cuantos descuentos; están los agravios contra la monarquía, los agravios contra el reino y los agravios contra el rey; tres columnas que dan tres totales diferentes. La confiscación del derecho democrático, el progreso convertido en interés de segunda fila, la represión violenta de las protestas callejeras, el ejército ejecutando a las insurrecciones, los motines pasados por las armas, la calle de Transnonain, los consejos de guerra, el país legal absorbiendo al país real, el gobierno con cuentas a medias con trescientos mil privilegiados, todo eso es obra de la monarquía; Bélgica rechazada; Argelia conquistada con excesiva mano dura y, como en el caso de la India y los ingleses, con más barbarie que civilización; la falta de confianza en Ab-el-Kader; la ciudadela de Blaye; Deutz comprado; Pritchard indemnizado: todo eso es obra del reinado; la política, más familiar que nacional: eso es obra del rey.

Como puede verse, tras realizar esos descuentos, la responsabilidad del rey es menor.

La gran falta que cometió es la siguiente: fue modesto en nombre de Francia. ¿De dónde viene esa falta? Digámoslo.

Luis Felipe fue un rey demasiado paternal; esa incubación de una familia con el deseo de que salga del huevo una dinastía siente temor por todo y no quiere que la molesten; de ello se derivan apocamientos excesivos que le resultan importunos a un pueblo que tiene el 14 de julio en su tradición civil y Austerlitz en su tradición militar.

Por lo demás, si hacemos abstracción de los deberes públicos, que requieren que los atiendan en primer lugar, esa honda ternura de Luis Felipe por su familia, esa familia se la merecía. Aquel grupo doméstico era admirable. La virtud iba pareja con el talento. Una de las hijas de Luis Felipe, Marie d'Orleans, situaba el apellido de su estirpe en las filas de los artistas igual que Charles d'Orleans lo situó en las filas de los poetas. Dejó su alma en una escultura de mármol a la que llamó Juana de Arco. Dos de los hijos de Luis Felipe le hicieron pronunciar a Metternich este elogio demagógico: Como ellos se ven pocos jóvenes y ningún príncipe.

He aquí, sin disimular nada, pero también sin cargar las tintas en nada, la verdad sobre Luis Felipe.

Ser el príncipe-igualdad, albergar en sí la contradicción de la Restauración y de la Revolución, tener esa faceta inquietante del revolucionario que se vuelve tranquilizadora en el gobernante, ésa fue la suerte de Luis Felipe en 1830; nunca se dio adaptación más completa de un hombre a un acontecimiento; éste se introdujo en aquél y ocurrió la encarnación. Luis Felipe es 1830 hecho hombre. Tenía a su favor además esa importante designación para ocupar el trono: el destierro. Había sido un proscrito errabundo y pobre. Había vivido de su trabajo. En Suiza, ese usufructuario de las posesiones principescas más ricas de Francia vendió un caballo viejo para comer. En Reichenau, dio clases de matemáticas mientras su hermana Adelaïde bordaba y cosía. Destruyó con sus propias manos la última jaula de hierro del monte Saint-Michel, que construyó Luis XI y utilizó Luis XV. Era el compañero de Dumouriez, era el amigo de Lafayette; perteneció al club de los jacobinos; Mirabeau le daba palmadas en el hombro; Danton le dijo: ¡Muchacho! A los veinticuatro años, en 1793, cuando era duque de Chartres, asistió, desde el fondo de un palco oscuro y pequeño de la Convención, al juicio de Luis XVI, a quien tan atinado es llamar aquel pobre tirano. La clarividencia ciega de la Revolución, que destruía la monarquía en el rey y al rey junto con la monarquía, sin fijarse casi en el hombre por pensar sólo en el feroz aplastamiento de la idea; la enorme tormenta de la asamblea convertida en tribunal; la ira pública que interrogaba; Capet que no sabía qué responder; el espantoso titubeo estupefacto de aquella cabeza regia bajo aquella ráfaga oscura; la inocencia relativa de todos en aquella catástrofe, de los que condenaban y del condenado: vio todas esas cosas, miró todos aquellos vértigos; vio cómo comparecían los siglos ante la Convención; vio erguirse en las tinieblas, detrás de Luis XVI, aquel desdichado transeúnte responsable, a la acusada formidable: la monarquía; y se le quedó en el alma el espanto respetuoso de aquellas gigantescas justicias del pueblo casi tan impersonales como la justicia de Dios.

Era prodigioso el surco que había dejado en él la Revolución. Sus recuerdos eran como una huella viva de aquellos grandes años, minuto a minuto. Un día, en presencia de un testigo del que no podemos dudar, rectificó de memoria toda la letra A de la lista alfabética de la asamblea constituyente.

Luis Felipe fue un rey a plena luz del día. Durante su reinado, hubo libertad de prensa, libertad de tribuna, libertad de conciencia y de palabra. Las leyes de septiembre son como un encañado. Aun sabiendo el poder corrosivo de la luz sobre los privilegios, dejó el trono expuesto a la luz. La historia le tendrá en cuenta esa lealtad.

A Luis Felipe, como a todos los hombres históricos que bajaron ya del escenario, lo juzga ahora la conciencia humana. Su juicio no ha salido aún de la primera instancia.

Aún no ha llegado para él esa hora en que la historia habla con su voz venerable y libre; no ha llegado el momento de dictar la sentencia definitiva de ese rey; el propio Louis Blanc, historiador austero e ilustre, suavizó hace poco su primer veredicto; a Luis Felipe lo eligieron esos dos medianos pasares que fueron los 221 y 1830, es decir, un parlamento a medias y una revolución a medias; y, fuere como fuere, desde el punto de vista superior en que tiene que situarse la filosofía, no podríamos juzgarlo aquí, como hemos podido percatarnos más o menos más arriba, sino con ciertas reservas en nombre del principio democrático absoluto; con la perspectiva de lo absoluto, cuanto no obedezca a estos dos derechos: el derecho del hombre en primer lugar y el derecho del pueblo a continuación, es usurpación; pero lo que sí podemos decir ya es que, en resumidas cuentas, y se mire como se mire, Luis Felipe, considerado en sí mismo y desde el punto de vista de la bondad humana, quedará, por recurrir al lenguaje antiguo de la historia antigua, como uno de los mejores príncipes que se hayan sentado en un trono.

¿Qué hay en contra de él? Ese trono. Quitadle el rey a Luis Felipe y queda el hombre. Y el hombre es bueno. Es bueno, a veces, hasta resultar admirable. Con frecuencia, en medio de las preocupaciones más graves, tras un día de lucha con toda la diplomacia del continente, volvía por la noche a sus aposentos y allí, exhausto, agobiado por el sueño, ¿qué hacía? Cogía un expediente y se pasaba la noche revisando un juicio criminal, con la opinión de que era importante hacerle frente a Europa, pero era aún más importante arrancar a un hombre de las manos del verdugo. Se oponía obstinadamente a su ministro de Justicia; les disputaba palmo a palmo el terreno de la guillotina a los fiscales del reino, esos charlatanes de la ley, como los llamaba. A veces tenía la mesa cubierta de pilas de expedientes; los revisaba todos: le resultaba angustioso dejar abandonadas a aquellas míseras cabezas condenadas.

Un día le dijo al mismo testigo a quien ya hemos mencionado antes: Esta noche, he ganado a siete. Durante los primeros años de su reinado pareció que se había abolido la pena de muerte, y para volver a levantar el patíbulo hubo que violentar al rey. Tras desaparecer la plaza de Greve con la rama primogénita, fundaron una Greve burguesa a la que llamaron Portillo de Saint-Jacques; los «hombres prácticos» sintieron la necesidad de una guillotina casi legítima; fue ésa una de las victorias de Casimir Perier, el representante de los aspectos reaccionarios de la burguesía, sobre Luis Felipe, que era el representante de los aspectos liberales. Luis Felipe tenía a Beccaria anotado de su puño y letra. Después de la máquina infernal de Fieschi, exclamó: ¡Qué lástima que no me hiriera! ¡Habría podido indultarlo! En otra ocasión, aludiendo a la resistencia de sus ministros, escribía refiriéndose a un condenado político que es una de las figuras más generosas de nuestra época: Ya lo he indultado, sólo me queda conseguir el indulto. Luis Felipe era de carácter dulce como Luis IX, y bueno como Enrique IV.

Ahora bien, para nosotros, en la historia, donde la bondad es la perla rara, quien fue bueno pasa por delante de quien fue grande.

A Luis Felipe lo valoraron con severidad algunos, y otros, quizá, con dureza; es de lo más natural que un hombre, que es también un fantasma ya en la actualidad y conoció al rey, acuda a declarar en su favor ante la historia; esta declaración, fuere cual fuere, está claro que es desinteresada por encima de todo; el epitafio que escribe un muerto es sincero; una sombra puede consolar a otra sombra; compartir las mismas tinieblas da derecho a ejercer la alabanza; y no es de temer que pueda decirse nunca de dos tumbas en el exilio: Ésta aduló a esta otra.

IV
GRIETAS EN LOS CIMIENTOS

Ahora que el drama que estamos refiriendo va a engolfarse en la densidad de una de las nubes trágicas que nublan los comienzos del reinado de Luis Felipe, era preciso que no existiera equívoco alguno y hacía falta que este libro se explicase en lo referido a ese rey.

Luis Felipe llegó a la autoridad monárquica sin violencia, sin intervención directa suya, debido a un giro revolucionario muy diferente, desde luego, de la meta real de la revolución, pero en el que él, el duque de Orleans, no tuvo ningún tipo de iniciativa personal. Había nacido príncipe y tenía la creencia de que lo habían elegido rey. No se había atribuido a sí mismo ese mandato; no lo había cogido; se lo ofrecieron y lo aceptó, erróneamente convencido, pero convencido, desde luego, de que el ofrecimiento se ajustaba a derecho y aceptarlo se ajustaba al deber. Por eso tomó posesión de buena fe. Ahora bien, y lo diremos sin más demora, al estar Luis Felipe en ese puesto de buena fe, y al ser de buena fe el ataque de la democracia, la cantidad de espanto que se desprende de las luchas sociales no se le puede achacar ni al rey ni a la democracia. Un choque de principios es como un choque de elementos.

El océano defiende al agua, el huracán defiende al aire; el rey defiende la monarquía, la democracia defiende al pueblo; lo relativo, que es la monarquía, resiste contra lo absoluto, que es la república; la sociedad sangra en ese conflicto, pero lo que hoy la hace sufrir la salvará más adelante; y, en cualquier caso, no se puede censurar a los que luchan; está claro que uno de los dos partidos yerra; el derecho no está, como el coloso de Rodas, en dos orillas a un tiempo, con un pie en la república y otro en la monarquía; es indivisible y está por completo de un lado; pero quienes yerran son sinceros cuando yerran; un ciego no es un culpable de la misma forma que un vendeano no es un bandido. Imputemos pues estas colisiones temibles sólo a la fatalidad. Fueren como fueren esas tempestades, la irresponsabilidad humana tiene que ver con ellas.

Concluyamos esta exposición.

Al gobierno de 1830 se le pusieron las cosas difíciles enseguida. Nacido ayer, tuvo que combatir hoy.

No bien aposentado, notó ya por doquier inconcretos movimientos de tracción que inmutaban la maquinaria de julio, de creación aún tan reciente y tan poco firme.

La resistencia nació al día siguiente; quizá había nacido la víspera, incluso.

Mes a mes fue creciendo la hostilidad, y pasando de sorda a patente.

La revolución de julio, que, como ya hemos dicho, los reyes aceptaron en muy escasa medida fuera de Francia, en Francia se interpretó de diversas formas.

Dios comunica a los hombres sus voluntades visibles en los acontecimientos; es un texto oscuro escrito en una lengua misteriosa. Los hombres los convierten en el acto en traducciones; traducciones apresuradas, incorrectas, plagadas de faltas, de lagunas y de contrasentidos. Muy pocas mentes comprenden la lengua divina. Las más sagaces, las más serenas, las más hondas la van descifrando despacio y, cuando se presentan con su texto, la tarea lleva mucho concluida; hay ya veinte traducciones en la plaza pública. De cada traducción nace un partido; y de cada contrasentido, una facción; y todos los partidos tienen la convicción de que el suyo es el único texto verdadero; y todas las facciones se creen en posesión de la luz.

Con frecuencia, el propio poder es una facción.

Hay en las revoluciones nadadores a contracorriente; son los partidos antiguos.

Para los partidos antiguos, que descienden de la herencia por la gracia de Dios, puesto que las revoluciones surgieron del derecho a rebelarse, existe el derecho de rebelarse contra ellas. Es un error. Pues en esas revoluciones quien se rebela no es el pueblo, es el rey. Revolución es, precisamente, lo contrario de rebelión. Al ser toda revolución una consumación normal, lleva en sí su legitimidad, que algunos revolucionarios falsos deshonran a veces, pero que persiste, incluso mancillada, y que sobrevive, incluso ensangrentada. Las revoluciones no proceden de un accidente, sino de la necesidad. Una revolución es un regreso de lo ficticio a lo real. Existe porque tiene que existir.

No por eso dejaban los antiguos partidos legitimistas de acosar a la revolución de 1830 con todas las violencias fruto del razonamiento falso. Los errores son excelentes proyectiles. La golpeaban hábilmente en aquello en que era vulnerable, en los puntos flacos, en su carencia de lógica; atacaban a esa revolución en su monarquía. Le gritaban: «Revolución, ¿por qué ese rey?». Las facciones son como ciegos que dan en el blanco.

Ese grito también lo lanzaban los republicanos. Pero, cuando venía de ellos, era un grito lógico. Lo que era ceguera en los legitimistas era clarividencia en los demócratas. 1830 frustró al pueblo. La democracia, indignada, se lo reprochaba.

Entre el ataque del pasado y el ataque del porvenir, el edificio de julio combatía. Era el representante del minuto presente, riñendo con los siglos monárquicos por un lado y con el derecho eterno por otro.

Además, en el exterior, al no ser ya la revolución y convertirse en monarquía, a 1830 no le quedaba más remedio que ir por delante de Europa. Y velar por la paz, lo cual complicaba más aún las cosas. Una armonía fruto de una voluntad a contrapelo es con frecuencia más onerosa que una guerra. De ese conflicto sordo, siempre amordazado pero sin dejar nunca de retumbar, nació la paz armada, ese ruinoso recurso de la civilización que no se fía de sí misma. La monarquía de julio se encabritaba, por mucho que se resistiera a ello, entre los varales de los tiros de los gabinetes europeos. Mucho le habría gustado a Metternich ponerle la correa. En Francia la empujaba el progreso y ella empujaba en Europa a las monarquías, esas tardígradas. Iba a remolque y llevaba a remolque.

No obstante, dentro: pauperismo, proletariado, salario, educación, penalidad, prostitución, suerte que padece la mujer, riqueza, miseria, producción, consumo, reparto, cambio, moneda, crédito, derecho del capital, derecho del trabajo, todas esas cuestiones iban creciendo y cerniéndose sobre la sociedad; terrible repecho.

Aparte de los partidos políticos propiamente dichos, surgía otro movimiento. A la fermentación democrática respondía la fermentación filosófica. La elite notaba la misma alteración que la plebe; de otra manera, pero no menos.

Había pensadores que meditaban, mientras que el suelo, es decir, el pueblo, por el que cruzaban las corrientes revolucionarias, se estremecía bajo sus pies con a saber qué inconcretas sacudidas epilépticas. Dichos pensadores, unos aislados y otros unidos en familias y casi en comuniones, les daban vueltas a las cuestiones sociales, pacífica pero profundamente: mineros impasibles que iban excavando tranquilamente sus galerías por las profundidades de un volcán sin que apenas los estorbasen las conmociones sordas y las hogueras vislumbradas.

Esa tranquilidad no era el menos hermoso de los espectáculos de aquella época agitada.

Esos hombres les dejaban a los partidos políticos la cuestión de los derechos y se ocupaban de la cuestión de la felicidad.

El bienestar del hombre, eso era lo que querían sacar de la sociedad.

Ponían las cuestiones materiales, las cuestiones de agricultura, de industria, de comercio, casi a la misma altura de dignidad que una religión. En la civilización, tal y como la construyen Dios en cierta medida y el hombre en gran medida, los intereses se combinan, se incorporan y se amalgaman de manera tal que forman una auténtica roca dura, según una ley dinámica que han estudiado pacientemente los economistas, esos geólogos de la política.

Esos hombres, que se agrupaban con apelativos diferentes, pero a los que podemos nombrar en su totalidad con el título genérico de socialistas, intentaban perforar esa roca para que brotase de ella el manantial de la felicidad humana.

Desde la cuestión del patíbulo hasta la cuestión de la guerra, sus trabajos lo abarcaban todo. A los derechos del hombre, que proclamó la Revolución Francesa, sumaban los derechos de la mujer y los derechos del niño.

A nadie podrá extrañarle que, por razones diversas, no tratemos aquí a fondo, desde el punto de vista teórico, las cuestiones que planteaba el socialismo. Nos limitamos a reseñarlas.

Todos los problemas que los socialistas trataban, dejando aparte las visiones cosmogónicas, los sueños y el misticismo, pueden compendiarse en dos problemas principales.

Primer problema:

Producir riqueza. Segundo problema:

Distribuirla.

En el primer problema entra la cuestión del trabajo. En el segundo entra la cuestión del salario.

En el primer problema se trata el tema del uso de las fuerzas. En el segundo, de repartir el disfrute.

El resultado del buen empleo de las fuerzas es el poder y la fuerza públicos.

El resultado del buen reparto del disfrute es la felicidad individual.

Por buen reparto hay que entender no un reparto igualitario, sino un reparto equitativo. La primera de las igualdades es la equidad.

El resultado de esos dos aspectos combinados, poder y fuerza públicos en el exterior y felicidad individual dentro, es la prosperidad social.

Decir prosperidad social es decir hombres felices, ciudadanos libres y nación grande.

Inglaterra resuelve el primero de esos dos problemas. Crea riqueza admirablemente; la reparte mal. Esa solución, por no ser completa sino en uno de sus aspectos, conduce fatalmente a estos dos extremos: opulencia monstruosa y miseria monstruosa. Todos los disfrutes para unos pocos, todas las privaciones para los demás, es decir, el pueblo; el privilegio, la excepción, el monopolio, el feudalismo que nacen del trabajo en sí. Situación falsa y peligrosa que asienta la fuerza y el poder públicos en la miseria privada, que enraíza la grandeza del Estado en los padecimientos del individuo. Grandeza de composición viciada donde se combinan todos los elementos materiales y en la que no entra elemento ético alguno.

El comunismo y la ley agraria creen resolver el segundo problema. Están en un error. Su forma de repartir mata la producción. El reparto por igual es la abolición de la emulación. Y, por consiguiente, del trabajo. Es un reparto de carnicero, que mata lo que reparte. Resulta, pues, imposible quedarse en esas supuestas soluciones. Matar la riqueza no es repartirla.

Los dos problemas requieren una solución conjunta para quedar bien resueltos. Las dos soluciones requieren que las combinen y que se conviertan en una solución única.

Quien no resuelva más que el primero de esos dos problemas lo que sacará en limpio será Venecia, o Inglaterra. Conseguirá, como en Venecia, una potencia artificial; o, como en Inglaterra, una potencia material; y será un mal rico. Perecerá por la violencia, como pereció Venecia; o por una bancarrota, como va a perecer Inglaterra. Y el mundo permitirá que perezca y caiga porque el mundo deja que caiga y perezca todo cuanto sea únicamente egoísmo, todo cuanto no represente para el género humano una virtud o una idea.

Que quede claro que con estas palabras: Venecia, Inglaterra, no nombramos aquí a unos pueblos, sino a unas edificaciones sociales, oligarquías superpuestas a unas naciones, y no a las naciones en sí. Las naciones cuentan siempre con nuestro respeto y nuestra simpatía. Venecia, el pueblo de Venecia, renacerá; Inglaterra, la aristocracia inglesa, caerá; pero Inglaterra, la nación, es inmortal. Dicho esto, proseguimos.

Resuélvanse ambos problemas; aliéntese al rico, protéjase al pobre; suprímase la miseria; póngase término a la explotación injusta del débil por el fuerte; póngase un freno a la envidia inicua de quien está en camino para con quien ha llegado ya; ajústense matemática y fraternalmente el salario y el trabajo; júntense la enseñanza gratuita y obligatoria con el crecimiento de la infancia y hágase de la ciencia la base de la virilidad; desarróllense las inteligencias al tiempo que se les proporciona ocupación a los brazos; seamos a la vez un pueblo poderoso y una familia de hombres felices; democratícese la propiedad, no aboliéndola, sino universalizándola, de forma tal que todos los ciudadanos, sin excepción, sean propietarios, cosa esta más fácil de lo que se piensa; en dos palabras, sepamos producir riqueza y sepamos repartirla; y así tendremos a un tiempo la grandeza material y la grandeza moral; y seremos dignos de llamarnos Francia.

He aquí, dando de lado algunas sectas que andaban extraviadas y pasando por encima de ellas, lo que decía el socialismo; he aquí lo que buscaba en los hechos, he aquí lo que esbozaba en las mentes.

¡Esfuerzos admirables! ¡Tentativas sagradas!

Esas doctrinas, esas teorías, esas resistencias, la necesidad inesperada para el hombre de Estado de tener que contar con los filósofos, evidencias confusas vislumbradas, una política nueva por crear de conformidad con el mundo viejo y sin excesiva disconformidad con el ideal revolucionario, una situación en que tenía que recurrir a Lafayette para defender a Polignac, la intuición del progreso transparentándose por debajo de la algarada, las cámaras y la calle, los competidores que tenía que equilibrar en su entorno, su fe en la revolución quizá, a saber qué resignación eventual nacida de la inconcreta aceptación de un derecho definitivo superior, su voluntad de seguir siendo de su estirpe, su espíritu de familia, su sincero respeto por el pueblo, su personal honradez: todo eso preocupaba a Luis Felipe de forma casi dolorosa, y, a veces, por muy fuerte y valeroso que fuera, lo agobiaba con la dificultad de ser rey.

Notaba que estaba pisando por una desintegración peligrosa, que, no obstante, no era una pulverización, pues Francia seguía siendo más Francia que nunca.

Negros nubarrones se agolpaban en el horizonte. Una sombra extraña avanzaba gradualmente e iba extendiéndose poco a poco sobre los hombres, las cosas, las ideas; una sombra que procedía de las iras y de los sistemas. Todo cuanto se había enterrado deprisa y corriendo rebullía y fermentaba. A veces la conciencia del hombre honrado buscaba el aire entre toda la destemplanza de aquel ambiente en que los sofismas se mezclaban con las verdades. Las mentes se estremecían con la ansiedad social igual que las hojas cuando se acerca la tormenta. Era tal la tensión eléctrica que había momentos en que el primero que pasara por allí, cualquier desconocido, aportaba una luz. Luego volvía la oscuridad crepuscular. A intervalos, retumbaban truenos profundos y sordos que permitían calibrar cuántos rayos albergaban las nubes.

Apenas habían transcurrido veinte meses desde la revolución de julio; el año 1832 había comenzado con unas trazas de inminencia y amenaza. El pueblo estaba desvalido, y los trabajadores, sin pan; el último príncipe de Condé había desaparecido en las tinieblas; Bruselas expulsaba a los Nassau igual que París a los Borbones; Bélgica se ofrecía a un príncipe francés y se entregaba a un príncipe inglés; el odio ruso de Nicolás iba pisando por las huellas de nuestros dos diablos del sur, Fernando en España y Miguel en Portugal; la tierra temblaba en Italia;

Metternich alargaba la mano hacia Bolonia; Francia arremetía contra Austria en Ancona; al norte se oía a saber qué ruido siniestro de martillo que volvía a clavar a Polonia dentro de su ataúd; en toda Europa vigilaban a Francia miradas irritadas; Inglaterra era una aliada poco clara, dispuesta a empujar a quien se agachase y a abalanzarse sobre lo que cayera; los senadores se amparan en Beccaria para negarle a la ley cuatro cabezas; se raspan las flores de lis del coche del rey; se quita la cruz de Notre-Dame; se hace de menos a Lafayette, Laffitte se arruina, Benjamin Constant muere en la indigencia, Casimir Perier muere del agotamiento del poder; la enfermedad política y la enfermedad social aparecen a un tiempo en las dos capitales del reino, una de ellas la ciudad del pensamiento y la otra la ciudad del trabajo; en París, guerra civil, y en Lyon, guerra servil; en ambas ciudades el mismo resplandor de hoguera; una púrpura de cráter en la frente del pueblo; el sur presa del fanatismo; el oeste, presa de disturbios; la duquesa de Berry en Vendea; los complots, las conspiraciones, las algaradas y el cólera sumaban al sombrío rumor de las ideas el sombrío tumulto de los sucesos.

V

HECHOS DE LOS QUE SALE LA HISTORIA Y QUE LA HISTORIA NO CONOCE

A finales de abril, todo estaba aún peor. La fermentación se convertía en hervor. Desde 1830 se habían dado acá y allá algaradas de poca envergadura y parciales, que reprimían enseguida, pero que volvían a surgir, lo cual era síntoma de una gran conflagración subyacente. Se estaba incubando algo terrible. Se intuía el esbozo aún poco claro y mal iluminado de una revolución posible. Francia miraba a París; París miraba al barrio de Saint-Antoine.

En el barrio de Saint-Antoine, que se iba calentando en sordina, empezaba la ebullición.

Las tabernas de la calle de Charonne estaban, aunque la unión de esos dos epítetos parezca singular aplicada a unas tabernas, serias y tormentosas. En ellas ponían, sin andarse con más rodeos, al gobierno en tela de juicio. Se discutía públicamente el asunto, para pelear o para no moverse. Había trastiendas donde les hacían jurar a los obreros que saldrían a la calle al primer grito de alarma y que «pelearían sin contar los enemigos». Una vez que se habían comprometido, un hombre sentado en un rincón de la taberna «ponía voz sonora» y decía: ¿Te enteras? Lo has jurado. A veces subían al primer piso, a un cuarto cerrado, donde transcurrían escenas casi masónicas. Obligaban al iniciado a juramentos para atenderlo así como a los padres de familia. Ésa era la fórmula.

En la sala de abajo, leían folletos «subversivos». Vapuleaban al gobierno, dice un informe secreto de la época.

Se oían frases como las siguientes: No sé cómo se llaman los jefes. Nosotros sólo sabremos el día dos horas antes. Un obrero decía: Somos trescientos; si ponemos cincuenta céntimos cada uno, tendremos ciento cincuenta francos para fabricar balas y pólvora. Otro decía: No pido seis meses, ni pido dos. Antes de quince días estaremos en paralelo con el gobierno. Con veinticinco mil hombres podemos plantarle cara. Otro decía: No me acuesto porque por las noches hago cartuchos. De vez en cuando, venían unos hombres «bien trajeados, como burgueses», «dándose importancia» y con pinta de «mandar»; les daban apretones de mano a los destacados y se iban. Nunca se quedaban más de diez minutos.

Corrían en voz baja frases significativas: El complot está maduro; el asunto está a punto. «Lo decían por lo bajo para todos los que estaban allí», por citar las propias palabras de uno de los asistentes. Era tal la exaltación que un día, en medio de la taberna, un obrero exclamó: ¡No tenemos armas! Uno de sus compañeros contestó: ¡Los soldados, sí!, parodiando así, sin saberlo, la proclama de Bonaparte al ejército de Italia. «Cuando tenían algo más secreto que decirse —añade un informe—, no se lo contaban allí.» No se nos alcanza qué más podían ocultar después de haber dicho las cosas que decían.

A veces las reuniones eran periódicas. A algunas sólo asistían ocho o diez, y siempre los mismos. En otras entraba quien quisiera y la sala estaba tan llena que algunos tenían que quedarse de pie. Había quien estaba allí por entusiasmo y pasión; y quien entraba porque le pillaba de paso para ir al trabajo. Igual que durante la revolución, había en aquellas tabernas mujeres patriotas que besaban a los recién llegados.

Iban saliendo a flote otros hechos significativos.

Entra un hombre en una taberna, bebe y se marcha diciendo: Tabernero, lo que se deba ya te lo pagará la revolución.

En una taberna que estaba enfrente de la calle de Charonne elegían a los agentes revolucionarios. Hacían el escrutinio en unas gorras.

Había obreros que se reunían en el local de un maestro de esgrima que daba clases en la calle de Cotte. Había allí un trofeo de armas que se componía de espadones de madera, bastones, garrotes y floretes. Un día les quitan el botón a los floretes. Un obrero dice: Somos veinticinco, pero conmigo no cuentan, porque me tratan como si fuera una máquina. Esa máquina fue más adelante Quénisset.

Las cosas corrientes que se iban premeditando adquirían poco a poco una indefinida y extraña notoriedad. Una mujer le dice a otra mientras barre delante de su puerta: Llevamos mucho tiempo trabajando una barbaridad en hacer cartuchos. Se leen en plena calle proclamas dirigidas a los guardias nacionales de los departamentos. Una de esas proclamas va firmada: Burtot, tabernero.

Un día, a la puerta de un expendedor de licores del mercado Lenoir, un hombre, con sotabarba y acento italiano, subido en un mojón, lee en voz alta un escrito singular que parecía proceder de un poder oculto. La gente se aglomera en torno y aplaude. Hubo quien recogió las partes que más revuelo causaban en el gentío y las apuntó: «... Les ponen trabas a nuestras doctrinas, rompen nuestras proclamas, acechan a quienes pegan nuestros carteles y los meten en la cárcel...». «La desbandada que ha habido recientemente en el algodón les ha abierto los ojos a varios partidarios de esta monarquía.» «... El porvenir de los pueblos se elabora en nuestras filas oscuras.» «Éstas son las disyuntivas que se plantean: acción o reacción, revolución o contrarrevolución. Pues, en esta época nuestra, ya nadie cree ni en la inercia ni en la inmovilidad. Con el pueblo o contra el pueblo, ésa es la cuestión. Y no hay otra.» «... El día en que ya no os valgamos, echadnos, pero, hasta que llegue ese momento, ayudadnos a avanzar.» Y todo esto a plena luz del día.

Otros acontecimientos, aún más audaces, le resultaban sospechosos al pueblo precisamente por aquella audacia. El 4 de abril de 1832, un transeúnte subido al mojón que está en la esquina de la calle de Sainte-Marguerite grita: ¡Soy babouvista! Pero, tras Babeuf, la gente se olía a Gisquet.

Aquel transeúnte dice entre otras cosas:

—¡Abajo la propiedad! La oposición de izquierdas es cobarde y traidora. Cuando quiere tener razón, predica la revolución. Es demócrata para que no la derroten y monárquica para no luchar. Los republicanos son animales de pluma. No os fiéis de los republicanos, ciudadanos trabajadores.

—Silencio, ciudadano, que eres de la pasma —grita un obrero. Ese grito pone punto final al discurso.

Ocurrían incidentes misteriosos.

A la caída de la tarde, un obrero se topa, cerca del canal, con «un hombre bien vestido» que le dice:

—¿Dónde vas, ciudadano?

—Caballero —contesta el trabajador—, no tengo el honor de conocerlo.

—Pues yo sí que te conozco. Y el hombre añade:

—No temas. Soy agente del comité. Sospechan que no eres muy de fiar.

Ya sabes, por si te vas de la lengua, que no te quitamos el ojo de encima.

Luego le da un apretón de manos al obrero y se va, tras decirle:

—Volveremos a vernos pronto.

La policía estaba a la escucha y recogía, no ya sólo en las tabernas, sino por la calle, diálogos peculiares.

—Haz porque te admitan pronto —le dice un tejedor a un ebanista.

—¿Y eso por qué?

—Es que vamos a tener que pegar tiros.

Transeúntes andrajosos cruzan estas frases notables preñadas de aparente insurrección campesina, de jacquerie:

—¿Quién nos gobierna?

—El señor Felipe.

—No, es la burguesía.

Estaría confundido quien creyera que hacemos de menos a la jacquerie.

Los campesinos rebeldes, los jacques, eran los pobres.

En otra ocasión oyen al pasar a dos hombres y uno le va diciendo a otro:

«Tenemos un buen plan de ataque».

De una charla íntima entre cuatro hombres acurrucados en una cuneta de la glorieta del portillo de Le Trône sólo se oye lo siguiente:

—Haremos cuanto podamos para que ése no pasee más por París.

¿Quién sería ése? Ominosa oscuridad.

«Los jefes principales», como decían en el arrabal, se quedaban aparte. La creencia era que se reunían, para ponerse de acuerdo, en una taberna de La Pointe Saint-Eustache. De un tal Aug, jefe de la Sociedad de Solidaridad de los Sastres, de la calle de Mondétour, se decía que hacía las veces de intermediario principal entre los jefes y el barrio de Saint-Antoine. No obstante, esos jefes estuvieron siempre metidos en una densa sombra y no existe ningún hecho cierto que pueda invalidar la singular altanería de esta respuesta que dio más adelante un acusado ante el tribunal de los pares:

—¿Quién era su jefe?

—Ni conocía a ninguno ni reconocía a ninguno.

Todo aquello no pasaba aún de palabras, trasparentes, pero inconcretas; a veces cosas dichas por decir algo, rumores, hechos contados de oídas. Iban llegando otros indicios.

Un carpintero, que trabaja en la calle de Reuilly clavando tablones en una empalizada que rodea un solar donde están edificando una casa, se encuentra en ese solar un trozo roto de una carta donde todavía pueden leerse las siguientes líneas: «... El comité tiene que tomar medidas para impedir el reclutamiento en las secciones para las sociedades varias...».

Y una postdata: «Nos hemos enterado de que había fusiles en el número 5 (bis) de la calle de Le Faubourg-Poissonniere, unos cinco mil o seis mil, en el patio de una armería. La sección está sin armas».

El carpintero se emociona y se lo enseña todo a sus vecinos cuando, pocos pasos más allá, recoge otro papel, roto también y todavía más significativo, cuya distribución reproducimos por el interés histórico que tienen estos curiosos documentos:

Quienes recibieron a la sazón la confidencia de este hallazgo no supieron hasta más adelante que sobreentendían aquellas cuatro mayúsculas: quinturiones, centuriones, decuriones, exploradores, y qué querían decir estas letras: u og a1 fe; eran una fecha y significaban este 15 de abril de 1832. Debajo de cada una de las mayúsculas había nombres y, a continuación, indicaciones muy características. Por ejemplo: Q. Bannerel. 8 fusiles. 83 cartuchos. Hombre de fiar. — C. Boubiere. 1 pistola. 40 cartuchos. — D. Rollet. 1 florete. 1 pistola. 1 libra de pólvora. — E. Teissier. 1 sable. 1 canana. Puntual. — Terreur. 8 fusiles. Valiente, etc.

Finalmente, ese carpintero encuentra en el mismo cercado un tercer papel en el que está escrita a lápiz, pero muy legible, esta especie de lista enigmática.

Unidad. Blanchard. Arbre-sec. 6. Barra. Soize. Salle-au-Comte.

Kosciusko. ¿Aubry el carnicero?

J. J. R.

Cayo Graco.

Derecho de revisión. Dufond. Four.

Caída de los girondinos. Derbac. Maubuée. Washington. Pinson. 1 pist. 86 cart.

Marsellesa.

Sober. del pueblo. Michel. Quincampoix. Sable. Hoche.

Marceau. Platon. Arbre-sec.

Varsovie. Tilly, vendedor callejero de Le Populaire.

El honrado burgués en cuyas manos quedó esta lista supo qué quería decir. Dicha lista, por lo visto, era la nomenclatura completa de las secciones del distrito cuarto de la Sociedad de los Derechos del Hombre, con los nombres y los domicilios de los jefes de sección. Hoy en día, todos estos hechos que quedaron en la sombra no son ya sino historia y se pueden publicar. Hay que añadir que la Sociedad de los Derechos del Hombre se fundó, al parecer, en una fecha posterior a aquella en que encontraron este papel. Quizá se trataba sólo de un esbozo.

No obstante, tras las frases y las palabras, tras los indicios escritos, empezaban a asomar hechos materiales.

En la calle de Popincourt, en el comercio de un chamarilero, aparecen en el cajón de una cómoda siete hojas de papel gris, dobladas todas igual, a lo largo y en cuatro: esas hojas tapan veintiséis cuadrados de ese mismo papel gris, con forma de cucurucho, y una tarjeta en que se lee lo siguiente:

El atestado de la incautación dejaba constancia de que del cajón salía un fuerte olor a pólvora.

Un albañil, tras acabar su jornada, olvida un paquetito en un banco, cerca del puente de Austerlitz. Llevan ese paquete al cuerpo de guardia. Lo abren y encuentran dos diálogos impresos que firma Lahautiere, una canción llamada: Obreros, asociaos, y una caja de hojalata llena de cartuchos.

Un obrero que está bebiendo con un compañero le pide que lo palpe para que vea lo acalorado que está; el compañero nota que lleva una pistola debajo de la chaqueta.

En una cuneta del bulevar, entre Le Pere-Lachaise y el portillo de Le Trône, en el lugar más desierto, unos niños que están jugando se encuentran, debajo de un montón de virutas y de mondas, un saco donde hay un molde para hacer balas, un mandril de madera para hacer cartuchos, un platillo con unos pocos granos de pólvora de caza y una cazuela de hierro pequeña en la que quedan rastros evidentes de plomo fundido.

Unos agentes de policía que entran de improviso a las cinco de la mañana en casa de un tal Pardon, que más adelante estuvo en la sección Barricade-Merry y cayó en la insurrección de abril de 1834, se lo encuentran de pie junto a la cama y con unos cartuchos, que estaba haciendo, en la mano.

A la hora de descanso de los obreros, ven a dos hombres que se encuentran entre el portillo de Picpus y el portillo de Charenton, en un estrecho paseo de ronda entre dos tapias, cerca de una taberna que tiene delante de la puerta un tablero del juego de Siam. Uno saca de debajo del blusón una pistola y se la da al otro. Al dársela, cae en la cuenta de que el sudor del pecho ha humedecido un tanto la pólvora. Ceba la pistola y añade pólvora a la que había ya en la cazoleta. Luego los dos hombres se separan.

Un tal Gallais, a quien mataron más adelante en la calle de Beaubourg en los disturbios de abril, se jacta de que tiene en casa setecientos cartuchos y veinticuatro piedras de chispa.

El gobierno recibe un día el aviso de que ha habido en los arrabales un reparto de armas y de doscientos mil cartuchos. La semana siguiente se reparten treinta mil cartuchos. Cosa notable: la policía no pudo hacerse con ninguno. En una carta interceptada pone: «No queda mucho para el día en que, en cuatro horas de reloj, ochenta mil patriotas se alzarán en armas».

Toda esta fermentación era pública y puede decirse que casi sosegada. La inminente insurrección preparaba su tormenta tranquilamente y en la cara del gobierno. Esa crisis, subterránea aún, pero perceptible ya, no carecía de singularidad alguna. La clase media hablaba sin alterarse con los obreros de lo que se estaba preparando. La gente preguntaba: ¿Qué tal anda el levantamiento? como quien pregunta: ¿Qué tal anda su mujer?

El dueño de una tienda de muebles de la calle de Moreau preguntaba:

—¿Qué? ¿Cuándo es el ataque? Otro comerciante decía:

—Ya sé que atacarán pronto. Hace un mes eran ustedes quince mil, ahora son veinticinco mil.

Y ofrecía su fusil; y un vecino ofrecía una pistolita que quería vender por siete francos.

Por lo demás, la fiebre revolucionaria se iba propagando. No quedaba libre de ella ningún punto de París ni de Francia. Aquella arteria latía por doquier. Igual que esas membranas que nacen de determinadas inflamaciones y se forman en el cuerpo humano, la red de las sociedades secretas empezaba a extenderse por el país. De la Sociedad de los Amigos del Pueblo, pública y secreta al tiempo, nació la Sociedad de los Derechos del Hombre, que fechó así uno de sus órdenes del día: Pluvioso, año 40 de la era republicana, y sobrevivió incluso a sentencias del tribunal de lo criminal, que la disolvían, y no se andaba con chiquitas a la hora de bautizar a sus secciones con nombres tan significativos como los siguientes:

Picas

Toque de alarma Cañón de alarma Gorro frigio

21 de enero Pordioseros Truhanes Adelante Robespierre Nivel

«Ça ira»

De la Sociedad de los Derechos del Hombre nació la sociedad Acción. En ella estaban los impacientes, que tomaban la delantera y corrían en vanguardia. Otras asociaciones intentaban hacerse con miembros de las sociedades grandes y primitivas. Quienes formaban las secciones se quejaban de que tiraban de ellos para todos lados. Tal sucedía con la Sociedad gala y el Comité organizador de los municipios. Y también con las sociedades en pro de la libertad de prensa, en pro de la libertad individual, en pro de la instrucción del pueblo y en contra de los impuestos indirectos. Existía además la Sociedad de los Obreros Igualitarios, que se dividía en tres fracciones: los igualitarios, los comunistas y los reformistas. Y el Ejército de las Bastillas, algo así como una cohorte con organización militar: un cabo mandaba a cuatro hombres, un sargento, a diez; un subteniente, a veinte; un teniente, a cuarenta; nunca había más de cinco hombres que se conocieran entre sí; una creación en que combinaban la precaución y la audacia y parecía imbuida del genio de Venecia. El comité central que la dirigía tenía dos brazos: la Sociedad de Acción y el Ejército de las Bastillas. Una asociación legitimista, los Caballeros de la Fidelidad, andaba por entre aquellas afiliaciones republicanas, que la acusaban y la repudiaban.

Las sociedades parisinas se ramificaban en las principales ciudades. Lyon, Nantes, Lila y Marsella tenían su propia Sociedad de los Derechos del Hombre, y la Carbonaria y los Hombres Libres. En Aix había una sociedad revolucionaria que se llamaba La Cougourde; ya hemos aludido a ella.

En París no era menor el zumbido del arrabal de Saint-Marceau que el del barrio de Saint-Antoine ni estaba menos alterada la universidad que los arrabales. Los estudiantes se reunían en un café de la calle de Saint- Hyacinthe y en el bodegón de Les Sept-Billards, en la calle de Les Mathurins-Saint-Jacques. La Sociedad de los Amigos del A B C, afiliada a las mutuas de Angers y a La Cougourde de Aix, se reunía, como hemos visto ya, en el café de Musain. Esos mismos jóvenes coincidían también, ya lo hemos dicho, en un restaurante y taberna que estaba cerca de la calle de Mondétour y se llamaba Corinthe. Eran reuniones secretas. Había otras públicas a más no poder, y puede darnos una idea de esos atrevimientos este fragmento de un interrogatorio perteneciente a uno de los procesos que vinieron después: «¿Dónde se celebró esa reunión? — En la calle de La Paix. —¿En casa de quién? —En la calle. —¿Qué secciones asistieron? — Sólo una. —¿Cuál? —La sección Manuel. — ¿Quién era el jefe? —Yo. — Es usted demasiado joven para haber tomado solo una decisión tan grave como la de atacar al gobierno. ¿Quién le había dado instrucciones? —El comité central».

El ejército estaba no menos minado que la población civil, como demostraron más adelante los movimientos de Belfort, de Lunéville y de Épinal. Podía contarse con el 52.º regimiento, con el 5.º, con el 8.º, con el 37.º y con el 20.º ligero. En Borgoña y en las ciudades del sur clavaban en el suelo el árbol de la Libertad, es decir, un mástil que remataba un gorro rojo.

Así estaba la situación.

Dicha situación, como ya dijimos al principio, se notaba y estaba más acentuada en el barrio de Saint-Antoine en mayor grado que en cualquier otro grupo de la población. Ahí estaba el punto crítico.

A este arrabal antiguo, un auténtico hormiguero, laborioso, valiente y colérico como una colmena, lo tenían vibrante la espera y el deseo de una conmoción. Todo era agitación, aunque sin que se interrumpiera el trabajo. No hay nada que pueda dar una idea de aquella fisonomía vivaz y adusta. Hay en ese arrabal desgracias dolorosísimas ocultas bajo el tejado de los sotabancos; hay también inteligencias ardorosas e infrecuentes. Es sobremanera peligroso que los extremos se toquen cuando se trata de desdichas y de inteligencia.

Había, además, otras causas para el sobresalto en el barrio de Saint-Antoine, porque a él van a dar, de rechazo, los golpes de las crisis comerciales, de las quiebras, de las huelgas y de las personas sin trabajo, inherentes a las grandes conmociones políticas. En tiempos de revolución, la miseria es a un tiempo causa y efecto. Si da un golpe, le vuelve, rebotado. Ese vecindario, rebosante de orgullosa virtud, capaz al máximo de fluido calórico latente, siempre dispuesto a tomar las armas, propicio a los estallidos, irritado, hondo, minado, parecía no estar sino a la espera de que cayese una pavesa. Siempre que ciertas chispas flotan por el horizonte a impulsos del viento de los acontecimientos es imposible no acordarse del barrio de Saint-Antoine y del temible azar que colocó a las puertas de París ese polvorín de padecimientos y de ideas.

Las tabernas del arrabal Antoine que hemos retratado en más de una ocasión en este esbozo que acabamos de realizar cuentan con una notoriedad histórica. En tiempos de alteraciones quienes las frecuentan se emborrachan más en ellas de palabras que de vino. Las recorre algo así como un espíritu profético y un efluvio de porvenir, inflamando los corazones y engrandeciendo las almas. Las tabernas del arrabal Antoine se parecen a aquellas del monte Aventino edificadas sobre el antro de la sibila y que estaban en comunicación con los hondos alientos sagrados; tabernas cuyas mesas eran casi trípodes y donde se bebía eso que Ennio llamaba el vino sibilino.

El barrio de Saint-Antoine es un depósito donde está metido el pueblo. Las conmociones revolucionarias abren en él grietas por donde fluye la soberanía popular. Esta soberanía puede obrar mal; se equivoca como puede equivocarse cualquiera; pero sigue siendo grande hasta cuando se descarría. Y entonces es posible decir de ella igual que del cíclope ciego, Ingens.

En 1793, según que la idea que anduviera suelta fuera buena o mala, según que fuese día de fanatismo o día de entusiasmo, brotaban del barrio de Saint-Antoine ora legiones de salvajes, ora bandadas de héroes.

Salvajes. Aclaremos esta palabra. Cuando esos hombres iracundos que, en los días cosmogónicos del caos revolucionario, desharrapados, vociferantes, hoscos, blandiendo porras y enarbolando picas, se abalanzaban sobre el antiguo París conmocionado, ¿qué querían? Querían que acabasen las opresiones, que acabasen las tiranías, que acabase la hoja de la espada; trabajo para el hombre, instrucción para el niño, tolerancia social para la mujer; libertad, igualdad, fraternidad, pan para todos, inteligencia para todos, que la tierra fuera un paraíso: el Progreso; y esa cosa santa, buena y suave, el progreso, acorralados, fuera de sus casillas, la reclamaban, tremendos, semidesnudos, con el garrote en el puño y el rugido en los labios. Eran los salvajes, sí, pero los salvajes de la civilización.

Proclamaban el derecho con furia; querían, aunque fuese recurriendo al temblor y el espanto, forzar al género humano a vivir en el Edén. Parecían bárbaros y eran salvadores. Reclamaban la luz llevando las máscaras de la noche.

Frente a esos hombres, feroces, lo reconocemos, sí, y amedrentadores, pero feroces y amedrentadores en pro del bien, hay otros hombres sonrientes, recamados, dorados, llenos de lazos y de condecoraciones, con medias de seda, plumas blancas, guantes amarillos y zapatos de charol, que, acodados en una mesa de terciopelo al amor del fuego de una chimenea de mármol, insisten, con suavidad, para que perduren y se conserven el pasado, la Edad Media, el derecho divino, el fanatismo, la ignorancia, la esclavitud, la pena de muerte, la guerra; y glorifican a media voz y cortésmente el sable, la hoguera y el patíbulo. En lo que a nosotros se refiere, si nos viéramos en la obligación de optar entre los bárbaros de la civilización y los civilizados de la barbarie, nos quedaríamos con los bárbaros.

Pero, gracias sean dadas al cielo, hay otra elección posible. No es necesario desplome a pico alguno, ni hacia adelante ni hacia atrás. Ni despotismo ni terrorismo. Queremos llegar al progreso subiendo una cuesta poco empinada.

Dios proveerá. Que las cuestas sean poco empinadas, en eso consiste toda la política de Dios.

VI
ENJOLRAS Y SUS LUGARTENIENTES

Fue más o menos por entonces cuando Enjolras, previendo lo que podía llegar, llevó a cabo algo así como un censo.

Todos estaban reunidos en conciliábulo en el café Musain.

Enjolras dijo, entremezclando con las palabras unas cuantas metáforas enigmáticas a medias, pero significativas:

—Es conveniente que sepamos en qué punto estamos y con qué podemos contar. Si queremos combatientes, tenemos que fabricarlos. Y tener con qué golpear. No puede venirnos mal. Los que pasan tienen siempre más probabilidades de que los corneen cuando hay bueyes en el camino que cuando no los hay. Así que vamos a hacer un recuento del rebaño. ¿Cuántos somos? Nada de dejarlo para mañana. Los revolucionarios tienen que llevar prisa siempre; el progreso no tiene tiempo que perder. Desconfiemos de lo inesperado. No permitamos que nos pillen de improviso. Lo que tenemos que hacer es repasar todas las costuras que hayamos ido haciendo y ver si son resistentes. Este asunto hay que dejarlo bien rematado hoy. Courfeyrac, irás a ver a los de la Escuela Politécnica. Hoy, miércoles, es su día de salida. Feuilly irá a ver a los de La Glaciere, ¿de acuerdo? Combeferre me ha prometido que iría a Picpus. Hay por allí mucho bullicio, y excelente. Bahorel hará una visita a L'Estrapade. Prouvaire, los masones están algo flojos; tráenos noticias de la logia de la calle de Grenelle-Saint-Honoré. Joly irá a la clínica de Dupuytren a tomarles el pulso a los de la facultad de Medicina. Bossuet se dará una vueltecita por el Palacio de Justicia para charlar con los que están en prácticas. Yo me encargo de La Cougourde.

—Ya está todo —dijo Courfeyrac.

—No.

—Pues, ¿qué queda?

—Algo muy importante.

—¿Qué? —preguntó Combeferre.

—El portillo de Le Maine —contestó Enjolras.

Enjolras se quedó un momento algo así como absorto en sus reflexiones y, luego, añadió:

—En el portillo de Le Maine hay marmolistas y pintores, los que trabajan en los talleres de escultura. Es una familia entusiasta, pero dada a la tibieza. No sé qué les pasa desde hace una temporada. Están pensando en otras cosas. Se apagan. Se pasan el tiempo jugando al dominó. Sería urgente ir a darles una charla, y en un tono bien firme. Se reúnen en Richefeu y se los encuentra allí entre las doce y la una. Hay que soplar para avivar esas cenizas. Contaba para ello con el despistado ese de Marius, que, en realidad, es muy capaz; pero ha dejado de venir. Necesitaría a alguien para el portillo de Le Maine. Ya no me queda nadie.

—¿Y yo? —dijo Grantaire—. Estoy aquí.

—¿Tú?

—Yo.

—¡Tú adoctrinando a unos republicanos! ¡Tú enardeciendo en nombre de los principios a unos corazones tibios!

—¿Por qué no?

—¿Es que acaso vales tú para algo?

—Pues tengo esa vaga ambición —dijo Grantaire.

—No crees en nada.

—Creo en ti.

—Grantaire, ¿quieres hacerme un favor?

—Todos. Sacarte brillo a las botas.

—Pues no te metas en nuestros asuntos. Duerme la mona de ajenjo.

—Eres un ingrato, Enjolras.

—¿Serías capaz de ir al portillo de Le Maine? ¡Te atreverías!

—Soy capaz de bajar por la calle de Les Gres, de cruzar la plaza de Saint-Michel, de torcer por la calle de Monsieur-le-Prince, de tirar por la calle de Vaugirard, de dejar atrás Les Carmes, de doblar la esquina de la calle de Assas, de llegar a la calle de Le Cherche-Midi, de dejar atrás Le Conseil de guerre, de recorrer la calle de Les Vieilles-Tuileries, de salvar de una zancada el bulevar, de seguir por la calzada de Le Maine, de cruzar el portillo y de entrar en Richefeu.

—¿Y conoces algo a esos compañeros de Richefeu?

—No mucho. Sólo llegamos a tutearnos.

—¿Y qué les vas a decir?

—Les hablaré de Robespierre, faltaría más. De Danton. De los principios.

—¡Tú!

—Yo. No se me hace justicia. Cuando me pongo, soy tremendo. He leído a Prud'homme, conozco El contrato social, me sé de memoria la Constitución del año II. «La libertad de un ciudadano termina donde empieza la libertad de otro ciudadano.» ¿Me tomas por un imbécil? Tengo un asignado antiguo en un cajón. Los Derechos del Hombre, la soberanía del pueblo, ¡cáspita! Soy, incluso, un tanto hebertista. Me puedo pasar seis horas seguidas, reloj en mano, machaconeando unas cosas estupendas.

—No seas guasón —dijo Enjolras.

—Soy feroz.

Enjolras se quedó pensativo unos segundos e hizo un ademán de hombre que ha tomado una decisión.

—Grantaire —dijo, muy serio—, estoy dispuesto a probar. Irás al portillo de Le Maine.

Grantaire vivía en una casa de huéspedes muy cerca del café Musain. Salió y volvió cinco minutos después. Había ido a ponerse un chaleco a la Robespierre.

—Rojo —dijo al entrar, mirando fijamente a Enjolras.

Luego, con la palma de la mano, se aplastó contra el pecho los dos picos escarlata del chaleco.

Y, acercándose a Enjolras, le dijo al oído:

—Quédate tranquilo.

Se encasquetó el sombrero con ademán resuelto y se fue.

Un cuarto de hora después la sala trasera del café Musain estaba desierta. Todos los Amigos del A B C se habían ido, cada cual por su lado, a cumplir con su tarea. Enjolras, que había reservado para sí La Cougourde de Aix, fue el último en salir.

Los de La Cougourde de Aix que estaban en París se reunían a la sazón en la llanura de Issy, en una de las canteras abandonadas que tanto abundan por esa zona de París.

Enjolras, según se encaminaba al lugar de la cita, iba pasando revista a la situación en su fuero interno. Estaba claro que los acontecimientos eran muy graves. Cuando los hechos, pródromos de algo parecido a una enfermedad social latente, se mueven con torpeza, la mínima complicación los detiene y los enreda. Y de este fenómeno salen los hundimientos y los renacimientos. Enjolras intuía un alzamiento luminoso bajo las colgaduras tenebrosas del porvenir. ¿Quién sabe? Quizá se estaba acercando el momento. El pueblo volviendo a hacerse con sus derechos, ¡qué hermoso espectáculo! La revolución posesionándose otra vez majestuosamente de Francia y diciéndole al mundo: ¡Seguirá mañana! Enjolras estaba contento. El horno se iba caldeando. Había en esos momentos, recorriendo París, un reguero de pólvora de amigos. Componía in mente, con la elocuencia filosófica y penetrante de Combeferre, el entusiasmo cosmopolita de Feuilly, la inspiración de Courfeyrac, la risa de Bahorel, la melancolía de Jean Prouvaire, la ciencia de Joly, los sarcasmos de Bossuet, algo semejante a un chisporroteo eléctrico que se prendía a un tiempo por doquier. Todos manos a la obra. No cabía duda de que el resultado sería digno del esfuerzo. Eso estaba bien. Y entonces se acordó de Grantaire. «¡Vaya! —se dijo—. El portillo de Le Maine apenas si me desvía un poco. ¿Y si me llegase hasta Richefeu? Para tener una idea de qué está haciendo Grantaire y en qué punto anda.»

Estaba dando la una en el campanario de Vaugirard cuando llegó

Enjolras al fumadero Richefeu. Empujó la puerta, entró, se cruzó de brazos, dejó que se cerrase la puerta sola, dándole un golpe en los hombros, y miró el local lleno de mesas, de hombres y de humo.

Se alzaba una voz en aquella niebla y otra voz la interrumpía con vehemencia. Era Grantaire dialogando con un adversario que le había salido.

Grantaire estaba sentado enfrente de otra silueta y ante una mesa de mármol Sainte-Anne salpicada de granos de salvado y constelada de fichas de dominó; daba puñetazos en el mármol, y esto fue lo que oyó Enjolras:

—Seis doble.

—Cuatro.

—Eres un cochino. ¡No me quedan!

—¡Estás muerto! Dos.

—Seis.

—Tres.

—As.

—Pongo yo.

—Cuatro puntos.

—Malamente.

—Te toca.

—Me he colado.

—Vas bien.

—Quince.

—Otros siete.

—Con ésos me salen veintidós. —Con voz soñadora—. ¡Dos patitos!

—No te esperabas el seis doble. Si lo hubiera puesto al empezar, habría cambiado toda la partida.

—Dos.

—As.

—¡As! Bueno, pues cinco.

—No tengo.

—Has puesto tú, ¿no?

—Sí.

—Blanca.

—¡Hay que ver qué suerte tiene éste! ¡Es que tienes una suerte! —Prolongada ensoñación—. Dos.

—As.

—Ni cinco ni as. Lo siento por ti.

—Cierro.

—¡Carape!

**LIBRO SEGUNDO
ÉPONINE**

I

EL CAMPO DE LA ALONDRA

Marius había asistido al inesperado desenlace de la encerrona cuyo rastro había proporcionado a Javert; pero, no bien hubo salido Javert del caserón, llevándose a los prisioneros en tres coches de punto, Marius, por su parte, se escurrió fuera de la casa. Aún no eran las nueve de la noche. Marius fue a casa de Courfeyrac. Courfeyrac no era ya el imperturbable morador del Barrio Latino; se había ido a vivir a la calle de la Verrerie «por motivos políticos»; aquel barrio era de esos en que, por entonces, la insurrección se afincaba de buen grado. Marius le dijo a Courfeyrac:

«Vengo a dormir a tu casa». Courfeyrac quitó de su cama, en que había dos colchones, uno de ellos, lo colocó en el suelo y dijo: «Aquí tienes».

Al día siguiente, a las siete de la mañana, Marius volvió al caserón, pagó el alquiler y lo que le debía a la Murgón, mandó cargar en un carretón los libros, la cama, la mesa, la cómoda y las dos sillas y se fue sin dejar señas, de forma tal que cuando Javert volvió, durante la mañana, para preguntarle a Marius por los sucesos de la víspera, sólo se encontró a la Murgón, que le contestó: «¡Se ha mudado!».

La Murgón estaba convencida de que Marius era, hasta cierto punto, cómplice de los ladrones a quienes habían detenido por la noche. «¡Quién lo iba a decir! —exclamaba en la casa de las porteras del barrio—. ¡Un joven que parecía una chica!»

Marius había tenidos dos motivos para mudarse tan deprisa. El primero era que ahora lo horrorizaba aquella casa donde había visto tan de cerca y con una extensión tan completa, la más repulsiva y feroz, una fealdad social más espantosa aún quizá que un rico malo: un pobre malo. El segundo era que no quería tener que comparecer en el juicio que probablemente vendría a continuación y verse en la obligación de declarar contra Thénardier.

103

Javert pensó que el joven, cuyo nombre no se le había quedado, había tenido miedo y había salido huyendo, o que quizá ni siquiera había vuelto a su casa para presenciar la encerrona; hizo no obstante unos cuantos esfuerzos para localizarlo, pero no lo consiguió.

Transcurrió un mes; y, luego, otro. Marius seguía en casa de Courfeyrac. Había sabido por un pasante, que solía dar una vuelta por la Sala de los Pasos Perdidos del Palacio de Justicia, que Thénardier estaba incomunicado. Todos los lunes, Marius depositaba en las oficinas de la cárcel de La Force cinco francos para Thénardier.

Como Marius se había quedado sin dinero, le pedía prestados los cinco francos a Courfeyrac. Era la primera vez en la vida que pedía dinero prestado. Esos cinco francos periódicos eran un enigma doble para Courfeyrac, que los daba, y para Thénardier, que los recibía. «¿Adónde van a parar?», pensaba Courfeyrac. «¿De dónde me vienen?», se preguntaba Thénardier.

Marius, por lo demás, estaba consternado. Todo había vuelto a meterse en una trampilla. Ya no veía nada por delante; su vida volvía a estar sumida en aquel misterio por el que iba errante y a tientas. Hubo un momento en que vio muy de cerca en aquella oscuridad a la joven a la que amaba y al anciano que parecía ser su padre: esos dos desconocidos, que eran para él en este mundo lo único que lo interesaba y su única esperanza; y en el momento en que creía que ya los tenía, una ráfaga se llevó todas aquellas sombras. Ni del choque más espantoso había saltado una chispa de certidumbre ni de verdad. Ninguna conjetura posible. Ni siquiera sabía ya el nombre que había creído saber. Desde luego que ya no era Ursule. Y la Alondra era un apodo. ¿Y qué pensar del anciano? ¿Se escondía, efectivamente, de la policía? El obrero de pelo blanco que Marius se había encontrado por las inmediaciones de Les Invalides le volvió al pensamiento. Ahora parecía probable que aquel obrero y el señor Leblanc fueran el mismo hombre. ¿Así que se disfrazaba? Aquel hombre tenía rasgos heroicos y rasgos equívocos. ¿Por qué no había pedido socorro? ¿Por qué había salido huyendo? ¿Era o no era el padre de la joven? ¿Y, para concluir, era en realidad el hombre a quien Thénardier había creído reconocer?

¿Podía haberse equivocado Thénardier? Otros tantos problemas sin salida.

Cierto era que todo aquello no privaba ni poco ni mucho a la muchacha de Le Luxembourg de su encanto angelical. Dolorosa aflicción; Marius tenía una pasión en el corazón y la oscuridad ante los ojos. Notaba que lo empujaban, notaba que tiraban de él, y no podía moverse. Todo se había desvanecido menos el amor. Y del amor en sí había perdido los instintos y las iluminaciones súbitas. Esa llama que nos abrasa suele iluminarnos también un poco y nos envía, de fuera, algún resplandor útil. Marius ni siquiera oía ya esos sordos consejos de la pasión. Nunca se decía: «¿Y si fuera a tal sitio? ¿Y si probase esto o aquello?». Era evidente que la joven a la que ya no podía llamar Ursule estaba en algún sitio; nada avisaba a Marius de por dónde debía buscar. Toda su existencia se resumía ahora en dos expresiones: una incertidumbre absoluta en una bruma impenetrable. Volver a verla: seguía aspirando a ello, pero ya no lo esperaba.

Para acabar de arreglar la situación, la miseria volvía. Notaba muy cerca, a su espalda, aquel soplo helado. Entre todas esas tormentas, y ya desde hacía mucho, había ido espaciando el trabajo, y no hay nada más peligroso que espaciar el trabajo; el hábito se pierde. Un hábito fácil de dejar y que resulta difícil reanudar.

Es buena cierta cantidad de ensoñación, igual que una dosis discreta de narcótico. Con eso se aplacan las fiebres, duras a veces, del parto de la inteligencia y nace en la mente un vapor manso y fresco que enmienda los perfiles en exceso ásperos del pensamiento puro, colmata acá y allá lagunas e intervalos, une los conjuntos y difumina las aristas de las ideas. Pero demasiada ensoñación sumerge y ahoga. ¡Desdichado quien trabaje con la mente y consienta en caer por completo del pensamiento a la ensoñación! Cree que le resultará fácil volver a subir y se dice que, a fin de cuentas, todo es lo mismo. ¡Es un error!

El pensamiento es el afán de la inteligencia, y la ensoñación es la voluptuosidad. Sustituir el pensamiento por la ensoñación es confundir un veneno con un alimento.

Recordemos que Marius había empezado por ahí. Apareció la pasión y acabó de arrojarlo a las quimeras sin objeto y sin fondo. Ya no sale uno de casa más que para ir a soñar. Parto perezoso. Abismo tumultuoso y estancado. Y, según va menguando el trabajo, crecen las necesidades. Es una ley. El hombre, en estado de ensoñación, es, por naturaleza, pródigo y flojo; la inteligencia, distendida, no puede conservar la vida prieta. En esta forma de vivir se mezclan lo bueno y lo malo, porque la flojedad es funesta, y la generosidad es sana y buena. Pero el hombre pobre, generoso y noble que no trabaja está perdido. Los recursos desaparecen y las necesidades aparecen.

Cuesta abajo fatídica a la que se ven arrastrados tanto los más débiles cuanto los más viciosos y que va a dar a uno de estos dos agujeros: el suicido o el crimen.

A fuerza de salir para ir a soñar, llega un día en que sales para ir a tirarte al agua.

Del exceso de ensoñación surgen los Escousse y los Lebras.

Marius iba despacio por esa cuesta abajo, con la vista clavada en la joven a quien ya no veía. Esto que acabamos de escribir parece extraño, pero era, no obstante, cierto. El recuerdo de un ser ausente se enciende en las tinieblas del corazón; cuanto más desaparecido está, más brilla; el alma desesperada y oscura ve esa luz en su horizonte; estrella de la noche interior. Ella: tal era el pensamiento entero de Marius. Ya no pensaba en nada más; notaba, de forma confusa, que el frac viejo se iba convirtiendo en un frac impresentable y que el frac nuevo se iba convirtiendo en un frac viejo, que las camisas iban estando usadas, que el sombrero iba estando usado, que las botan iban estando usadas, es decir, que su vida iba estando usada, y se decía: «¡Con tal de que pudiera volver a verla antes de morir!».

Sólo le quedaba una idea dulce, y era que Ella lo había querido, que se lo había dicho con la mirada; que Ella no sabía cómo se llamaba él, pero sí sabía cómo era su alma y que, quizá, allá donde estuviera, fuere cual fuere aquel lugar misterioso, lo quería aún. ¿Quién sabe si no pensaba en él como él pensaba en ella? A veces, en esas horas inexplicables que vive todo corazón que ame, aunque no teniendo sino motivos para el dolor, pero notando empero un misterioso sobresalto de alegría, se decía: «¡Son sus pensamientos, que llegan hasta mí!». Luego, añadía: «A lo mejor también le llegan a ella mis pensamientos».

Aquella ilusión, que rechazaba, negando con la cabeza, al momento siguiente, conseguía, sin embargo, ponerle en el alma unos rayos de luz que, a veces, se parecían a la esperanza. De vez en cuando, sobre todo a esa hora del atardecer que pone tristes a los más pensativos, vertía en un cuaderno en cuyas hojas sólo había eso, lo más puro, lo más impersonal, lo más ideal de los sueños con que el amor le llenaba la cabeza. Llamaba a eso «escribirle». No debemos pensar que tuviera turbada la razón. Antes bien. Había perdido la facultad de trabajar y de avanzar con paso firme hacia una meta determinada, pero poseía más que nunca clarividencia y rectitud. Marius veía con una claridad serena y real, por más que singular, lo que le pasaba ante los ojos, incluso los hechos o los hombres que le fueran más indiferentes; tenía para todo la palabra exacta con una especie de agobio honrado y de desinterés cándido. Su capacidad de juzgar, casi desprendida de la esperanza, seguía siendo elevada y planeando en las alturas.

En aquella situación mental nada se le escapaba, nada lo inducía a error, y descubría continuamente el fondo de la vida, de la humanidad y del destino. ¡Dichoso aquel a quien le haya dado Dios, incluso en las angustias, un alma digna del amor y de la desdicha! ¡Quien no haya visto las cosas de este mundo y el corazón de los hombres bajo esta doble luz no ha visto nada cierto ni sabe nada!

El alma que ama y que sufre ha alcanzado el estado sublime.

Por lo demás, los días transcurrían y nada nuevo pasaba. A Marius sólo le parecía que el espacio oscuro que le quedaba por recorrer era a cada momento más corto. Creía estar vislumbrando ya con claridad el filo del despeñadero sin fondo.

—¡Cómo! —se repetía—. ¡Y no voy a volver a verla antes!

Quien vaya calle de Saint-Jacques arriba, deje a un lado el portillo y vaya siguiendo un rato, por la izquierda, el antiguo bulevar interior, llegará a la calle de La Santé, luego a La Glaciere, y, poco antes de alcanzar el arroyo de Les Gobelins, encontrará algo así como un campo que es, en el prolongado y monótono cinturón de los paseos de ronda de París, el único lugar en que Ruisdael sentiría la tentación de sentarse.

Ese algo de lo que se desprende la gracia está en este lugar: un prado verde que cruzan cuerdas de tender donde se orean unos pingos; una antigua casa de labor de hortelanos construida en tiempos de Luis XIII, con un tejado grande donde se abre la curiosa disposición de los desvanes; empalizadas deterioradas; algo de agua entre los álamos, mujeres, risas y voces; en el horizonte, el Panthéon; el árbol de la Escuela de Sordomudos; el hospital del Val-de-Grâce, negro, achaparrado, fantasioso, divertido, espléndido; y, al fondo, la severa cumbre cuadrada de las torres de Notre- Dame.

Como es un sitio que merece la pena verse, no va nadie. Apenas una carreta o un carretero, de cuarto de hora en cuarto de hora.

Aconteció que hubo una ocasión en que los paseos solitarios de Marius lo llevaron a ese terreno y a la orilla de aquella agua. Ese día había en aquel bulevar una rareza, un viandante. Marius, un tanto impresionado con el encanto casi silvestre del lugar, le preguntó a dicho viandante: «¿Cómo se llama este sitio?».

El viandante contestó: «Es el campo de la Alondra».

Y añadió: «Aquí fue donde Ulbach mató a la pastora de Ivry».

Pero Marius, tras oír esta palabra: la Alondra, ya no oyó nada más. Se dan en los estados de ensoñación esas congelaciones repentinas que una palabra basta para causar. El pensamiento entero se condensa en torno a una idea y no es ya capaz de ninguna otra percepción. La Alondra era el nombre que, en las honduras de la melancolía de Marius, había sustituido a Ursule.

«¡Vaya! —se dijo, presa de uno de esos estupores disparatados propios de tales apartes misteriosos—. Éste es su campo. Aquí me enteraré de en dónde vive.»

Era una idea absurda, pero irresistible. Y fue a diario al campo de la Alondra.

<h1 style="text-align:center">II</h1>

<h1 style="text-align:center">FORMACIÓN EMBRIONARIA DE LOS CRÍMENES EN LA INCUBACIÓN DE LAS CÁRCELES</h1>

El éxito de Javert en el caserón Gorbeau había parecido completo, pero no lo había sido.

Lo primero, y ésa era su principal preocupación, Javert no había apresado al prisionero. El asesinado que se evade es más sospechoso que el asesino; y es probable que aquel personaje, captura tan preciada para los bandidos, no fuera una presa menos apetecible para la autoridad.

Además, a Javert se le había escapado Montparnasse.

Había que esperar otra ocasión para echarle el guante a aquel «petimetre del demonio». Efectivamente, Montparnasse se encontró con Éponine, que estaba montando guardia bajo los árboles del bulevar, y se la llevó, pues prefería ser Némorin con la hija que Schinderhannes con el padre. En buena hora se le ocurrió. Estaba en libertad. En cuanto a Éponine, Javert la «volvió a pescar». Flaco consuelo. Éponine fue a reunirse con Azelma a Les Madelonnettes.

Y por último, en el trayecto desde el caserón Gorbeau a La Force perdieron a uno de los principales detenidos, Claquesous. No sabían cómo había ocurrido; los agentes y los guardias «no entendían nada»; se había convertido en vapor, se había escurrido de las esposas de los pulgares, se había colado entre las grietas del carruaje, el coche de punto estaba rajado y él se había escapado; nadie sabía qué decir, salvo que, al llegar a la cárcel, Claquesous ya no estaba. Aquello era cosa de magia o de la policía.

¿Claquesous se había derretido en las tinieblas como un copo de nieve en el agua? ¿Se había dado una connivencia oculta de los agentes? ¿Pertenecía aquel hombre al doble enigma del desorden y del orden? ¿Era acaso concéntrico a la infracción y a la represión? ¿Tenía aquella esfinge las patas delanteras en el crimen y las patas traseras en la autoridad? Javert no admitía tales combinaciones y se habría encrespado ante concesiones de esa laya; pero en su grupo había otros inspectores, más puestos que él quizá, por muy subordinados suyos que fueran, en los secretos de la prefectura; y Claquesous era un bandido de tal calibre que podía ser un agente estupendo. Tener tan íntimas relaciones de escamoteo con la oscuridad es algo excelente para el bandidaje y admirable para la policía. Existen pillos así, de dos filos. Fuere como fuere, no volvieron a dar con el extraviado Claquesous. Javert mostró más irritación que extrañeza.

En cuanto a Marius, «ese pánfilo de abogado que seguramente había tenido miedo» y cuyo nombre se le había olvidado a Javert, éste no tenía gran empeño puesto en él. Por lo demás, a un abogado siempre se lo puede encontrar. Aunque ¿era siquiera abogado?

Habían empezado a instruir el proceso.

Al juez de instrucción le pareció oportuno no incomunicar a uno de los hombres de la banda de El culo del gato con la esperanza de que se fuera de la lengua. Ese hombre era Brujon, el melenudo de la calle de Le Petit- Banquier. Lo dejaron salir al patio Charlemagne y los vigilantes no le quitaron ojo.

Ese nombre, Brujon, es uno de los recuerdos de La Force. En el repulsivo patio que lleva el nombre de Edificio Nuevo, al que la administración llamaba patio Saint-Bernard y los ladrones llamaban el foso de los leones, en esa pared leprosa y cubierta de escamas que se alzaba a la izquierda hasta llegar a la altura de los tejados, cerca de una puerta vieja de hierro oxidado que llevaba a la antigua capilla del palacete ducal de La Force, que luego se convirtió en dormitorio de bandidos, podía verse hace aún doce años algo así como una prisión y fortaleza, groseramente tallada con un clavo en la piedra, y, debajo, esta firma:

BRUJON, 1811

El Brujon de 1811 era el padre del Brujon de 1832.

Este último, al que sólo pudimos ver de pasada en la emboscada del caserón Gorbeau, era un mocetón, muy astuto y mañoso, con pinta alelada y quejica. Por esa pinta lo había dejado suelto el juez de instrucción, pensando que le sería de más utilidad en el patio Charlemagne que incomunicado en una celda.

Los ladrones no interrumpen sus actividades por haber caído en manos de la justicia. No los afecta tan poca cosa. Estar en la cárcel por un delito no es óbice para iniciar otro delito. Son artistas que tienen un cuadro en el Salón anual de Pintura y Escultura, lo cual no les impide estar trabajando en una nueva obra en su estudio.

A Brujon parecía tenerlo atontado la cárcel. Lo veían a veces horas enteras en el patio Charlemagne, a pie firme junto al tragaluz del cantinero y mirando como un idiota ese cartel sórdido con los precios de la cantina que empezaba por: ajo, 62 céntimos, y acababa con puro, cinco céntimos. O se pasaba el rato tiritando, dando diente con diente, diciendo que tenía fiebre y preguntando si alguna de las veintiocho camas de la sala de los enfermos de fiebre estaba libre.

De repente, allá por la segunda quincena de febrero de 1832, se supo que Brujon, aquel soñoliento, había hecho, recurriendo a tres comisionados de la casa, no a su nombre, sino al de tres de sus compañeros, tres recados diferentes que le habían costado en total dos francos con cincuenta céntimos, cantidad exorbitante que le llamó la atención al brigadier de la cárcel.

Tras informarse y consultar la tarifa de los encargos, que estaba expuesta en el locutorio de presos, llegó a saberse que los dos francos con cincuenta céntimos se dividían de la siguiente forma: tres recados, uno al Panthéon: cincuenta céntimos; otro al Val-de-Grâce: setenta y cinco céntimos, y otro al portillo de Grenelle: un franco con veinticinco céntimos, la tarifa más cara. Ahora bien, en el Panthéon, en el Val-de-Grâce y en el portillo de Grenelle vivían precisamente tres maleantes de portillos muy temidos, Kruideniers, conocido por Bizarro, Glorieux, ex presidiario, y Barre-Carrosse, hacia quienes este incidente atrajo una vez más la mirada de la policía. Parecía probable que esos hombres pertenecieran a El culo del gato, dos de cuyos jefes, Babet y Gueulemer, estaban presos. Se supuso que los recados de Brujon, remitidos no a domicilios, sino a personas que esperaban en la calle, debían de ser avisos para alguna fechoría que estuvieran tramando. Existían más indicios; les echaron el guante a los tres maleantes y la policía pensó que ya había destapado lo que Brujon estuviera maquinando.

Más o menos una semana después de haberse tomado tales medidas, un vigilante de ronda, que estaba pasando revista al dormitorio de abajo del Edificio Nuevo, cuando estaba a punto de meter la ficha en la caja —era el sistema utilizado para tener la seguridad de que los vigilantes cumplían puntualmente: cada hora tenía que caer una ficha con el número de identificación del vigilante en todas las cajas clavadas en las puertas de los dormitorios—, un vigilante, decíamos, pues, vio por el ventano del dormitorio a Brujon sentado en la cama y escribiendo algo a la luz del aplique. El guardián entró, metieron un mes a Brujon en el calabozo, pero no pudieron incautarse de lo que había escrito. La policía no pudo enterarse de nada más.

De lo que no cabe duda es de que, al día siguiente, arrojaron un «postillón» desde el patio Charlemagne al foso de los leones por encima del edificio de cinco pisos que separaba ambos patios.

Los presos llaman «postillón» a una pelotilla de pan artísticamente amasada que se envía a Irlanda, es decir, de un patio a otro por encima de los tejados de una cárcel. Etimología: pasando por encima de Inglaterra, de una tierra a otra: a Irlanda. Esta bolita cae en el patio. Quien la encuentra la recoge, la abre y halla dentro una nota dirigida a alguno de los presos del patio. Si es un preso quien se la encuentra, entrega la nota al destinatario; si es un guardián o uno de esos presos, vendidos en secreto, a quienes llaman chivas en las cárceles y chotas en los presidios, la nota va a dar a las oficinas y se le entrega a la policía.

En esta ocasión el postillón llegó a su destino aunque la persona a quien iba dirigida estuviera en ese momento separado. El destinatario era ni más ni menos que Babet, uno de los cuatro cabecillas de El culo del gato.

Dentro del postillón iba un papel enrollado en que sólo había estas dos líneas:

«Babet. Hay un asunto en la calle de Plumet. Una verja que da a un jardín».

Eso era lo que Brujon había escrito por la noche.

Pese a los funcionarios que registraban a los hombres y las funcionarias que registraban a las mujeres, Babet se las apañó para que la nota llegase de La Force a La Salpêtriere, a manos de una «amiguita» que tenía allí, presa. Esa mujer lo hizo llegar a su vez a una conocida, una tal Magnon, que tenía muy vigilada la policía pero a la que no habían detenido aún. Dicha Magnon, con cuyo apellido ya se ha topado el lector, tenía con los Thénardier tratos que especificaremos más adelante y podía, yendo a ver a Éponine, hacer de enlace entre La Salpêtriere y Les Madelonnettes.

Precisamente por entonces, como no había pruebas en la instrucción del proceso a Thénardier que implicasen a sus hijas, soltaron a Éponine y a Azelma.

Cuando salió Éponine, Magnon, que la estaba esperando a la puerta de Les Madelonnettes, le dio la nota que le había enviado Brujon a Babet y le encargó que aclarase el asunto.

Éponine fue a la calle de Plumet, examinó la verja y el jardín, observó la casa, espió, acechó y, pocos días después, le llevó a la Magnon, que vivía en la calle de Clocheperce, una galleta que Magnon hizo llegar a la amante de Babet en La Salpêtriere. Una galleta, en el tenebroso simbolismo de las cárceles, quiere decir: no hay nada que hacer.

Así que, cuando apenas había transcurrido una semana, Babet y Brujon se cruzaron por el camino de ronda de La Force según iba uno «a la instrucción» y el otro volvía.

—¿Y qué? —preguntó Brujon—. ¿Qué pasa con la calle P?

—Galleta —contestó Babet.

Y así abortó el feto del delito que había engendrado Brujon en La Force.

Este aborto tuvo, no obstante, consecuencias totalmente ajenas al programa de Brujon. Ya las iremos viendo.

Muchas veces creemos estar anudando un hilo y, en realidad, anudamos otro.

III
MABEUF TIENE UNA APARICIÓN

Marius no iba ya a ver a nadie; sólo coincidía de vez en cuando con Mabeuf.

Mientras Marius bajaba despacio esos peldaños lúgubres que podríamos llamar las escaleras de los sótanos y llevan a lugares a oscuras desde los que oímos a las personas felices andar por el piso de arriba, el señor Mabeuf también iba bajando los suyos propios.

La Flora de Cauteretz no se vendía ni poco ni mucho. Los experimentos con el añil no habían tenido éxito en el jardincillo de Austerlitz, que no estaba bien orientado. El señor Mabeuf sólo podía cultivar en él unas cuantas plantas exóticas que gustaban de la humedad y la sombra. Sin embargo, no se desanimaba. Había conseguido en el Jardín Botánico un trozo de tierra bien orientado para realizar, «pagadas de su bolsillo», pruebas con el añil. Para ello había empeñado las planchas de cobre de su Flora en el Monte de Piedad. Había limitado el almuerzo a dos huevos, uno de los cuales era para su anciana criada, a la que llevaba quince meses sin pagar el sueldo. Y, con frecuencia, la única comida del día era el almuerzo. Ya no se reía con aquella risa suya infantil, se había vuelto huraño y había dejado de recibir visitas. Marius acertaba con no ir a verlo. A veces, a la hora en el que señor Mabeuf iba al Jardín Botánico, el anciano y el joven se cruzaban por el bulevar de L'Hôpital. No se dirigían la palabra y se hacían una seña melancólica con la cabeza. ¡Qué doloroso resulta que llegue un momento en que la miseria distancie! Antes, amigos; y ahora, dos transeúntes.

El librero Royol había muerto. El señor Mabeuf sólo tenía ya tratos con sus libros, con su jardín y con su añil: eran las tres formas que habían adoptado para él la dicha, el placer y la esperanza. Le bastaban para vivir.

Se decía: «Cuando consiga mis bolas de añil, seré rico, desempeñaré las planchas de cobre, volveré a lanzar mi Flora con charlatanes, redobles de tambor y anuncios en los periódicos y compraré ya sé yo dónde un ejemplar del Arte de navegar de Pedro Medina con xilografías, edición de 1559». Mientras tanto, laboraba todo el día en su cuadrado de añiles y se volvía a su casa, al atardecer, para regar su jardín y leer sus libros. El señor Mabeuf andaba por entonces muy cerca de los ochenta años.

Una tarde, a última hora, tuvo una aparición muy singular.

Regresó a casa cuando aún era de día. La Plutarco, cuya salud iba empeorando, estaba enferma y en la cama. Él cenó un hueso donde quedaba un poco de carne y un trozo de pan que se encontró encima de la mesa de la cocina y se sentó en un mojón de piedra puesto del revés que le hacía las veces de banco en el jardín.

Cerca de ese banco había, como sucedía en los antiguos jardines de árboles frutales, una especie de cofre grande hecho de vigas y tablones, en muy mal estado, que era conejera en la parte de abajo y servía para guardar fruta en la parte de arriba. No había conejos en la conejera, pero quedaban unas cuantas manzanas en la parte de la fruta. Restos de la provisión para el invierno.

El señor Mabeuf se puso a hojear y a leer, con las gafas caladas, dos libros que lo apasionaban e incluso, cosa más grave a su edad, lo inquietaban. Su timidez natural lo volvía propenso a aceptar hasta cierto punto las supersticiones. El primero de esos libros era el conocido tratado del presidente Delancre, De l'inconstance des démons; el otro era el in-quarto de Mutor de la Rubaudiere, Sur les diables de Vauvert et les gobelins de la Bievre. Sentía por este último libro tanto mayor interés cuanto que su jardín había sido antiguamente uno de los terrenos que frecuentaban esos duendes. El crepúsculo estaba empezando a pintar de blanco las alturas y de negro lo de más abajo. Sin dejar de leer, y mirando por encima del libro que tenía en la mano, Mabeuf contemplaba las plantas y, sobre todo, un rododendro espléndido que era una de las cosas que le servían de consuelo en la vida; acababan de transcurrir cuatro días de bochorno, de viento y de sol, sin una gota de lluvia; los tallos estaban inclinados, y los capullos, colgando; todo precisaba que lo regasen; el rododendro, en particular, estaba triste. Mabeuf eran de los que opinan que las plantas tienen alma. El anciano se había pasado el día trabajando en su cuadrado de añiles y estaba rendido de cansancio; sin embargo, se levantó, dejó los libros en el banco y se encaminó, doblado en dos y con pasos titubeantes, hacia el pozo; pero, cuando asió la cadena, no pudo siquiera tirar de ella lo suficiente para desengancharla. Entonces se dio la vuelta y alzó una mirada de angustia al cielo, que se iba llenando de estrellas.

La velada tenía esa serenidad que agobia los dolores del hombre con a saber qué gozo lúgubre y eterno. La noche prometía ser tan seca como lo había sido el día.

—¡Estrellas y más estrellas! —pensaba el anciano—. ¡Ni una nubecilla!

¡Ni una lágrima de agua!

Y la cabeza, que había levantado por un momento, le volvió a caer sobre el pecho.

La alzó de nuevo y miró otra vez el cielo, susurrando:

—¡Una lágrima de rocío! ¡Un poco de compasión!

Volvió a intentar desenganchar la cadena del pozo y no lo consiguió. En ese momento, oyó una voz que le decía:

—Señor Mabeuf, ¿quiere que le riegue el jardín?

Al tiempo se oyó en el seto un ruido de animal silvestre al pasar y vio salir de los matorrales algo así como una muchacha alta y flaca, que se plantó delante mirándolo con descaro. Parecía menos un ser humano que una forma que acababa de nacer en el crepúsculo.

Antes de que Mabeuf, que enseguida se espantaba y tenía, como ya hemos dicho, propensión a los sustos, hubiera podido responder ni una sílaba, aquel ser, cuyos movimientos, en la oscuridad, eran de una brusquedad extraña, ya había desenganchado la cadena, bajado y subido el cubo y llenado la regadera; y el buen hombre veía cómo aquella aparición, que iba descalza y con una falda hecha jirones, corría por las platabandas repartiendo vida entorno. El ruido de la regadera en las hojas colmaba de arrobo el alma de Mabeuf. Le parecía que ahora el rododendro era feliz.

Tras vaciar el primer cubo, la muchacha sacó otro del pozo; y, luego, otro más. Regó todo el jardín.

Al verla caminar así por los paseos, donde su silueta era completamente negra, moviendo los largos brazos angulosos y con la pañoleta destrozada, había en ella un algo que la asemejaba con los murciélagos.

Cuando hubo acabado, Mabeuf se le acercó con los ojos llenos de lágrimas y le puso la mano en la frente.

—Que Dios la bendiga —dijo—, es usted un ángel, puesto que le importan las flores.

—No —contestó ella—, soy el demonio, pero me da lo mismo.

El anciano exclamó, sin esperar a que le respondiera y sin atender a la respuesta:

—¡Qué lástima que sea yo tan desventurado y tan pobre y que no pueda hacer nada por usted!

—Sí que puede hacer algo —dijo ella.

—¿Qué?

—Decirme dónde vive el señor Marius. El anciano no la entendió.

—¿Qué señor Marius?

Alzó las pupilas vidriosas y pareció buscar algo ya desvanecido.

—Un joven que venía aquí hace tiempo.

El señor Mabeuf, en tanto, había rebuscado en sus recuerdos.

—¡Ah, sí! —exclamó—. Ya sé a quién se refiere. ¡Espere! El señor Marius… ¡el barón Marius Pontmercy, por Cristo! Vive… o, mejor dicho, ya no vive… Ay, pues no lo sé.

Mientras hablaba, se había agachado para sujetar una rama del rododendro, y seguía diciendo:

—Mire, me acabo de acordar. Pasa muchas veces por el bulevar y va hacia La Glaciere. Por la calle de Croulebarbe. El campo de la Alondra. Dé una vuelta por allí. No es difícil encontrarse con él.

Cuando el señor Mabeuf se enderezó, ya no había nadie; la muchacha había desaparecido.

Así que notó cierto miedo.

—La verdad —pensó—, si no estuviera regado el jardín, creería que había sido un fantasma.

Una hora después, cuando ya estaba en la cama, volvió a acordarse y, según se iba quedando dormido, en ese instante turbio en que el pensamiento, semejante a esa ave fabulosa que se convierte en pez para cruzar el mar, va tomando poco a poco la forma del sueño para cruzar por la mente dormida, se decía de forma confusa:

—Bien pensado, este caso se parece mucho a lo que cuenta Rubaudiere de los duendes. ¿Habrá sido un duende?

IV
MARIUS TIENE UNA APARICIÓN

Pocos días después de que un «espíritu» visitara a Mabeuf, una mañana

—era lunes, el día de la moneda de cinco francos que Marius le pedía prestada a Courfeyrac para dársela a Thénardier— Marius se metió la moneda en el bolsillo y, antes de llevarla a las oficinas de la cárcel, fue a «dar un paseíto» con la esperanza de que, a la vuelta, tendría ánimos para ponerse a trabajar. Por lo demás, siempre le pasaba lo mismo. Nada más levantarse, se sentaba ante un libro y una hoja de papel para hacer de mala manera alguna traducción; le habían encomendado por entonces que tradujera al francés una famosa disputa entre alemanes, la controversia de Gans y de Savigny; cogía a Savigny, cogía a Gans, leía cuatro líneas, intentaba escribir una, no lo conseguía, veía una estrella que se interponía entre la hoja y él y se levantaba de la silla diciendo: «Voy a salir. A ver si me animo».

Y se iba al campo de la Alondra.

Y allí veía más que nunca la estrella y menos que nunca a Savigny y a Gans.

Volvía a casa, intentaba reanudar la tarea y no lo conseguía; no había forma de volver a anudar ni uno de los hilos que se le habían quedado, cortados, en la cabeza; entonces decía: «Mañana no salgo, que luego no puedo trabajar». Y salía a diario.

Vivía más en el campo de la Alondra que en casa de Courfeyrac. Sus señas auténticas eran: bulevar de La Santé, séptimo árbol pasada la calle de Croulebarbe.

Aquella mañana se había apartado del séptimo árbol y se había sentado en el parapeto del arroyo de Les Gobelins. Un sol jubiloso se colaba entre las hojas recién abiertas e impregnadas de luz.

Pensaba en «Ella». Y aquella ensoñación, convertida en reproche, lo acusaba; pensaba desconsoladamente en la pereza, esa parálisis del alma, que se iba adueñando de él, y en aquella oscuridad que tenía ante sí, más densa por momentos, hasta tal punto que ya ni veía el sol.

No obstante, atravesando esa penosa emanación de ideas inconcretas, que ni siquiera eran un monólogo, pues así de debilitada estaba en él la capacidad de actuar y ya ni tenía fuerzas para desear el desconsuelo, atravesando ese ensimismamiento melancólico, le llegaban las sensaciones del exterior. Oía a sus espaldas, y a un nivel inferior, en ambas orillas del río, cómo golpeaban la ropa las lavanderas de Les Gobelins; y, por encima de su cabeza, cómo parloteaban y cantaban los pájaros en los olmos. Por un lado, el ruido de la libertad, de la despreocupación dichosa, del ocio alado; por otro, el ruido del trabajo. Y había algo que lo movía a hondas ensoñaciones casi sin reflexionar: eran dos ruidos alegres.

De repente, en medio de aquel éxtasis agobiado, oyó una voz conocida que decía:

—¡Anda! ¡Si está aquí!

Alzó la vista y reconoció a aquella desgraciada chiquilla que había ido una mañana a su habitación, la hija mayor de los Thénardier, Éponine; ahora sabía cómo se llamaba. Cosa extraña: estaba más mísera y más guapa, dos pasos que no parecía posible que diera. Había pasado por un doble progreso hacia la luz y hacia el desamparo. Iba descalza y vestida con harapos, como el día en que entró con tanto aplomo en su cuarto; pero los harapos tenían dos meses más; los agujeros eran mayores; y los andrajos, más sórdidos. Tenía la misma voz ronca, el mismo rostro de piel opaca y arrugada porque el sol la había curtido, la misma mirada libre, extraviada y titubeante. Mostraba en la fisonomía, en mayor grado que antes, ese algo asustado y lamentable que el paso por la cárcel suma a la miseria.

Llevaba briznas de paja y de heno en el pelo, no como Ofelia, que se volvió loca, contagiada de la locura de Hamlet, sino por haber dormido en algún granero que fuera también cuadra.

Y, pese a todo, estaba guapa. ¡Ah, juventud, qué astro eres!

Se había detenido, en tanto, delante de Marius con cierto júbilo en la cara lívida y algo que parecía una sonrisa.

Se quedó unos momentos como si no pudiera hablar.

—¡Por fin lo encuentro! —acabó por decir—. Tenía razón el Mabeuf, ¡estaba en este bulevar! ¡Cuánto lo he buscado! ¡Si supiera! ¿Sabe que he estado en la trena? ¡Quince días! Me han soltado en vista de que no tenían nada contra mí y que, además, no tengo la edad de la razón. No la tengo por dos meses, menos mal. ¡Ay, cuánto lo he buscado! Llevo seis semanas. ¿Así que ya no vive usted allí?

—No —dijo Marius.

—¡Ah, me hago cargo! Por aquello que pasó. Son desagradables esos jaleos. ¡Se mudó usted! ¡Vaya! ¿Por qué lleva sombreros viejos como ése? Un joven como usted tiene que llevar ropa buena. ¿Sabe, señor Marius? Mabeuf lo llama el barón Marius no sé qué más. ¿Verdad que no es usted barón? Los barones son viejos y van a Le Luxembourg, delante del palacio, donde da más el sol, y leen allí, por cinco céntimos, La Quotidienne. Una vez fui a llevar una carta a casa de un barón que era como digo. Tenía más de cien años. Oiga, ¿y dónde vive ahora?

Marius no contestó.

—¡Ay! —siguió diciendo ella—. Lleva un agujero en la camisa. Voy a tener que cosérselo.

Añadió, con expresión cada vez más sombría:

—No parece que se alegre de verme.

Marius callaba; ella también se quedó en silencio un momento y, luego, exclamó:

—¡Y eso que, si yo quisiera, lo obligaría a parecer contento!

—¿Qué? —dijo Marius—. ¿Qué quiere decir?

—¡Ay, si me llamaba de tú! —contestó Éponine.

—Bueno, pues ¿qué quieres decir?

Éponine se mordió el labio; parecía dudar, como presa de un combate interior. Por fin, pareció que había tomado una decisión.

—Qué le vamos a hacer, da lo mismo. Tiene cara de estar triste y yo quiero que esté contento. Prométame nada más que se reirá. Quiero ver cómo se ríe y verle decir: «¡Ah, qué bien!». ¡Pobre señor Marius! ¿Sabe? Me prometió que me daría todo lo que yo quisiera…

—¡Sí! Pero ¡habla de una vez!

Ella miró a Marius a los ojos y le dijo:

—¡Tengo las señas!

Marius se puso pálido. Toda la sangre se le fue al corazón.

—¿Qué señas?

—¡Las señas que me pidió!

Añadió, como si hiciera un esfuerzo:

—Las señas… ya sabe…

—¡Sí! —tartamudeó Marius.

—¡De la señorita!

Y, tras decir esa palabra, dio un hondo suspiro.

Marius bajó de un salto del parapeto en que estaba sentado y le cogió la mano, como loco.

—¡Ah! Pues ¡llévame! ¡dime! ¡Pídeme todo lo que quieras! ¿Dónde es?

—Venga conmigo —contestó ella—. No estoy segura ni de la calle ni del número; está en la otra punta; pero conozco bien la casa, lo voy a llevar.

Se soltó la mano y añadió, con un tono que habría dejado consternado a un observador, pero que no afectó en absoluto a Marius, ebrio y arrebatado.

—¡Ay! ¡Qué contento está usted!

A Marius se le nubló la cara. Agarró del brazo a Éponine.

—¡Júrame una cosa!

—¿Jurar? —dijo ella—. ¿Y eso a qué viene? ¡Anda! ¿Quiere que jure? Y se rió.

—¡Tu padre! ¡Prométeme, Éponine, júrame que no le darás esas señas a tu padre!

Ella se volvió a mirarlo con expresión estupefacta.

—¡Éponine! ¿Cómo sabe que me llamo Éponine?

—¡Prométeme eso que te he dicho! Pero ella parecía que no lo oía.

—¡Ay! ¡Qué simpático es! ¡Me ha llamado Éponine! Marius la agarró por los dos brazos a la vez.

—Pero ¡contéstame, en nombre del cielo! Atiende a lo que te estoy diciendo. ¡Júrame que no le darás las señas a tu padre!

—¿Mi padre? —dijo ella—. ¡Ah, sí, mi padre! Quédese tranquilo. Está incomunicado. Y, además, ¡qué tengo yo que ver con mi padre!

—Pero ¡no me lo prometes! —exclamó Marius.

—Pero ¡suéltame! —dijo ella, echándose a reír—. ¡Vaya forma de zarandearme! ¡Que sí, que sí, que se lo prometo! ¡Que se lo juro! ¿A mí que más me da? No le diré las señas a mi padre. ¿Qué, ya está? ¿Eso es lo que quiere?

—Ni a nadie más —dijo Marius.

—Ni a nadie más.

—Y ahora —añadió Marius— llévame allí.

—¿Ahora mismo?

—Ahora mismo.

—Venga. ¡Ay, qué contento está! —añadió. Tras dar unos pasos, se detuvo.

—Me va siguiendo demasiado de cerca, señor Marius. Déjeme que vaya delante y sígame como quien no quiere la cosa. A un joven como es debido, como usted, no deben verlo con una mujer como yo.

No hay lengua que pueda expresar todo cuanto había en esa palabra, «mujer», pronunciado así por aquella niña.

Dio unos diez pasos y volvió a detenerse; Marius la alcanzó. Éponine le habló de lado y sin volverse a mirarlo.

—Por cierto, ¿se acuerda de que me había prometido algo?

Marius se rebuscó en el bolsillo. Lo único que tenía en el mundo eran los cinco francos para Thénardier. Los cogió y se los puso en la mano a Éponine.

Ella abrió los dedos y dejó que la moneda cayera al suelo. Y dijo, mirándolo con expresión sombría:

—No quiero dinero suyo.

<h1 style="text-align:center">LIBRO TERCERO
LA CASA DE LA CALLE DE PLUMET</h1>

<h2 style="text-align:center">I
LA CASA DEL PASADIZO SECRETO</h2>

A mediados del siglo pasado, un presidente de birreta del Parlamento de París, que tenía una amante y lo ocultaba, pues por entonces los grandes señores exhibían a sus amantes y los burgueses las ocultaban, mandó construir «un hotelito» en el barrio de Saint-Germain, en la calle de Blomet, que nadie frecuentaba y se llama ahora calle de Plumet, no lejos del lugar que llamaban a la sazón Pelea de animales.

Se componía esa casa de un pabellón con un solo piso; dos salas en la planta baja, dos dormitorios en el primero; abajo, una cocina; arriba, un gabinete; bajo el tejado, un desván; y todo ello lo precedía un jardín con una gran verja que daba a la calle. Era un jardín de unos trescientos pies cuadrados. Y esto era cuanto podían vislumbrar los transeúntes;

pero, en la parte trasera del pabellón, había un patio estrecho y, al fondo de ese patio, una vivienda de planta baja con dos habitaciones y un sótano, algo así como una previsión por si hubiera que ocultar a un niño y a su ama. Esa vivienda daba por detrás, pasando por una puerta disimulada con cerradura secreta, a un corredor largo y estrecho, enlosado, sinuoso, al aire libre, que transcurría entre dos tapias altas y que, oculto con arte prodigiosa y como perdido entre las cercas de los jardines y los campos cultivados, a cuyos recovecos y rodeos se amoldaba, llegaba hasta otra puerta, también con cerradura secreta, que se abría a medio cuarto de legua de allí, casi en otro barrio, al final de la calle de Babylone, por donde no pasaba nadie.

El señor presidente entraba por allí, de forma tal que incluso quienes lo estuvieran espiando y siguiendo y hubieran notado que el señor presidente iba a diario y de forma misteriosa a alguna parte no habrían podido sospechar que ir a la calle de Babylone era ir a la calle de Blomet. Merced a hábiles adquisiciones de terrenos, el ingenioso magistrado pudo llevar a cabo esas obras viarias en terrenos de su propiedad y, por consiguiente, sin control alguno. Más adelante, volvió a vender, en parcelas pequeñas para jardines y cultivos, esos terrenos que orillaban el corredor, y los propietarios de esas parcelas creían, a ambos lados de las tapias, que estaban viendo un muro divisorio y no sospechaban siquiera la existencia de esa prolongada cinta de baldosas que serpenteaba entre ambas tapias por entre sus platabandas y sus huertos de frutales. Sólo los pájaros veían esa curiosidad. Es probable que las currucas y los paros cotorreasen mucho el siglo pasado a cuento del señor presidente.

El pabellón, edificado en piedra y al estilo de Mansard, con paredes forradas de madera y muebles al estilo de Watteau, rococó por dentro y de peluca por fuera, tras el triple muro de unos setos de flores, tenía un toque discreto, coqueto y solemne, como corresponde a un capricho del amor y la magistratura.

Esa casa y ese corredor ya no existen en la actualidad, pero existían aún hace unos quince años. En 1793, un calderero compró la casa para derribarla, pero, como no le llegó el dinero, la nación lo declaró en quiebra. De forma tal que fue la casa la que derribó al calderero. A partir de entonces, no vivió nadie en la casa, que fue convirtiéndose despacio en unas ruinas, como toda morada a la que no presta vida la presencia del hombre. Conservó los muebles antiguos y siempre estuvo en venta o en alquiler, de lo que quedaban avisadas las diez o doce personas que pasan al cabo del año por la calle de Plumet mediante un cartel amarillo e ilegible colgado en la verja del jardín desde 1810.

A finales de la Restauración, esos mismos transeúntes pudieron notar que había desaparecido el cartel e, incluso, que estaban abiertos los postigos del primer piso. Efectivamente, en la casa vivía alguien. En las ventanas había «unos visillos coquetones», indicio de que vivía allí una mujer.

En el mes de octubre de 1829, un hombre de cierta edad se presentó y alquiló la casa tal y como estaba, incluidos, por supuesto, la vivienda trasera y el corredor que iba a dar a la calle de Babylone. Volvió a poner en uso las dos cerraduras secretas de las dos puertas del pasadizo. La casa, como acabamos de decir, estaba aún más o menos amueblada con el mobiliario antiguo del presidente, y el nuevo inquilino dispuso unas cuantas reparaciones, añadió acá y allá lo que faltaba, volvió a pavimentar el patio, puso ladrillos en los suelos de baldosa, peldaños en las escaleras, tablas en los entarimados y cristales en las ventanas. Y, finalmente, fue a vivir allí con una joven y una criada entrada en años, sin hacerse notar, más bien como alguien que se escurre que como alguien que entra en su casa. Los vecinos no hicieron comentarios por la sencilla razón de que no había vecinos.

Ese inquilino tan poco amigo de los alardes era Jean Valjean, y la joven era Cosette. La criada era una mujer llamada Toussaint a quien Jean Valjean había librado del hospital y de la miseria y que era vieja, de provincias y tartamuda, tres prendas que lo decidieron a tomarla a su servicio. Alquiló la casa a nombre del señor Fauchelevent, rentista. En todo lo referido más arriba el lector habrá tardado seguramente aún menos que Thénardier en reconocer a Jean Valjean.

¿Por qué se había ido Jean Valjean del convento de Le Petit-Picpus?

¿Qué había ocurrido?

No había ocurrido nada.

Recordemos que Jean Valjean era dichoso en el convento, tan dichoso que empezó a notarse la conciencia intranquila. Veía a Cosette a diario, notaba cómo nacía y le crecía por dentro cada vez más la paternidad, cuidaba mimosamente con el alma a aquella niña, se decía que era suya, que nada podría arrebatársela, que aquello duraría para siempre, que seguramente Cosette se metería monja, pues todos los días la incitaban suavemente a ello, y que, así, el convento sería en adelante el universo, tanto para ella como para él, que allí envejecería él y crecería Cosette, que allí envejecería Cosette y moriría él y que, finalmente, embelesadora esperanza, no era ya posible separación alguna. Y, meditando acerca de ello, fue a dar en ciertas perplejidades. Se hizo preguntas. Se preguntaba si toda aquella dicha le pertenecía en realidad, si no se compondría de la dicha de otra persona, de la dicha de aquella niña de la que él, un anciano, estaba incautándose, le estaba robando. ¿O acaso no era un robo? Se decía que aquella niña tenía derecho a conocer la vida antes de renunciar a ella; que privarla de antemano, y sin consultarla en cierto modo, de todas las alegrías so pretexto de librarla de todas las pruebas, que aprovecharse de su ignorancia y su aislamiento para que germinase en ella una vocación artificial, era desnaturalizar a una criatura humana y mentirle a Dios. Y ¿quién sabe si, al caer en la cuenta un día de todo eso y al verse monja y lamentarlo, no acabaría Cosette por odiarlo a él? Fue lo último que se le ocurrió, idea casi egoísta y menos heroica que las otras, pero que le resultaba insoportable. Decidió irse del convento.

Lo decidió; reconoció, desconsolado, que no quedaba más remedio. En cuanto a las objeciones, no las había. Tras haber residido cinco años entre esos muros y haberse esfumado, los motivos de temor, forzosamente, o ya no existían o se habían ido en desbandada. Podía regresar entre los hombres con tranquilidad. Había envejecido y todo había cambiado. ¿Quién iba a reconocerlo ahora? Y además, poniéndose en lo peor, sólo él corría peligro, y no tenía derecho a condenar a Cosette al claustro porque a él lo hubieran condenado a presidio. Por lo demás, ¿qué es el peligro ante el deber? Y, en última instancia, no había nada que le impidiera ser prudente y tomar precauciones.

En cuanto a la educación de Cosette, ya estaba prácticamente concluida y completa.

Cuando hubo tomado una determinación, esperó la ocasión oportuna.

No tardó en presentarse. Fauchelevent falleció.

Jean Valjean pidió audiencia a la reverenda madre superiora y le dijo que se había encontrado con una modesta herencia a la muerte de su hermano con la que, a partir de entonces, podría vivir de las rentas, que dejaba el servicio del convento y que se llevaba a su hija; pero, como no era justo que Cosette, que no iba a profesar, hubiese recibido una educación gratuita, suplicaba humildemente a la reverenda madre que tuviera a bien aceptar que le pagase a la comunidad, como indemnización por los cinco años que Cosette había pasado allí, una cantidad de cinco mil francos.

Y así fue como se fue Jean Valjean del convento de la Adoración Perpetua.

Al salir del convento, cargó personalmente, y no quiso confiársela a ningún mozo, con la maletita cuya llave llevaba siempre encima. Aquella maleta tenía intrigada a Cosette por el aroma a sahumerio que salía de ella.

Adelantemos ya que nunca se separó de esa maleta. La tenía siempre en su cuarto. Era lo primero, y a veces lo único, que se llevaba al mudarse. Cosette se lo tomaba a broma y llamaba a la maleta la inseparable, al tiempo que decía: «Tengo celos de ella».

Por lo demás, Jean Valjean no dejó de notar una honda ansiedad al volver a mostrarse a cielo abierto.

Descubrió la casa de la calle de Plumet y allí se guareció. Ahora contaba con el nombre de Ultime Fauchelevent.

Simultáneamente, alquiló otros dos pisos en París, para llamar menos la atención que estando siempre en el mismo barrio, poder ausentarse de vez en cuando en cuanto sintiera la mínima inquietud y, finalmente, que nada volviera a pillarlo de improviso como le sucedió la noche en que escapó de Javert de forma tan milagrosa. Esos dos pisos eran dos viviendas muy reducidas y de aspecto pobre en dos barrios muy distantes entre sí, uno en la calle de L'Ouest y el otro en la calle de L'Homme-Armé.

Iba de vez en cuando tan pronto a la calle de L'Homme-Armé cuanto a la calle de L'Ouest y pasaba allí un mes o seis semanas con Cosette sin llevarse consigo a Toussaint. Recurría a los servicios de los porteros y se hacía pasar por un rentista de los arrabales que tenía un apeadero en la capital. Aquel hombre tan virtuoso tenía tres domicilios en París para escapar de la policía.

II
JEAN VALJEAN GUARDIA NACIONAL

Por lo demás, y hablando con propiedad, vivía en la calle de Plumet y tenía organizada la vida como vamos a referir:

Cosette vivía en el pabellón con la criada, tenía a su disposición el dormitorio grande de entreventanas decoradas con pinturas, el gabinete de molduras doradas y el salón del presidente con tapices y grandes sillones; tenía a su disposición el jardín. Jean Valjean había encargado para el dormitorio de Cosette una cama con dosel de damasco antiguo de tres tonos y una preciosa alfombra persa antigua comprada en la calle de Le Figuier- Saint-Paul, en el comercio de la señora Gaucher; y, para enmendar la seriedad de aquellas cosas viejas y espléndidas, mezcló con ese almacén de antiguallas todos los muebles menudos, alegres y encantadores de las muchachas; la estantería, la librería y los libros dorados, la caja de papel de cartas, el vade con su secante, el costurero con incrustaciones de nácar, el neceser de plata sobredorada, el tocador con palangana de porcelana del Japón. Unas cortinas largas de damasco de fondo rojo y de tres tonos, iguales a las cortinas de la cama, colgaban en las ventanas del primer piso. En la planta baja había cortinas de tapicería. En la casita de Cosette se encendía fuego en invierno en todas las habitaciones. Jean Valjean vivía en aquella especie de garita de portero que estaba en el fondo del patio, con un colchón en una cama de tijera, una mesa de madera de pino, dos sillas de asiento de paja, un jarro de porcelana, unos cuantos libros en un estante y su querida maleta en un rincón; nunca había fuego. Cenaba con Cosette y en la mesa, para él, había pan negro. Cuando entró Toussaint a servir, le dijo: «La dueña de la casa es la señorita».

—¿Y usted, se-señor? —preguntó Toussaint estupefacta.

—Yo soy algo mucho mejor que el dueño; soy el padre.

A Cosette le habían enseñado a llevar la casa en el convento y se ocupaba de la economía doméstica, que era muy modesta. Todos los días, Jean Valjean cogía del brazo a Cosette y la llevaba a dar una vuelta. Iba con ella a Le Luxembourg, al paseo menos frecuentado; y, todos los domingos, a misa, siempre a Saint-Jacques-du-Haut-Pas, porque pillaba muy lejos. Como es un barrio muy pobre, daba muchas limosnas y los desdichados lo rodeaban en la iglesia, motivo por el que había recibido la carta de los Thénardier: Al señor benefactor de la iglesia de Saint-Jacques-du-Haut- Pas. Le gustaba llevar a Cosette a visitar a los indigentes y los enfermos. Ningún extraño entraba nunca en la casa de la calle de Plumet. Toussaint hacía la compra y Jean Valjean iba personalmente a buscar agua a una fuente que había muy cerca, en el bulevar. La leña y el vino los guardaban en algo así como un entrante medio subterráneo, tapizado de rocalla, que estaba cerca de la puerta de la calle de Babylone y había sido una gruta antaño para el señor presidente; porque en la época de las quintas de recreo y las casas de campo discretas no podía concebirse un amor sin gruta.

En la puerta para todo de la calle de Babylone había uno de esos buzones con ranura para cartas y periódicos; ahora bien, como ninguno de los tres moradores del pabellón de la calle de Plumet recibía ni periódicos ni cartas, el buzón, antiguo alcahuete de aventurillas y confidente de un leguleyo petimetre y mujeriego, se había quedado sólo para los avisos del recaudador de contribuciones y las notas de la guardia. Porque el señor Fauchelevent, rentista, pertenecía a la Guardia Nacional; no había podido colarse entre las mallas estrechas del censo de 1831. Las informaciones municipales que se acabaron por entonces habían llegado hasta Le-Petit- Picpus, algo así como una nube impenetrable y santa de la que había salido un Jean Valjean venerable a los ojos de su tenencia de alcaldía y, por consiguiente, digno de montar guardia y velar por ella.

Tres o cuatro veces al año, Jean Valjean se ponía el uniforme y hacía guardias, de muy buen grado por lo demás; lo veía como un disfraz aceptable que lo igualaba a todo el mundo al tiempo que le permitía seguir siendo un solitario. Jean Valjean acababa de cumplir los sesenta años, pero no aparentaba más de cincuenta; no tenía, por otra parte, deseo alguno de escapar de su sargento mayor ni de buscarle las vueltas al conde de Lobau; carecía de estado civil; ocultaba el nombre; ocultaba la identidad, ocultaba la edad; y, como acabamos de decir, era un guardia nacional de buena voluntad. Parecerse a cualquiera que pague la contribución que le corresponde: no tenía mayor ambición. El ideal de aquel hombre, por dentro, era el ángel; y para los de fuera, el burgués.

Fijémonos, sin embargo, en un detalle. Cuando Jean Valjean salía con Cosette, se vestía como ya hemos visto cómo un oficial retirado y se parecía bastante a esa clase de persona. Cuando salía solo, cosa que sucedía sobre todo por la noche, llevaba siempre chaqueta y pantalones de obrero y se tocaba con una gorra que le tapaba la cara. ¿Era precaución o humildad? Ambas cosas. Cosette estaba acostumbrada a aquel aspecto enigmático de su destino y apenas si le llamaban la atención las singularidades de su padre. En cuanto a Toussaint, sentía veneración por Jean Valjean y le parecía bien todo cuanto hacía. Un día, el carnicero, que había visto de refilón a Jean Valjean, le dijo: «Es un individuo curioso». Y ella contestó:

«Es un san-santo».

Jean Valjean, Cosette y Toussaint no entraban ni salían nunca más que por la puerta de la calle de Babylone. A menos que alguien los viera de lejos por la verja del jardín, era difícil averiguar que vivían en la calle de Plumet. Esa verja estaba siempre cerrada. Jean Valjean había dejado el jardín en estado salvaje para que no llamase la atención.

Y en eso es posible que estuviera equivocado.

III
FOLIIS AC FRONDIBUS

Aquel jardín, que llevaba más de medio siglo sin que nadie se ocupara de él, se había convertido en extraordinario y delicioso. Los viandantes de hace cuarenta años se detenían en aquella calle para contemplarlo, sin sospechar los secretos que se ocultaban tras sus frondas frescas y verdes. Más de un soñador de por entonces dejó en muchas ocasiones que los ojos y el pensamiento se le fuesen, indiscretos, por entre los barrotes de la verja antigua, cerrada con candado, retorcida, tambaleante, sellada a dos pilastras verdes y cubiertas de musgo y que remataba de forma muy curiosa un frontón con arabescos indescifrables.

Había un banco de piedra en un rincón, una o dos estatuas con moho; unas cuantas espalderas que se habían desclavado con el paso de los años se pudrían contra la pared; por lo demás, no había ya ni paseos ni césped; grama por todas partes. Se había ido la jardinería y había regresado la naturaleza. Abundaban las malas hierbas, aventura admirable para un humilde trocito de tierra. La fiesta de los alhelíes era soberbia. Nada en aquel jardín le llevaba la contraria al esfuerzo sagrado de las cosas hacia la vida; el crecimiento venerable estaba allí en su propia casa. Los árboles habían bajado hacia las zarzas y las zarzas se habían alzado hacia los árboles; la planta había subido, la rama había cedido; lo que repta por el suelo había ido al encuentro de lo que prospera en el aire; lo que flota al viento se había inclinado hacia lo que se arrastra por el musgo: troncos, ramitas, hojas, fibras, matas, zarcillos, sarmientos, espinas, se habían entremezclado, cruzado, desposado, confundido; la vegetación, en un abrazo estrecho, y profundo, había consumado allí, bajo la mirada satisfecha del creador, en este recinto cerrado de trescientos pies cuadrados, el santo misterio de su fraternidad, símbolo de la fraternidad humana. Aquel jardín no era ya un jardín, era un enmarañamiento colosal, es decir, algo impenetrable como un bosque, poblado como una ciudad, estremecido como un nido, oscuro como una catedral, perfumado como un ramo, solitario como una tumba, vivo como una multitud.

En el mes de floreal, este matorral enorme, en libertad tras la verja y entre sus cuatro paredes, entraba en celo con la sorda actividad de la germinación universal, se sobresaltaba al salir el sol casi como un animal que respira los efluvios del amor cósmico y nota que la savia de abril le sube, hirviendo, por las venas, y, agitando al viento su prodigiosa melena verde, sembraba en la tierra húmeda, sobre las estatuas torpes, sobre la escalinata medio derruida de la fachada del pabellón e incluso sobre el empedrado de la calle desierta, las flores hechas estrellas, el rocío hecho perlas, la fecundidad, la hermosura, la vida, la alegría, los perfumes. A mediodía, miles de mariposas blancas buscaban refugio en él, y era un espectáculo divino ver revolotear como un torbellino de copos, en la sombra, aquella nieve viva del verano. Allí, en aquellas tinieblas alegres de las frondas, una muchedumbre de voces inocentes le hablaban suavemente al alma; y lo que se les había olvidado decir a los trinos lo completaban los zumbidos. Por la noche, un vaho de ensoñación se desprendía del jardín y lo envolvía; un sudario de bruma, una tristeza celestial y serena lo cubrían; el aroma tan embriagador de la madreselva y las enredaderas se alzaba por doquier como un veneno exquisito y sutil;

se oían las últimas llamadas de los agateadores y las lavanderas que se quedaban dormidos bajo las ramas; se notaba allí esa intimidad sagrada del ave y el árbol; de día, las alas alegran las hojas; de noche, las hojas protegen las alas.

En invierno, aquella maraña estaba negra, húmeda, erizada; tiritaba y dejaba que la casa asomase un poco. Se divisaban, en vez de flores en las ramas y de rocío en las flores, las largas cintas de plata de las babosas en la alfombra fría y gruesa de las hojas amarillas; pero, de todas formas, con cualquier aspecto, en cualquier estación, primavera, invierno, verano, otoño, aquel breve recinto exhalaba melancolía, contemplación, soledad, libertad, ausencia del hombre, presencia de Dios; y la verja vieja y oxidada parecía decir: este jardín es mío.

Por más que estuviesen alrededor los adoquines de París; a dos pasos, los palacetes clásicos y espléndidos de la calle de Varennes; muy cerca, la cúpula de Les Invalides; no mucho más allá, la Cámara de los Diputados; por más que las carrozas de la calle de Bourgogne y de la calle de Saint- Dominique rodasen fastuosamente por las inmediaciones y los ómnibus amarillos, pardos, blancos y rojos se cruzasen en la glorieta cercana, la calle de Plumet era el desierto; y la muerte de los antiguos dueños, la revolución que hubo, el hundimiento de antiguas fortunas, la ausencia, el olvido y cuarenta años de abandono y de soledad habían bastado para devolver a ese lugar privilegiado los helechos, los gordolobos, las cicutas, las aquileas, la hierba crecida, las plantas altas y gofradas de anchas hojas de paño verde pálido, las lagartijas, los escarabajos, los insectos inquietos y veloces; para que saliera de las profundidades de la tierra y volviera a aparecer entre aquellas cuatro paredes a saber qué grandeza salvaje y fiera; y para que la naturaleza, que deshace los arreglos mezquinos del hombre y que, donde se desparrama, se desparrama siempre por entero, tanto en la hormiga cuanto en el águila, fuera a florecer en un vulgar jardincillo parisino con tanta rudeza y majestad como en una selva virgen del Nuevo Mundo.

Nada es pequeño, efectivamente; todo aquel que sea propenso a la honda comprensión de la naturaleza lo sabe. Aunque no se le conceda satisfacción absoluta alguna a la filosofía, ni poder acotar la causa ni poder limitar el efecto, todas esas descomposiciones de fuerzas que desembocan en la unidad llevan al contemplador a unos éxtasis insondables. Todo labora en todo.

El álgebra se aplica a las nubes; de la irradiación del astro se aprovecha la rosa; ningún pensador se atrevería a decir que el perfume del espino albar no les es de utilidad a las constelaciones. ¿Quién puede calcular el trayecto de una molécula? ¿Sabemos acaso si unos granos de arena al caer no determinan la creación de mundos? ¿Quién sabe de los flujos y reflujos recíprocos de lo infinitamente grande y de lo infinitamente pequeño, ni de la repercusión de las causas en los precipicios del ser, ni de las avalanchas de la creación? Una cresa tiene importancia; lo pequeño es grande, lo grande es pequeño; todo está en equilibrio en la necesidad; visión que alarma a la mente. Hay entre los seres y las cosas relaciones prodigiosas; en este conjunto inagotable que va del sol al pulgón nadie se desprecia; se necesitan todos entre sí. La luz no se lleva hasta el azul del cielo los perfumes terrenales sin saber qué va a hacer con ellos; la noche reparte esencia de estrellas entre las flores dormidas. Todas las aves que vuelan llevan atado a la pata el hilo de lo infinito. Un meteoro que nace y un picotazo de golondrina para romper el huevo se suman a las complicaciones de la germinación, y ésta hace frente al mismo tiempo al nacimiento de una lombriz y a la llegada de Sócrates. Cuando se acaba con el telescopio, empieza el microscopio.

¿Cuál de los dos tiene mejor vista? Escoged. Un moho es una pléyade de flores; una nebulosa es un hormiguero de estrellas. La misma promiscuidad, y aún más inaudita, de las cosas de la inteligencia y los hechos de la sustancia. Los elementos y los principios se mezclan, se combinan, se acoplan, se multiplican entre sí, y hasta tal punto que consiguen que el mundo material y el mundo moral desemboquen en la misma claridad. El fenómeno se repliega continuamente sobre sí. En los enormes intercambios cósmicos, la vida universal va y viene en cantidades desconocidas y lo arrastra y lo revuelve todo en el invisible misterio de los efluvios, dándole uso a todo, no perdiendo ni uno de los sueños de todos los que duermen, sembrando un animálculo acá y desmigajando un astro allá, oscilando y serpenteando, convirtiendo la luz en fuerza y el pensamiento en elemento, diseminada e invisible, disolviéndolo todo con la excepción de este punto geométrico, el ego; volviendo a llevarlo todo al alma átomo; haciendo florecer todo en Dios; enredando entre sí, desde la más alta hasta la más baja, todas las actividades en la oscuridad de un mecanismo vertiginoso, relacionando el vuelo de un insecto con el movimiento de la tierra, subordinando, aunque no sea más que mediante la identidad de la ley, ¿quién sabe?, la evolución del cometa en el firmamento y los giros del infusorio en la gota de agua. Máquina cuya materia es el espíritu. Engranaje gigantesco cuyo primer motor es una mosquita y la última rueda es el zodiaco.

IV
CAMBIO DE VERJA

Era como si aquel jardín, creado antaño para ocultar los misterios libertinos, se hubiera transformado y vuelto adecuado para cobijar los misterios castos. Ya no había ni bóvedas de ramas ni parterres de césped ni cenadores ni grutas; había una oscuridad espléndida y despeinada que caía como un velo por todas partes. Pafos había vuelto a ser el Edén. Algo parecido al arrepentimiento había saneado aquel retiro. Aquella florista brindaba ahora al alma sus ramos de flores. Ese jardín coqueto, tan comprometido hacía tiempo, había regresado a la virginidad y al pudor. Un presidente, con la ayuda de un jardinero, un individuo que creía ser la prolongación de Lamoignon y otro que creía ser la prolongación de Le Nôtre, habían trazado curvas, lo habían podado, metido mano, adornado, puesto en condiciones para el libertinaje; la naturaleza había vuelto a adueñarse de él, lo había llenado de sombra y lo había preparado para el amor.

Había también en aquella soledad un corazón a punto. Ya podía presentarse el amor; tenía allí un templo compuesto de frondas, de hierba, de musgo, de suspiros de pájaros, de tinieblas mansas, de ramas que se movían, y un alma hecha de dulzura, de fe, de candor, de esperanza, de aspiración y de ilusión.

Cosette había salido del convento siendo aún casi una niña; tenía algo más de catorce años y estaba en «la edad del pavo»; ya hemos dicho que, dejando aparte los ojos, era más fea que guapa; no tenía, sin embargo, ningún rasgo ingrato, pero era torpe, flaca, tímida y atrevida a la vez, una niña grande, por decirlo en pocas palabras.

Ya había concluido su educación; es decir, que le habían enseñado religión e incluso, y sobre todo, devoción; y además «historia», a saber, lo que llaman así en el convento, geografía, gramática, los participios, los reyes de Francia, algo de música, a dibujar una nariz, etc.; pero de lo demás lo ignoraba todo, lo cual puede resultar encantador, pero también es un peligro. Nunca debe dejarse a oscuras el alma de una joven; más adelante se dan en ella espejismos demasiado bruscos y demasiado violentos, igual que en una cámara negra. Hay que iluminarla con suavidad y discreción, y más con el reflejo de las realidades que con su luz directa y cruda. Penumbra útil y exquisitamente austera que disipa los temores pueriles e impide las caídas. Sólo el instinto materno, intuición admirable que se compone de los recuerdos de la virgen y de la experiencia de la mujer, sabe cómo y con qué hay que crear esa penumbra. Nada puede suplir ese instinto. Para formar el alma de una joven, todas las monjas del mundo no valen lo que una madre.

Cosette no tuvo madre. Sólo tuvo muchas madres, en plural.

En cuanto a Jean Valjean, llevaba dentro, efectivamente, todos los afectos a un tiempo, y todas las atenciones solícitas; pero no era sino un hombre viejo que no sabía nada de nada.

¡Ahora bien, en esa obra educativa, en ese asunto tan serio de la preparación de una mujer para la vida, ¡cuánta ciencia es necesaria para luchar contra esa tremenda ignorancia a la que damos el nombre de inocencia!

No hay nada mejor que el convento para preparar a una joven para las pasiones. El convento orienta las ideas hacia lo desconocido. En el corazón, replegado sobre sí mismo, como no puede expandirse se abren excavaciones; y crece hacia dentro al no poder florecer. Y de ahí salen visiones, suposiciones, conjeturas, esbozos de novelas, deseo de aventuras, construcciones fantásticas, edificios erigidos por entero en la oscuridad interior de la mente, moradas secretas y sombrías donde las pasiones hallan asilo en el acto en cuanto, tras cruzar la verja, tienen paso franco. El convento es una opresión que, para poder más que el corazón humano, tiene que durar toda la vida.

Al salir del convento, Cosette no podía ir a parar a lugar más grato y más peligroso que la casa de la calle de Plumet. Era la continuación de la soledad unida al comienzo de la libertad; un jardín cerrado, pero una naturaleza áspera, rica, voluptuosa y perfumada; los mismos sueños que en el convento, pero con jóvenes vistos a medias de lejos; una verja, pero que daba a la calle.

No obstante, repetimos, cuando llegó allí no era aún sino una niña. Jean Valjean le entregó ese jardín inculto. «Aquí puedes hacer todo lo que quieras», le decía. A Cosette le resultaba divertido; movía todas las matas y todas las piedras; buscaba «bichos»; jugaba en tanto llegaba la hora de soñar; le gustaba aquel jardín porque se encontraba insectos debajo de los pies, debajo de la hierba, en tanto llegaba la hora de que le gustase por las estrellas que vería más adelante entre las ramas, por encima de su cabeza.

Y, además, quería a su padre, es decir, a Jean Valjean, con toda su alma, con una pasión filial que lo convertía en un compañero deseado y encantador. Recordemos que el señor Madeleine leía mucho; Jean Valjean había seguido haciéndolo; ello lo había llevado a expresarse bien; tenía la riqueza secreta y la elocuencia de una inteligencia humilde e innegable cultivada de forma espontánea. Le había quedado sólo la aspereza precisa para aliñar su bondad; tenía un carácter rudo y un corazón dulce. En Le Luxembourg, en aquellos paseos que daban a solas, le aportaba largas explicaciones de todo, tomándolas de lo que había leído y tomándolas también de lo que había sufrido. Mientras lo escuchaba, los ojos de Cosette vagaban distraídamente.

Aquel hombre sencillo le bastaba al pensamiento de Cosette, de la misma forma que aquel jardín silvestre le bastaba a la vista. Cuando había perseguido mucho rato a las mariposas, llegaba donde estaba él sin aliento y decía: «¡Ay, cuánto he corrido!». Y él le daba un beso en la frente.

Cosette adoraba a aquel hombre. Iba siempre pisándole los talones. Donde estaba Jean Valjean estaba el bienestar. Como Jean Valjean no vivía ni en el pabellón ni en el jardín, Cosette prefería estar en el patio trasero, enlosado, y no en el recinto lleno de flores; y en el chiscón amueblado con sillas de asiento de paja antes que en el amplio salón con las paredes cubiertas de tapices a los que se adosaban sillones tapizados. Jean Valjean le decía a veces, sonriendo de felicidad porque viniera a importunarlo: «Pero ¡vete a tu casa! ¡Déjame solo un rato!».

Cosette lo reñía con esa deliciosa ternura que tan adorable resulta cuando va de la hija al padre.

—Padre, en casa de usted paso mucho frío. ¿Por qué no pone aquí una alfombra y una estufa?

—Mi querida niña, hay tanta gente que vale más que yo y no tiene ni un tejado sobre la cabeza.

—Entonces, ¿por qué en mi casa hay fuego y todo lo necesario?

—Porque tú eres una mujer y una niña.

—¡Vaya! ¿Así que los hombres tienen que pasar frío y vivir incómodos?

—Algunos hombres.

—Muy bien; pues vendré tanto por aquí que no le quedará más remedio que encender el fuego.

También le decía:

—Padre, ¿por qué come ese pan tan malo?

—Porque… hija mía…

—Pues si usted lo come, lo comeré yo también.

Entonces, para que Cosette no comiera pan negro, Jean Valjean comía pan blanco.

Cosette recordaba su infancia de forma muy confusa. Rezaba por la mañana y por la noche por su madre, a quien no había conocido. Los Thénardier se le habían quedado en la cabeza como dos siluetas repulsivas que eran como un sueño. Se acordaba de que había ido «un día, de noche» a buscar agua a un bosque. Creía que había sido muy lejos de París. Le parecía que había comenzado a vivir en un abismo del que la había sacado Jean Valjean. Veía su infancia como un tiempo en que sólo tenía alrededor ciempiés, arañas y serpientes. Cuando pensaba por las noches, antes de quedarse dormida, como no tenía una idea muy clara de si era hija de Jean Valjean ni de si él sería su padre, se imaginaba que el alma de su madre se había metido en aquel hombre y había acudido a vivir junto a ella.

Cuando Jean Valjean estaba sentado, Cosette le apoyaba la mejilla en el pelo blanco y dejaba correr una lágrima silenciosa mientras se decía: «¡A lo mejor este hombre es mi madre!».

Cosette, aunque sea algo que resulta raro al contarlo, con su absoluta ignorancia de niña criada en el convento, y porque, además, a la virginidad le resulta absolutamente incomprensible la maternidad, había acabado por suponer que había tenido la menor cantidad de madre posible. De aquella madre ni siquiera sabía el nombre. Siempre que se lo preguntaba a Jean Valjean, Jean Valjean callaba. Si ella repetía la pregunta, él contestaba con una sonrisa. Una vez insistió; y la sonrisa acabó en una lágrima.

Aquel silencio de Jean Valjean cubría de oscuridad a Fantine.

¿Era prudencia? ¿Era respeto? ¿Era temor de entregar aquel nombre a los azares de otra memoria que no fuera la suya?

Mientras Cosette fue pequeña, Jean Valjean le habló de buen grado de su madre; cuando se convirtió en una joven, le resultó imposible. Le dio la impresión de que ya no se atrevía. ¿Era por Cosette? ¿Era por Fantine? Notaba algo como un horror religioso al pensar en ponerle aquella sombra en la cabeza a Cosette y en que la muerte participase como tercera persona en el destino de ambos. Cuánto más sagrada le resultaba esa sombra, más temible le parecía. Pensaba en Fantine y se le echaba encima el silencio. Veía de forma inconcreta en las tinieblas algo que le parecía un dedo apoyado en unos labios. Todo aquel pudor que había llevado por dentro Fantine y, en el trascurso de su vida, había salido fuera violentamente ¿había vuelto acaso, después de muerta, a posarse en ella y a atender, indignado, a la paz de aquella muerta y velar por ella fieramente en su tumba? ¿Notaba aquella presión Jean Valjean sin saberlo? Nosotros, que creemos en la muerte, no somos de esos que descartarían esta explicación misteriosa. De ahí la imposibilidad en que estaba Jean Valjean de pronunciar, ni aunque fuera para Cosette, este nombre: Fantine.

Un día, Cosette le dijo:

—Padre, esta noche he visto a mi madre en sueños. Tenía dos alas grandes. Mi madre, en vida, debió de llegar casi a la santidad.

—Por el martirio —contestó Jean Valjean. Por lo demás, Jean Valjean era dichoso.

Cuando Cosette salía con él, iba cogida de su brazo, orgullosa y feliz, con el corazón en plenitud. Jean Valjean, con todas aquellas señales de cariño, tan exclusivo y que sólo lo necesitaba a él para estar satisfecho, notaba que las ideas se le deshacían en pura delicia. El pobre hombre se estremecía al inundarlo una alegría angélica; se afirmaba a sí mismo, con arrebato, que aquello duraría toda la vida; se decía que no había sufrido de verdad lo suficiente para merecerse una felicidad tan radiante; y le daba gracias a Dios, en lo más hondo del alma, por haber permitido que a él, un miserable, lo quisiera de aquella forma aquella criatura inocente.

V

LA ROSA SE DA CUENTA DE QUE ES UNA MÁQUINA DE GUERRA

Un día, Cosette se miró en el espejo por casualidad y se dijo: «¡Anda!». Le pareció que era casi bonita. Esto le hizo sentir una turbación singular. Hasta entonces no había pensado en qué cara tenía. Se veía en el espejo, pero no se miraba. Y, además, le habían dicho muchas veces que era fea. Jean Valjean era el único que decía con suavidad: «¡Qué va! ¡Qué va!». Fuere como fuere, Cosette siempre se había tenido por fea y había crecido en esa idea con la resignación fácil de la infancia. Y hete aquí que, de repente, el espejo le decía lo mismo que Jean Valjean: ¡Qué va! No durmió en toda la noche. «¿Y si fuera bonita? —pensaba—. ¡Qué gracia tendría que fuera bonita!» Y se acordaba de aquellas compañeras suyas cuya belleza causaba sensación en el convento, y se decía: «¡Cómo! ¡A lo mejor soy como la señorita Fulanita de Tal!».

A la mañana siguiente se miró, pero no por casualidad, y le entraron dudas: «¿En qué estaba yo pensando? —dijo—. No; soy fea». Era sencillamente que había dormido mal, tenía ojeras y estaba pálida. La víspera no se había alegrado gran cosa al creer en su belleza, pero la entristeció dejar de creer en ella. No se volvió a mirar y estuvo más de quince días intentando peinarse de espaldas al espejo.

Por la noche, después de cenar, solía bordar en cañamazo con bastante frecuencia en el salón, o hacer cualquier otra labor de convento, y Jean Valjean leía a su lado. Una vez, alzó los ojos de la labor y se quedó muy sorprendida de la preocupación con que la miraba su padre.

En otra ocasión, pasaba por la calle y le pareció que alguien a quien no vio decía detrás de ella: «¡Bonita mujer! Pero ¡qué mal vestida!».

«¡Bah! — pensó—. No se refiere a mí. Yo voy bien vestida y soy fea.»
Llevaba por entonces el sombrero de felpa y el vestido de merino.

Un día, por fin, estaba en el jardín y oyó a la infeliz Toussaint decir:
«Señor, ¿ha notado lo guapa que se está poniendo la señorita?».
Cosette no oyó la respuesta de su padre; las palabras de Toussaint le
causaron una especie de conmoción. Escapó del jardín, subió a su cuarto
y corrió al espejo; llevaba tres meses sin mirarse y soltó un grito.
Acababa de deslumbrarse a sí misma.

Era hermosa y bonita; no podía por menos de estar de acuerdo con
Toussaint y con su espejo. Se le había formado el talle, tenía la piel más
blanca y el pelo brillante, se le había encendido un esplendor
desconocido en las pupilas azules. Le llegó por completo la conciencia
de su hermosura en un minuto, como si se hiciera pleno día; y los demás
lo notaban, Toussaint lo decía; era de ella, estaba claro, de quien hablaba
el transeúnte, no le cabía duda ya; volvió a bajar al jardín, creyéndose
una reina, oyendo cantar a los pájaros, y era invierno; viendo el cielo
dorado, el sol en los árboles, las flores en las matas, desenfrenada, loca,
presa de un embeleso indecible.

Por su parte, Jean Valjean notaba una honda e indefinible opresión
en el corazón.

Pues, efectivamente, llevaba ya una temporada contemplando,
aterrado, aquella belleza que asomaba, cada día más radiante, en el dulce
rostro de Cosette. Amanecer risueño para todos, lúgubre para él.

Cosette había sido guapa bastante tiempo antes de caer en la cuenta
de ello. Pero, desde el primer día, aquella luz inesperada que amanecía
despacio e iba envolviendo gradualmente toda la persona de la muchacha
hirió la pupila adusta de Jean Valjean. Notó que llegaba un cambio a
aquella vida feliz, tan feliz que no se atrevía a moverse por temor a
perturbar algo. Aquel hombre, que había pasado por todas las
desventuras, que todavía sangraba por las heridas de su destino, que
había sido casi malo y se había vuelto casi santo, que, tras haber
arrastrado la cadena del presidio, arrastraba ahora la cadena, invisible,
pero pesada, de la infamia indefinida, aquel hombre de quien la ley no
se había olvidado y a quien podían detener en cualquier momento y llevar
de nuevo de la oscuridad de su virtud a la luz del oprobio público, aquel
hombre lo aceptaba todo, lo disculpaba todo, lo perdonaba todo, lo
bendecía todo, estaba de acuerdo con lo que fuere y sólo pedía a la
Providencia, a los hombres, a las leyes, a la sociedad, a la naturaleza, al
mundo, una única cosa: ¡que Cosette lo quisiera!

¡Que Cosette lo siguiera queriendo! ¡Que Dios no le impidiera al
corazón de la niña ir hacia él y seguir siendo suyo! Si Cosette lo quería,

ya estaba curado, descansado, colmado, recompensado, coronado. ¡Si Cosette lo quería se sentía bien! No pedía nada más. Si le hubieran dicho: ¿Quieres sentirte mejor?, habría contestado: No. Si Dios le hubiera dicho: ¿Quieres el cielo?, habría contestado: Saldría perdiendo.

Todo cuanto pudiera rozar ese estado de cosas, aunque sólo fuera en superficie, lo hacía estremecerse como si fuese a empezar algo distinto. Nunca había estado muy al tanto de qué era la belleza de una mujer; pero el instinto le decía que era algo terrible.

Aquella hermosura que florecía más y más, a su lado, triunfal y esplendorosa, ante sus ojos, en el rostro ingenuo y temible de la niña, él la miraba, espantado, desde lo hondo de su fealdad, de su vejez, de su miseria, de su condición de réprobo, de su angustia.

Se decía: «¡Qué guapa es! ¿Qué va a ser de mí?».

Por lo demás, en eso residía la diferencia entre su cariño y el cariño de una madre. Lo que él veía con angustia una madre lo habría visto con alborozo.

No tardaron en aparecer los primeros síntomas.

Al día siguiente mismo del día en que se dijo: «¡Está visto que sí que soy guapa!», Cosette empezó a darle importancia a la ropa. Se acordó de la frase del transeúnte: «Bonita, pero mal vestida», de aquella ráfaga de oráculo que pasó por su lado y se desvaneció tras dejarle en el corazón una de las dos semillas que, más adelante, colman la vida entera de una mujer: la coquetería. El amor es la otra.

Cuando cree en su belleza, el alma femenina entera florece en ella. A Cosette la asqueó el merino y se avergonzó de la felpa. Su padre nunca le había negado nada. Dominó enseguida toda la ciencia del sombrero, del vestido, de la manteleta, del borceguí, de la bocamanga, de la tela adecuada, del color que favorece; esa ciencia que convierte a la mujer parisina en algo tan delicioso, tan hondo y tan peligroso. La expresión mujer embriagadora se inventó para la parisina.

En menos de un mes, la niña fue, en aquel lugar recoleto que era la calle de Babylone, no sólo una de las mujeres más bonitas, lo cual no es poco, sino además una de las «mejor vestidas», lo que es mucho más. ¡Le habría gustado volver a encontrarse con «el transeúnte aquel» para ver lo que diría y «para darle una lección»! El hecho es que estaba preciosa y que diferenciaba divinamente un sombrero de Gérard de un sombrero de Herbaut.

Jean Valjean miraba esos estragos con ansiedad. Él, que notaba que nunca podría sino reptar, o, como mucho, andar, veía cómo a Cosette le estaban naciendo alas.

Por lo demás, cualquier mujer, sólo con echarle una ojeada al vestuario de Cosette, habría caído en la cuenta de que no tenía madre. Había algunas cosillas relacionadas con el bien parecer, unas cuantas convenciones sociales que Cosette no tenía en cuenta. Una madre, por ejemplo, le habría dicho que una joven no lleva nunca un vestido de damasco.

El primer día en que salió Cosette con su vestido y su pelerina de damasco negro y su sombrero de crespón, fue a cogerse del brazo de Jean Valjean alegre, radiante, sonrosada, orgullosa, deslumbradora.

—Padre —dijo—, ¿qué le parezco?

Jean Valjean contestó con voz que parecía la voz amarga de un envidioso:

—¡Encantadora!

Durante el paseo, se portó como de costumbre. Al volver a casa, le preguntó a Cosette:

—¿No vas a volver a ponerte aquel vestido y aquel sombrero? Ya sabes a qué me refiero.

Sucedía esto en el cuarto de Cosette. Cosette se volvió hacia la percha del guardarropa donde estaba colgada la ropa vieja del convento.

—¡Ese disfraz! —dijo—. Padre, ¿qué pinto yo con eso? Ay, no, desde luego que no pienso volver a ponerme algo tan espantoso. Con ese chisme tan horrible en la cabeza parezco una loca vieja.

Jean Valjean soltó un profundo suspiro.

A partir de entonces, notó que Cosette, quien, antes, siempre prefería quedarse en casa y decía: «Padre, me lo paso mejor aquí con usted», ahora siempre quería salir. Porque, efectivamente, ¿para qué tener una cara bonita y una ropa preciosa si no las ve nadie?

También notó que Cosette no le tenía ya la misma afición al patio trasero. Ahora le gustaba más estar en el jardín y no le desagradaba pasear frente a la verja. Jean Valjean, muy hosco, no pisaba el jardín. Se quedaba en el patio trasero, como si fuera el perro.

Cosette, al saberse hermosa, perdió el encanto de la ignorancia; encanto exquisito, pues la belleza es inefable si la realza el candor, y no hay nada tan adorable como una deslumbradora joven inocente que camina llevando en la mano, sin saberlo, la llave de un paraíso. Pero el donaire ingenuo que perdió, lo ganó en encanto abstraído y reservado. Toda ella, embebida del gozo de la juventud, la inocencia y la hermosura, respiraba una melancolía espléndida.

Fue por entonces cuando Marius, tras un intervalo de seis meses, volvió a verla en Le Luxembourg.

VI
COMIENZA LA BATALLA

Cosette estaba en su oscuridad, como también lo estaba Marius en la suya, lista por completo para entrar en ignición. El destino, con su paciencia misteriosa y fatídica, iba acercando despacio a esos dos seres cargados con la languidez de las tormentas eléctricas de la pasión, a esas dos almas portadoras del amor de la misma forma que dos nubes son portadoras del rayo, y que iban a encontrarse y entremezclarse en una mirada como las nubes con el relámpago.

Tanto se ha abusado de la mirada en las novelas de amor que se ha quedado desprestigiada. Apenas si se atreve nadie a decir ahora que dos personas se enamoraron porque se miraron. Y, no obstante, así es como nos enamoramos, y sólo así. El resto es sólo el resto, y viene después. No existe nada más real que esas sacudidas tremendas que notan dos almas cuando cruzan entre sí esa chispa.

En ese preciso momento en que Cosette, sin saberlo, puso aquella mirada que turbó a Marius, Marius no fue consciente de que también él puso una mirada que turbó a Cosette.

Le hizo el mismo daño y el mismo bien.

Cosette llevaba ya tiempo viéndolo y pasándole revista como hacen las muchachas, que pasan revista y ven mientras miran hacia otro lado. A Marius le seguía pareciendo fea Cosette cuando a Cosette ya le parecía guapo Marius. Pero, como él no le hacía caso, a ella poco le importaba aquel joven.

No obstante, no podía impedir decirse que tenía el pelo bonito, los ojos bonitos, los dientes bonitos, un tono de voz encantador cuando lo oía charlar con sus compañeros, que no podía decirse que fuera garboso al andar, pero que tenía un donaire propio, que no parecía ni pizca de tonto, que en toda su persona había nobleza, dulzura, sencillez y orgullo y que, para terminar, tenía pinta de pobre, pero tenía buena pinta.

El día en que se les cruzaron los ojos y se dijeron, por fin y de golpe, esas cosas inconcretas e inefables que la mirada balbucea, Cosette, de entrada, no lo entendió. Volvió pensativa a la casa de la calle de L'Ouest, donde Jean Valjean había ido, según solía, a pasar seis semanas. Al día siguiente, al despertarse, se acordó de aquel joven desconocido, que había estado tanto tiempo indiferente y glacial y ahora parecía fijarse en ella, y le dio la impresión de que aquella atención no le resultaba nada agradable. Más bien estaba un tanto enfadada con aquel apuesto desdeñoso. Notó por dentro un amago bélico. Le pareció, y con ello sentía una alegría completamente infantil aún, que por fin iba a vengarse.

Como sabía que era guapa, notaba perfectamente, aunque de forma imprecisa, que tenía un arma. Las mujeres juegan con su belleza como los niños con sus navajas. Se hieren.

Recordaremos los titubeos de Marius, su corazón desbocado, sus temores. Se quedaba en su banco y no se acercaba. Y Cosette sentía despecho. Un día le dijo a Jean Valjean: «Padre, vamos a pasear un poco por ese lado». Al ver que Marius no iba a ella, fue ella a Marius. En casos así, una mujer es como Mahoma. Y además, cosa curiosa, el primer síntoma del amor verdadero en un joven es la timidez; en una muchacha es el atrevimiento. Nos extraña, pero es lo más natural. Ambos sexos tienden al acercamiento y adquieren las prendas del contrario.

Aquel día, la mirada de Cosette volvió loco a Marius y la mirada de Marius dejó a Cosette trémula. Marius se marchó colmado de confianza; y Cosette, inquieta. A partir de aquel día se adoraron.

Lo primero que notó Cosette fue una tristeza confusa y honda. Le pareció que se le había puesto el alma negra de la noche a la mañana. Ya no la reconocía. La blancura del alma de las jóvenes, que está hecha de frialdad y júbilo, se parece a la nieve. Se derrite con el amor, que es su sol.

Cosette no sabía qué era el amor. Nunca había oído pronunciar esa palabra con el significado terrestre. En los libros de música profana que entraban en el convento, sustituían amor por tambor o por temor. Así surgían enigmas que les servían a las mayores para ejercitar la imaginación, tales como: ¡Ah, qué agradable es el tambor! o: ¡La compasión no es temor! Cuando Cosette se fue del convento, aún era demasiado pequeña para hacerle mucho caso al «tambor». No supo, pues, qué nombre dar a lo que ahora notaba. ¿Está acaso menos enfermo quien no sabe el nombre de la enfermedad?

Amaba con tanta más pasión cuanto que amaba con ignorancia. No sabía si era algo malo o bueno, útil o peligroso, necesario o mortal, eterno o pasajero, permitido o prohibido; estaba enamorada. Se habría quedado muy asombrada si le hubieran dicho: ¿Que no duerme? Pero ¡si está prohibido!

¿Que no come? Pero ¡si eso está muy mal! ¿Que tiene opresiones y palpitaciones? Pero ¡si eso no se hace! ¿Que se ruboriza y se pone pálida cuando cierta persona vestida de negro asoma por la punta de cierto paseo verde? Pero ¡si eso es abominable! No lo habría entendido y habría contestado: ¿Cómo puedo tener la culpa de algo en que no puedo hacer nada y de lo que no sé nada?

Dio la casualidad de que el amor que se le presentó era precisamente el que mejor convenía al estado de ánimo en que estaba. Era como una adoración a distancia, una contemplación muda, la deificación de un desconocido. Era la aparición de la adolescencia a la adolescencia, el sueño de las noches convertido en novela sin dejar de ser sueño, el fantasma ansiado hecho por fin realidad y carne, aunque no tuviera aún ni nombre, ni tacha, ni reproche, ni exigencia ni defecto; en pocas palabras, el amante lejano que seguía en el ámbito de lo ideal; una quimera que tenía forma. Cualquier encuentro más palpable y más cercano habría espantado a Cosette, medio sumida aún en la bruma de aumento del claustro. Tenía todos los miedos de los niños y todos los miedos de las monjas revueltos. El espíritu del convento, del que se había imbuido durante cinco años, aún se estaba evaporando despacio de toda ella y hacía que todo se estremeciera en torno. En situación tal, no era un amante lo que necesitaba, si tan siquiera un enamorado, era una visión. Empezó a adorar a Marius como a algo delicioso, luminoso e imposible.

Como el candor extremado linda con la coquetería extremada, le sonreía con la mayor franqueza.

Esperaba a diario con impaciencia la hora del paseo, coincidía allí con Marius, se sentía indeciblemente feliz y creía que manifestaba sinceramente lo que pensaba cuando le decía a Jean Valjean: «¡Qué parque tan delicioso es Le Luxembourg!».

Marius y Cosette se hallaban en una oscuridad mutua. No se hablaban, no se saludaban, no se conocían; se veían; e igual que los astros en el cielo, a los que separan millones de leguas, vivían de mirarse.

Así iba haciéndose mujer Cosette poco a poco y se desarrollaba, hermosa y enamorada, con la conciencia de su belleza y la ignorancia de su amor. Y, de propina, coqueta de puro inocente.

VII
A TRISTEZA, TRISTEZA Y MEDIA

Todas las situaciones tienen sus instintos. La anciana y eterna madre naturaleza advertía en sordina a Jean Valjean de la presencia de Marius. Jean Valjean se sobresaltaba en lo más nebuloso de su pensamiento. Jean Valjean no veía nada, no sabía nada y miraba atentamente, sin embargo, con atención obstinada, las tinieblas en que se hallaba, como si notase, por un lado, que algo estaba en construcción y, por otro, que algo se estaba viniendo abajo. Marius, también sobre aviso, y al avisarlo esa misma madre naturaleza, pues es algo que está en la honda ley de Dios, hacía cuanto estaba en su mano para ocultarse al «padre». Pero ocurría, no obstante, que Jean Valjean lo divisara a veces. El comportamiento de Marius no tenía ya nada de natural. Había en él prudencias sospechosas y temeridades torpes. Ya no se acercaba, como antes; se sentaba lejos y se quedaba extasiado; tenía un libro y fingía leerlo. ¿Por qué lo fingía? Antes iba con el frac viejo; ahora llevaba el nuevo a diario; y no estaba muy claro que no estuviera yendo a que le rizasen el pelo; tenía una mirada muy peculiar; usaba guantes; en resumidas cuentas, Jean Valjean aborrecía cordialmente al joven aquel.

Cosette no dejaba traslucir nada. Sin saber exactamente qué le pasaba, tenía la clara impresión de que algo le pasaba y de que debía ocultarlo.

Se daba entre la afición a la ropa que le había entrado a Cosette y la costumbre de usar fracs nuevos que le había dado al desconocido un paralelismo que importunaba a Jean Valjean. A lo mejor era una casualidad, probablemente, seguro que lo era, pero era una casualidad amenazadora.

Nunca le decía ni palabra a Cosette del desconocido aquel. Un día, sin embargo, no pudo contenerse y, con esa desesperación inconcreta que arroja la sonda de pronto en la propia desdicha, le dijo: «¡Qué pedante parece ese muchacho!».

El año anterior, Cosette, como niña indiferente que era, le habría contestado: «No, qué va. Si es encantador». Diez años después, con el amor de Marius en el corazón, habría contestado: «¡Pedante y con una presencia insoportable! ¡Tiene toda la razón!». En ese momento de la vida y del corazón en que se hallaba, se limitó a repetir con suprema calma: «¡Ese muchacho de ahí!».

Como si lo viera por primera vez en la vida.

«¡Qué tonto soy! —pensó Jean Valjean—. Aún no se había fijado en él.

Se lo estoy señalando yo.»

¡Ay, sencillez de los viejos! ¡Ay, profundidades de los niños!

Es también una ley de esos rozagantes años de sufrimientos y preocupaciones, de esas vehementes luchas del primer amor contra los primeros obstáculos: la muchacha no permite que la atrapen en ninguna trampa y el joven cae en todas. Jean Valjean había iniciado una guerra sorda contra Marius, y Marius, con la necedad sublime propia de su pasión y de su edad, no lo intuyó. Jean Valjean le tendió incontables celadas; cambió de hora, cambió de banco, se dejó olvidado el pañuelo, fue él solo a Le Luxembourg; Marius cayó a ciegas en todas las trampas; y a todos aquellos signos de interrogación que le iba poniendo Jean Valjean por el camino respondió ingenuamente que sí. No obstante Cosette seguía encerrada entre las paredes de su aparente despreocupación y su tranquilidad imperturbable, de forma tal que Jean

Valjean llegó a la conclusión siguiente: «Ese zangolotino está perdidamente enamorado de Cosette, pero Cosette ni se ha enterado de que existe».

No por ello dejaba de notar un temblor doloroso en el corazón. El minuto en que Cosette empezase a amar podía llegar en cualquier momento.

¿Acaso no empieza siempre todo con la indiferencia?

En una única ocasión cometió Cosette un fallo y lo alarmó. Se estaba levantando él del banco para irse, tras llevar allí tres horas, y Cosette exclamó: «¡Ya!».

Jean Valjean no interrumpió los paseos por Le Luxembourg, pues no quería hacer nada raro y, por encima de todo, temía poner a Cosette sobre aviso; pero, en esas horas tan dulces para ambos enamorados, mientras Cosette le sonreía a Marius, embriagado, que sólo se enteraba de eso y no veía ya en el mundo sino un rostro radiante y adorado, Jean Valjean clavaba en Marius unos ojos terribles que soltaban chispas. Él, que había acabado por creerse incapaz ya de sentimiento malevolente alguno, pasaba por momentos en que, cuando estaba presente Marius, le daba la impresión de que iba a ser de nuevo salvaje y feroz y notaba que se le abrían otra vez y se encrespaban contra el joven ese las simas antiguas de su alma donde hubo antaño tanta ira. Casi le parecía que volvían a formársele por dentro cráteres desconocidos.

¡Cómo! ¡Ahí estaba ese individuo! ¿A qué iba? ¡Iba a rondar, a husmear, a examinar, a probar! Iba a decir: «¿Eh? Y ¿por qué no?». ¡Iba a merodear alrededor de su dicha, para agarrarla y llevársela!

Jean Valjean añadía: «¡Sí, eso es! ¿Qué viene a buscar? ¡Una aventura!

¿Qué quiere? ¡Un devaneo! ¡Un devaneo! ¿Y yo? ¡Cómo! Fui primero el más mísero de los hombres y, luego, el más desdichado; recorrí de rodillas sesenta años de mi vida; sufrí todo cuanto es posible sufrir; me hice viejo sin haber sido joven; viví sin familia, sin parientes, sin amigos, sin mujer, sin hijos; me dejé la sangre por todas las zarzas del camino, en todos los mojones, a lo largo de todas las paredes; fui suave aunque conmigo fueran duros, y bueno, aunque fueran malos; volví a ser un hombre honrado pese a todo; me arrepentí del mal que había hecho y perdoné el mal que me hicieron; y en el preciso momento en que me llega la recompensa, en el momento en que ya acabó todo, cuando estoy alcanzando la meta, cuando tengo lo que quiero, y es bueno y está bien, lo he pagado, me lo he ganado, todo va a desaparecer y va a desvanecerse del todo; ¡y perderé a Cosette, perderé mi vida, mi alegría y mi alma porque a un sandio le ha apetecido venir a pasar el rato a Le Luxembourg!».

Entonces le llenaba las pupilas una claridad lóbrega y extraordinaria. Y no era un hombre mirando a otro hombre; no era un enemigo mirando a otro enemigo. Era un dogo mirando a un ladrón.

Ya sabemos lo demás. Marius siguió portándose como un insensato. Un día siguió a Cosette hasta la calle de L'Ouest. Otro día habló con el portero. El portero también habló y le dijo a Jean Valjean:

—Señor, ¿quién es ese joven tan curioso que pregunta por usted?

Al día siguiente, Jean Valjean le echó a Marius aquella ojeada en que Marius se fijó por fin. Ocho días después, Jean Valjean se había mudado. Se juró que no volvería a poner los pies ni en Le Luxembourg ni en la calle de L'Ouest. Y se volvió a la calle de Plumet.

Cosette no se quejó, no dijo nada, no hizo preguntas, no intentó indagar ningún porqué; había llegado ya a esa etapa en que tememos que nos calen y traicionarnos. Jean Valjean no tenía experiencia alguna de esas miserias, las únicas que son deliciosas y las únicas de las que él nada sabía; y por eso no entendió cuán serio era el significado del silencio de Cosette. Lo único que le llamó la atención fue que se había vuelto triste; y él se volvió cetrino. Eran, por ambos lados, dos inexperiencias enzarzadas.

En una ocasión hizo una prueba. Le preguntó a Cosette:

—¿Quieres ir a Le Luxembourg?

Un rayo de luz le iluminó a Cosette la cara pálida.

—Sí —dijo.

Y fueron. Habían transcurrido seis meses. Marius ya había dejado de ir.

Marius no estaba.

Al día siguiente, Jean Valjean le volvió a preguntar a Cosette:

—¿Quieres ir a Le Luxembourg? Ella contestó con tono triste y dulce:

—No.

A Jean Valjean lo hirió esa tristeza y lo consternó esa dulzura.

¿Qué ocurría en aquella mente tan joven y ya tan impenetrable? ¿Qué estaba sucediendo? ¿Qué le pasaba al alma de Cosette? A veces, en vez de acostarse, Jean Valjean se quedaba sentado junto al catre, con la cabeza entre las manos, y se pasaba noches enteras preguntándose: «¿Qué tiene Cosette en la cabeza?». Y pensaba en qué cosas podría estar pensando ella.

¡Ay! ¡En esos momentos qué miradas dolorosas volvía hacia el claustro, aquella cima casta, aquel lugar de ángeles, aquel glaciar inaccesible de la virtud! ¡Con qué embeleso desesperado contemplaba aquel jardín del convento, repleto de flores ignoradas y de vírgenes encerradas, donde todos los aromas y todas las almas suben en derechura al cielo! ¡Qué adoración sentía por aquel edén cerrado ya para siempre, del que había salido por propia voluntad, del que había sido un loco en bajar! ¡Cuánto lamentaba aquel héroe infeliz del sacrificio, víctima de su propio altruismo, al que sucumbía, su abnegación y la demencia de haber vuelto a llevar a Cosette al mundo! ¡Cómo se decía: «¿Qué he hecho?»!

Por lo demás, no dejaba traslucir nada de todo esto ante Cosette. Ni mal humor, ni rudeza. Siempre la misma cara serena y bondadosa. Los modales de Jean Valjean eran más tiernos y paternales que nunca. Si en algo se notaba que estaba menos alegre, era en que estaba más manso.

Por su parte, Cosette languidecía. Padecía por la ausencia de Marius de la misma forma que antes había gozado con su presencia, de forma peculiar, sin saber exactamente por qué. Cuando Jean Valjean dejó de llevarla a pasear como solían, un instinto femenino le susurró confusamente en lo hondo del corazón que no debía mostrarse apegada a Le Luxembourg y que, si parecía que le daba igual, su padre volvería a llevarla. Pero pasaron los días, las semanas y los meses. Jean Valjean había aceptado tácitamente el tácito consentimiento de Cosette. La joven se arrepintió. Ya era demasiado tarde. El día en que volvió a Le Luxembourg, Marius ya no estaba. Así que Marius había desaparecido. Todo había acabado. ¿Qué hacer? ¿Volvería a verlo alguna vez? Notó una opresión en el corazón que no aflojaba con nada e iba a más todos los días; no supo ya si era invierno o verano, si hacía sol o si llovía, si los pájaros cantaban, si era tiempo de dalias o de margaritas, si Le Luxembourg era más delicioso que Les Tuileries, si la ropa blanca que traía la lavandera tenía exceso o falta de almidón, si Toussaint había hecho bien o mal «los recados»; y se quedó, desanimada, absorta, entregada a un único pensamiento, con la mirada perdida y fija, como cuando miramos en la oscuridad el lugar negro y profundo del que se ha desvanecido una aparición.

Por lo demás, tampoco dejó que Jean Valjean viera nada a no ser lo pálida que estaba. Siguió brindándole su dulce rostro.

Aquella palidez era más que suficiente para tener preocupado a Jean Valjean. A veces, le preguntaba:

—¿Qué te pasa?

Ella contestaba:

—No me pasa nada.

Y, tras un silencio, como intuía que él también estaba triste, añadía:

—Y a usted, padre, ¿le pasa algo?

—¿A mí? Nada —contestaba él.

Esos dos seres que se habían querido tan exclusivamente y con cariño tan conmovedor, y que habían vivido tanto tiempo el uno del otro, sufrían ahora, uno al lado del otro, uno por culpa del otro, sin decirlo, sin quererlo, y sonriendo.

VIII
LA CUERDA DE PRESOS

El más desdichado de los dos era Jean Valjean. La juventud, incluso en las penas, tiene siempre una claridad propia.

Había momentos en que Jean Valjean sufría tanto que se volvía pueril. Es propio del dolor sacar a flote al niño que hay en el hombre. Notaba que Cosette se le escapaba de forma invencible. Habría querido luchar, retenerla, entusiasmarla con algo externo y deslumbrante. Aquellas ideas, pueriles, como acabamos de decir, y, al tiempo, seniles, le proporcionaron, precisamente porque eran infantiles, una noción bastante exacta de la influencia de la pasamanería en la imaginación de las jóvenes. Una vez vio pasar por la calle a un general a caballo y con uniforme de gala, el conde Coutard, comandante de París. Sintió envidia de aquel hombre dorado; se dijo que sería una dicha poder ponerse esa guerrera, que era un objeto indiscutible; que si Cosette lo viera así, la deslumbraría; que cuando le diera el brazo a Cosette y pasase delante de la verja de Les Tuileries, le presentaría armas y que eso le bastaría a ella y le quitaría de la cabeza el mirar a los jóvenes.

Una sacudida inesperada vino a sumarse a esos pensamientos tristes.

En aquella vida aislada que llevaban, y desde que se habían ido a vivir a la calle de Plumet, tenían una costumbre. A veces iban a disfrutar de la excursión de ir a ver salir el sol, que es una clase de alegría dulce que conviene a quienes están entrando en la vida y a quienes están saliendo de ella.

Pasear al amanecer equivale para aquellos a quienes les gusta la soledad a pasear de noche, pero con el añadido del júbilo de la naturaleza. Las calles están desiertas y los pájaros cantan. Cosette, que era también un pájaro, gustaba de despertarse temprano. Aquellas salidas matutinas las preparaban la víspera. Él las proponía y ella las aceptaba. Lo organizaban como si fuera una conjura, salían antes de que fuera de día y todo ello era para Cosette una serie de dichas menudas. Excentricidades inocentes como ésas son del agrado de la juventud.

Jean Valjean tendía, como ya sabemos, a ir a sitios poco frecuentados, a rincones solitarios, a lugares de olvido. Había a la sazón por los aledaños de los portillos de París algo así como unos sembrados pobres, casi metidos en la ciudad, en los que crecía, en verano, un trigo encanijado y que, en otoño, tras la cosecha, no parecían segados, sino pelados. Jean Valjean sentía predilección por frecuentarlos. Cosette no sentía fastidio por ir a ellos. Para él, era soledad; para ella, era libertad. Allí volvía a ser niña, podía correr y casi jugar; se quitaba el sombrero, lo dejaba en las rodillas de Jean Valjean y hacía ramos. Miraba las mariposas en las flores, pero no las cogía; con el amor somos más mansos y nos conmovemos más, y la joven que lleva dentro un ideal trémulo y frágil se compadece del ala de la mariposa. Hacía guirnaldas de amapolas, que se ponía en la cabeza, y, al cruzar por ellas e impregnarlas el sol, eran para aquel lozano rostro sonrosado, al volverse rojas hasta ser llamas, una corona de ascuas.

Incluso después de habérseles entristecido la vida, habían conservado los dos aquella costumbre de los paseos madrugadores.

Así pues, una mañana de octubre, tentados por la perfecta serenidad del otoño de 1831, salieron y el amanecer los encontró junto al portillo de Le Maine. No era la aurora, sino el alba: minuto delicioso y esquivo. Acá y allá, unas cuantas constelaciones en el azul pálido y hondo; la tierra muy negra; el cielo muy blanco; un estremecimiento en las briznas de hierba; por doquier el misterioso sobrecogimiento del crepúsculo. Una alondra, que parecía confundirse con las estrellas, cantaba a una altura prodigiosa, y hubiérase dicho que aquel himno de lo pequeño a lo infinito aplacaba a la inmensidad. Por oriente, se recortaba, sobre el horizonte claro, de claridad de acero, la mole oscura de Le Val-de-Grâce; Venus, deslumbradora, asomaba por detrás de esa cúpula y parecía un alma escapando de un edificio tenebroso.

Todo era paz y silencio; nadie en la calzada; por los laterales, unos pocos obreros, entrevistos apenas, iban camino del trabajo.

Jean Valjean se había sentado en el paseo lateral, en unas armazones que había delante de una obra; estaba de cara a la carretera y de espaldas a la luz del día, olvidado del sol que iba a nacer; había caído en uno de esos ensimismamientos profundos en que se concentra la mente entera, que dejan presa incluso la mirada y equivalen a cuatro paredes. Hay meditaciones que podríamos llamar verticales; cuando estamos en lo más hondo, se necesita tiempo para regresar a la tierra. Jean Valjean se había metido en una de esas ensoñaciones. Pensaba en Cosette, en la posibilidad de ser feliz si nada se interponía entre ellos dos, en la luz con que le colmaba la vida, una luz que era la respiración de su alma. Era casi dichoso sumido en aquella ensoñación. Cosette, de pie a su lado, miraba cómo las nubes se iban poniendo de color de rosa.

De pronto, Cosette exclamó: «Padre, parece que se acerca alguien por allí». Jean Valjean alzó la vista.

Cosette estaba en lo cierto.

Sabido es que la calzada que va hacia el antiguo portillo de Le Maine es prolongación de la calle de Sevres y que el paseo de ronda interior se cruza con ella en ángulo recto. En el codo que forman la calzada y el paseo, en el punto preciso en que coinciden, se oía un ruido difícil de explicar a aquella hora de la mañana y se veía algo así como una aglomeración confusa. Algo informe, que procedía del paseo, estaba entrando en la calzada.

Aquello, lo que fuera, iba creciendo; parecía moverse en orden y, sin embargo, era hirsuto y estremecido; parecía un carruaje, pero no se podía ver en qué consistía la carga. Había caballos, ruedas, gritos; restallaban unos látigos, Graduablemente fueron apareciendo las líneas principales, aunque sumidas en las tinieblas. Era un carruaje, efectivamente, que acababa de entrar en el bulevar desde la carretera y se encaminaba hacia el portillo junto al que estaba Jean Valjean; tras él apareció otro, de aspecto semejante; luego, un tercero; luego un cuarto; siete carros fueron entrando, sucesivamente; las cabezas de los caballos rozaban la parte trasera de los vehículos. En esos carros se movían unas siluetas; en el crepúsculo matutino se divisaban chispas, como si hubiera sables desenvainados; se oía un entrechocar como si alguien revolviera en un montón de cadenas. Se acercaba; las voces se iban haciendo más fuertes; y era algo tremendo, una de esas cosas que salen de la caverna de los sueños.

Al acercarse, adquirió forma y se fue esbozando tras los árboles al tiempo que la aparición se volvía más blanca; la mole se aclaró; el día, que nacía poco a poco, superponía una luz descolorida a ese pulular a un tiempo sepulcral y vivo; lo que eran cabezas de siluetas se volvieron caras de cadáveres; y esto era lo que venía:

Siete coches rodaban en fila por la carretera. Los seis primeros tenían una estructura singular. Parecían carromatos de toneleros; eran como unas escaleras largas puestas sobre dos ruedas y que terminaban en varas en la extremidad anterior. Todos los carromatos, o, mejor dicho, todas las escaleras, llevaban un tiro de cuatro caballos en fila. Encima de esas escaleras había curiosos racimos de hombres, cargados en el carro. Había tan poca luz que no se veía a esos hombres, se los intuía. Veinticuatro en cada carro, doce de cada lado, espalda contra espalda, de cara a los transeúntes, con las piernas colgando en el vacío, así avanzaban esos hombres; y llevaban a la espalda algo que sonaba, y que era una cadena; y al cuello algo que brillaba, y que era una argolla. Cada cual tenía su argolla, pero la cadena era para todos; de forma tal que esos veinticuatro hombres, si por algún motivo se bajaban del carromato y caminaban, pertenecían a algo así como a una unidad inexorable y tenían que serpentear por el suelo con la cadena por vértebra, más o menos como si fueran un ciempiés. En la parte trasera y delantera de los vehículos, dos hombres, armados con fusiles, estaban de pie y pisaban ambas extremidades de la cadena. Las argollas eran cuadradas. El séptimo carruaje, un furgón grande con adrales, pero sin capota, tenía cuatro ruedas y seis caballos y había en él un montón sonoro de calderas de hierro, de marmitas de hierro colado, de infiernillos y de cadenas, con los que iban revueltos unos cuantos hombres atados y echados cuan largos eran y que parecían enfermos. Aquel furgón era como una jaula de barrotes espaciados e iba provisto de zarzos en mal estado que parecían haber servido para antiguos tormentos.

Los carruajes iban por el centro de la calzada. A ambos lados caminaban, en doble fila, unos guardias de aspecto infame, tocados con tricornios de muelles como los que usaban los soldados del Directorio, llenos de manchas y de agujeros, sórdidos, grotescamente ataviados con uniformes de inválido y pantalones de enterrador mitad grises y mitad azules, casi hechos jirones, con charreteras rojas, bandoleras amarillas, sables cortos, escopetas y palos; algo así como unos soldados granujas. Esos esbirros se componían de la abyección del mendigo y la autoridad del verdugo. El que parecía ser su jefe llevaba en la mano un látigo de postillón. Todos aquellos detalles, que la luz crepuscular tornaba borrosos, eran cada vez de trazo más nítido según crecía la luz. Delante y detrás del convoy iban unos gendarmes a caballo, muy serios y empuñando sables.

Era una comitiva tan larga que, cuando el primer coche estaba llegando al portillo, el último apenas si estaba saliendo del bulevar.

Un gentío, salido de a saber dónde y que se había juntado en un abrir y cerrar de ojos, como suele suceder en París, se apiñaba a ambos lados de la calzada para mirar. Se oían en las callejas vecinas gritos de personas que se llamaban y los zuecos de los hortelanos que venían corriendo a ver qué pasaba.

Los hombres amontonados en los carromatos iban dando tumbos en silencio. El escalofrío del amanecer los tornaba lívidos. Todos llevaban pantalones de lienzo y zuecos en los pies desnudos. El resto de la ropa dependía de la fantasía de la miseria. Vestían prendas repulsivamente dispares; nada resulta más lúgubre que el traje de arlequín de los harapos. Sombreros flexibles desfondados, gorras alquitranadas, espantosos gorros de lana y, al lado del blusón, el frac negro con agujeros en los codos; varios de ellos llevaban sombreros de mujer; otros se tocaban con un cesto; asomaban pechos peludos y, a través de los desgarrones de la ropa, se veían tatuajes, templos del amor, corazones en llamas, Cupidos. También se veían herpes y zonas rojas malsanas. Debajo de dos o tres de ellos iba colgando una cuerda de paja atada a los travesaños del carromato, como un estribo en el que apoyaban los pies. Uno tenía en la mano y se llevaba a la boca algo que parecía una piedra negra y, aparentemente, iba mordiendo: era que iba comiendo pan. Sólo había allí ojos secos, apagados o encendidos con un fulgor malo. La tropa de escolta refunfuñaba, los encadenados no decían ni palabra; de tarde en tarde se oía el ruido de un palo golpeando unos omóplatos o una cabeza: alguno de esos hombres bostezaba; los andrajos eran terribles; los pies colgaban, los hombros oscilaban, las cabezas chocaban entre sí; los hierros tintineaban; las pupilas ardían ferozmente; los puños se crispaban o se abrían, inertes como manos de muertos; detrás del convoy, un tropel de niños se reía a carcajadas.

Aquella fila de carruajes era, fuere lo que fuere, lúgubre. Estaba claro que al día siguiente, o dentro de una hora, podía caer un aguacero, que luego vendría otro, y otro, que la ropa en mal estado se calaría; que, tras mojarse, esos hombres no volverían a secarse; que, tras quedarse helados, no volverían a entrar en calor; que el chaparrón les pegaría a los huesos los pantalones de lienzo; que se les llenarían de agua los zuecos; que, por mucho que les pegasen latigazos, no podrían dejar de dar diente con diente; que la cadena los seguiría sujetando por el cuello; que seguirían con los pies colgando; resultaba imposible no estremecerse al ver a aquellos seres humanos atados y tan pasivos bajo las nubes frías del otoño y a merced de la lluvia, del viento del norte, de todas las furias del aire, como si fuesen árboles o piedras.

Los bastonazos no perdonaban ni a los enfermos, que yacían sujetos con cuerdas y sin moverse en el séptimo coche, y daba la impresión de que lo que habían arrojado allí dentro eran sacos llenos de miseria.

De repente, salió el sol; brotó de oriente el gigantesco rayo, y hubiérase dicho que prendía fuego a todas aquellas caras hoscas. Las lenguas se soltaron; estalló un incendio de risas sardónicas, de blasfemias y de canciones. La ancha claridad horizontal cortó en dos toda la fila, iluminando las cabezas y los torsos, dejando los pies y las ruedas en la oscuridad. Asomaron los pensamientos a los rostros; fue un momento espantoso; demonios que quedaban a la vista al caer las máscaras, almas feroces al desnudo. Aquella muchedumbre, iluminada, seguía siendo tenebrosa. Algunos, bien humorados, llevaban en la boca cañones de plumas por donde, soplando, le echaban bichos al gentío, de preferencia a las mujeres; la aurora acentuaba, haciendo más negras las sombras, aquellos perfiles lastimosos; ni uno de esos seres dejaba de ser deforme a fuerza de miseria; y resultaba tan monstruoso que podría decirse que mudaba en relámpago la claridad del sol. La carga del carromato que abría la comitiva había empezado a cantar, salmodiándolo a voz en cuello con jovialidad extraviada, un popurrí de Désaugiers, muy conocido por entonces, La vestal; los árboles se estremecían lúgubremente; en los paseos laterales, caras burguesas escuchaban con beatitud estúpida esas picardías que cantaban unos espectros.

En aquella comitiva que era un caos iban todas las desdichas; se daba allí el ángulo facial de todos los animales; ancianos, adolescentes, cabezas calvas, barbas grises, monstruosidades cínicas, resignaciones hoscas, rictus salvajes, posturas insensatas, jetas de cerdo tocadas con gorras, caras que parecían de muchachas con tirabuzones en las sienes, caras infantiles y, por eso mismo, espantosas, rostros flacos de esqueletos a los que sólo les faltaba estar muertos. En el primer carruaje iba un negro que a lo mejor había sido esclavo y podía comparar las diferentes clases de cadenas. El espantoso nivel de lo más bajo, la vergüenza, había pasado por aquellas caras; en aquel grado de rebajamiento, las transformaciones últimas las padecían todos en las profundidades más hondas; y la ignorancia transformada en atontamiento iba pareja con la inteligencia transformada en desesperación. No había elección posible entre aquellos hombres que se brindaban a la vista como la élite del cieno. Era evidente que quien hubiera dispuesto el orden de aquella procesión inmunda no los había clasificado. A aquellas personas las habían atado y emparejado todas revueltas, en desorden alfabético probablemente, y las habían cargado en aquellos vehículos. Sin embargo, cuando se agrupan los espantos, acaba siempre por salir de ello una resultante; siempre que se suman desdichados sale un total; de aquella cadena salía un alma común y la carga de cada carromato tenía una fisonomía propia. Junto a la que cantaba había una que berreaba; otra pedía limosna; podía verse una que rechinaba los dientes y otra que amenazaba a los transeúntes, y otra más que maldecía a Dios; la última callaba como una tumba. A Dante le habría parecido que estaba viendo los siete círculos del infierno en marcha.

Marcha de las condenas hacia los castigos, que transcurría de forma siniestra, no en el carro formidable y fulgurante del Apocalipsis sino, circunstancia más sombría, en la carreta de las gemonías.

Uno de los guardias, que tenía un gancho en la punta del palo, hacía ademán de vez en cuando de revolver en aquel montón de basuras humanas.

Una vieja que estaba entre el gentío se las señalaba con el dedo a un niñito de cinco años y le decía: ¡Bribón, a ver si te sirve de escarmiento!

Como las canciones y las blasfemias iban en aumento, el que parecía el capitán de la escolta hizo restallar el látigo y, al oír aquella señal, una espantosa paliza de bastonazos, sorda y ciega, que sonaba igual que el granizo, cayó sobre las siete cargas de los carromatos; muchos rugieron y echaron espuma por la boca, con lo que creció el regocijo de los chiquillos, que habían acudido como una nube de moscas a las llagas.

A Jean Valjean se le había puesto la mirada espantosa. No tenía ya pupilas, sino ese cristal profundo que sustituye a la vista en algunos infortunados, que parece no tener conciencia de la realidad y en el que llamea la reverberación de los espantos y las catástrofes. No estaba mirando un espectáculo, sino padeciendo una visión. Quiso ponerse de pie, salir huyendo, escapar; no pudo mover ni un pie. Hay ocasiones en que las cosas que vemos se adueñan de nosotros, sobrecogidos, y no nos sueltan. Se quedó clavado, petrificado, atontado, preguntándose, entre una confusa e indecible angustia, qué quería decir aquella persecución sepulcral y de dónde salía aquel pandemónium que le iba a la zaga. De pronto, se llevó la mano a la frente, ademán habitual en las personas a quienes les vuelve de golpe la memoria; se acordó de que, efectivamente, era aquél el itinerario habitual, que se recurría a aquel rodeo para evitar los encuentros con el rey, siempre posibles en la carretera de Fontainebleau, y que, treinta y cinco años atrás, había pasado por aquel mismo portillo.

Cosette no estaba menos espantada, aunque su espanto fuera diferente.

No entendía nada; le faltaba la respiración; lo que veía no le parecía posible; por fin, exclamó:

—¡Padre! Pero ¿quiénes van en esos coches? Jean Valjean contestó:

—Unos presidiarios.

—¿Y adónde van?

—A presidio.

En ese momento, la paliza, que multiplicaban cien manos, se propuso hacer méritos; a los bastonazos se sumaron los golpes con los sables de plano; fue como un encorajinamiento de látigos y palos; los presidiarios se encogieron; del castigo nació una obediencia repulsiva y todos callaron con miradas de lobos encadenados. A Cosette le temblaba todo el cuerpo; añadió:

—Padre, ¿todavía son hombres?

—A veces —dijo el mísero.

Se trataba, efectivamente, de la cuerda de presos que había salido antes de que amaneciera de Bicêtre y tomaba la carretera de Le Mans para no pasar por Fontainebleau, donde estaba el rey entonces. Con ese rodeo, el espantoso viaje duraba dos o tres días más; pero, para ahorrarle al monarca la vista de un suplicio, bien se puede alargar ese suplicio.

Jean Valjean volvió a casa abatido. Encuentros así son choques, y el recuerdo que dejan se parece a una conmoción.

No obstante, Jean Valjean, al regresar con Cosette a la calle de Babylone, no vio que ésta le hiciera otras preguntas referidas a lo que acababan de ver; es posible que estuviera demasiado absorto en su propio abatimiento para oír lo que dijera y para contestar. Pero, por la noche, cuando Cosette se disponía a ir a acostarse, la oyó que decía a media voz y como si hablase consigo misma: «Creo que si me topase con uno de esos hombres, ¡ay, Dios mío!, me moriría sólo con verlo de cerca».

Afortunadamente, quiso la casualidad que, a la mañana siguiente de aquel día trágico, hubiera celebraciones en París, no recuerdo ya a cuento de qué solemnidad oficial: revista en Le Champ de Mars, justas en barcas en el Sena, teatros en Les Champs-Élysées, fuegos artificiales en la plaza de L'Étoile y luces por toda la ciudad. Jean Valjean, forzándose a alterar sus costumbres, llevó a Cosette a esos festejos, para distraerla del recuerdo de la víspera y que el risueño bullicio de todo París en pleno borrase el suceso abominable que le había pasado por delante. Como la festividad iba aliñada de una revista, era normal que hubiera uniformes. Jean Valjean se puso el suyo de guardia nacional con la imprecisa sensación de un hombre que busca refugio. Por lo demás, el paseo cumplió al parecer con su objetivo. Cosette, para quien complacer a su padre era artículo de ley y a quien, por cierto, le resultaba nuevo cualquier espectáculo, aceptó la distracción con el agrado fácil y liviano de la adolescencia y no hizo ningún puchero en exceso desdeñoso ante ese plato de regocijo que llaman fiesta pública; de forma tal que Jean Valjean pudo creer que había conseguido lo que pretendía y que no quedaban ya rastros de la odiosa visión.

Pocos días después, una mañana, como hacía un sol espléndido y estaban los dos en lo alto de la escalinata que bajaba al jardín, otra infracción a las normas que parecía haberse impuesto Jean Valjean y también a la costumbre de quedarse en su cuarto que, por tristeza, había adoptado Cosette, ésta, en bata, estaba de pie con ese desaliño de primera hora de la mañana que envuelve de forma adorable a las jóvenes y parece una nubecilla sobre el astro solar; y, con la luz dándole en la cabeza, sonrosada por haber dormido bien, mientras la miraba con dulzura el anciano enternecido, estaba deshojando una margarita. Cosette nada sabía de la deliciosa leyenda del me quiere, mucho, poco, nada; ¿quién se la iba a haber enseñado? Jugaba con la flor por instinto, inocentemente, sin sospechar que deshojar una margarita es quitarle la cáscara a un corazón. Si existiera una cuarta Gracia, llamada Melancolía, y sonriera, habría parecido que Cosette era esa Gracia. A Jean Valjean lo tenía fascinado mirar aquellos deditos en aquella flor, y lo olvidaba todo en el fulgor que irradiaba de esa niña. Un petirrojo cuchicheaba entre los matorrales cercanos. Nubes blancas cruzaban por el cielo tan jubilosamente que hubiérase dicho que acababan de dejarlas en libertad. Cosette seguía deshojando la flor con mucha concentración; parecía estar pensando en otra cosa; pero debía de ser en algo encantador; de repente giró la cabeza hacia el hombro con la delicadeza despaciosa del cisne y le dijo a Jean Valjean: «Padre, ¿qué es eso del presidio?».

LIBRO CUARTO
AYUDA DE ABAJO PUEDE SER AYUDA DE ARRIBA

I
HERIDA POR FUERA, CURACIÓN POR DENTRO

Y así la vida se les iba ensombreciendo gradualmente.

No les quedaba ya sino una distracción, que tiempo atrás había sido una dicha; y era ir a llevar pan a quienes pasaban hambre y ropa a quienes pasaban frío. Con esas visitas a los pobres, a las que Cosette acompañaba con frecuencia a Jean Valjean, ambos volvían, en parte, a explayarse como antes; y había veces en que, cuando habían tenido un día bueno, cuando habían socorrido muchas pobrezas y dado nueva fuerza y calor a muchos niños pequeños, Cosette estaba algo animada por la noche. Fue por entonces cuando fueron al tugurio de los Jondrette.

A la mañana siguiente de esa visita, Jean Valjean se presentó en el pabellón, sereno como de costumbre, pero con una herida grande en el brazo izquierdo, muy inflamada, muy envenenada, que parecía una quemadura y de la que proporcionó una explicación cualquiera. Durante más de un mes la herida le dio fiebre y lo tuvo metido en casa. No quiso ver a ningún médico. Cuando Cosette le insistía, decía: «Llama al médico de los perros».

Cosette le hacía curas por la mañana y por la noche con un aspecto tan divino y una dicha tan angelical por poder serle útil que Jean Valjean notaba que le volvía por completo la alegría pasada y que se disipaban sus temores y ansiedades; y contemplaba a Cosette diciéndose: «¡Ay, qué buena herida!

¡Ay, qué buen dolor!».

Cosette, al ver a su padre enfermo, ya no se quedaba en el pabellón, y le había vuelto a tomar el gusto al chiscón del patio trasero. Se pasaba casi todo el día con Jean Valjean y le leía los libros que él quisiera. Solían ser libros de viajes. Jean Valjean se sentía renacer; se reanimaba su felicidad con rayos inefables; se le iban borrando Le Luxembourg, el joven merodeador desconocido, la frialdad de Cosette, todas esas nubes del alma. Llegaba incluso a decirse: «Todo eran imaginaciones. Soy un viejo loco».

Era tan feliz que el espantoso encuentro con los Thénardier en el tugurio Jondrette, tan inesperado, no le había hecho mella, por decirlo así. ¡Había conseguido escapar, habían perdido su pista, qué le importaba lo demás! Sólo se acordaba para compadecerse de esos miserables. Ahora estaban en la cárcel y, en adelante, no podrían hacer daño, pensaba; aunque ¡qué lástima el naufragio de aquella familia!

En cuando a la repulsiva visión del portillo de Le Maine, Cosette no había vuelto a mencionarla.

En el convento, la hermana Sainte-Mechtilde le había enseñado música a Cosette. Cosette tenía la voz de una curruca que tuviera alma y a veces, por las noches, en la humilde morada del herido, cantaba canciones tristes que alegraban a Jean Valjean.

Llegaba la primavera; el jardín estaba tan admirable en aquella época del año que Jean Valjean le dijo a Cosette:

—No vas nunca al jardín; quiero que des paseos por allí.

—Como usted quiera, padre —dijo Cosette.

Y, para obedecer a su padre, volvió a pasear por el jardín, casi siempre sola, pues, como ya hemos dicho, Jean Valjean, que probablemente temía que lo vieran por la verja, no iba por allí casi nunca.

La herida de Jean Valjean había supuesto una diversión.

Cuando Cosette vio que su padre padecía menos y se iba curando y parecía feliz, notó un contento en que ni siquiera se fijó de tan suave y naturalmente como le fue llegando. Y, además, estaban en el mes de marzo, los días iban creciendo, el invierno se marchaba, el invierno se lleva siempre consigo algo de nuestras tristezas; llegó luego abril, esas claras del alba del verano, frescas como todos los amaneceres, alegres como todas las infancias, algo lloronas a veces porque son como un recién nacido. Tiene la naturaleza en ese mes resplandores que cruzan por el cielo, nubes, árboles, praderas y flores que les resultan deliciosos al corazón del hombre.

Cosette era demasiado joven aún como para que no la embargase aquella alegría de abril, que se le parecía. Insensiblemente, y sin que lo sospechase, se le fue la negrura del ánimo. En primavera hay luz en las almas de la misma forma que a mediodía hay luz en los sótanos. Cosette ni siquiera estaba ya muy triste que digamos. Así era, aunque ella no se diera cuenta. Por la mañana, a eso de las diez, después del almuerzo, cuando había conseguido llevarse a su padre un cuarto de hora al jardín y lo paseaba al sol delante de la escalera de la fachada, sujetándole el brazo enfermo, no era consciente de que reía continuamente y era feliz.

Jean Valjean, embelesado, la veía de nuevo sonrosada y lozana.

—¡Ay, qué buena herida! —repetía para sus adentros. Y se sentía agradecido a los Thénardier.

Cuando ya tuvo la herida curada, reanudó los paseos solitarios y crepusculares.

Sería un error creer que puede alguien pasear así, solo, por las zonas no habitadas de París sin toparse con alguna aventura.

II
A LA PLUTARCO NO LE CUESTA NADA DAR CON LA EXPLICACIÓN DE UN FENÓMENO

Un atardecer, Gavroche no había comido nada; se acordó de que tampoco había cenado la víspera; la cosa empezaba a resultar cansada. Se resolvió a intentar dar con algo de cena. Se fue a rondar más allá de La Salpêtriere, por lugares en que no pasaba nadie; ahí es donde encuentra uno las buenas oportunidades; donde no hay nadie, algo te encuentras. Llegó hasta una población que le pareció que era el pueblo de Austerlitz.

En un vagabundeo anterior, le había llamado la atención en ese lugar un jardín viejo donde había un viejo y una vieja y, en el jardín, un manzano aceptable. Junto al manzano, había algo así como un arcón para guardar fruta que cerraba mal y donde era posible conquistar alguna manzana que otra. Una manzana es una cena; una manzana es la vida. Lo que perdió a Adán podía salvar a Gavroche. El jardín corría a lo largo de una calleja solitaria, sin pavimentar, bordeada de matorrales hasta llegar a las casas; un seto lo separaba de esa calle.

Gavroche se encaminó hacia el jardín, encontró la calleja, reconoció el manzano, comprobó la existencia del arcón y examinó el seto; un seto se salva de una zancada. Caía la tarde; ni un alma en la calleja, la hora era propicia. Gavroche hizo ademán de emprender la escalada; luego se detuvo de pronto. Hablaban en el jardín. Gavroche miró por uno de los claros del seto.

A dos pasos de él, al pie del seto y del otro lado, precisamente en el lugar al que habría ido a dar el agujero que estaba planeando abrir, había una piedra tumbada que formaba una especie de banco, y en ese banco estaba sentado el viejo del jardín, que tenía delante a la vieja, de pie. La vieja refunfuñaba. Gavroche, que era muy poco discreto, escuchó.

—¡Señor Mabeuf! —decía la vieja.

«¡Mabeuf —pensó Gavroche—. ¡Vaya nombre chistoso!» El anciano al que interpelaba no se movía. La vieja repitió:

—¡Señor Mabeuf!

El anciano, sin levantar la vista del suelo, se decidió a contestar:

—¿Qué hay, Plutarco?

«¡Plutarco! —pensó Gavroche—. ¡Otro nombre chistoso!»

La Plutarco añadió, y al anciano no le quedó más remedio que acceder a la conversación:

—El casero no está nada contento.

—¿Por qué?

—Le debemos tres recibos.

—Dentro de tres meses le deberemos cuatro.

—Dice que lo va a mandar a dormir a la calle.

—Iré.

—La frutera quiere que le paguemos. Ya no hay forma de que nos dé más gadejones. ¿Con qué se va usted a calentar este invierno? No tendremos leña.

—Está el sol.

—El carnicero no quiere fiarnos más ni darnos más carne.

—Muy oportuno. Me cuesta digerir la carne. Es muy pesada.

—¿Y qué cenaremos?

—Pan.

—El panadero quiere que le demos algo a cuenta y dice que, sin dinero, no hay pan.

—Muy bien.

—¿Y qué comerá usted?

—Tenemos las manzanas del manzano.

—Pero, señor, es que no se puede vivir así, sin dinero.

—No tengo dinero.

La vieja se fue y el anciano se quedó solo y pensativo. Gavroche, por su parte, también estaba pensativo. Era casi de noche.

El primer resultado de los pensamientos de Gavroche fue que, en vez de trepar por el seto, se acurrucó debajo. Las ramas estaban algo separadas en la parte de debajo de la maleza.

«¡Anda! —exclamó Gavroche para sus adentros—. ¡Una alcoba!» Y se ovilló en ella. Tenía la espalda casi pegada al banco de Mabeuf. Oía respirar al octogenario.

Entonces, para cenar, intentó dormir.

Sueño de gato, sueño con un solo ojo. Al tiempo que se quedaba amodorrado, Gavroche estaba al acecho.

El tono blanco del cielo crepuscular teñía también de blanco la tierra, y la calleja trazaba una línea lívida entre dos hileras de matorrales oscuros.

De repente, en aquella faja blancuzca aparecieron dos siluetas. Una iba delante; la otra detrás, a cierta distancia.

—Aquí vienen dos individuos —masculló Gavroche.

La primera silueta parecía la de un viejo de clase media, encorvado y pensativo, con ropa algo más que sencilla, que andaba despacio por la edad e iba dando un paseo al atardecer, bajo las estrellas.

La otra era erguida, recia y esbelta. Adaptaba el paso al paso de la primera silueta; pero en la morosidad voluntaria de ese paso se notaba flexibilidad y agilidad. La silueta aquella tenía, junto a un no sé qué fiero e intranquilizador, todo el porte de lo que por entonces llamaban un elegante; el sombrero era de forma bonita; el frac era negro, bien cortado y, seguramente, de buen paño; era un frac entallado. Alzaba la cabeza con algo así como un donaire robusto y, debajo del sombrero, podía intuirse en el crepúsculo un perfil pálido de adolescente. Aquel perfil llevaba una rosa en la boca. Gavroche conocía muy bien esa segunda silueta: era Montparnasse.

En cuanto a la otra, no habría podido decir nada sino que era un individuo anciano.

Gavroche se puso a observarlas en el acto.

Estaba claro que uno de los dos transeúntes tenía proyectos en lo tocante al otro. Gavroche estaba en buen sitio para ver lo que fuera a suceder. La alcoba se había convertido muy oportunamente en escondrijo.

Montparnasse de caza a semejante hora y en semejante lugar era algo amenazador. Gavroche notaba en sus entrañas de chiquillo una emoción compasiva por el viejo.

¿Qué hacer? ¿Intervenir? ¡Un débil socorriendo a otro! A Montparnasse le entraría la risa. A Gavroche no se le ocultaba que aquel temible bandido de dieciocho años se zamparía de dos bocados al anciano primero y al niño a continuación.

Mientras Gavroche le daba vueltas al asunto, ocurrió el ataque, repentino y repulsivo. Ataque de tigre a onagro, ataque de araña a mosca.

De improviso, Montparnasse tiró la rosa, se abalanzó de un brinco sobre el anciano, lo asió del cuello, lo agarró y se aferró a él; y a Gavroche le costó contener un grito. Momentos después, uno de los hombres estaba debajo del otro, agobiado, lanzando estertores, revolviéndose y con una rodilla de mármol en el pecho. Pero no era exactamente lo que se había esperado Gavroche. El que estaba tirado en el suelo era Montparnasse; y el que estaba encima de él era el anciano.

Todo esto sucedía a pocos pasos de Gavroche.

El buen hombre había recibido el golpe y lo había devuelto, y de forma tan tremenda que en un abrir y cerrar de ojos el asaltante y el asaltado habían trocado los papeles.

«¡Menudo inválido recio!», pensó Gavroche.

Y no pudo por menos de aplaudir. Pero fue un aplauso perdido. No llegó a oídos de los dos combatientes, absortos y que se ensordecían mutuamente y mezclaban sus jadeos en la lucha.

Se hizo el silencio. Montparnasse dejó de revolverse. Gavroche pensó en un aparte: «¿Estará muerto?».

El buen hombre no había dicho una palabra ni soltado un grito. Se enderezó y Gavroche oyó que le decía a Montparnasse:

—Ponte de pie.

Montparnasse se incorporó, pero el hombre lo tenía sujeto. A Montparnasse se lo veía humillado y rabioso como un lobo a quien un cordero tuviera preso.

Gavroche miraba y escuchaba, esforzándose para que los oídos auxiliaran a los ojos. Se estaba divirtiendo muchísimo.

Su concienzuda ansiedad de espectador tuvo su recompensa. Pudo captar al vuelo este diálogo al que prestaba la oscuridad cierto acento trágico. El hombre hacía preguntas y Montparnasse respondía.

—¿Qué edad tienes?

—Diecinueve años.

—Eres fuerte y tienes salud. ¿Por qué no trabajas?

—Me aburre.

—¿Qué profesión tienes?

—Vago.

—Déjate de guasas. ¿Puedo hacer algo por ti? ¿Qué quieres ser?

—Ladrón.

Hubo un silencio. El anciano parecía muy ensimismado. Estaba quieto y no soltaba a Montparnasse.

A ratos, el joven bandido, vigoroso y diestro, daba respingos de animal atrapado en una trampa. Daba una sacudida, intentaba poner una zancadilla, retorcía desesperadamente los miembros, intentaba zafarse.

El anciano no parecía percatarse de ello y le tenía ambos brazos sujetos con una sola mano con la indiferencia soberana de una fuerza absoluta.

El ensimismamiento del anciano duró un buen rato; luego, mirando fijamente a Montparnasse, alzó la voz, de tono dulce, y pronunció, entre las sombras en que se hallaban, esta especie de alocución solemne de la que Gavroche no se perdió una sílaba:

—Hijo mío, vas a entrar, por pereza, en la más laboriosa de las existencias. ¡Ah, dices que eres vago! Pues prepárate a trabajar. ¿Has visto una máquina que es tremenda? Se llama laminadora. Hay que tener cuidado, porque es astuta y feroz; si le pilla a uno el faldón del frac, se lo traga entero. Esa máquina es la ociosidad. ¡Detente ahora que aún estás a tiempo y sálvate! Si no, todo habrá acabado. Dentro de nada te habrá atrapado el engranaje. Y, en cuanto te atrape, puedes perder toda esperanza. ¡A pasar cansancio, perezoso! No volverás a descansar. Te tendrá cogida la implacable mano del trabajo. Ganarte la vida, tener una labor, cumplir con una obligación, ¡eso no lo quieres! ¡Ser como los demás te aburre! Pues bien, serás de otra forma. El trabajo es ley, quien lo rechaza porque lo aburre lo hará como castigo. No quieres ser obrero; serás esclavo. El trabajo sólo suelta por un lado para agarrar por el otro; si no quieres ser amigo suyo, serás su negro. ¡Ah, no has querido el cansancio honrado de los hombres! Pues tendrás el sudor de los condenados. Donde otros canten, tú soltarás estertores. Verás de lejos y desde abajo cómo trabajan los demás hombres; y te parecerá que están descansando. Verás al labrador, al segador, al marinero, al herrero dentro de un nimbo de luz, como a los bienaventurados de un paraíso. ¡Qué fulgor en el yunque! ¡Qué alegría da guiar el arado y atar la gavilla! ¡Qué fiesta la barca en libertad entregada al viento! ¡Y tú, perezoso, a picar, a llevar a rastras, a llevar rondando. ¡Camina! ¡Tira del ronzal, ahora eres una bestia de carga en el atelaje del infierno! ¡Así que a lo que aspiras es a no hacer nada! Pues no pasarás ni una semana, ni un día ni una hora sin agobios. No podrás levantar nada si no es con angustia. Cada minuto que pase te crujirán los músculos. Lo que para los demás sea pluma para ti será roca. Las cosas más sencillas irán cuesta arriba. La vida a tu alrededor se volverá un monstruo. Ir, venir, respirar: otros tantos trabajos espantosos. Te parecerá que los pulmones te pesan cien libras. Caminar por aquí en vez de por allá será un problema que tendrás que resolver. A cualquiera que quiera salir le basta con empujar la puerta, y ya está fuera. Tú, si quieres salir, tendrás que horadar un muro. Para salir a la calle, ¿qué hace todo el mundo? Todo el mundo baja las escaleras; tú rasgarás las sábanas de la cama, harás una cuerda hebra a hebra, luego te colarás por la ventana y te colgarás de esos hilos sobre un abismo, y lo harás de noche, en la tormenta, entre la lluvia, en el huracán; y, si la cuerda es demasiado corta, ya no te quedará sino una forma de bajar: caer. Caer al azar, en la sima, desde la altura que sea, ¿encima de qué? Encima de lo que haya debajo, de lo desconocido. O, si no, treparás por el cañón de una chimenea, corriendo el peligro de quemarte; o reptarás por el conducto de unas letrinas, con riesgo de ahogarte. Y no te menciono los agujeros que hay que disimular, las piedras que hay que quitar y volver a colocar veinte veces al día, los cascotes que hay que ocultar en el jergón. Te ves ante una cerradura; el ciudadano lleva en el bolsillo su llave, que le ha fabricado un cerrajero. Tú, si quieres ir más allá, estás condenado a fabricar una obra maestra tremenda; cogerás una moneda de cinco céntimos y la dividirás en dos láminas. ¿Con qué herramientas? Te las inventarás. Eso es cosa tuya. Luego ahuecarás la parte de dentro de esas dos láminas, teniendo cuidado de no estropear la parte de fuera, y harás en todo el borde una rosca, para que encajen perfectamente, igual que un fondo y una tapa.

Cuando la parte de abajo y la de arriba estén enroscadas, no se notará nada. Para los vigilantes, porque te vigilarán, será una moneda de cinco céntimos; para ti será una caja. ¿Qué meterás en esa caja? Un trocito de acero. Un muelle de reloj al que le habrás hecho dientes y que será una sierra. Con esa sierra, del tamaño de un alfiler y escondida en una moneda, tendrás que cortar el pasador de la cerradura, la barra del cerrojo, el asa del candado, el barrote que tengas en la ventana y la manija que lleves en la pierna. Cuando concluyas esa obra maestra, cuando lleves a cabo ese prodigio, cuando estén a punto todos esos milagros de arte, de maña, de habilidad, de paciencia, si llega a saberse que son obra tuya, ¿cuál será la recompensa? El calabozo. Ése es el porvenir. ¡La pereza, el placer, qué precipicios! No hacer nada es una determinación tristísima, ¿sabes? ¡Vivir, ocioso, de la sustancia social! ¡Ser inútil! ¡Es decir, nocivo! Por ahí se va a lo más hondo de la miseria. ¡Desventurado el que quiera ser un parásito! Será como los piojos. ¿Ah, no te gusta trabajar? ¡Ah, sólo piensas en beber bien, en comer bien, en dormir bien! ¡Beberás agua, comerás pan negro, dormirás en una tabla con los miembros sujetos con hierros cuyo frío notarás de noche en la carne! Romperás esos hierros y te evadirás. Bien está. Te arrastrarás bocabajo por la maleza y comerás hierba como los animales del bosque. Y te volverán a coger. Y entonces te pasarás años en una mazmorra, sujeto a una pared, buscando a tientas el jarro para beber, mordiendo un espantoso pan de tinieblas que no querría un perro, comiendo unas habas que los gusanos se habrán comido antes que tú. Serás cochinilla en un sótano. ¡Ay, compadécete de ti, pobre niño, tan joven! ¡Aún no hace veinte años estabas mamando y es muy probable que todavía tengas madre! ¡Hazme caso, te lo suplico! Quieres lucir paño negro fino y zapatos de charol, rizarte el pelo, ponerte en las ondas aceite perfumado, gustar a las mujerzuelas, ser guapo. Te cortarán el pelo al rape y llevarás una casaca roja y unos zuecos. Quieres una sortija en el dedo y llevarás una argolla al cuello. Y, si miras a una mujer, te darán un bastonazo. ¡Y entrarás a los veinte años y saldrás a los cincuenta! ¡Entrarás joven, sonrosado, lozano, con los ojos brillantes y la dentadura blanca y completa y esa hermosa melena de adolescente y saldrás doblado, encorvado, arrugado, desdentado, horroroso, con el pelo blanco!

¡Ay, mi pobre niño, vas por el camino equivocado, la holgazanería es mala consejera! Robar es el trabajo más duro. Hazme caso, no te impongas la penosa tarea de ser perezoso. No es fácil convertirse en un granuja. Es más fácil ser un hombre honrado. Ahora vete y piensa en lo que te he dicho. Por cierto, ¿qué querías de mí? ¿Mi bolsa? Aquí la tienes.

Y el anciano, soltando a Montparnasse, le puso la bolsa en la mano, y Montparnasse estuvo un momento sopesándola; luego, con las mismas precauciones que si la hubiera robado, Montparnasse la dejó caer despacio en el bolsillo trasero de la levita.

Tras decir y hacer lo ya referido, el hombre le dio la espalda a Montparnasse y reanudó el paseo tranquilamente.

—¡Imbécil! —masculló Montparnasse.

¿Quién era el hombre aquel? El lector ya lo habrá adivinado seguramente.

Montparnasse, estupefacto, miró cómo se esfumaba entre el crepúsculo.

Aquella contemplación le resultó fatídica.

Mientras el anciano se alejaba, Gavroche se le iba acercando.

Gavroche, de una ojeada, se había asegurado de que Mabeuf, dormido quizá, seguía en el banco. El golfillo salió luego de entre la maleza y fue arrastrándose, en la oscuridad, por detrás de Montparnasse, que estaba quieto. Llegó así hasta donde estaba éste sin que lo viera ni lo oyera, le introdujo despacio la mano en el bolsillo de detrás de la levita de paño negro fino, cogió la bolsa, sacó la mano y, arrastrándose otra vez, huyó entre las tinieblas como una culebra. Montparnasse, que no tenía motivo alguno para andar con la guardia alta y estaba pensativo por primera vez en la vida, no se dio cuenta de nada. Cuando Gavroche llegó de nuevo al sitio en que estaba Mabeuf, tiró la bolsa por encima del seto y se fue a todo correr.

La bolsa le cayó en un pie a Mabeuf. El golpe lo despertó. Se agachó y recogió la bolsa. No entendió nada y la abrió. Era una bolsa dividida en dos. En una de las divisiones había calderilla; en la otra, había seis napoleones.

El señor Mabeuf, espantado, le llevó aquello a su ama de llaves.

—Nos viene como caído del cielo —dijo la Plutarco.

LIBRO QUINTO
CUYO FINAL NO TIENE NADA QUE VER CON EL PRINCIPIO

I
CONJUNCIÓN DE LA SOLEDAD Y EL CUARTEL

El dolor de Cosette, tan acerbo aún y tan punzante hacía cuatro o cinco meses, había empezado a convalecer sin que ni siquiera se diera cuenta. La naturaleza, la primavera, la juventud, el amor por su padre, la alegría de los pájaros y de las flores iban introduciendo poco a poco, día a día, gota a gota, en aquella alma tan virginal y tan joven un algo que casi se parecía al olvido. ¿Se estaba apagando el fuego del todo? ¿O se estaban formando sólo capas de cenizas? El hecho es que había dejado de notar casi del todo punzadas dolorosas y abrasadoras.

Un día se acordó de pronto de Marius: «¡Anda! —se dijo—. Si ya no pienso en él».

Esa misma semana se fijó, cuando pasó por delante de la verja del jardín, en un oficial de lanceros de lo más apuesto, con cintura de avispa, un uniforme precioso y unas mejillas de doncella, con el sable debajo del brazo, los bigotes negros como el betún y el chascás charolado. Y, de propina, el pelo rubio, los ojos azules y saltones, la cara redonda, vana, insolente y bonita; el polo opuesto de Marius. En la boca llevaba un puro. Cosette pensó que aquel oficial pertenecía seguramente al regimiento acuartelado en la calle de Babylone.

Al día siguiente lo vio pasar otra vez. Se fijó en la hora.

A partir de aquel momento, ¿sería cosa de la casualidad?, lo vio pasar casi a diario.

Los compañeros del oficial se fijaron en que había, en aquel jardín «mal cuidado» y tras aquella verja rococó en tan mal estado, una joven bastante bonita que estaba casi siempre en él cuando pasaba el guapo teniente, que no es un desconocido para el lector y se llamaba Théodule Gillenormand.

—¡Mira! —le decían—. Hay una jovencita que te mira mucho. ¡Fíjate y ya verás!

—¡Como si tuviera yo tiempo para mirar a todas las chicas que me miran! —contestaba el lancero.

Era precisamente por entonces cuando estaba yendo Marius muy seriamente camino de la agonía y decía: «¡Con tal de que pudiera volver a verla antes de morir!». Si se hubiera realizado aquel deseo y si hubiese visto en aquel momento a Cosette mirando a un lancero, no habría podido pronunciar ni una palabra y habría expirado de dolor.

¿De quién habría sido la culpa? De nadie.

Marius tenía uno de esos temperamentos que se hunden en la pena y allí se quedan. Cosette era de las personas que se sumergen y vuelven a salir a flote.

Por lo demás, Cosette estaba pasando por ese momento peligroso, esa fase fatídica de la ensoñación femenina sin control en que el corazón de una joven aislada se parece a esos zarcillos de la vid que se enganchan, según lo disponga el azar, a una columna de mármol o al poste de una taberna. Momento veloz y decisivo, crítico para cualquier huérfana, pobre o rica, porque la riqueza no protege de las elecciones erróneas: hay casamientos desiguales en las esferas más elevadas; el mal casamiento verdadero es el de las almas; e igual que más de un joven desconocido, sin apellidos, sin rango, sin fortuna, es un capitel de mármol que sustenta un templo de sentimientos grandes y grandes ideas, de forma idéntica hay hombres de mundo contentos de sí mismos y opulentos, con botas lustrosas y palabras de mucho brillo que, si se mira no lo de fuera, sino lo de dentro, es decir, lo que queda reservado para la mujer, no son sino leños imbéciles que pueblan de forma larvada pasiones violentas, inmundas y tomadas del vino: el poste de la taberna.

¿Qué había en el alma de Cosette? Pasión serena o dormida; amor en estado flotante; algo límpido, brillante, turbio a cierta profundidad, oscuro más abajo. La imagen del guapo oficial se reflejaba en la superficie. ¿Había un recuerdo en el fondo? ¿Muy en el fondo? Quizá. Cosette no lo sabía.

Ocurrió un incidente singular.

II
MIEDOS DE COSETTE

En la primera quincena de abril, Jean Valjean hizo un viaje. Ya sabemos que era algo que ocurría de tarde en tarde, con intervalos muy largos. Estaba fuera uno o, como mucho, dos días. ¿Dónde iba? Nadie lo sabía, ni siquiera Cosette. Sólo en una ocasión, en uno de esos viajes, lo acompañó en coche de punto hasta la esquina de un callejón estrecho en cuya pared leyó: Callejón de La Planchette. Allí se bajó Jean Valjean y el coche de punto volvió a llevar a Cosette a la calle de Babylone. Esos breves viajes de Jean Valjean solían coincidir con una escasez de dinero en la casa.

Jean Valjean estaba, pues, de viaje. Había dicho: «Vuelvo dentro de tres días».

Aquella noche, Cosette estaba sola en el salón. Para quitarse el aburrimiento, abrió el piano-órgano y se puso a cantar, acompañándose, el coro de Euryanthe: ¡Cazadores perdidos en los bosques!, que es, quizá, lo más hermoso que pueda darse en la música. Al acabar, se quedó pensativa.

De pronto, le pareció que alguien andaba en el jardín.

No podía ser su padre, porque estaba fuera; no podía ser Toussaint, porque estaba acostada. Eran las diez de la noche.

Se acercó a la contraventana del salón, que estaba cerrada, y pegó el oído.

Le dio la impresión de que eran pasos de hombre y que andaba muy quedamente.

Subió deprisa al primer piso, a su cuarto, abrió un montante que había en su contraventana y miró al jardín. Había luna llena y se veía como si fuera de día.

No había nadie.

Abrió la ventana. El jardín estaba completamente tranquilo y en toda la parte de la calle que podía verse no había nadie, como de costumbre.

Cosette pensó que se había equivocado. Le había parecido oír un ruido. Era una alucinación fruto del sombrío y prodigioso coro de Weber que le abre a la mente honduras amedrentadas, que tiembla ante la mirada como un bosque vertiginoso y en que se oyen los crujidos de las ramas secas bajo el paso intranquilo de los cazadores vistos a medias en el crepúsculo.

No volvió a pensar en ello.

Por lo demás, Cosette no era muy miedosa por naturaleza. Llevaba en las venas sangre de gitana y aventurera que va descalza. Recordemos que era más alondra que paloma. Tenía un carácter fiero y valiente.

Al día siguiente, a hora más temprana, cuando estaba cayendo la tarde, se paseaba por el jardín. Entre vagos pensamientos que la tenían ocupada, le parecía notar a ratos un ruido semejante al ruido de la víspera, como si alguien anduviera en la oscuridad, bajo los árboles, no lejos de ella, pero se decía que no hay nada que se parezca tanto a unos pasos por la hierba como el roce de dos ramas que se mueven solas, y no hacía caso. Por lo demás, no veía nada.

Salió de «la maleza»; le quedaba por cruzar un prado pequeño de césped verde para llegar a la escalera de la fachada. La luna, que acababa de alzarse a su espalda, proyectó, al salir Cosette del macizo, su sombra, ante ella, en ese prado.

Cosette se detuvo aterrada.

Junto a la suya, la luna perfilaba claramente en el césped otra sombra, singularmente espantosa y terrible, una sombra que llevaba un sombrero de media copa.

Era como la sombra de un hombre que hubiera estado de pie en las lindes del macizo, a pocos pasos por detrás de Cosette.

Se quedó un momento sin poder hablar, ni gritar, ni llamar, ni moverse, ni volver la cabeza.

Por fin hizo acopio de todo su valor y se volvió resueltamente. No había nadie.

Miró al suelo. La sombra había desaparecido.

Volvió a meterse entre la maleza, registró atrevidamente los rincones y no halló nada.

Se había quedado completamente helada. ¿Era acaso otra alucinación?

¡Cómo! ¡Dos días seguidos! Bien está una alucinación, pero ¡dos! Lo preocupante era que seguramente no se trataba de la sombra de un fantasma. Los fantasmas no llevan sombreros de media copa.

Al día siguiente regresó Jean Valjean. Cosette le refirió lo que le había parecido ver y oír. Contaba con que su padre la tranquilizaría, se encogería de hombros y le diría: «Eres una locuela».

Jean Valjean puso cara de preocupación.

—No puede ser nada de particular —le dijo.

La dejó con un pretexto cualquiera y fue al jardín; Cosette vio cómo pasaba revista a la verja con mucho cuidado.

Se despertó durante la noche; esta vez estaba segura de que oía claramente andar a alguien muy cerca de la escalera y bajo su ventana. Fue corriendo al montante y lo abrió. Efectivamente, había en el jardín un hombre que llevaba un garrote en la mano. En el preciso instante en que iba a gritar, la luna iluminó el perfil del hombre. Era su padre.

Volvió a acostarse diciéndose: «¡Así que está preocupado!».

Jean Valjean se pasó en el jardín aquella noche y las dos siguientes.

Cosette lo vio por el hueco de la contraventana de su cuarto.

La tercera noche había luna menguante y empezaba a salir más tarde; podía ser la una de la mañana; oyó una sonora carcajada y la voz de su padre que la llamaba:

—¡Cosette!

Se tiró de la cama, se puso una bata y abrió la ventana. Su padre estaba abajo, en el prado de césped.

—Te despierto para tranquilizarte —dijo—. Mira. Aquí tienes a la sombra con sombrero de media copa.

Y le señalaba, en el césped, una sombra que la luna proyectaba y perfilaba y se parecía bastante, efectivamente, al espectro de un hombre con sombrero de media copa. Era la silueta de una chimenea de chapa y con sombrerete, que asomaba por encima de un tejado cercano.

Cosette se echó a reír también; todas sus lóbregas suposiciones desaparecieron, y, a la mañana siguiente, mientras almorzaba con su padre, bromeó acerca del siniestro jardín por el que merodeaban sombras de chimeneas.

Jean Valjean volvió a quedarse completamente tranquilo; en cuanto a Cosette, no se fijó demasiado en si la chimenea estaba efectivamente en la misma dirección que la sombra que le había parecido ver ni si la luna estaba en el mismo punto del cielo. No se preguntó por la singularidad de una chimenea que teme que la sorprendan en flagrante delito y se marcha cuando alguien mira su sombra, porque la sombra había desaparecido al volverse Cosette y Cosette había creído verla con seguridad. Cosette se tranquilizó del todo. La demostración le pareció impecable y se le fue por completo de la cabeza que pudiera haber alguien que anduviera al atardecer o de noche por el jardín.

Pocos días después, ocurrió un nuevo incidente.

III
INCIDENTES CORREGIDOS Y AUMENTADOS CON LOS COMENTARIOS DE TOUSSAINT

En el jardín, cerca de la verja que daba a la calle, había un banco de piedra que las plantas de un cenador amparaban de la mirada de los curiosos, pero al que, sin embargo, podía llegar en el mejor de los casos el brazo de un transeúnte a través de la verja y de las plantas.

Un atardecer de ese mismo mes de abril, Jean Valjean había salido y Cosette, después de ponerse el sol, se sentó en aquel banco. El viento refrescaba entre los árboles; Cosette estaba pensativa; la iba invadiendo poco a poco una tristeza sin causa, esa tristeza invencible que trae la caída de la tarde y que procede a lo mejor, ¿quién sabe? del misterio de la tumba que, a esa hora, se abre a medias.

Quizá en aquella sombra estaba Fantine.

Cosette se levantó, dio despacio la vuelta al jardín, pisando por la hierba cubierta de rocío, diciéndose en esa especie de estado melancólico de sonambulismo en que estaba sumida: «La verdad es que para estar en el jardín a esta hora habría que ponerse zuecos. Se acatarra una».

Volvió al banco.

Cuando iba a volver a sentarse, se fijó en que en el sitio del que se había levantado había una piedra bastante grande que, por descontado, no estaba hacía un rato.

Cosette miró aquella piedra, preguntándose qué quería decir aquello. De repente, la idea de que esa piedra no había llegado sola al banco, que alguien la había puesto allí, que un brazo había pasado por la verja, esa idea se le presentó y la asustó. Esta vez tuvo miedo de verdad; allí estaba la piedra. No cabía la menor duda; no la tocó, salió huyendo sin atreverse a mirar atrás, se refugió en la casa y cerró en el acto con contraventana, barra y cerrojo la puerta de cristales que daba a la escalera de la fachada. Le preguntó a Toussaint:

—¿Ha vuelto mi padre?

—Todavía no, señorita.

(Ya hemos dejado constancia de una vez por todas del tartamudeo de Toussaint. Permítasenos no volver a recalcarlo. Nos desagrada la transcripción musical de una invalidez.)

Jean Valjean, hombre ensimismado y amigo de los paseos nocturnos, no regresaba a veces sino bien entrada ya la noche.

—Toussaint —siguió diciendo Cosette—, cuide mucho de cerrar bien por la noche por lo menos las contraventanas que den al jardín, poniendo las barras, y de meter esas cositas de hierro en las anillitas que sirven para cerrar.

—¡Huy, quédese tranquila, señorita!

A Toussaint nunca se le olvidaba hacerlo y Cosette lo sabía perfectamente, pero no pudo por menos de añadir:

—¡Es que es tan despoblada esta zona!

—En eso tiene usted toda la razón —dijo Toussaint—. ¡La podrían asesinar a una antes de que le diera tiempo a decir uf! Y encima el señor no duerme en la casa. Pero no tenga miedo, señorita, que cierro las ventanas como si esto fuera una cárcel. ¡Unas mujeres solas! ¡Ya lo creo que es para que den tiriteras! ¿Se lo imagina? Ver entrar por la noche a unos hombres en el cuarto de una y que le digan: ¡A callar! y empiecen a degollarla. Y no es tanto porque te maten, porque, bueno, morirse, ya sabemos que nos tenemos que morir, pero lo que resulta odioso es que una gente así te ande tocando. ¡Y además seguro que llevan unos cuchillos que cortan fatal! ¡Ay, Dios!

—Cállese —dijo Cosette— y cierre bien todo.

Cosette, espantada con el melodrama que había improvisado Toussaint, y quizá también con el recuerdo de las apariciones de la semana anterior, de las que volvía a acordarse, ni siquiera se atrevió a decirle: «¡Vaya a ver qué es esa piedra que han dejado en el banco!», por temor a volver a abrir la puerta del jardín y que entrasen «los hombres». Hizo que Toussaint cerrase con cuidado todas las puertas y ventanas, la mandó a recorrer toda la casa, del sótano al desván, se encerró en su cuarto, echó los cerrojos, miró debajo de la cama, se acostó y durmió mal. Se pasó la noche viendo la piedra, del tamaño de una montaña y llena de cuevas.

Al salir el sol —lo propio del sol naciente es que hace que nos riamos de todos los temores de la noche y la risa que nos da guarda siempre proporción con el miedo que hemos pasado—, al salir el sol, pues, Cosette, al despertarse, vio sus temores como si hubieran sido una pesadilla y se dijo: «Pero, ¿en qué estaba pensando? ¡Igual que los pasos aquellos que me pareció oír de noche en el jardín la semana pasada! ¡Igual que la sombra de la chimenea! ¿Iré a volverme miedosa a estas alturas?». El sol, que brillaba por las rendijas de las contraventanas y convertía en púrpura el damasco de las cortinas, la tranquilizó tanto que todo se le fue de la cabeza, incluso la piedra.

—No había ninguna piedra en el banco igual que no había un hombre con sombrero de media copa en el jardín. He soñado la piedra, como soñé lo demás.

Se vistió, bajó al jardín, fue corriendo al banco y notó un sudor frío. Allí estaba la piedra.

Pero sólo le duró un momento. Lo que es temor de noche es curiosidad de día.

—¡Bah! —se dijo—. Vamos a ver.

Alzó la piedra, que era bastante grande. Debajo había algo que parecía una carta.

Era un sobre de papel blanco. Cosette lo cogió. No había señas por delante ni lo sellaba ninguna oblea por detrás. Pero el sobre, aunque abierto, no estaba vacío. Se veían a medias, dentro, unos papeles.

Cosette metió la mano. No era ya miedo lo que sentía, no era ya curiosidad; era un principio de ansiedad.

Cosette sacó del sobre lo que había dentro, un cuadernito con todas las páginas numeradas y con unas líneas escritas con una letra bastante bonita, pensó Cosette, y muy fina.

Cosette buscó un nombre, no lo había; una firma, no la había. ¿A quién iba dirigido aquello? A ella, probablemente, puesto que una mano había dejado el paquete en su banco. ¿De quién procedía? Se adueñó de ella una fascinación irresistible; intentó apartar los ojos de aquellas hojas que le temblaban en la mano; miró el cielo, la calle, las acacias que chorreaban luz, unas palomas que volaban por encima de un tejado vecino; luego, de pronto, bajó la vista con vehemencia hacia el manuscrito y se dijo que tenía que saber qué había en él.

Esto fue lo que leyó.

IV
UN CORAZÓN DEBAJO DE UNA PIEDRA

El universo reducido a un único ser, un único ser que se dilata hasta convertirse en Dios, eso es el amor.

El amor es la salutación de los ángeles a los astros.

¡Qué triste está el alma cuando está triste por amor!

¡Qué vacío causa la ausencia del ser que se basta para llenar el mundo!

¡Ay, qué cierto es que el ser amado se convierte en Dios! Podría comprenderse que Dios sintiera celos si no fuera porque es evidente que el Padre de todo hizo la creación para el alma, y el alma para el amor.

Basta con una sonrisa divisada a lo lejos bajo un sombreo de crespón blanco con velillo trasero lila para que el alma entre en el país de los sueños.

Dios está detrás de todo, pero todo oculta a Dios. Las cosas son negras, las criaturas son opacas. Amar a un ser es volverlo transparente.

Hay pensamientos que son oraciones. Hay momentos en que, fuere cual fuere la postura del cuerpo, el alma está arrodillada.

Los amantes separados se distraen de la ausencia con mil cosas quiméricas que, no obstante, cuentan con una realidad. Los impiden verse, no pueden escribirse; dan con muchos medios misteriosos de correspondencia. Se envían el canto de los pájaros, el aroma de las flores, la risa de los niños, la claridad del sol, los suspiros del viento, los rayos de luz de las estrellas, la creación entera. ¿Y por qué no? Todas las obras de Dios se hicieron para servir al amor. El amor tiene poder bastante para cargar la naturaleza entera con sus mensajes.

¡Ah, primavera! Eres una carta que le escribo.

El porvenir es mucho más de los corazones que de las mentes. Amar, eso es lo único que puede ocupar y colmar la eternidad. El infinito precisa de lo inagotable.

El amor participa de la propia alma. Es de la misma naturaleza que ella. Como ella, es una chispa divina; como ella, es incorruptible, indivisible, imperecedero. Es un punto de fuego que llevamos dentro y que nada puede apagar. Lo sentimos arder hasta en la médula de los huesos y lo vemos resplandecer hasta lo más hondo del cielo.

¡Ay, amor! ¡Adoración! ¡Voluptuosidad de dos mentes que se entienden, de dos corazones que se intercambian, de dos miradas que se funden! Vendréis a mí, dichas, ¿verdad que sí? ¡Paseos de dos en las soledades!

¡Días benditos y radiantes! He soñado a veces que, de vez en cuando, había horas que se desprendían de la vida de los ángeles y bajaban aquí para cruzar por el destino de los humanos.

Lo único que puede añadir Dios a la felicidad de quienes se aman es darles una duración eterna. Tras una vida de amor, una eternidad de amor: es un incremento, desde luego; pero incrementar la propia intensidad de la felicidad inefable que el amor le da al alma en este mundo, eso no puede hacerlo ni siquiera Dios. Dios es la plenitud del cielo; el amor es la plenitud del hombre.

Miramos una estrella por dos motivos, porque es luminosa y porque es impenetrable. Tenemos al lado un resplandor más dulce y un misterio mayor: la mujer.

Todos, quienesquiera que seamos, tenemos nuestros seres respirables. Si nos faltan, nos falta el aire, nos asfixiamos. Y nos morimos. Morir por falta de amor es espantoso. La asfixia del alma.

Cuando en el amor se han fundido y entremezclado dos seres en una unidad angélica y sagrada, ya han dado con el secreto de la vida; no son ya sino los dos elementos de un mismo destino; no son ya sino las dos alas de un mismo espíritu. ¡Amad, volad planeando!

El día en que de la mujer que te pasa por delante se desprende luz al andar estás perdido, estás enamorado. Ya sólo te queda una cosa por hacer, pensar en ella con tanta fijeza que no le quede más remedio que pensar en ti.

Lo que empieza el amor sólo Dios puede terminarlo.

El amor verdadero siente desconsuelo o arrobo por un guante perdido o por un pañuelo encontrado, y precisa de la eternidad para su entrega abnegada y sus esperanzas. Se compone a la vez de lo infinitamente grande y de lo infinitamente pequeño.

Si eres piedra, sé un imán; si eres planta, sé una sensitiva; si eres hombre, sé amor.

Nada le basta al amor. Tenemos la dicha, queremos el paraíso; tenemos el paraíso, queremos el cielo.

¡Ah, vosotros que amáis, todo eso está en el amor! Sabed encontrarlo. En el amor hay tanta contemplación como en el cielo; y tiene algo que no hay en el cielo, la voluptuosidad.

—¿Todavía va a Le Luxembourg? — No, caballero. — ¿Es en esta iglesia donde oye misa? — Ha dejado de venir. — ¿Sigue viviendo en la misma casa? — Se ha mudado. — ¿Dónde se ha ido a vivir? — No lo ha dicho.

¡Qué sombrío es no saber las señas de nuestra alma!

El amor tiene infantilismos; las demás pasiones, pequeñeces. ¡Avergoncémonos de las pasiones que hacen al hombre pequeño!

¡Honremos a las que lo hacen niño!

¿Saben que es algo muy raro? Estoy a oscuras. Hay una persona que, al irse, se llevó el cielo.

¡Ay, estar tendidos juntos en la misma tumba, cogidos de la mano, y, de vez en cuando, en las tinieblas, acariciarnos suavemente un dedo! Con eso le bastaría a mi eternidad.

Tú, que sufres porque amas, ama más aún. Morir de amor es vivir de amor.

Ama. Con ese suplicio va mezclada una sombría transfiguración estrellada. Hay éxtasis en la agonía.

¡Ay, alegría de los pájaros! Porque tienen el nido es por lo que tienen el canto.

El amor es una respiración celestial del aire del paraíso.

Corazones profundos, mentes sabias, tomad la vida como la hizo Dios; es una prueba larga, una preparación ininteligible al destino desconocido. Ese destino, el auténtico, empieza para el hombre en el primer peldaño que baja a la sepultura. Entonces se le aparece algo y empieza a divisar lo definitivo. Lo definitivo, pensad en esa palabra. Los vivos ven lo infinito; lo definitivo sólo consiente en que lo vean los muertos. Entretanto, amad y sufrid, esperad y contemplad. ¡Ay! ¡Malhaya quien no haya amado sino cuerpos, formas, apariencias! La muerte se lo arrebatará todo. Haced por amar a las almas, y las volveréis a encontrar.

Me he topado por la calle con un joven muy pobre que estaba enamorado. Tenía el sombrero viejo y el frac gastado; tenía agujeros en los codos; el agua le calaba los zapatos y los astros le calaban el alma.

¡Qué grande es que lo amen a uno! ¡Y qué cosa mucho mayor es amar! El corazón se vuelve heroico a fuerza de pasión. Ya no entra en su composición nada que no sea puro; ya no toma apoyo en nada que no sea elevado y grande. No puede ya germinar en él un pensamiento indigno como no puede germinar una ortiga en un glaciar. El alma elevada y serena, inaccesible a las pasiones y a las emociones vulgares, más arriba de las nubes y de las almas de este mundo, de las locuras, de las mentiras, de los odios, de las vanidades, de las miserias, mora en el azul del cielo y no nota ya sino las conmociones profundas y subterráneas del destino, igual que la cima de las montañas nota los terremotos.

Si no hubiera alguien que amara, el sol se apagaría.

<h1 style="text-align:center">V</h1>

COSETTE DESPUÉS DE LA CARTA

Mientras leía, Cosette iba cayendo poco a poco en una ensoñación. Cuando alzó los ojos de la última línea del cuaderno, el guapo oficial pasó triunfante ante la verja, pues era su hora habitual. A Cosette le pareció repulsivo.

Volvió a mirar el cuaderno. Estaba escrito con una letra preciosa, pensó Cosette; la misma mano, pero tintas diferentes, a veces muy negras y otras blanquecinas, como cuando añadimos tinta al tintero, es decir, en días diferentes. Eran pues los pensamientos de una mente que se había ido explayando allí, suspiro a suspiro, de forma irregular, sin orden, sin elección, sin objetivo, al azar. Cosette no había leído nunca algo así. Aquel manuscrito, donde veía aún más claridad que oscuridad, le parecía un santuario con la puerta entornada. Todas y cada una de esas líneas misteriosas le resplandecían ante los ojos y le inundaban el corazón con una luz extraña. La educación recibida le había hablado siempre del alma y nunca del amor; algo así como si alguien hablase del tizón y no de la llama. Aquel manuscrito de quince páginas le revelaba repentina y suavemente todo el amor, el amor, el destino, la vida, la eternidad, el principio, el fin. Era como si se hubiera abierto una mano y le hubiera arrojado de golpe un puñado de rayos de luz. Notaba en esas pocas líneas un carácter apasionado, ardiente, generoso, honrado; una voluntad sagrada; un dolor inmenso y una esperanza inmensa; un corazón angustiado; un éxtasis floreciente. ¿Qué era ese manuscrito? Una carta. Una carta sin señas, sin nombre, sin fecha, sin firma, acuciante y desinteresada; un enigma compuesto de verdades; un mensaje de amor escrito para que lo trajera un ángel y lo leyera una virgen; una cita más allá de la tierra; una nota amorosa de un fantasma a una sombra. Era un ausente sereno y agobiado que parecía dispuesto a buscar refugio en la muerte y enviaba a la ausente el secreto del destino, la llave de la vida y del amor. Aquello estaba escrito con un pie en la sepultura y con el dedo en el cielo. Aquellas líneas, que habían ido cayendo de una en una en el papel, eran algo que podría llamarse gotas de alma.

Ahora bien, ¿de quién podían venir estas páginas? ¿Quién podía haberlas escrito?

Cosette no titubeó ni un minuto. Sólo había un hombre posible.

¡Él!

Le había vuelto la luz al alma. Todo había desaparecido. Notaba una alegría inaudita y una honda angustia. ¡Era él! ¡Él, que le escribía! ¡Él, que estaba allí! ¡Él, que había metido el brazo por la verja! ¡Mientras ella lo olvidaba, él la había vuelto a encontrar! Pero ¿acaso lo había olvidado ella?

¡No, nunca! ¡Qué locura haberlo creído por un momento! Siempre lo había querido, siempre lo había adorado. El rescoldo había estado bajo la ceniza algún tiempo, pero ahora se daba cuenta de que así el fuego había ido a más y ahora volvía a arder con llamas altas y ella ardía en él. Aquel cuaderno era como una pavesa que había caído en su alma desde otra alma. Cosette notaba cómo se reanudaba el incendio. Calaban en ella todas las palabras del manuscrito. «¡Ay, sí! —decía—. Cuánto me suena todo esto. Es todo lo que ya le había leído en los ojos.»

Cuando estaba acabando de leer el cuaderno por tercera vez, el teniente Théodule volvió a pasar ante la verja haciendo ruido con las espuelas en el empedrado. A Cosette no le quedó más remedio que levantar la vista. Le pareció insulso, bobo, tonto, inane, presumido, desagradable y muy feo. El oficial estimó oportuno lanzarle una sonrisa. Cosette volvió la cara, avergonzada e indignada. Le habría gustado tirarle algo a la cabeza.

Salió huyendo, volvió a la casa y se encerró en su cuarto para volver a leer el manuscrito, para aprendérselo de memoria y para pensar. Después de mucho leerlo, le dio un beso y se lo guardó en el corsé.

Todo estaba consumado. Cosette había vuelto a caer en las profundidades del amor seráfico. Acababa de abrirse de nuevo el abismo del Edén.

Cosette estuvo todo el día como presa de un vahído. Apenas si pensaba, tenía las ideas en la cabeza como una madeja enredada, no conseguía conjeturar nada, esperaba, trémula. ¿Qué esperaba? Cosas imprecisas. No se atrevía a prometerse nada y no quería renunciar a nada. Le pasaban palideces por la cara y escalofríos por el cuerpo. A ratos le parecía entrar en un mundo quimérico; se decía: ¿es algo real? Entonces palpaba, bajo el vestido, el papel amado, lo oprimía contra el corazón, notaba las esquinas contra la carne, y, si Jean Valjean la hubiese visto en ese momento, se hubiera estremecido ante aquella alegría luminosa y desconocida que le rebosaba de los párpados. «¡Ay, sí! —pensaba—. ¡Claro que es él! ¡Esto es suyo y para mí!»

Se decía que lo había recuperado por una intervención de los ángeles, por un azar celestial.

¡Ah, transfiguraciones del amor! ¡Ah, sueños! Ese azar celestial, esa intervención de los ángeles era aquella pelotilla de pan que le había arrojado un ladrón a otro ladrón, del patio Charlemagne a la fosa de los leones, por encima de los tejados de La Force.

VI
LOS VIEJOS ESTÁN PARA SALIR DE CASA OPORTUNAMENTE

Al caer la tarde, Jean Valjean salió y Cosette se arregló. Se hizo el peinado que le sentaba mejor y se puso un vestido cuyo escote tenía un tijeretazo de más; y, como por esa abertura se le veía el nacimiento del cuello, era, como dicen las jóvenes, «algo indecente». No era nada indecente, pero quedaba más bonito así. Se arregló tanto sin saber por qué.

¿Quería salir? No.

¿Estaba esperando visita? No.

Cuando se estaba haciendo de noche, bajó al jardín. Toussaint andaba a lo suyo en la cocina, que daba al patio trasero.

Empezó a pasear bajo las ramas, apartándolas de vez en cuando con la mano porque algunas eran muy bajas.

Y así llegó al banco.

La piedra se había quedado encima.

Cosette se sentó y apoyó la mano blanca y suave en aquella piedra como si quisiera acariciarla y darle las gracias.

De repente, notó esa impresión indecible que notamos, incluso sin verlo, cuando alguien está de pie a espaldas nuestras.

Volvió la cabeza y se puso de pie. Era él.

Iba con la cabeza al aire. Parecía pálido y más delgado. Apenas se veía la ropa negra que llevaba. El crepúsculo prestaba lividez a esa hermosa frente y le llenaba al joven los ojos de tinieblas. Había en él, bajo un velo de dulzura incomparable, algo que tenía que ver con la muerte y la noche. Le alumbraba el rostro la claridad del día moribundo y el pensamiento de un alma que se ausenta.

Era como si aún no fuese el fantasma y no fuese ya el hombre.

El sombrero estaba tirado a pocos pasos, entre la maleza.

Cosette, a punto de desfallecer, no soltó ni un grito. Retrocedía despacio, porque notaba una fuerza que la atraía hacia él. Y él no se movía. No le veía los ojos, pero notó que la miraba porque la envolvía algo inefable y triste.

Cosette, al retroceder, se topó con un árbol y apoyó en él la espalda. Sin ese árbol, se habría caído al suelo.

Le oyó entonces la voz, esa voz que nunca había oído bien en realidad, que se alzaba apenas por encima de la vibración de las hojas y que susurraba:

—Perdóneme, aquí estoy. Tengo el corazón a rebosar, no podía vivir como estaba; he venido. ¿Leyó lo que dejé en este banco? ¿Me reconoce más o menos? No tenga miedo de mí. ¿Se acuerda del día en que me miró hace ya tanto tiempo? Era en Le Luxembourg, cerca del gladiador. ¿Y del día en que pasó delante de mí? Fueron el 16 de junio y el 2 de julio. Va a hacer un año. Hace mucho que dejé de verla. Pregunté a la cobradora del alquiler de las sillas y me dijo que ya no la veía. Vivía usted en la calle de L'Ouest, en el tercero, en un piso que daba a la calle, en una casa nueva, ya ve que estoy al tanto. Yo la seguía. ¿Qué otra cosa podía hacer? Y, luego, desapareció. Me pareció verla pasar un día en que estaba leyendo los periódicos en los soportales de L'Odéon. Eché a correr. Pero no. Era una mujer que tenía un sombrero como el suyo. Por las noches vengo aquí. No se preocupe, que no me ve nadie. Vengo para ver sus ventanas de cerca. Ando muy despacito para que no me oiga, por si, a lo mejor, se asusta. La otra noche estaba detrás de usted, se volvió y yo salí huyendo. Una vez la oí cantar. Me sentí dichoso. ¿Le importa que la oiga cantar a través de la contraventana? No puede perjudicarla. ¿Verdad que no? Mire, usted es mi ángel, déjeme que venga a veces. Creo que me voy a morir. ¡Si usted supiera! ¡Yo la adoro! Perdóneme, hablo y no sé lo que digo, a lo mejor la estoy incomodando. ¿La incomodo?

—¡Ay, madre mía! —dijo ella.

Y se encogió como si estuviera muriendo.

Él la agarró; Cosette se caía y él la tomó en sus brazos y la estrechó en ellos, sin ser consciente de lo que hacía. La sujetaba y, al tiempo, se tambaleaba. Le parecía que tenía la cabeza llena de humo; le salían relámpagos de entre las pestañas; se le iban las ideas; le parecía que estaba llevando a cabo un acto religioso y que cometía una profanación. Por lo demás, no deseaba en absoluto a aquella mujer bellísima cuyas formas notaba contra el pecho. Estaba loco de amor.

Ella le cogió una mano y se la puso en el corazón. Él notó la forma del papel que llevaba allí y balbució:

—¿Así que me quiere?

Ella contestó con una voz tan baja que no era ya sino un soplo que apenas se oía:

—¡Calla! ¡Si ya lo sabes!

Y ocultó la cara ruborizada en el pecho del joven, orgulloso y embriagado.

Marius se desplomó en el banco, con Cosette a su lado. Se les habían acabado las palabras. Las estrellas empezaban a brillar. ¿Cómo se encontraron sus labios? ¿Cómo canta el pájaro, cómo se derrite la nieve, cómo se abre la rosa, cómo florece mayo, cómo blanquea el alba tras los árboles negros en la cima estremecida de las colinas?

Un beso; y nada más.

Los dos se sobresaltaron y se miraron, en la sombra, con ojos resplandecientes.

No notaban ni el frescor de la noche, ni la frialdad de la piedra, ni la tierra húmeda ni la hierba mojada; se miraban y el corazón les rebosaba de pensamientos. Se habían cogido de las manos, sin saber qué hacían.

Ella no le preguntaba, ni se le había ocurrido, por dónde había entrado y cómo se había metido en el jardín. ¡Le parecía tan sencillo que estuviera allí!

De vez en cuando, la rodilla de Marius rozaba la rodilla de Cosette, y los dos se estremecían.

A intervalos, Cosette balbucía una palabra. Le temblaba el alma en los labios como una gota de rocío en una flor.

Poco a poco se fueron hablando. Tras el silencio, que es la plenitud, vino el desahogo. La noche era serena y espléndida, por encima de sus cabezas. Esas dos criaturas, puras como espíritus, se lo contaron todo: sus sueños, sus embriagueces, sus éxtasis, sus quimeras, sus desfallecimientos, cómo se habían adorado a distancia, cómo se habían anhelado, cuánto se habían desesperado cuando dejaron de verse. Se confesaron, en una intimidad ideal, que ya no podía ser mayor, lo más oculto y lo más misterioso de cada uno. Se contaron, con una fe cándida en sus ilusiones, todo cuanto les ponía en la mente el amor, la juventud y ese rescoldo de infancia que no habían perdido. Esos dos corazones se volcaron uno en otro, de forma tal que, al cabo de una hora, el joven tenía el alma de la muchacha y la muchacha el alma del joven. Se compenetraron, se hechizaron mutuamente, se deslumbraron.

Al acabar, cuando ya se lo habían dicho todo, ella puso la cabeza en el hombro de él y le preguntó:

—¿Cómo se llama?

—Me llamo Marius —contestó él—. ¿Y usted?

—Yo me llamo Cosette.

LIBRO SEXTO
GAVROCHE

I
UNA TRAPACERÍA DEL VIENTO

En la temporada posterior a 1823, mientras el figón de Montfermeil iba naufragando y hundiéndose poco a poco no en el abismo de una bancarrota sino en la cloaca de las deudas menudas, el matrimonio Thénardier tuvo otros dos hijos, varones ambos. Con ellos sumaban cinco: dos chicas y tres chicos. Era mucho.

La Thénardier se quitó de encima a los dos últimos, cuando eran aún de muy tierna edad, con singular facilidad.

Que se los quitó de encima es la expresión exacta. No había en aquella mujer más que un retazo de naturaleza. Fenómeno del que podemos dar más de un ejemplo. Igual que la mariscala de La Mothe-Houdancourt, la Thénardier sólo era madre de sus hijas. Ahí acababa su maternidad. El odio que sentía por el género humano empezaba en sus hijos varones. En la vertiente que daba a sus hijos su maldad estaba cortada a pico y su corazón era, en ese tramo, lúgubremente escarpado. Como ya hemos visto, aborrecía al mayor; de los otros dos abominaba. ¿Por qué? Porque sí. El motivo más terrible y la respuesta más indiscutible: porque sí. «No necesito yo para nada una patulea de niños», decía aquella madre.

Vamos a explicar cómo habían conseguido los Thénardier librarse de la carga de sus dos últimos hijos e, incluso, sacarles provecho.

La mujer aquella, la Magnon, a la que hemos mencionado páginas atrás, era la misma que había conseguido una renta del buenazo de Gillenormand para los dos niños que tenía. Vivía en el muelle de Les Célestins, esquina con esa calle antigua, la de Le Petit-Musc, que ha hecho cuanto ha podido para trocar por un buen olor[41] su mala reputación. ¿Quién no recuerda la gran epidemia de difteria que asoló, hace treinta y cinco años, los barros parisinos a orillas del Sena y que la ciencia aprovechó para probar a gran escala la eficacia de las insuflaciones de alumbre, a las que de forma tan provechosa ha sustituido hoy en día la aplicación externa de la tintura de yodo? En esa epidemia perdió la Magnon el mismo día, uno por la mañana y otro por la tarde, a sus dos niños, todavía de muy corta edad. Fue un gran golpe. Sus dos hijos tenían mucho valor para esa madre: equivalían a ochenta francos mensuales. Ochenta francos que le liquidaba muy puntualmente, de parte del señor Gillenormand, su recaudador de rentas, el señor Barge, agente judicial retirado que vivía en la calle de Le Roi-de- Sicile. Muertos los niños, se acabó la renta. La Magnon buscó algún recurso. En esa tenebrosa francmasonería del mal a la que pertenecía todo se sabe y todos se guardan el secreto y se echan una mano. La Magnon necesitaba dos niños; la Thénardier tenía dos niños. Del mismo sexo y la misma edad. Un buen apaño para una y una buena inversión para otra. Los niños Thénardier se convirtieron en los niños Magnon. La Magnon se fue del muelle de Les Célestins y se mudó a la calle Clocheperce. En París la identidad que relaciona a alguien consigo mismo queda cortada de una calle a otra.

Como nadie avisó al registro civil, éste no dijo nada y el cambio se llevó a cabo de forma sencillísima. Pero la Thénardier exigió por prestar a los niños diez francos mensuales, que la Magnon prometió e incluso pagó. Ni que decir tiene que el señor Gillenormand siguió cumpliendo. Iba cada seis meses a ver a los niños. No se dio cuenta del cambio. «Señor —le decía la Magnon—, ¡cómo se le parecen!»

Thénardier, a quien no le costaba nada cambiar de personalidad, aprovechó la ocasión para convertirse en Jondrette. A sus dos hijas y a Gavroche apenas si les dio tiempo de caer en la cuenta de que tenían dos hermanos pequeños. Cuando se llega a cierto grado de miseria, lo invade a uno algo así como una indiferencia espectral y se ve a las criaturas como si fueran larvas. Las personas más próximas no son con frecuencia sino inconcretas formas de la sombra a quienes apenas se diferencia del fondo nebuloso de la vida y es fácil que anden revueltas con lo invisible.

La noche del día en que la Thénardier entregó a sus dos hijitos a la Magnon, con la voluntad claramente expresada de renunciar a ellos para siempre, le entró, o hizo como si le entrase, un escrúpulo. Le había dicho a su marido:

—Pero ¡si esto es abandonar a los hijos de una!

Thénardier, magistral y flemático, cauterizó dicho escrúpulo con la siguiente frase:

—¡Más hizo Jean-Jacques!

La madre pasó del escrúpulo a la preocupación:

—Pero ¿y si la policía viniera a molestarnos? Esto que hemos hecho, señor Thénardier, ¿está permitido, oye?

Thénardier contestó:

—Todo está permitido. Nadie cogerá onda. Y, además, cuando unos niños no tienen ni un céntimo, nadie tiene motivo para meter las narices.

La Magnon era algo así como una elegante del crimen. Iba muy arreglada. Compartía la vivienda, amueblada de forma cursi y mísera, con una hábil ladrona inglesa afrancesada. Aquella inglesa, nacionalizada parisina, recomendable porque se relacionaba con gente muy rica, íntimamente vinculada con las medallas de la biblioteca y los brillantes de la señorita Mars, tuvo más adelante mucha fama en los registros judiciales. La llamaban señorita Miss.

Los dos niños que le cayeron en suerte a la Magnon no tuvieron motivo de queja. Como los avalaban los ochenta francos, no los trataban mal, como sucede con todo aquello a que se le puede sacar partido; no iban mal vestidos, no comían mal y vivían casi como unos «señoritos»; estaban mejor con la madre postiza que con la de verdad. La Magnon se las daba de señora y no hablaba en jerga delante de ellos.

Pasaron así unos cuantos años. El Thénardier se las prometía felices. Un día se le ocurrió decirle a la Magnon, cuando ésta le estaba dando los diez francos mensuales: «El "padre" tendrá que darles una educación».

De repente, esos dos pobres niños, bastante amparados hasta entonces, incluso por su mala suerte, se vieron arrojados bruscamente a la vida y obligados a estrenarse en ella.

Una detención en masa de malhechores como la de la buhardilla Jondrette no puede por menos de acarrear complicaciones: pesquisas y encarcelamientos posteriores, y es un desastre auténtico para esa repugnante contrasociedad oculta que vive en los bajos de la sociedad pública; una aventura así trae consigo todo tipo de desplomes en ese mundo oscuro. La catástrofe de los Thénardier causó la catástrofe de la Magnon.

Un día, poco después de que la Magnon le hubiese dado a Éponine la nota referida a la calle de Plumet, hubo en la calle de Clocheperce un repentino registro policial; detuvieron a la Magnon y también a la señorita Miss; y todos los de la casa, que eran sospechosos, cayeron en la redada. Mientras tanto los dos niños estaban jugando en el patio trasero y no vieron nada de la incursión. Cuando quisieron entrar, se encontraron con la casa vacía y la puerta cerrada. Un zapatero remendón del taller de enfrente los llamó y les entregó un papel que había dejado «su madre» para ellos. En el papel había una dirección: Señor Barge, recaudador de rentas, calle de Le Roi-de-Sicile número 8. El zapatero les dijo: «Ya no vivís aquí. Id a este sitio. Cae muy cerca. La primera calle a la izquierda. Preguntad cómo se va con este papel».

Los niños se fueron; el mayor se ocupaba del pequeño y llevaba en la mano el papel que tenía que guiarlos. Tenía frío y no podía hacer fuerza con los deditos entumecidos, que agarraban mal el papel. Al volver la esquina de la calle de Clocheperce, una ráfaga de viento se lo llevó; y, como se estaba haciendo de noche, el niño no pudo encontrarlo.

Fueron andando al azar por las calles.

II
EN EL QUE GAVROCHE EL PEQUEÑO LE SACA PARTIDO A NAPOLEÓN EL GRANDE

Por la primavera de París cruzan con frecuencia cierzos agrios y duros, que no es que lo dejen a uno helado, sino congelado; esos vientos que convierten en un desconsuelo los días más hermosos causan exactamente la misma impresión que las ráfagas de aire frío que entran en una habitación caldeada por las rendijas de una ventana o de una puerta mal cerrada. Es como si la oscura puerta del invierno se hubiese quedado entornada y entrase por ahí el viento. En la primavera de 1832, época en que se declaró en Europa la gran epidemia del presente siglo, esos vientos del norte eran más agrios y punzantes que nunca. La puerta entornada era aún más glacial que la del invierno. Era la puerta del sepulcro. Se notaba en esos cierzos la ráfaga del cólera.

Desde el punto de vista meteorológico, la particularidad de esos vientos fríos era que no descartaban una gran tensión eléctrica. Estallaron por entonces frecuentes tormentas acompañadas de relámpagos y truenos.

Una noche en que soplaban con fuerza esos vientos del norte, hasta tal punto que parecía que hubiera vuelto enero y que los ciudadanos acomodados habían vuelto a ponerse el abrigo, Gavroche, tiritando alegremente, como de costumbre, con sus harapos, estaba algo así como extasiado ante el comercio de un peluquero de las inmediaciones de L'Orme-Saint-Gervais. Iba ataviado con un chal femenino que a saber de dónde habría sacado y que había convertido en bufanda. Gavroche parecía estar admirando muchísimo una novia de cera, escotada y tocada con flores de azahar, que daba vueltas tras el cristal del escaparate, mostrando la sonrisa a los transeúntes entre dos quinqués; pero, en realidad estaba observando el establecimiento para ver si no podría «aliviar» de la muestra de géneros alguna barra de jabón que iría a venderle luego por cinco céntimos a un «peluquero» de los arrabales. Muchas veces era una barra así lo que le daba de almorzar. Llamaba a esa clase de trabajo, en el que era ducho, «rapar a los barberos».

Mientras contemplaba a la novia y miraba de reojo la barra de jabón, mascullaba entre dientes lo que sigue: «El martes. No, el martes no. ¿Fue el martes? A lo mejor fue el martes. Sí, el martes».

Nunca se ha podido saber a qué se refería este monólogo.

Si, por ventura, hubiera tenido que ver con la última vez que había cenado, de eso hacía ya tres días, porque era viernes.

El barbero, en su local, que calentaba una buena estufa, estaba afeitando a un cliente y echaba de vez en cuando una mirada de reojo a aquel enemigo, aquel golfillo aterido y descarado que tenía las dos manos metidas en los bolsillos, pero estaba claro que llevaba el ingenio desenvainado.

Mientras Gavroche le pasaba revista a la novia, al escaparate y las Windsor-soap, dos niños de estatura desigual, ropa bastante decente y aún más pequeños que él, pues el mayor aparentaba siete años y el otro cinco, abrieron con timidez el picaporte y entraron en el comercio a pedir a saber qué, limosna a lo mejor, con un susurro quejumbroso y que más parecía un gemido que una súplica. Hablaban ambos a la vez y no se les entendía lo que decían porque los sollozos le cortaban la voz al mayor y el pequeño daba diente con diente. El barbero se volvió, con expresión airada, y, sin soltar la navaja, empujando hacia atrás al mayor con la mano izquierda y al pequeño con la rodilla, los echó a la calle y volvió a cerrar la puerta al tiempo que decía:

—¡Mira que venir para nada con el frío que entra!

Los dos niños volvieron a echar a andar, llorando. En éstas llegó un nubarrón y empezó a llover.

Gavroche echó a correr detrás de ellos y les dirigió la palabra:

—Pero ¿qué os pasa, mocosos?

—Que no sabemos dónde dormir —contestó el mayor.

—¿Y nada más? —dijo Gavroche—. Vaya cosa. ¿Y por eso se llora? Pero ¡serán bobos!

Y, adoptando, tras la fachada de superioridad un tanto burlona, un tono de autoridad enternecida y de protección afectuosa, dijo:

—Venid conmigo, pispajos.

—Sí, señor —dijo el de más edad.

Y los dos niños fueron detrás como si hubiesen ido siguiendo a un arzobispo. Habían dejado de llorar.

Gavroche los llevó calle de Saint-Antoine arriba, en dirección a La Bastille.

Gavroche, según iba andando, echó una ojeada indignada y retrospectiva al comercio del barbero.

—No tiene corazón el merluzo del rapabarbas ese —refunfuñó—. Hijo de la Gran Bretaña tenía que ser.

Una golfa, al verlos en fila a los tres y con Gavroche a la cabeza, soltó una carcajada escandalosa. Esa risa era una falta de respeto al grupo.

—Muy buenas, señorita Ómnibus —le dijo Gavroche.

Un instante después volvió a acordarse del peluquero y añadió:

—Me he confundido de bicho; no es un merluzo, es una serpiente. Peluquero, iré a buscar a un cerrajero para que te ponga un cascabel en la cola.

El peluquero aquel lo había puesto de humor agresivo. Increpó, según salvaba el arroyo de una zancada, a una portera barbuda y digna de coincidir con Fausto en el Brocken, que estaba con la escoba en la mano.

—¿Qué, señora? ¿Se va de paseo a caballo?

Dicho lo cual, le salpicó las botas de charol a un viandante.

—¡Granuja! —gritó el viandante, furioso. Gavroche asomó la nariz por encima del chal.

—¿El señor tiene queja de alguien?

—De ti —dijo el viandante.

—Está cerrada la oficina de reclamaciones —dijo Gavroche—. No admito ya ninguna más.

Conforme seguían calle arriba, vio, muerta de frío debajo de una puerta cochera, a una mendiga de trece o catorce años con un vestido tan corto que se le veían las rodillas. La chiquilla empezaba a ser ya un tanto mayor para ir así. Es lo que pasa cuando se pega un estirón. El vestido se queda corto al tiempo que la desnudez se vuelve indecente.

—Pobre chica! —dijo Gavroche—. No tiene ni calzones. Toma, por lo menos ponte esto.

Y, quitándose la prenda de lana tan abrigada que llevaba al cuello, se la echó por los hombros flacos y amoratados a la mendiga, devolviendo a la bufanda su condición de chal.

La muchachita lo miró con asombro y recibió el chal en silencio. Cuando llega a determinado grado de desvalimiento, el pobre está ya sumido en tal pasmo que ni se queja de que le hagan daño ni agradece que lo traten bien.

—¡Brrr! —dijo Gavroche acto seguido, tiritando más que san Martín, quien, al menos, se había quedado con la mitad del manto.

En oyendo aquel ¡brrr! le empeoró el humor al chaparrón, que arreció.

Los malos cielos castigan las buenas acciones.

—¿Será posible? —exclamó Gavroche—. ¿Y esto a qué viene? ¡Llueve más! ¡Por Cristo que si esto sigue así dejo el abono!

Y reanudó la marcha.

—Da igual —siguió diciendo, echándole una ojeada a la mendiga, que se estaba arrebujando en el chal—, ésa por lo menos ya tiene un buen gambeto.

Y, mirando el nubarrón, le gritó:

—¡Te fastidias!

Los dos niños le iban pisando los talones.

Según pasaban delante de una de esas celosías gruesas y enrejadas que indican el comercio de un panadero, porque el pan lo tienen, como si fuera oro, detrás de barrotes de hierro. Gavroche se dio la vuelta:

—A ver, arrapiezos, ¿hemos cenado?

—Señor —contestó el mayor—, no hemos comido desde esta mañana.

—¿Así que andáis sin padre ni madre? —siguió diciendo majestuosamente Gavroche.

—Usted disculpe, señor, tenemos papá y mamá, sólo que no sabemos dónde están.

—A veces vale más eso que saberlo —dijo Gavroche, que era un filósofo.

—Llevamos dos horas andando —siguió diciendo el mayor de los niños—; hemos buscado cosas en los rincones de los postes, pero no hemos encontrado nada.

—Ya —dijo Gavroche—. Se lo comen todo los perros. Añadió, tras un silencio:

—¡Ah! Nos hemos quedado sin autores. No sabemos ya dónde los hemos metido. Eso no se hace, granujillas. Es de tontos perder así a las personas de edad. ¡Pero, bueno, habrá que papear, digo yo! Por lo demás, no les preguntó nada. No tener casa, ¿hay algo más normal?

El mayor de los chiquillos, que había recobrado ya casi del todo la pronta despreocupación de la infancia, exclamó:

—Sí que es raro. Mamá había dicho que nos llevaría a buscar boj bendito el domingo de ramos.

—Sin andarse por las ramas —contestó Gavroche.

—Mamá —siguió diciendo el mayor— es una señora que vive con la señorita Miss.

—Misteriosa —apostilló Gavroche.

Pero, mientras lo decía, se había parado y llevaba unos minutos palpando y registrando todo tipo de recovecos que tenía en los harapos.

Al fin enderezó la cabeza con una expresión que sólo quería ser de satisfacción, pero que, en realidad, era de triunfo.

—Tranquilos, pispajillos, que aquí tengo para que cenemos los tres. Y se sacó de un bolsillo una moneda de cinco céntimos.

Sin darles tiempo a los dos chiquillos para que mostrasen asombro, los hizo pasar por delante y entrar en la panadería y puso la moneda encima del mostrador gritando:

—¡Mozo! Cinco céntimos de pan.

El panadero, que era el dueño del local en persona, cogió un pan y un cuchillo.

—¡En tres pedazos, mozo! —siguió diciendo Gavroche; y añadió, muy digno:

—Somos tres.

Al ver que el panadero, tras pasar revista a los tres comensales, había cogido un pan moreno, se metió un dedo en la nariz hasta el fondo aspirando de forma tan imperiosa como si hubiera tenido en la yema la toma de rapé de Federico el Grande y le soltó en la cara al panadero esta increpación indignada:

—¿Yesokés?

Aquellos de nuestros lectores que pudieran verse inclinados a ver en esta interpelación de Gavroche al panadero una palabra rusa o polaca o uno de esos gritos salvajes que los iowas y los botocudos cruzan de una orilla del río a la de enfrente a través de las extensiones solitarias quedan avisados de que se trata de algo que dicen a diario (ellos, nuestros lectores) y equivale a la siguiente frase: ¿y eso qué es? El panadero lo entendió de maravilla y contestó.

—¡Anda, pues pan! Un pan de segunda estupendo.

—Querrá decir molleta —contestó Gavroche con calma fría y desdeñosa—. ¡Pan blanco, mozo! ¡Candeal! Que convido.

El panadero no pudo por menos de sonreír, y, mientras cortaba el pan blanco, los miraba con una expresión compasiva que molestó a Gavroche.

—¡A ver, aprendiz! —dijo—. ¿Qué eso de mirarnos de arriba abajo?

Aunque se hubieran subido uno encima de otro, de arriba abajo habría habido muy poco que mirar.

Tras cortar el panadero el pan, cobró los cinco céntimos y Gavroche dijo a los dos niños:

—¡A palear!

Los niños lo miraron sin saber qué hacer. Gavroche se echó a reír:

—¡Vaya, es verdad, que todavía no se enteran, es que son muy pequeños!

Y añadió:

—A comer.

Y, pensando que el mayor, que le parecía más digno de su conversación, merecía unos ánimos especiales y había que liberarlo de cualquier titubeo para que calmase el apetito, añadió, dándole el trozo más grande:

—Échate esto entre pecho y espalda.

Había un trozo más pequeño que los otros dos; se quedó con él.

Los pobres niños estaban hambrientos, incluido Gavroche. Mientras le hincaban el diente al pan, estaban haciendo bulto en la tienda, y el panadero, ahora que ya había cobrado, los miraba de mal humor.

—Vámonos a la calle —dijo Gavroche.

Y siguieron andando en dirección a La Bastille.

De vez en cuando, cuando pasaban por delante de los escaparates de las tiendas iluminadas, el más pequeño se paraba para mirar la hora en un reloj de plomo que llevaba colgado del cuello con un cordel.

—Desde luego que es muy bobo —decía Gavroche. Luego, meditabundo, mascullaba entre dientes:

—De todas formas, si yo tuviera críos, los tendría más vigilados.

Cuando se estaban terminando el trozo de pan y llegaban a la esquina de la calle de Les Ballets, esa calle tan tristona al fondo de la que se divisa el postigo bajo y hostil de La Force, dijo alguien:

—¡Anda! ¿Eres tú, Gavroche?

—¡Anda! ¿Eres tú, Montparnasse? —dijo Gavroche.

Quien acababa de dirigirse al golfillo era un hombre, y ese hombre no era otro que Montparnasse disfrazado y con lentes azules, pero a quien Gavroche podía reconocer.

—¡Caramba! —siguió diciendo Gavroche—, llevas un gambeto color cataplasma de linaza y gafas azules como un médico. ¡Qué elegancia, mecachis!

—Chisssss —dijo Montparnasse—. ¡No tan alto!

Y alejó prestamente a Gavroche de la luz de los comercios.

Los dos niños los siguieron automáticamente, cogidos de la mano.

Cuando estuvieron bajo el arco negro de una puerta cochera, al amparo de las miradas y de la lluvia, Montparnasse le preguntó:

—¿Sabes dónde voy?

—A la abadía de Mejor-no-subo[42] —dijo Gavroche.

—¡Guasón!

Y Montparnasse añadió:

—Voy a reunirme con Babet.

—¡Ah! —dijo Gavroche—. La chica se llama Babet. Montparnasse bajó la voz.

—No es chica, que es chico.

—¡Ah! ¡Babet!

—Sí, Babet.

—Creía que estaba a la sombra.

—Sí, pero se ha puesto al sol —contestó Montparnasse.

Y le contó rápidamente al golfillo que la mañana de aquel mismo día Babet se había escapado, mientras lo trasladaban a La Conciergerie, tirando a la izquierda, en vez de a la derecha, por el «pasillo de la instrucción».

Gavroche admiró tanta habilidad.

—¡Qué dentista! —dijo.

Montparnasse añadió unos cuantos detalles de la evasión de Babet y dijo, para terminar:

—¡Ah, y eso no es todo!

Gavroche, mientras atendía, había cogido un bastón que Montparnasse llevaba en la mano, había tirado automáticamente de la parte de arriba y había aparecido la hoja de un puñal.

—¡Vaya! —dijo, volviendo a meter deprisa la hoja del puñal—. Te has traído al gendarme disfrazado de burgués.

Montparnasse guiñó un ojo.

—¡Demontres! —añadió Gavroche—. ¿Es que vas a tener gresca con la tiña?

—Nunca se sabe —contestó Montparnasse con expresión indiferente—.

Nunca está de más llevar un alfiler encima.

Gavroche insistió:

—Pero ¿qué es lo que vas a hacer esta noche?

Montparnasse volvió a ponerse serio y dijo, comiéndose las sílabas:

—Cosas.

Y, cambiando bruscamente de conversación, añadió:

—¡Por cierto!

—¿Qué?

—Una historia que me pasó el otro día. Fíjate, me encuentro con un burgués. Me regala un sermón y la bolsa. Me la meto en el bolsillo. Un minuto después, busco en el bolsillo y ya no había nada dentro.

—Sólo el sermón.

—Pero y tú —siguió diciendo Montparnasse—, ¿dónde vas ahora? Gavroche señaló a sus dos protegidos y dijo:

—Voy a meter en la cama a estos niños.

—¿Dónde los vas a meter en la cama?

—En mi casa.

—Y ¿dónde está esa casa tuya?

—Pues en mi casa.

—¿Así que vives en un sitio?

—Sí, vivo en un sitio.

—¿Y dónde vives?

—En el elefante —dijo Gavroche.

Montparnasse, aunque no fuera propenso a extrañarse de nada, no pudo contener una exclamación.

—¡En el elefante!

—Pues sí, ¡en el elefante! —contestó Gavroche—. ¿Pasalgo?

He aquí otra palabra de esa lengua que nadie escribe y todo el mundo habla. Pasalgo quiere decir que si pasa algo de particular.

Tan profunda observación del golfillo devolvió a Montparnasse la serenidad y el sentido común. Pareció sentirse mejor predispuesto hacia el alojamiento de Gavroche.

—¡Ah, bueno, sí, claro, el elefante! —dijo—. ¿Se está a gusto?

—Muy a gusto —dijo Gavroche—. ¡Pera! ¡En serio! No hay corrientes de aire como debajo de los puentes.

—¿Y cómo entras?

—Entrando.

—¿Hay un agujero? —preguntó Montparnasse.

—¡Anda, claro! Pero no lo cuentes. Está entre las patas de delante. La pasma no lo ha visto.

—¿Y te metes trepando? Sí, ya me hago cargo.

—Una maniobra de nada, cric, crac, y listo, ya no hay nadie. Tras un silencio, Gavroche añadió:

—Para estos niños usaré una escalera.

Montparnasse se echó a reír.

—¿De dónde has sacado a esos arrapiezos?

—Son unos criajos que me ha regalado un peluquero. Pero Montparnasse se había puesto muy meditabundo.

—Me has reconocido con mucha facilidad —susurró.

Se sacó del bolsillo dos objetos pequeños que no eran sino dos cañones de pluma envueltos en algodón y se metió uno en cada orificio de la nariz. Así tenía una nariz diferente por completo.

—Te dejan muy cambiado —dijo Gavroche—. Estás menos feo; deberías llevarlos siempre.

Montparnasse era un guapo mozo, pero a Gavroche le gustaba tomar el pelo a la gente.

—En serio —preguntó Montparnasse—, ¿qué te parezco?

También le había cambiado el sonido de la voz. En un abrir y cerrar de ojos, Montparnasse estaba irreconocible.

—¡Ay, sí, haz de Porrichinela! —exclamó Gavroche.

Los dos niños, que no habían atendido a nada hasta entonces, muy ocupados en meterse ellos también los dedos en las narices, se acercaron al oír ese nombre y miraron a Montparnasse con un inicio de regocijo y admiración.

Desafortunadamente, Montparnasse estaba preocupado.

Le puso la mano en el hombro a Gavroche y le dijo, recalcando las palabras:

—Mira lo que te digo, chico, si estuviera aquí en la plaza, con mi dogo, mi daga y mi digna y me prodigaseis digamos que cincuenta céntimos, digo yo, haría la función, pero no estamos a martes de carnaval.

Aquella frase tan rara causó en el golfillo un efecto singular. Se volvió con presteza, paseó con concentrada atención los ojillos brillantes en torno y divisó a pocos pasos a un guardia que les daba la espalda. Gavroche soltó un ¡ah, ya! que reprimió en el acto y, dándole un apretón de manos a Montparnasse, le dijo:

—Bueno, pues buenas noches, me voy a mi elefante con mis críos. Suponiendo que me necesites una noche, puedes ir a buscarme ahí. Vivo en el entresuelo. No hay portero. Pero puedes preguntar por el señor Gavroche.

—Muy bien —dijo Montparnasse.

Y se separaron, yéndose Montparnasse hacia La Greve y Gavroche hacia La Bastille. El niño de cinco años, de quien iba tirando su hermano, de quien iba tirando Gavroche, volvió la cabeza varias veces para ver cómo se iba «Porrichinela».

En la frase ininteligible con la que Montparnasse había avisado a Gavroche de la presencia del guardia no había más talismán que la repetición cinco o seis veces, y bajo formas varias, de la sílaba dig, u otras que sonasen parecidas. Esa sílaba, pronunciada no aisladamente, sino mezclada artísticamente con las palabras de una frase, quiere decir: Cuidado, que no se puede hablar libremente. Había además en la frase de Montparnasse una exquisitez literaria en la que no se fijó Gavroche: mi dogo, mi daga y mi digna, un dicho de la jerga de Le Temple que quiere decir: mi perro, mi navaja y mi mujer, y que usaban mucho los cómicos y los payasos de aquel siglo de oro en que escribía Moliere y dibujaba Callot.

Hace veinte años, se veía aún en la esquina que está al sudeste de la plaza de La Bastille, cerca de la estación del canal excavada en el antiguo foso de la cárcel y fortaleza, un monumento peculiar que se les ha borrado ya de la memoria a los parisinos y habría merecido dejar algún rastro en ella pues fue una idea del «miembro del Instituto y general en jefe del ejército de Egipto».

Decimos monumento, aunque no fuera más que una maqueta. Pero aquella maqueta en sí, esbozo prodigioso, cadáver grandioso de una idea de Napoleón que dos o tres ráfagas de viento sucesivas se llevaron y arrojaron cada vez más lejos de nosotros, se había convertido en histórica y había adquirido un toque definitivo que contrastaba con su aspecto provisional. Se trataba de un elefante de cuarenta pies de alto, de armazón de madera y obra, que llevaba en el lomo la correspondiente torre, que parecía una casa, que antaño pintó de verde un pintamonas cualquiera y que habían ya pintado de negro el cielo, la lluvia y el tiempo. En esa esquina desierta y desguarnecida de la plaza, la ancha frente del coloso, la trompa, los colmillos, la gigantesca grupa, las cuatro patas semejantes a columnas formaban, de noche, contra el fondo del cielo estrellado, una silueta sorprendente y tremenda. No se sabía qué significaba. Era como un símbolo de la fuerza popular. Era algo sombrío, enigmático e inmenso. Era a saber qué fantasma poderoso, visible y a pie firme junto al espectro invisible de la Bastilla.

Pocos forasteros visitaban aquel edificio, y ningún transeúnte lo miraba. Se estaba cayendo a pedazos; estación tras estación, los cascotes que se le desprendían de los costados lo cubrían de llagas repulsivas. Los «ediles», como se dice en dialecto elegante, ya no se acordaban de él desde 1814. Allí estaba, en su rincón, cetrino, enfermo, en ruinas, rodeado de una empalizada podrida que ensuciaban continuamente los cocheros borrachos; unas grietas le corrían por el vientre, un listón le salía de la cola, los hierbajos le crecían entre las patas; y, como el nivel de la plaza llevaba treinta años elevándose alrededor, con ese movimiento lento y continuo que empuja hacia arriba de forma insensible el suelo de las grandes ciudades, estaba en un agujero y parecía que la tierra se hundía con su peso. Era inmundo, despreciado, repulsivo y soberbio, feo desde el punto de vista del burgués, melancólico desde el punto de vista del pensador. Era en parte un desperdicio que iban a barrer y en parte algo majestuoso que iban a decapitar.

Como ya hemos dicho, cambiaba de aspecto de noche. La noche es el entorno auténtico para todo cuanto sea sombra. En cuanto caía el crepúsculo, el elefante viejo se transfiguraba; se convertía en una silueta tranquila y temible entre la formidable serenidad de las tinieblas. Como pertenecía al pasado, pertenecía a la noche; y aquella oscuridad entonaba bien con su grandeza.

Aquel monumento, rudo, achaparrado, pesado, áspero, austero, casi deforme, pero, desde luego, majestuoso e impregnado de una gravedad espléndida y salvaje, desapareció para dejar que imperase en paz esa especie de estufa gigantesca que lleva el correspondiente cañón por ornato y ha sustituido a la sombría fortaleza de nueve torres, más o menos de la misma forma que la burguesía sustituyó al feudalismo. Es de lo más lógico que un cañón de estufa sea el símbolo de una época cuyo poder reside en una marmita. Esta época pasará; ya está pasando; empezamos a entender que, si bien en una caldera puede haber fuerza, sólo puede haber poder en un cerebro; dicho de otro modo, que lo que conduce el mundo y tira de él no son las locomotoras, son las ideas. Enganchad las locomotoras a las ideas, bien está; pero no confundáis al caballo con el jinete.

En cualquier caso, volviendo a la plaza de La Bastille, el arquitecto del elefante había conseguido hacer con escayola algo grande; el arquitecto del cañón de estufa consiguió hacer algo pequeño con bronce.

A ese cañón de estufa, que bautizaron con un nombre sonoro y llamaron la Columna de julio, a ese monumento fallido de una revolución abortada, lo envolvía aún en 1832, como una camisa, un armazón gigantesco de madera, que, en lo que a nosotros se refiere, echamos de menos, y un amplio recinto que cercaba una empalizada de tablones, que remataba el aislamiento del elefante.

Fue a ese rincón de la plaza, que iluminaba apenas el reflejo de un farol alejado, hacia donde condujo el golfillo a los dos críos.

Permítasenos interrumpirnos al llegar aquí y recordar que hablamos, sencillamente, de la realidad y que, hace veinte años, los tribunales correccionales tuvieron que juzgar, por vagabundeo de menores y deterioro de monumento público, a un niño a quien sorprendieron durmiendo dentro del elefante de La Bastille.

Tras dejar constancia de ese hecho, proseguimos.

Al llegar a las proximidades del coloso, Gavroche cayó en la cuenta del efecto que puede hacerle lo infinitamente grande a lo infinitamente pequeño y dijo:

—¡Mocosos! No tengáis miedo.

Luego, entró por una boquera de la empalizada del recinto del elefante y ayudó a los críos a salvar la brecha. Los dos niños, algo asustados, iban tras Gavroche sin decir palabra y se ponían en las manos de aquella menuda providencia harapienta que les había dado pan y les había prometido un techo.

Había allí, en el suelo, y paralela a la empalizada, una escalera que usaban de día los trabajadores de la obra contigua. Gavroche la levantó con singular vigor y la apoyó en una de las patas delanteras del elefante. Por la zona en que terminaba la escalera se divisaba una especie de agujero negro en el vientre del coloso.

Gavroche les señaló la escalera y el agujero a sus huéspedes y les dijo:

—Subid y entrad.

Los dos niños se miraron aterrados.

—¡Tenéis miedo, criajos! —exclamó Gavroche. Y añadió:

—Vais a ver.

Se abrazó a la pata rugosa del elefante y, en un abrir y cerrar de ojos, sin dignarse recurrir a la escalera, llegó hasta la grieta. Se metió por ella como una culebra que se desliza por una raja y, momentos después, los dos niños vieron aparecer vagamente, como una forma blanquecina y descolorida, su cara pálida al filo de un agujero repleto de tinieblas.

—¡Venga! —gritó—. ¡Subid, pispajillos! ¡Vais a ver qué bien se está! ¡Sube, tú! —le dijo al mayor—. Que yo te doy la mano.

Los niños se dieron entre sí con el hombro; el golfillo los asustaba y los tranquilizaba a la vez, y además llovía mucho. El mayor se arriesgó. Al menor, al ver que su hermano subía y que se quedaba solo entre las patas de aquel bicho tan grande, le entraban muchas ganas de llorar, pero no se atrevía a subir.

El mayor trepaba, dando traspiés, por los barrotes de la escalera; Gavroche, mientras lo hacía, le daba ánimos con exclamaciones de maestro de armas a sus alumnos o de mulero a sus mulas:

—¡Sin miedo!

¡Eso es!

¡Sigue, sigue!

¡Pon el pie allí!

Y la mano aquí.

¡Venga, valiente!

Y, cuando lo tuvo a su alcance, lo agarró de golpe y con fuerza por el brazo y tiró de él hacia arriba.

—¡Para adentro! —dijo.

El pequeño había cruzado la grieta.

—Ahora —dijo Gavroche— espérame. Caballero, tenga la bondad de sentarse.

Y, saliendo de la grieta como había entrado, se escurrió con la agilidad de un tití por la pata del elefante, cayó de pie en la hierba, agarró al niño de cinco años rodeándolo con los brazos, lo colocó a la mitad de la escalera y luego empezó a subir detrás de él, gritándole al mayor:

—Yo lo empujo y tú tiras de él.

Visto y no visto: subieron al niño, lo empujaron, tiraron de él, le dieron unos cuantos empellones y lo metieron por el agujero sin que le hubiera dado tiempo a enterarse; y Gavroche, que entró detrás, le dio un talonazo a la escalera, que cayó sobre el césped, empezó a aplaudir y gritó:

—¡Ya estamos aquí! ¡Viva el general Lafayette! Tras este estallido, añadió:

—Arrapiezos, estáis en mi casa. Efectivamente, Gavroche estaba en su casa.

¡Ah, utilidad inesperada de lo inútil! ¡Caridad de las cosas grandes! ¡Bondad de los gigantes! Este monumento desmesurado que había albergado el pensamiento del emperador se había convertido en receptáculo de un golfillo. El coloso había admitido y dado cobijo al niño. Los vecinos acomodados y vestidos con la ropa de los domingos que pasaban delante del elefante de La Bastille gustaban de decir, mirándolo de arriba abajo con una expresión despectiva en los ojos saltones: «¿Y esto para qué sirve?». Servía para salvar del frío, de la escarcha, del granizo y de la lluvia, para guarecer del viento invernal, para preservar del sueño entre el barro, que da fiebre, y del sueño en la nieve, que trae la muerte, a una criatura sin padre ni madre ni pan, sin ropa ni asilo. Servía para acoger el inocente a quien rechazaba la sociedad. Servía para mermar la culpa pública. Era una madriguera que se le abría a aquel que tenía todas las puertas cerradas. Era como si el mastodonte viejo, paupérrimo, del que se habían adueñado la miseria y el olvido, cubierto de verrugas, de mohos y de úlceras, tambaleante, apolillado, abandonado, condenado, aquella especie de mendigo colosal que pedía en vano la limosna de una mirada benevolente en medio de la glorieta, se hubiera compadecido de aquel otro mendigo, de aquel pobre pigmeo que andaba sin zapatos en los pies, sin techo sobre la cabeza, echándose el aliento en los dedos, vestido de trapos viejos y que se alimentaba de lo que los demás tiraban. Para eso servía el elefante de La Bastille. Aquella idea de Napoleón, que habían desdeñado los hombres, la había tomado por su cuenta Dios. Lo que sólo habría sido ilustre se había convertido en augusto. El emperador, para llevar a cabo lo que tenía en la cabeza, habría necesitado pórfido, bronce, hierro, oro y mármol; a Dios le bastaba aquel ensamblaje viejo de tablones, vigas y escayola. El emperador tuvo el sueño; aquel elefante titánico, armado, prodigioso, que llevaba la trompa alzada y una torre en el lomo y del que brotaban por todos lados unas aguas jubilosas y vivificantes, quería ser la encarnación del pueblo; Dios lo había convertido en algo más grande, y era el alojamiento de un niño.

El agujero por el que había entrado Gavroche era una brecha que apenas se veía desde fuera, pues se ocultaba, como ya hemos dicho, en el vientre del elefante, y era tan estrecha que sólo los gatos y los chiquillos podían caber por ella.

—Empecemos —dijo Gavroche— por decirle al portero que no estamos para nadie.

E, internándose en las sombras con seguridad, como alguien que conoce su vivienda, cogió un tablón y tapó el agujero.

Gavroche volvió a internarse en la oscuridad. Los niños oyeron el hervor de la cerilla cuando se mete en la botella fosfórica. La cerilla química no existía aún a la sazón; el mechero Fumade era por entonces la encarnación del progreso.

Una claridad repentina los obligó a guiñar los ojos; Gavroche acababa de encender uno de esos cordeles empapados en resina que reciben el nombre de cerillo. El cerillo, que daba más humo que luz, permitía vislumbrar de forma confusa el interior del elefante.

Los dos huéspedes de Gavroche miraron en torno y sintieron algo semejante a lo que notaría alguien que estuviera encerrado en el barril grande de Heidelberg o, mejor aún, a lo que tuvo que sentir Jonás en el vientre bíblico de la ballena. Tenían ante los ojos todo un esqueleto gigantesco que los envolvía. Arriba, una viga grande y parda, de las que salían a trechos unas viguetas cintradas que representaban la columna vertebral y las costillas; colgaban de ellas unas estalactitas de yeso, como si fueran vísceras; y, a ambos lados, telarañas muy anchas formaban diafragmas polvorientos. Podían verse, acá y allá, por los rincones, manchas grandes y negruzcas que parecían vivas y cambiaban de sitio deprisa con movimientos bruscos y asustados.

Los cascotes que, desde el lomo, habían caído dentro del vientre del elefante habían rellenado la cavidad, de forma tal que era posible andar como si hubiera suelo.

El menor de los niños se apretó contra su hermano y dijo a media voz:

—Está oscuro.

Esta frase escandalizó a Gavroche. La expresión petrificada de ambos críos necesitaba un tantarantán.

—Pero ¿esto qué es? —exclamó—. ¿Estamos guasones? ¿Estamos exigentes? ¿Necesitamos el palacio de Les Tuileries? ¿Sois unos cerriles? Que se sepa. Os aviso de que no soy yo del batallón de los tontos. A ver, ¿es que sois los mocos mocosos del moquero del papa?

Cuando uno está espantado, es bueno que lo zarandeen un poco. Resulta tranquilizador. Los dos niños se arrimaron a Gavroche.

Gavroche, paternalmente enternecido por aquella confianza, pasó «de lo serio a lo cariñoso» y, hablándole al más pequeño, le dijo:

—Bobito —y acentuó el insulto con una entonación tierna—, donde está oscuro es fuera. Fuera llueve, y aquí no llueve; fuera hace frío, y aquí no hace ni pizca de viento; fuera hay gente a montones, y aquí no hay ni un alma; fuera no hay ni siquiera luna, y aquí está mi vela, ¡qué demontres!

Los dos niños empezaban a mirar la vivienda con menos susto; pero Gavroche no les dejó tiempo para contemplaciones.

—Deprisa —dijo.

Y los empujó hacia lo que nos alegra mucho poder llamar el fondo del cuarto.

Allí tenía la cama.

A la cama de Gavroche no le faltaba de nada. Es decir, que había un colchón, una manta y una alcoba con cortinas.

El colchón era una estera de paja; la manta, un retal bastante grande de lana gris gruesa, muy abrigado y casi nuevo. Y la alcoba era como sigue.

Tres estacas bastante largas, clavadas y aseguradas en los cascotes del suelo, es decir, el vientre del elefante, dos delante y otra detrás, y atadas por arriba con una cuerda, para formar un pabellón piramidal. Encima de ese pabellón iba un enrejado de latón, que estaba superpuesto nada más, pero colocado artísticamente y sujeto con alambres, de forma tal que las tres estacas quedaban enfundadas en él. Una hilera de piedras gruesas fijaba esa alambrada al suelo, todo alrededor, para que no pudiera colarse nada. Aquella alambrada no era sino un trozo de esos con que hacen las pajareras en las casas de fieras. La cama de Gavroche estaba debajo de esa alambrada como en una jaula. El conjunto tenía parecido con una tienda esquimal.

Era esa alambrada la que hacía las veces de cortinas.

Gavroche movió un poco las piedras que sujetaban la alambrada por delante y los dos paños, que se superponían, se apartaron.

—¡Mocosos, a cuatro patas! —dijo Gavroche.

Hizo pasar con cuidado a sus huéspedes dentro de la jaula, luego entró él, arrastrándose, juntó las piedras y cerró herméticamente la abertura.

Los tres estaban echados encima de la estera.

Por muy poca estatura que tuvieran, ninguno habría podido ponerse de pie en esa alcoba. Gavroche seguía con el cerillo en la mano.

—¡Ahora —dijo— a sornar! Voy a suprimir el candelabro.

—Señor —le preguntó el mayor de los hermanos a Gavroche señalando la alambrada—, ¿y esto qué es?

—Esto —dijo Gavroche muy serio— es por las ratas. ¡A sornar!

Se creyó, no obstante, en la obligación de añadir unas cuantas palabras para instruir a aquellas criaturas de corta edad, y siguió diciendo:

—Son chismes de la Casa de Fieras del Botánico. Los usan para los animales feroces. Tienen un almacén lleno. Basta con saltar una tapia y trepar por una ventana y colarse por una puerta. Y se lleva uno lo que quiera.

Mientras hablaba, arropaba con un trozo de la manta al más pequeño, que susurró:

—¡Ay, qué bien, qué calentito!

Gavroche clavó una mirada satisfecha en la manta.

—También es de la Casa de Fieras —dijo—. Se la cogí a los monos.

Y, enseñándole al mayor la estera encima de la que estaba acostado, muy gruesa y muy bien tejida, añadió:

—Esto era de la jirafa.

Tras una pausa, añadió:

—Los bichos tenían todo esto. Se lo cogí. No les pareció mal. Les dije: Es para el elefante.

Otra pausa, y, luego, añadió:

—Saltas la tapia y a la porra el gobierno. Y ya está.

Los dos niños miraban con un respeto medroso y pasmado a aquel ser intrépido e ingenioso, tan vagabundo como ellos, tan solo como ellos, tan desvalido como ellos, en quien había algo admirable y omnipotente que les parecía sobrenatural y cuya fisonomía incluía todas las muecas de un saltimbanqui viejo mezcladas con la sonrisa más candorosa y encantadora.

—Señor —dijo tímidamente el mayor—, ¿no les tiene miedo a los guardias?

Gavroche se limitó a contestar:

—¡Mocoso! No se dice guardias, se dice la tiña.

El más pequeño tenía los ojos abiertos, pero no decía nada. Como estaba en el filo de la estera, pues el mayor estaba en medio, Gavroche le remetió la manta, como habría hecho una madre, y alzó la estera donde tenía la cabeza, metiendo debajo unos trapos viejos, para que el crío tuviera almohada. Luego, se volvió hacia el mayor.

—¿A que se está tan ricamente aquí?

—Ya lo creo —contestó el mayor, mirando a Gavroche con expresión de ángel salvado.

Los pobrecitos niños, empapados, estaban empezando a entrar en calor.

—A ver —siguió diciendo Gavroche—: ¿por qué llorabais? E, indicándole al pequeño a su hermano, añadió:

—Un arrapiezo así, pase; pero que un mayor como tú llore queda de lo más imbécil; ni que fueras un ternero.

—Anda, es que no teníamos casa donde ir —dijo el niño.

—¡Mocoso! —contestó Gavroche—. No se dice casa, se dice telón.

—Y además teníamos miedo solos, de noche.

—No se dice noche, se dice negrera.

—Gracias, señor —dijo el niño.

—Mira —le respondió Gavroche—. No tienes que volver a lloriquear por nada. Yo os cuidaré. Ya verás cómo nos divertimos. En verano, iremos a La Glaciere, con Navet, un amigo mío; nos bañaremos en la estación, correremos desnudos por los techos de los trenes delante del puente de Austerlitz, para hacer rabiar a las lavanderas. Gritan y se pican. ¡Ya verás qué gracia tienen! Iremos a ver al hombre esqueleto. Está vivo. En Les Champs-Élysées. Está de lo más flaco, el individuo. Y además os llevaré al teatro. Iremos a ver a Frédérick-Lemaître. Tengo entradas, conozco a actores, hasta he actuado una vez en una obra. Con otros críos; corríamos debajo de una tela y hacíamos el mar. Ya haré yo que os contraten en mi teatro. Iremos a ver a los salvajes. No son salvajes de verdad. Llevan unas mallas de color de rosa que hacen arrugas y en los codos se les ven remiendos de hilo blanco. Luego iremos a la Ópera. Entraremos con los de la claque. La claque de la Ópera tiene muy buena gente. Yo no iría con la claque de los bulevares. Fíjate que en la Ópera los hay que pagan un franco, pero son unos bobos. Los llamamos blandengues. Y además iremos a ver cómo guillotinan. Os enseñaré al verdugo. Vive en la calle de Les Marais. El señor Sanson. Tiene un buzón en la puerta. ¡Lo bien que nos lo pasamos!

En ese momento, le cayó en el dedo a Gavroche una gota de cera, lo que le hizo tomar conciencia de las realidades de la vida.

—¡Caramba! —dijo—. Se está gastando la mecha. ¡Ojo, que no puedo gastar más de cinco céntimos al mes en iluminación! Cuando uno se acuesta, es para dormir. No nos da tiempo a leer las novelas del señor Paul de Kock. Y, además, la luz podría colarse por las rendijas de la puerta cochera. ¡Como para que la viera la tiña!

—Y también —dijo tímidamente el mayor, que era el único que se atrevía a charlar con Gavroche y a contestarle— podría caer una pavesa en la paja; hay que tener cuidado y no quemar la casa.

—No se dice quemar la casa —dijo Gavroche—, se dice achicharrar el garito.

La tormenta iba a más. Entre el retumbar de los truenos se oía cómo el chaparrón golpeaba en el lomo del elefante.

—¡Que se fastidie la lluvia! —dijo Gavroche—. Me gusta oír correr el jarro por las patas de la casa. El invierno es imbécil; malgasta la mercancía y trabaja a lo tonto; no puede mojarnos y por eso refunfuña, el aguador viejo ese.

Tras esa alusión al trueno, todas cuyas consecuencias aceptaba Gavroche, como buen filósofo del siglo XIX que era, vino un relámpago tremendo, tan deslumbrador que algo de él se coló dentro del vientre del elefante por la grieta. Casi al mismo tiempo rugió el rayo, y con mucha furia. Los dos niños soltaron un grito y se incorporaron con tanta brusquedad que casi apartaron la alambrada; pero Gavroche volvió hacia ellos la cara atrevida y aprovechó el trueno para soltar la carcajada.

—Tranquilos, niños. No vale darle empellones al edificio. ¡Buen trueno, y venga en buena hora! ¡No ha sido un relampaguito de nada! ¡Muy bien, Dios, mecachis! Te ha quedado casi tan bien como en el teatro de L'Ambigu.

Dicho esto, volvió a arreglar la alambrada, empujó con suavidad a los niños para que pusieran la cabeza en la almohada, les bajó las rodillas para que se estirasen bien y exclamó:

—Como Dios enciende su candela, así puedo yo apagar la mía. Niños, humanos pequeños míos, hay que dormir. No dormir es malísimo. Le ruge a uno la loba o, como se dice en la buena sociedad, le apesta la boca. ¡A envolverse bien en la farda! Voy a apagar. ¿Ya estáis?

—Sí —susurró el mayor—. Estoy bien. Tengo como plumas debajo de la cabeza.

—No se dice la cabeza —voceó Gavroche—. Se dice la chola.

Los dos niños se acurrucaron uno contra otro. Gavroche acabó de colocarlos bien en la estera y les subió la manta hasta las orejas: luego, repitió por tercera vez la intimación en lengua para iniciados:

—¡A sornar!

Y apagó el cerillo de un soplido.

No bien se apagó la luz, un estremecimiento singular empezó a mover la alambrada bajo la que estaban acostados los tres niños. Era una multitud de roces sordos que tenían un sonido metálico, como si unas uñas y unos dientes chirriasen en el alambre. Y lo acompañaban todo tipo de chilliditos agudos.

El niño de cinco años, al oír este alboroto por encima de la cabeza, aterido de espanto, dio un codazo a su hermano mayor; pero el hermano mayor ya estaba «sornando», como le había ordenado Gavroche.

Entonces el niño, que no podía más de miedo, se atrevió a dirigirle la palabra a Gavroche, pero muy bajito y conteniendo el aliento:

—¡Señor!

—¿Qué? —dijo Gavroche, que acababa de cerrar los párpados.

—¿Qué es eso?

—Son las ratas —contestó Gavroche. Y volvió a poner la cabeza en la estera.

Efectivamente, las ratas pululaban a miles dentro de la carcasa del elefante; eran aquellas manchas negras y vivas que ya hemos mencionado y que la luz de la vela había mantenido a distancia mientras había estado encendida; pero en cuanto la cueva, que era como su propia ciudad, volvió a quedarse a oscuras, oliendo eso que el estupendo narrador Perrault llama «la carne fresca», se habían abalanzado en tropel sobre la tienda de Gavroche, habían trepado hasta arriba y mordían las mallas como si intentasen perforar ese nuevo modelo de mosquitero.

Pero el niño no se dormía.

—¡Señor! —volvió a decir.

—¿Qué? —dijo Gavroche.

—¿Qué son las ratas?

—Son ratones.

Esta explicación tranquilizó algo al niño. Había visto ratones blancos y no le habían dado miedo. Sin embargo, volvió a alzar la voz:

—¡Señor!

—¿Qué? —contestó Gavroche.

—¿Por qué no tiene un gato?

—Tuve uno —contestó Gavroche—; traje uno; pero me lo comieron.

Esta segunda explicación acabó con la obra de la primera y el niño volvió a temblar de miedo. Se reanudó por cuarta vez el diálogo entre él y Gavroche.

—¡Señor!

—¿Qué?

—¿A quién se comieron?

—Al gato.

—¿Quién se comió al gato?

—Las ratas.

—¿Los ratones?

—Sí, las ratas.

El niño, a quien dejaban consternado esos ratones que se comen a los gatos, añadió:

—Señor, ¿y esos ratones nos comerían a nosotros?

—¡Ya lo creo! —dijo Gavroche.

El terror del niño llegó al colmo. Pero Gavroche añadió:

—¡No tengas miedo, que no pueden entrar! ¡Y además aquí estoy yo! Mira, dame la mano. ¡Cállate y a sornar!

Según lo decía, Gavroche le cogió la mano al niño por encima de su hermano. El niño se arrimó a esa mano y notó que se tranquilizaba. El valor y la fuerza se comunican de esas formas misteriosas. Había vuelto el silencio; el ruido de las voces había asustado y alejado a las ratas; al cabo de unos minutos, por mucho que regresaron y escandalizaron, los tres chiquillos, sumidos en el sueño, no oyeron ya nada.

Trascurrieron las horas de la noche. Las sombras cubrían la enorme plaza de La Bastille; soplaba a ráfagas un viento frío mezclado con lluvia; las patrullas husmeaban en las puertas cocheras, los paseos, los cercados, los rincones oscuros, en busca de vagabundos nocturnos, y pasaban sin hacer ruido cerca del elefante; el monstruo, de pie e inmóvil con los ojos abiertos en las tinieblas, parecía soñador, como satisfecho de su buena acción, y protegía del cielo y de los hombres a los tres pobres niños dormidos.

Para entender lo que viene a continuación, debemos recordar que el cuerpo de guardia de la plaza de La Bastille estaba en la otra punta de la plaza y lo que sucedía cerca del elefante los centinelas no podían ni verlo ni oírlo.

Estaba acabando esa hora inmediatamente anterior al alba cuando salió a la carrera un hombre de la calle de Saint-Antoine, dio la vuelta al extenso espacio vallado de la Columna de julio y se escurrió por entre las empalizadas hasta llegar bajo el vientre del elefante. Si una luz cualquiera hubiera permitido ver a ese hombre, habría podido intuirse, por lo mojado que estaba, que se había pasado la noche sin resguardarse de la lluvia. Al llegar debajo del elefante, dio un grito raro que no pertenece a lengua humana alguna y sólo una cotorra podría soltar. Repitió dos veces el tal grito, cuya ortografía, que indicamos, permite hacerse una idea muy parcial:

—¡Kirikikiú!

Al segundo grito, una voz clara, alegre y joven contestó desde el vientre del elefante:

—Sí.

Casi en el acto, se movió la tabla que cerraba el agujero para dejar paso a un niño que bajó por la pata del elefante y fue a caer ágilmente junto al hombre. Era Gavroche. Y el hombre era Montparnasse.

En cuanto al grito, kirikikiú, era seguramente a lo que se refería el niño al decir: Pregunta por el señor Gavroche.

Se despertó sobresaltado al oírlo, salió a rastras de «la alcoba», apartando un poco la alambrada, que volvió a cerrar luego con mucho cuidado, y, después, abrió la trampilla y bajó.

El hombre y el niño se reconocieron silenciosamente en la oscuridad de la noche; Montparnasse se limitó a decir:

—Te necesitamos. Ven a echarnos una mano. El niño no pidió más aclaraciones.

—Aquí estoy —dijo.

Y ambos se encaminaron hacia la calle de Saint-Antoine, de la que había salido Montparnasse, haciendo eses a toda velocidad entre la larga fila de carretas de los hortelanos que iban a esas horas hacia el Mercado Central.

Los hortelanos, acurrucados en sus vehículos entre las lechugas y las verduras, medio dormidos y enfundados hasta las cejas en los blusones de carretero porque llovía a más llover, ni siquiera miraron a aquellos curiosos transeúntes.

III
LAS PERIPECIAS DE LA EVASIÓN

Esto es lo que había sucedido esa misma noche en La Force.

Aunque Thénardier estaba incomunicado, Babet, Brujon, Gueulemer y Thénardier se habían puesto de acuerdo para evadirse. Babet lo había hecho por su cuenta ese mismo día, como hemos sabido por lo que le contó Montparnasse a Gavroche. Montparnasse tenía que ayudarlos desde fuera.

A Brujon, que se había pasado un mes en una celda de castigo, le había dado tiempo, primero, a trenzar una cuerda y, después, a madurar un plan. Hace tiempo, esos lugares severos donde la disciplina de la cárcel deja al condenado sin más recursos que los propios, los componían cuatro paredes de piedra, un techo de piedra, un suelo de baldosas, un catre de tijera, un ventano con rejas y una puerta forrada de hierro, y eso se llamaba calabozo; pero se impuso la creencia de que el calabozo era excesivamente espantoso; ahora se compone de una puerta de hierro, un ventano con rejas, un catre de tijera, un suelo de baldosas, un techo de piedra, cuatro paredes de piedra y se llama celda de castigo. Entra algo de luz a eso de las doce de la mañana. El inconveniente de esas celdas que, como vemos, no son calabozos, es que les deja tiempo para pensar a personas a las que habría que tener trabajando. Así que Brujon había pensado y había salido de la celda de castigo con una cuerda. Como en el patio Charlemagne lo daban por muy peligroso, lo pusieron en el

Edificio Nuevo. Lo primero con que se encontró en el Edificio Nuevo fue con Gueulemer; lo segundo fue con un clavo; Gueulemer, es decir, el crimen; un clavo, es decir, la libertad.

Brujon, de que quien ya es hora de que nos hagamos una idea completa, era, aunque aparentase ser de constitución delicada y languidez hondamente premeditada, un individuo educado, inteligente y ladrón, de mirada acariciadora y sonrisa atroz. La mirada era fruto de la voluntad, y la sonrisa, del carácter. Sus primeros estudios del arte que practicaba se centraron en los tejados; contribuyó a que avanzase mucho la industria de esos que arrancan el plomo, dejando pelados los tejados, y desguazan los canalones recurriendo al procedimiento que se conoce por el mondongo.

Lo que hacía aún más favorable aquel momento para llevar a cabo un intento de evasión era que los plomeros y retejadores estaban precisamente por entonces reparando y remendando parte de las tejas de la cárcel. El patio Saint-Bernard no estaba ya aislado del todo del patio Charlemagne y del patio Saint-Louis. Había por las alturas andamios y escaleras; dicho con otras palabras, puentes y escaleras que daban a la libertad.

El Edificio Nuevo, que era lo más lleno de grietas y más decrépito que darse pueda, era el punto débil de la cárcel. El salitre se había comido tanto las paredes que no había quedado más remedio que forrar con un revestimiento de madera las bóvedas de los dormitorios, porque se desprendían de ellas piedras que les caían encima a los presos cuando estaban acostados. Pese a ser tan vetusto, se cometía el error de encerrar en el Edificio Nuevo a los acusados más conflictivos, de alojar en él a «las acusaciones de peso», como se dice en la cárcel.

En el Edificio Nuevo había cuatro dormitorios, en plantas sucesivas, y un sotabanco conocido por Le Bel-Air. Un cañón de chimenea, probablemente de alguna antigua cocina de los duques de La Force, arrancaba de la planta baja, atravesaba los cuatro pisos, dividía en dos todos los dormitorios, donde tenía la apariencia de un pilar chato, y salía por el tejado.

Gueulemer y Brujon estaban en el mismo dormitorio. Los habían puesto, por precaución, en la planta baja. Y, obra del azar, la cabecera de las camas de ambos iban pegadas al cañón de la chimenea.

Tenían a Thénardier exactamente encima de la cabeza, en el sotabanco que se llamaba Le Bel-Air.

El transeúnte que se detenga en la calle de Culture-Sainte-Catherine, pasado el cuartelillo de bomberos, delante de la puerta cochera de la casa de baños, ve un patio lleno de flores y de arbustos en cajas de madera, al fondo del cual se abren las dos alas de una rotonda blanca y pequeña que alegran unas contraventanas verdes, el sueño bucólico de Jean-Jacques. No hará más de diez años, por encima de esa rotonda se alzaba un muro negro, enorme, espantoso, desnudo, al que iba adosada. Era el muro del camino de ronda de La Force.

Ver aquel muro detrás de aquella rotonda era como vislumbrar a Milton detrás de Berquin.

Por elevado que fuera aquel muro, había un tejado que lo sobrepasaba y podía verse más lejos. Era el tejado del Edificio Nuevo. Destacaban cuatro tragaluces abuhardillados y con rejas; eran las ventanas de Le Bel-Air. Una chimenea atravesaba el tejado; era la chimenea que pasaba por los dormitorios.

El Bel-Air, ese sotabanco del Edificio Nuevo, era algo así como un amplio almacén abuhardillado que cerraban verjas dobles y puertas forradas de chapa y consteladas de clavos desmesurados. Cuando se entraba por el norte, a la izquierda caían los cuatro tragaluces y, a la derecha, enfrente de los tragaluces, cuatro jaulas cuadradas bastante amplias, espaciadas entre sí y que separaban unos corredores estrechos, de obra hasta media pared y, el resto, hasta el techo, con barrotes de hierro.

Thénardier estaba incomunicado en una de esas jaulas desde la noche del 3 de febrero. Nunca pudo saberse cómo y por connivencia con quién consiguió y escondió una botella de ese vino que inventó, dicen, Desrues, que lleva un narcótico y que hizo famoso la banda de los Adormecedores.

En muchas cárceles existen empleados traidores, a medias carceleros y a medias ladrones, que echan una mano en las evasiones, venden a la policía una domesticidad infiel y sisan lo que pueden.

Esa misma noche, pues, en que Gavroche dio asilo a los dos niños vagabundos, Brujon y Gueulemer, que sabían que Babet, que se había escapado esa misma mañana, los estaba esperando en la calle, y también Montparnasse, se levantaron sin hacer ruido y empezaron a agujerear, con el clavo que había encontrado Brujon, el cañón de chimenea al que tenían pegadas las camas. El escombro caía encima de la cama de Brujon, así que no podía oírlos nadie. Los chubascos, cuyo ruido se mezclaba con el de los truenos, movían las puertas en los goznes y convertían la cárcel en un estruendo terrible e inútil. Los presos que se despertaron hicieron como que se volvían a dormir y dejaron a lo suyo a Gueulemer y Brujon. Antes de que le llegase ruido alguno al vigilante que dormía en la celda enrejada que daba al dormitorio, ya habían agujereado la pared, subido por la chimenea y forzado el enrejado de hierro que cerraba el orificio superior del cañón y ya estaban en el tejado los dos respetables bandidos. La lluvia y el viento arreciaban y el tejado estaba resbaladizo.

—¡Qué buena negrera para una pértiga! —dijo Brujon.

Un abismo de seis pies de ancho y ochenta de profundidad los separaba del muro de ronda. En lo hondo de aquel abismo veían relucir en la oscuridad el fusil de un centinela. Ataron a los trozos de los barrotes de la chimenea, que acababan de retorcer, una punta de la cuerda que Brujon había fabricado en el calabozo, echaron la otra punta por encima del muro de ronda, salvaron de un salto el abismo, se asieron al caballete del muro, pasaron por encima, se deslizaron por la cuerda uno detrás de otro hasta un tejadillo pegado a la casa de baños, recogieron la cuerda, saltaron al patio de esa casa, lo cruzaron, abrieron el montante del portero, junto al que colgaba el cordón, tiraron de él, abrieron la puerta cochera y se encontraron en la calle.

No hacía ni tres cuartos de hora que se habían levantado de la cama, entre las tinieblas, con el clavo en la mano y el proyecto en la cabeza.

Pocos instantes después ya se habían reunido con Babet y Montparnasse, que andaban rondando por los alrededores.

Al tirar de la cuerda para recogerla, se les había roto y se había quedado un trozo en el tejado, atado a la chimenea. Por lo demás, no les había ocurrido más percance que haberse despellejado las manos casi por completo.

Aquella noche, Thénardier estaba al tanto de todo, sin que haya podido saberse cómo, y no dormía.

Hacia la una de la madrugada, la noche estaba muy oscura, pero vio pasar dos sombras por el tejado, entre la lluvia y el turbión, por delante del tragaluz que caía delante de su celda. Una de ellas se detuvo ante el tragaluz el tiempo que se tarda en echar una ojeada. Era Brujon. Thénardier lo reconoció y entendió lo que estaba pasando. No hizo falta más.

A Thénardier, que constaba como ladrón escabechador y estaba acusado de encerrona con nocturnidad, lo vigilaban continuamente. Un centinela, a quien relevaban cada dos horas, paseaba por delante de su jaula con el fusil cargado. Alumbraba Le Bel-Air un aplique. El preso llevaba en los pies unos grillos que pesaban cincuenta libras. Todos los días, a las cuatro de la tarde, un guardián, que llevaba dos dogos de escolta —así era como se procedía aún por entonces—, entraba en la jaula, dejaba junto a la cama un pan negro de dos libras, un jarro de agua y una escudilla llena de un caldo bastante flojo donde nadaban unas cuantas alubias; revisaba los grillos y golpeaba los barrotes. El hombre aquel, con sus dogos, volvía dos veces por la noche.

A Thénardier le habían dado permiso para tener algo parecido a una clavija de hierro que usaba para colgar el pan en una rendija de la pared, «para —a lo que decía— ponerlo fuera del alcance de las ratas». Como no perdían de vista a Thénardier, no les había parecido que hubiese inconveniente en dejarle la clavija. No obstante, se acordaron luego de que un guardián había dicho: «Valdría más dejarle sólo una clavija de madera».

A las dos de la madrugada relevaron al centinela, que era un soldado viejo, y, en su lugar, se quedó un recluta. Poco después, hizo la ronda el hombre de los perros y se fue sin que le llamase nada la atención, a no ser que el «sorche» era jovencísimo y tenía «pinta de rústico». Dos horas después, a las cuatro, cuando fueron a relevar al recluta, se lo encontraron dormido y tirado en el suelo, inerte, cerca de la jaula de Thénardier. En cuanto a Thénardier, ya no estaba. En las baldosas estaban los grillos, rotos. Había un agujero en el techo de la jaula y, encima, otro agujero en el tejado. Había arrancado una tabla de la cama y, seguramente, se la había llevado, porque no apareció. También encontraron en la jaula una botella medio vacía del licor estupefaciente con el que había dormido al soldado. La bayoneta del soldado había desaparecido.

Cuando descubrieron todo aquello, pensaron que Thénardier estaba ya fuera de todo alcance. La verdad es que ya no estaba en el Edificio Nuevo, pero corría todavía un gran peligro.

Thénardier, al llegar al tejado del Edificio Nuevo, encontró lo que quedaba de la cuerda de Brujon colgando de los barrotes de la trampilla superior de la chimenea, pero el trozo roto no era lo bastante largo y no pudo escapar saltándose el camino de ronda, como habían hecho Brujon y Gueulemer.

Cuando se dobla la esquina de la calle de Les Ballets para entrar en la calle de Le Roi-de-Sicile, se topa uno casi enseguida con una cavidad sórdida. Había allí en el siglo pasado una casa de la que no queda ya sino la pared del fondo, la pared de un auténtico caserón que alcanza la altura de un tercer piso entre los edificios colindantes. Se reconocen esas ruinas por los dos ventanales cuadrados que quedan aún: el del medio, el más próximo al gablete de la derecha, lo cierra una vigueta carcomida unida a la viga de carga. A través de esas ventanas se intuía a veces un trozo de la muralla del camino de ronda de La Force.

El hueco que dejó en la calle la casa derribada lo llena a medias una empalizada de tablas podridas que apuntalan cinco mojones de piedra. En ese cercado se oculta una casucha que se apoya en lo que queda en pie de las ruinas. En la empalizada hay una puerta que, hace unos cuantos años, cerraba sólo con una falleba.

A la cresta de esas ruinas es adonde había llegado Thénardier a las tres de la mañana más o menos.

¿Cómo había llegado ahí? Nunca ha podido ni saberse ni hallarle explicación. Los relámpagos debieron de ser a un tiempo una molestia y una ayuda. ¿Usó las escaleras y los andamios de los retejadores para recorrer, de tejado en tejado, de cerca en cerca, de compartimento en compartimento, los edificios del patio Charlemagne, luego los edificios del patio Saint-Louis, el muro de ronda y, desde allí, el caserón de la calle de Le Roi-de-Sicile? Pero en aquel trayecto había soluciones de continuidad que parecían convertirlo en impracticable. ¿Había colocado la tabla de la cama para que hiciera de puente desde el tejado de Le Bel-Air y el muro del camino de ronda y se había arrastrado boca abajo por el gablete del muro de ronda, dando la vuelta a toda la cárcel hasta llegar al caserón? Pero el muro del camino de ronda de La Force lo remataba una línea dentada y desigual que subía y bajaba, iba hacia abajo a la altura del cuartelillo de bomberos y hacia arriba a la altura de la casa de baños; lo interrumpían otras edificaciones; no era igual de alto al pasar por el palacete de Lamoignon que por la calle Pavée; tenía por todas partes descensos y ángulos rectos; y, además, los centinelas deberían haber visto la silueta oscura del fugitivo; también por todo esto el recorrido de Thénardier sigue siendo casi inexplicable. De ambas formas, la evasión era imposible. Thénardier, con la inspiración de esa tremenda sed de libertad que convierte los precipicios en cunetas, las verjas de hierro en cañizos, a un inválido sin piernas en un atleta, a un gotoso en un ave, la estupidez en instinto, el instinto en inteligencia y la inteligencia en genialidad, ¿inventó o improvisó una tercera forma? Nunca se ha sabido.

No siempre podemos percatarnos de las maravillas de la evasión. Repitamos que el hombre que se escapa está inspirado; el misterioso resplandor de la huida incluye parte de estrella y parte de relámpago; el esfuerzo que tiende a la liberación no es menos sorprendente que el vuelo de unas alas hacia lo sublime; y, de un ladrón escapado, se dice: ¿Cómo pudo escalar ese tejado? De la misma forma que nos preguntamos cómo pudo dar Corneille, ante el dilema: ¿Qué queríais que hiciera contra tres?, con la respuesta: Que muriese.

Fuere como fuere, chorreando sudor, empapado de lluvia, con la ropa hecha jirones, las manos desolladas, los codos ensangrentados y las rodillas heridas, Thénardier llegó a eso que los niños, en su lengua figurada, llaman la punta de la pared de las ruinas, se tumbó en ella cuan largo era y, allí, le fallaron las fuerzas. Un desnivel que equivalía a la altura de un tercer piso lo separaba del adoquinado de la calle.

La cuerda que llevaba era demasiado corta.

Allí se quedó, esperando, pálido, agotado, desesperando de tanta esperanza, cubierto aún de oscuridad, pero diciéndose que iba a hacerse de día; espantado al pensar que antes de que transcurrieran unos instantes oiría que daban en el reloj vecino de Saint-Paul las cuatro de la mañana, la hora en que irían a relevar al centinela, y se lo encontrarían dormido debajo del agujero del techo; mirando en estado de estupor, espantosamente hondos, a la luz de los faroles, los adoquines mojados y negros, esos adoquines ansiados y terribles que eran la muerte y eran la libertad.

Se preguntaba si habrían salido con bien de la evasión sus tres cómplices, si lo habrían oído y si acudirían a ayudarlo. Escuchaba. Salvo una patrulla, nadie había pasado por la calle desde que estaba allí. Casi todos los hortelanos que bajan desde Montreuil, Charonne, Vincennes y Le Bercy hacia el Mercado Central lo hacen por la calle de Saint-Antoine.

Dieron las cuatro. Thénardier se sobresaltó. A los pocos momentos, ese rumor alarmado y confuso que ocurre tras descubrir una evasión estalló en la cárcel. Le llegaban el ruido de las puertas al abrirlas y cerrarlas, el chirrido de las verjas en sus goznes, el tumulto del cuerpo de guardia, las llamadas roncas de los porteros, el chocar de las culatas de los fusiles en el adoquinado de los patios. Subían y bajaban luces por las ventanas enrejadas de los dormitorios, una antorcha corría por el sotabanco del Edificio Nuevo, habían llamado a los bomberos del cuartelillo vecino. Sus cascos, que iluminaba la antorcha entre la lluvia, iban y venían por los tejados. Al tiempo, Thénardier veía cómo, por la zona de La Bastille, un tono blanquecino iba aclarando lúgubremente la parte baja del cielo.

Él estaba en lo alto de una pared de diez pulgadas de ancho, tumbado bajo la lluvia, con dos abismos a derecha e izquierda, sin poder moverse, presa del vértigo de una caída posible y del espanto de una detención segura; y el pensamiento, como el badajo de una campana, oscilaba entre estas dos ideas: «Si me caigo, estoy muerto; si me quedo, me cogen».

En aquella angustia, vio de pronto, aunque la calle estaba aún a oscuras del todo, a un hombre que se escurría pegado a las paredes; llegaba desde la calle Pavée y se detuvo en el hueco sobre el que estaba colgado, como quien dice, Thénardier. Con aquel hombre se reunió otro, que andaba tomando las mismas precauciones; y luego un tercero, y un cuarto. Cuando ya estuvieron juntos esos hombres, uno de ellos alzó la falleba de la puerta de la empalizada y entraron los cuatro en el recinto en que está la casucha. Se hallaban exactamente debajo de Thénardier.

Estaba claro que esos hombres habían elegido aquel hueco para poder conversar sin que los vieran los transeúntes ni el centinela que está apostado en la puerta de La Force, a pocos pasos. También es verdad que la lluvia tenía al centinela metido en la garita. Thénardier no llegaba a verles las caras, pero aplicó el oído a lo que decían con la atención desesperada de un mísero que siente que está perdido.

Le pasó ante los ojos a Thénardier algo parecido a la esperanza: aquellos hombres hablaban en jerga.

El primero decía en voz baja, pero que se oía con claridad:

—Venga, que hay que darse el negro. ¿Qué baratamos aquigo? El segundo contestó:

—Está cayendo una chupa para dejar sin candela al mengue. Y además va a pasar la madera. Hay un troncho de miranda. ¿Nos van a emplumar aquical?

Esas dos palabras, aquigo y aquical, que quieren decir las dos aquí, y son aquélla de la jerga de los portillos y ésta de la jerga de Le Temple, iluminaron a Thénardier. Al oír aquigo reconoció a Brujon, que era maleante de portillos; y al oír aquical reconoció a Babet, que, entre todos sus demás oficios, había sido vendedor en Le Temple.

La jerga antigua del siglo de Luis XIV no se habla ya más que en Le Temple; e incluso Babet era el único que la hablaba en toda su pureza. Si no hubiera sido por lo de aquical, Thénardier no lo habría reconocido, pues desfiguraba la voz.

Entre tanto había intervenido el tercero.

—Tampoco hay tanta prisa, vemos a esperar otro poco. ¿Quién nos asegura que Thénardier no nos necesita?

Como eso no era jerga, Thénardier reconoció a Montparnasse, que tenía el prurito de elegancia de entender todas las jergas y no hablar ninguna.

En lo referido al cuarto, no decía nada, pero la anchura de espaldas lo denunciaba. Thénardier no tuvo ninguna duda. Era Gueulemer.

Brujon contestó, casi con vehemencia, pero sin alzar la voz.

—¿Qué andas largando? El del fondelo no habrá podido hacer la pértiga. ¡No es artista para tanto! Para esparrabar la sudora y la cobija y coronar una tortusa o un butro en la burda, tener papelas y espadas de garabo, espandar los aros, soltar la tortusa, buscar caleta, hay que ser vivo. El viejo no habrá podido. ¡No tiene oficio!

Babet añadió en esa jerga clásica tan formal que hablaban Poulailler y Cartouche y que es a la jerga atrevida, nueva, expresiva y arriesgada que utilizaba Brujon lo mismo que la lengua de Racine a la lengua de André Chénier:

—Al del fondelo lo han apalancado. Hay que ser águila. Él es un primo. Lo habrá engallofado un soplador, o a lo mejor un sapo, que se habrá hecho el compadre. Oído al parche, Montparnasse, ¿oyes cómo pían en el talego? Ya has visto cuántas candelas. ¡Te digo que lo han pillado! Se tragará toda la ruina. Yo no ceroteo, no soy de achantarme, ya se sabe, pero no podemos seguir aguantando los caballos porque, si no, nos van a hacer la cusca. No te subas a la parra y vente con nosotros. Y nos trincamos una botella de buen mollate.

—A los amigos no se los puede dejar en apuros —refunfuñó Montparnasse.

—¡Te digo yo que lo han guindado! —siguió diciendo Brujon—. ¡A estas horas el fondero no vale un huevo! No podemos hacer nada. ¡Venga, hay que darse el negro, que no para de parecerme que un golondro me echa la pluma![48].

La resistencia de Montparnasse estaba ya muy debilitada; en realidad, aquellos cuatro hombres, con esa fidelidad de los bandidos, que nunca se abandonan mutuamente, llevaban toda la noche rondando por las inmediaciones de La Force, fuere cual fuere el peligro que estuvieran corriendo, con la esperanza de ver aparecer en lo alto de alguna pared a Thénardier. Pero la noche, que estaba visto que iba cada vez a mejor, era un turbión que tenía las calles desiertas, el frío se iba adueñando de ellos, tenían la ropa empapada, los zapatos rotos, en la cárcel había estallado un barullo intranquilizador, habían pasado las horas, se habían cruzado con patrullas, la esperanza se iba, el miedo volvía, y todo ello los impulsaba a emprender la retirada. El propio Montparnasse, que era quizá hasta cierto punto el yerno de Thénardier, iba cediendo. Unos momentos más y ya se habrían ido. Thénardier jadeaba en lo alto de la pared igual que los náufragos de La Méduse en la balsa al ver desvanecerse el barco que había surgido en el horizonte.

No se atrevía a llamarlos; si alguien oía un grito, podía irse todo al traste; se le ocurrió una idea, la última, una iluminación; se sacó del bolsillo el trozo de cuerda de Brujon, que había desatado de la chimenea del Edificio Nuevo, y la tiró al recinto de la empalizada.

La cuerda cayó a los pies de los hombres.

—¡Una viuda! —dijo Babet.

—¡Mi tortusa! —dijo Brujon.

—Ahí está el posadero —dijo Montparnasse.

Alzaron la vista. Thénardier asomó un poco la cabeza.

—¡Rápido! —dijo Montparnasse—. ¿Tienes el otro trozo de la cuerda, Brujon?

—Sí.

—Ata los dos trozos; le tiramos la cuerda, la sujeta en la pared y le llegará para bajar.

Thénardier se arriesgó a subir el tono de voz.

—Estoy congelado.

—Ya te haremos entrar en calor.

—No puedo moverme.

—Bajas escurriéndote y nosotros te cogemos.

—Tengo las manos entumecidas.

—Basta con que sujetes la cuerda a la pared.

—No podré.

—Tendrá que subir uno de nosotros —dijo Montparnasse.

—¡Tres pisos! —dijo Brujon.

Un cañón antiguo, de escayola, que era de una estufa que encendían tiempo ha en la casucha, iba reptando por la pared y llegaba casi al sitio en que divisaban a Thénardier. Aquel cañón, con muchas grietas ahora y muy resquebrajado, se cayó más adelante, pero todavía pueden verse las huellas. Era muy estrecho.

—Podríamos subir por ahí —dijo Montparnasse.

—¿Por esa tubería? —exclamó Babet—. ¡Un orgue de ninguna manera! Haría falta un mión.

—Haría falta un gua —dijo Brujon.

—¿Y de dónde vamos a sacar un mocoso? —preguntó Gueulemer.

—Un momento —dijo Montparnasse—, que sé a quién recurrir.

Abrió a medias y sin ruido la puerta de la empalizada, comprobó que no pasaba nadie por la calle, salió con precaución, volvió a cerrar la puerta y echó a correr hacia la plaza de La Bastille.

Transcurrieron siete u ocho minutos, ocho mil siglos para Thénardier; Babet, Brujon y Gueulemer no abrían la boca; por fin volvió a abrirse la puerta y apareció Montparnasse, sin resuello, que traía a Gavroche. La calle seguía completamente desierta porque no había dejado de llover.

Gavroche entró en el recinto y miró con expresión serena aquellas caras de bandido. Le chorreaba el agua por el pelo. Gueulemer le dirigió la palabra.

—Mocoso, ¿eres un hombre?

Gavroche se encogió de hombros y contestó:

—Un mocoso como menda es un orgue; y unos orgues como vosotros son unos mocosos.

—¡Cómo le da a la húmeda el mión![S4] —exclamó Babet.

—Los guas de los parises no son moco de pavo —añadió Brujon.

—¿Qué os hace falta? —dijo Gavroche. Montparnasse contestó:

—Que trepes por esa tubería.

—Con esta viuda —dijo Babet.

—Y que ates la tortusa —añadió Brujon.

—En la parte de arriba de la montante[SS] —dijo a su vez Babet.

—Al palo de la bisna —siguió diciendo Bruchon.

—¿Y qué más? —preguntó Gavroche.

—Ya está —dijo Gueulemer.

El golfillo pasó revista a la cuerda, el cañón, el muro y las ventanas e hizo con los labios ese ruido indecible y desdeñoso que significa:

—¿Sólo eso?

—Ahí arriba hay un hombre y lo vas a salvar —añadió Montparnasse.

—¿Lo vas a hacer? —siguió diciendo Brujon.

—¡Qué bobo! —contestó el niño, como si le pareciese una pregunta inaudita; y se descalzó.

Gueulemer agarró a Gavroche con un solo brazo, lo subió al techo de la casucha, cuyos tablones carcomidos cedían bajo el peso del niño, y le dio la cuerda, a la que Brujon había hecho un nudo mientras no estaba Montparnasse. El golfillo fue hacia el cañón, en el que era fácil meterse porque había una grieta de buen tamaño que llegaba hasta el tejado. Cuando iba a empezar a subir, Thénardier, que veía que se le acercaban la salvación y la vida, se asomó al filo de la pared; las primeras claras del alba le teñían de blanco la frente sudorosa, los pómulos lívidos, la nariz afilada y feroz, la barba gris de punta; y Gavroche lo reconoció:

—¡Anda! —dijo—. ¡Si es mi padre!… Bueno, no importa, aunque lo sea…

Y, agarrando la cuerda con los dientes, empezó a trepar muy decidido.

Llegó a lo alto del caserón, se puso a horcajadas en la pared, como si montase a caballo, y ató sólidamente la cuerda al travesaño de arriba del marco de la ventana.

Unos segundos después, Thénardier ya estaba en la calle.

No bien pisó los adoquines, no bien sintió que estaba fuera de peligro, dejó de estar cansado, congelado y tembloroso; las cosas terribles de las que venía se desvanecieron como una humareda; se le despertó por completo la extraña y fiera inteligencia y se vio a pie firme y libre, dispuesto a ir por delante de ella. Ésta fue la primera frase de aquel hombre:

—¿Y ahora a quién nos zampamos?

Huelga explicar el sentido de esa frase atrozmente transparente que quiere decir al tiempo matar, asesinar y desvalijar. Zampar, significado auténtico: devorar.

—Vamos a apalancarnos bien —dijo Brujon—. Rematamos esto en tres palabras y nos separamos ahora mismo. Había un negocio que tenía buena pinta en la calle de Plumet, una calle desierta, una casa aislada, una verja vieja y podrida que da a un jardín, unas mujeres solas.

—Pues ¿por qué no? —preguntó Thénardier.

—Tu chica, Éponine, fue a ver —contestó Babet.

—Y le dio una galleta a la Magnon —añadió Gueulemer—. Nada que rascar por ahí.

—Mi chica de primavera nada —dijo Thénardier—. Pero habrá que mirar a ver.

—Sí, sí —dijo Brujon—. Habrá que mirar a ver.

Mientras esto sucedía, ninguno de los hombres parecía ya ver a Gavroche, que, durante la conversación, se había sentado en uno de los mojones de la empalizada; hizo algo de tiempo, quizá esperando que su padre se diera la vuelta y lo mirara; luego, volvió a calzarse y dijo:

—¿Se acabó? ¿Ya no me necesitáis, orgues? Ya os he sacado del apuro. Me voy. Tengo que ir a levantar a mis críos.

Y se marchó.

Los cinco hombres salieron del recinto de la empalizada, uno detrás de otro.

Cuando ya había dado Gavroche la vuelta a la esquina de Les Ballets, Babet se llevó a Thénardier aparte.

—¿Te has fijado en el mión ese? —le preguntó.

—¿Qué mión?

—El mión que ha trepado por la pared para llevarte la cuerda.

—No mucho.

—Bueno, pues no estoy seguro, pero me parece que era tu hijo.

—¡Vaya! —dijo Thénardier—. ¿Tú crees? Y se marchó.

LIBRO SÉPTIMO
LA JERGA

I
ORÍGENES

Pigritia es una palabra terrible.

De ella nace, en francés, todo un mundo, la pegre, es decir, el robo; y un infierno, la pegrenne, es decir, el hambre.

Y así es como la pereza es madre.

Tiene un hijo: el robo; y una hija: el hambre.

¿En qué estamos? En la jerga.

¿Qué es la jerga? Es, a un tiempo, la nación y el idioma; es el robo en sus dos especies, pueblo y lengua.

Cuando, hace treinta y cuatro años, el narrador de esta historia tan seria y sombría puso en una obra suya[S8] escrita con una finalidad similar a la de ésta a un ladrón que hablaba jerga, cundieron el asombro y el escándalo.

—¿Qué? ¿Cómo? ¿Jerga? Pero ¡si la jerga es horrorosa! ¡Pero si es la lengua de la chusma, de los presidios, de las cárceles, de lo más abominable de la sociedad! Etc., etc., etc.

Nunca entendimos ese tipo de objeciones.

Ulteriormente, dos novelistas recios, uno de los cuales es un hondo observador del corazón humano y el otro un intrépido amigo del pueblo, Balzac y Eugene Sue, han puesto en labios de unos bandidos su lengua espontánea, como lo hizo en 1828 el autor de El último día de un condenado a muerte, y volvieron a oírse las mismas protestas. Repitieron:

«Pero ¿qué pretenden los escritores con ese dialecto indignante? ¡La jerga es odiosa! ¡La jerga da escalofríos!».

¿Quién lo niega? No cabe duda.

Cuando de lo que se trata es de examinar a fondo una llaga, un abismo o una sociedad, ¿desde cuándo es un error avanzar demasiado, llegar hasta el final? Siempre pensamos que era, a veces, un comportamiento valeroso y, al menos, un acto sencillo, útil, digno de esa atención simpática que se merece el deber aceptado y cumplido. ¿A qué no explorarlo todo, no estudiarlo todo, quedarse por el camino? La que puede pararse es la sonda, pero no el que sondea.

Cierto es que ir a rebuscar en los bajos fondos del orden social, donde acaba la tierra y empieza el barro, hurgar en esas oleadas densas, ir en pos, para hacerse con él y arrojarlo, vivo, al empedrado de la calle, de ese idioma abyecto, que chorrea fango cuando se lo saca así a la luz del día, ese vocabulario pustulento cada una de cuyas palabras parece el anillo inmundo de un monstruo del limo y las tinieblas, no es ni una tarea atractiva ni una tarea fácil. Nada hay más lóbrego cuando se mira así, al desnudo, a la luz del pensamiento, que el pulular amedrentador de la jerga. Parece, efectivamente, un animal horrible creado para la oscuridad al que acaban de sacar a la fuerza de su cloaca. Creemos ver una espantosa maleza viva y erizada que da respingos, se mueve, rebulle, requiere la vuelta a la sombra, amenaza y mira. Esta palabra parece una garra, esta otra, un ojo apagado y sanguinolento; aquella frase parece moverse como la pinza de un cangrejo. Y todo vive con esa vitalidad repulsiva de las cosas que se organizaron dentro de la desorganización.

Ahora bien, ¿desde cuándo el espanto excluye el estudio? ¿Desde cuándo la enfermedad ahuyenta al médico? ¿Es acaso concebible un naturalista que se negase a estudiar las víboras, los murciélagos, los escorpiones, las escolopendras, las tarántulas, y volviera a enviarlos a las tinieblas diciendo que son feísimos? El pensador que se apartase de la jerga sería como un cirujano que no quisiera tratar una úlcera o una verruga. Sería un filólogo que se pensara si debe examinar un hecho de la lengua; un filósofo que se pensara si debe escudriñar un hecho de la humanidad. Porque, y no nos queda más remedio que decírselo a quienes no lo sepan, la jerga es al tiempo un fenómeno literario y un resultado social. ¿Qué es, en propiedad, la jerga? La jerga es la lengua de la miseria.

Al llegar aquí es posible detenerse; es posible generalizar el hecho, lo que no deja de ser una forma de atenuarlo; se nos puede decir que todos los oficios, todas las profesiones, podríamos incluso añadir que todos los accidentes de la jerarquía social y todas las formas de la inteligencia tienen su propia jerga. El comerciante que dice: Montpellier disponible; Marsella buena calidad; el agente de cambio que dice: prórroga, prima, a finales del corriente; el jugador que dice: tercera y todo, igualo a picas; el agente judicial de las islas normandas que dice: el enfeudado cuyo fundo se halle en suspenso no puede reclamar los frutos de dicho fundo durante el embargo hereditario del renunciante; el autor de vodeviles que dice: nos reventaron la función; el actor que dice: no hemos vendido una escoba; el filósofo que dice: triplicidad fenomenal; el cazador que le dice al perro: busca perdido, aguanta la marca; el frenólogo que dice: amatividad, combatividad, secretividad; el soldado de infantería que dice: mi chopo; el jinete que dice: mi trotón; el maestro de armas que dice: tercera, cuarta, romper; el cajista de imprenta que dice: el botador; todos ellos, el cajista, el maestro de esgrima, el jinete, el soldado de infantería, el frenólogo, el cazador, el filósofo, el actor, el autor de vodeviles, el agente judicial, el jugador, el agente de cambio y el comerciante hablan en jerga. El pintor que dice: mi pintamonas, el notario que dice: mi veredero, el peluquero que dice: mi mancebo, el zapatero que dice: mi remendón hablan en jerga. E incluso podríamos llegar a decir que todas las formas de nombrar la derecha y la izquierda: babor y estribor para el marinero, arrojes y topes para el tramoyista, epístola y evangelio para el sacristán, son jerga. Existe la jerga de las pretenciosas, igual que existió la jerga de las «preciosas». El palacete de Rambouillet colindaba hasta cierto punto con la Corte de los Milagros. Y existe la jerga de las duquesas, de lo que da fe esta frase que escribió en una nota amorosa una dama de mucha alcurnia de la Restauración, que era también una mujer muy bonita: «Encontrará en estos cotorreos una muchitud de razones para que yo me libertice». Los códigos secretos de los diplomáticos son jerga; la cancillería pontificia, cuando dice 26 para decir Roma, grkztntgzyal para decir envío y abfxustgrnogrkzu tu XI para decir duque de Módena, habla en jerga. Los médicos de la Edad Media que para decir zanahoria, rábano y nabo decían: opoponax, perfroschinum, reptitalmus, dracatholicum angelorum y postmegorum hablaban en jerga. El fabricante de azúcar que dice: mascabada, terciada, clarificada, semirrefinada, de segunda, de quebrados, morena, común, tostada, de pilón, ese honrado manufacturero habla en jerga. Esa escuela crítica de hace veinte años que decía: En Shakespeare, la mitad son juegos de palabras y retruécanos, hablaba en jerga. El poeta y el artista que, ahondando, digan que el señor de Montmorency es «un burgués» si no entiende ni de versos ni de esculturas hablan en jerga. El académico clásico que llama a las flores Flora; a las frutas, Pomona; al mar, Neptuno; al amor, las llamas; a la belleza, los encantos; a un caballo, un corcel; a la escarapela, blanca o tricolor, la rosa de Belona, y al sombrero de tres picos, el triángulo de Marte, ese académico clásico habla en jerga. El álgebra, la medicina, la botánica tienen su propia jerga. La lengua que se emplea a bordo de un barco, esa admirable lengua de la mar, tan completa y tan pintoresca, que hablaron Jean Bart, Duquesne, Suffren y Duperré, que se entremezcla con el silbido de los aparejos, el ruido de las bocinas, el golpe de las hachas de abordaje, el cabeceo, el viento, las ráfagas, los cañones, es una jerga completa, heroica y relumbrante que es a la fiera jerga del hampa lo que es el león al chacal.

No cabe duda. Mas, digamos lo que digamos, esta forma de entender la palabra «jerga» es una extensión que ni siquiera admitirá todo el mundo. Nosotros le seguimos dando a esta palabra su antigua acepción, concreta y específica, y limitamos la jerga a la jerga. La jerga auténtica, la jerga por excelencia, si es que esas dos palabras pueden emparejarse, la jerga inmemorial, que era un reino, no es sino, volvemos a repetirlo, la lengua fea, sobresaltada, solapada, traidora, venenosa, cruel, sospechosa, vil, profunda y fatídica de la miseria. Hay en la miseria, al final del camino de todas las humillaciones y de todos los infortunios, una última miseria que se rebela y toma la decisión de luchar contra el conjunto de los acontecimientos dichosos y de los derechos reinantes; lucha espantosa, ora astuta, ora violenta, insana y feroz al tiempo, ataca el orden social a alfilerazos recurriendo al vicio y a garrotazos recurriendo al crimen. Para atender a las necesidades de esa lucha, la miseria inventó una lengua de combate, que es la jerga.

Conservar a flote y mantener en vilo por encima del olvido, por encima del abismo, aunque no fuera más que un fragmento de una lengua cualquiera que el hombre habló y que podría perderse, es decir, uno de los elementos, buenos o malos, que componen o complican la civilización, es proporcionar campo abierto a los datos de la observación social, es estar al servicio de la mismísima civilización. A su servicio estuvo Plauto, queriéndolo o no, cuando hizo hablar en fenicio a dos soldados cartagineses; a su servicio estuvo Moliere cuando hizo hablar en levantino y en toda clase de dialectos a tantos y tantos de sus personajes. Llegados aquí, cobran nuevo vigor las objeciones. El fenicio, ¡espléndido! El levantino, ¡en buena hora! E incluso los dialectos, ¡por eso que no quede! Son lenguas que pertenecieron a naciones o a provincias. Pero ¿la jerga? ¿A santo de qué conservar la jerga? ¿A santo de qué «conservar a flote la jerga»?

A esto responderemos muy brevemente. Cierto es que la lengua que habló una nación o una provincia es digna de interés, pero hay algo más digno aún de atención y de estudio, y es la lengua que habló la miseria.

Es la lengua que lleva cuatro siglos hablando Francia, por ejemplo; no sólo una miseria, sino la miseria, toda la miseria humana que darse pueda.

Y, además, insistimos en ello: estudiar las deformidades y las invalideces sociales y destacarlas para curarlas no es una tarea que pueda escogerse o no. Ser historiador de las costumbres y las ideas no es una misión menos austera que ser historiador de los acontecimientos. Éste se halla en la superficie de la civilización, en las luchas de las coronas, los nacimientos de los príncipes, los matrimonios de los reyes, las batallas, las asambleas, los grandes hombres públicos, las revoluciones al sol, todo lo externo; el otro historiador va por dentro, al fondo, al pueblo que trabaja, que sufre y espera; a la mujer hundida, al niño agonizante, a las guerras sordas de hombre a hombre, a las ferocidades oscuras, a los prejuicios, a las iniquidades concertadas, a las consecuencias subterráneas de la ley, a las evoluciones secretas de las almas, a las sacudidas inconcretas de las muchedumbres, a los muertos de hambre, a los pordioseros, a los desharrapados, a los desheredados, a los huérfanos, a los desdichados y a los infames, a todas las larvas que van errantes por la oscuridad. Tiene que bajar, con el corazón colmado de caridad y de severidad a la vez, como un hermano y como un juez, hasta esas casamatas impenetrables donde reptan, revueltos, los que sangran y los que golpean, los que lloran y los que maldicen, los que ayunan y los que devoran, los que padecen el mal y los que lo hacen. Esos historiadores de los corazones y de las almas ¿tienen acaso obligaciones de menor importancia que los historiadores de los hechos externos? ¿Hay quien crea que Alighieri tiene menos cosas que decir que Maquiavelo? ¿Es acaso el sótano de la civilización, por ser más oscuro y más sombrío, menos importante que la superficie? ¿Conocemos bien la montaña si no conocemos la caverna?

Por lo demás, digámoslo de pasada, de algunas palabras de lo recién dicho podría inferirse que existe entre esos dos tipos de historiadores una separación nítida, que no se da en nuestra mente. No existe buen historiador de la vida patente, visible, palmaria y pública de los pueblos si no es, al tiempo, dentro de un orden, historiador de su vida profunda y oculta; y nadie es buen historiador de lo interno si no sabe ser, siempre que sea menester, historiador de lo externo. La historia de las costumbres y de las ideas va íntimamente unida a la historia de los acontecimientos, y a la recíproca. Son dos categorías diferentes de hechos que se corresponden, que siempre van encadenados y con frecuencia se engendran mutuamente. Todos los lineamentos que traza la Providencia en la superficie de una nación tienen líneas paralelas en la sombra, pero claramente visibles, en el fondo, y con todas las convulsiones del fondo algo se encrespa en la superficie. Igual que la historia de verdad tiene que ver con todo, el historiador de verdad en todo tiene que ver.

El hombre no es un círculo con un único centro; es una elipse con dos focos. Los hechos son uno de esos focos; las ideas son el otro.

La jerga no es sino un vestuario donde la lengua, ante alguna mala acción en proyecto, se disfraza. Se viste con palabras máscara y con metáforas de andrajos.

Y así se vuelve espantosa.

Cuesta reconocerla. ¿Es de verdad la lengua francesa, la gran lengua humana? Hela lista para salir a escena y dar la réplica al crimen y a punto para todos los papeles del repertorio del mal. Ya no anda, renquea; cojea apoyada en la muleta de la Corte de los Milagros, muleta que puede metamorfosearse en maza; se llama truhanería; entre todos los espectros, que son quienes la visten, la han caracterizado; repta y se yergue, la doble forma de andar del reptil. Ahora vale ya para todos los papeles; el falsificador la volvió turbia; el envenenador la cubrió de cardenillo; el incendiario la manchó de hollín; y el asesino le añade su color rojo.

Quien, desde el ámbito de las personas honradas, pegue el oído a la puerta de la sociedad sorprenderá el diálogo de los que están fuera. Pueden oírse preguntas y respuestas. Se percibe, sin entenderlo, un susurro repulsivo, que suena casi como la voz humana, pero que está más cerca del aullido que de la palabra. Es la jerga. Las palabras son deformes y las impregna a saber qué bestialidad fantástica. Es como oír hablar a unas hidras.

Es lo ininteligible en lo tenebroso. Chirría y cuchichea, rematando el crepúsculo con el enigma. No hay luz en la desdicha, y menos aún en el crimen; de esas dos oscuridades, amalgamadas, se compone la jerga. Negrura en el ambiente, negrura en los hechos, negrura en las voces. Espantosa lengua de sapo que va y viene, da saltitos, repta, babea y se mueve de forma monstruosa en esa inmensa niebla gris que se compone de lluvia, noche, hambre, vicio, mentiras, injusticia, desnudez, asfixia e invierno: el mediodía de los miserables.

Compadezcamos a los condenados. ¿Quiénes somos, ay, nosotros?

¿Quién soy yo, este que os habla? ¿Quiénes sois vosotros, que me estáis escuchando? ¿De dónde venimos? ¿Y hay verdadera certeza de que no hemos hecho nada antes de nacer? La tierra no deja de tener parecido con un calabozo. ¿Quién sabe si el hombre no es el reo de una condena divina?

Miremos la vida de cerca. Es de forma tal que en todas partes se nota el castigo.

¿Somos eso que puede llamarse hombres felices? Pues estamos tristes a diario. Todos los días tienen su pena grande o su preocupación pequeña. Ayer, nos hacía temblar la salud de alguien muy querido; hoy tememos por la nuestra; mañana vendrá un agobio de dinero; pasado mañana, la diatriba de un calumniador; al día siguiente, la desgracia de un amigo; y también está el tiempo que hace, o algo que se ha roto o se ha perdido; después, un gusto que le reprochan a uno la conciencia y la columna vertebral; en otra ocasión se trata de cómo andan los asuntos públicos. Sin contar con las penas del corazón. Y así sucesivamente. Se disipa una nube y se forma otra. Apenas si hay día de cada cien en que la alegría sea plena y el sol esté del todo despejado. ¡Y somos de ese grupo pequeño que goza de felicidad! En cuanto a los demás hombres, viven en una oscuridad estancada.

Las mentes que reflexionan recurren poco a esta expresión: los felices y los desgraciados. En este mundo, que está claro que es el vestíbulo de otro, no hay nadie feliz.

La verdadera división humana es la siguiente: los de la luz y los de la sombra.

Que haya menos hombres en la sombra es incrementar el número de los que están a la luz; ésa es la meta. Y por eso gritamos: ¡instrucción, ciencia! Aprender a leer es encender un fuego; todas las sílabas que se deletrean son chispas resplandecientes.

Por lo demás, quien dice luz no dice forzosamente alegría. En la luz se sufre; el exceso quema. La llama es la enemiga del ala. Arder sin dejar de volar, tal es el prodigio del genio.

Quien sepa y ame seguirá sufriendo. La luz del día nace entre lágrimas. Quienes están en la luz lloran, aunque no sea más que por los que están en las tinieblas.

II
RAÍCES

La jerga es la lengua de quienes están en las tinieblas.

Se inmutan las honduras más sombrías del pensamiento y se requieren las meditaciones más dolorosas de la filosofía social ante la presencia de este enigmático dialecto, a un tiempo mancillado y sublevado. Aquí es donde hallamos un castigo visible. Todas y cada una de las sílabas parecen marcadas. Las palabras de la lengua vulgar las vemos como si las hubiera fruncido y acartonado el hierro al rojo del verdugo. Algunas parecen estar echando humo aún. Hay frases que se parecen al hombro de un ladrón que llevase la señal de la flor de lis y quedase de pronto al desnudo. La idea casi se niega a consentir que la expresen esos sustantivos reos de la justicia. La metáfora es a veces tan descarada que se nota que ha estado en la picota.

Por lo demás, pese a todo lo dicho y por todo lo dicho, ese dialecto extraño tiene, por derecho propio, una taquilla en ese gran casillero imparcial donde hay un lugar tanto para el céntimo oxidado cuanto para la medalla de oro y cuyo nombre es la literatura. La jerga, quiérase o no, tiene su sintaxis y su poesía. Es una lengua. Si, por la deformidad de algunos de sus vocablos, se le nota que la masticó Mandrin, por el esplendor de algunas de sus metonimias nos damos cuenta de que la habló Villon.

Este verso tan exquisito y tan famoso:
¿Mas qué fue de las nieves de antaño?

es un verso en jerga. Antaño —ante annum— es una palabra de la jerga de los miembros de la corte del rey de Túnez, los tunantes, que quería decir el año pasado y, por extensión, hace mucho tiempo. Hace treinta y cinco años, cuando salió la gran cuerda de presos de 1827, podía leerse en uno de los calabozos de Bicêtre esta sentencia que había grabado con un clavo en una pared un rey de Túnez condenado a presidio: Los barandas de antaño fatigaban siempre por la almendra del gran Coesré. Que quiere decir: A los reyes de antes siempre los coronaban. Lo que pensaba el rey aquel era que la coronación era el presidio.

La palabra francesa décarade, que describe la salida al galope de un carruaje pesado, se le atribuye a Villon, y es digno de ella. Esa palabra, que echa chispas por los cuatro cascos, resume en una onomatopeya magistral el admirable verso de La Fontaine:

Un coche arrastraban seis caballos recios.

Desde el punto de vista puramente literario, pocos estudios serían más curiosos y fecundos que el de la jerga. Es una lengua dentro de la lengua, algo así como una excrecencia enfermiza, un injerto insano del que ha nacido una vegetación, un parásito que hunde las raíces en el viejo tronco galo y cuyas frondas siniestras reptan por toda una comarca de la lengua. Es eso lo que podríamos llamar el primer aspecto, el aspecto vulgar de la jerga. Pero quienes estudian la lengua como hay que estudiarla, es decir, igual que los geólogos estudian la tierra, consideran la jerga un auténtico material de aluvión. Según que se cave más o menos, se encuentra en la jerga, por debajo del antiguo francés popular, algo de provenzal, de español, de italiano, de levantino, esa lengua de los puertos del Mediterráneo, y de inglés y de alemán; lengua romance en sus tres variedades, romance francés, romance italiano y romance propiamente dicho, el latín; y por fin, vasco y celta. Formación honda y peculiar. Edificio subterráneo que todos los miserables construyeron de consuno. Todas las razas malditas dejaron en él su correspondiente capa, todos los padecimientos dejaron caer su piedra, todos los corazones aportaron su guijarro. Una muchedumbre de almas perversas, bajas o irritadas, que cruzaron por la vida y se desvanecieron en la eternidad, está ahí casi por entero y, en cierto modo, visible aún bajo la forma de una palabra monstruosa.

¿Que queremos español? Pulula en la antigua jerga gótica. Ahí tenemos bofette, cachete, que viene de bofetón; vantane (y más adelante vanterne), que viene de ventana; gat, que viene de gato; acite, que viene de aceite.

¿Que queremos italiano? Ahí tenemos spade, que viene de spada; carvel, barco, que viene de caravella. ¿Que queremos inglés? Ahí tenemos le bichot, el obispo, que viene de bishop; raille, espía, que viene de rascal, y rascalion, pillo; pilche, estuche, que viene de pilcher, vaina de la espada.

¿Que queremos alemán? Ahí está le caleur, el muchacho, de kellner; le hers, el amo, de herzog (duque). ¿Que queremos latín? Ahí está frangir, romper, de frangere; affurer, robar, de fur; cadene, cadena, de catena.

Hay una palabra que aparece en todas las lenguas del continente con algo parecido a una fuerza y una autoridad misteriosa: es la palabra magnus; Escocia lo convirtió en mac, que nombra al jefe del clan: Mac Farlane, Mac Callummore, Farlane el grande, Callummore el grande; en jerga se vuelve meck, y más adelante, le meg, es decir, Dios. ¿Que queremos vasco? Ahí está gahisto, el demonio, que viene de gaiztoa, malo; sorgabon, buenas noches, viene de gabon, que quiere decir lo mismo. ¿Que queremos celta? Ahí está blavin, pañuelo, que viene de blavet, agua que brota; ménesse, mujer (despectivo), que viene de meinec, lleno de piedras; barant, arroyo, de baranton, fuente; goffeur, cerrajero, de goff, herrero; la guédouze, la muerte, que viene de guenn-du, blanca y negra. Y, para terminar, ¿que queremos historia? En jerga, las monedas se llaman les malteses en recuerdo del dinero de curso legal en las galeras de Malta.

Además de los orígenes filológicos que acabamos de indicar, la jerga tiene otras raíces aún más naturales y que proceden, por así decirlo, de la propia mente del hombre.

En primer lugar, la creación directa de palabras. Ahí reside el misterio de las lenguas. Pintar con palabras que son, no se sabe ni cómo ni por qué, figuras. Es el fondo primitivo de todo lenguaje humano, lo que podríamos llamar el granito de que está hecho. Pululan por la jerga palabras así, palabras inmediatas, creadas por completo no sabemos ni dónde ni por qué, sin etimologías, sin analogías, sin derivados, palabras solitarias, bárbaras, repugnantes a veces, que cuentan con una fuerza expresiva singular y que están vivas. El verdugo, le taule; el bosque, le sabri; el miedo, la huida, taf; el lacayo, le larbin; el general, el prefecto, el ministro, pharos; el Demonio, le rabouin. No hay nada más curioso que esas palabras que enmascaran y que muestran. Algunas, le rabouin, por ejemplo, son a la vez grotescas y terribles y nos hacen el mismo efecto que una mueca ciclópea.

A continuación, la metáfora. Lo propio de una lengua que quiere decirlo todo y ocultarlo todo es que abunde en figuras. La metáfora es un enigma donde se refugian el ladrón que está tramando un golpe y el preso que está planeando una evasión. No hay idioma más metafórico que la jerga. Desenroscar el coco —dévisser le coco— es retorcer el cuello; torcer — tortiller— es comer; estar en gavilla —être gerbé— es que lo juzguen a uno; una rata —un rat— es un ladrón de pan; caer chuzos de punta —il lansquine— es llover, una imagen que llama la atención y que lleva puesta, como quien dice, la fecha, pues asimila las prolongadas líneas oblicuas de la lluvia con las picas gruesas de los lansquenetes y reduce a una palabra única la metonimia popular: «llueven alabardas». A veces, según la jerga va avanzando desde la primera época a la segunda, hay palabras que pasan del estado salvaje y primitivo al sentido metafórico. El Demonio deja de ser le rabouin y se convierte en el panadero —le boulanger—, el que mete en el horno. Es más ingenioso, pero de menor altura; algo así como Racine después de Corneille o como Eurípides después de Esquilo. Hay frases de jerga que pertenecen a ambas épocas y cuentan a la vez con el carácter bárbaro y el carácter metafórico y se asemejan a fantasmagorías. Los fangosos levantan jacos a la negrera (los maleantes roban caballos por la noche) es una imagen que nos pasa por el pensamiento como si fuera un grupo de espectros. No sabemos qué estamos viendo.

En tercer lugar, el recurso. La jerga vive de la lengua. La usa como se le antoja, toma de ella cosas al azar y se limita muchas veces, cuando surge la necesidad, a desnaturalizar de forma somera y burda. A veces, con las palabras usuales, así deformadas y enredadas con palabras de jerga pura, compone expresiones pintorescas donde se nota la mezcla de los dos elementos ya dichos, la creación directa y la metáfora. El chusco arrufa, se me da que el carrusel de los parises garbea por el fosco: el perro ladra, supongo que la diligencia de París pasa por el bosque. El maromo es un primavera, la menda es una vivales, la lebrela es apersonada: ese individuo es tonto, esa mujer es muy espabilada, la hija es guapa. Las más de las veces, para desconcertar a quienes estén oyendo, la jerga se limita a añadir a todas las palabras algo así como una coletilla infame, una desinencia que puede ser -aille, -orgue, -iergue o -uche. Por ejemplo, de Vous trouvez bon ce gigot? (¿Le parece que está buena esta pierna de cordero?) a Vouziergue trouvaille bonorgue ce gigotmuche?, que fue una frase que le dijo Cartouche a un portero de la cárcel para saber si le parecía bien la cantidad que le había ofrecido para ser cómplice de su evasión. Recientemente se ha sumado a las anteriores la desinencia -mar.

Como la jerga es el idioma de una corrupción, no tarda en corromperse. Además, como siempre anda hurtando el bulto, en cuando se da cuenta de que la entienden, cambia. A la inversa de lo que sucede con cualquier otra vegetación, cualquier rayo de luz mata lo que ella toca. En consecuencia, la jerga se descompone y vuelve a componerse continuamente, empresa disimulada y veloz que nunca se detiene. La jerga hace más camino en diez años que la lengua en diez siglos. Así es como le larton, el pan, artos en griego, se convierte en le lartif; le gail, el caballo, del romaní, se convierte en le gaye; la fertanche, el heno, fracta, en latín la rama rota, en la fertille; le momignard, el niño, de môme, que viene de momer, hacer muecas, en le momacque; les siques, la ropa, se convierte en les frusques; la chique, la iglesia, en l'égrugeoir, que es el púlpito; le colabre, el cuello, en le colas. El Demonio fue primero gahisto, luego le rabouin, el rabuino italiano, y luego le boulanger, el panadero; el sacerdote es le ratichon, la rata de iglesia, y luego le sanglier, el jabalí; el puñal es le vingt-deux, el veintidós, y luego le surin, que viene del zíngaro; los policías fueron les railles, y luego les roussins, los rocines, y luego les rousses, luego les marchands de lacets, los vendedores de cordones para los zapatos, y luego les cognes, de coincer, sujetar; el verdugo fue le taule, luego Charlot, porque varios se llamaron Charles, luego l'atigeur, del español, aquejar, atormentar, luego le becquillard, porque la béquille era la guillotina. En el siglo XVII, pelear era se donner du tabac, de tabas, golpe, y en el XIX, se chiquer la geule, darse de golpes. Hubo veinte expresiones diferentes entre esas dos fechas. A Lacenaire le habría parecido que Cartouche hablaba en hebreo. Todas las palabras de esta lengua huyen perpetuamente, lo mismo que los hombres que las dicen.

No obstante, de vez en cuando, y precisamente porque se mueve, la jerga antigua vuelve y es nueva otra vez. Tiene sus capitales, donde permanece. En Le Temple seguía existiendo la jerga del siglo XVII; Bicêtre, cuando estaba en la cárcel, seguía usando la jerga del rey de Túnez. Se oía allí la desinencia -anche de los antiguos tunantes. Boyanges-tu, por bois-tu? —¿bebes?—. Il croyanche por il croit —cree—. Pero no por eso deja de ser ley el movimiento perpetuo.

Cuando el filósofo consigue detener por un momento, para observarla, esa lengua que se evapora continuamente, se sume en meditaciones dolorosas y útiles. No hay estudio más eficaz ni fecundo en enseñanzas. No existe ni una metáfora ni una etimología de la jerga en que no haya una lección. Entre esos hombres, battre, golpear, quiere decir fingir; así que golpean enfermedades; la astucia es su fuerza.

Para ellos, el concepto del hombre no se separa de la idea de la sombra. La noche se dice la sorgue; y el hombre, l'orgue. El hombre es un derivado de la noche.

Se han acostumbrado a considerar la sociedad una atmósfera letal, una fuerza fatídica, y hablan de su libertad como otros hablan de su salud. Un hombre detenido es un enfermo, un malade; un hombre condenado es un muerto, un mort.

Lo más tremendo para el preso entre las cuatro paredes de piedra que lo tienen como enterrado es una especie de castidad gélida; llama al calabozo le castus. En ese lugar lóbrego la vida de fuera siempre se presenta bajo su apariencia más risueña. El preso tiene grillos en los pies. ¿Cree quizá el lector que se acuerda de que los pies son para andar? No, se acuerda de que los pies son para bailar; y, si por ventura consigue serrar esos grillos, lo primero que se le ocurrirá es que ahora puede bailar; y a la sierra la llama el bailadero. Un nombre es un centro, sesuda asimilación. El bandido tiene dos cabezas, con una piensa lo que va a hacer y ésta lo guía en vida; la otra, que lleva sobre los hombros el día de su muerte, la cabeza que le aconseja que cometa delitos, a ésa la llama la sorbona; y a la cabeza que expía, la mocha. Cuando un hombre ya sólo cubre el cuerpo con harapos y el corazón con vicios, cuando ha llegado a esa doble degradación material y moral que caracteriza, en sus dos acepciones, la palabra guitón, ya está a punto para el crimen, es como una navaja bien afilada, tiene dos filos, el desvalimiento y la perversidad; y, en consecuencia, la jerga no dice «guitón», sino aguzado. ¿Qué es el presidio? Una hoguera de condenados, un infierno. Y al presidiario se le llama el ramojo. Y, para terminar, ¿qué nombre dan los malhechores a la cárcel? El internado. De esa palabra se puede sacar todo un sistema penitenciario.

También para los ladrones existe la carne de cañón, aquellos a quienes se puede robar, usted, yo, el primero que pase: el simple, el pantre (de pan, pantos, todo).

¿Quiere alguien saber dónde nació la mayoría de las canciones de presidio, esas que, en su vocabulario particular, se llaman linlorfa? Que atienda a lo que viene a continuación.

Había en Le Châtelet de París un sótano espacioso y alargado. Ese sótano estaba ocho pies por debajo del nivel del Sena. No tenía ni ventanas ni tragaluces ni había más abertura que la puerta; podían entrar los hombres, pero el aire, no. El techo de aquel sótano era una bóveda de piedra; y el suelo, diez pulgadas de barro. Tuvo, en su día, baldosas; pero con el rezumar del agua el enlosado se pudrió y se agrietó. A ocho pies por encima del suelo una viga larga y maciza atravesaba de punta a punto el sótano; de esa viga colgaban, de trecho en trecho, unas cadenas de tres pies de largo; y al final de esas cadenas había unas argollas. En ese sótano metían a los condenados a galeras hasta que salían para Tolón. Los metían debajo de esa viga, donde a cada cual lo estaba esperando. Su argolla balanceándose en las tinieblas. Las cadenas, brazos que cuelgan, y las argollas, manos abiertas, asían a aquellos miserables por el cuello. Cerraban las argollas y ahí dejaban a los hombres. Como la cadena era demasiado corta, no podían echarse. Se quedaban quietos en ese sótano y en esa oscuridad, debajo de esa viga, casi ahorcados, y tenían que hacer esfuerzos ímprobos para alcanzar el pan o el jarro; por encima de la cabeza, la bóveda; hasta media pierna, el barro; sus excrementos les corrían por las pantorrillas; el cansancio los descuartizaba y doblaban las caderas y las rodillas, agarrándose con las manos a la cadena, para descansar; sólo podían dormir de pie y los despertaba continuamente la argolla, que los estrangulaba; algunos no volvían a despertarse. Para comer, izaban con el talón por la tibia y hasta la mano el pan que les tiraban en el barro. ¿Cuánto tiempo se quedaban así? Un mes, dos meses; a veces seis meses. Hubo uno que estuvo un año. Era la antecámara de las galeras. Lo metían a uno ahí por haberle robado una liebre al rey. En ese sepulcro infernal, ¿qué hacían? Lo que se puede hacer en un sepulcro: agonizar. Y lo que se puede hacer en el infierno: cantar. Porque donde ya no queda esperanza, queda el canto. En aguas de Malta, cuando se acercaba una galera, antes de oírse los remos ya se oía el canto. El infeliz cazador furtivo Survincent, que pasó por la cárcel- sótano de Le Châtelet, decía: Las que me dieron fuerza fueron las rimas. Inutilidad de la poesía. ¿Para qué la rima? En ese sótano nacieron casi todas las canciones en jerga. Del calabozo de Le Châtelet procede el melancólico estribillo de la galera de Montgomery: Timalumisén, timulamisón. La mayor parte de esas canciones son lúgubres; algunas son alegres; hay una que es tierna:

Aquical está el teatro del niño dardero.

Porque, hagamos lo que hagamos, nadie podrá aniquilar este resto eterno del corazón del hombre: el amor.

En ese mundo de hechos en la sombra, se guardan los secretos. El secreto es algo común. El secreto, para esos míseros, es la unidad sobre la que se asienta la unión. Quebrantar el secreto es arrebatarle algo propio a todos y cada uno de los componentes de esa comunidad fiera. Denunciar, en la lengua enérgica de la jerga, se dice comerse el bocado. Como si el que denuncia se quedase con parte de la sustancia de todos y se nutriera de un bocado de carne de cada cual.

¿Qué se dice cuando alguien recibe una bofetada? La metáfora más manida es: Ver las estrellas. Y la jerga interviene, y como la vela que brilla es la camoufle, la bofetada se convierte en le camouflet. Y así, por algo semejante a una impregnación de abajo arriba, y con ayuda de la metáfora, esa trayectoria incalculable, la jerga asciende de la caverna a la academia y, porque Poulailler decía: J'allume ma camoufle, Voltaire pudo escribir: Langleviel La Beaumelle mérite cent camouflets.

Rebuscar en la jerga es hacer descubrimientos a cada paso. Estudiar ese idioma extraño y ahondar en él conduce hasta el misterioso punto de intersección entre la sociedad como es debido y la sociedad maldita.

El argot es el verbo que se vuelve presidiario.

Que pueda caer tan bajo el principio pensante del hombre, que puedan llevarlo a rastras hasta ahí y ensogarlo las oscuras tiranías de la fatalidad, que puedan atarlo a saber con qué ligaduras a ese precipicio es algo que consterna.

¡Ah, infeliz pensamiento de los míseros!

¿No acudirá nadie, ay, a socorrer al alma humana en esta oscuridad?

¿Está destinada a esperar para siempre al intelecto, ese liberador, ese tremendo jinete de pegasos e hipogrifos, ese guerrero del color de la aurora que baja del azul del cielo entre dos alas, ese radiante caballero del porvenir? ¿Le pedirá siempre socorro en vano a la lanza de luz del ideal?

¿Está condenada a oír cómo se acerca espantosamente el Mal por el espesor del abismo y a ver, cada vez más cerca, bajo el agua repulsiva, esa tierra draconiana, esas fauces que mastican espuma y esa ondulación serpenteante de garras, de bultos y de anillos? ¿Tendrá que quedarse donde está, sin un asomo de luz, sin esperanza, a merced de esa aproximación formidable, mientras el monstruo la olfatea vagamente, trémula, desgreñada, retorciéndose los brazos, encadenada para siempre a la roca de la noche, Andrómeda sombría, blanca y desnuda entre las tinieblas?

III
JERGA QUE LLORA Y JERGA QUE RÍE

Como estamos viendo, a toda la jerga, la jerga de hace cuatrocientos años y la jerga de hoy, la impregna ese sombrío espíritu simbólico que aporta a todas las palabras ora un porte doliente, ora una expresión amenazadora. Notamos en ella la antigua tristeza hosca de aquellos truhanes de la Corte de los Milagros, que jugaban a las cartas con barajas propias, algunas de las cuales han llegado hasta nosotros. El ocho de tréboles, por ejemplo, era un árbol grande con ocho hojas de trébol enormes, algo así como una personificación fantástica del bosque. Al pie de ese árbol había una hoguera en que tres liebres estaban asando a un cazador en un espetón y, detrás, encima de otra hoguera, había un caldero humeante del que salía una cabeza de perro. Nada puede haber más lóbrego que esas represalias pintadas en una baraja porque había hogueras de asar contrabandistas y calderos de hervir falsificadores de moneda. Las formas diversas que adoptaba el pensamiento en el reino de la jerga, incluso la canción, incluso la broma, incluso la amenaza, tenían todas ellas ese mismo carácter de impotencia y agobio. Todas las canciones, algunas de cuyas melodías se conservaron, eran humildes y tan lastimeras que hacían llorar. La gente de mal vivir es, siempre, la pobre gente de mal vivir, y es siempre la liebre que se esconde, el ratón que huye, el pájaro que escapa. Apenas si protesta, se limita a suspirar: No se guilla uno cómo meg, el bato de los orgues, puede desgraciar a sus miones y oír cómo las pían sin piarlas él también. El mísero, siempre que le da tiempo a pensar, se encoge ante la ley y se humilla ante la sociedad; se tumba en el suelo boca abajo, suplica, tira por el camino de la compasión; se nota que sabe que tiene la culpa de algo.

A mediados del siglo pasado, hubo un cambio. Las canciones de las cárceles, los ritornelos de los ladrones, adquirieron, por decirlo de alguna manera, un temple insolente y jovial. El maluré quejumbroso se convirtió en lariflá. Nos encontramos, en el siglo XVIII, en casi todas las canciones de galeras, presidios y chusmas, un regocijo diabólico y enigmático. Se oye este estribillo estridente y saltarín que diríase que toma luz de un resplandor fosforescente y es como si algún fuego fatuo que tocara el pífano fuera soltándolo por el bosque:

Mirlababi surlabobó Mirlitón ribón ribé Surlabababi mirlababo Mirlitón ribón ribó.

Se cantaba mientras se degollaba a alguien en un sótano o en un rincón del bosque.

Es un síntoma que tiene su importancia. En el siglo XVIII la antigua melancolía de esas clases cetrinas desaparece. Se echan a reír. Se burlan de meg, el grande, y del bahisto. Llega Louis XV y llaman al rey de Francia «el marqués de los parises». Ya están casi alegres. De esos miserables brota algo así como una luz liviana, como si ya no les pesase la conciencia. Las lastimosas tribus de la sombra no cuentan ya solamente con la audacia desesperada de las acciones, tienen también la audacia despreocupada del ingenio. Señal de que va a menos la conciencia de ser criminales y que notan que tienen, entre los pensadores y los caviladores, a saber qué valedores que ni siquiera saben que lo son. Señal de que el robo y el saqueo están empezando a infiltrarse incluso en algunas doctrinas y algunos sofismas, de forma tal que ellos pierden un tanto la fealdad y se la traspasan en buena parte a los sofismas y a las doctrinas. Señal, por fin, si no surge alguna diversión, de que se avecina una eclosión prodigiosa.

Hagamos un breve alto. ¿A quién estamos acusando con lo dicho? ¿Al siglo XVIII? ¿A su filosofía? No, por descontado. La obra del siglo XVIII es sana y buena. Los enciclopedistas, con Diderot a la cabeza; los fisiócratas, con Turgot a la cabeza; los filósofos, con Voltaire a la cabeza; los utópicos, con Rousseau a la cabeza: he aquí cuatro legiones sagradas. A ellas les debemos el gigantesco avance de la humanidad hacia la luz. Son las cuatro vanguardias del género humano que se encaminan hacia los cuatro puntos cardinales del progreso: Diderot hacia lo hermoso, Turgot hacia lo útil, Voltaire hacia lo cierto y Rousseau hacia lo justo. Pero, junto a los filósofos, y a un nivel más bajo, estaban los sofistas, vegetación venenosa que se mezclaba con el crecimiento saludable, cicuta en la selva virgen. Mientras el verdugo quemaba en la escalinata principal del Palacio de Justicia los magnos libros liberadores del siglo, unos escritores, hoy olvidados, publicaban, con privilegio del rey, a saber qué escritos extrañamente desorganizadores, que los miserables leyeron con avidez. Algunas de esas publicaciones, que, detalle curioso, gozaban del patrocinio de un príncipe, las encontramos en la Biblioteca secreta. Esos hechos, de calado, pero que nadie conocía, no se advertían desde la superficie. Hay veces en que es en la propia oscuridad de un hecho en donde reside su peligro. Es oscuro porque es subterráneo. De todos los escritores, el que quizá excavó por entonces en las masas la galería más insana fue Restif de La Bretonne.

Esa labor, que se dio en toda Europa, fue más demoledora en Alemania que en cualquier otro lugar. En Alemania hubo un período, que resumió Schiller en su famoso drama Los bandidos, en que el robo y el saqueo se erigían en protesta contra la propiedad y el trabajo, se asimilaban a determinadas ideas elementales, especiosas y erróneas, justas en apariencia y absurdas en realidad, se arropaban en esas ideas y se desvanecían en ellas como quien dice, adoptaban un nombre abstracto y pasaban al estado de teoría; y así circulaban entre las muchedumbres laboriosas, sufrientes y honradas, sin que tuvieran conciencia de ello ni siquiera los químicos imprudentes que habían preparado la mixtura y sin que tuvieran conciencia de ello tampoco las masas que la aceptaban. Siempre que ocurre algo así, es un suceso grave. El sufrimiento engendra la ira; y, mientras las clases prósperas no quieren verlo, o se adormecen, y ambas cosas consisten en cerrar los ojos, el odio de las clases desdichadas prende su antorcha en algunas ideas desabridas o mal enjaretadas de alguien que anda pensando por un rincón y se pone a pasarle revista a la sociedad. ¡Y cuando el odio pasa revista, el resultado es terrible!

De ahí proceden, si así lo quiere la desventura de las épocas, esas espantosas conmociones que recibían antes el nombre de levantamientos campesinos, de jacqueries, en comparación con los que la agitación puramente política es un juego de niños y que no son ya la lucha del oprimido contra el opresor, sino la rebelión del malestar contra el bienestar. Y entonces todo se viene abajo.

Las jacqueries son los terremotos del pueblo.

Ese peligro, inminente quizá en Europa a finales del siglo XVIII, fue el que interrumpió de raíz la Revolución Francesa, ese gigantesco acto de probidad.

La Revolución Francesa, que no es sino el ideal que blande una espada,

se irguió, y, con ese mismo ademán brusco, le cerró la puerta al mal y se la abrió al bien.

Despejó la cuestión, promulgó la verdad, expulsó los miasmas, saneó el siglo y coronó al pueblo.

Puede decirse que creó al hombre por segunda vez al darle una segunda alma: el derecho.

El siglo XIX hereda esa obra suya y se beneficia de su labor; y hoy en día esa catástrofe social que indicábamos hace un momento es ya, sencillamente, imposible. ¡Ciego es quien se manifieste en contra y necio quien la tema! La revolución es la vacuna contra la jacquerie.

Merced a la revolución, las condiciones sociales cambiaron. No llevamos ya en la sangre las enfermedades feudales y monárquicas. Ya no nos queda Edad Media alguna en el organismo. No estamos ya en los tiempos en que irrumpían espantosas ebulliciones internas, en que oía el hombre bajo sus plantas el recorrido oscuro de un ruido sordo, en que aparecían en la superficie de la civilización a saber qué levantamientos de galerías de topos, en que el suelo se agrietaba, en que se abrían por arriba las cuevas y se veía salir de repente del suelo cabezas monstruosas.

El sentido revolucionario es un sentido ético. El sentimiento del derecho, al desarrollarse, desarrolla el sentimiento del deber. La ley de todos es la libertad, que acaba donde empieza la libertad del prójimo, según la admirable definición de Robespierre. Desde 1789, se dilata el pueblo entero en el individuo sublimado; no hay pobre que, porque tiene su derecho, no tenga su apartado; el muerto de hambre nota en sí la dignidad de Francia; la dignidad del ciudadano es una armadura interna: quien es libre es escrupuloso; quien vota reina. De ahí la incorruptibilidad; de ahí el aborto de las codicias insanas; de ahí los ojos de mirada heroicamente baja ante las tentaciones. El saneamiento revolucionario es tal que en un día de liberación, un 14 de julio, un 10 de agosto, ya no hay populacho. El primer grito de las muchedumbres iluminadas y pujantes es: ¡muerte a los ladrones! El progreso es hombre honrado; el ideal y lo absoluto no son unos rateros. ¿Quiénes sirvieron de escolta en 1848 a los furgones donde iban las riquezas de Les Tuileries? Los traperos del barrio de Saint-Antoine. Los harapientos montaron guardia ante el tesoro. Esos desharrapados resplandecían de virtud. Estaba en esos furgones, en cajones cerrados de mala manera, y algunos, incluso, abiertos a medias, entre cien estuches deslumbradores, aquella corona antigua de Francia, toda ella de brillantes y con el remate del carbunclo de la monarquía: el Regente, que valía treinta millones. Y ellos custodiaban, descalzos, esa corona.

Así que se acabaron las jacqueries. Lo siento por los avispados. Es un temor viejo al que no le quedan ya recursos y no podrá volver a usarse en política. Se ha roto el poderoso resorte del espectro rojo. Ya está al tanto todo el mundo. Ese espantapájaros ha dejado de espantar. Las aves se toman libertades con ese muñeco, las estercorarias se posan en él y la clase media se le ríe en las narices.

IV
LAS DOS OBLIGACIONES: VIGILAR Y ESPERAR

Dicho esto, ¿ha desaparecido todo riesgo social? Por descontado que no. No habrá jacqueries. La sociedad puede estar tranquila al respecto, no se le volverá a subir la sangre a la cabeza; pero sí debe preocuparse de la forma en que respira. Ya no hay que temer la apoplejía; pero la tisis sigue presente. Esa tisis social que se llama la miseria.

La consunción mata tanto como el rayo.

No nos cansaremos de repetirlo: hay que pensar, antes que en cualquier otra cosa, en la muchedumbre doliente de los desheredados; aliviarla, darle aire, iluminarla, quererla, abrirle con esplendidez el horizonte; prodigarle de todas las formas concebibles la instrucción; brindarle el ejemplo del trabajo y nunca el de la ociosidad; aminorar el peso de la carga individual incrementando la noción de la meta universal; limitar la pobreza sin limitar la riqueza; crear dilatados ámbitos de actividad pública y popular; tener, igual que Briareos, cien manos para tendérselas por todos lados a los agobiados y a los débiles; recurrir a la fuerza colectiva para atender a esa magna obligación de abrir talleres para todos los brazos, escuelas para todas las capacidades y laboratorios para todas las inteligencias; subir los salarios, disminuir el esfuerzo, equilibrar el debe y el haber, es decir, que el esfuerzo pueda disfrutar y la necesidad pueda saciarse; en pocas palabras, conseguir que el aparato social produzca, en provecho de los que sufren y de los ignorantes, más claridad y mayor bienestar; tal es, que no se les olvide a las almas simpáticas, la primera de las obligaciones fraternas; tal es, que lo sepan los corazones egoístas, la primera de las necesidades políticas.

Y hemos de decir que todo esto no es sino un principio. La cuestión auténtica es la siguiente: el trabajo no puede ser una ley si no es un derecho.

No insistiremos, pues no es éste el lugar adecuado.

Si la naturaleza se llama providencia, la sociedad debe llamarse previsión.

El crecimiento intelectual y ético no es menos indispensable que las mejoras materiales. Saber es un viático; pensar es algo de primera necesidad; la verdad alimenta tanto como el trigo. Una razón, ayuna de ciencia y conocimiento, adelgaza. Compadezcamos, igual que compadecemos los estómagos, las mentes que no comen. Si hay algo más desgarrador que un cuerpo que agoniza por falta de pan, es un alma que se muere de hambre de luces.

Todo el progreso tiende hacia la solución. Algún día el hombre se quedará estupefacto. El género humano estará en ascenso y las capas sociales saldrán espontáneamente de la zona del desvalimiento. La miseria quedará borrada sencillamente porque subirá el nivel.

Haríamos mal si dudásemos de esa solución bendita.

Cierto es que el pasado tiene mucha fuerza ahora mismo. Se está reanudando. Este rejuvenecimiento de un cadáver resulta sorprendente. Helo aquí en marcha, y se acerca. Parece victorioso; este muerto es un conquistador. Llega con su legión, las supersticiones; con su espada, el despotismo; con su bandera, la ignorancia; ha ganado últimamente diez batallas; avanza, amenaza, se ríe, lo tenemos en puertas. Pero no desesperemos. Vendamos el campo donde acampa Aníbal.

Nosotros, que creemos, ¿qué podemos temer?

Las ideas no dan marcha atrás, de la misma forma que no dan marcha atrás los ríos.

Pero que quienes no quieran el porvenir reflexionen. Al decirle que no al progreso no están condenando el porvenir, se están condenando a sí mismos. Contraen por propia voluntad una enfermedad lóbrega; se inoculan el pasado. No hay sino una forma de rechazar el Mañana, y es morirse.

Ahora bien, ninguna muerte, la del cuerpo cuanto más tarde mejor, y la del alma nunca: eso es lo que queremos.

Sí, el enigma nos revelará su clave, la esfinge hablará, quedará resuelto el problema. Sí, el pueblo cuyo esbozo trazó el siglo XVIII lo rematará el siglo XIX. ¡Es un estúpido quien lo dude! La eclosión futura, la eclosión cercana del bienestar universal es un fenómeno de fatalidad divina.

Impulsos de conjunto gigantescos dirigen los hechos humanos y los conducen todos, dentro de un plazo de tiempo determinado, hasta el estado lógico, es decir, el equilibrio; es decir, la equidad. Una fuerza que se compone de tierra y cielo nace de la humanidad y la gobierna; esa fuerza hace milagros; los desenlaces maravillosos no le resultan más dificultosos que las peripecias extraordinarias. Al contar con la ayuda de la ciencia, que procede del hombre, y del acontecimiento, que procede de otro, poco la espantan esas contradicciones de los problemas planteados que le parecen imposibles al vulgo. No es menos hábil para hacer que surja una solución del vecindario de las ideas que una enseñanza del vecindario de los hechos; y podemos esperarlo todo de esa fuerza misteriosa del progreso, que, un buen día, confronta oriente y occidente en lo hondo de un sepulcro y permite que dialoguen los imanes con Bonaparte dentro de la gran pirámide.

Entre tanto, no hay alto ni titubeo, no hay parada en el avance grandioso de las mentes. La filosofía social consiste esencialmente en la ciencia y la paz. Es su meta, y debe ser su resultado, que el estudio de los antagonismos diluya las iras. Examina, escruta, analiza; luego, recompone. Procede por reducción y de todo descuenta el odio.

Que una sociedad zozobre por el vendaval que azota a los hombres es algo que ha sucedido en más de una ocasión; la historia rebosa de naufragios de pueblos y de imperios; costumbres, leyes, religiones: llega un día en que pasa el huracán, ese desconocido, y se lo lleva todo por delante. Las civilizaciones de la India, de Caldea, de Persia, de Asiria y de Egipto fueron desapareciendo una tras otra. ¿Por qué? No lo sabemos. ¿Cuáles son las causas de esos desastres? ¿Podrían haberse salvado esas civilizaciones?

¿Tuvieron parte de culpa? ¿Se empecinaron en algún vicio fatídico que acarreó su pérdida? ¿Qué proporción de suicidio hay en esas muertes terribles de una nación y de una raza? Preguntas sin respuesta. La sombra se extiende sobre las civilizaciones condenadas. Hacían agua, ya que se han hundido; nada más podemos decir; y contemplamos, con pasmo atemorizado, en lo hondo de ese mar que llamamos el pasado, tras esas olas colosales, los siglos, cómo naufragan esos gigantescos navíos, Babilonia, Nínive, Tarso, Tebas, Roma, bajo el soplo espantoso que sale de todas las bocas de las tinieblas. Pero allá hay tinieblas, y aquí claridad. No conocemos las enfermedades de las civilizaciones antiguas, pero sí estamos al tanto de las invalideces de la nuestra. Tenemos, en lo que a ella se refiere, pleno derecho de iluminación; miramos sus bellezas y desnudamos sus deformidades. Palpamos en los sitios que le duelen; y, tras comprobar que hay sufrimiento, el estudio de la causa lleva al descubrimiento del medicamento. Nuestra civilización, una obra de veinte siglos, es a un tiempo el monstruo y el prodigio de esos siglos; merece la pena salvarla. La salvaremos. Aliviarla es ya mucho; iluminarla también tiene su importancia. Todas las tareas de la filosofía social moderna deben tender a esa meta. El pensador de hoy tiene una obligación magna: auscultar la civilización.

Repetimos que esa auscultación da ánimos; y con esa insistencia en los ánimos es como queremos poner punto final a estas pocas páginas, un entreacto austero en un drama doloroso. Tras la mortalidad social se palpa lo imperecedero de la humanidad. Aunque tenga acá y allá llagas, que son los cráteres, y herpes, que son las solfataras, aunque un volcán entre en erupción y lance el pus que tiene dentro, la Tierra no muere. De enfermedades del pueblo no se muere el hombre.

Y, no obstante, cualquiera que vaya siguiendo la evolución clínica de la sociedad mueve la cabeza, pensativo, de vez en cuando. Los más fuertes, los más tiernos, los más lógicos tienen sus horas de desaliento.

¿Llegará el porvenir? Parece casi lícito hacerse esa pregunta cuando se ven tantas sombras terribles. Sombríos enfrentamientos de los egoístas con los miserables. Entre los egoístas: los prejuicios; las tinieblas de la educación de los ricos; el apetito creciente por la embriaguez; un vahído de prosperidad que ensordece; el temor de sufrir, que, en algunos, llega hasta la aversión por los que sufren; una satisfacción implacable; un ego tan crecido que tapona el alma; entre los miserables: los deseos codiciosos, la envidia, el odio al ver cómo disfrutan los demás, las hondas sacudidas de la bestia humana que piden saciedad, los corazones colmados de niebla, la tristeza, la necesidad, la fatalidad, la ignorancia impura y simple.

¿Hay que seguir alzando los ojos al cielo? Ese punto luminoso que en él se divisa ¿es de los que se apagan? Espanta ver el ideal así perdido en las profundidades, pequeño, aislado, imperceptible, reluciente, pero rodeado de todas esas tremendas amenazas negras que se apiñan monstruosamente a su alrededor; y, sin embargo, no se halla en mayor peligro del que se halla una estrella en las fauces de las nubes.

LIBRO OCTAVO
DELICIAS Y DESCONSUELOS

I
PLENA LUZ

El lector ya habrá comprendido que Éponine, tras reconocer, al otro lado de la verja, a la moradora de la calle de Plumet, donde la había mandado ir Magnon, apartó, de entrada, a los bandidos de esa calle de Plumet y, luego, llevó allí a Marius; y que, transcurridos unos cuantos días de éxtasis ante la verja, a Marius lo arrastró esa fuerza que impulsa al hierro hacia el imán y al enamorado hacia las piedras de que está construida la casa de la mujer amada y acabó por entrar en el jardín de Cosette igual que Romeo en el jardín de Julieta. E incluso le resultó más fácil que a Romeo, que tuvo que escalar una tapia. A Marius le bastó con forzar un tanto uno de los barrotes de la verja decrépita, que se movía en el alveolo oxidado, igual que los dientes de los ancianos. Marius era espigado y no le costó pasar por el hueco.

Como no había nadie nunca en la calle y, por lo demás, Marius sólo entraba en el jardín de noche, no corría el riesgo de que lo vieran.

A partir de aquella hora bendita y santa en que esas dos almas sellaron sus esponsales con un beso, Marius fue todas las noches. Si en aquel momento de su vida hubiese caído Cosette en el amor de un hombre poco escrupuloso y libertino, habría estado perdida; pues hay naturalezas generosas que se entregan, y Cosette era una de ellas. Una de las magnanimidades de la mujer es que cede. Al amor, cuando alcanza ese nivel en que es absoluto, lo enreda una especie de celestial ceguera del pudor. ¡Qué peligros corréis, ay, almas nobles! Nos dais en muchas ocasiones el corazón y nosotros cogemos el cuerpo. El corazón lo conserváis, y lo miráis, estremecidas, en la sombra. En el amor no hay término medio; o pierde, o salva. Todo el destino humano reside en ese dilema. Y dicho dilema, condena o salvación, no hay fatalidad que lo brinde de forma más inexorable que el amor. El amor es la vida, a menos que sea la muerte. Cuna; y también ataúd. El mismo sentimiento dice sí y no en el corazón humano. De cuanto hizo Dios, del corazón humano es de donde se desprende más luz y, ay, más tinieblas.

Quiso Dios que el amor que encontró Cosette fuera de los que salvan.

Mientras duró el mes de mayo de aquel año de 1832, hubo todas las noches en ese jardín humilde y salvaje, bajo aquella maleza cada día más fragante y más densa, dos seres que se componían de todas las castidades y todas las inocencias, que rebosaban de todas las dichas del cielo, más próximos a los arcángeles que a los hombres, puros, honestos, embriagados, radiantes, que resplandecían uno para otro en las tinieblas. Le parecía a Cosette que Marius llevaba una corona; y a Marius, que Cosette estaba en un nimbo. Se tocaban, se miraban, se cogían las manos, se acurrucaban uno contra otro; pero había una distancia que no franqueaban. No porque la respetasen, sino porque no sabían nada de ella. Marius notaba una barrera: la pureza de Cosette; y Cosette notaba un apoyo: la lealtad de Marius. El primer beso había sido también el último. A partir de entonces, Marius no había ido más allá de rozar con los labios la mano, o la pañoleta, o un rizo de Cosette. Cosette era para él un perfume, y no una mujer. Aspiraba su aroma. Ella no le negaba nada y él no le pedía nada. Cosette era feliz, y Marius estaba satisfecho. Vivían en ese arrebatador estado que puede decirse que es el deslumbramiento recíproco de dos almas. Era aquel primer abrazo inefable, en el ámbito de lo ideal, de dos virginidades. Dos cisnes que se encuentran en el Jungfrau.

En aquella hora del amor, hora en que la voluptuosidad calla por completo porque la domina la omnipotencia del éxtasis, Marius, el puro y seráfico Marius, habría sido antes capaz de subir al cuarto de una ramera que de levantarle el vestido a Cosette a la altura del tobillo. En una ocasión, a la luz de la luna, Cosette se agachó para recoger algo que se le había caído al suelo y se le entreabrió el escote, descubriendo el nacimiento de los pechos. Marius apartó la vista.

¿Qué sucedía entre aquellas dos criaturas? Nada. Se adoraban.

Por las noches, cuando estaban allí, el jardín parecía un lugar vivo y sagrado. Se abrían todas las flores a su alrededor y les enviaban incienso; ellos abrían las almas y las derramaban en las flores. La vegetación lasciva y vigorosa tenía sobresaltos colmados de savia y embriaguez en torno a aquellos dos inocentes, y ellos se decían palabras de amor que hacían estremecerse a los árboles.

¿Qué eran esas palabras? Hálitos. Nada más. Y esos hálitos bastaban para turbar y conmover toda aquella naturaleza. Fuerza mágica que costaría entender si se leyesen en un libro esas charlas que existían para que se las llevase el viento y las disipara bajo las hojas, como humaredas, el viento. Si le quitamos a los susurros de dos enamorados esa melodía que brota del alma y los acompaña como una lira, lo que queda es sólo una sombra; y decimos: ¡Cómo! ¡Sólo era eso! Sí, eso era, niñerías, repeticiones, risas por nada, cosas inanes, bobadas, ¡todo cuanto hay en el mundo más sublime y hondo! ¡Las únicas cosas que merecen la pena decirse y escucharse.

Esas bobadas, esas cosas tan pobres, el hombre que nunca las haya oído, el hombre que nunca las haya dicho es un imbécil y una mala persona.

Cosette le decía a Marius:

—¿Sabes…?

(Porque, con esa virginidad celestial, y sin que ninguno de los dos pudiera decir cómo, habían llegado el tuteo.)

—¿Sabes? Me llamo Euphrasie.

—¿Euphrasie? De ninguna manera, te llamas Cosette.

—¡Bah! Cosette es un nombre bastante feo que me pusieron no sé por qué cuando era pequeña. Pero mi nombre de verdad es Euphrasie. ¿No te gusta el nombre de Euphrasie?

—Sí… Pero Cosette no es feo.

—¿Te gusta más que Euphrasie?

—Pues… sí.

—Pues entonces a mí también me gusta más. Es verdad, es bonito Cosette. Llámame Cosette.

Y la sonrisa que añadía convertía aquel diálogo en un idilio digno de un bosque que se hallase en el cielo.

Otras veces lo miraba fijamente y exclamaba:

—Caballero, es usted guapo, es precioso, es ingenioso, no tiene un pelo de tonto, sabe muchas más cosas que yo, pero lo desafío a decir mejor que yo: ¡te quiero!

Y a Marius, en pleno azul del cielo, le parecía oír una estrofa que cantaba una estrella.

O le daba un cachetito si tosía, y le decía:

—No tosa, caballero. No quiero que tosa nadie en mi casa sin permiso mío. Está muy feo eso de toser y alarmarme. Quiero que tengas buena salud, lo primero porque yo, si no tuvieras buena salud, me sentiría muy desgraciada. ¿Qué quieres que le haga?

Y aquello resultaba sencillamente divino. En una ocasión le dijo Marius a Cosette:

—Fíjate que hubo una temporada en que pensé que te llamabas Ursule. Y se estuvieron riendo toda la velada con aquello.

En otra ocasión, en plena charla, exclamó:

—¡Ah, un día, en Le Luxembourg, me entraron ganas de dejar a un inválido más inválido de lo que estaba!

Pero se paró en seco y no dijo nada más. Habría tenido que mencionarle a Cosette su liga, y era algo que le resultaba imposible. Había en ello un vecindario desconocido, la carne, ante la que aquel amor inmenso e inocente retrocedía, con algo así como un susto.

Marius se imaginaba la vida con Cosette así, y nada más; acudir todas las noches a la calle de Plumet, mover el barrote viejo y tan considerado de la verja del presidente del Parlamento de París, sentarse codo con codo en aquel banco, mirar a través de los árboles cómo centelleaba la noche naciente, establecer una convivencia entre la raya de la rodilla de sus pantalones y los vuelos del vestido de Cosette, acariciarle la uña del dedo pulgar, llamarla de tú, oler por turnos la misma flor, así, para siempre, sin fin. Entretanto, les pasaban las nubes por encima de la cabeza. Cada vez que sopla el viento, se lleva más sueños de los hombres que nubes del cielo. Aunque, desde luego, en aquel amor casto y casi arisco también había el oportuno galanteo. «Echarle flores» a la mujer amada es la primera forma de las caricias, un atrevimiento a medias que va haciendo pruebas. El cumplido es algo así como el beso a través del velo. La voluptuosidad pone en él su dulce punzada al tiempo que se esconde. Ante la voluptuosidad, el corazón se retrae, para amar mejor. Los mimos de Marius, impregnados por completo de quimeras, eran, por decirlo de alguna forma, del color azul del cielo. Las aves, cuando vuelan por esas alturas, por la región de los ángeles, deben de oír palabras como ésas. Y, no obstante, iban mezcladas con ellas la vida, la humanidad, todo lo positivo de que era capaz Marius. Eran de las que se dicen en la gruta, preludio de lo que se dirá en la alcoba; una efusión lírica, un cruce de estrofa y soneto, las amables hipérboles del arrullo, todos los refinamientos de la adoración dispuestos como un ramo y de los que brotaba un sutil perfume celestial, un gorjeo inefable entre dos corazones.

—¡Ay! —susurraba Marius—. ¡Qué hermosa eres! No me atrevo a mirarte. Y por eso te contemplo. Eres una Gracia. No sé qué me pasa. Me trastorna el filo de tu vestido cuando te asoma la punta del zapato. Y además ¡qué luz encantada cuando se abre a medias tu pensamiento! Hablas con una sensatez tan asombrosa. A ratos me parece que eres un sueño. Habla, que te escucho y te admiro. ¡Ay, Cosette, qué extraño y delicioso es todo! Estoy loco de verdad. Es usted adorable, señorita. Estudio tus pies con microscopio y tu alma con telescopio.

Y Cosette contestaba:

—Te quiero ya un poco más porque desde esta mañana ha pasado el tiempo.

Las preguntas y las respuestas se las apañaban como podían en este diálogo y siempre acababan por ponerse de acuerdo en lo referido al amor, igual que el contrapeso siempre endereza los dominguillos de madera de saúco.

Toda la persona de Cosette era sencillez, ingenuidad, transparencia, blancura, candor, rayo de luz. Habría podido decirse de Cosette que era clara. Le daba a quien la veía una sensación de abril y de despuntar del día. Llevaba rocío en los ojos. Cosette era una condensación de aurora boreal en forma de mujer.

Era completamente natural que Marius, que la adoraba, la admirase. Pero la verdad es que aquella colegiala, recién salida del convento, conversaba con exquisita penetración y decía a veces toda suerte de palabras ciertas y delicadas. Su charla era conversación. No se equivocaba en nada y todo lo veía con tino. La mujer siente y habla con el tierno instinto del corazón, que es una infalibilidad. Nadie sabe decir cosas dulces y profundas a un tiempo como las dice una mujer. Dulzura y profundidad, ahí está la mujer entera; ahí está el cielo entero.

En plena dicha, se les llenaban continuamente los ojos de lágrimas. Se compadecían de una mariquita aplastada, de una pluma caída de un nido, de una rama de espino albar quebrada; y su éxtasis, suavemente velado de melancolía, parecía no concebir nada mejor que las lágrimas. El síntoma más soberano del amor es un estado de ternura casi insoportable.

Y, al tiempo —en todas esas contradicciones consiste el juego de relámpagos del amor—, reían de buena gana, con una libertad deliciosa y con tanta confianza que a veces parecían casi dos muchachos. No obstante, incluso aunque no lo supieran sus corazones ebrios de castidad, la naturaleza inolvidable siempre está presente. Ahí está, con su meta brutal y sublime, y, fuere cual fuere la inocencia de las almas, se nota, en la entrevista a solas más púdica, el adorable y misterioso matiz que separa a una pareja de enamorados de un par de amigos.

Se idolatraban.

Lo permanente y lo inmutable persisten. Hay amor, sonrisas, risas, mohínes mutuos de los labios, dedos entrelazados, tuteos, y todo eso no impide la eternidad. Dos enamorados se ocultan en el atardecer, en el crepúsculo, en lo invisible, con los pájaros, con las rosas, se fascinan en la sombra con los corazones puestos en la mirada, susurran, cuchichean y, mientras tanto, gigantescas oscilaciones de astros colman el espacio infinito.

II
EL ATURDIMIENTO DE LA DICHA COMPLETA

Existían inconcretamente, pasmados de felicidad. No se enteraban de que el cólera estaba diezmando París aquel mes precisamente. Se habían hecho cuantas confidencias habían podido, pero no había llegado la cosa mucho más allá de cómo se llamaban. Marius le había dicho a Cosette que era huérfano, que se llamaba Marius Pontmercy, que era abogado, que vivía de escribir cosas para las librerías, que su padre era coronel, que era un héroe y que él, Marius, estaba reñido con su abuelo, que era rico. También le había insinuado que era barón; pero a Cosette no le había impresionado aquello ni poco ni mucho. ¿Marius, barón? No lo había entendido. No sabía qué quería decir aquella palabra. Marius era Marius. Ella, por su parte, le había contado que se había criado en el convento de Le Petit-Picpus, que también a ella se le había muerto la madre, que su padre se llamaba señor Fauchelevent, que era muy bueno, que daba muchas limosnas a los pobres, pero que era pobre él también, y que se privaba de todo y a ella no la privaba de nada.

Cosa extraña, en aquella especie de sinfonía en que vivía Marius desde que veía a Cosette, el pasado, incluso el más reciente, se había vuelto tan confuso y remoto que lo que le refirió Cosette lo satisfizo por completo. Ni siquiera se le ocurrió hablarle de la aventura nocturna del caserón, ni de los Thénardier, de la quemadura y del extraño comportamiento y la singular huida de su padre. A Marius se le había olvidado momentáneamente todo aquello; ni siquiera sabía por la noche qué había hecho por la mañana, ni dónde había almorzado, ni quién le había dirigido la palabra; tenía en los oídos cantos que lo dejaban sordo para cualquier otro pensamiento; sólo existía en las horas en que veía a Cosette. Y entonces, como estaba en el cielo, lo más natural era que se le olvidase la tierra. Ambos cargaban lánguidamente con el peso indefinible de las voluptuosidades materiales. Así es como viven esos sonámbulos a quienes llaman enamorados.

¿Quién, ay, no ha sentido todas esas cosas? ¿Por qué llega una hora en que salimos de ese azur y por qué sigue la vida después?

El amor sustituye casi al pensamiento. El amor es un olvido ardiente de todo lo demás. ¿Quién le va a pedir lógica a la pasión? No existe en el corazón humano un encadenamiento lógico absoluto, como tampoco existen figuras geométricas perfectas en la mecánica celeste. Para Cosette y para Marius sólo existían Marius y Cosette. El universo que los rodeaba se había caído en un agujero. Vivían en un minuto de oro. No había nada por delante, no había nada por detrás. Apenas si Marius recordaba que Cosette tenía un padre. Un deslumbramiento se lo había borrado todo de la mente.

¿De qué hablaban aquellos amantes? Ya lo hemos visto, de las flores, de las golondrinas, del sol poniente, de la salida de la luna, de todas las cosas importantes. Excepto todo, se lo habían dicho todo. El todo de los enamorados es la nada. Pero el padre, las realidades, el tugurio, los bandidos, la aventura aquella, ¿para qué? ¿Había seguridad acaso de que aquella pesadilla hubiera existido? Eran dos y se adoraban; y no había nada más. Nada que no fuera eso existía. Es probable que este desvanecimiento del infierno a espaldas nuestras sea algo inherente a la llegada al paraíso.

¿Hemos visto acaso alguna vez demonios? ¿Los hay? ¿Hemos temblado?

¿Hemos sufrido? Ya no sabemos nada. Todo eso lo cubre una nube sonrosada.

Así pues, aquellas dos criaturas vivían a gran altura, con toda esa inverosimilitud que existe en la naturaleza; ni en el nadir, ni el cénit; entre el hombre y el serafín; por encima del fango y por debajo del éter, en una nube; apenas de carne y hueso; alma y éxtasis de la cabeza a los pies; demasiado sublimados ya para caminar por la tierra; demasiado cargados aún de humanidad para desaparecer en el azul; en suspensión como átomos que esperan el precipicio; fuera del destino, en apariencia; ignorantes de esa zanja: ayer, hoy, mañana; maravillados, idos, flotando; suficientemente livianos a ratos para escapar por el infinito; casi listos para el vuelo eterno.

Dormían despiertos en aquel balanceo de cuna. ¡Ah, letargo espléndido de la realidad abrumada de ideal!

A veces, por muy hermosa que fuera Cosette, Marius cerraba los ojos aunque la tuviera delante. Los ojos cerrados son la mejor forma de mirar el alma.

Marius y Cosette no se preguntaban dónde iba a llevarlos todo aquello. Se miraban como si ya hubieran llegado. Qué extraña es esa pretensión que tienen los hombres de que el amor lleve a alguna parte.

III
INICIO DE SOMBRA

Por su parte, Jean Valjean no sospechaba nada.

Cosette, que era algo menos soñadora que Marius, estaba alegre, y con eso le bastaba a Jean Valjean para ser feliz. Los pensamientos de Cosette, sus tiernas preocupaciones, la imagen de Marius que le llenaba el alma no restaban nada a la pureza incomparable de aquel hermoso rostro casto y sonriente. Estaba en la edad en que la virgen lleva consigo el amor como el ángel lleva la azucena. Jean Valjean estaba, pues, tranquilo. Y además, cuando dos amantes se hallan en buena inteligencia, todo va siempre estupendamente; y a cualquier tercera persona que pudiera perturbar ese amor se la tiene siempre en una ceguera perfecta mediante un reducido número de precauciones, siempre las mismas en todos los enamorados. Por lo tanto, Cosette nunca le ponía ninguna pega a Jean Valjean. ¿Que quería ir de paseo? Sí, papaíto. ¿Que no quería salir? Pues muy bien. ¿Que quería pasar la velada con Cosette? Cosette estaba encantada. Como se retiraba siempre a las diez de la noche, en aquellas ocasiones Marius no llegaba al jardín hasta pasada esa hora, cuando oía desde la calle que Cosette abría la puerta acristalada que daba a la escalera de la fachada. Ni que decir tiene que de día nunca se veía por allí a Marius. Jean Valjean ni se acordaba ya de que Marius existía. Sólo en una ocasión, una mañana, le dijo a Cosette:

«¡Vaya, tienes la espalda manchada de blanco!». La víspera por la noche, Marius, en un arrebato, había empujado a Cosette contra la pared.

Toussaint, la criada anciana, que se acostaba temprano, sólo pensaba en dormir en cuanto acababa la tarea, y no estaba enterada de nada, igual que Jean Valjean.

Marius nunca entraba en la casa. Cuando estaba con Cosette, se ocultaban en un entrante, cerca de la escalinata, para que no pudieran ni verlos ni oírlos desde la calle, y allí se sentaban, contentándose a veces, por toda conversación, con estrecharse las manos veinte veces por minuto mientras miraban las ramas de los árboles. En aquellos momentos podría haber caído un trueno a treinta pasos y ni lo habrían sospechado, de tan honda como era la ensoñación que los tenía absortos y los adentraba en la ensoñación del otro.

Purezas límpidas, horas blanquísimas; casi todas iguales. Los amores así son una colección de pétalos de lirio y de plumas de paloma.

Los separaba de la calle todo el jardín. Cada vez que Marius entraba y salía, volvía a colocar cuidadosamente el barrote de la verja, de forma tal que no se notase ningún desperfecto.

Solía irse a eso de las doce de la noche y se volvía a casa de Courfeyrac.

Courfeyrac le decía a Bahorel:

—¿Querrás creer que Marius vuelve ahora a la una de la madrugada?

Bahorel contestaba:

—¿Qué quieres? Dentro de todo seminarista va siempre un explosivo.

Había veces en que Courfeyrac se cruzaba de brazos, se ponía muy serio y le decía a Marius:

—¡Joven, está usted hecho un perillán!

A Courfeyrac, hombre práctico, no le hacía ninguna gracia aquel reflejo de un paraíso invisible que veía en Marius; tenía poca costumbre de pasiones inéditas, lo impacientaban, y, a ratos, intimaba a Marius a que volviera a la realidad.

Una mañana le espetó esta admonición:

—Mi querido amigo, por el momento me da la impresión de que vives en la luna, reino del sueño, provincia de la ilusión, capital Pompa de Jabón. A ver, sé buen chico y dime cómo se llama.

Pero nada «haría hablar» a Marius. Antes le habrían arrancado las uñas que las tres sílabas sagradas que componían aquel nombre inefable: Cosette. El amor verdadero es luminoso como la aurora y callado como la tumba. El único cambio que le notaba Courfeyrac a Marius era que su taciturnidad era radiante.

En lo que duró aquel dulce mes de mayo, Marius y Cosette supieron de estas dichas inmensas:

Pelearse y llamarse de usted sólo para disfrutar más cuando volvían a llamarse de tú.

Hablar al otro mucho rato y con todo lujo de detalles de personas por las que no sentían el mínimo interés, una prueba más de que en esta deliciosa ópera que llamamos amor el libreto consiste en casi nada.

En el caso de Marius, oír a Cosette hablar de trapos. En el caso de Cosette, oír a Marius hablar de política.

Oír, con las rodillas pegadas, cómo pasaban los coches por la calle de Babylone.

Mirar atentamente el mismo planeta en el espacio o la misma luciérnaga en la hierba.

Callar juntos, que resulta aún más dulce que charlar. Etc., etc.

No obstante, iban acercándose varias complicaciones.

Una noche, Marius iba a su cita por el bulevar de Les Invalides; solía caminar con la cabeza gacha; cuando estaba a punto de doblar la esquina de la calle de Plumet, oyó que alguien le decía muy de cerca:

—Buenas noches, señor Marius.

Alzó la cabeza y reconoció a Éponine.

Le hizo una impresión muy rara. No se había vuelto a acordar ni una sola vez de aquella muchacha desde el día en que lo llevó a la calle de Plumet; no había vuelto a verla y se había olvidado de ella por completo. Sólo tenía para con ella motivos de agradecimiento, le debía la dicha presente; y, sin embargo, le resultaba violento encontrársela.

Es un error creer que la pasión, cuando es afortunada y pura, lleva al hombre a un estado de perfección; ya hemos comprobado que donde lo lleva sencillamente es a un estado de olvido. En esa situación, al hombre se le olvida ser malo, pero también se le olvida ser bueno. El agradecimiento, el deber, los recuerdos esenciales e inoportunos se desvanecen. En cualquier otra temporada, Marius se habría portado de forma muy diferente con Éponine. Pero Cosette lo tenía absorto y ni siquiera había caído en la cuenta con claridad de que esa Éponine se llamaba Éponine Thénardier y tenía un apellido que estaba escrito en el testamento de su padre, un apellido a cuyo servicio se habría puesto pocos meses antes con vehemencia. Mostramos a

Marius tal y como era. Incluso su padre se le borraba un tanto del alma con los fulgores de su amor.

Le contestó con apuro:

—¡Ah, es usted, Éponine!

—¿Por qué me llama de usted? ¿Le he hecho algo?

—No —contestó Marius.

Era cierto que no tenía nada contra ella. Antes bien. Pero es que notaba que lo único que podía hacer, ahora que llamaba de tú a Cosette, era llamar de usted a Éponine.

Como no decía nada más, la joven exclamó:

—Pero oiga...

Luego se calló. Era como si a aquella muchacha, antes tan despreocupada y tan atrevida, le faltasen ahora las palabras. Hizo por sonreír y no pudo. Volvió a intentarlo:

—Pues...

Luego se volvió a quedar callada y con los ojos bajos.

—Buenas noches, señor Marius —dijo de pronto, con brusquedad; y se fue.

IV
UN CHUSCO ALIMENTA EN EL CUARTEL Y LADRA EN JERGA

Al día siguiente era 3 de junio, 3 de junio de 1832, fecha que hay que indicar debido a los graves acontecimientos que se cernían por aquellos días sobre el horizonte de París en estado de nubarrones. Al caer la tarde, iba Marius por el mismo camino que la víspera y con los mismos pensamientos embelesados en el corazón cuando divisó entre los árboles del bulevar a Éponine que se le acercaba. Dos días seguidos era demasiado. Dio media vuelta deprisa, salió de bulevar, cambió de itinerario y fue a la calle de Plumet por la calle de Monsieur.

Con lo cual, Éponine lo siguió hasta la calle de Plumet, cosa que no había hecho nunca aún. Se había contentado hasta entonces con verlo, cuando pasaba por el bulevar, sin intentar siquiera hacerse la encontradiza. Hasta la víspera no había intentado dirigirle la palabra.

Así que Éponine lo siguió sin que él lo sospechase. Lo vio mover el barrote de la verja y colarse en el jardín.

—¡Vaya! —dijo—. ¡Si entra en la casa!

Se acercó a la verja, palpó los barrotes uno tras otro y encontró con facilidad el que había movido Marius.

Susurró a media voz con acento lúgubre:

—Ni se te ocurra.

Se sentó en el zócalo de la verja, pegada al barrote, como si lo estuviera guardando. Era precisamente el punto donde la verja se unía a la pared de al lado. Había allí una esquina oscura donde Éponine se quedó escondida por completo.

Estuvo así más de una hora, sin moverse y sin decir palabra, ensimismada en sus pensamientos.

A eso de las diez de la noche, uno de los dos o tres viandantes de la calle de Plumet, un vecino viejo a quien se le había hecho tarde y apretaba el paso en aquel lugar desierto y con mala fama, según pasaba pegado a la verja del jardín, al llegar a la esquina con el muro oyó una voz sorda y amenazadora que decía:

—¡Ya no me extraña que venga todas las noches!

El viandante paseó la mirada en torno, no vio a nadie, no se atrevió a mirar en el rincón oscuro y le entró mucho miedo. Anduvo aún más deprisa. Hizo bien en apresurarse el viandante aquel porque, muy poco después, seis hombres que caminaban separados y a cierta distancia unos de otros, pegados a la pared, y a quienes se hubiera podido tomar por una patrulla gris, irrumpieron en la calle de Plumet.

El primero en llegar a la verja del jardín se detuvo y esperó a los demás; un momento después ya estaban reunidos los seis.

Aquellos hombres empezaron a hablar en voz baja.

—Es aquical —dijo uno.

—¿Hay chusco[63] en el jardín? —preguntó otro.

—No lo sé. Pero por si acaso tengo una albóndiga para que se la papee.

—¿Has traído masilla para la bisna?

—Sí.

—La verja está vieja —dijo el quinto hombre, que tenía voz de ventrílocuo.

—Mejor —dijo el que había hablado el segundo—. Así no las piará al serrarla y dará menos julepe.

El sexto, que aún no había abierto la boca, empezó a revisar la verja, como había hecho Éponine, agarrando uno tras otro todos los barrotes y sacudiéndolos con cuidado. Así llegó al barrote que Marius había aflojado. Cuando iba a agarrar ese barrote, le cayó en el brazo una mano que salió bruscamente de entre las sombras, notó que alguien lo hacía retroceder de un empujón en pleno pecho y una voz ronca le dijo, sin gritar:

—Hay chusco.

Y, al tiempo, vio a una muchacha pálida a pie firme ante él.

El hombre sintió esa conmoción que entra siempre con lo inesperado. Se erizó de forma repulsiva; no hay nada tan tremendo para la vista como las fieras cuando están inquietas; su expresión de espanto es espantosa. Retrocedió tartamudeando:

—¿Quién es esta golfa?

—La hija de usted.

Era, efectivamente, Éponine la que hablaba con Thénardier.

Al aparecer Éponine, los otros cinco, es decir, Claquesous, Gueulemer, Babet, Montparnasse y Brujon, se habían acercado sin hacer ruido, sin prisas, sin decir palabra, con la morosidad siniestra característica de esos hombres de la noche.

Se intuía que llevaban en la mano a saber qué herramientas ominosas. Gueulemer tenía una de esas pinzas curvas que los maleantes llaman mantillas.

—Pero ¿qué pintas aquí? ¿En qué te metes? ¿Estás loca? —exclamó Thénardier con el tono más alto con que puede alguien exclamar algo en voz baja—. ¿A qué viene esto de estorbarnos en el trabajo?

Éponine soltó la carcajada y se le echó en los brazos.

—Pues estoy aquí porque estoy aquí, papaíto. ¿Es que ahora está prohibido sentarse en las piedras? El que no debería estar es usted. ¿Qué viene a hacer aquí si este sitio es una galleta? Ya se lo dije a Magnon. Aquí no hay nada que rascar. ¡Pero deme un beso, papaíto, que hacía mucho que no lo veía! ¿Así que ya ha salido?

El Thénardier intentó librarse de los brazos de Éponine y refunfuñó:

—Bien está, ya me has dado un beso. Sí, he salido, y como estoy fuera es que no estoy dentro. Y ahora ¡lárgate!

Pero Éponine no lo soltaba y le hacía cada vez más arrumacos.

—Pero, papaíto, ¿cómo se las ha apañado? Lo listo que hay que ser para salir de ahí. ¡Cuéntemelo! ¿Y mi madre? ¿Dónde anda mi madre? Deme noticias de mamá.

Thénardier contestó:

—Está bien; yo qué sé, déjame, te digo; vete.

—Pero si es que no quiero irme —dijo Éponine con unos melindres de niña mimada—. Y me dice que me vaya, y eso que hacía cuatro meses que no lo veía y casi ni me ha dado tiempo a darle un beso.

Y volvió a echarle los brazos al cuello a su padre.

—Pero ¿qué tonterías son éstas? —dijo Babet.

—¡Venga, hay que darse prisa! —dijo Gueulemer—. Puede pasar la madera.

La voz de ventrílocuo escandió este dístico:

Como hoy no es día de año nuevo no hay que besar a los abuelos.

Éponine se volvió hacia los cinco bandidos:

—¡Hombre, el señor Brujon! ¿Qué hay, señor Babet? ¿Qué tal, señor Claquesous? ¿No se acuerda de mí, señor Gueulemer? ¿Qué te cuentas, Montparnasse?

—¡Todo el mundo se acuerda de ti! —dijo Thénardier—. Hala, buenas noches, que te largues. ¡Déjanos en paz!

—Esto es cosa de zorros, no de zorras —dijo Montparnasse.

—Ya ves que tenemos función —añadió Babet. Éponine le cogió la mano a Montparnasse.

—¡Ojo, que te vas a cortar! —dijo él—. Tengo la faca abierta.

—Montparnasse, guapo —contestó Éponine melosa—, hay que fiarse de la gente. ¿O es que no soy la hija de mi padre? Señor Babet, señor Gueulemer, tantear este asunto me lo encargaron a mí.

Es digno de notarse que Éponine no hablaba en jerga. Desde que conocía a Marius, aquella lengua espantosa se le había vuelto imposible.

Le oprimió a Gueulemer los dedazos rudos con su mano, menuda, huesuda y débil como la mano de un esqueleto, y añadió:

—Ya sabe que no tengo un pelo de tonta. Y lo normal es que se me crea. Ya les he sido de utilidad en muchas ocasiones. Bueno, pues me informé y en esto se arriesgarían inútilmente, ya ve. Le juro que en esta casa no hay nada que hacer.

—Hay mujeres solas —dijo Gueulemer.

—No. Ésas se mudaron.

—¡Pues las velas no se mudaron! —dijo Babet.

Y le señaló a Éponine, a través de las copas de los árboles, una luz que andaba paseando por la buhardilla del pabellón. Era Toussaint, que se había quedado levantada hasta tarde para tender la ropa.

Éponine hizo una última intentona.

—Bueno, pero es una gente muy pobre y en un tugurio en que no hay un céntimo.

—¡Vete al diablo! —gritó Thénardier—. Cuando pongamos la casa patas arriba y el sótano en el desván y el desván en el sótano, ya te diremos qué hay dentro y si son cuartos, bolos o libras.

Y le dio un empujón para que lo dejase pasar.

—Señor Montparnasse, mi buen amigo —dijo Éponine—, por favor se lo pido, usted que es un bendito, ¡no entre!

—¡Ten cuidado, que te vas a cortar! —contestó Montparnasse. Thénardier añadió, con el tono tajante que usaba:

—Largo, chica, y deja a los hombres que vayan a sus asuntos.

Éponine, que le había vuelto a coger la mano a Montparnasse, se la soltó y dijo:

—¿Así que queréis entrar en esta casa?

—Me da a mí que sí —dijo el ventrílocuo con risa sarcástica.

Entonces Éponine se apoyó de espaldas en la verja, plantó cara a los seis bandidos armados hasta los dientes, a quienes la oscuridad de la noche prestaba caras de demonios, y dijo con voz firme y baja:

—Bueno, pues yo no quiero.

Ellos se quedaron quietos, estupefactos, aunque el ventrílocuo no dejó la risa a medias. Éponine siguió diciendo:

—¡Atended bien, amigos! Así están las cosas, y ahora estoy hablando yo. Lo primero es que si entráis en el jardín, si ponéis la mano en esta verja, me pongo a dar gritos y a pegar en las puertas y despierto a todo el mundo; hago que os echen el guante a todos, llamo a los guardias.

—Es capaz de hacerlo —les dijo Thénardier por lo bajo a Brujon y al ventrílocuo.

Éponine asintió con la cabeza y añadió:

—Empezando por mi padre. Thénardier se acercó.

—¡No te arrimes tanto, hermoso! —dijo ella.

Thénardier retrocedió, refunfuñando entre dientes: «Pero, ¿qué mosca la ha picado?». Y añadió:

—¡Perra!

Éponine soltó una risa terrible.

—Lo que usted diga, pero no va a entrar. No soy hija de perro, que soy hija de lobo. Sois seis. A mí me da lo mismo. Sois hombres. Pues yo soy mujer. Y no me dais miedo, para que lo sepáis. Os digo que no entraréis en esta casa porque a mí no me da la gana. Si os acercáis, ladro. Ya os lo he dicho, el chusco soy yo. Y me importáis un pimiento. ¡Con la música a otra parte, que ya me estoy hartando! ¡Marchaos donde queráis, pero aquí no vengáis, que os lo prohíbo yo! ¡Vosotros a navajazos y yo a zapatazos, me da igual! ¡Acercaos si os atrevéis!

Dio un paso hacia los bandidos. Daba miedo verla. Se echó a reír.

—¡Pardiez que no tengo miedo! Este verano, tendré hambre; este invierno, tendré frío. ¡Qué gracia tienen estos hombres tan bobos que se creen que asustan a una chica! ¿Asustarla? ¿De qué? ¡Sí, ya! ¿Y qué más? Porque las brujas de vuestras queridas se meten debajo de la cama cuando sacáis a relucir el vozarrón, ya os creéis que todo el monte es orégano. ¡Yo no le tengo miedo a nada!

Le clavó la mirada a Thénardier y dijo:

—¡Ni siquiera a usted, padre!

Y siguió diciendo, paseando por los bandidos las pupilas de espectro, inyectadas en sangre:

—¡Qué más me dará a mí que me recojan mañana del empedrado de la calle de Plumet porque me haya matado mi padre a cuchilladas o que me encuentren dentro de un año en las redes de Saint-Cloud o en la Isla de los Cisnes entre corchos podridos y perros ahogados!

No le quedó más remedio que dejar de hablar, porque le entró una tos seca; la respiración le brotaba como un estertor del pecho estrecho y débil.

Siguió diciendo luego:

—Basta con que grite y alguien vendrá. ¡Zas! Vosotros sois seis y yo no soy nadie.

Thénardier hizo ademán de acercarse.

—¡Atrás! —gritó ella.

Él se detuvo y dijo con suavidad:

—Está bien, no me acercaré, pero no hables tan alto. Hija, ¿así que no quieres dejarnos trabajar? Pero tendremos que ganarnos la vida. ¿Ya no sientes nada por tu padre?

—No me dé la lata —dijo Éponine.

—Pero tendremos que vivir y que comer…

—Por mí, puede reventar.

Dicho lo cual, se sentó en el zócalo de la verja canturreando:

Brazo rellenito, pierna tan bonita, y el tiempo ya ido.

Apoyaba el codo en la rodilla y la barbilla en la mano y columpiaba el pie con indiferencia. Por los agujeros del vestido le asomaban las clavículas flacas. El farol vecino le iluminaba el perfil y la postura. Nada más resuelto y más sorprendente podría haberse visto.

Los seis escabechadores, sin saber qué hacer e irritados de que los tuviera en jaque una muchacha, se reunieron en la sombra que proyectaba la linterna y celebraron consejo, encogiéndose de hombros, humillados y rabiosos.

Ella, entretanto, los miraba con expresión calmosa y fiera.

—Algo le pasa —dijo Babet—. Alguna razón tiene. ¿Se habrá enamorado del chusco? No deja de ser una pena perderse el negocio. Dos mujeres y un viejo en el patio trasero, y los visillos no tienen mala pinta. El viejo debe de ser un levita. A mí me parece que es un buen asunto.

—Pues entrad vosotros —exclamó Montparnasse—. Rematad el asunto.

Yo me quedo con la chica y si se mueve…

Y puso a la luz del farol, para que reluciera, la hoja de la navaja que tenía abierta en la manga.

Thénardier no decía nada y parecía dispuesto a hacer cuanto se decidiera.

Brujon, que algo tenía de oráculo y, como ya es sabido, había «levantado la liebre», no había dicho nada aún. Parecía pensativo. Tenía fama de no retroceder ante nada, y todo el mundo estaba enterado de que una vez robó, sólo por ir de bravucón, en un cuartelillo de la guardia municipal. Además escribía versos y canciones, lo que le concedía mucha autoridad.

Babet le preguntó:

—¿No dices nada, Brujon?

Brujon se quedó callado un ratito más; luego hizo gestos varios con la cabeza y se decidió por fin a tomar la palabra:

—Pues el caso es que esta mañana he visto dos gorriones peleándose; y esta noche me doy de bruces con una mujer que me monta una bronca. Todo esto tiene muy mala pinta. Vámonos.

Y se fueron.

Mientras se alejaban, Montparnasse dijo a media voz:

—De todas formas, si hubierais querido, yo la habría pinchado. Babet contestó:

—Pues yo no. Yo no pego a las señoras.

Al llegar a la esquina de la calle, se detuvieron y cruzaron con voz sorda este diálogo enigmático:

—¿Dónde dormimos esta noche?

—En los bajos de Pantin.

—¿Tienes la llave de la verja, Thénardier?

—Ya lo creo.

Éponine, que no les quitaba ojo, vio cómo se volvían por donde habían venido. Se levantó y los fue siguiendo, pegada a las tapias y a las casas. Fue así detrás de ellos hasta el bulevar. Allí se separaron y vio que los seis hombres se hundían en la oscuridad, donde parecieron desvanecerse.

V

COSAS DE LA NOCHE

Cuando se fueron los bandidos, la calle de Plumet recobró su apacible aspecto nocturno.

Lo que acababa de suceder en aquella calle no habría sido motivo de asombro en un bosque. Los grupos de árboles elevados, los sotos, los brezos, las ramas trenzadas con aspereza, las hierbas crecidas existen de forma oscura; ese pulular silvestre intuye las súbitas apariciones de lo invisible; cuanto se halla más abajo del hombre divisa entre la niebla lo que está más allá del hombre; y nuestros asuntos ignorados, los de los vivos, se enfrentan en la oscuridad. La naturaleza, erizada y salvaje, se asusta al notar cerca a veces lo que toma por sobrenatural. Las fuerzas de la sombra se conocen y establecen entre sí misteriosos equilibrios. Los dientes y las garras temen lo inaprensible. La bestialidad bebedora de sangre, los voraces apetitos hambrientos en pos de la presa, los instintos armados de uñas y dientes que nacen del vientre y van al vientre miran y olfatean intranquilos ese trazo impasible y espectral que merodea cubierto con un sudario, erguido en la túnica suelta y estremecida, y que les parece que vive con vida muerta y terrible. A esas existencias brutales, que no son sino materia, las amedrenta confusamente tener que vérselas con la oscuridad inmensa que se condensa en un ser desconocido. Si una silueta negra le cierra el paso, la fiera se detiene en seco. Lo que sale del cementerio intimida y desconcierta a lo que sale del antro; lo feroz teme a lo siniestro; los lobos retroceden cuando se topan con el vampiro.

VI
MARIUS RECOBRA UNA EXISTENCIA REAL HASTA TAL PUNTO DE QUE LE DA A COSETTE SUS SEÑAS

Mientras aquella perra de aspecto humano montaba guardia pegada a la verja y los seis bandidos se acoquinaban ante una muchacha, Marius estaba con Cosette.

Nunca había estado el cielo más cuajado de estrellas y más embrujador, ni los árboles más trémulos, ni el aroma de la hierba nunca había sido más penetrante; nunca se habían dormido los pájaros entre las hojas con ruidos más dulces; nunca habían respondido mejor todas las armonías de la serenidad universal a las músicas interiores del amor; nunca había estado Marius más enamorado, más dichoso, más extasiado. Pero había encontrado triste a Cosette. Cosette había llorado. Tenía los ojos enrojecidos.

Era la primera nube en aquel sueño admirable. Lo primero que dijo Marius fue:

—¿Qué te pasa?

Y ella contestó:

—Esto me pasa.

Luego se sentó en el banco que estaba junto a la escalinata y, mientras él, tembloroso, se acomodaba junto a ella, añadió:

—Mi padre me ha dicho esta mañana que esté lista, que tenía cosas que hacer y que a lo mejor nos íbamos.

Marius se estremeció de pies a cabeza.

Cuando se llega al final de la vida, morir es irse; cuando se está empezando, irse es morir.

Marius llevaba seis semanas tomando posesión de Cosette, despacio, gradualmente, día a día. Posesión meramente ideal, pero profunda. Como ya hemos dicho, en el primer amor se toma el alma mucho antes que el cuerpo; más adelante se toma el cuerpo mucho antes que el alma, y hay ocasiones en que no se toma el alma ni poco ni mucho; los Faublas y los Prudhomme añaden: porque no hay alma; pero ese sarcasmo, afortunadamente, es una blasfemia. Así pues, Marius poseía a Cosette como se posee espiritualmente; pero la arropaba con toda el alma y se adueñaba celosamente de ella con convicción increíble. Poseía su sonrisa, su aliento, su aroma, la honda irradiación de las pupilas azules, la suavidad de la piel cuando él le tocaba la mano, la marca deliciosa que tenía en el cuello, todo cuando ella pensaba. Se habían concertado para no dormir nunca sin soñar el uno con el otro y habían cumplido la palabra dada. Marius poseía, pues, todos los sueños de Cosette. Le miraba continuamente, y los rozaba a veces con el aliento, los mechones cortos de la nuca y se decía a sí mismo que no había ni uno de esos mechones que no le perteneciese a él, a Marius. Contemplaba y adoraba las cosas que ella se ponía: el lazo, los guantes, los puños que adornaban las mangas, los borceguíes, como si fueran objetos sagrados de los que era dueño. Pensaba que era el amo y señor de aquellas peinetas de concha tan bonitas que llevaba ella en el pelo y llegaba incluso a decirse, sordos y confusos tartamudeos de la voluptuosidad que iba aflorando, que no había ni un cordón del vestido de Cosette, ni una malla de sus medias, ni un pliegue de su corsé que no le pertenecieran. Cuando estaba al lado de Cosette, se sentía junto a sus posesiones, junto a su objeto de disfrute, su déspota y su esclava. Le daba la impresión de que las almas de ambos estaban ya tan mezcladas que, si hubiesen querido recuperarlas, no les habría sido posible diferenciarlas: «Ésta es la mía. — No, es la mía. —Te aseguro que te equivocas. Ésta soy yo desde luego. — Te crees que eres tú, pero soy yo.»

Marius era algo que formaba parte de Cosette y Cosette era algo que formaba parte de Marius. Marius notaba que Cosette vivía en él. Tener a Cosette, poseer a Cosette no era, para él, algo diferente de respirar. Y cuando estaba de lleno en esa fe, en esa embriaguez, en esa posesión virginal, inaudita y absoluta, en esa soberanía, fue cuando estas palabras: «Vamos a marcharnos» cayeron sobre él de pronto y la voz brusca de la realidad le gritó: ¡Cosette no es tuya!

Marius despertó. Como ya hemos dicho, Marius llevaba seis semanas fuera de la vida; aquella palabra, ¡irse!, lo devolvió a ella con dureza.

No dio ni con una palabra. Cosette sólo notó que tenía la mano muy fría. Y le tocó a ella ahora decirle:

—¿Qué te pasa?

Contestó tan bajo que Cosette apenas si lo oía:

—No entiendo qué me has dicho. Ella repitió:

—Esta mañana mi padre me dijo que preparase todas mis cosas y que estuviera lista; que me iba a dar su ropa blanca para meterla en un baúl, que tenía que hacer un viaje, que nos íbamos, que yo iba a necesitar un baúl grande y él, uno pequeño; que lo preparase todo para dentro de una semana y que a lo mejor íbamos a Inglaterra.

—Pero ¡eso es una monstruosidad! —exclamó Marius.

No cabe duda de que, en aquellos momentos, en la mente de Marius, ningún abuso de poder, ninguna violencia, ninguna abominación de los tiranos más prodigiosos, ningún hecho de Busiris, Tiberio o Enrique VIII se igualaba en ferocidad a este otro: el señor Fauchelevent se lleva a su hija a Inglaterra porque tiene que atender unos negocios.

Preguntó con voz débil:

—¿Y cuándo te irías?

—No ha dicho cuándo.

—¿Y cuándo volverías?

—No ha dicho cuándo.

Marius se puso de pie y dijo con acento frío:

—Cosette, ¿piensa usted ir?

Cosette volvió hacia él los hermosos ojos rebosantes de angustia y contestó, como trastornada:

—¿Dónde?

—A Inglaterra. ¿Piensa ir?

—¿Por qué me llamas de usted?

—Le pregunto si piensa ir.

—¿Y qué otra cosa quieres que haga? —dijo, juntando las manos.

—¿Así que piensa ir?

—Si va mi padre…

—¿Así que piensa ir?

Cosette le cogió la mano a Marius y se la estrechó sin contestar.

—Bien está —dijo Marius—. Entonces yo me iré a otra parte.

Cosette, más que entender el sentido de la frase, lo sintió. Se puso tan pálida que se le volvió la cara blanca en la oscuridad. Balbució:

—¿Qué quieres decir?

Marius la miró; alzó luego la vista al cielo y dijo:

—Nada.

Cuando la bajó, vio que Cosette le sonreía. La sonrisa de una mujer amada tiene un resplandor que se ve en la oscuridad de la noche.

—¡Qué bobos somos! Marius, tengo una idea.

—¿Qué?

—¡Vente si nos vamos nosotros! Te diré adónde. ¡Ven a reunirte conmigo donde yo esté!

Marius era ahora un hombre despierto del todo. Había vuelto a la realidad. Le gritó a Cosette:

—¿Irme con vosotros? ¡Estás loca! ¡Para eso hace falta dinero, y yo no tengo! ¿Ir a Inglaterra? ¡Pero si ahora mismo le debo, yo qué sé, más de diez luises a Courfeyrac, uno de mis amigos, a quien tú no conoces! Pero si tengo un sombrero viejo que no vale ni tres francos, un frac al que le faltan botones por delante y la camisa rota, agujeros en los codos y el agua me entra en las botas; llevo seis semanas sin acordarme de ello y no te lo he dicho. ¡Cosette!, soy un miserable. Tú sólo me ves de noche y me das tu amor; ¡si me vieras de día, me darías cinco céntimos! ¡Ir a Inglaterra! ¡No tengo para pagar el pasaporte!

Se arrojó contra un árbol que había cerca, de pie, con los brazos alzados por encima de la cabeza y la frente pegada a la corteza, sin notar ni la madera que le desollaba la piel ni la fiebre que le martilleaba en las sienes, quieto y a punto de desplomarse, como la estatua de la desesperación.

Se quedó así mucho rato. Cuando estamos en abismos como ése, nos quedaríamos en ellos toda la eternidad. Por fin se dio la vuelta. A su espalda oía un ruidito ahogado, suave y triste.

Eran los sollozos de Cosette.

Llevaba llorando más de dos horas junto a Marius, ensimismado.

Él se le acercó, cayó de rodillas ante ella y, prosternándose despacio, le cogió la punta del pie, que asomaba bajo el vestido, y se la besó.

Ella dejó que lo hiciera sin decir nada. Hay momentos en que la mujer acepta, como una diosa sombría y resignada, la religión del amor.

—No llores —dijo Marius. Ella susurró:

—¡Pero si a lo mejor me marcho y tú no puedes venir! Él siguió diciendo:

—¿Me quieres?

Ella le respondió entre sollozos con esa frase del paraíso que nunca es más deliciosa que cuando llega con lágrimas:

—¡Te adoro!

El siguió diciendo, y le sonaba la voz como una indecible caricia:

—No llores. Dime ¿quieres hacer esto por mí, dejar de llorar?

—¿Tú me quieres? —preguntó Cosette. Marius le cogió la mano:

—Cosette, nunca le he dado mi palabra de honor a nadie porque le tengo miedo a mi palabra de honor. Noto a mi padre a mi lado. Pues a ti te doy, por lo más sagrado, mi palabra de honor de que si te vas me moriré.

Hubo en el acento con que dijo estas palabras una melancolía tan solemne y tan sosegada que Cosette se estremeció. Notó ese frío que se siente al paso de algo oscuro y verdadero. Se quedó tan sobrecogida que dejó de llorar.

—Y ahora atiende —dijo él—. No me esperes mañana.

—¿Por qué?

—No me esperes hasta pasado mañana.

—¡Ay! ¿Por qué?

—Ya lo verás.

—¡Un día sin verte! ¡Pero si eso es imposible!

—Sacrifiquemos un día para tener quizá la vida entera. Y Marius añadió en un aparte y a media voz:

—Es un hombre que nunca cambia de costumbres y nunca ha recibido a nadie más que a última hora de la tarde.

—¿De qué hombre hablas? —preguntó Cosette.

—¿Yo? Si no he dicho nada.

—Pues ¿qué esperanza tienes?

—Espera hasta pasado mañana.

—¿Eso es lo que quieres?

—Sí, Cosette.

Ella le cogió la cabeza entre las manos poniéndose de puntillas para alcanzar a hacerlo e intentando leerle en los ojos aquella esperanza.

Marius siguió diciendo:

—Ahora que lo pienso, tienes que saber mis señas; pueden pasar cosas, nunca se sabe; vivo en casa de ese amigo que se llama Courfeyrac, en el número 16 de la calle de La Verrerie.

Se hurgó en el bolsillo, sacó una navajita y escribió con la hoja en el yeso de la pared:

Calle de La Verrerie, 16.

Pero Cosette, en tanto, se había puesto otra vez a mirarle a los ojos.

—Dime lo que piensas, Marius; estás pensando algo. Dímelo. ¡Ay, dímelo para que duerma bien esta noche!

—Lo que pienso es que es imposible que Dios quiera separarnos.

Espérame pasado mañana.

—¿Y qué voy a hacer hasta entonces? —dijo Cosette—. Tú estás en la calle, vas y vienes. ¡Qué felices son los hombres! Yo me quedaré aquí sola. ¡Ay, qué triste voy a estar! ¿Qué vas a hacer mañana por la noche, dime?

—Voy a probar una cosa.

—Entonces rezaré y pensaré en ti para que salga bien. No te hago más preguntas, ya que no quieres. Eres mi dueño. Pasaré la velada de mañana cantando esa música de Euryanthe que te gusta y que viniste a oír una noche a través de las contraventanas cerradas. Pero ven temprano pasado mañana. Te estaré esperando cuando anochezca, a las nueve en punto, te aviso. ¡Dios mío, qué tristeza que sean tan largos los días! Ya lo oyes, dando las nueve estaré en el jardín.

—Y yo también.

Y, sin ponerse de acuerdo, movidos por un mismo pensamiento, arrastrados por esas corrientes eléctricas mediante las que dos enamorados están en comunicación continua, ambos, ebrios de voluptuosidad incluso en el dolor, cayeron en brazos uno de otro sin percatarse de que sus labios se habían unido mientras, con los ojos alzados y rebosantes de éxtasis y de lágrimas, contemplaban las estrellas.

Cuando salió Marius, la calle estaba desierta. En aquellos momentos Éponine iba siguiendo a los bandidos hasta el bulevar.

Mientras Marius pensaba, con la cabeza apoyada en el árbol, le había cruzado una idea por la cabeza; una idea que, por desgracia, incluso a él le parecía insensata e imposible. Había tomado una decisión arrebatada.

VII
EL CORAZÓN ANCIANO Y EL CORAZÓN JOVEN FRENTE A FRENTE

Gillenormand tenía ya por entonces noventa y un años bien cumplidos. Seguía viviendo con la señorita Gillenormand en el número 6 de la calle de Les Filles-du-Calvaire, en aquella casa vieja que le pertenecía. Era, como recordaremos, uno de esos ancianos de antes que esperan la muerte bien tiesos, que no se doblan bajo la carga de la edad y que ni tan siquiera la pena doblega.

No obstante, su hija llevaba una temporada diciendo: «A mi padre se le están echando los años encima». Ya no abofeteaba a las criadas; ya no pegaba golpes con el bastón en el descansillo de la escalera con tanto entusiasmo cuando Basque tardaba en abrirle la puerta. La revolución de julio sólo lo había tenido exasperado seis meses escasos. Había visto casi con calma cómo emparejaba Le Moniteur estos dos grupos de palabras: señor Humblot-Conté y senador de Francia. El hecho es que el anciano estaba muy abatido. No cedía ni se rendía porque no entraba en su forma de ser, ni física ni espiritual; pero, por dentro, se sentía desfallecer. Llevaba cuatro años esperando a Marius a pie firme, no puede decirse de otro modo, con el convencimiento de que aquel granujilla llamaría a la puerta el día menos pensado; ahora había llegado ya a decirse, en algunas horas adustas, que a poco que Marius tardase algo más… No era la idea de la muerte la que se le hacía insoportable, sino la de que, a lo mejor, no volvería a ver a Marius. No volver a ver a Marius no se le había pasado ni por instante por la cabeza hasta ahora; pero, en la actualidad, la idea empezaba a ocurrírsele y lo dejaba helado. La ausencia, como siempre sucede en los sentimientos naturales y auténticos, no había hecho sino incrementarle su cariño de abuelo por el niño ingrato que se había ido como si tal cosa. Es en las noches de diciembre, con diez grados bajo cero, cuando más se acuerda uno del sol. El señor Gillenormand era incapaz, o creía serlo, de dar un paso, él, el abuelo, para ir al encuentro del nieto. «Antes reventar», decía. No pensaba tener nada que reprocharse, pero se acordaba de Marius con un hondo enternecimiento y la desesperación muda de un hombre viejo que va caminando hacia las tinieblas.

Se le estaban empezando a caer los dientes, lo cual lo ponía aún más triste.

El señor Gillenormand, aunque no se lo confesaba a sí mismo, porque se habría sentido rabioso y avergonzado, nunca había querido a amante alguna como quería a Marius.

Había mandado colocar en su cuarto, ante la cabecera de la cama, como lo primero que quería ver al despertar, un antiguo retrato de su otra hija, la que había fallecido, la señora Pontmercy, un retrato que le habían hecho cuando contaba dieciocho años. Miraba continuamente aquel retrato. Y llegó a decir un día, cuando lo estaba contemplando:

—Creo que se le parece.

—¿A mi hermana? —preguntó la señorita Gillenormand—. Desde luego.

El anciano añadió:

—Y a él también.

En una ocasión, cuando estaba sentado, con las rodillas juntas y los ojos cerrados a medias, en postura abatida, su hija se arriesgó a decirle:

—Padre, ¿sigue usted igual de enfadado…? Se detuvo, no atreviéndose a seguir hablando.

—¿Con quién? —preguntó él.

—Con el pobre Marius.

Gillenormand alzó la anciana cabeza, puso el puño arrugado y enflaquecido encima de la mesa y chilló, con su tono más irritado y vibrante:

—¿Pobre Marius, dice usted? ¡Ese caballero es un tunante, un golfo y un vanidoso de poca monta, un ingrato sin corazón y sin alma, un orgulloso y un mal hombre!

Y desvió la cara para que su hija no le viera las lágrimas que tenía en los ojos.

Tres días después, salió de un silencio que había durado cuatro horas para decirle a su hija a quemarropa:

—Había tenido el honor de rogarle a la señorita Gillenormand que no me lo mencionase nunca.

La tía de Marius renunció a todo intento y emitió este profundo diagnóstico: «Mi padre nunca quiso gran cosa a mi hermana desde que hizo aquella tontería. Está claro que detesta a Marius».

«Desde que hizo aquella tontería» quería decir: desde que se casó con el coronel.

Por lo demás, como ya hemos podido conjeturarlo, la señorita Gillenormand había fracasado en su intento de colocar en el lugar de Marius a su favorito, el oficial de lanceros. El sustituto Théodule no había tenido éxito. El señor Gillenormand no aceptó nunca el quid pro quo. El vacío del corazón no se remedia con figurantes. Théodule, por su parte, aunque no le hacía ascos a la herencia, no estaba por la labor de cargar con el esfuerzo de agradar. El anciano fastidiaba al lancero y el lancero desagradaba al anciano. El teniente Théodule era alegre, sí, pero charlatán; frívolo, pero vulgar; amante de la vida regalada, pero compañía poco recomendable; tenía amantes, cierto es, y es no menos cierto que hablaba mucho de ellas, pero mal. En todas sus virtudes había un defecto. Al señor Gillenormand lo sacaba de quicio oírle contar las conquistas pedestres que hacía por los alrededores de su cuartel, que estaba en la calle de Babylone. Y, además, el teniente Gillenormand iba a veces de uniforme, con la escarapela tricolor. Y eso lo convertía en alguien absolutamente imposible de tratar. Gillenormand acabó por decirle a su hija: «Estoy harto de Théodule. Le tengo poca afición a la gente de guerra en tiempo de paz. Recíbelo tú, si quieres. No sé yo si no prefiero a los que atacan sable en mano que a los que llevan el sable a rastras. El entrechocar de las hojas en la batalla es, bien pensado, menos descorazonador que el golpeteo de la vaina del sable en los adoquines. Y además, eso de andar sacando pecho y metiendo la cintura como un fanfarrón y apretarse la cincha en el talle como una mujercita, llevar un corsé debajo de una coraza, es ser dos veces ridículo. Cuando se es un hombre de verdad, se queda uno a igual distancia del fantasmón y del remilgado. Ni fierabrás ni niño bonito. Te puedes quedar con tu Théodule para ti sola».

Por más que le dijo su hija: «Pero si es sobrino nieto suyo», resultó que el señor Gillenormand, que era abuelo de pies a cabeza, no tenía nada de tío abuelo.

En el fondo, como no era tonto y los comparaba, para lo único que había servido Théodule había sido para que añorase todavía más a Marius.

Una noche, era el 4 de junio, lo cual no le impedía al señor Gillenormand tener un hermoso fuego en la chimenea, había despedido a su hija, que estaba cosiendo en la habitación de al lado. Estaba solo en su cuarto de tapices pastoriles y con los pies en sus morillos; lo arropaba a medias su biombo ancho, de nueve paneles, de laca de Coromandel y se acodaba en su mesa, donde ardían dos velas de sebo tras una pantalla verde, arrellanado en su sillón tapizado y con un libro en la mano; pero no leía. Vestía como un petimetre del Directorio, según su propia moda, y parecía un retrato antiguo de Garat. Con semejante atuendo lo habrían seguido por la calle, pero, cuando salía, su hija lo abrigaba siempre con un gabán guateado de obispo, que le ocultaba la ropa. En casa, salvo para levantarse e irse a la cama, nunca se ponía bata. «Queda de viejos», decía.

Gillenormand se acordaba de Marius amorosa y amargamente y, como suele suceder, prevalecía la amargura. El cariño, que se agriaba, acababa siempre por entrar en ebullición y convertirse en indignación. Había llegado a ese punto en que intentamos hacernos a la idea y aceptar lo que destroza. Se estaba explicando a sí mismo que no había ya razón alguna para que Marius volviera, que si hubiera tenido que volver ya lo habría hecho, que tenía que renunciar a que lo hiciera. Intentaba acostumbrarse al pensamiento de que todo había concluido y que iba a morirse sin volver a ver al «caballero ese». Pero se rebelaba en él toda su naturaleza; su paternidad de anciano no podía aceptarlo. «¿Cómo? —decía, pues tal era su doliente estribillo—. ¿No volverá?» Tenía la cabeza calva caída sobre el pecho y clavaba en la ceniza del hogar, sin verla, una mirada lastimera e irritada.

Cuando más ensimismado estaba, entró Basque, el viejo criado, y preguntó:

—¿El señor puede recibir al señor Marius?

El anciano se enderezó, lívido y con el aspecto de un cadáver al que levanta una sacudida galvánica. Toda la sangre se le había ido al corazón. Tartamudeó:

—El señor Marius ¿qué más?

—No sé —contestó Basque, a quien intimidó y desconcertó la expresión de su amo—; no lo he visto. Ha sido Nicolette la que me ha dicho ahora mismo: «Está ahí un joven; diga que es el señor Marius».

Gillenormand balbució en voz baja:

—Hágalo pasar.

Y se quedó en la misma postura, cabeceando y con la mirada clavada en la puerta, que se volvió a abrir. Entró un joven. Era Marius.

Marius se detuvo en la puerta como si estuviera esperando a que lo mandasen entrar.

En la sombra de la pantalla no se le veía la ropa casi mísera. Sólo se le veía la cara serena y seria, pero extrañamente triste.

Gillenormand, a quien dejaron alelado el asombro y la alegría, se quedó unos instantes sin ver más que una claridad, como cuando se halla uno ante una aparición. Estaba a punto de desfallecer; veía a Marius a través de un resplandor cegador. Era él. ¡Era efectivamente Marius!

¡Por fin! ¡Después de cuatro años! Lo abarcó y lo hizo suyo, por decirlo de algún modo, de una ojeada. Lo vio guapo, de aspecto noble, distinguido, crecido, hombre hecho y derecho, de apariencia decorosa y con expresión encantadora. Le entraron ganas de abrir los brazos, de llamarlo, de abalanzarse hacia él; se le derritieron las entrañas de deleite; las palabras afectuosas le henchían el pecho y se le desbordaban; al fin afloró todo aquel cariño y le llegó a los labios, y, por ese contraste que era lo propio de su carácter, salió de ellos una frase dura: Dijo con brusquedad:

—¿Qué viene usted a hacer aquí? Marius contestó, con apuro:

—Señor mío…

Al señor Gillenormand le habría gustado que Marius se le echase en los brazos. Se quedó descontento de Marius y de sí mismo. Notó que era brusco y que Marius era frío. Al buen hombre le causaba una ansiedad insoportable e irritante notarse tan tierno y tan desconsolado por dentro y no poder ser por fuera sino duro. Le volvió la amargura. Interrumpió a Marius con tono hosco:

—Y entonces ¿para qué viene?

Ese «entonces» quería decir: si no viene a darme un abrazo. Marius miró a su abuelo, a quien la palidez ponía cara de mármol.

—Señor mío…

El anciano añadió con voz severa:

—¿Viene a pedirme perdón? ¿Ha reconocido que cometió un error? Creía que estaba poniendo a Marius en el buen camino y que el «niño» iba a ceder. Marius se estremeció; lo que le pedían era que renegase de su padre; bajó la vista y contestó:

—No, señor.

—Y entonces —exclamó impetuosamente el anciano con un dolor agudo y colmado de ira—, ¿qué quiere de mí?

Marius juntó las manos, dio un paso y dijo con voz débil y trémula:

—Señor, compadézcase de mí.

Aquella frase le llegó al alma al señor Gillenormand; si Marius la hubiera dicho antes, lo habría enternecido, pero llegaba demasiado tarde. El abuelo se levantó; se apoyaba en el bastón con ambas manos, tenía los labios blancos, le oscilaba la cabeza, pero, con su elevada estatura, miraba a Marius desde arriba inclinado.

—¡Compasión de usted, caballero! ¡El adolescente le pide compasión al anciano de noventa y un años! Está entrando en la vida y yo salgo de ella; va usted al teatro, al baile, al café, al billar, es ingenioso, agrada a las mujeres, es buen mozo; yo, en pleno verano, escupo en las brasas; usted tiene las únicas riquezas que existen; yo tengo todas las pobrezas de la vejez, de la invalidez, y de la soledad; tiene usted la dentadura completa, el estómago sano, la mirada despierta, fuerza, apetito, salud, buen humor, una selva de pelo oscuro; a mí ya no me quedan ni canas, me he quedado sin dientes, me fallan las piernas, pierdo la memoria, hay tres nombres de calles que confundo siempre, la calle de Charlot, la calle de Le Chaume y la calle de Saint-Claude, así de bajo he caído; usted tiene por delante el porvenir entero y colmado de sol; yo empiezo ya a no ver ni gota, así de adentrado voy ya en la oscuridad; usted está enamorado, ni que decir tiene; a mí no me quiere nadie en el mundo, ¡y me pide que lo compadezca! ¡Por Cristo que a Moliere se le olvidó escribir esto! Si éstas son las bromas con que se andan en el Palacio de Justicia los señores abogados, les doy la enhorabuena. Tienen ustedes mucha gracia.

Y el nonagenario repitió, con voz enojada:

—A ver, ¿qué quiere de mí?

—Señor —dijo Marius—, sé que mi presencia le causa desagrado, pero sólo vengo a pedirle una cosa y, luego, me marcharé enseguida.

—¡Es usted un necio! —dijo el anciano—. ¿Quién le dice que se vaya?

Era la traducción de esta frase tierna que tenía en lo hondo del corazón: Pero ¡pídeme perdón! ¡Ven a darme un abrazo! El señor Gillenormand se daba cuenta de que Marius iba a irse dentro de unos momentos, de que su mal recibimiento le causaba desvío, de que su dureza lo echaba a la calle; y, como en él el dolor se convertía en el acto en ira, su dureza iba a más. Habría querido que Marius cayese en la cuenta y Marius no caía; y el pobre hombre estaba furioso. Añadió:

—¡Cómo! ¡Me faltó al respeto, a mí, a su abuelo; se marchó de mi casa para ir a saber dónde; disgustó a su tía; se fue, está claro, resulta más cómodo, a llevar vida de soltero, a hacerse el petimetre, a volver a casa a deshora, a divertirse; no me ha dado señales de vida; se ha entrampado sin pedirme siquiera que le pagase las deudas; se ha vuelto un alborotador y un escandaloso y, al cabo de cuatro años, viene a mi casa y no tiene nada más que decirme!

Aquella forma violenta de orientar al nieto hacia el cariño no daba más fruto en Marius que el silencio. El señor Gillenormand se cruzó de brazos, ademán que era en él especialmente imperioso, y apostrofó a Marius amargamente:

—Acabemos. ¿Dice que viene a pedirme algo? ¿Y de qué se trata? ¿Qué es ello? Hable.

—Señor —dijo Marius con la mirada de un hombre que nota que va a caerse por un precipicio—, vengo a pedirle permiso para casarme.

El señor Gillenormand tocó la campanilla. Basque entornó la puerta.

—Que venga mi hija.

Un momento después volvió a abrirse la puerta; la señorita Gillenormand no entró, pero se asomó; Marius estaba de pie, mudo, con los brazos colgando y cara de criminal; el señor Gillenormand paseaba arriba y abajo por el cuarto. Se volvió hacia su hija y le dijo:

—Nada. Es el señor Marius. Salúdelo. El señor quiere casarse. Ya está.

Váyase.

El tono de voz tajante y ronco del anciano anunciaba una singular plenitud de ira. La tía miró a Marius con expresión atemorizada, pareció reconocerlo apenas, no se le escaparon ni un gesto ni una sílaba y desapareció, al respirar su padre, como una brizna de paja ante el huracán.

Entretanto, Gillenormand había vuelto a apoyar la espalda en la chimenea.

—¡Casarse! ¡A los veintiún años! ¡Lo tiene en marcha! ¡Ya sólo le falta pedir permiso! Un mero requisito. Siéntese, caballero. ¿Qué? Así que ha tenido usted una revolución desde que no he tenido el honor de echarle la vista encima. Los jacobinos han ganado. Debió usted de alegrarse mucho.

¿No es republicano desde que es barón? Consigue usted llevarlo de frente. La república es buena salsa para la baronía. ¿Es usted uno de los condecorados de julio? ¿Ha tenido arte y parte en la toma del Louvre, caballero? Hay muy cerca de aquí, en la calle de Saint-Antoine, enfrente de la calle de Les Nonaindieres, una bala de cañón incrustada en la pared, en el tercer piso de un edificio, con este letrero: 28 de julio de 1830. Vaya a verlo. Queda estupendamente. ¡Menudas cosas hacen sus amigos! Por cierto, ¿no están poniendo una fuente donde estaba el monumento al duque de Berry? ¿Así que quiere casarse? ¿Y con quién? ¿Puedo preguntar con quién sin pecar de indiscreto?

Calló y, antes de que a Marius le hubiera dado tiempo a contestarle, añadió con violencia:

—Vamos a ver, ¿cuenta con una posición? ¿Tiene fortuna? ¿Cuánto gana en su profesión de abogado?

—Nada —dijo Marius, con algo semejante a la firmeza y una resolución casi fiera.

—¿Nada? ¿Sólo tiene para vivir los mil doscientos francos que yo le paso?

Marius no contestó. El señor Gillenormand siguió diciendo:

—Entonces, ya lo entiendo, es que la muchacha es rica.

—Como yo.

—¿No tiene dote?

—No.

—¿Y esperanzas?

—No lo creo.

—¡En cueros! ¿Y el padre qué es?

—No lo sé.

—¿Y cómo se llama?

—Es la señorita Fauchelevent.

—¿Fauchequé?

—Fauchelevent.

—¡Pfff! —dijo el anciano.

—¡Caballero! —exclamó Marius.

El señor Gillenormand lo interrumpió con el tono de un hombre que habla consigo mismo.

—Eso es, veintiún años, sin posición, mil doscientas libras al año: la señora baronesa de Pontmercy irá a la frutería a comprar diez céntimos de perejil.

—Señor —dijo Marius, con el extravío de quien ve que se le esfuma la última esperanza—, ¡se lo suplico! Se lo pido por lo que más quiera, en nombre del cielo, con las manos juntas, señor, me arrojo a sus pies, permítame que me case con ella.

El anciano soltó una carcajada estridente y lúgubre que interrumpían la tos y las palabras:

—¡Vaya, vaya, vaya! Se ha dicho usted: Carape, ¡voy a ir a ver al vejestorio ese, a ese beocio absurdo! ¡Qué lástima no haber cumplido ya los veinticinco años! ¡Lo bien que le plantaría un ultimátum respetuoso! ¡Lo a gusto que prescindiría de él! Da igual, voy a decirle: Viejo imbécil, suerte tienes de estar viéndome, me apetece casarme, me apetece casarme con la señorita fulanita, hija del señor mengano; ¡no tengo zapatos que ponerme y ella anda sin camisa, pero qué más da, me apetece tirar por la borda mi carrera, mi porvenir, mi juventud, mi vida, me apetece zambullirme en la miseria con una mujer a cuestas, eso es lo que quiero y tienes que acceder! Y el viejo fósil ese accederá. Venga, muchacho, como quieras, ponte un adoquín al cuello, cásate con esa Pousselevent que dices, con esa Coupelevent que dices... Nunca, caballero, nunca.

—¡Padre!

—¡Nunca!

Al oír el tono de aquel «nunca», Marius perdió toda esperanza. Cruzó la habitación con paso lento, agachando la cabeza y trastabillando, más parecido a alguien que se muere que a alguien que se marcha. El señor Gillenormand lo seguía con la vista y, en el momento en que se abría la puerta y Marius iba a salir por ella, dio cuatro pasos con esa vivacidad senil de los ancianos impetuosos y mimados, agarró a Marius por el cuello del frac, lo hizo regresar a la habitación enérgicamente, lo arrojó a un sillón y le dijo:

—¡Cuéntame el asunto!

Había sido esa única palabra, padre, que se le había escapado a Marius, la autora de aquella revolución.

Marius lo miró, extraviado. El rostro elocuente del señor Gillenormand no mostraba ya sino una campechanía ruda e inefable. El patriarca había cedido el lugar al abuelo.

—Vamos, venga, habla, cuéntame tus amoríos, charla, ¡dímelo todo! ¡Caray, qué bobos son los jóvenes!

—Padre —repitió Marius.

Una luz radiante inefable le iluminó la cara entera al anciano.

—¡Sí, eso es! ¡Llámame padre y ya verás!

Había ahora algo tan bondadoso, tan dulce, tan franco, tan paternal en aquella brusquedad que Marius, con aquel paso repentino del desánimo a la esperanza, se quedó como aturdido y embriagado. Estaba sentado junto a la mesa, la luz de las velas destacaba el deterioro del atuendo, que Gillenormand miraba asombrado.

—Verá, padre —dijo Marius.

—Pero bueno —lo interrumpió el señor Gillenormand—, ¿es cierto que andas sin un céntimo? Vas hecho una pena.

Rebuscó en un cajón y sacó una bolsa, que puso encima de la mesa:

—Toma, aquí van cien luises, cómprate un sombrero.

—Padre —siguió diciendo Marius—, mi buen padre, si usted supiera, la quiero. La primera vez que la vi, ¿sabe?, fue en Le Luxembourg, ella iba por allí; al principio, no me fijaba mucho en ella, y luego, no sé cómo, ocurrió, me enamoré. ¡Ay, qué desdichado fui! Pero ahora la veo a diario, en su casa; su padre no lo sabe, y, fíjese, van a marcharse, nos vemos en el jardín por las noches, su padre quiere llevársela a Inglaterra, y entonces me dije: voy a ir a ver a mi abuelo y a contárselo. De entrada me volvería loco, me moriría, enfermaría, me tiraría al agua. Tengo que casarme con ella a toda costa, porque me volvería loco. Y ésa es toda la verdad, creo que no me he dejado nada. Vive en un jardín con una verja, en la calle de Plumet. Por la zona de Les Invalides.

Gillenormand, radiante, se había sentado junto a Marius. Al tiempo que escuchaba y saboreaba el sonido de su voz, saboreaba también una prolongada toma de rapé. Al oír esas palabras, calle de Plumet, dejó de sorber y le cayó el resto del tabaco en las rodillas.

—La calle de Plumet, ¿la calle de Plumet has dicho? Vamos a ver. ¿No hay un cuartel por allí? Pues claro, eso es. Me lo ha mencionado tu primo Théodule. El lancero, el oficial. Una chiquilla, amigo mío, una chiquilla. Sí, por vida de, en la calle de Plumet. Se llamaba antes la calle de Blomet. Ya me acuerdo. Ya había oído hablar de esa niña de la verja de la calle de Plumet. En un jardín. Una Pamela. No tienes mal gusto. Dicen que es muy apañadita. Entre nosotros, me parece que el ganso ese del lancero le tiró los tejos hasta cierto punto. No sé hasta dónde llegó la cosa. En fin, da lo mismo. Además, no hay que hacerle ni caso. ¡Es un jactancioso, Marius! Me parece muy bien que un joven como tú esté enamorado. Es propio de tu edad. Me gustas más de enamorado que de jacobino. ¡Me gustas más prendado de unas faldas, caray! ¡De veinte faldas y no del señor Robespierre! En lo que a mí se refiere, debo decir que a mí, que nunca me han gustado los sans-culottes, las únicas personas que me han gustado sin calzón han sido las mujeres. ¡Las chicas guapas son las chicas guapas, qué demonios! En eso no hay quien tenga nada que decir. En cuanto a la chiquilla, te recibe a escondidas del papá. Como tiene que ser. A mí también me pasaron cosas de ésas. Más de una. ¿Sabes lo que hay que hacer? No tomarse las cosas por la tremenda; no meterse de cabeza en lo trágico; no hay por qué llegar ni hasta el matrimonio ni hasta el señor alcalde con su faja puesta. Sencillamente, hay que ser un muchacho inteligente. Con sentido común. Mortales, pasad resbalando y no os caséis. Va uno a ver al abuelo, que en el fondo es un santo y a quien nunca le van a faltar unos cuantos cartuchos de luises en el cajón de un mueble viejo; y le dice: Abuelo, pasa esto. Y el abuelo dice: Nada más sencillo. Sólo se es joven una vez. Joven fui yo, y tú algún día serás viejo. Venga, muchacho, ya harás tú lo mismo por tu nieto. Toma dos mil francos. ¡Diviértete, demonios! ¡No hay nada mejor! Así es como tienen que ser las cosas. No hay que casarse, pero eso no quita. Ya me entiendes, ¿no?

Marius, petrificado e incapaz de articular palabra, dijo que no con la cabeza.

El buen hombre se echó a reír, guiñando los párpados arrugados, le dio una palmada en la rodilla, lo miró cara a cara con expresión misteriosa y radiante y le dijo, encogiéndose de hombros con inmensa ternura:

—¡Bobo! Cógela de querida.

Marius se puso pálido. No había entendido nada de cuanto acababa de decir su abuelo. Aquellas machaconerías de la calle de Blomet, de Pamela, del cuartel, del lancero le pasaron a Marius por delante como una fantasmagoría. Nada de aquello podía tener relación con Cosette, que era una azucena. El buen hombre divagaba. Pero la divagación había desembocado en una palabra que Marius había entendido y que era una injuria mortal para Cosette. Esa frase, cógela de querida, le entró en el corazón al recto joven como una espada.

Se levantó, cogió el sombrero, que estaba en el suelo, y se encaminó hacia la puerta con paso seguro y firme. Al llegar a ella, se dio la vuelta, le hizo una honda reverencia a su abuelo, engalló la cabeza y dijo:

—Hace cinco años ofendió usted a mi padre; hoy, ofende a mi mujer. Ya no le pido nada, caballero. Adiós.

Gillenormand, estupefacto, abrió la boca, extendió los brazos y trató de levantarse; y, antes de que pudiera pronunciar una palabra, la puerta ya se había cerrado y Marius se había esfumado.

El anciano se quedó unos momentos inmóvil, como si le hubiera caído un rayo, sin poder hablar ni respirar, como si un puño cerrado le apretase la garganta. Se levantó por fin trabajosamente del sillón, fue corriendo hasta la puerta con toda la velocidad con que se puede correr a los noventa y un años, la abrió y gritó:

—¡Socorro! ¡Socorro!

Apareció su hija; luego, los criados. Él siguió diciendo con un estertor que daba pena:

—¡Corred detrás de él! ¡Alcanzadlo! ¿Qué le he hecho? ¡Está loco! ¡Se va! ¡Ay, Dios mío! ¡Esta vez no volverá!

Fue a la ventana que daba a la calle, la abrió con las manos viejas y temblonas y asomó más de medio cuerpo mientras Basque y Nicolette lo sujetaban por detrás y gritó:

—¡Marius! ¡Marius! ¡Marius! ¡Marius!

Pero Marius ya no podía oírlo; estaba en ese momento volviendo la esquina de la calle de Saint-Louis.

El nonagenario se llevó dos o tres veces ambas manos a las sienes con expresión angustiada, retrocedió, trastabillando, y se desplomó en un sillón, sin pulso, sin voz, sin lágrimas, meneando la cabeza y moviendo los labios con expresión alelada y, en el corazón, algo sombrío y hondo que tenía un parecido con la oscuridad de la noche.

LIBRO NOVENO
¿DÓNDE VAN?

I

JEAN VALJEAN

Ese mismo día, a eso de las cuatro de la tarde, Jean Valjean estaba sentado a solas en la vertiente más agreste de una de las elevaciones más solitarias de Le Champ de Mars. Bien por prudencia, bien por deseo de recogimiento o bien, sencillamente, por uno de esos cambios insensibles de costumbres que van apareciendo poco a poco en todas las existencias, salía ahora bastante poco con Cosette. Llevaba la chaqueta de obrero, un pantalón de lienzo gris y esa gorra de visera larga que le tapaba la cara. En lo referido a Cosette, ahora estaba en paz y era feliz; se había esfumado lo que por un tiempo lo había asustado y conturbado; pero, desde hacía una semana o dos, se le habían presentado ansiedades de otra clase. Un día, cuando paseaba por el bulevar, divisó a Thénardier; merced al disfraz que llevaba, Thénardier no lo reconoció; pero desde entonces Jean Valjean había vuelto a verlo en varias ocasiones y ahora tenía la seguridad de que Thénardier andaba por el barrio. Eso había bastado para que tomase una determinación muy seria. Que Thénardier estuviera allí equivalía a todos los peligros al tiempo. Además, París no estaba tranquilo; las alteraciones políticas presentaban el inconveniente, para quien tenía algo que ocultar en la vida, de que la policía estaba muy intranquila y muy recelosa, y, cuando intentase dar con un hombre como Pépin, o como Morey, podía perfectamente dar con un hombre como Jean Valjean. Jean Valjean estaba decidido a salir de París, e incluso de

Francia, e irse a Inglaterra. Ya había avisado a Cosette. Quería irse antes de ocho días. Estaba sentado en el talud del Champ de Mars dando vueltas en la cabeza a todo tipo de pensamientos, Thénardier, la policía, el viaje y la dificultad de hacerse con un pasaporte.

Lo tenía preocupado todo lo dicho.

Y, de remate, un hecho inexplicable que acababa de llamarle la atención y todavía lo tenía alterado lo había puesto aún más alerta. La mañana de ese mismo día, cuando era el único que estaba levantado en la casa y paseaba por el jardín antes de que Cosette abriese sus postigos, vio de repente esta línea grabada en la pared, probablemente con un clavo: Calle de la Verrerie, 16.

Era algo muy reciente; las incisiones eran blancas en la argamasa antigua y negra; una mata de ortigas, al pie de la pared, tenía por encima un polvillo fino y reciente de yeso. Probablemente lo habían escrito durante la noche. ¿Qué era? ¿Unas señas? ¿Una señal para otras personas? ¿Un aviso para él? En cualquier caso, estaba claro que alguien había violado el jardín y que entraban en él desconocidos. Recordó los incidentes raros que habían causado alarma anteriormente en la casa. Caviló sobre ese bosquejo. Tuvo buen cuidado de no mencionarle a Cosette aquella línea de la pared por temor a asustarla.

En esas preocupaciones estaba cuando se dio cuenta, por una sombra que proyectaba el sol, de que alguien acababa de detenerse en la cresta de la pendiente, inmediatamente detrás de él. Iba a darse la vuelta cuando le cayó en las rodillas un papel doblado en cuatro, como si lo hubiera soltado una mano que estuviera por encima de su cabeza. Cogió el papel, lo desdobló y leyó esta palabra escrita a lápiz en legras grandes:

MÚDESE.

Jean Valjean se puso de pie con rapidez; ya no había nadie en la pendiente; buscó alrededor y divisó a alguien más alto que un niño, pero más bajo que un hombre, vestido con un blusón gris y un pantalón del color del polvo, que salvaba de una zancada el parapeto y se dejaba caer en el foso de Le Champ de Mars.

Jean Valjean regresó a casa en el acto, muy meditabundo.

II
MARIUS

Marius se había ido desconsolado de casa del señor Gillenormand. Había entrado en ella con una esperanza muy pequeña; salía con una desesperación inmensa.

Por lo demás, y quienes hayan estudiado las iniciaciones del corazón humano lo entenderán, el lancero, el oficial, el zángano, el primo Théodule no le había dejado sombra alguna en el ánimo. Ni la mínima sombra. Un poeta dramático podría aparentemente esperar algunas complicaciones de esa revelación a quemarropa que le había hecho al abuelo al nieto. Pero lo que con ello ganaría el drama lo perdería la verdad. Marius estaba en esa edad en que, en lo referido al mal, nada crees; más adelante llega la edad en que lo crees todo. Las sospechas no son sino arrugas. En la primera juventud no hay arrugas. Lo que trastorna a Otelo le resbala a Candide.

¡Sospechar de Cosette! Había multitud de crímenes que Marius habría cometido con mayor facilidad.

Echó a andar por las calles, que es el recurso de quienes padecen. No pensó en nada que pudiera recordar. A las dos de la mañana volvió a casa de Courfeyrac y se desplomó sin desnudarse en el colchón. Ya estaba alto el sol cuando se quedó dormido con ese sueño espantoso y pesado que deja que las ideas vayan y vengan por el cerebro. Cuando se despertó, vio de pie en la habitación, con el sombrero calado, a punto de salir y muy atareados, a Courfeyrac, Enjolras, Feuilly y Combeferre.

Courfeyrac le dijo:

—¿Vienes al entierro del general Lamarque? Le pareció que Courfeyrac hablaba en chino.

Salió poco después que ellos. Se metió en el bolsillo las pistolas que le había prestado Javert en el momento de la aventura del 3 de febrero y que seguía teniendo. Las pistolas estaban cargadas aún. Sería difícil decir qué pensamiento oscuro tenía en la cabeza cuando las cogió.

Anduvo todo el día rodando sin saber por dónde; llovía a ratos, pero no lo notaba; compró para cenar una barra de pan de cinco céntimos y se olvidó de ella. Por lo visto se dio un baño en el Sena sin tener conciencia de ello. Hay momentos en que tenemos una hoguera dentro de la cabeza. Marius se hallaba en un momento de ésos. Ya no esperaba nada, ya no temía nada; había dado ese paso desde el día anterior. Esperaba la noche con una impaciencia febril, no tenía ya sino una idea clara: que a las nueve vería a Cosette. Esta última dicha era ya todo el porvenir que le quedaba; luego, la sombra. A ratos, caminando por los bulevares más desiertos, le parecía oír en París ruidos raros. Asomaba de su ensimismamiento y decía:

«¿Habrá combates?».

Al caer la noche, a las nueve en punto, como le había prometido a Cosette, estaba en la calle de Plumet. Al acercarse a la verja, lo olvidó todo. Llevaba cuarenta y ocho horas sin ver a Cosette, iba a volver a verla; se le borraron todos los demás pensamientos y no sintió ya sino una dicha inaudita y honda. Esos minutos en que vivimos siglos tienen siempre esta característica soberana y admirable: en el momento en que transcurren nos llenan por completo el corazón.

Marius movió el barrote y se abalanzó dentro del jardín. Cosette no estaba en el lugar en que solía esperarlo. Cruzó por los matorrales y fue al entrante que había junto a la escalera de la fachada. «Me está esperando allí», dijo. Cosette no estaba. Alzó la vista y vio que la casa tenía cerradas las contraventanas. Dio la vuelta al jardín y el jardín estaba desierto. Volvió entonces a la casa y, loco de amor, ebrio, espantado, exasperado por el dolor y la preocupación, igual que el dueño de la casa que regresa en mal momento, golpeó las contraventanas. Golpeó y siguió golpeando, corriendo el riesgo de que se abriera la ventana y apareciera la cara adusta del padre, preguntándole: «¿Qué desea?». Aquello no era nada en comparación con lo que estaba intuyendo. Tras los golpes, alzó la voz y llamó a Cosette.

—¡Cosette! —gritó—. ¡Cosette! —repitió imperiosamente.

Nadie contestó. Todo había acabado. Nadie en el jardín; nadie en la casa.

Marius clavó los ojos desesperados en aquella casa siniestra, tan negra, tan silenciosa como una tumba, y aún más vacía. Miró el banco de piedra donde había pasado tantas horas adorables con Cosette. Entonces se sentó en los peldaños de la escalera, con el corazón colmado de cariño y de desconsuelo, bendijo su amor en lo hondo del pensamiento y se dijo que, puesto que Cosette se había ido, lo único que le quedaba ya por hacer era morir.

De repente oyó una voz que parecía venir de la calle y gritaba por entre los árboles:

—¡Señor Marius!

Se enderezó.

—¿Cómo? —dijo.

—Señor Marius, ¿está ahí?

—Sí.

—Señor Marius —añadió la voz—, sus amigos lo están esperando en la barricada de la calle de La Chanvrerie.

Esa voz no le resultaba del todo desconocida. Se parecía a la voz ronca y ruda de Éponine. Marius se acercó deprisa a la verja, apartó el barrote que se movía, asomó la cabeza y vio a alguien, que le pareció un muchacho, desaparecer corriendo entre el crepúsculo.

III
EL SEÑOR MABEUF

La bolsa de Jean Valjean no le sirvió de nada a Mabeuf. El señor Mabeuf, con su venerable austeridad pueril, no aceptó el regalo de los astros; no admitió que una estrella pudiera convertirse en luises de oro. No adivinó que lo que le caía del cielo venía de Gavroche. Llevó la bolsa a la comisaría de policía del barrio y la depositó allí como objeto perdido que quien lo había encontrado ponía a disposición de quien lo reclamara. La bolsa se perdió, desde luego. Ni que decir tiene que nadie la reclamó y que no le sirvió de socorro al señor Mabeuf.

Por lo demás, el señor Mabeuf había seguido cuesta abajo.

Los experimentos con el añil no tuvieron mejor suerte en el Jardín Botánico que en su jardín de Austerlitz. El año anterior, le debía el sueldo a su ama de llaves; ahora, como ya hemos visto, debía el alquiler. El Monte de Piedad, cuando pasaron trece meses, vendió las planchas de cobre de los grabados de su Flora. Algún calderero debió de convertirlas en cazuelas. Tras quedarse sin las planchas, y sin poder ya siquiera completar los ejemplares desparejados de su Flora que aún tenía, le vendió por cuatro cuartos a un librero y chamarilero las planchas y el texto, como defectos. No le quedó ya nada de la obra de toda su vida. Se gastó el dinero de esos ejemplares. Cuando vio que aquel recurso tan parco se le agotaba, renunció a su jardín y lo dejó en barbecho. Antes, mucho antes, ya había renunciado a los dos huevos y al trozo de vaca que comía de vez en cuando. Cenaba pan y patatas. Había vendido los últimos muebles que le quedaban; luego, todo lo que tenía por partida doble en cuestión de ropa de cama, ropa de vestir y mantas; luego los herbolarios y las estampas; pero conservaba aún los libros más valiosos, varios de los cuales eran grandes rarezas, entre ellos Las cuadernas históricas de la Biblia, edición de 1560; La concordancia de las Biblias, de Pierre de Besse; Las margaritas de la margarita de las princesas, de Jean de La Haye, con dedicatoria a la reina de Navarra; el libro del Cargo y dignidad del embajador, por el señor de Villiers-Hotman; un Florilegium rabbinicum de 1644; un Tibulo de 1567 con esta espléndida inscripción: Venetiis, in œdibus Manutianis, y, finalmente, un Diógenes Laercio, impreso en Lyon en 1644 y donde estaban las famosas variantes del manuscrito 411, del siglo XIII, del Vaticano, y las de los dos manuscritos de Venecia, 393 y 394, que tan fructíferamente consultó Henri Estienne, y todas las partes en dialecto dórico que no están sino en el célebre manuscrito del siglo XII de la biblioteca de Nápoles. El señor Mabeuf nunca encendía la chimenea de su cuarto y se iba a la cama de día para no gastar velas. Parecía como si no tuviera ya vecinos; cuando salía, lo evitaban, y él se daba cuenta. La miseria de un niño le interesa a una madre; la miseria de un joven le interesa a una muchacha; la miseria de un viejo no le interesa a nadie. Es, de todos los desvalimientos, el más frío. No obstante, Mabeuf no había perdido del todo su serenidad infantil. Las pupilas recobraban cierta viveza cuando miraban los libros y sonreía cuando se fijaban en el Diógenes Laercio, que era un ejemplar único. El armario acristalado era el único mueble que conservaba además de los más indispensables.

Un día le dijo la Plutarco:

—No tengo con qué comprar la cena.

Lo que llamaba la cena era un pan y cuatro o cinco patatas.

—¿De fiado? —dijo el señor Mabeuf.

—Ya sabe que no me fían.

El señor Mabeuf abrió su biblioteca, estuvo mucho rato mirando todos sus libros, uno tras de otro, igual que un padre que se viera en la obligación de diezmar a sus hijos los miraría antes de decidirse; luego, cogió uno con presteza, se lo metió debajo del brazo y salió. Volvió dos horas después, sin nada debajo del brazo, dejó un franco y medio encima de la mesa y dijo:

—Haga de cenar.

A partir de ese momento, la Plutarco vio cómo iba cayendo sobre el cándido rostro del anciano un velo oscuro que no volvió a alzarse.

Al día siguiente, y al otro, y todos los días, hubo que hacer otro tanto. El señor Mabeuf salía con un libro y volvía con una moneda. Como los libreros de lance sabían que no le quedaba más remedio que vender, le compraban por un franco lo que le habían vendido por veinte a veces esos mismos libreros. Libro a libro, se le iba yendo toda la biblioteca. A veces decía: «Pero ¡si ya he cumplido ochenta años!», como si tuviera a saber qué esperanza secreta de llegar al final de sus días antes de llegar al final de sus libros. Crecía la tristeza. Una vez tuvo una alegría, empero. Salió con un Robert Estienne que vendió por un franco con setenta y cinco en el muelle Malaquais y volvió con un Aldo Manucio, que compró por dos francos en la calle de Les Gres.

—Debo veinticinco céntimos —le dijo radiante a la Plutarco. Ese día se quedó sin cenar.

Pertenecía a la Sociedad de Horticultura. Allí sabían de su indigencia. El presidente de la Sociedad fue a verlo, le prometió que le hablaría de él al ministro de Agricultura y Comercio y cumplió lo dicho.

—¡Faltaría más! —exclamó el ministro—. ¡Pues claro que sí! ¡Un sabio anciano! ¡Un botánico! ¡Un hombre inofensivo! ¡Hay que hacer algo por él! Al día siguiente, el señor Mabeuf recibió una invitación para que fuera a cenar a casa del ministro. Le enseñó, trémulo de gozo, la carta a la Plutarco.

—¡Estamos salvados! —dijo.

El día fijado fue a casa del ministro. Se percató de que la corbata arrugada, el frac viejo y de faldones cuadrados y los zapatos abrillantados con huevo asombraban a los porteros. Nadie le dirigió la palabra, ni siquiera el ministro. A eso de las diez de la noche, cuando seguía esperando que le dijeran algo, oyó que la mujer del ministro, una mujer guapa y escotada a la que no se había atrevido a acercarse, preguntaba: «Pero ¿quién es ese señor tan viejo?». Se volvió a su casa a pie, a las doce de la noche, mientras llovía a cántaros. Había vendido un elzevir para pagar el coche de punto a la ida.

Todas las noches, antes de acostarse, tenía la costumbre de leer unas cuantas páginas de su Diógenes Laercio. Sabía griego suficiente para disfrutar de las peculiaridades del texto que poseía. Ahora no tenía ya más alegría que ésa. Pasaron unas cuantas semanas. De repente, la Plutarco enfermó. Si hay algo más triste que no tener con qué comprar pan en la panadería es no tener con qué comprar medicinas en la botica. Una noche, el médico recetó una poción muy cara. Y, además, la enfermedad se iba agravando y hacía falta una cuidadora. El señor Mabeuf abrió el armario: ya no quedaba nada. Se había ido el último libro. Sólo le quedaba el Diógenes Laercio.

Se puso el ejemplar único debajo del brazo y salió; era el 4 de junio de 1832; fue a la Porte de Saint-Jacques, a la librería del sucesor de Royol, y volvió con cien francos. Puso el montón de monedas de cinco francos encima de la mesilla de la anciana criada y se volvió a su cuarto sin decir palabra.

Al día siguiente, en cuanto amaneció, se sentó en el mojón tumbado del jardín y, por encima del seto, se lo pudo ver toda la mañana quieto, con la cabeza gacha y la vista clavada, sin mirar, en las platabandas marchitas. A ratos, llovía; el anciano no parecía darse cuenta. Por la tarde, estallaron en París unos ruidos fuera de lo normal. Parecían disparos de fusil y los clamores de un gentío.

Mabeuf alzó la cabeza. Vio pasar a un jardinero y preguntó:

—¿Qué pasa?

El jardinero contestó, con la laya echada al hombro y un tono de lo más tranquilo:

—Hay disturbios.

—¿Cómo que disturbios?

—Sí, enfrentamientos.

—¿Y por qué se enfrentan?

—Eso ya… —dijo el jardinero.

—¿Por qué parte? —añadió el señor Mabeuf.

—Por la parte de L'Arsenal.

Mabeuf entró en casa, cogió el sombrero, buscó maquinalmente un libro para metérselo debajo del brazo, no lo encontró, dijo: «¡Ah, es verdad!», y se fue, con expresión extraviada.

<h1 style="text-align:center">LIBRO DÉCIMO
EL S DE JUNIO DE L832</h1>

<h2 style="text-align:center">I
LA SUPERFICIE DE LA CUESTIÓN</h2>

¿Qué compone un disturbio? Nada y todo. Una electricidad que va desprendiéndose poco a poco, una llama que brota de golpe, una fuerza errabunda, una ráfaga que pasa. Esa ráfaga se encuentra con cabezas que hablan, con mentes que sueñan, con almas que sufren, con pasiones que arden, con miserias que aúllan, y las lleva consigo.

¿Adónde?

Al azar. A través del Estado, a través de las leyes, a través de la prosperidad y la insolencia de los demás.

Las convicciones irritadas, los entusiasmos agriados, las indignaciones emocionadas, los instintos guerreros reprimidos, el coraje joven exaltado, las cegueras generosas; la curiosidad, el gusto por el cambio, la sed por lo inesperado, esa sensación que nos mueve a complacernos al leer el cartel de un espectáculo nuevo y ese gusto que nos da en el teatro oír el silbato del tramoyista; los odios inconcretos, los rencores, los chascos, toda vanidad que crea que el destino le ha fallado; los malestares, los sueños vanos, las ambiciones rodeadas de escarpaduras, toda creencia de que un desplome es una salida, y, por último, en la parte más baja, la turba, ese barro que se incendia: tales son los elementos del disturbio.

Lo más grande y lo ínfimo, los seres que andan rodando por fuera de todo, esperando una ocasión, gitanos, gente sin casa ni hogar, vagabundos de encrucijadas, quienes duermen de noche en un desierto sin casas y sin más techo que las nubes frías del cielo, quienes le piden a diario el pan a la casualidad y no al trabajo, los desconocidos de la miseria y la nada, los remangados, los descalzos: todos pertenecen al disturbio.

Todo el que lleve en el alma una rebelión secreta contra cualquier actuación del Estado, de la vida o de la suerte linda con el disturbio y, en cuanto hace acto de presencia, se pone a tiritar y siente que se lo lleva en volandas el torbellino.

El disturbio es algo así como una tromba de la atmósfera social que se forma de repente cuando se dan determinadas condiciones de temperatura y que, al girar, sube, corre, atruena, arranca, arrasa, aplasta, destruye, derriba de raíz, arrastrando consigo a los caracteres recios y a los enclenques, al hombre fuerte y a la mente torpe, el tronco del árbol y la brizna de paja.

¡Malhaya aquel a quien se lleve y también aquel con quien tropiece! Los estrella uno contra otro.

Infunde a aquellos de quienes se adueña a saber qué potencia extraordinaria. Colma al primero que pase por allí con la fuerza de los acontecimientos; lo convierte todo en proyectil. Hace de un mampuesto una bala de cañón y de un mozo de cuerda un general.

Si atendemos a la opinión de algunos oráculos de la política artera, desde el punto de vista del poder resulta deseable cierta dosis de disturbios. Sistema: el disturbio refuerza a los gobiernos a los que no derriba. Pone a prueba al ejército; concentra a la burguesía; le desentumece los músculos a la policía; comprueba cómo anda la osamenta social. Es una gimnasia; es casi un ejercicio higiénico. El poder goza de mejor salud tras el disturbio, igual que el hombre tras una fricción.

Hace treinta años, se consideraba el disturbio aún desde más puntos de vista.

Existe para todo una teoría que hay quienes deciden por su cuenta que es «el sentido común»; Philinte contra Alceste; mediación brindada entre lo cierto y lo falso; explicación, admonición, atenuación un tanto altanera que, porque lleva una mezcla de censura y disculpa, se cree que es la sensatez y con frecuencia no es sino la pedantería. Toda una escuela política, que se llama el término medio, salió de ahí. Entre el agua fría y el agua caliente, es el partido del agua tibia. Esa escuela, con su falsa profundidad, que es sólo superficial, que disecciona los efectos sin remontarse a las causas, censura, encaramada en una ciencia a medias, los levantamientos de la plaza pública. Según esa escuela: «Los disturbios que complicaron lo que ocurrió en 1830 privaron a ese gran acontecimiento de parte de su pureza. La revolución de julio fue una hermosa ventolera popular tras la que llegó de repente el cielo azul. Los disturbios volvieron a traer las nubes. Hicieron que degenerase en pendencia aquella revolución que contó al principio con una unanimidad tan notable. En la revolución de julio, como en todo progreso que vaya a trompicones, hubo fracturas secretas; con los disturbios, salieron a la luz. Fue posible decir: ¡Ah! Algo se ha roto. Tras la revolución de julio, sólo había impresión de liberación; tras los disturbios, hubo impresión de catástrofe.

Todo disturbio cierra los comercios, influye a la baja en los fondos públicos, consterna a la bolsa, suspende el comercio, es una traba para los negocios, acelera las quiebras; ya no hay dinero; las fortunas privadas se intranquilizan; el crédito público se inmuta; la industria se desconcierta; los capitales retroceden; el trabajo disminuye; el miedo reina por doquier; hay repercusiones en todas las ciudades. Y de ahí nacen despeñaderos. Se ha calculado que el primer día de disturbios le cuesta a Francia veinte millones; el segundo, cuarenta; el tercero, sesenta. Unos disturbios que duren tres días cuestan ciento veinte millones, es decir, por no mirar sino el resultado financiero, equivale a un desastre, un naufragio o una batalla perdida que aniquilasen una flota de sesenta barcos de crucero.

No cabe duda de que históricamente los disturbios tuvieron su belleza; la guerra callejera no es ni menos grandiosa ni menos patética que la guerra de emboscadas; en ésta está el alma de los bosques; en aquélla, el corazón de las ciudades; una tiene a Jean el Chuán; la otra, a Charles Jeanne. Los disturbios iluminaron de rojo, pero espléndidamente, todos los arranques más originales de la forma de ser parisina: la generosidad, la abnegación, el buen humor tempestuoso, los estudiantes demostrando que el valor forma parte de la inteligencia, la Guardia Nacional inquebrantable, vivaques de tenderos, fortalezas de golfillos, transeúntes que desprecian la muerte. Se enfrentaban las escuelas y las legiones. Bien pensado, entre los combatientes no había sino una diferencia de edad; se trata de la misma raza; son los mismos hombres estoicos que mueren a los veinte años por sus ideas, y a los cuarenta por sus familias. El ejército, siempre triste en las guerras civiles, oponía la prudencia a la audacia. Los disturbios, al tiempo que pusieron de manifiesto la intrepidez popular, educaron el valor burgués.

Bien está. Pero ¿compensa todo eso de la sangre derramada? Y a la sangre derramada hay que sumar el porvenir ensombrecido, el progreso comprometido, la intranquilidad entre los mejores, la desesperanza de los liberales honrados, el absolutismo extranjero que se alegra de esas heridas con que la revolución se daña a sí misma, los vencidos de 1830 triunfantes y diciendo: ¡Si ya lo decíamos nosotros! Sumemos que París quizá crece, pero Francia, desde luego, merma. Sumemos, porque todo hay que decirlo, esas matanzas que con demasiada frecuencia deshonraban la victoria del orden, que se vuelve feroz, sobre la libertad, que se había vuelto loca. En resumidas cuentas, todos los disturbios fueron nefastos».

Esto es lo que dice más o menos la sensatez con que la burguesía, ese pueblo de quiero y no puedo, se contenta de tan buen grado.

En lo que a nosotros se refiere, rechazamos esa palabra demasiado general y, por consiguiente, demasiado cómoda: los disturbios. Distinguimos entre un movimiento popular y otro. No nos preguntamos si un disturbio cuesta tanto como una batalla. Para empezar, ¿por qué una batalla? Aquí surge la cuestión de la guerra. ¿Es la guerra de menor alcance, en tanto en cuanto azote, que el disturbio en tanto en cuanto calamidad? Y, además, ¿son todos los disturbios calamidades? ¿Tendría importancia que el 14 de julio hubiera costado ciento veinte millones? Afincar a Felipe V en España le costó a Francia dos mil millones. Incluso a costes iguales, preferiríamos el 14 de julio. Por lo demás, rechazamos esas cifras, que parecen razones y no son sino palabras. Examinamos cada uno de los disturbios por separado. En todo cuanto dice la objeción doctrinal antes expuesta, sólo se consideran los efectos; nosotros buscamos la causa.

Especifiquemos.

II
EL FONDO DE LA CUESTIÓN

Existe el disturbio y existe la insurrección; son dos iras; una está en un error, la otra está en su derecho. En los estados democráticos, los únicos legítimos desde el punto de vista de la justicia, se da a veces una usurpación de la parte; entonces el todo se subleva y la necesaria reivindicación de su derecho puede llegar incluso hasta empuñar las armas. En todas las cuestiones que son del ámbito de la soberanía colectiva, la guerra del todo contra la parte es insurrección; el ataque de la parte contra el todo es el disturbio; según que en Les Tuileries se alberguen el rey o la Convención, el ataque a Les Tuileries es justo o injusto. El mismo cañón apuntando al gentío se equivoca el 10 de agosto y acierta el 14 de vendimiario. Apariencia semejante, pero fondo diferente; la guardia suiza defiende lo falso, Bonaparte defiende lo verdadero. Lo que hizo el sufragio universal, en el ejercicio de su libertad y su soberanía, no puede deshacerlo la calle. Lo mismo sucede en los hechos puramente de civilización; el instinto de las masas, clarividente ayer, puede ser confuso mañana. La misma indignación es legítima en contra de Terray y absurda en contra de Turgot. Destrozar máquinas, saquear almacenes, romper raíles, echar abajo los depósitos, los recorridos equivocados de las muchedumbres, las denegaciones de justicia del pueblo al progreso, los estudiantes asesinando a Ramus, Suiza expulsando a Rousseau a pedradas: eso son disturbios. Israel contra Moisés, Atenas contra Foción, Roma contra Escipión: eso son disturbios; París contra la Bastilla, eso es insurrección. Los soldados contra Alejandro, los marineros contra Cristóbal Colón son el mismo levantamiento; levantamiento impío; ¿por qué? Porque lo que Alejandro hace por Asia con la espada es lo que hace Cristóbal Colón por América con la brújula; tanto Alejandro como Colón encuentran un mundo. Esos dones de un mundo a la civilización son tales incrementos de luz que, en tales casos, cualquier resistencia es culpable. Hay veces en que el pueblo no cumple con la fidelidad que se debe a sí mismo. El gentío traiciona al pueblo. ¿Existe, por ejemplo, algo más extraño que esa prolongada y cruenta protesta de los contrabandistas de la sal, legitima rebelión crónica que, en el momento decisivo, en el día de la salvación, en la hora de la victoria popular, se decanta por el trono, se vuelve chuanería y de ser insurrección contra se vuelve disturbio a favor? ¡Sombrías obras maestras de la ignorancia. El contrabandista de la sal se libra de las horcas de la monarquía y, todavía con un trozo de cuerda al pescuezo, enarbola la escarapela blanca. «Muerte a la gabela» pare un «viva el rey». Matadores de la noche de San Bartolomé, degollares de septiembre, carniceros de Aviñón, asesinos de Coligny, asesinos de la señora de Lamballe, asesinos de Brune, miqueletes, verdetes, cadenetes, cofrades de la compañía de Jéhu, caballeros del brazal: eso es disturbio. Vendea es un gran disturbio católico. El rumor del derecho en marcha se reconoce, no siempre procede de la vibración de las masas alteradas; hay sañas locas, hay campanas rajadas; no todos los toques de rebato suenan a bronce. Una cosa es el terremoto del progreso y otra el zafarrancho de las pasiones y las ignorancias. En pie, sí, pero para crecer. Quiero ver hacia dónde vais. No es insurrección sino la que camina hacia adelante. Cualquier otro levantamiento es malo. Cualquier paso violento hacia atrás es disturbio; retroceder es una agresión al género humano. La insurrección es el arrebato de furia de la verdad; los adoquines que levanta la insurrección lanzan la chispa del derecho. Esos adoquines no le dejan sino su lodo al disturbio. Danton contra Luis XVI es insurrección; Hébert contra Danton es disturbio.

De ahí viene que la insurrección es, en determinados casos, como dijo Lafayette, el más sagrado de los deberes, pero el disturbio puede ser el más fatídico de los atentados.

Existe también cierta diferencia en la intensidad calórica: la insurrección es frecuentemente un volcán, la sublevación es frecuentemente un fuego de paja.

Ya hemos dicho que el disturbio reside a veces en el poder. Polignac es un agitador; Camille Desmoulins es un gobernante.

Hay veces en que insurrección es resurrección.

Como es un hecho modernísimo que el sufragio universal lo solucione todo y toda la historia anterior a este hecho rebosa, desde hace cuatro mil años, de violaciones al derecho y del sufrimiento de los pueblos, cada una de las épocas de la historia trae consigo la protesta que puede. En tiempos de los césares no existía la insurrección, pero existía Juvenal.

El facit indignatio sustituye a los Graco.

En tiempos de los césares, tenemos al exiliado de Siena; y también al hombre de los Anales.

No hablaremos del tremendo exiliado de Patmos que también agobia al mundo real con una protesta en nombre del mundo ideal, convierte la visión en una sátira desmesurada y arroja contra Roma-Nínive, contra Roma- Babilonia, contra Roma-Sodoma la flamígera reverberación del Apocalipsis.

Juan en su roca es la esfinge en su pedestal; entra dentro de lo posible no entenderlo; es un judío y habla en hebreo; pero el hombre que escribe los Anales es un latino, mejor dicho, es un romano.

Puesto que los Nerones tienen reinados negros, de esa misma forma hay que pintarlos. La talla del buril sola sería incolora; hay que verter en la entalladura una prosa concentrada que muerda.

Algo influyen los déspotas en los pensadores. La palabra encadenada es una palabra terrible. Se duplica y se triplica el estilo del escritor cuando un amo obliga a callar al pueblo. Surge de ese silencio cierta plenitud misteriosa que se filtra y se fija como bronce en el pensamiento. La historia oprimida da concisión al historiador. La solidez granítica de algunas prosas célebres no es sino el asentamiento del tirano.

La tiranía obliga al escritor a reducir el diámetro, con lo que crece la fuerza. Al período oratorio ciceroniano, que apenas basta contra Verres, se le embotaría el filo contra Calígula. A menos envergadura en la frase, más intensidad en el golpe. Tácito piensa a brazo partido.

La honradez de un corazón noble, condensada en forma de justicia y verdad, fulmina.

Dicho sea de paso, hay que dejar constancia de que Tácito no se superpone históricamente a César. Lo suyo son los Tiberio. César y Tácito son dos fenómenos sucesivos cuyo encuentro parece que quien, en la dirección escénica de los siglos, dispone las entradas y las salidas evitó misteriosamente. César es grande, Tácito es grande; Dios fue generoso con esas dos magnitudes evitando que chocasen entre sí. El justiciero podía golpear con excesiva dureza al golpear a César y ser injusto. Dios no lo quiere. Las grandes guerras de África y de España, la aniquilación de los piratas de Cilicia, la introducción de la civilización en Galia, en Bretaña, en Germania, toda esa gloria disimula el Rubicón. Hay en ello algo así como una delicadeza de la justicia divina, que no se decide a soltar contra el usurpador al historiador tremendo y no le impone Tácito a César, reconociéndole al genio circunstancias atenuantes.

Cierto es que el despotismo sigue siendo el despotismo, incluso aunque el déspota sea un genio. Hay corrupción en los tiranos ilustres, pero la peste moral más repulsiva les sigue correspondiendo a los tiranos infames. En esos reinados no hay nada que corra un velo sobre la vergüenza; y los hacedores de ejemplos, tanto Tácito cuanto Juvenal, abofetean con mayor provecho, en presencia del género humano, esa ignominia sin justificación posible.

Roma huele peor con Vitelio que con Sila. Con Claudio y con Domiciano se da una bajeza deforme que corresponde a la fealdad del tirano. La villanía de los esclavos procede directamente del déspota; brota un miasma de esas conciencias podridas donde se refleja el amo; los poderes públicos son inmundos; los corazones, pequeños; las conciencias, chatas; las almas, chinches; así ocurre con Caracalla, así ocurre con Cómodo, así ocurre con Heliogábalo, mientras que, con César, no sale del Senado romano sino el olor a excrementos propio del nido del águila.

A ello se debe la aparición tardía de los Tácito y los Juvenal; el demostrador aparece a la hora de la evidencia.

Pero Juvenal y Tácito, al igual que Isaías en los tiempos bíblicos, al igual que Dante en la Edad Media, es el hombre; el disturbio y la insurrección son la muchedumbre, que ora yerra, ora acierta.

Lo más habitual es que el disturbio surja de un hecho material; la insurrección es siempre un fenómeno ético. El disturbio es Masaniello; la insurrección es Espartaco. La insurrección linda con la inteligencia; y el disturbio, con el estómago. Gaster se irrita; pero no cabe duda de que Gaster no siempre se equivoca. En casos de hambruna, el disturbio, como el de Buzanais, por ejemplo, tiene un punto de partida cierto, patético y justo. Pero sigue, no obstante, siendo disturbio ¿Por qué? Porque, aunque tenga razón en el fondo, se equivocó en la forma. Feroz por más que tuviera a su favor el derecho, violento por más que fuera fuerte, golpeó al azar; avanzó como el elefante ciego, aplastándolo todo; dejó tras de sí cadáveres de ancianos, de mujeres, de niños; derramó, sin saber por qué, la sangre de personas inofensivas e inocentes. Dar de comer al pueblo es una meta digna; asesinarlo es un mal sistema.

Todas las protestas armadas, incluso las más legítimas, incluso el 10 de agosto, incluso el 14 de julio, comienzan con la misma alteración. Antes de que salga a flote el derecho, hay tumulto y espuma. Cuando empieza, la insurrección es disturbio, de la misma forma que el río es torrente. Suele desembocar en este océano: revolución. A veces, sin embargo, procedente de esas elevadas montañas que se alzan sobre el horizonte ético, la justicia, la sabiduría, la razón, el derecho y compuesta de la nieve más pura del ideal, tras irse desplomando gran trecho de roca en roca, tras haber reflejado el cielo en sus aguas transparentes y haber crecido con cien afluentes, hasta el majestuoso flujo del triunfo, la insurrección se pierde de pronto en cualquier zanja burguesa, igual que el Rin en un pantano.

Todo lo dicho es el pasado; el porvenir es otro. Lo admirable del sufragio universal es que disuelve el principio del disturbio y, al dar el voto a la insurrección, la desarma. La desaparición de las guerras, de la guerra callejera y de la guerra en las fronteras, tal es el progreso inevitable. Fuere el hoy como fuere, la paz es el Mañana.

Por lo demás, insurrección y disturbio y en qué se diferencia aquélla de éste, todo eso son matices de los que el burgués, como tal, no está al tanto. A él todo le parece sedición, rebelión pura y simple, rebeldía del dogo contra el amo, intento de morderlo que hay que castigar encadenándolo a la caseta, ladrido, gañido; hasta el día en que la cabeza del perro crece de pronto y en la sombra se intuye de forma más o menos concreta la silueta de una cabeza de león.

Entonces, el burgués grita: ¡Viva el pueblo!

Tras la anterior explicación, ¿qué es para la historia el movimiento de junio de 1832? ¿Es un disturbio? ¿Es una insurrección?

Es una insurrección.

Quizá suceda que, en la presente escenificación de un acontecimiento tremendo, digamos a veces disturbio, pero será sólo para calificar los hechos superficiales, y mantendremos siempre la diferenciación entre la forma, disturbio, y el fondo, insurrección.

El movimiento de 1832 fue, en su estallido veloz y su extinción lúgubre, tan grande que incluso quienes no ven en él sino un disturbio lo mencionan con respeto. Para ellos es algo así como un resto de 1830. Cuando la imaginación se exalta, dicen, no se calma en un solo día. Una revolución no se interrumpe abruptamente. Precisa siempre unas cuantas ondulaciones para regresar al estado de paz, igual que una montaña según baja hacia la llanura. No hay Alpes sin Jura ni Pirineos sin Asturias.

Esta crisis patética de la historia contemporánea, que la memoria de los parisinos llama la época de los disturbios, es, no cabe duda, un momento característico entre los momentos tormentosos del presente siglo.

Una última palabra antes de iniciar el relato.

Los hechos que vamos a narrar pertenecen a esa realidad dramática y viva que la historia descuida a veces por falta de tiempo y de espacio. Sin embargo, en ellos, insistimos, están la vida, el latido, el estremecimiento humano. Los detalles pequeños, nos parece que ya lo hemos dicho, son, por llamarlos de alguna forma, el follaje de los grandes acontecimientos y se pierden en la lejanía de la historia. Abundan detalles así en la época llamada de los disturbios. Los procesos judiciales, por razones ajenas a la historia, no lo han revelado todo, ni quizá han ahondado en todo. Vamos, pues, a sacar a la luz, entre las particularidades conocidas y públicas, cosas que no se supieron, hechos que ocultaron el olvido de unos y la muerte de otros. La mayoría de los actores de esas escenas desmedidas han desaparecido; callaban ya al día siguiente mismo; pero lo que vamos a referir podemos decir que lo hemos visto. Cambiaremos algunos nombres, porque la historia refiere, no denuncia, pero describiremos cosas ciertas. Por las condiciones del libro que estamos escribiendo, sólo mostraremos un aspecto y un episodio, y seguramente el menos conocido, de las jornadas del 5 y el 6 de junio de 1832; pero haremos por que el lector vislumbre, tras el velo sombrío que vamos a alzar, el rostro real de esa terrorífica aventura pública.

III
UN ENTIERRO: OCASIÓN DE UN RENACIMIENTO

En la primavera de 1832, aunque el cólera llevaba tres meses enfriando los ánimos y arrojando sobre su agitación a saber qué apático apaciguamiento, París llevaba ya mucho tiempo listo para una conmoción. Como hemos dicho anteriormente, esa gran ciudad se parece a una pieza de artillería; cuando está cargada, basta con que caiga una chispa para que se dispare. En junio de 1832, la chispa fue la muerte del general Lamarque.

Lamarque era persona de renombre y de acción. Tuvo sucesivamente, con el Imperio y con la Restauración, las dos valentías necesarias en ambas épocas, la valentía en el campo de batalla y la valentía en la tribuna. Era elocuente de la misma forma que había sido valiente; en lo que decía se notaba una espada. Igual que Foy, su antecesor, tras honrar el mando, honraba la libertad. Estaba entre la izquierda y la extrema izquierda; el pueblo lo quería porque aceptaba las oportunidades del porvenir; las muchedumbres lo querían porque había servido bien al emperador. Era, junto con los condes Gérard y Drouet, uno de los mariscales in pectore de Napoleón. Los tratados de 1815 lo encorajinaban como si se tratase de una ofensa personal. Odiaba a Wellington con un odio sin tapujos que agradaba a la multitud; y llevaba diecisiete años, sin atender apenas a los acontecimientos intermedios, conservando majestuosamente la tristeza de Waterloo. En la agonía, en la hora postrera, estrechó contra el pecho una espada que le habían concedido los oficiales de los Cien Días. Napoleón murió pronunciando la palabra ejército. Lamarque, pronunciando la palabra patria.

Su muerte, ya prevista, la temía el pueblo como una pérdida y el gobierno como una ocasión. Esa muerte fue un duelo. Como todo cuanto sea amargo, el duelo puede mudarse en algarada. Eso fue lo que ocurrió.

La víspera del 5 de junio y la mañana de ese día, en que iba a celebrarse el entierro de Lamarque, el barrio de Saint-Antoine, por el que pasaría el cortejo, adquirió un aspecto temible. Esa tumultuosa red de calles se llenó de rumores. La gente se armaba como podía. Había ebanistas que se llevaban de su banco de trabajo el barrilete, «para echar abajo las puertas». Hubo quien se hizo un puñal con un gancho de zapatero rompiendo el gancho y afilando el resto. Y quien, febril «por lanzarse al ataque», llevaba tres días durmiendo sin desnudarse. Un carpintero llamado Lombier se encontró con un compañero que le preguntó: «¿Dónde vas?». «Pues es que no tengo armas.» «¿Y qué?» «Que voy al tajo por mi compás.» «¿Y para qué?» «No lo sé», decía Lombier. Otro, llamado Jacqueline, hombre expeditivo, se acercaba a todos los obreros que pasaban: «¡Oye, tú, ven aquí!». Los invitaba a cincuenta céntimos de vino y decía: «¿Tienes faena?». «No.» «Vete a ver a Filspierre, entre el portillo de Montreuil y el portillo de Charrone, y te darán faena.» En casa de Filspierre había cartuchos y armas. Algunos jefes conocidos andaban haciendo de correos, es decir, iban de casa en casa reuniendo a su gente. En Barthélemy, cerca del portillo de Le Trône, en Capel, en Le Petit-Chapeau, los bebedores trababan conversación con cara de circunstancias: «¿Dónde tienes la pistola?». «Aquí, metida en el blusón. ¿Y tú?» «Metida en la camisa.» En la calle Traversiere, delante del taller Roland, y en el patio de La Maison- BrGlée, delante del taller del utillero Bernier, había grupos cuchicheando. Destacaba, como uno de los más exaltados, un tal Mavot, que no duraba nunca más de una semana en ningún taller y a quien despedían los amos «porque todos los días había bronca con él». A Mavot lo mataron al día siguiente en la barricada de Ménilmontant. Pretot, que también murió en la lucha, secundaba a Mavot, y a la siguiente pregunta: «¿Qué pretendes?», contestó: La insurrección. Unos obreros, reunidos en la esquina de la calle de Bercy, esperaban a un tal Lemarin, agente revolucionario que tenía a su cargo el arrabal de Saint-Marceau. Corrían consignas de forma casi pública. El 5 de junio, pues, en un día en que tan pronto llovía como salía el sol, el cortejo del general Lamarque cruzó París con una pompa oficial militar que las precauciones aumentaban no poco. Dos batallones, con los tambores envueltos en crespón y los fusiles apuntando al suelo, y diez mil guardias nacionales con el sable al costado escoltaban el ataúd.

Del coche fúnebre tiraban unos jóvenes. Los oficiales de Les Invalides iban inmediatamente detrás, con ramas de laurel. Venía luego una muchedumbre incontable, encrespada, peculiar: los miembros de las secciones de los Amigos del Pueblo; la facultad de Derecho; la facultad de Medicina; los refugiados de todas las naciones, banderas españolas, italianas, alemanas, polacas, banderas tricolores horizontales, todas las banderas posibles; niños que tremolaban ramas verdes; picapedreros y carpinteros, que estaban en huelga precisamente entonces; cajistas, a quienes se reconocía por el gorro de papel; caminaban todos de dos en dos y de tres en tres, gritando, blandiendo palos casi todos, y algunos, sables, sin orden, pero formando no obstante una sola alma, ora en tropel, ora en columna. Los pelotones escogían jefe; un hombre armado con un par de pistolas, que llevaba a la vista, parecía estar pasando revista a otros, cuyas filas le abrían paso. En los paseos laterales de los bulevares, en las ramas de los árboles, en los balcones y en las ventanas bullían las cabezas: hombres, mujeres y niños; los ojos rebosaban ansiedad. Una muchedumbre armada pasaba; una muchedumbre atemorizada miraba.

El gobierno, por su parte, observaba. Observaba con la mano en la empuñadura de la espada. Podían verse, dispuestos para ponerse en movimiento, cartucheras llenas y fusiles y mosquetones cargados; en la plaza de Luis XV, cuatro escuadrones de carabineros a caballo y con los trompetas en cabeza; en el Barrio Latino y en el Jardín Botánico, la guardia municipal, escalonada de calle en calle; en el Mercado de los vinos, un escuadrón de dragones; en la plaza de La Greve, la mitad del 12.º ligero, la otra mitad estaba en la plaza de La Bastille; el 6.º de dragones en Les Célestins; el patio de Le Louvre repleto de artillería. El resto de las tropas estaba acuartelado, por no mencionar los regimientos de las inmediaciones de París. El poder, intranquilo, tenía, pendiendo sobre la muchedumbre amenazadora, a veinticuatro mil soldados en la ciudad y a treinta mil en los arrabales.

Corrían diversos rumores por el cortejo. Se mencionaban maniobras legitimistas; se mencionaba al duque de Reichstadt, a quien Dios estaba poniendo la marca de la muerte en el preciso instante en que el gentío lo nombraba para el Imperio. Una persona de quien nada se sabe anunciaba que a determinada hora dos contramaestres que comulgaban con la causa le abrirían al pueblo las puertas de una fábrica de armas. Lo que más se veía en las frentes destocadas de la mayoría de los asistentes era un entusiasmo mezclado con desaliento. También se veía, acá y allá en esa muchedumbre presa de tantas emociones violentas, pero nobles, rostros de auténticos malhechores y bocas infames que decían: ¡a saquear! Existen algunas alteraciones que remueven el fondo de las ciénagas y levantan en el agua nubes de barro. Fenómeno al que no son ajenas las policías «bien hechas».

El cortejo avanzó con lentitud febril desde la casa mortuoria hasta la plaza de La Bastille. Llovía a ratos; poco le importaba la lluvia a aquel gentío. Unos cuantos incidentes: las vueltas que dio el ataúd a la columna Vendôme; las piedras que le tiraron al duque de Fitz-James, a quien se vio en un balcón con el sombrero calado; el gallo galo que arrancaron de una bandera popular y arrastraron por el barro; un guardia herido de espada en la puerta de Saint-Martin; un oficial del 12.º ligero que decía en voz alta: Soy republicano; los ingenieros de la Escuela Politécnica que se presentaron aunque les habían prohibido salir; los gritos de ¡Viva la Escuela Politécnica! y ¡Viva la República!: todo lo dicho fue ocurriendo en el recorrido del cortejo. En la plaza de La Bastille, las largas filas de curiosos temibles que venían desde el barrio de Saint-Antoine se sumaron al cortejo y algo así como un borbolleo ominoso empezó a alborotar a la muchedumbre.

Se oyó a un hombre decirle a otro: «¿Ves a ese de la perilla pelirroja?

Ése es el que dirá cuándo hay que disparar». Al parecer, esa perilla roja volvió a hacer acto de presencia con el mismo cometido en otra algarada: el asunto Quénisset.

El coche fúnebre dejó atrás la plaza de La Bastille, fue siguiendo el canal, cruzó el puentecillo y llegó a la explanada del puente de Austerlitz. Allí se detuvo. En ese momento, aquel gentío habría parecido, a vista de pájaro, un cometa, cuya cabeza estaba en la explanada y cuya cola se estiraba por el muelle de Bourdon, llenaba la plaza de La Bastille y se prolongaba por el bulevar hasta la Porte de Saint-Martin. Se abrió un corro alrededor del coche fúnebre. El inmenso gentío calló. Lafayette habló y le dijo adiós a Lamarque. Fue un momento conmovedor y augusto; todas las cabezas se descubrieron, todos los corazones palpitaban. De repente, un hombre a caballo, vestido de negro, se presentó en medio del grupo con una bandera roja; otros dicen que era una pica rematada con un gorro rojo. Lafayette desvió la cara. Excelmans se fue del cortejo.

Aquella bandera roja levantó una tormenta y esa tormenta se la tragó. Desde el bulevar de Bourdon hasta el puente de Austerlitz, uno de esos clamores que parecen oleadas sublevó a la muchedumbre. Se alzaron dos gritos prodigiosos: ¡Lamarque al Panteón! ¡Lamarque a la Casa de la Villa! Unos jóvenes, entre las aclamaciones del gentío, se engancharon a los carruajes y se pusieron a arrastrar a Lamarque, dentro del coche fúnebre, por el puente de Austerlitz, y a Lafayette, en un coche de punto, por el muelle de Morland.

Entre el gentío que rodeaba a Lafayette y lo aclamaba destacaba —y la gente lo señalaba— un alemán llamado Ludwig Snyder, que murió más adelante, ya centenario, que había estado también en la guerra de 1776 y había combatido en Trenton a las órdenes de Washington y a las órdenes de Lafayette en Brandywine.

Entretanto, en la orilla izquierda del Sena, la caballería de la guardia municipal se puso en marcha y cortó el puente; en la orilla derecha, los dragones salieron del cuartel de Les Célestins y se desplegaron por el muelle de Morland. El pueblo que iba tirando de Lafayette los divisó de golpe en la esquina del muelle y gritó: ¡Los dragones! Los dragones avanzaban al paso, en silencio, con las pistolas en las fundas del arzón, los sables envainados y los mosquetones en las guardas de la culata, con expresión de sombría expectativa.

A doscientos pasos del puentecillo se detuvieron. El coche de punto en que iba Lafayette llegó hasta ellos; abrieron filas, lo dejaron pasar y volvieron a cerrar filas después. En ese momento los dragones y la muchedumbre habrían podido tocarse. Las mujeres huían aterradas.

¿Qué sucedió en aquel minuto fatídico? Nadie podría decirlo. Es el momento tenebroso en que dos nubarrones se mezclan. Dicen unos que se oyó por la parte de L'Arsenal que una fanfarria tocaba a la carga; otros, que un niño le dio una cuchillada a un dragón. El caso es que sonaron de pronto tres disparos; el primero mató al jefe de escuadrón Cholet; el segundo mató a una anciana sorda que estaba cerrando la ventana en la calle de la Contrescarpe; el tercero le dio a un oficial en la charretera; una mujer gritó:

«¡Han empezado demasiado pronto!»; y, de repente, se vio, por el lado opuesto al muelle de Morland, que un escuadrón de dragones, que se había quedado en el cuartel, salía al galope y con el sable desenvainado, de la calle de Bassompierre y del bulevar de Bourdon, barriéndolo todo a su paso.

Y entonces ya está todo dicho; se desencadena la tormenta; llueven las piedras; estallan los tiros; muchos bajan corriendo el talud de la orilla y cruzan ese brazo estrecho del Sena que hoy está tapado; la isla de los solares de Louviers, esa extensa ciudadela natural, se cubre de combatientes; arrancan postes, disparan pistolas, empiezan a construir una barricada; los jóvenes, a quienes han forzado a retroceder, cruzan el puente de Austerlitz con el coche fúnebre, a todo correr, y cargan contra la guardia municipal; acuden los carabineros; los dragones dan sablazos; el gentío se dispersa hacia todos lados; un rumor de guerra se esparce por todos los rincones de París; gritan ¡A las armas!; corren; caen de espaldas; huyen; resisten. La ira propaga los disturbios igual que el viento propaga el fuego.

IV
LAS EFERVESCENCIAS DE ANTAÑO

Nada hay más extraordinario que el primer rebullir de unos disturbios. Todo estalla a un tiempo por doquier. ¿Estaba previsto? Sí. ¿Estaba preparado? No. ¿De dónde sale? Del empedrado de las calles. ¿De dónde baja? De las nubes. Aquí, la insurrección tiene trazas de conspiración; allá, de improvisación. El primero que pasa se adueña de una de las corrientes del gentío y la lleva donde quiera. Comienzo colmado de espanto con el que se mezcla algo parecido a un júbilo formidable. Primero, suenan clamores; los puestos que hay delante de los comercios desaparecen; luego, tiros aislados; la gente huye; pegan culatazos en las puertas cocheras; se oye a las criadas reír en los patios de las casas y decir: ¡Se va a liar una buena!

No había transcurrido ni un cuarto de hora y esto es lo que estaba pasando casi al mismo tiempo en veinte puntos diferentes de París.

En la calle de Sainte-Croix-de-la-Bretonnerie alrededor de veinte jóvenes con barba y melena entraban en una taberna y salían poco después llevando una bandera tricolor horizontal cubierta con un crespón; en cabeza iban tres hombres armados, uno con un sable, otro con un fusil y el tercero con una pica.

En la calle de Les Nonaindieres, un burgués bien vestido, tripón y con voz sonora, calvo, de frente despejada, barba negra y uno de esos bigotes recios que no se pueden domar ofrecía sin disimulos cartuchos a los transeúntes.

En la calle de Saint-Pierre-Montmartre, unos hombres remangados paseaban una bandera negra donde se leían, en letras blancas, las siguientes palabras: República o muerte. En la calle de Les JeGneurs, en la calle de Le Cadran, en la calle de Montorgueil, en la calle de Mandar, aparecían grupos que tremolaban banderas en las que podía leerse, en letras doradas, la palabra sección y un número. Una de esas banderas era roja y azul, con una raya blanca imperceptible entre ambas franjas.

Saquearon una fábrica de armas en el bulevar de Saint-Martin; y tres tiendas de armeros, la primera en la calle de Beaubourg, la segunda en la calle de Michel-le-Comte y la tercera en la calle de Le Temple. En pocos minutos las mil manos del gentío se apoderaron de doscientos treinta fusiles, casi todos de dos tiros, de sesenta y cuatro sables y de ochenta y tres pistolas, y se los llevaron. Para poder armar a más gente, unos se quedaban con el fusil y otros con la bayoneta.

Enfrente del muelle de La Greve, unos jóvenes armados con mosquetes se instalaban para disparar en casas donde había mujeres. Uno de ellos llevaba un mosquete con llave de rueda. Llamaban, entraban y se ponían a hacer cartuchos. Una de esas mujeres contó: Yo no sabía qué era un cartucho; me lo ha explicado mi marido.

Una aglomeración echó abajo la puerta de un comercio de curiosidades en la calle de Les Vieilles-Haudriettes para llevarse yataganes y armas turcas.

El cadáver de un albañil, muerto de un disparo de fusil, yacía en la calle de La Perle.

Y, además, en la orilla derecha, en la orilla izquierda, en los muelles, en los bulevares, en el Barrio Latino, en el barrio del mercado, hombres jadeantes, obreros, estudiantes y miembros de las secciones leían proclamas, gritaban: ¡A las armas!, rompían los faroles, desenganchaban los tiros de los coches, levantaban los adoquines de las calles, echaban abajo las puertas de las casas, arrancaban de raíz los árboles, registraban los sótanos, sacaban rodando los barriles, amontonaban adoquines, mampuestos, muebles y tablones, hacían barricadas.

Obligaban a los burgueses a echar una mano. Entraban en las casas donde había mujeres, las obligaban a entregar el sable y el fusil de los maridos, que no estaban en casa, y escribían con blanco de España en la puerta: se han recogido las armas. Algunos firmaban «con su nombre» recibos del fusil y del sable y decían: «manden mañana a buscarlos a la alcaldía». Desarmaban por la calle a los centinelas aislados y a los guardias nacionales que iban a la tenencia de alcaldía correspondiente. Les arrancaban las hombreras a los oficiales. En la calle de Le Cimetiere-Saint-Nicolas, un oficial de la Guardia Nacional, a quien perseguía un grupo armado con palos y floretes, se refugió por los pelos en una casa de la que no pudo salir, disfrazado, hasta que se hizo de noche.

En el barrio de Saint-Jacques, los estudiantes salían en enjambres de los hoteles en que vivían e iban, calle de Saint-Hyacinthe arriba, hasta el Café du Progres, o calle abajo, hasta el Café des Sept-Billards, en la calle de Les Mathurins. Allí, delante de las puertas, unos jóvenes subidos en unos mojones repartían armas. Saqueaban las obras de la calle de Tansnonain para hacer barricadas. Sólo en una zona se resistían los vecinos, en la esquina de las calles de Sainte-Avoye y Simon-le-Franc, donde destruyeron con sus propias manos la barricada. Sólo en una zona retrocedían los insurrectos; dejaban una barricada abandonada en la calle de Le Temple, tras abrir fuego contra un destacamento de la Guardia Nacional, y salían huyendo por la calle de La Corderie. El destacamento recogió en la barricada una bandera roja, un paquete de cartuchos y trescientas balas de pistola. Los guardias nacionales rompieron la bandera y se llevaron los jirones en las puntas de las bayonetas.

Todo lo que vamos contando aquí por orden y una cosa tras otra ocurría a la vez en todos los puntos de la ciudad, entre un gran tumulto, como muchísimos relámpagos que acompañasen a un único trueno.

En menos de una hora, veintisiete barricadas brotaron del suelo sólo en el barrio del Mercado Central. En el centro estaba esa casa famosa, el número 50, que fue la fortaleza de Charles Jeanne y de sus ciento seis compañeros y que, teniendo a un lado una barricada en la calle de Saint-Merry y, al otro, una barricada en la calle de Maubuée, cubría tres calles, la calle de Les Arcis, la calle de Saint-Martin y la calle de Aubry-le-Boucher, que cogía de frente. Dos barricadas en escuadra se replegaban, una desde la calle de Montorgueil hasta la Grande-Truanderie y la otra desde la calle de Geoffroy-Langevin hasta la calle de Sainte-Avoye. Por no mencionar las incontables barricadas en otros veinte barrios de París, en Le Marais, en la montaña de Sainte-Genevieve; había una en la calle de Ménilmontant, donde podía verse una puerta cochera que habían sacado de los goznes; y otra cerca del puentecillo del Hôtel-Dieu, hecha con una diligencia de las llamadas «escocesas», desenganchada y volcada, a trescientos pasos de la prefectura de policía.

En la barricada de la calle de Les Ménétriers un hombre elegante repartía dinero entre los obreros. En la barricada de la calle de Greneta se presentó un jinete y le entregó al que parecía ser el jefe de la barricada un cartucho en que aparentemente había monedas. «Aquí hay —dijo— para pagar el gasto que se haga, el vino y demás.» Un joven rubio y sin corbata iba de una barricada a otra llevando consignas. Otro, con el sable desenvainado y tocado con un gorro azul de policía, repartía a los centinelas. Detrás de las barricadas, las tabernas y los chiscones de los porteros se habían convertido en cuerpos de guardia. Por lo demás, los disturbios estaban organizados según la táctica militar más sabia. Habían escogido admirablemente las calles estrechas, desiguales, sinuosas, llenas de esquinas y de revueltas, en particular los alrededores del Mercado Central, que formaban una red de calles más intrincada que un bosque. Decían que la Sociedad de los Amigos del Pueblo se había puesto al frente de la insurrección en el barrio de Saint-Avoye. Mataron a un hombre en la calle de Ponceau y, al registrarlo, le encontraron un plano de París.

Lo que sí se había puesto al frente de los disturbios era algo así como una impetuosidad desconocida que estaba en el aire. La insurrección, de golpe, había levantado las barricadas con una mano y con la otra había tomado casi todos los puestos de la guarnición. En menos de tres horas, como un rastro de pólvora que se prende, los insurrectos habían invadido y ocupado, en la orilla derecha, L'Arsenal, el ayuntamiento de la plaza Royale, todo el barrio de Le Marais, la fábrica de armas Popincourt, la Galiote, el Château-d'Eau, todas las calles próximas al Mercado Central; en la orilla izquierda, el cuartel de Les Vétérans, Sainte-Pélagie, la plaza de Maubert, el polvorín de Les Deux-Moulins, todos los portillos. A las cinco de la tarde ya eran suyos la plaza de La Bastille, la calle de La Lingerie y la de Les Blancs-Manteaux; sus batidores estaban llegando ya a la plaza de Les Victoires y amenazaban el Banco, el cuartel de Les Petits-Peres y la Casa de Postas. La tercera parte de París estaba sublevada.

En todos los puntos la lucha era tremenda; y el resultado de las armas incautadas, de las visitas a domicilio y de los comercios de armeros invadidos con presteza era que el combate que había empezado a pedradas seguía a tiros de fusil.

A eso de las seis de la tarde, el pasadizo de Le Saumon se convirtió en un campo de batalla. Los disturbios estaban en uno de los extremos, y las tropas, en el extremo opuesto. Cruzaban tiros de una verja a otra. Un observador, un soñador, el autor de este libro, que había ido a ver el volcán de cerca, se quedó atrapado entre dos fuegos en el pasadizo. Sólo contaba, para protegerse de las balas, con el bulto de las columnas medio exentas que separan los comercios; estuvo casi media hora en tan delicada situación.

Entre tanto, sonaba el toque de llamada; los guardias nacionales se vestían y cogían las armas a toda prisa; las legiones salían de las tenencias de alcaldía; los regimientos salían de los cuarteles. Enfrente del pasadizo de L'Ancre, apuñalaron a un tambor. A otro, en la calle de

Le Cygne, lo asaltaron alrededor de treinta jóvenes que le reventaron el parche y le quitaron el sable. A otro lo mataron en calle de Grenier-Saint-Lazare. En la calle de Michel-le-Comte cayeron muertos tres oficiales seguidos. Varios guardias municipales, heridos en la calle de Les Lombards, se batían en retirada.

Delante de La Cour-Batave, un destacamento de guardias nacionales encontró una bandera roja con esta inscripción: Revolución republicana, n.º 127. ¿Era aquello acaso, efectivamente, una revolución?

La insurrección había ocurrido en el centro de París, que era algo así como una ciudadela intrincada, tortuosa y colosal.

Ahí estaba el foco; ahí estaba, desde luego, la cuestión. Todo lo demás no eran sino escaramuzas. La prueba de que todo se iba a decidir en ese lugar era que todavía no había empezado la pelea.

En algunos regimientos, los soldados titubeaban, lo que se sumaba a la espantosa complejidad de la crisis. Se acordaban de la ovación popular que había acogido, en julio de 1830, la neutralidad del 53.º de infantería de línea. Dos hombres intrépidos y probados en las guerras mayores, el mariscal de Lobau y el general Bugeaud, estaban al mando. Lobaud era el superior de Bugeaud. Patrullas numerosísimas, compuestas de batallones de infantería de línea incluidos en compañías enteras de la Guardia Nacional y a las órdenes un comisario de policía con faja, se encargaban del reconocimiento de las calles insurrectas. Por su parte, los insurrectos colocaban centinelas en las esquinas de los cruces de calles y enviaban audazmente patrullas más allá de las barricadas. Ambos bandos se observaban. El gobierno, que disponía de un ejército, no acababa de decidirse; iba a caer la noche y empezaba a oírse el toque de rebato de Saint-Merry. El ministro de la Guerra, que era a la sazón el mariscal Soult, que había estado en Austerlitz, lo miraba todo con expresión sombría.

Esos marineros viejos, acostumbrados a la maniobra correcta y sin más recurso ni guía que la táctica, esa brújula de las batallas, se quedan completamente desorientados ante la gigantesca espuma que se llama la ira pública. El viento de las revoluciones se maneja mal.

Llegaban los guardias nacionales de los arrabales, deprisa y en desorden. Un batallón del 12.º ligero acudía a paso de carga desde Saint-Denis; el 14.º de infantería de línea venía desde Courbevoie; las baterías de la Escuela Militar habían tomado posiciones en Le Carrousel; bajaban desde Vincennes unos cañones.

El palacio de Les Tuileries se iba quedando solo; Luis Felipe rebosaba serenidad.

V

ORIGINALIDAD DE PARÍS

En los dos últimos años, ya lo hemos dicho, París había visto más de una insurrección. Fuera de los barrios insurrectos, no suele darse nada más curiosamente apacible que la fisonomía de París durante unos disturbios. París se acostumbra enseguida a todo —son sólo unos disturbios— y París tiene tanto que hacer que no se inmuta por tan poco. Sólo en estas ciudades colosales pueden darse espectáculos así. Sólo en esos recintos inmensos pueden caber a un tiempo una guerra civil y a saber qué extraña tranquilidad. Habitualmente, cuando empieza la insurrección, cuando se oye el tambor, el toque de llamada, la generala, el tendero se limita a decir:

—Parece que hay lío por la calle de Saint-Martin. O:

—En el barrio de Saint-Antoine.

Y, con frecuencia, añade, despreocupado:

—Por un sitio de ésos.

Luego, cuando se oye mejor el estruendo desgarrador y lúgubre de las descargas de mosquetes y del fuego de pelotón, el tendero dice:

—¿Así que se está poniendo la cosa al rojo? ¡Ya lo creo que se está poniendo al rojo!

Poco después, si los disturbios se acercan y van a más, cierra a toda prisa la tienda y se pone corriendo el uniforme, es decir, pone la mercancía a salvo y arriesga su persona.

Hay tiroteos en un cruce, en un pasadizo, en una calle sin salida; toman, pierden y vuelven a tomar las barricadas; corre la sangre, la metralla acribilla las fachadas de las casas, las balas matan a la gente en su propia alcoba, los cadáveres cubren los adoquines. A pocas calles de allí, se oyen chocar las bolas de billar en los cafés.

Los teatros abren las puertas y se representan vodeviles; los curiosos charlan y ríen a dos pasos de esas calles repletas de guerra. Los coches de punto avanzan; los viandantes salen a cenar fuera de casa. A veces, en ese mismo barrio en que otros están luchando. En 1831 se interrumpió un tiroteo para dejar pasar una boda.

Durante la insurrección del 12 de mayo de 1839, en la calle de Saint-Martin, un inválido enclenque y viejo, que iba tirando de un carretón rematado con un trapo tricolor en el que llevaba garrafas llenas de a saber qué bebida, iba de la barricada a la tropa y de la tropa a la barricada, ofreciendo imparcialmente vasos de agua de regaliz tanto al gobierno cuanto a la anarquía.

Nada puede haber más peculiar; y tales son las características propias de los disturbios de París y que no se dan en ninguna otra capital. Se precisan para ello dos cosas: la grandeza de París y su buen humor. Se precisa la ciudad de Voltaire y de Napoleón.

En esta ocasión, sin embargo, en los enfrentamientos armados del 5 de junio de 1832, la gran ciudad notó algo que a lo mejor iba a sobrepujar su fuerza. Tuvo miedo. Pudo verse por todos lados, en los barrios más lejanos y más «desinteresados», cómo se cerraban en pleno día las puertas, las ventanas y los postigos. Los valientes se armaron, los miedosos se escondieron. Desaparecieron los transeúntes despreocupados y atareados. Muchas calles se quedaron vacías como si fueran las cuatro de la mañana. Circulaban detalles alarmantes, corrían noticias fatídicas: que ésos se habían apoderado del Banco; que sólo en el claustro de Saint-Merry había seiscientos, encerrados y atrincherados en la iglesia; que la infantería de línea no era segura; que Armand Carrel había ido a ver al mariscal Clausel y que el mariscal le había dicho: Empiece por tener seguro un regimiento; que Lafayette estaba enfermo, pero que les había dicho sin embargo: Estoy con ustedes. Los seguiré adonde sea mientras haya sitio para una silla; que no había que bajar la guardia; que por la noche habría gente que saquearía las casas aisladas en los rincones desiertos de París (aquí se veía la imaginación de la policía, esa Anne Radcliffe mezclada con el gobierno); que habían colocado una batería en la calle Aubry-le-Boucher; que Lobau y Bugeaud se estaban poniendo de acuerdo y que al despuntar el día, como muy tarde, cuatro columnas se encaminarían a un tiempo hacia el foco de los disturbios, la primera desde la plaza de La Bastille, la segunda desde la puerta de Saint-Martin, la tercera desde la plaza de La Greve y la cuarta desde el Mercado Central; que también era posible que las tropas salieran de París y se retirasen a Le Champ de Mars; que no se sabía qué iba a pasar, pero que, desde luego, en esta ocasión, se trataba de algo de gravedad. Preocupaban los titubeos del mariscal Soult. ¿Por qué no atacaba en el acto? No cabía duda de que estaba muy ensimismado. El viejo león parecía estar olfateando en la sombra un monstruo desconocido.

Llegó la noche, los teatros no abrieron sus puertas; las patrullas circulaban con expresión irritada; registraban a los viandantes; detenían a los sospechosos. A las nueve había más de ochocientos detenidos; la prefectura de policía estaba de bote en bote; la Conciergerie, de bote en bote; la cárcel de La Force, de bote en bote. La Conciergerie, en particular, ese subterráneo largo al que llaman la calle de París, tenía el suelo cubierto de haces de paja en los que estaba tendida una aglomeración de presos a quienes el hombre de Lyon, Lagrange, arengaba valientemente. Toda esa paja, que movían todos esos hombres, sonaba como un chaparrón. En otros lugares, los presos dormían al aire libre en soportales, apiñados. Reinaba la ansiedad por todas partes, y cierto estremecimiento, poco habitual en París.

La gente se atrincheraba en las casas; las mujeres y las madres se preocupaban; sólo se oía: ¡Ay, Dios mío, que no ha vuelto! Apenas si, a lo lejos, pasaban algunos coches. Desde los umbrales de las casas, la gente atendía a los rumores, a los gritos, al barullo, a los ruidos sordos e indistintos de sucesos de los que se decía: Es la caballería; o: Son unos trenes de artillería al galope, a las cornetas, a los tambores, a los tiroteos y, sobre todo, a ese lastimero toque a rebato de Saint-Merry. Todo el mundo estaba esperando el primer cañonazo. Aparecían hombres en las esquinas y volvían a desaparecer gritando: «¡Métanse en casa!». Y a la gente le faltaba tiempo para echar el cerrojo, diciendo: «¿Cómo acabará todo esto?». Según iba pasando el tiempo, según iba cayendo la noche, París parecía ir tiñéndose con tonos más lúgubres, con la tremenda hoguera de los disturbios.

LIBRO UNDÉCIMO
EL ÁTOMO CONFRATERNIZA CON EL HURACÁN

I
ALGUNAS ACLARACIONES ACERCA DE LA POESÍA DE GAVROCHE. INFLUENCIA DE UN ACADÉMICO EN DICHA POESÍA

En el momento en que la algarada que surgió del encontronazo entre el pueblo y las tropas delante de L'Arsenal causó un movimiento de retroceso en la muchedumbre que iba tras el coche fúnebre y descargaba en la cabeza del cortejo, por así decirlo, el peso de cuantos llenaban los bulevares, hubo un reflujo terrible. Ese tropel de gente empezó a moverse, las filas se deshicieron, todos echaron a correr, escaparon, unos soltando los gritos del ataque y otros con la palidez de la huida. Aquel gran río que cubría los bulevares se dividió en un abrir y cerrar de ojos, se desbordó por la derecha y por la izquierda y fluyó, convertido en torrentes, por doscientas calles a la vez, con el flujo de una esclusa abierta. En ese instante, un niño desharrapado que iba calle de Ménilmontant abajo, llevando en la mano una rama de codeso en flor que acababa de cortar en los altos de Belleville, divisó en el tenderete que estaba delante de una chamarilería una pistola de arzón vieja. Tiró al suelo la rama florida y le gritó a la dueña de la tienda:

—Buena mujer, que le cojo prestado este chisme.

Y salió corriendo con la pistola.

Dos minutos después, un grupo de gente espantada que escapaba por la calle de Amelot y la calle Basse se cruzó con el niño que blandía la pistola e iba cantando:

De noche no se ve, de día sí se ve.

Un escrito que miente asusta a la gente.

Que sea usted sincero y que lleve sombrero.

Era Gavroche en pie de guerra.

Ya en el bulevar cayó en la cuenta de que a la pistola le faltaba el percutor.

¿De quién era esa estrofa que le servía para acompañar la marcha y todas las demás canciones que gustaba de cantar llegado el momento? No lo sabemos. A lo mejor eran suyas, a saber… Gavroche, por lo demás, estaba al tanto de cuanto se tararease y fuera de boca en boca y mezclaba con ello sus propios trinos. Duende y galopín, hacía un popurrí con las voces de la naturaleza y las voces de París. Combinaba el repertorio de los pájaros con el repertorio de los obradores. Conocía a algunos aprendices de pintor, tribu contigua de la suya. Había sido, por lo visto, tres meses aprendiz de cajista. Le hizo una vez un recado al señor Baour-Lormian, uno de los cuarenta académicos de número. Gavroche era un golfillo letrado.

Gavroche, por lo demás, no sospechaba que en aquella desapacible noche de lluvia en que había brindado hospitalidad en su elefante a dos chiquillos había hecho el papel de providencia para sus mismísimos hermanos. Sus hermanos al anochecer; su padre al amanecer: tal había sido su noche. Al irse de madrugada de la calle de Les Ballets, volvió corriendo al elefante, sacó de él a los dos chiquillos con virtuosismo, compartió con ellos un desayuno improvisado y luego se fue, encomendándoselos a la calle, esa madre bondadosa que lo había criado a él en buena parte. Al separarse de ellos, los citó a la noche en el mismo sitio y les dejó por adiós la perorata siguiente: Ahueco el ala, dicho de otro modo, me las guillo o, como se dice en la corte, me largo, Arrapiezos, si no encontráis a papá y a mamá, volved aquí esta noche. Os daré cena y cama. A los dos niños o los recogió un guardia y los llevó a la comisaría, o los robó algún saltimbanqui o, sencillamente, se perdieron en el gigantesco rompecabezas parisino: no volvieron. Los bajos fondos del mundo actual están llenos de rastros perdidos como ése. Gavroche no volvió a verlos. Desde aquella noche habían transcurrido diez o doce semanas. Más de una vez se había rascado la coronilla diciéndose: «¿Dónde se habrán metido mis dos niños?».

Ya había llegado, en éstas, empuñando la pistola, a la calle de Le Pont- aux-Choux. Le llamó la atención que en aquella calle no quedaba ya abierto más que un comercio, que era, cosa digna de meditación, una pastelería. Era una ocasión providencial de comerse otra empanadilla dulce de manzana antes de internarse en lo desconocido. Gavroche se detuvo, se palpó los costados, rebuscó en el bolsillo, le dio la vuelta a ése y a los demás, no encontró nada, ni cinco céntimos, y empezó a gritar: «¡Socorro!».

Es duro eso de perderse el dulce supremo. Pero no por ello se detuvo Gavroche.

Dos minutos después estaba en la calle de Saint-Louis. Al cruzar la calle de Le Parc-Royal sintió la necesidad de un desagravio por lo de la empanadilla imposible y se concedió la inmensa voluptuosidad de arrancar en pleno día los carteles de teatro.

Algo más allá, al ver pasar a un grupo rebosante de salud que le pareció compuesto de hacendados, se encogió de hombros y escupió al azar, según caminaba, este sorbo de bilis filosófica:

—Pero ¡qué gordos están los rentistas! Se ponen ciegos de comer. No salen de las buenas cenas. Pregúntales qué hacen con el dinero. No tienen ni idea. ¡Se lo comen, vamos! Todo se lo lleva el vientre.

II
GAVROCHE EN MARCHA

Ir gesticulando por la calle con una pistola sin gatillo en la mano es una función pública de tal calibre que Gavroche se notaba más dicharachero con cada paso que daba. Gritaba, entre retazos de la Marsellesa que iba cantando:

—Todo va a pedir de boca. Me duele mucho la pata izquierda, me he roto el reuma, pero estoy contento, ciudadanos. Que se anden con pies de plomo los burgueses, que les voy a estornudar unas cuantas coplas subversivas. ¿Qué son los de la pasma? Unos perros. ¡Mecachis, no les faltemos al respeto a los perros! Hablando de perros y de gatos, un gatillo es lo que querría yo tener en la pistola. Vengo del bulevar, amigos, está la cosa que arde, menudo hervor está dando el caldo. Ya es hora de espumar el puchero. ¡Adelante los que sean hombres! ¡Que una sangre impura inunde los surcos! Doy mis días, por la patria, no volveré a ver a mi concubina, na- na, qué más da, ni-ni, ¡se acabó, sí, Nini! Pero da igual, alegría, alegría. ¡A pelear, por vida de…! Me tiene harto el despotismo.

En ese momento, el caballo de un guardia nacional, un lancero, que pasaba por allí, se cayó. Gavroche dejó la pistola en el suelo, levantó al jinete, le echó una mano luego para levantar al caballo y, después, recogió la pistola y siguió andando.

En la calle de Thorigny todo era paz y silencio. Esa apatía, propia del barrio de Le Marais, contrastaba con el amplio rumor que había en torno. Cuatro comadres estaban de tertulia en el umbral de una puerta. En Escocia hay tríos de brujas, pero en París hay cuartetos de comadres; y el «tú serás rey» se lo habrían dicho a Bonaparte con tono tan siniestro en la glorieta de Baudoyer como a Macbeth en el brezal de Armuyr. El graznido sería más o menos el mismo.

Las comadres de la calle de Thorigny sólo estaban a lo suyo. Eran tres porteras y una trapera, con su cuévano y su gancho.

Parecían estar montando guardia las cuatro en las cuatro esquinas de la vejez, que son la caducidad, la decrepitud, la ruina y la tristeza.

La trapera era humilde. En ese mundo al aire libre, la trapera saluda y la portera ampara. Todo depende del montón de basura que haya junto al mojón, que es como quieran las porteras que sea, poco o mucho, según le apetezca a quien hace el montón. Puede haber bondad en la escoba.

Esta trapera era un cuévano agradecido y les sonreía, ¡con qué sonrisa!, a las tres porteras. Se oían cosas como las siguientes:

—Y su gato, ¿sigue igual de atravesado?

—Ay, ya sabe usted que los gatos son, por naturaleza, enemigos de los perros. Los que protestan son los perros.

—Y la gente también.

—Y eso que las pulgas de gato no se meten con la gente.

—No es que los perros estorben, es que son peligrosos. Me acuerdo de un año en que había tantos perros que tuvieron que decirlo en los periódicos. Fue cuando había en Les Tuileries unos carneros que tiraban del cochecito del rey de Roma. ¿Se acuerdan del rey de Roma?

—A mí me gustaba el duque de Burdeos.

—Yo conocí a Luis XVII. Prefiero a Luis XVII.

—¡Y lo cara que está la carne, señora Patagon!

—Ay, no me hable, que lo de la carne es un espanto, un espanto espantoso. Ya sólo puede una comer huesos y recortes.

Aquí intervino la trapera:

—Señoras mías, al comercio le va mal. Los montones de basura son una miseria. Ya nadie tira nada. La gente se lo come todo.

—Los hay más pobres que usted, Vargoulême.

—Eso es verdad —contestó la trapera con deferencia—. ¡Yo tengo un oficio!

Hubo una pausa y la trapera, cayendo en esa necesidad de presumir que lleva dentro el hombre, añadió:

—Por la mañana, cuando vuelvo a casa, separo lo del cuévano, lo secciono (quería decir: lo selecciono). Hago montones en mi cuarto. Meto los trapos en un cesto, los tronchos en un barreño, la ropa en la alacena, las cosas de punto en la cómoda, los papeles viejos al lado de la ventana, las cosas que se pueden comer en la escudilla, los pedazos de cristal en la chimenea, los zapatos detrás de la puerta y los huesos debajo de la cama.

Gavroche, que se había parado detrás de ellas, las estaba escuchando.

—¿Qué hacen hablando de política, viejas? —dijo.

Se ganó una andanada, compuesta de un bufido multiplicado por cuatro.

—¡Otro golfante!

—¿Y qué lleva en los dátiles? ¡Una pistola!

—¡Será posible! ¡Menudo bribón de crío!

—No se quedan a gusto si no le dan para el pelo a la autoridad.

Gavroche, desdeñoso, se limitó, por toda represalia, a respingarse la punta de la nariz con el pulgar, abriendo la mano.

La trapera gritó:

—¡Andrajoso desgraciado!

La que atendía por señora Patagon dio una palmada, muy escandalizada:

—Aquí va a pasar algo malo, seguro. Al galopín de al lado, ese que lleva perilla, lo veía yo pasar todas las mañanas con una jovencita de gorro rosa cogida del brazo; y hoy lo he visto pasar y llevaba del brazo un fusil. La señora Bacheux dice que hubo la semana pasada una revolución en… en… en… ¿de dónde traen la ternera?… en Pontoise. Y ahora miren a éste con la pistola, ¡menudo sinvergüenza! Por lo visto en Les Célestins hay un montón de cañones. ¿Cómo quieren ustedes que haga algo el gobierno con unos granujas como éstos, que no saben ya qué inventar para soliviantarlo todo ahora que empezábamos a tener un poco de tranquilidad después de todas las desgracias que han ocurrido? ¡Señor, señor, esa pobre reina, que la vi pasar en la carreta! ¡Y con todo esto va a volver a subir el tabaco! ¡Menuda infamia! No te quepa la menor duda de que iré a ver cómo te guillotinan, maleante!

—Deja de sorber, abuela —dijo Gavroche—. ¡Suénate las napias! Y se fue.

Cuando estaba ya en la calle Pavée, volvió a acordarse de la trapera y mantuvo este soliloquio: «Haces mal en insultar a los revolucionarios, basurera del arroyo. Esta pistola la llevo por ti. Para que tengas en el cuévano más cosas de comer».

De pronto, oyó un ruido a su espalda; era la portera Patagon, que lo había seguido y, desde lejos, le enseñaba el puño, gritando:

—¡Un bastardo, eso es lo que eres!

—Eso —dijo Gavroche— me tiene totalmente al fresco.

Poco después, pasó delante del palacete de Lamoignon. Lanzó entonces el siguiente grito:

—¡A la lucha!

Le entró un acceso de melancolía. Miró la pistola con expresión de reproche, como si quisiera conmoverla.

—Yo voy disparado —le dijo—, pero tú no disparas.

Un perrillo puede distraer de los problemas de un gatillo. Pasó un caniche muy flaco. A Gavroche le dio pena de él.

—Pobre perrito —le dijo—. ¿Te has tragado un barril y se te notan los aros?

Y luego se encaminó hacia L'Orme-Saint-Gervais.

III
JUSTA INDIGNACIÓN DE UN BARBERO

El honrado barbero que había echado a los dos niños a quienes abrió Gavroche el paternal intestino del elefante estaba en esos momentos en su barbería afeitando a un soldado viejo y condecorado con la Legión de Honor que había servido en tiempos del Imperio. Estaban charlando. Como es natural, el barbero le había mencionado al veterano los disturbios y, después, al general Lamarque; y de Lamarque habían llegado al emperador. Salió de ahí una conversación entre barbero y soldado que Prudhomme, de haber estado presente, habría enriquecido con arabescos y habría llamado: Diálogo de la navaja y el sable.

—Caballero —decía el barbero—, ¿qué tal montaba el emperador a caballo?

—Mal. No sabía caerse. Y por eso no se caía nunca.

—¿Tenía caballos bonitos? Debía de tener caballos muy bonitos.

—El día en que me condecoró, me fijé en el animal que montaba. Era una yegua trotona blanca del todo. Tenía las orejas muy separadas, buen asiento, cabeza fina con una estrella negra, cuello muy largo, rodillas de articulaciones fuertes, costillas marcadas, hombros oblicuos y grupa robusta. Algo más de quince palmos de alto.

—Bonito caballo —dijo el barbero.

—Era el caballo de Su Majestad.

El barbero notó que después de esa frase se imponía un silencio; lo respetó y, luego, siguió diciendo:

—Al emperador sólo lo hirieron una vez, ¿verdad, caballero?

El veterano contestó con el tono sereno y soberano del hombre que estuvo presente:

—En el talón. En Ratisbona. Nunca lo vi tan elegante como aquel día.

Estaba hecho un brazo de mar.

—Y a usted, caballero, que es un veterano, debieron de herirlo muchas veces, ¿no?

—¿A mí? —dijo el soldado—. Bah, nada del otro mundo. En Marengo me dieron dos sablazos en la nuca; en Austerlitz me metieron una bala en el brazo derecho; otra en el brazo izquierdo en Jena; en Friedland, un bayonetazo, aquí; en el Moscova siete u ocho lanzazos por todas partes; en Lutzen me machacó un dedo una esquirla de un proyectil de obús… ¡Ah, sí! Y en Waterloo me dio un proyectil de vizcaíno en un muslo. Nada más.

—¡Qué hermosura morir en el campo de batalla! —exclamó el peluquero con acento pindárico—. ¡Le doy mi palabra de que yo, antes que reventar en el jergón, de enfermedad, despacio, un poco cada día, con medicinas, cataplasmas, jeringas y médicos, preferiría que me diera en el vientre una bala de cañón!

—No le hace usted ascos a nada —contestó el soldado.

Apenas acababa de decirlo cuando un estruendo espantoso sacudió el local. Una luna del escaparate acababa de resquebrajarse de pronto.

El barbero se puso lívido.

—¡Ay, Dios mío, que eso ha sido una!

—¿Una qué?

—Una bala de cañón.

—Aquí está —dijo el soldado.

Y recogió algo que rodaba por el suelo. Era una piedra.

El barbero fue corriendo hasta la luna rota y vio a Gavroche, que salía a todo correr hacia el mercado de Saint-Jean. Al pasar delante de la barbería, Gavroche, que seguía con la pena de los dos chiquillos, no pudo resistirse al deseo de saludar al barbero y le tiró una piedra al escaparate.

—¿Usted ve esto? —vociferó el peluquero, que había pasado del blanco al azul—. Eso es hacer daño sólo por hacer daño. ¿Quién se había metido con el golfillo ese?

IV
EL ANCIANO EXTRAÑA AL NIÑO

Entre tanto, Gavroche, acababa de establecer contacto en el mercado de Saint-Jean, puesto que estaba desarmado, con un grupo a cuyo frente estaban Enjolras, Courfeyrac, Combeferre y Feuilly. Iban más o menos armados. Bahorel y Jean Prouvaire se habían encontrado con ellos y habían engrosado el grupo. Enjolras llevaba una escopeta de caza de dos tiros; Combeferre, un fusil de guardia nacional con el número de una legión y, metidas en el cinturón, dos pistolas que le asomaban por la levita desabrochada; Jean Prouvaire, un mosquetón viejo de caballería; Bahorel, una carabina; Courfeyrac blandía un estoque desenvainado; Feuilly, con un sable sin vaina en la mano, iba delante gritando: «¡Viva Polonia!».

Llegaban del muelle de Morland, sin corbata, sin sombrero, sin resuello, calados de lluvia y con relámpagos en los ojos. Gavroche se les acercó calmosamente.

—¿Dónde vamos?

—Ven —dijo Courfeyrac.

Detrás de Feuilly andaba, o más bien brincaba, Bahorel, como un pez en el agua de los disturbios. Llevaba un chaleco carmesí e iba diciendo frases de esas que lo desbaratan todo. El chaleco alteró a un transeúnte, que gritó, despavorido:

—¡Que llegan los rojos!

—¡Lo rojo y los rojos! —replicó Bahorel—. Qué espantos tan raros, burgués. Yo no tiemblo cuando veo una amapola, y Caperucita Roja no me da ningún miedo. Burgués, hazme caso, dejemos el temor al rojo a los animales con cuernos.

Se fijó en un trozo de pared en que había un cartel, la hoja de papel más pacífica del mundo, un permiso para tomar huevos, una disposición cuaresmal que el arzobispo de París dirigía a sus feligreses.

Bahorel exclamó:

—¡Feligreses! Una manera educada de llamarlos reses.

Y arrancó la disposición de la pared, con lo cual se metió en el bolsillo a Gavroche. A partir de ese momento, Gavroche empezó a estudiar de cerca a Bahorel.

—Bahorel —comentó Enjolras—, haces mal. Habrías debido dejar en paz esa disposición, ni nos va ni nos viene; despilfarras la indignación tontamente. Conserva tu provisión. No hay que disparar fuera de la formación, ni con el alma ni con el fusil.

—Cada cual tiene su estilo propio, Enjolras —repuso Bahorel—. Esa prosa obispal me molesta; quiero comer huevos sin que nadie me dé permiso. Tú eres del estilo hielo ardiente; yo soy de pasármelo bien. Además, no me despilfarro, cojo carrerilla; y si he roto esa disposición, ¡por Heracles!, ha sido de aperitivo.

Esa exclamación, por Heracles, le llamó la atención a Gavroche. Estaba siempre al acecho de ocasiones para instruirse y le tenía consideración a aquel arrancador de carteles. Le preguntó:

—¿Qué quiere decir por Heracles?

Bahorel le contestó:

—Quiere decir mecachis en la mar en latín.

En éstas, Bahorel reconoció, asomado a una ventana, a un joven pálido de barba negra que los miraba pasar, probablemente un amigo del A B C. Le gritó:

—¡Pronto, cartuchos! Para bellum.

—¡Bello, sí, de verdad que es un chico guapo! —dijo Gavroche, que ya entendía latín.

Los acompañaba una comitiva tumultuosa: estudiantes, artistas, jóvenes afiliados a La Cougourde de Aix, obreros, gente del puerto, armados con palos y bayonetas; algunos, como Combeferre, con pistolas metidas en la cinturilla de los pantalones. Un anciano, que parecía muy viejo, iba con ese grupo. No llevaba armas y apretaba el paso para no quedarse rezagado, aunque parecía ensimismado. Gavroche lo vio.

—¿Yesoqués? —le preguntó a Courfeyrac.

—Es un viejo.

Era el señor Mabeuf.

V

EL ANCIANO

Vamos a contar qué había sucedido.

Enjolras y sus amigos estaban en el bulevar de Bourdon, cerca de los pósitos, cuando cargaron los dragones. Enjolras, Courfeyrac y Combeferre fueron de los que tiraron por la calle de Bassompierre gritando: «¡A las barricadas!». En la calle de Lesdiguieres se encontraron con un anciano que iba a pie.

Lo que les llamó la atención fue que el buen hombre andaba haciendo eses, como si estuviera borracho. Además, iba con el sombrero en la mano aunque llevase lloviendo toda la mañana y siguiera lloviendo en aquellos momentos con bastante intensidad. Courfeyrac reconoció a Mabeuf. Lo conocía porque había acompañado más de una vez a Marius hasta la puerta de su casa. Conocedor de los hábitos tranquilos y más que tímidos del antiguo mayordomo aficionado a los libros viejos y pasmado al verlo en medio de aquel barullo y a dos pasos de las cargas de caballería, casi en pleno tiroteo, despeinado, mojándose con el chaparrón y paseando entre las balas, se le acercó, y el alborotador de veinticinco años y el octogenario mantuvieron el siguiente diálogo:

—Señor Mabeuf, vuélvase a casa.

—¿Por qué?

—Porque va a haber jaleo.

—Me parece bien.

—Sablazos y tiros, señor Mabeuf.

—Me parece bien.

—Cañonazos.

—Me parece bien. ¿Ustedes dónde van?

—Vamos a derribar al gobierno.

—Me parece bien.

Y se fue con ellos. Desde entonces no había dicho ni palabra. De repente caminaba con firmeza; unos obreros se ofrecieron a darle el brazo, se negó con un ademán de la cabeza. Iba casi al frente de la columna, y se movía como un hombre que va andando al tiempo que tenía la cara de un hombre dormido.

—¡Vaya furia que tiene! —murmuraban los estudiantes. Corría la voz en aquella aglomeración de que había sido un miembro de la Convención, un regicida.

El grupo tiró por la calle de La Verrerie. Gavroche iba delante, cantando a voz en cuello, con lo que se convertía en algo así como un trompeta. Cantaba:

La luna ya está asomando.

«¿Al bosque cuándo nos vamos?», a Charlotte le decía Charlot.

Tu, tu, tu, por Chatou,

Un Dios, un rey, un chavo, una bota y se acabó.

Dos gorriones de madrugada bebían rocío de una mata

y a la cabeza se les subió. Zi, zi, zi,

por Passy.

Un Dios, un rey, un chavo, un bota y se acabó.

Estaban los dos desgraciados como dos tordos de borrachos. Un tigre en su cueva se rió.

Don, don, don, por Meudon.

Un Dios, un rey, un chavo, un bota y se acabó. Jurando uno, otro renegando.

¿Al bosque cuándo nos vamos?, le decía Charlotte a Charlot.

Tin, tin, tin, por Pantin.

Un Dios, un rey, un chavo, un bota y se acabó.

Iban camino de Saint-Merry.

<h1 style="text-align:center">VI
RECLUTAMIENTOS</h1>

El grupo crecía por momentos. Al pasar por la calle de Les Billetes, un hombre canoso de elevada estatura, cuyo aspecto rudo y atrevido les llamó la atención a Courfeyrac, Enjolras y Combeferre, pero a quien ninguno conocía, se unió a ellos. Gavroche, que andaba muy ocupado cantando, silbando, zumbando, yendo en cabeza y pegando en los postigos de los comercios con la culata de la pistola sin percutor, no se fijó en el hombre aquel.

Por casualidad pasaron, en la calle de la Verrerie, por delante de la puerta de Courfeyrac.

—¡Mira tú qué cosa más oportuna! —dijo Courfeyrac—. Se me había olvidado la bolsa y he perdido el sombrero.

Salió del grupo y subió las escaleras de cuatro en cuatro. Cogió un sombrero viejo y la bolsa. También cogió un cofre cuadrado bastante voluminoso, del tamaño de una maleta grande, que tenía escondido entre la ropa sucia. Según bajaba corriendo, la portera lo llamó.

—¡Señor de Courfeyrac!

—Portera, ¿usted cómo se llama? —replicó Courfeyrac. La portera se quedó pasmada.

—Pero si lo sabe de sobra; soy la portera, la señora Veuvain.

—Bueno, pues si me vuelve a llamar señor de Courfeyrac, la llamaré señora de Veuvain. Y, ahora, hable. ¿Qué pasa? ¿Qué sucede?

—Hay alguien que quiere hablar con usted.

—¿Y quién es?

—No lo sé.

—¿Dónde está?

—En mi chiscón.

—¡Que se vaya al diablo! —dijo Courfeyrac.

—Pero ¡si lleva esperando más de una hora a que volviera usted! —dijo la portera.

Al tiempo, algo así como un obrero joven, flaco, pálido, bajo y pecoso, que llevaba un blusón con agujeros y un pantalón de pana con parches y más parecía una muchacha disfrazada de chico que un hombre, salió del chiscón y le dijo a Courfeyrac con una voz que, desde luego, no era ni poco ni mucho una voz de mujer:

—¿El señor Marius, si me hace el favor?

—No está.

—¿Volverá esta noche?

—No tengo ni idea. Y Courfeyrac añadió:

—Yo, en cualquier caso, no pienso volver. El joven lo miró fijamente y le preguntó:

—¿Y eso por qué?

—Porque no.

—¿Dónde va?

—¿Y a ti qué te importa?

—¿Quiere que le lleve el cofre?

—Voy a las barricadas.

—¿Quiere que vaya con usted?

—Si quieres… —contestó Courfeyrac—. La calle es libre, y los adoquines son de todos.

Y echó a correr para alcanzar a sus amigos. Cuando se reunió con ellos, le dio el cofre a uno para que se lo llevara. Hasta que no pasó un cuarto de hora no se dio cuenta de que, efectivamente, el muchacho los había seguido. Un tropel de gente no va precisamente donde quiere. Ya hemos explicado que lo empuja una ráfaga de viento. Pasaron por delante de Saint-

Merry y llegaron, sin saber muy bien cómo, a la calle de Saint-Denis.

LIBRO DUODÉCIMO
CORINTHE

I
HISTORIA DE CORINTHE DESDE SU FUNDACIÓN

Los parisinos que hoy en día, al entrar en la calle de Rambuteau por la parte del Mercado Central, se fijan, a su derecha, frente a la calle de Mondétour, en una cestería cuya muestra consiste en un cesto con la forma del emperador Napoleón el Grande y el siguiente letrero:

DE NAPOLEÓN LA URDIMBRE ES TODA DE MIMBRE

No sospechan ni por asomo las escenas terribles que vio ese mismo lugar hace apenas treinta años. Ahí estaban la calle de La Chanvrerie, que en los carteles antiguos se escribía Chanverrerie, y la famosa taberna llamada Corinthe.

No ha caído en el olvido todo cuanto se dijo acerca de la barricada que se alzó en ese lugar y que, por lo demás, dejó eclipsada la barricada Saint- Merry. Es esa famosa barricada de la calle de La Chanvrerie, sumida hoy en la más profunda oscuridad, la que vamos a iluminar un tanto.

Permítasenos recurrir, para mayor claridad de este relato, al sencillo sistema que ya empleamos en el caso de Waterloo. A quienes deseen hacerse una idea bastante exacta de las manzanas de casas que se alzaban por entonces cerca del campanario de Saint-Eustache, en el ángulo noreste del Mercado Central de París, donde desemboca ahora la calle de Rambuteau, les bastará con imaginarse, pegando con la calle de Saint-Denis por la parte de arriba y, por la parte de abajo, con el Mercado Central, una letra N cuyas dos patas verticales fueran las calles de La Grande-Truanderie y de La Chanvrerie y cuyo trazo transversal fuera la calle de la Petite- Truanderie. La antigua calle de Mondétour cortaba esos tres trazos de la forma más tortuosa, con lo que el enredado dédalo de esas cuatro calles bastaba para formar, en un espacio de cien toesas cuadradas, entre el Mercado Central y la calle de Les Prêcheurs por el otro lado, siete manzanas de forma curiosa y diferentes tamaños, situadas al bies y como al azar, y que apenas separaban, igual que si fueran unos bloques de piedra en el solar de unas obras, unas rendijas estrechas.

Decimos rendijas estrechas y no podríamos dar una idea más atinada de esas callejuelas oscuras, apiñadas, angulosas, que tenían a ambos lados caserones de ocho pisos. Eran unos caserones tan decrépitos que, en las calles de La Chanvrerie y de La Petite-Truanderie, las fachadas hallaban apoyo en unas vigas que iban de una casa a otra. La calle era estrecha, y el arroyo, ancho, de forma tal que el viandante siempre iba pisando un empedrado húmedo y caminaba pegado a comercios semejantes a sótanos, gruesos mojones con aros de hierro, montones tremendos de basura y puertas de pasillos de entrada que defendían gigantescas verjas circulares. La calle de Rambuteau acabó con todo aquello.

La calle de Mondétour escenifica a la perfección las sinuosidades de todas aquellas vías públicas. Un poco más allá, las representaba aún mejor la calle de Pirouette, que iba a dar a la calle de Mondétour.

El transeúnte que entraba en la calle de Saint-Denis desde la calle de La Chanvrerie veía cómo se iba ésta estrechando poco a poco según avanzaba, como si se hubiera metido en un embudo alargado. Al final de la calle, que era muy corta, le cerraba el paso, por el lado del Mercado

Central, una hilera alta de casas y habría creído que estaba en un callejón sin salida si no hubiera visto, a derecha e izquierda, dos zanjas negras por las que podía evadirse. Eran la calle de Mondétour, que por una punta desembocaba en la calle de Les Prêcheurs y, por la otra, en la calle de Le Cygne, y la calle de La Petite-Truanderie. Al fondo de esa especie de callejón sin salida, en la esquina de la zanja de la derecha, podía verse una casa menos alta que las otras que formaba un saliente en la calle como si fuera un cabo.

En esa casa de sólo dos pisos existía despreocupadamente desde hacía más de trescientos años una taberna ilustre. Dicha taberna ponía un alegre escándalo en el mismo lugar que el antiguo poeta Théophile señalaba con estos dos versos:

Ahí oscila el esqueleto horrible
de un pobre amante que se ahorcó.

El sitio era bueno, y los taberneros iban turnándose, de padre a hijo. En tiempos de Mathurin Régnier la taberna se llamaba Le Pot-aux- Roses y, como estaban de moda los jeroglíficos, en el cartel habían dibujado un poste de color de rosa. El siglo pasado, el muy digno de consideración Natoire, uno de los maestros de la pintura que hoy desdeña la escuela rígida, tras emborracharse varias veces en esa taberna en la misma mesa en que se había emborrachado también Régnier, pintó, a modo de agradecimiento, un racimo de uvas de Corinto en el poste rosa. El tabernero se alegró tanto que cambió el rótulo y mandó pintar en letras doradas, encima del racimo, las siguientes palabras: Au raisin de Corinthe (Las uvas de Corinto). De ahí el nombre de Corinthe. Nada más natural en los borrachos que las elipsis. La elipsis es el zigzag de la frase. Corinthe destronó poco a poco Le Pot-aux-Roses. Y el último tabernero de la dinastía, Hucheloup, que no tenía ya ni idea de la tradición, mandó pintar el poste de azul.

Una sala abajo, donde estaba el mostrador; otra sala en el primer piso, donde estaba la mesa de billar, una escalera de caracol de madera que atravesaba el techo, el vino en las mesas, el humor en las paredes, las velas encendidas en pleno día, así era la taberna. En la sala de abajo, unas escaleras llevaban al sótano por una trampilla. Hucheloup vivía en el segundo piso, al que se subía por unas escaleras que eran más bien escala que escaleras, y su vivienda no tenía más entrada que una puerta disimulada en la sala grande del primer piso. Debajo del tejado, dos buhardillas, nidos de criadas. La cocina se repartía la planta baja con la sala donde estaba el mostrador.

Es posible que Hucheloup hubiera nacido químico, pero el caso es que fue cocinero; en su taberna no sólo se bebía, también se comía. Hucheloup había inventado algo muy rico que sólo se servía en su taberna: unas carpas, que él llamaba carpas de relleno. Se comían a la luz de una vela de sebo o de un quinqué de tiempos de Luis XVI en unas mesas que tenían clavado un hule que hacía las veces de mantel. Venían de lejos a comerlas. A Hucheloup le pareció oportuno un buen día poner al tanto a los transeúntes de su especialidad; mojó un pincel en un tarro de pez y, como tenía ortografía propia, de la misma forma que tenía platos propios, improvisó en la pared este cartel notable:

CARPAS DE REI ENO

Hubo un invierno en que a los chaparrones y a los chubascos les entró el capricho de borrar parte de las letras, y quedó lo siguiente:

CARP D I EN

Con el tiempo y las lluvias, un humilde anuncio gastronómico se convirtió en un consejo de gran calado.

Ocurrió, pues, que, sin saber francés, Hucheloup supo latín, que sacó filosofía de la cocina y que, queriendo sencillamente desbancar a Carême, igualó a Horacio. Y lo más llamativo es que, además, el cartel quería decir: entren en mi taberna.

Hoy ya no queda nada de todo esto. El dédalo de Mondétour estaba despanzurrado y abierto de par en par desde 1847, y es harto probable que a estas alturas no quede ya nada de él. La calle de la Chanvrerie y Corinthe desaparecieron bajo el empedrado de la calle de Rambuteau.

Como ya hemos dicho, Corinthe era uno de los lugares de reunión, por no decir de concentración, de Courfeyrac y sus amigos. Corinthe era un descubrimiento de Grantaire. Entró por lo de Carpe d i en y volvió por lo de las Carpas de relleno. Allí se bebía, se comía, se voceaba; se pagaba poco, se pagaba tarde, mal y nunca, pero siempre lo recibían bien a uno. Hucheloup era un buen hombre.

El buen hombre de Hucheloup, bondadoso como acabamos de decir, era un tabernero bigotudo, una variedad graciosa. Tenía siempre cara de malhumor, parecía deseoso de intimidar a la clientela, les gruñía a las personas que entraban en su taberna y parecía más dispuesto a buscarles las cosquillas que a darles un plato de comida. Y, no obstante, mantenemos lo dicho: siempre lo recibía bien a uno. Aquella peculiaridad le había proporcionado una buena parroquia y les traía a jóvenes que se decían entre sí: «Venga, ven a ver trapichear a Hucheloup». Había sido maestro de armas. De repente, se echaba a reír. Un vozarrón y un alma de Dios. Por dentro risueño y por fuera con pinta trágica; estaba deseando meterle miedo a la gente, más o menos como esas tabaqueras que tienen forma de pistola. La detonación estornuda.

Su mujer tenía barba y era feísima.

Allá por 1830 se murió Hucheloup. Con él desapareció el secreto de las carpas rellenas. Su viuda, que no tenía fácil lo de buscar consuelo, siguió con la taberna. Pero la comida fue degenerando y llegó a ser espantosa; y el vino, que siempre había sido malo, fue malísimo. Aunque Courfeyrac y sus amigos siguieron yendo a Corinthe, por compasión, según decía Bossuet.

La viuda de Hucheloup tenía el resuello corto y era deforme y con recuerdos campestres. La forma de pronunciar impedía que fueran recuerdos cursis. Tenía una manera propia de decir las cosas que servía de aliño a sus reminiscencias aldeanas y primaverales. Tiempo atrás la había hecho muy feliz, afirmaba, oír a los «ruinseñores cantar en los espinos calvares».

La sala del primer piso, donde estaba el «restaurante», era amplia y alargada y atestada de taburetes, de escabeles, de sillas, de bancos y de mesas, y con una mesa de billar vieja y coja. Se llegaba a ella por la escalera de caracol que iba a dar, en un rincón de la sala, a un agujero cuadrado que parecía la escotilla de un barco.

Esa sala, sin más luz que la de una ventana estrecha y la de un quinqué siempre encendido, tenía pinta de desván. Todos los muebles de cuatro patas se portaban como si tuvieran tres. En las paredes encaladas no había más decoración que este cuarteto en honor de la señora Hucheloup:

A diez pasos, asombra; a dos pasos, asusta. Lo que nariz parece le adorna una verruga.

Siempre anda uno temiendo que le pegue una bronca y que un día la nariz se le caiga en la boca.

Lo anterior estaba escrito con carbón en la pared.

La señora Hucheloup, muy parecida a aquel retrato, iba y venía tan campante todo el día por las inmediaciones del cuarteto. Dos criadas, que se llamaban Matelote y Gibelotte, y de las que nunca se supo más nombres que ésos, ayudaban a la señor Hucheloup a poner en las mesas los jarros de mal vino y los guisotes varios que servían a los hambrientos en escudillas de barro. Matelote, gruesa, rechoncha, pelirroja y chillona, ex sultana favorita del difunto Hucheloup, era más fea que cualquiera de los monstruos mitológicos; no obstante, como lo oportuno es que la criada no aventaje nunca a la señora, era menos fea que la señora Hucheloup. Gibelotte, alta y flaca, endeble, blanca con palidez linfática, con ojeras y de párpados caídos, aquejada de eso que podría llamarse cansancio crónico, era la primera en levantarse y la última en acostarse y servía a todo el mundo, incluso a la otra criada, silenciosa y suave, sonriendo entre el cansancio con algo así como una sonrisa inconcreta y adormilada.

Antes de entrar en la sala del restaurante, podía leerse en la puerta el siguiente verso, que había escrito con tiza Courfeyrac: Invita si puedes, y come si osas.

II
DIVERSIONES PRELIMINARES

Laigle de Meaux, sabido es, vivía más en casa de Joly que en cualquier otra parte. Tenía una vivienda igual que un pájaro tiene una rama. Los dos amigos vivían juntos, comían juntos, dormían juntos. Lo tenían todo en común, incluso a Musichetta hasta cierto punto. Eran eso que los frailes subalternos que van de acompañantes llaman bini. La mañana del 5 de junio se fueron a almorzar a Corinthe. Joly tenía la nariz tapada y un catarro tremendo que a Laigle se le estaba empezando a contagiar. Laigle llevaba un frac raído, pero Joly iba bien trajeado.

Eran alrededor de las nueve de la mañana cuando abrieron la puerta de Corinthe.

Subieron al primero.

Matelote y Gibelotte los recibieron.

—Ostras, queso y jamón —dijo Laigle. Y se sentaron a la mesa.

No había nadie en la taberna; estaban los dos solos.

Gibelotte reconoció a Joly y a Laigle y puso una botella de vino en la mesa.

Cuando estaban con las primeras ostras, asomó una cabeza por la escotilla de las escaleras y una voz dijo:

—Pasaba y desde la calle noté un aroma delicioso a queso de Brie. Aquí estoy.

Era Grantaire.

Grantaire cogió un taburete y se sentó a la mesa.

Gibelotte, al ver a Grantaire, puso dos botellas de vino en la mesa. Con lo cual ya había tres.

—¿Vas a beberte esas dos botellas? —le preguntó Laigle a Grantaire.

Grantaire contestó:

—Todos son ingeniosos y sólo tú eres ingenuo. Dos botellas nunca le han extrañado a un hombre.

Los otros dos habían empezado por comer, pero Grantaire empezó por beber. No tardó en desaparecer media botella.

—¿Tienes un agujero en el estómago? —siguió preguntando Laigle.

—¿No tienes tú uno en el codo? —dijo Grantaire. Y, tras apurar el vaso, añadió:

—Por cierto, Laigle de las oraciones fúnebres, muy viejo tienes el frac.

—Por supuesto —saltó Laigle—. Por eso nos llevamos tan bien mi frac y yo. Se ha amoldado a mí del todo, no me molesta nada, se adapta a mis deformidades, se aviene a todos los ademanes que hago; sólo noto que lo llevo puesto porque me abriga. Los abrigos viejos son como viejos amigos.

—Es verdad —exclamó Joly, metiendo baza—. Un abrigo viejo es un viejo abigo.

—Sobre todo —dijo Grantaire— cuando lo dice un hombre con la nariz taponada.

—Grantaire —preguntó Laigle—, ¿vienes del bulevar?

—No.

—Joly y yo acabamos de ver pasar la cabeza del cortejo.

—Es un espectáculo baravilloso —dijo Joly.

—¡Qué tranquila está esta calle! —exclamó Laigle—. ¿Quién se pensaría que París está manga por hombro? ¡Cómo se nota que por aquí antes no había más que conventos! En Du Breul y Sauval viene la lista, y en el padre Lebeuf. Los había por todos los alrededores, pululaban, calzados y descalzos, rapados y barbudos, grises, negros y blancos, franciscanos, mínimos, capuchinos, carmelitas, agustinos mayores, agustinos reformados, agustinos viejos… Pululaban.

—Vamos a dejarnos de monjes —interrumpió Grantaire—, que me entran picores.

Luego exclamó.

—¡Puaj! Acabo de comerme una ostra mala. Me está volviendo la hipocondría. Las ostras están malas, las criadas son feas. Aborrezco al género humano. Pasé hace un rato por la calle de Richelieu, por delante de esa gran librería pública. Ese montón de cáscaras de ostra al que llaman biblioteca me quita las ganas de pensar. ¡Cuánto papel! ¡Cuánta tinta! ¡Cuánto se ha escrito! ¡Qué bribón habrá dicho que el hombre era un bípedo sin plumas! Y, encima, me he encontrado con una chica guapa a la que conozco, hermosa como la primavera, digna de llamarse Floreal, y que estaba contentísima, fuera de sí, feliz, encantada de la vida, la muy miserable, porque ayer un banquero espantoso y picado de viruelas había tenido a bien dignarse cargar con ella. ¡Qué desgracia! La mujer está al acecho del tratante no menos que el lirio de los valles; las gatas cazan tanto los ratones como los pájaros. Esa jovencita, no hace ni dos meses, era tan formal en una buhardilla; les ponía redondelitos de cobre a los ojetes de los corsés, ¿cómo se llama eso? Cosía, tenía un catre de tijera, vivía junto a un tiesto de flores, estaba contenta. Y ahora es banquera. Esa transformación es de anoche. Me he encontrado a la víctima esta mañana, hecha unas pascuas. Lo repulsivo es que la muy pícara era tan bonita hoy como ayer. No se le había subido el financiero a la cara. Las rosas tienen esta ventaja, o este inconveniente, que no tienen las mujeres: los rastros de las orugas se les ven. ¡Ay, no hay ética en este mundo, pongo por testigo al mirto, símbolo del amor, y al laurel, símbolo de la guerra, y al olivo, el bobo ese, símbolo de la paz, y al manzano, que estuvo a punto de asfixiar a Adán con una pepita, y a la higuera, abuela de las enaguas! En cuanto al derecho, ¿queréis saber qué es el derecho? Los galos quieren tomar Clusa, Roma ampara a Clusa y les pregunta qué daño les ha hecho Clusa. Breno contesta:

«El daño que os hizo Alba, el daño que os hizo Fidena, el daño que os hicieron los ecuos, los volscos y los sabinos. Eran vecinos vuestros. Entendemos la vecindad igual que vosotros. Vosotros robasteis Alba, nosotros tomamos Clusa». Roma dice: «No tomaréis Clusa. Breno tomó Roma. Luego gritó: Væ victis! Eso es el derecho. ¡Ay, cuántos animales de presa en este mundo! ¡Cuántas águilas! Se me pone la carne de gallina».

Le alargó el vaso a Joly, quien se lo llenó; luego bebió y siguió diciendo, sin que lo interrumpiera apenas ese vaso de vino en el que nadie se fijó, ni tan siquiera él:

—Breno, que toma Roma, es un águila; el banquero, que se lleva a la modistilla, es un águila. La misma impudicia en esto y en aquello. Así que no creamos en nada. No hay más que una realidad: la bebida. Opinéis lo que opinéis y estéis a favor del gallo flaco, como el cantón de Uri, o del gallo cebado, como el cantón de Glaris, da lo mismo, bebed. Me habláis del bulevar, del cortejo, etc. ¿Qué pasa? ¿Que va a haber otra revolución? Tanta indigencia de medios por parte de Dios me extraña. Se pasa la vida untando de sebo la ranura de los acontecimientos. ¿Que la cosa no encaja, que no funciona? Corriendo, una revolución. Dios tiene siempre las manos negras de esa grasa tan sucia. Yo en su lugar sería menos complicado, no estaría dando cuerda a la máquina continuamente, llevaría bien derecho al género humano, tejería los hechos punto a punto, sin romper el hilo, no tendría alternativa preparada ni repertorio extraordinario. Eso que vosotros llamáis el progreso funciona con dos motores: los hombres y los acontecimientos. Pero, qué cosa tan triste, de vez en cuando hacen falta lo extraordinario. Tanto en los acontecimientos cuanto en los hombres, no basta con la tropa ordinaria; de entre los hombres, hacen falta genios; y, de entre los acontecimientos, revoluciones. Los accidentes mayores son ley; el orden de las cosas no puede prescindir de ellos; y, cuando uno ve las apariciones de los cometas, está por creer que incluso el mismísimo cielo precisa actores que den una función. Cuando menos te lo esperas, Dios plantifica un meteoro en la pared del firmamento. Se presenta una estrella rara con el aditamento de una cola enorme. Y, en vista de eso, se muere César, Bruto le pega una puñalada y Dios un cometazo. Crac, aquí llega una aurora boreal, y aquí llega una revolución, y aquí llega un gran hombre; 1793 en letra grande, Napoleón de protagonista, el cometa de 1811 encabeza el cartel.

¡Ah, qué cartel azul tan bonito, todo él constelado de resplandores inesperados! ¡Bum, bum! Qué espectáculo tan extraordinario. Alzad la vista, mirones ociosos. Todo está con las greñas revueltas, el astro y el drama. Vive Dios, se pasan y no llegan. Estos recursos tan excepcionales parecen esplendidez y son pobreza. Amigos míos, la Providencia tiene que recurrir a expedientes. ¿Qué demuestra una revolución? Que Dios se ha quedado sin recursos. Da un golpe de Estado porque hay solución de continuidad entre el presente y el porvenir y porque, él, Dios, no ha podido empalmar los extremos. Por cierto, que eso me ratifica en mis conjeturas acerca de la situación en que anda la fortuna de Jehová; y, al ver tanto apuro arriba y abajo, tanta mezquindad y tanta racanería y tanta cicatería y tanta necesidad en el cielo y en la tierra, desde el ave que no tiene ni un grano de mijo hasta mí, que no tengo cien mil libras de renta y al fijarme en el destino humano, que anda tan raído, e incluso en el destino regio, al que se le ve la trama de esparto, de lo que da fe que al príncipe de Condé lo ahorcaron; al fijarme en el invierno, que no es sino un siete en el cénit por el que sopla el viento; al fijarme en tantos harapos, incluso en la púrpura recién estrenada de la mañana en lo alto de las colinas; al fijarme en el cierzo, esas lentejuelas; al fijarme en la humanidad descosida y en los acontecimientos remendados, y en tantas manchas en el sol y tantos agujeros en la luna; al fijarme en tanta miseria por todas partes, me malicio que Dios no es rico. Da el pego y aparenta, es cierto, pero se le nota que anda apurado. Da una revolución igual que un negociante que tiene la caja vacía da un baile. No hay que juzgar a los dioses por la apariencia. Tras los dorados del cielo, intuyo un universo pobre. La creación está en quiebra. Y por eso estoy descontento. Fijaos, estamos a cinco de junio y es casi de noche; llevo desde esta mañana esperando a que amanezca, y no ha amanecido, y apuesto a que no amanecerá en todo el día. Es una impuntualidad de dependiente mal retribuido. Sí, todo está mal enjaretado, nada encaja en nada, este mundo viejo está hecho unos zorros, me paso a la oposición. Todo anda torcido; el universo es un latoso. Es como los niños, que quieren de lo que no hay. En resumen: que estoy rabioso. Además, Laigle de Meaux, el calvo este, me da grima. Me humilla pensar que tengo la misma edad que él y que tiene la cabeza monda y lironda. Por lo demás, critico, pero no insulto. El universo es como es. Lo que digo lo digo sin mala intención y para cumplir con mi conciencia. Quedo a vuestros pies, Padre Eterno. ¡Ah, por todos los santos del Olimpo y por todos los dioses del Paraíso, no estaba yo hecho para ser parisino, es decir, para ir rebotando siempre, como un volante en dos raquetas, del grupo de los mirones ociosos al grupo de los alborotadores! ¡Estaba hecho para ser turco, todo el día mirando a unas orientales redichas bailando esas danzas exquisitas de Egipto, lúbricas como los sueños de un hombre casto; o un campesino de Beauce; o un gentilhombre veneciano rodeado de gentilesdamas; o un principillo alemán de esos que aportan medio soldado de infantería a la confederación germánica y dedican los ratos libres a poner a secar los calcetines en el seto, es decir, en su frontera! ¡Para esos destinos había nacido yo! Sí, he dicho turco y no me desdigo. No me cabe en la cabeza que se suela tomar a mal a los turcos; Mahoma tiene cosas buenas; ¡respetemos al inventor de los harenes de huríes y de los paraísos de odaliscas! ¡No insultemos al mahometismo, la única religión que tenga un gallinero de aderezo! Dicho esto, insisto en beber. La tierra es una tremenda sandez. ¡Y, por lo visto, todos esos imbéciles van a pelear, a conseguir que les partan la cara, a matarse unos a otros en pleno verano, en el mes de junio, siendo así que podrían irse, con una moza al brazo, a respirar, por el campo, el aroma de esa inmensa taza de té del heno segado! De verdad que se hacen muchas tonterías. Un farol viejo y roto que he visto hace un rato en un chamarilero me sugiere una reflexión: ya va siendo hora de aclararle un poco las ideas al género humano. ¡Sí, ya he vuelto a ponerme triste! ¡Lo que es que se le atraganten a uno una ostra y una revolución! ¡Otra vez estoy lúgubre! ¡Ah, qué espanto de viejo mundo este, en que nos azacanamos, nos defenestramos, nos alcahueteamos, nos matamos y nos acostumbramos!

Y a Grantaire, tras ese ataque de elocuencia, le dio un ataque de tos muy

merecido.

—Hablando de revoluciones —dijo Joly—, por lo visto Barius está enaborado.

—¿Se sabe de quién? —preguntó Laigle.

—Ni bucho benos.

—¿Que no?

—Ya te digo que ni bucho benos.

—¡Los amores de Marius! —exclamó Grantaire—. Ya me los estoy imaginando. Marius es una niebla y se habrá topado con un vaho. Marius es de la raza de los poetas. Quien dice poeta dice loco. Tymbræus Apollo. Marius y su Marie, o su Maria, o su Mariette, o su Marion, ¡vaya amantes raros que deben de resultar! Me supongo lo que debe de ser eso. Éxtasis en que se olvida el beso. Castos en la tierra, pero copulando en el infinito. Son almas con sentidos. Se acuestan juntos en las estrellas.

Grantaire estaba empezando la segunda botella, y quizá la segunda arenga, cuando apareció otra persona por el agujero cuadrado de las escaleras. Era un muchachito que no llegaba a los diez años, desharrapado, de corta estatura, amarillento, con la cara rematada en hocico, la mirada vivaracha, mucho pelo, empapado de lluvia, y de expresión alegre.

El niño, escogiendo sin titubear a uno de los tres, aunque estaba claro que no conocía a ninguno, le dirigió la palabra a Laigle de Meaux.

—¿Es usted el señor Bossuet? —preguntó.

—Para los amigos —contestó Laigle—. ¿Qué quieres?

—Verá: uno rubio y alto, en el bulevar, me ha dicho: «¿Sabes quién es la Hucheloup?». Le he contestado: «Sí. La de la calle de La Chanvrerie, la viuda del viejo». Y me ha dicho: «Pues vete para allá. Te encontrarás con el señor Bossuet y le dices de mi parte: A — B — C». Será que le quiere gastar una broma, ¿no? Me ha dado cincuenta céntimos.

—Joly, préstame cincuenta céntimos —dijo Laigle. Y, volviéndose hacia Grantaire: «Grantaire, préstame cincuenta céntimos».

Juntó así un franco y se lo dio al niño.

—Gracias, caballero —dijo el chiquillo.

—¿Cómo te llamas? —preguntó Laigle.

—Soy Navet, el amigo de Gavroche.

—Quédate con nosotros —dijo Laigle.

—Almuerza con nosotros —dijo Grantaire. El niño contestó:

—No puedo, voy en el cortejo. Yo soy el que grita: ¡Abajo Polignac!

Y, estirando mucho la pierna hacia atrás, que es el saludo más respetuoso que darse pueda, se marchó.

Tras irse el niño, Grantaire tomó la palabra:

—Ahí tenemos al golfillo en estado puro. Hay muchas variedades en el género golfillo. El golfillo notario se llama veredero, el golfillo cocinero se llama pinche, el golfillo panadero se llama aprendiz, el golfillo lacayo se llama groom, el golfillo marinero se llama grumete, el golfillo soldado se llama tamborcillo, el golfillo pintor se llama pintamonas, el golfillo negociante se llama recadero, el golfillo cortesano se llama menino, el golfillo rey se llama delfín, el golfillo dios se llama jesusito.

Entretanto, Laigle andaba cavilando; dijo a media voz.

—A — B — C, es decir: Entierro de Lamarque.

—El alto y rubio que te manda aviso es Enjolras —comentó Grantaire.

—¿Vamos a ir? —preguntó Bossuet.

—Está lloviendo —dijo Joly—. Yo juré que me enfrentaría al fuego, pero no al agua. No quiero agarrarbe un catarro.

—Yo me quedo aquí —dijo Grantaire—. Prefiero un almuerzo a un coche fúnebre.

—Conclusión: nos quedamos —añadió Laigle—. Bueno, pues bebamos.

Además, podemos perdernos el entierro sin perdernos el motín.

—Ah, yo al botín sí que voy —exclamó Joly. Laigle se frotó las manos:

—Así que vamos a hacerle unos retoques a la revolución de 1830. La verdad es que al pueblo le tiran las sisas.

—A mí esa revolución vuestra me da casi igual —dijo Grantaire—. No me desagrada el gobierno de ahora. Es el gorro de dormir atemperando la corona. Es un cetro que termina en paraguas. De hecho, estoy pensando que hoy, con el tiempo que hace, Luis Felipe podrá utilizar su condición de rey con dos finalidades, usar la punta que es cetro contra el pueblo y abrir la punta que es paraguas contra el cielo.

La sala estaba a oscuras, unos nubarrones amortiguaban aún más la luz. No había nadie ni en la taberna ni en la calle; todo el mundo había ido a «ver los sucesos».

—¿Son las doce de la mañana o de la noche? —exclamó Bossuet—. No se ve ni gota. ¡Gibelotte, luces!

Grantaire bebía melancólicamente.

—Enjolras me desdeña —susurró—. Enjolras ha dicho: Joly está enfermo y Grantaire está borracho. Y ha mandado a Navet a buscar a Bossuet. Si hubiese venido por mí, me habría ido con él. ¡Enjolras se lo pierde! No pienso ir a su entierro.

Tras tomar la resolución ya dicha, Bossuet, Joly y Grantaire no se movieron de la taberna. A eso de las dos de la tarde, la mesa en que apoyaban los codos estaba llena de botellas vacías. Ardían en ella dos velas, una en una palmatoria de cobre completamente verde, la otra en el gollete de un botellón rajado. Grantaire había tirado de Joly y de Bossuet hacia el vino; Bossuet y Joly habían devuelto a Grantaire a la alegría.

En cuanto a Grantaire, a partir de las doce del mediodía había ido más allá del vino, mediocre fuente de sueños. Los borrachos serios no sienten por el vino sino un aprecio teórico. En cuestiones de borrachera, existe la magia negra y la magia blanca; el vino sólo es magia blanca. Grantaire era un bebedor de sueños aventurero. La tenebrosa índole de una borrachera temible, lejos de detenerlo, cuando la veía abrirse ante él, lo atraía. Había dado de lado las botellas y agarrado el jarro. El jarro es el abismo. Al no tener a mano ni opio ni hachís y queriendo llenarse la mente de crepúsculo, recurrió a esa espantosa mezcla de aguardiente, de cerveza negra y de ajenjo que tan terribles letargos causa. De esos tres vapores, cerveza, aguardiente y ajenjo, se compone el plomo del alma. Son tres tinieblas en las que se ahoga la mariposa celestial; y nacen, entre un humo membranoso que se condensa de forma inconcreta en forma de ala de murciélago, tres furias mudas, la pesadilla, la noche y la muerte, que revolotean por encima de Psique dormida.

Grantaire no había llegado aún a esa fase lóbrega. Ni mucho menos.

Estaba de lo más alegre, y Bossuet y Joly le daban pie. Brindaban. Grantaire añadía a la acentuación excéntrica de las palabras y de las ideas la divagación de los ademanes; se ponía dignamente el puño derecho en la rodilla, con el brazo formando escuadra; y, con la corbata desanudada, a caballo en un taburete y con el vaso lleno en la mano derecha, le decía a Matelote, la criada gruesa, estas palabras solemnes:

—¡Que abran las puertas del palacio! ¡Que todo el mundo sea de la Academia Francesa y tenga derecho a besar a la señora Hucheloup! Bebamos.

Y, volviéndose hacia la señora Hucheloup, añadía:

—Mujer antigua y consagrada por el uso, ¡acércate para que te contemple!

Y Joly exclamaba:

—Batelote y Gibelotte, no le deis bás de beber a Grantaire, que se le van en eso unas cantidades debenciales. Desde esta bañana ya lleva despilfarrados en prodigalidades desaforadas dos francos y noventa y cinco céntibos.

Y Grantaire insistía:

—Pero ¿quién ha descolgado las estrellas sin mi permiso para ponerlas encima de la mesa como si fueran velas?

Bossuet, muy borracho, seguía sin alterarse.

Se había sentado en el antepecho de la ventana abierta y, mientras la lluvia que estaba cayendo le mojaba la espalda, miraba a sus dos amigos.

De repente oyó tras de sí un tumulto, pasos precipitados, gritos de ¡A las armas! Se dio la vuelta y divisó, en la calle de Saint-Denis, al final de la calle de La Chanvrerie, a Enjolras, que pasaba, con la carabina en la mano, y a Gavroche con su pistola, a Feuilly con su sable, a Courfeyrac con su espada, a Jean Prouvaire con su mosquetón, a Combeferre con su fusil, a Bahorel con su fusil y a todo el grupo armado y soliviantado que llevaban en pos.

La calle de La Chanvrerie no era más larga que el alcance de una carabina. Bossuet improvisó una bocina poniendo ambas manos alrededor de la boca y gritó:

—¡Courfeyrac! ¡Courfeyrac! ¡Eh!

Courfeyrac oyó la llamada, vio a Bossuet y dio unos cuantos pasos por la calle de La Chanvrerie, gritando un «¿qué quieres?» que se cruzó con un «¿adónde vas?».

—A hacer una barricada —contestó Courfeyrac.

—¡Pues éste es un buen sitio! Hazla aquí.

—Tienes razón, Aigle —dijo Courfeyrac.

Y, al hacerle una señal Courfeyrac, el tropel se abalanzó por la calle de La Chanvrerie.

III
LA OSCURIDAD EMPIEZA A TRAGARSE A GRANTAIRE

Era, desde luego, un sitio de lo más indicado: la entrada de la calle, de boca ancha; el fondo, más angosto y acabado en un callejón sin salida; Corinthe, formando un estrechamiento; la calle de Mondétour, fácil de cortar a derecha e izquierda; ningún ataque posible más que por la calle de Saint-Denis, es decir, de frente y al descubierto. Bossuet borracho había tenido la misma vista que Aníbal sobrio.

Al irrumpir el tropel, cundió el espanto en toda la calle. Todos los viandantes se esfumaron. En lo que dura un relámpago, al fondo, a la derecha, a la izquierda, los comercios, los talleres, los corredores de entrada a las casas, las ventanas, las celosías, los sotabancos y los postigos de todos los tamaños se cerraron, desde las plantas bajas hasta los tejados. Una anciana asustada sujetó un colchón, delante de la ventana, a dos varas de tender la ropa, para amortiguar el tiroteo. Sólo el edificio de la taberna seguía abierto, y ello por un excelente motivo: el tropel de gente se había metido dentro a todo correr.

—¡Ay, Dios mío! ¡Ay, Dios mío! —suspiraba la señora Hucheloup. Bossuet había bajado al encuentro de Courfeyrac.

Joly, que se había asomado a la ventana, gritó:

—Courfeyrac, deberías haber cogido el paraguas. Vas a acatarrarte.

Entre tanto, habían bastado pocos minutos para arrancar veinte barras de hierro de la parte delantera, enrejada, de la taberna y ya habían levantado los adoquines de veinte metros de calle; Gavroche y Bahorel habían agarrado al pasar el carretón de un fabricante de cal, que se llamaba Anceau, y lo habían volcado; había en el carretón tres barriles llenos de cal, que pusieron debajo de unos adoquines apilados; Enjolras abrió la trampilla del sótano y todos los toneles vacíos de la viuda de Hucheloup acabaron alineados con los barriles de cal; Feuilly, con aquellos dedos tan mañosos para pintar las varillas delicadas de los abanicos, reforzó los toneles y el carretón con dos montones macizos de mampuestos. Mampuestos improvisados, por lo demás, y cogidos de a saber dónde. Habían arrancado unas vigas de refuerzo de la fachada de una casa vecina y las colocaron encima de los barriles. Cuando Bossuet y Courfeyrac se dieron la vuelta, una muralla más alta que un hombre cortaba media calle. No hay nada mejor que las manos del pueblo para edificar todo cuanto se edifica derribando.

Matelote y Gibelotte se habían sumado a los trabajadores. Gibelotte iba y venía, cargada de cascotes. Su cansancio estaba al servicio de la barricada. Servía adoquines igual que servía vino, con cara de estar dormida.

Un ómnibus del que tiraban dos caballos blancos pasó por el extremo de la calle.

Bossuet saltó por encima de los adoquines, detuvo al cochero, hizo bajar a los viajeros, ayudó a bajar «a las señoras», despidió al conductor y regresó con el vehículo y los caballos, que llevaba de las riendas.

—Los ómnibus —dijo— no pasan por delante de Corinthe. Non licet omnibus adire Corinthum.

Poco después, los caballos desenganchados se fueron al azar por la calle de Mondétour y el ómnibus, tumbado de lado, completaba el corte de la calle.

La señora Hucheloup, descompuesta, se había refugiado en el primer piso.

Tenía la vista extraviada y miraba sin ver, gritando por lo bajo. Los gritos de espanto no se atrevían a salir de la garganta.

—Es el fin del mundo —susurraba.

Joly besaba a la señora Hucheloup en el cuello, grueso, rojo y arrugado, y le decía a Grantaire:

—Mi querido amigo, siempre he considerado que el cuello de una mujer es algo infinitamente delicado.

Pero Grantaire había llegado a las regiones supremas del ditirambo. Matelote había vuelto a subir al primer piso y Grantaire la había cogido por la cintura y soltaba prolongadas carcajadas en la ventana.

—Matelote es fea —gritaba—. ¡Matelote es la fealdad soñada! Matelote es una quimera. Éste es el secreto de su nacimiento: un pigmalión gótico que hacía gárgolas de catedrales se enamoró un buen día de una de ellas, de la más espantosa. Le rogó al amor que le diese vida, y el resultado fue Matelote. ¡Miradla, ciudadanos! Tiene el pelo del color del cromato de plomo, igual que la amante de Ticiano, y es una buena chica. Os garantizo que peleará bien. En toda buena chica hay un héroe. En cuanto a la Hucheloup, es una vieja valiente. ¡Fijaos en los bigotes que tiene! Los heredó de su marido. ¡Una húsara, vamos! También va a pelear. Entre las dos atemorizarán a los arrabales. Compañeros, vamos a derribar al gobierno, tan cierto como que existen quince ácidos intermedios entre el ácido margárico y el ácido fórmico. Cosa que, por lo demás, me da exactamente igual. Señores, mi padre siempre me aborreció porque no entendía las matemáticas. Yo sólo entiendo el amor y la libertad. ¡Soy Grantaire, el buenazo! Como nunca tuve dinero, no me acostumbré a él, y por eso nunca carecí de dinero; pero, si hubiera sido rico, ¡habría dejado de haber pobres! ¡Habría sido cosa de ver! ¡Ay, si las bolsas llenas fueran de los corazones buenos! ¡Todo iría mucho mejor! ¡Me imagino a Jesucristo con la fortuna de Rothschild! ¡Cuánto bien haría! ¡Matelote, béseme! ¡Es usted voluptuosa y tímida! ¡Tiene unas mejillas que piden un beso de hermana y unos labios que exigen un beso de amante!

—¡Calla, tonel! —dijo Courfeyrac.

Grantaire respondió:

—¡Soy magistrado municipal de Toulouse y maestre de los juegos florales!

Enjolras, que estaba de pie en lo más alto de la barricada, empuñando el fusil, alzó el hermoso rostro de expresión austera. Sabido es que Enjolras era en parte espartano y en parte puritano. Habría muerto con Leónidas en las Termópilas y habría quemado Drogheda con Cromwell.

—¡Grantaire —gritó—, vete con el vino a otra parte! Este lugar es para la embriaguez, no para la borrachera. ¡No deshonres la barricada!

Esta frase irritada le produjo a Grantaire un efecto singular. Hubiérase dicho que le había arrojado un vaso de agua fría a la cara. Pareció como si se le hubiera pasado la borrachera de repente. Se sentó, se puso de codos en una mesa, cerca de la ventana, miró a Enjolras con dulzura indecible y le dijo:

—Déjame dormir aquí.

—Vete a dormir a otro lado —gritó Enjolras.

Pero Grantaire, sin dejar de clavar en él una mirada tierna y turbia, contestó:

—Déjame dormir aquí, hasta que muera aquí. Enjolras lo miró con ojos desdeñosos.

—Grantaire, tú eres incapaz de creer, de pensar, de querer, de vivir y de morir.

Grantaire replicó con voz seria:

—Ya verás.

Balbució otras cuantas palabras ininteligibles; luego se le desplomó pesadamente la cabeza encima de la mesa y, como sucede de forma bastante habitual en la segunda fase de la ebriedad, a la que Enjolras lo había empujado ruda y bruscamente, un momento después ya estaba dormido.

IV

INTENTO DE CONSOLAR A LA VIUDA DE HUCHELOUP

Bahorel, encantado con la barricada, gritaba:

—¡Ya tenemos la calle escotada! ¡Qué bien queda!

Courfeyrac, mientras desguazaba un tanto la taberna, intentaba consolar a la tabernera viuda.

—Señora Hucheloup, ¿no se quejaba el otro día de que le habían hecho un atestado y le habían puesto una multa porque Gibelotte había sacudido una alfombrilla por la ventana?

—Sí, señor Courfeyrac. ¡Ay, Dios mío! ¿Va a poner también esa mesa en ese espanto suyo? Y sabrá que por la alfombrilla, y también por un tiesto que se cayó desde la buhardilla a la calle, el gobierno me cobró cien francos de multa. ¡No me diga que no es una vergüenza!

—Pues, mire, señora Hucheloup, la estamos vengando.

A la señora Hucheloup no parecía quedarle muy claro qué beneficio sacaba ella de aquella reparación que le estaban brindando. La satisfacción que sentía era como la de aquella mujer árabe que, tras darle una bofetada su marido, fue a quejarse a su padre, clamando por que la vengase y diciendo: «Padre, le debes a mi marido, que te ha afrentado, otra afrenta». El padre le preguntó: «¿En qué mejilla te ha dado la bofetada?». «En la izquierda.» El padre le dio una bofetada en la mejilla derecha y dijo: «Así quedas satisfecha. Vete a decirle a tu marido que él le ha dado una bofetada a mi hija, pero que yo le he dado una bofetada a su mujer».

Había dejado de llover. Habían llegado más voluntarios. Unos obreros habían traído bajo los blusones un barril de pólvora, un cesto con botellas de vitriolo, dos o tres antorchas de carnaval y una canasta llena de farolillos que habían «sobrado de las fiestas del rey». Unas fiestas muy recientes, pues se habían celebrado el 1 de mayo. Decían que esas municiones procedían de un tendero de ultramarinos del barrio de Saint-Antoine, que se llamaba Pépin. Rompieron el único farol de la calle de La Chanvrerie, el farol correspondiente de la calle de Saint-Denis y todos los de las calles colindantes, la de Mondétour, la de Le Cygne, la de Les Prêcheurs y las de La Grande-Truanderie y La Petite-Truanderie.

Enjolras, Combeferre y Courfeyrac lo dirigían todo. Ahora estaban construyendo dos barricadas a un tiempo, las dos apoyadas en el edificio en que estaba Corinthe y formando escuadra; la más grande cortaba la calle de La Chanvrerie; la otra cortaba la calle de Mondétour, por el lado de la calle de Le Cygne. Esta última barricada, muy estrecha, estaba hecha nada más de toneles y de adoquines. Había en ella alrededor de cincuenta hombres trabajando, de los cuales unos treinta iban armados con fusiles, porque, de camino, habían tomado un préstamo en bloque de la tienda de un armero.

Nada podía haber más raro y más abigarrado que aquella tropa. Uno llevaba un frac de faldones cortos, un sable de caballería y dos pistolas de arzón; otro iba en mangas de camisa y llevaba un sombrero redondo y un cebador de pólvora colgado a un costado; otro más se había hecho un plastrón con nueve hojas de papel gris e iba armado con una lezna de guarnicionero. Había uno que gritaba: «¡Exterminemos hasta el último y muramos en la punta de nuestra bayoneta!». Era de los que no llevaban bayoneta. Otro lucía, encima de la levita, un correaje y una cartuchera de guardia nacional cuya tapa adornaba la siguiente inscripción de lana roja: Orden público. Muchos fusiles tenían el número de las legiones; pocos sombreros, ninguna corbata, muchas mangas subidas, unas cuantas picas. Sumemos a lo ya dicho todas las edades, todos los rostros: de jovencitos pálidos y de obreros del puerto atezados. Todos se afanaban y, mientras se prestaban mutua ayuda, charlaban acerca de las posibilidades que había; de que llegarían socorros a eso de las tres de la mañana; de que era de fiar un regimiento; de que París iba a levantarse. Palabras terribles con las que se mezclaba algo así como una jovialidad cordial. Parecían hermanos y no sabían cómo se llamaban los demás. En los grandes peligros hay esa hermosura: sacan a la luz la fraternidad entre desconocidos.

Habían encendido un fuego en la cocina y estaban fundiendo en un molde de balas jarros, cucharas, tenedores, todos los cubiertos de la taberna.

Y bebían mientras tanto. Las cápsulas y las postas andaban rodando todas revueltas por encima de las mesas, junto a los vasos de vino. En la sala del billar, la señora Hucheloup, Matelote y Gibelotte, a quienes el terror cambiaba de forma diferente: una entontecida, otra sin resuello y la tercera espabilada, rompían trapos viejos para hacer hilas; tres insurrectos les estaban echando una mano, tres mocetones melenudos, barbudos y bigotudos; rasgaban la tela con dedos de lencera y las hacían estremecerse de miedo.

El hombre alto en que se habían fijado Courfeyrac, Combeferre y Enjolras cuando se sumó al tropel en la esquina de la calle de Les Billetes estaba trabajando en la barricada pequeña y arrimando el hombro. Gavroche trabajaba en la grande. En cuanto al joven que esperaba a Courfeyrac en su casa y había preguntado por Marius, se había esfumado más o menos cuando estaban volcando el ómnibus.

Gavroche, fuera de sí y radiante, se había hecho cargo de ponerlo todo en marcha. Iba, venía, subía, bajaba, volvía a subir, zumbaba, resplandecía. Era como si estuviera allí para darles ánimos a todos. ¿Había algo que lo aguijonease? Sí, desde luego, la miseria. ¿Tenía alas? Sí, desde luego, su alegría. Gavroche era un torbellino. Se lo veía continuamente, se lo oía siempre. Colmaba el ambiente, estaba en todas partes a un tiempo. Era algo así como una ubicuidad casi irritante; con él no había forma de parar. La gigantesca barricada notaba su presencia en la grupa. Molestaba a los ociosos, pinchaba a los perezosos, daba nuevos bríos a los cansados, impacientaba a los pensativos, a unos los ponía de buen humor, a otros los tenía en vilo, a otros los enfadaba y a todos los tenía en movimiento; pinchaba a un estudiante, mordía a un obrero; se calmaba, se paraba, volvía a ponerse en marcha, volaba por encima del tumulto y del esfuerzo, iba de un brinco de éstos a aquéllos, murmuraba, zumbaba y atosigaba a todo el tiro; era la mosca de la gigantesca diligencia revolucionaria.

Tenía en los brazos de niño el movimiento perpetuo y en los pulmones de niño el clamor perpetuo:

—¡Venga! ¡Más adoquines! ¡Más toneles! ¡Más trastos! ¿Dónde hay? Un cuévano de cascotes y que alguien me tape ese agujero. Vaya barricada más pequeña. Tiene que subir más. Ponedle de todo, largadle de todo, plantadle de todo. Romped la casa. En una barricada tiene que haber de todo, como en botica. Eh, aquí hay una puerta vidriera.

Los que estaban trabajando soltaron una exclamación:

—¡Una puerta vidriera! ¿Y qué quieres que hagamos con una puerta vidriera, tubérculo?

—¡Vosotros sí que estáis hechos unos Hérculos! —contestó Gavroche—. Una puerta vidriera viene muy bien en una barricada. No impide los ataques, pero estorba para tomarla. ¿Nunca habéis robado manzanas por encima de una tapia donde hubiera culos de botella? Una puerta vidriera les corta los callos a los de la Guardia Nacional cuando quieren subirse a la barricada. ¡Los cristales son traidores, por vida de…! ¡Ay, compañeros, no se puede decir que os sobre imaginación!

Por lo demás, estaba furioso por tener una pistola sin percutor. Iba de uno a otro, exigiendo:

—¡Un fusil! ¡Quiero un fusil! ¿Por qué no me da nadie un fusil?

—¡Un fusil te íbamos a dar a ti! —dijo Combeferre.

—¡Anda! —replicó Gavroche—. Y ¿por qué no? Bien que tuve uno en 1830, cuando nos peleamos con Carlos X.

Enjolras se encogió de hombros.

—Cuando haya bastantes para los hombres, ya les daremos a los niños. Gavroche se volvió, muy altanero, y le contestó:

—Si te matan antes que a mí, te cojo el tuyo.

—¡Golfillo! —dijo Enjolras.

—¡Lechuguino! —dijo Gavroche.

Un petimetre, que se había equivocado de sitio y andaba paseando y mirando al final de la calle, lo distrajo.

Gavroche le gritó:

—¡Venga con nosotros, joven! ¿Qué, no hacemos nada por esta vieja patria nuestra?

El petimetre salió huyendo.

V

LOS PREPARATIVOS

Los periódicos de entonces que dijeron que la barricada de la calle de La Chanvrerie, esa construcción casi inexpugnable, como la llamaban, llegaba al nivel de un primer piso se equivocaron. En realidad, no pasaba de una altura media de seis o siete pies. La construyeron de forma tal que los combatientes podían, a voluntad, o desaparecer detrás de ella, o estar en una zona superior, e incluso trepar a lo más alto por una hilera cuádruple de adoquines superpuestos y colocados por dentro como gradas. Por fuera, la parte frontal de la barricada, compuesta de adoquines apilados y de toneles que unían vigas y tablones que se cruzaban en las ruedas del carretón de Anceau y del ómnibus volcado, tenía un aspecto erizado e impenetrable. Habían previsto entre la pared de las casas y el extremo de la barricada que caía más lejos de la taberna una abertura que bastase para que pudiera pasar un hombre, de forma tal que pudiese llevarse a cabo una salida. La vara del ómnibus se erguía, sujeta con cuerdas, y una bandera roja, atada a ella, flotaba en lo alto de la barricada.

La barricada pequeña de la calle de Mondétour, oculta tras el edificio de la taberna, no se veía. Las dos barricadas juntas formaban un auténtico reducto. A Enjolras y Courfeyrac no les había parecido oportuno cortar el otro tramo de la calle de Mondétour, que tiene, por la calle de Les Prêcheurs, acceso al Mercado Central, pues no querían, seguramente, quedarse sin comunicación con el exterior y, por lo demás, no tenían gran temor de que los atacasen por la peligrosa y dificultosa calle de Les Prêcheurs.

Con la única excepción de esa salida que estaba expedita y formaba lo que Folard, en su sistema estratégico, hubiera llamado un pasadizo, y sin olvidarnos del estrecho paso que daba a la calle de La Chanvrerie, el interior de la barricada, donde la taberna formaba un saliente, consistía en un cuadrilátero irregular cerrado por todas partes. Había alrededor de veinte pasos de intervalo entre la barricada grande y las casas elevadas que estaban al fondo de la calle, de forma tal que podía decirse que la barricada estaba adosada a esas casas, en todas las cuales vivía gente; pero lo tenían todo cerrado de arriba abajo.

Todo aquel trabajo se llevó a cabo sin trabas en menos de una hora y sin que aquel puñado de hombres atrevidos viera asomar ni un colbac ni una bayoneta. Los pocos vecinos que se atrevían aún en ese punto de los disturbios a pasar por la calle de Saint-Denis le echaban una ojeada a la calle de La Chanvrerie, divisaban la barricada y apretaban el paso.

Tras concluir las dos barricadas e izar la bandera, sacaron de la taberna una mesa y Courfeyrac se subió a ella. Enjolras trajo el cofre cuadrado y Courfeyrac lo abrió. El cofre estaba lleno de cartuchos. Cuando salieron a relucir los cartuchos, los más valientes se estremecieron y hubo un momento de silencio.

Courfeyrac, sonriente, los repartió.

Todos recibieron treinta cartuchos. Muchos llevaban pólvora y se pusieron a hacer más con las balas fundidas. En cuanto al barril de pólvora, estaba en una mesa aparte, cerca de la puerta, y lo dejaron en reserva.

El toque de rebato que recorría todo París no cesaba, pero había acabado por convertirse en un ruido monótono en el que nadie se fijaba. Ese ruido ora se alejaba, ora se acercaba, ondulando de forma lúgubre.

Cargaron todos juntos los fusiles y las carabinas, sin apresurarse, con una seriedad solemne. Enjolras fue a colocar tres centinelas fuera de las barricadas, uno en la calle de La Chanvrerie, otro en la calle de Les Prêcheurs y el tercero en la esquina de la calle de La Petite-Truanderie.

Luego, ya construidas las barricadas, fijados los puestos, cargados los fusiles, situados los vigías, solos en esas calles amedrentadoras por las que ya no pasaba nadie, rodeados de esas casas mudas y como muertas donde no latía movimiento alguno, rodeados de las sombras crecientes del crepúsculo que llegaba, en medio de aquella oscuridad y de aquel silencio en los que se notaba cómo se acercaba algo en que había un no sé qué trágico y aterrador, aislados, armados, decididos, tranquilos, esperaron.

VI
MIENTRAS ESPERABAN

¿Qué hicieron en esas horas de espera? Tenemos que contarlo, porque es historia.

Mientras los hombres hacían cartuchos, y las mujeres, hilas; mientras una cazuela grande, llena de estaño y plomo fundido destinados al molde de balas, humeaba en un infiernillo encendido; mientras los vigías velaban con el arma al brazo en la barricada; mientras Enjolras, a quien no había forma de distraer, vigilaba a los vigías, Combeferre, Courfeyrac, Jean Prouvaire, Feuilly, Bossuet, Joly, Bahorel y unos cuantos más se buscaron y se reunieron, como en los días más sosegados de sus charlas de estudiantes, y, en un rincón de aquella taberna convertida en casamata, a dos pasos del reducto que habían levantado, con las carabinas cebadas y cargadas apoyadas en el respaldo de las sillas, estos jóvenes rozagantes, tan próximos a una hora suprema, empezaron a decir versos de amor.

¿Qué versos? Éstos:

¿Recuerdas aquel tiempo de alegría,
de nuestra juventud en los albores
cuando un solo deseo nos movía,
el de nuestros amores?

Añadidos tus años a mis años
cuarenta y dos apenas se contaban
y libres nuestras almas se encontraban
de amargos desengaños.

Orgulloso era Floyd, Manuel prudente;
París santos banquetes celebraba,
y un alfiler en tu corsé saliente,
a veces me picaba.

Al verte hermosa entre las más hermosas,
de todos envidiada era mi suerte,
y al pasar por el Prado, hasta las rosas,
se volvían por verte.

La hora, el lugar, la evocación de aquellos recuerdos de juventud, unas cuantas estrellas que empezaban a brillar en el cielo, el reposo fúnebre de aquellas calles desiertas, la inminencia de la aventura inexorable que se avecinaba les daban un encanto patético a esos versos que susurraba a media voz en el crepúsculo Jean Prouvaire, quien, ya lo hemos dicho, era un poeta lleno de dulzura.

Entretanto, habían encendido un farolillo en la barricada pequeña y, en la grande, una de esas antorchas de cera como las que llevan el martes de carnaval delante de los coches llenos de personas disfrazadas que van a La Courtille. Ya hemos visto que esas antorchas procedían del barrio de Saint- Antoine.

Habían colocado la antorcha en una especie de jaula de adoquines cerrada por tres lados para protegerla del viento y orientada de forma tal que toda la luz iba a dar a la bandera. La calle y la barricada estaban sumidas en la oscuridad y sólo se veía la bandera, espléndidamente iluminada como por una linterna sorda gigantesca.

Aquella luz añadía al color escarlata de la bandera a saber qué púrpura terrible.

VII
EL HOMBRE QUE SE HABÍA SUMADO EN LA CALLE DE LES BILLETES

Ya era completamente de noche y no sucedía nada. Sólo se oían rumores confusos y, a ratos, ráfagas de disparos, pero escasas, poco nutridas y lejanas. Esta tregua, que se iba alargando, era síntoma de que el gobierno se lo estaba tomando con calma y estaba haciendo acopio de fuerzas. Aquellos cincuenta hombres estaban esperando a sesenta mil.

Enjolras notó que se adueñaba de él esa impaciencia que se apodera de las almas fuertes en el umbral de los acontecimientos tremendos. Fue a buscar a Gavroche, que se había puesto a hacer cartuchos en la sala de abajo a la luz incierta de dos velas de sebo, colocadas en el mostrador por precaución, ya que había pólvora por encima de las mesas. No se veía desde fuera nada del resplandor de aquellas velas. Los insurrectos, además, habían tenido buen cuidado de no encender luz alguna en los pisos de arriba.

Gavroche estaba en esos momentos muy preocupado, pero no eran los cartuchos lo que lo preocupaba.

El hombre de la calle de Les Billetes acababa de entrar en la sala de abajo y había ido a sentarse a la mesa menos iluminada. Le había correspondido un fusil de munición de calibre grande y lo tenía colocado entre las piernas. A Gavroche, hasta entonces, lo habían tenido entretenido cien cosas «divertidas» y ni siquiera se había fijado en aquel hombre.

Cuando entró, Gavroche lo siguió mecánicamente con la vista, admirando su fusil; luego, de pronto, cuando el hombre se hubo sentado, el golfillo se levantó. Quienes hubieran espiado al hombre hasta entonces habrían visto cómo lo miraba todo en la barricada, y al grupo de insurrectos, con singular atención; pero, desde que había entrado en la sala, había caído en una especie de ensimismamiento y parecía no ver ya nada de cuanto ocurría. El golfillo se acercó a aquel hombre pensativo y empezó a dar vueltas alrededor de puntillas, como quien anda cerca de alguien a quien teme despertar. Al tiempo, por aquel rostro infantil, tan descarado y tan serio a la vez, tan alocado y tan profundo, tan alegre y tan acongojante, iban pasando todas esas muecas de viejo que quieren decir: «¡Caramba! ¡No puede ser! ¡Veo visiones! ¡Estoy soñando! ¿A ver si va a ser…? ¡No, no es! ¡Que sí, que sí que es! ¡Que no!», etc.

Gavroche se columpiaba en los talones, crispaba los puños dentro de los bolsillos, movía el cuello como un pájaro y prodigaba en un mohín desmesurado toda la sagacidad del labio inferior. Estaba estupefacto, inseguro, incrédulo, convencido, deslumbrado. Tenía la misma cara que el jefe de los eunucos en el mercado de esclavas al descubrir una Venus entre un montón de gordas y la expresión de un aficionado que reconoce un Rafael entre un montón de pintarrajos. Todo en él estaba activo, el instinto que olfatea y la inteligencia que combina. Estaba claro que a Gavroche le pasaba algo muy importante.

Cuando más preocupado estaba fue cuando se le acercó Enjolras.

—Tú eres pequeño y no te verán —dijo Enjolras—. Sal de las barricadas, vete pegado a las casas, mira por todas las calles y vuelve a decirme qué está pasando.

Gavroche se puso muy tieso.

—¡Así que los pequeños valemos para algo! ¡Pues menos mal! Ya voy.

Mientras tanto, fiaos de los pequeños y no os fiéis de los grandes…

Y Gavroche, alzando la cabeza y bajando la voz, añadió, indicando al hombre de la calle de Les Billetes:

—¿Ve al grandullón ese?

—Sí. ¿Y qué?

—Pues que es de la pasma.

—¿Estás seguro?

—No hace ni quince días que me bajó por una oreja de la cornisa del Pont-Royal, donde estaba yo tomando el aire.

Enjolras se apartó prestamente del golfillo y le susurró unas cuantas palabras, muy por lo bajo, a un obrero del puerto del vino que estaba allí. El obrero salió de la sala y volvió casi enseguida en compañía de otros tres. Los cuatro hombres, descargadores de espaldas anchas, fueron a colocarse, sin hacer nada que pudiera llamarle la atención, detrás de la mesa en que estaba acodado el hombre de la calle de Les Billetes. Estaban claramente preparados para echársele encima.

Entonces, Enjolras se acercó al hombre y le preguntó:

—¿Quién es usted?

Esa pregunta brusca sobresaltó al hombre. Clavó la vista hasta lo más hondo en los ojos cándidos de Enjolras y pareció leerle el pensamiento. Sonrió con la sonrisa más desdeñosa, enérgica y resuelta que darse pueda y respondió con circunspección altanera.

—Ya veo… ¡Pues sí, efectivamente!

—¿Es usted de la pasma?

—Soy agente de la autoridad.

—¿Y se llama…?

—Javert.

Enjolras les hizo una seña a los cuatro hombres. En un abrir y cerrar de ojos, antes de que a Javert le diera tiempo a volverse, ya lo habían agarrado por el pescuezo, tirado al suelo, atado y registrado.

Le encontraron encima una tarjetita redonda pegada entre dos cristales, que tenía por un lado el escudo de armas de Francia, grabado con esta inscripción: Vigilancia y seguridad, y, del otro, la siguiente mención: Javert, inspector de policía; edad: cincuenta y dos años; y la firma del prefecto de policía de entonces, M. Gisquet.

Llevaba además el reloj y la bolsa, en la que había unas cuantas monedas de oro. Le dejaron la bolsa y el reloj. Detrás del reloj, en lo hondo del bolsillo del chaleco, le encontraron, tras palparlo, un papel metido en un sobre que Enjolras desdobló y en el que leyó estas cinco líneas escritas de puño y letra del prefecto de policía:

«En cuanto cumpla con su misión política, el inspector Javert comprobará, con una vigilancia especial, si es cierto que andan unos malhechores por la orilla derecha del Sena, a la altura del puente de Iéna».

Tras acabar de registrar a Javert, lo pusieron de pie, le ataron los brazos a la espalda y lo sujetaron, en el centro de la sala de abajo, a aquel famoso poste que le había dado antaño nombre a la taberna.

Gavroche, que había presenciado toda la escena y dado el visto bueno a todo asintiendo en silencio con la cabeza, se acercó a Javert y le dijo:

—El ratón ha pillado al gato.

Todo había ocurrido tan deprisa que cuando se dieron cuenta los que estaban fuera de la taberna ya había acabado. Javert no había soltado ni un grito. Al ver a Javert liado al poste, Courfeyrac, Bossuet, Joly, Combeferre y los hombres que andaban dispersos por las dos barricadas acudieron.

Javert, con la espalda apoyada en el poste y tan liado con cuerdas que no podía ni moverse, tenía la cabeza erguida con la serenidad intrépida de un hombre que no ha mentido nunca.

—Es de la pasma —dijo Enjolras. Y añadió, volviéndose hacia Javert:

—Diez minutos antes de que tomen la barricada lo fusilaremos. Javert contestó con su tono más imperioso:

—¿Y por qué no ahora mismo?

—Para no malgastar la pólvora.

—Pues entonces acabemos con un navajazo.

—Tú, el de la pasma —dijo el gallardo Enjolras—, somos jueces, no asesinos.

Luego llamó a Gavroche.

—¡Tú! ¡Vete a lo tuyo! Haz lo que te he dicho.

—Ya voy —gritó Gavroche. Se paró cuando ya iba a salir:

—¡Por cierto, me tenéis que dar su fusil!

Y añadió: «¡Os dejo al músico, pero quiero el clarinete!».

El golfillo hizo un saludo militar y cruzó alegremente por la abertura de la barricada grande.

VIII
VARIOS SIGNOS DE INTERROGACIÓN REFERIDOS A UN TAL LE CABUC QUE A LO MEJOR NO SE LLAMABA LE CABUC

El cuadro trágico que hemos empezado no quedaría completo y el lector no vería con el relieve exacto esos minutos mayores de dolores de parto social y de nacimiento revolucionario, en que la convulsión se mezcla con el esfuerzo, si omitiésemos, en el esbozo que aquí estamos trazando, un incidente que rebosa un espanto épico y fiero y que ocurrió casi inmediatamente después de irse Gavroche.

Las aglomeraciones, sabido es, son como una bola de nieve y en ellas se acumulan, según van rodando, muchos hombres tumultuosos. Esos hombres no se preguntan unos a otros de dónde vienen. Entre los transeúntes que se habían unido al grupo que dirigían Enjolras, Combeferre y Courfeyrac, había un individuo que llevaba la chaqueta, desgastada en los hombros, de los descargadores, que gesticulaba, que vociferaba y que tenía la pinta de un borracho asilvestrado. Aquel hombre, que se llamaba Le Cabuc, a menos que ése fuera su apodo, y a quien por lo demás no conocía ni poco ni mucho ninguno de los que decían que sí sabían quién era, muy borracho o fingiendo estarlo, se había sentado con otros cuantos a una mesa que habían sacado de la taberna. El tal Cabuc, al tiempo que hacía beber a los que se enfrentaban a él, parecía mirar atentamente, con expresión muy pensativa, la casa grande del fondo de la barricada, cuyos cinco pisos dominaban toda la calle y estaban enfrente de la calle de Saint-Denis. De repente, exclamó:

—¿Sabéis una cosa, compañeros? Desde esa casa es desde donde deberíamos disparar. ¡Cuando estemos en esas ventanas, a ver quién es el guapo que se mete por esta calle!

—Sí, pero la casa está cerrada —dijo uno de los bebedores.

—¡Pues vamos a aporrear la puerta!

—No nos abrirán.

—¡La hundimos!

Le Cabuc corre hacia la puerta, que tenía un llamador muy recio, y llama. La puerta no se abre. Llama otra vez. Nadie contesta. Un tercer golpe. El mismo silencio.

—¿Hay alguien? —grita Le Cabuc. Nada se mueve.

Entonces agarra un fusil y empieza a pegar culatazos en la puerta. Era una puerta vieja, de las que dan paso a un corredor de entrada, cimbrada, baja, estrecha, sólida, toda ella de roble y forrada por dentro con una chapa y un armazón de hierro; una auténtica poterna de fortaleza. Con los culatazos temblaba la casa; pero no podían con la puerta.

Es probable, no obstante, que los vecinos se hubieran dado por enterados, porque, por fin, vieron que se encendía y se abría un tragaluz cuadrado del tercer piso y que asomaba por ese tragaluz una vela y la cabeza bondadosa y asustada de un buen hombre de pelo gris, que era el portero.

El hombre que estaba dando golpes dejó de darlos.

—Señores —preguntó el portero—, ¿qué desean?

—¡Abre! —dijo Le Cabuc.

—No puede ser, señores.

—¡Pues abre como si pudiera ser!

—¡Imposible, señores!

Le Cabuc agarró el fusil y apuntó al portero; pero, como estaba abajo y todo estaba muy oscuro, el portero no lo vio.

—¿Vas a abrir, sí o no?

—¡No, señores!

—¿Que no, dices?

—Digo que no, señor…

El portero no acabó la frase. Ya había salido el disparo del fusil; la bala le entró por debajo de la barbilla y le salió por la nuca, tras atravesarle la yugular. El anciano se dobló y se desplomó sin soltar ni un suspiro. Se le cayó la vela y se apagó, y ya no pudo verse sino una cabeza inmóvil apoyada en el filo del tragaluz y algo de humo blancuzco que subía hacia el tejado.

—¡Listo! —dijo Le Cabuc, pegando con la culata en los adoquines.

Apenas había pronunciado esa palabra, notó que le ponían en el hombro una mano tan pesada como la garra de un águila, y oyó una voz que le decía:

—De rodillas.

El asesino se dio la vuelta y vio, ante sí, la cara blanca y fría de Enjolras. Enjolras llevaba una pistola en la mano.

Había acudido al oír la detonación.

Tenía agarrado por el cuello del blusón, por la camisa y por un tirante a Le Cabuc.

—De rodillas —repitió.

Y, con un ademán soberano, el frágil joven de veinte años doblegó como si fuera un junco al descargador rechoncho y robusto e hizo que se arrodillara en el barro. Le Cabuc intentó resistirse, pero era como si lo hubiera aferrado un puño sobrehumano.

Pálido, despechugado, con el pelo revuelto, Enjolras, de rostro de mujer, tenía en aquel momento un no sé qué de la Temis de la Antigüedad. Las ventanas de la nariz dilatadas y la vista baja prestaban a aquel implacable perfil griego esa expresión airada y esa expresión casta que, desde el punto de vista del mundo antiguo, convienen a la justicia.

Todos los de la barricada habían acudido; y, luego, habían formado corro a cierta distancia, notando que era imposible decir una palabra ante lo que iban a presenciar.

Le Cabuc, vencido, no intentaba ya revolverse y temblaba de pies a cabeza. Enjolras lo soltó y sacó el reloj.

—Te dejo que te recojas —dijo—. Reza o medita. Tienes un minuto.

—¡Favor! —susurró el asesino; luego, bajó la cabeza y musitó unas cuantas blasfemias inarticuladas.

Enjolras no apartó los ojos del reloj: dejó que transcurriera el minuto; luego, volvió a meterse el reloj en el bolsillo del chaleco. Hecho esto cual, agarró del pelo a Le Cabuc, que se le acurrucaba contra las rodillas vociferando, y le apoyó en la oreja el cañón de la pistola. Muchos de esos hombres intrépidos, que se habían metido sin alterarse en la más espantosa de las aventuras, desviaron la cara.

Retumbó la explosión, el asesino cayó sobre los adoquines con la cara hacia adelante, y Enjolras se enderezó y paseó en torno la mirada convencida y severa.

Luego empujó el cadáver con el pie y dijo:

—¡Tirad eso fuera!

Tres hombres alzaron el cuerpo del desdichado, que estremecían las postreras convulsiones mecánicas de la vida que se va, y lo arrojaron por encima de la barricada pequeña, a la callejuela de Mondétour.

Enjolras se había quedado pensativo. A saber qué tinieblas grandiosas se extendían poco a poco por su temible serenidad. De pronto, alzó la voz. Todo el mundo calló.

—Ciudadanos —dijo Enjolras—, lo que había hecho este hombre es espantoso, y lo que he hecho yo es horrible. Mató, y por eso he matado yo. He tenido que hacerlo, porque en la insurrección tiene que haber disciplina. Aquí el asesinato es aún más criminal que en cualquier otro sitio; nos está mirando la revolución; somos los sacerdotes de la república; somos las sagradas formas del deber; y es menester que nadie pueda calumniar nuestra lucha. Así pues, he juzgado y he condenado a muerte a este hombre. En cuanto a mí, que me he visto obligado a hacer lo que he hecho, pero que lo aborrezco, también me he juzgado, y ya veréis más tarde a qué me he condenado.

Quienes lo estaban escuchando se sobresaltaron.

—Compartiremos tu suerte —gritó Combeferre.

—Bien está —siguió diciendo Enjolras—. Una palabra más: al ejecutar a este hombre, he obedecido a la necesidad; pero la necesidad es un monstruo del mundo viejo; la necesidad se llama Fatalidad. Ahora bien, la ley de progreso es que los monstruos desaparezcan ante los ángeles y que la Fatalidad se desvanezca ante la fraternidad. Es éste un mal momento para pronunciar la palabra amor. Pero, no obstante, la pronuncio, y la glorifico. Amor, tuyo es el porvenir. Muerte, te utilizo, pero te odio. Ciudadanos, no habrá en el futuro tinieblas ni caerán rayos; no habrá ignorancia feroz, ni ley del talión cruenta. De la misma forma que no habrá ya Satanás, no habrá ya arcángel Miguel. En el futuro nadie matará a nadie, la tierra será radiante y el género humano se amará. Llegará, ciudadanos, ese día en que todo sea concordia, armonía, luz, alegría y vida, llegará. Y para que llegue vamos a morir nosotros.

Enjolras calló. Se cerraron sus labios virginales; y se quedó un rato de pie en el lugar en que había derramado sangre, con una inmovilidad marmórea. Su mirada fija obligaba a quienes lo rodeaban a hablar en voz baja.

Jean Prouvaire y Combeferre se estrecharon la mano en silencio y, apoyándose uno en otro en la esquina de la barricada, miraron con una admiración en que había compasión a aquel joven lleno de gravedad, verdugo y sacerdote, de luz como el cristal, y también de roca.

Digamos sin más tardar que, más adelante, después de la acción, cuando llevaron los cadáveres al depósito y los registraron, le encontraron a Le Cabuc una tarjeta de agente de la policía. El autor de este libro tuvo en las manos, en 1848, el informe especial que se le entregó al respecto al prefecto de policía del año 1832.

Añadamos que, si nos fiamos de una tradición policiaca curiosa, pero harto probablemente con fundamento, Le Cabuc era Claquesous. El hecho es que, a partir de la muerte de Le Cabuc, nunca más volvió a oírse hablar de Claquesous. Claquesous no dejó rastro alguno de su desaparición, como si se hubiera amalgamado con lo invisible. Su vida fue de tinieblas, y su fin fue la oscuridad.

Aún estaba todo el grupo de insurrectos conmocionado con aquel trágico juicio, instruido y concluido tan deprisa, cuando Courfeyrac volvió a ver en la barricada al jovencito que, por la mañana, había preguntado por Marius en su casa.

Aquel muchacho, que parecía valiente y despreocupado, había acudido, ya de noche, para sumarse a los insurrectos.

LIBRO DECIMOTERCERO
MARIUS SE INTERNA EN LAS TINIEBLAS

I
DE LA CALLE DE PLUMET AL BARRIO DE SAINT-DENIS

Aquella voz que, en el crepúsculo, había llamado a Marius para que fuera a la barricada de la calle de La Chanvrerie le pareció a éste la voz del destino. Quería morir y se le brindaba la ocasión; llamaba a la puerta de la tumba y una mano, en la sombra, le alargaba la llave. Esas lúgubres brechas que se abren en las tinieblas ante la desesperación son tentadoras. Marius movió la verja que tantas veces lo había dejado pasar, salió del jardín y dijo:

«¡Vamos!».

Loco de dolor, no sintiendo ya en el pensamiento nada fijo ni sólido, incapaz de aceptarle ya nada al destino tras los dos meses transcurridos en la embriaguez de la juventud y del amor, agobiándolo al tiempo todos los ensimismamientos de la desesperación, no tenía ahora sino un deseo, acabar cuanto antes.

Echó a andar velozmente. Precisamente iba armado, pues llevaba encima las pistolas de Javert.

Había perdido de vista, por las calles, al muchacho a quien le había parecido intuir.

Marius, que salió de la calle de Plumet por el bulevar, cruzó L'Esplanade y el puente de Les Invalides, Les Champs-Élysées, la plaza de Louis XV y llegó a la calle de Rivoli. Los comercios estaban abiertos, ardía el gas en los soportales, las mujeres compraban en las tiendas, la gente tomaba helados en el café Laiter y pastelitos en la pastelería inglesa. Sólo unas cuantas sillas de posta salían al galope del Hôtel des Princes y del Hôtel Meurice.

Marius entró en el pasadizo Delorme por la calle de Saint-Honoré. Allí estaban cerradas las tiendas; los comerciantes charlaban ante las puertas entornadas, los transeúntes pasaban, estaban encendidos los faroles, de las primeras plantas para arriba todas las ventanas tenían luz como siempre. Había unidades de caballería en la plaza de Le Palais-Royal.

Marius tiró por la calle de Saint-Honoré. Según se iba alejando de la plaza de Le Palais-Royal, había menos ventanas encendidas; las tiendas estaban cerradas a cal y canto, nadie charlaba en los umbrales, la calle se iba oscureciendo y, al tiempo, la concurrencia era más nutrida. No se veía a nadie hablar entre el gentío y, no obstante, brotaba de él un zumbido sordo y hondo. Por las inmediaciones de la fuente de L'Arbre-Sec había «concentraciones», algo así como grupos quietos y adustos que se quedaban, entre quienes iban y venían, como piedras en medio de la corriente.

A la entrada de la calle de Les Prouvaires, la muchedumbre ya no avanzaba. Formaba un bloque resistente, macizo, sólido, compacto, casi impenetrable, de personas agolpadas que charlaban por lo bajo. No quedaban ya casi fraques negros ni sombreros de media copa. Blusas y blusones, gorras, cabezas despeinadas y terrosas. Aquella muchedumbre ondulaba de forma confusa entre la bruma nocturna. Sus cuchicheos sonaban con el acento ronco de un estremecimiento. Aunque nadie se movía, se oía ruido de pies en el barro. Más allá de aquel gentío denso, en la calle de Le Roule, en la calle de Les Prouvaires y en la prolongación de la calle de Saint-Honoré, no quedaba ya ni una ventana en que luciera una vela. Podía verse cómo se internaban por esas calles las filas solitarias y decrecientes de los faroles. Los faroles de entonces se parecían a estrellas grandes y rojas colgadas de unas cuerdas y proyectaban en el empedrado una sombra con la forma de una araña grande. Esas calles no estaban desiertas. Se divisaban en ellas pabellones de fusiles, movimiento de bayonetas y tropas que vivaqueaban. Ningún curioso iba más allá de esa frontera. Allí concluía la circulación. Allí concluía el gentío y empezaba el ejército.

Marius quería con la voluntad del hombre que ya no espera. Lo habían llamado y tenía que acudir. Halló forma de cruzar entre el gentío y entre los vivaques de las tropas, evitó las patrullas, se escabulló de los centinelas.

Dio un rodeo, llegó a la calle de Béthisy y se encaminó hacia el Mercado Central. En la esquina de la calle de Les Bourdonnais, ya no había faroles.

Tras cruzar por la zona del gentío, dejó atrás las lindes de las tropas; se vio en un sitio que daba miedo. Ni un transeúnte, ni un soldado, ni una luz; nadie. La soledad, el silencio, la oscuridad, a saber qué frío sobrecogedor. Meterse en una calle era meterse en un sótano.

Siguió adelante.

Dio unos cuantos pasos. Alguien pasó por su lado, corriendo. ¿Era un hombre? ¿Una mujer? ¿Varias personas? No habría podido decirlo. Fue algo que pasó y se desvaneció.

De tramo en tramo, llegó hasta una callejuela que le pareció que debía de ser la calle de La Poterie; hacia el centro de la calle, tropezó con un obstáculo. Tendió las manos. Era una carreta volcada; notó con los pies charcos, rodadas, adoquines dispersos y amontonados. Había allí una barricada empezada y abandonada. Trepó por los adoquines y llegó al otro lado de la barrera. Andaba pegado a los mojones y se iba guiando por las paredes de las casas. Algo más allá de la barricada, le pareció divisar, de frente, algo blanco. Se acercó y las formas se concretaron. Eran dos caballos blancos; los caballos del ómnibus cuyo tiro había desenganchado Bossuet por la mañana que se habían pasado el día vagando de calle en calle y, por fin, se habían detenido allí, con esa paciencia mohína de los animales irracionales que no entienden los hechos de los hombres mejor de lo que los hombres entienden los hechos de la Providencia.

Marius dejó atrás los caballos. Al entrar en una calle que le pareció ser la calle de Le Contrat-Social, un disparo de fusil, que no se sabía de dónde venía y cruzaba las sombras al azar, le silbó muy cerca y la bala atravesó, encima de su cabeza, una bacía de cobre que colgaba delante de una barbería. En 1846 aún se veía, en la calle de Le Contrat-Social y en la esquina de las columnas del Mercado Central, esa bacía agujereada.

Ese disparo era todavía una señal de vida. A partir de ese momento, no volvió a toparse con nada.

Todo aquel itinerario parecía una bajada por unos peldaños a oscuras. Pero no por ello dio Marius marcha atrás.

II
PARÍS A VISTA DE BÚHO

Cualquier ser vivo que hubiese planeado en aquellos momentos con alas de murciélago o de lechuza habría visto un espectáculo hosco.

Todo ese barrio viejo del Mercado Central, que es como una ciudad dentro de la ciudad, por el que pasan las calles de Saint-Denis y de Saint-Martin, en que se cruzan mil callejuelas y donde se habían hecho fuertes los insurrectos convirtiéndolo en su plaza de armas, se le habría aparecido como un agujero enorme y oscuro excavado en el centro de París. Era como si la mirada cayese en un barranco. Como los faroles estaban rotos y las ventanas cerradas, allí acababa cualquier fulgor de vida, cualquier rumor, cualquier movimiento. La invisible policía del levantamiento velaba por doquier y mantenía el orden, es decir, la oscuridad. Disimular los efectivos escasos con una gran oscuridad, multiplicar a todos y cada uno de los combatientes por las posibilidades que brinda esa oscuridad, tal es la táctica que precisa la insurrección. Al caer la tarde, a toda ventana o a toda vela que se hubiesen encendido les habían disparado una bala. La luz se había apagado y, a veces, el vecino había muerto. Nada se movía, en consecuencia. Sólo quedaba allí, en aquellas casas, temor, duelo y estupor; y, en las calles, algo semejante a un espanto sacro. Ni siquiera se divisaban las largas filas de ventanas y pisos, los festones de las chimeneas y de los tejados, los reflejos inconcretos que destellan en el pavimento embarrado y húmedo. Los ojos que hubieran mirado desde las alturas aquella acumulación de sombra quizá podrían haber visto a medias, de trecho en trecho, resplandores inconcretos que resaltaban líneas quebradas y extrañas, perfiles de edificaciones singulares, algo así como unas luces que fueran y vinieran entre unas ruinas; allí estaban las barricadas. Lo demás era un lago de oscuridad, brumoso, agobiante, fúnebre, por encima del que se alzaban como siluetas inmóviles y lúgubres la torre de Saint-Jacques, la iglesia de Saint-Merry y otros dos o tres edificios de gran tamaño que el hombre convierte en gigantes, y la noche, en fantasmas.

Rodeando ese laberinto desierto e intranquilizador, en los barrios en que no había desaparecido la circulación parisina y donde lucían unos cuantos faroles, el observador aéreo podría haber divisado el centelleo metálico de los sables y de las bayonetas, el rodar sordo de la artillería y el pulular de los batallones silenciosos que iban creciendo por minutos; cinturón formidable que se iba apretando y cerrando despacio en torno a la sublevación.

El barrio tomado no era ya sino una monstruosa caverna; todo parecía dormido o quieto y, como acabamos de ver, ninguna de las calles por las que era posible pasar brindaba nada que no fueran tinieblas.

Tinieblas hoscas, repletas de trampas, repletas de encuentros desconocidos y temibles, donde daba miedo penetrar y era espantoso quedarse, donde quienes entraban se estremecían ante quienes los estaban esperando, donde quienes esperaban se sobresaltaban ante los que iban a llegar. Combatientes invisibles emboscados tras las esquinas; las asechanzas del sepulcro ocultas en la densa oscuridad de la noche. Nada que esperar. Ninguna luz podía haber ya en aquellos lugares más que el relampaguear de los fusiles; ningún encuentro a no ser la aparición repentina y veloz de la muerte. ¿Dónde? ¿Cómo? ¿Cuándo? Nadie lo sabía, pero era algo seguro e inevitable. Ahí, en ese lugar señalado para el combate, el gobierno y la insurrección, la Guardia Nacional y las sociedades populares, la burguesía y el levantamiento iban a enfrentarse a tientas. Tenían ambas partes la misma necesidad. Salir de allí o muertos o vencidos: no había ya más salida posible. Eran una situación tan extremada y una oscuridad tan poderosa que los más apocados notaban que los embargaba la determinación; y los más osados, que los embargaba el pánico.

Por lo demás, furia, encarnizamiento y determinación parejos por ambas partes. Para unos, avanzar era morir, y nadie pensaba en retroceder; para los otros, quedarse era morir; y nadie pensaba en huir.

Era preciso que todo hubiera acabado a la mañana siguiente, que la victoria estuviera o en un campo o en otro, que la insurrección fuera una revolución o una algarada. El gobierno lo entendía, y los partidos también; incluso el burgués más limitado lo sentía. Por eso había aquella impresión de angustia en la sombra impenetrable de ese barrio donde todo iba a zanjarse; por eso aquella ansiedad creciente en torno a ese silencio del que iba a surgir una catástrofe. No se oía sino un ruido, un ruido desgarrador, como un estertor, y amenazador como una maldición: el toque de rebato de Saint-Merry. Nada podía helar la sangre en las venas tanto como el clamor de aquella campana desatentada y desesperada que se lamentaba en las tinieblas.

Como sucede con frecuencia, la naturaleza parecía haberse puesto de acuerdo con lo que iban a hacer los hombres. Nada estorbaba las funestas armonías de aquel conjunto. Las estrellas habían desaparecido; unos nubarrones cubrían por completo el horizonte con sus pliegues melancólicos. Aquellas calles muertas las cubría un cielo tan negro como si una mortaja gigantesca se abriera sobre aquella gigantesca tumba.

Mientras una batalla totalmente política se aprestaba en ese mismo lugar que ya había presenciado tantos acontecimientos revolucionarios, mientras la juventud, las asociaciones secretas y la universidad, en nombre de los principios, y la clase media, en nombre de los intereses, se iban acercando para chocar, enzarzarse y derribarse, mientras todos metían prisa a la hora postrera de la crisis y la invocaban, más allá y fuera de aquel barrio fatídico, en lo más hondo de las cavidades insondables de ese París antiguo y mísero que se oculta tras los esplendores del París dichoso y opulento, oíase retumbar sordamente la voz del pueblo.

Voz amedrentadora y sagrada que es a medias rugido de fiera y a medias palabra de Dios, que aterra a los débiles y que avisa a los prudentes, que llega al tiempo desde abajo, como la voz del león, y desde arriba, como la voz del trueno.

III
EN EL FILO

Marius había llegado al Mercado Central.

Allí estaba todo más tranquilo, más oscuro y más quieto aún que en las calles aledañas. Hubiérase dicho que la paz del sepulcro había brotado de la tierra y se había extendido bajo la capa del cielo.

Un resplandor rojizo, no obstante, perfilaba sobre aquel fondo negro los tejados elevados de las casas que cortaban la calle de La Chanvrerie por la zona de Saint-Eustache. Era el reflejo de la antorcha encendida en la barricada de Corinthe. Marius se encaminó hacia ese resplandor rojizo. Lo condujo hasta la calle de Le Marché-aux-poirées y ya divisaba la entrada tenebrosa de la calle de Les Prêcheurs. Se metió por ella. El centinela de los insurrectos, que estaba vigilando la otra punta de la calle, no lo vio. Marius notaba que estaba muy cerca de lo que había ido a buscar y caminaba de puntillas. Llegó así al recodo de ese tramo corto de la calle de Mondétour que era, como recordaremos, la única comunicación que había dejado Enjolras con el exterior. En la esquina de la última casa de la izquierda asomó la cabeza por el tramo de Mondétour y miró.

Algo más allá de la esquina oscura de la callejuela con la calle de La Chanvrerie, que proyectaba una capa extensa de sombra donde él estaba también hundido, divisó alguna luz en los adoquines, una parte de la taberna y, detrás, un farolillo que hacía guiños en algo así como una muralla informe; y a unos hombres sentados a lo moro y con los fusiles encima de las rodillas. Todo ello a una distancia de veinte metros. Era el interior de la barricada.

Las casas que flanqueaban la callejuela, a la derecha, le tapaban el resto de la taberna, la barricada grande y la bandera.

Marius no tenía ya sino un paso más que dar.

Entonces, el desventurado joven se sentó en un mojón, se cruzó de brazos y pensó en su padre.

Pensó en aquel heroico coronel Pontmercy que había sido un soldado tan valiente, que había defendido, en tiempos de la República, la frontera de Francia y llegado con el emperador hasta las fronteras de Asia; que había visto Génova, Alejandría, Milán, Turín, Madrid, Viena, Dresde, Berlín y Moscú; que se había dejado en todos los campos de victoria de Europa unas cuantas gotas de esa misma sangre que él, Marius, llevaba en las venas; que había encanecido prematuramente en la disciplina y el mando; que había vivido sin desabrocharse el cinturón, con las charreteras colgándole sobre el pecho, con la escarapela tiznada de pólvora, con el casco arrugándole la frente, en barracones, en campamentos, en vivaques, en ambulancias; y que, al cabo de veinte años, había vuelto de esas guerras mayores con un tajo en la mejilla y el rostro sonriente, sencillo, tranquilo, admirable, puro como un niño, tras hacer por Francia todo cuanto estuvo en su mano y nada en contra de ella.

Se dijo que a él también le había llegado su día; que su hora había sonado por fin; que, tras los pasos de su padre, iba él también a ser valiente, intrépido, osado, a correr hacia las balas, a ofrecer el pecho a las bayonetas, a derramar la sangre, a buscar al enemigo, a buscar la muerte; que le había llegado la vez de pelear y de ir al campo de batalla; y que ese campo de batalla al que iba era la calle; ¡y que esa guerra en que iba a luchar era la guerra civil!

Vio la guerra civil abierta como un abismo ante él y vio que en ese abismo era en el que iba a caer.

Entonces se estremeció.

Pensó en aquella espada de su padre que su abuelo le había vendido a un chamarilero y que él había echado de menos con tanta amargura. Se dijo que aquella espada valiente y casta había hecho bien al írsele de las manos y alejarse irritada entre las tinieblas; que si había escapado de esa forma, ello se debía a que era inteligente y preveía el futuro; era que presentía los disturbios, la guerra en el arroyo, la guerra callejera, las ráfagas de tiros por los tragaluces de los sótanos, los golpes que se dan y se reciben por la espalda; que, porque venía de Marengo y de Friedland, no quería ir a la calle de La Chanvrerie; ¡que, después de lo que había hecho con el padre, no quería hacer aquello otro con el hijo! ¡Se dijo que si tuviese ahora esa espada, que si, por haberla recogido a la cabecera de su padre muerto, se hubiera atrevido a cogerla y llevársela para este combate nocturno entre franceses en una encrucijada, lo más seguro es que le habría quemado las manos, y se habría convertido, ante sus ojos, en una espada flamígera como la del ángel! Se dijo que afortunadamente no estaba allí y que afortunadamente había desaparecido, que estaba bien, que era justo, que el auténtico guardián de la gloria de su padre había sido su abuelo, y que más valía que la espada del coronel la hubiesen subastado, se la hubiesen vendido al trapero, la hubiesen arrojado al montón de los hierros viejos, antes de clavarse ahora en el costado de la patria.

Y, luego, se echó a llorar amargamente.

Era espantoso. Pero ¿qué podía hacer? Sin Cosette no podía vivir. Como ella se había ido, a él no le quedaba más remedio que morir. ¿Acaso no le había dado su palabra de honor de que se moriría? Y ella se había ido aun sabiendo eso; así que le agradaba que Marius muriese. Y además estaba claro que ya no lo quería, puesto que se había marchado así, sin avisarlo, sin una palabra, sin una carta, ¡y eso que sabía sus señas! Ahora, ya, ¿para qué vivir y por qué vivir? Y, además, ¡qué demonios!, ¿cómo iba a haber llegado hasta allí para retroceder después? ¡Haberse acercado al peligro y escapar! ¡Haber ido a ver la barricada y escurrir el bulto! Escurrir el bulto temblando y diciendo: ¡bien pensado, con esto me basta, ya he visto de sobra, ya está bien, es la guerra civil, me marcho! ¡Abandonar a sus amigos, que lo estaban esperando, que, a lo mejor, lo necesitaban! ¡Que eran unos pocos contra un ejército! Faltar a todo a la vez: ¡al amor, a la amistad, a la palabra dada! ¡Proporcionarle a su cobardía el pretexto del patriotismo! ¡No podía ser! Y si el fantasma de su padre estuviera allí, en la sombra, y lo viera retroceder, le daría en la parte baja de la espalda, de plano, con la espada y le diría: ¡Adelante, cobarde!

Presa de aquel vaivén de pensamientos, tenía la cabeza gacha.

De repente, la enderezó. Acababa de pasársele por la cabeza algo que parecía una rectificación espléndida. Cuando la tumba está cerca, se da una dilatación particular del pensamiento; que se avecine la muerte permite ver la verdad. La visión de la acción que quizá se sentía a punto de emprender dejó de parecerle lamentable para parecerle soberbia. La guerra callejera se transfiguró de súbito, a saber por qué íntima elaboración del alma, ante la mirada de sus pensamientos. Todos los tumultuosos signos de interrogación de la reflexión regresaron a borbotones, pero sin trastornarlo. No dejó ni uno sin respuesta.

A ver, ¿por qué iba a indignarse su padre? ¿Es que no hay casos en que la insurrección alcanza la dignidad de un deber? ¿Qué podría ir en menoscabo del hijo del coronel Pontmercy en ese combate que empezaba? No se trata ya ni de Montmirail ni de Champaubert; es otra cosa. Ya no se trata de un territorio sagrado, sino de una idea santa. La patria se lamenta, bien está; pero la humanidad aplaude. Francia sangra, pero la libertad sonríe; y, al ver la sonrisa de la libertad, Francia olvida la herida. Y, además, mirando las cosas aún desde más alto, ¿quién iba a hablar de guerra civil?

¿Qué es eso de guerra civil? ¿Existe acaso una guerra extranjera? ¿No es acaso toda guerra entre hombres una guerra entre hermanos? Lo único que califica a la guerra es lo que pretende. No hay ni guerra extranjera ni guerra civil; sólo hay guerra justa e injusta. Hasta el día en que se consume el gran concordato humano, la guerra, al menos esa que consiste en el esfuerzo del porvenir que arremete contra el pasado que tarda en irse, puede ser necesaria. ¿Qué se le puede reprochar a esa guerra? La guerra no se torna vergüenza ni la espada se torna puñal más que cuando asesina al derecho, al progreso, a la razón, a la civilización, a la verdad. En tal caso, sea guerra civil o sea guerra extranjera, es inicua; se llama crimen. Si dejamos aparte ese hecho santo, la justicia ¿con qué derecho iba a despreciar una forma de guerra a otra? ¿Con qué derecho iba a renegar la espada de Washington de la pica de Camille Desmoulins? Leónidas contra los extranjeros, Timoleón contra el tirano, ¿cuál de los dos es más grande? Aquél es el defensor, y éste, el liberador. ¿Puede censurarse cualquier toma de armas dentro de la ciudad sin preguntarse qué pretende? Tíldese entonces de infames a Bruto, a Marcelo, a Arnould de Blankenheim, a Coligny. ¿Guerra de emboscadas? ¿Guerra callejera? ¿Por qué no? Así era la guerra de Ambiorix, de Artevelde, de Marnix, de Pelayo. Pero Ambiorix luchaba contra Roma; Artevelde, contra Francia; Marnix, contra España; Pelayo, contra los moros; todos ellos contra el extranjero. Pues bien, la monarquía es el extranjero; la opresión es el extranjero; el derecho divino es el extranjero. El despotismo viola la frontera ética de la misma forma que el extranjero viola la frontera geográfica. Expulsar al tirano o expulsar a los ingleses supone, en ambos casos, recuperar el territorio propio. Llega un momento en que con protestar ya no basta; tras la filosofía, es precisa la acción; la fuerza viva remata lo que esbozó la idea: Prometeo encadenado empieza, Aristogitón acaba; la Enciclopedia lleva las luces a las almas, el 10 de agosto las electriza. Tras Esquilo, llega Trasíbulo; tras Diderot, Danton. Las muchedumbres tienen tendencia a aceptar al amo. Su masa crea apatía. El gentío se totaliza fácilmente en obediencia. Hay que pinchar a los hombres, darles empellones e increparlos con rudeza por su propio bien, que consiguen con su libertad, y arrojarles la luz a puñados terribles. Su propia salvación tiene que fulminarlos hasta cierto punto; ese deslumbramiento los despierta. De ahí la necesidad de los toques de rebato y de las guerras. Tienen que alzarse grandes combatientes, iluminar audazmente a las naciones y espabilar a esa triste humanidad que cubren de sombra el derecho divino, la gloria de los césares, la fuerza, el fanatismo, el poder irresponsable y las majestades absolutas; tropel estúpidamente absorto en la contemplación, en su esplendor crepuscular, de esos sombríos triunfos de la noche. ¡Abajo el tirano! Pero ¿cómo? ¿Qué dice? ¿Llama tirano a Luis Felipe? No, ni tampoco a Luis XVI. Los dos son eso que la historia suele llamar reyes buenos; pero los principios no pueden despacharse en partes; la lógica de lo verdadero es rectilínea; lo propio de la verdad es que carece de condescendencia; no existen, pues, concesiones; hay que suprimir cualquier intento de pisotear al hombre; Luis XVI lleva en sí el derecho divino, y Luis Felipe, el hecho de ser Borbón; ambos representan hasta cierto punto la confiscación del derecho y, para barrer la usurpación universal, hay que combatirlos; es preciso porque Francia es siempre la que va por delante. Cuando cae el amo en Francia, cae por todas partes. En resumidas cuentas, restablecer la verdad social, devolverle el trono a la libertad, devolverle el pueblo al pueblo, devolverle al hombre la soberanía, volver a ponerle a Francia en la cabeza el tocado de púrpura, restaurar en toda su plenitud la razón y la equidad, suprimir todo germen de antagonismo al devolverlos a todos a sí mismos, aniquilar el obstáculo que supone la monarquía para la ingente concordia universal, volver a colocar al género humano al mismo nivel que el derecho, ¿puede haber causa más justa y, por consiguiente, guerra mejor? Guerras así construyen la paz. Una fortaleza enorme de prejuicios, de privilegios, de supersticiones, de mentiras, de concusiones, de abusos, de violencias, de iniquidades, de tinieblas se yergue aún sobre el mundo con sus torres de odio. Hay que derribarla. Hay que echar abajo esa mole monstruosa. Vencer en Austerlitz es algo grande; tomar la Bastilla es algo gigantesco.

No hay nadie que no lo haya comprobado en su persona: el alma, y en eso reside la maravilla de su unidad que también implica ubicuidad, tiene la curiosa aptitud de razonar casi con frialdad en las extremidades más violentas; y sucede con frecuencia que la pasión desconsolada y la honda desesperación, en la mismísima agonía de sus monólogos más oscuros, traten algunos temas y discutan algunas tesis. La lógica se mezcla con la convulsión y el hilo del silogismo flota sin romperse en la tormenta lúgubre del pensamiento. En tal estado de ánimo se hallaba Marius.

Mientras reflexionaba así, agobiado, pero resuelto y, pese a todo, dubitativo, y, en resumidas cuentas, estremecido por lo que iba a hacer, le vagaba la vista por el interior de la barricada. Los insurrectos charlaban a media voz, sin moverse, y se palpaba ese silencio a medias que caracteriza la última fase de la espera. Más arriba, en un tragaluz de un tercer piso, Marius divisaba algo así como un espectador o un testigo que le parecía curiosamente atento. Era el portero a quien había matado Le Cabuc. Desde abajo, con la reverberación de la antorcha hundida entre los adoquines, apenas si se divisaba con claridad aquella cabeza. Nada resultaba más extraño, en aquella luz oscura e incierta, que esa cara lívida, inmóvil, pasmada, con el pelo tieso, con los ojos desorbitados que miraban fijamente y con la boca abierta, asomada a la calle como si sintiera curiosidad. Hubiérase dicho que el que ya estaba muerto miraba a los que iban a morir. Un largo reguero de sangre, que había brotado de esa cabeza, bajaba en hilillos rojizos hasta la altura del primer piso y allí se detenía.

LIBRO DECIMOCUARTO
LAS GRANDEZAS DE LA DESESPERACIÓN

I
LA BANDERA — ACTO PRIMERO

Aún no venía nadie. Habían dado las diez en Saint-Merry. Enjolras y Combeferre habían ido a sentarse, con la carabina en la mano, junto a la brecha de la barricada grande. Nadie hablaba; todos escuchaban, intentaban captar incluso el ruido de pasos más sordo y más alejado.

De repente, en medio de aquella tranquilidad lúgubre, se alzó una voz clara, joven, alegre, que parecía venir de la calle de Saint-Denis, y empezó a cantar nítidamente, con la música de la antigua canción popular Al claro de luna, estos versos que acababan con algo así como un grito semejante al canto del gallo:

Me importa un adarme, amigo Bugeaud.

Suelta a tus gendarmes, ¡ya les diré yo! Con capa azulina, pluma en el chacó, pluma de gallina, ¡quiquiricocó!

Se cogieron con fuerza de la mano.

—Es Gavroche —dijo Enjolras.

—Nos está avisando —dijo Combeferre.

Una carrera atropellada turbó la calma de la calle desierta; vieron a alguien más ágil que un clown trepar por encima del ómnibus y Gavroche saltó, sin aliento, dentro de la barricada, al tiempo que decía:

—¡Mi fusil! Aquí llegan.

Un estremecimiento eléctrico recorrió toda la barricada, y se oyó el movimiento de las manos buscando los fusiles.

—¿Quieres mi carabina? —le preguntó Enjolras al golfillo.

—Quiero el fusil grande —contestó Gavroche. Y cogió el fusil de Javert.

Dos centinelas se habían replegado y habían entrado casi al mismo tiempo que Gavroche. Eran el centinela que estaba en el extremo de la calle y el vigía de la calle de La Petite-Truanderie. El vigía de la calle de Les Prêcheurs seguía en su puesto, lo cual quería decir que por el lado de los puentes y del Mercado Central no venía nadie.

La calle de La Chanvrerie, de la que se veían sólo algunos adoquines con el reflejo de la luz proyectada hacia la bandera, era para los insurrectos como un portal grande y oscuro que se abría de forma imprecisa, envuelto en humo.

Todos estaban en sus puestos de combate.

Cuarenta y tres insurrectos, entre los que se hallaban Enjolras, Combeferre, Courfeyrac, Bossuet, Joly, Bahorel y Gavroche, estaban arrodillados en la barricada grande, con la cabeza a la altura de la cresta de la barrera y los cañones de los fusiles y de las carabinas apuntando entre los adoquines, como entre troneras, atentos, callados, listos para disparar. Seis de ellos, a las órdenes de Feuilly, se habían colocado, con el fusil echado a la cara, en las ventanas de los dos pisos de Corinthe.

Transcurrieron unos instantes y, luego, un ruido de pasos, pesados y numerosos, llegó claramente por la parte de Saint-Leu. Aquel ruido, débil al principio y, luego, muy claro, se acercaba despacio, sin altos, sin interrupciones, con una continuidad calmosa y terrible. Sólo se oía eso. Era, a un tiempo, el silencio y el ruido de la estatua del comendador, pero en ese paso de piedra había algo enorme y múltiple que traía a la mente de forma simultánea la idea de una muchedumbre y la idea de un espectro. Era como oír caminar a una amedrentadora estatua que fuera una legión. Esos pasos se fueron acercando, se acercaron más, y se detuvieron. Pareció oírse al final de la calle el hálito de muchos hombres. Pero, no obstante, no se veía nada, sólo se intuía, al fondo del todo, en aquella oscuridad densa, una gran cantidad de hilos metálicos, finos como agujas y casi imperceptibles, que se movían como esas indescriptibles redes fosfóricas que, cuando vamos a quedarnos dormidos, vemos bajo los párpados cerrados, entre las primeras nieblas del sueño. Eran las bayonetas y los cañones de los fusiles, que iluminaba, desde lejos, confusamente, la reverberación de la antorcha.

Hubo otra pausa, como si estuvieran esperando algo en ambos bandos. De pronto, de lo hondo de aquella oscuridad, una voz, tanto más siniestra cuanto que no se veía a nadie y parecía que era la mismísima oscuridad la que hablaba, gritó:

—¿Quién vive?

Al tiempo se oyó el entrechocar de los fusiles al bajar. Enjolras contestó con tono vibrante y altanero:

—Revolución francesa.

—¡Fuego! —dijo la voz.

Un relámpago tiñó de púrpura todas las fachadas de la calle como si hubieran abierto y cerrado de golpe la puerta de un horno.

Una detonación espantosa estalló en la barricada. La bandera roja cayó. La descarga había sido tan violenta y nutrida que había cortado el mástil, es decir, el extremo de la vara del ómnibus. Algunas balas que rebotaron en las cornisas de las casas entraron en la barricada e hirieron a varios hombres.

La impresión de esa primera descarga dejó a todo el mundo helado. Era un ataque duro y que daba que pensar incluso a los más arrojados. Estaba claro que se las tenían que ver con un regimiento completo por lo menos.

—Compañeros —gritó Courfeyrac—, no desperdiciemos la pólvora. Esperemos para contestar a que se metan en la calle.

—Y lo primero de todo —dijo Enjolras—, ¡hay que volver a izar la bandera!

Recogió la bandera que había caído, precisamente, a sus pies.

Se oía fuera el choque de las baquetas en los fusiles; la tropa estaba volviendo a cargar las armas.

Enjolras repitió:

—¿Quién tiene coraje aquí? ¿Quién vuelve a colocar la bandera en lo alto de la barricada?

Nadie contestó. Subir a la barricada en el preciso momento en que la estaban apuntando otra vez era, sencillamente, la muerte. El más valiente titubea si tiene que condenarse. El propio Enjolras se estremecía. Dijo otra vez:

—¿Nadie se ofrece?

II
LA BANDERA — ACTO SEGUNDO

Desde que habían llegado a Corinthe y se habían puesto a construir la barricada nadie había vuelto a fijarse en Mabeuf. Sin embargo, el señor Mabeuf no se había apartado del grupo. Entró en la planta baja y se sentó detrás del mostrador. Y allí se anonadó en sí mismo, por decirlo de alguna manera. Era como si ya ni viese ni pensase. Courfeyrac y algunos otros se le habían acercado dos o tres veces para avisarlo del peligro y lo habían instado a que se apartase, pero no parecía haberlos oído. Cuando nadie estaba hablando con él, movía la boca como si contestase a alguien, y en cuanto alguien le dirigía la palabra los labios ya no se le movían y los ojos no parecían ya vivos. Pocas horas antes de que atacasen la barricada, adoptó una postura y no se volvió a mover, con los dos puños en las rodillas y la cabeza gacha, como si estuviera mirando al fondo de un precipicio. Nada pudo hacerle cambiar de postura; era como si su pensamiento no estuviera en la barricada. Cuando se fueron todos a sus puestos de combate, no quedaron ya en la sala de abajo más que Javert, atado al poste, un insurrecto con el sable desenvainado, que lo vigilaba, y Mabeuf. Cuando ocurrieron el ataque y la detonación, la sacudida física llegó hasta él y pareció que lo despertaba; se puso de pie de repente, cruzó la sala y cuando estaba Enjolras repitiendo la llamada: «¿Nadie se ofrece?», vieron aparecer al anciano en el umbral de la taberna.

Su presencia causó en los diversos grupos algo semejante a una conmoción. Se alzó un grito:

—¡Es el votante de la Convención! ¡Es el convencional! ¡Es el representante del pueblo!

Él probablemente no los oía.

Se dirigió en derechura hacia Enjolras; los insurrectos le abrían paso con temor religioso; le quitó de las manos la bandera a Enjolras, que retrocedía, petrificado; y entonces, sin que nadie se atreviera ni a detenerlo ni a ayudarlo, aquel anciano de ochenta años, de cabeza temblona pero de pie firme, empezó a subir despacio la escalera de adoquines que habían hecho en la barricada. Era todo tan sombrío y tan tremendo que cuantos lo rodeaban gritaron: «¡A descubrirse!». A cada peldaño que subía, y era algo espantoso, el pelo blanco, el rostro decrépito, la frente ancha, calva y arrugada, los ojos hundidos, la boca asombrada y abierta y el brazo anciano que enarbolaba la bandera roja iban saliendo de las sombras y crecían en la claridad sanguinolenta de la antorcha; y era como ver al espectro de 1793 brotando del suelo con la bandera del Terror en la mano.

Cuando llegó al último peldaño, cuando aquel fantasma trémulo y terrible, de pie encima de ese montón de escombros en presencia de mil doscientos fusiles invisibles, se irguió de cara a la muerte como si fuera más fuerte que ella, la barricada toda adquirió entre las tinieblas un aspecto sobrenatural y colosal.

Hubo uno de esos silencios que sólo ocurren en torno a los prodigios. En medio de aquel silencio, el anciano tremoló la bandera roja y gritó:

—¡Viva la Revolución! ¡Viva la República! ¡Fraternidad! ¡Igualdad! ¡Y muerte!

Se oyó desde la barricada un cuchicheo bajo y veloz semejante al murmullo de un sacerdote presuroso que despacha una oración. Era probablemente el comisario de policía que hacía los apercibimientos legales en la otra punta de la calle.

Luego, la misma voz tonante que había gritado: «¿Quién vive?» gritó:

—¡Retírese!

El señor Mabeuf, lívido, desencajado, con las llamas lúgubres del extravío iluminándole las pupilas, enarboló la bandera más arriba de la cabeza y repitió:

—¡Viva la República!

—¡Fuego! —dijo la voz.

Una segunda descarga, semejante a un ametrallamiento, cayó sobre la barricada.

Al anciano se le doblaron las rodillas; luego se enderezó, soltó la bandera y cayó de espaldas en el empedrado, como una tabla, cuan largo era y con los brazos en cruz.

Bajo su cuerpo corrían regueros de sangre. La cara anciana, pálida y triste, parecía mirar el cielo.

Una de esas emociones más fuertes que los hombres y que llegan a hacerles olvidar que tienen que defenderse se adueñó de los insurrectos; y se acercaron al cadáver con un espanto respetuoso.

—¡Qué hombres los regicidas aquellos! —dijo Enjolras. Courfeyrac le habló a Enjolras al oído:

—Esto sólo te lo digo a ti, y no quiero quitarle a nadie el entusiasmo. Pero no era ni poco ni mucho un regicida. Lo conocía. Se llamaba Mabeuf. No sé qué le pasaba hoy. Pero era un infeliz. Mira qué cara tenía.

—Cara de infeliz y corazón de Bruto —contestó Enjolras. Luego, alzó la voz:

—¡Ciudadanos! He aquí el ejemplo que dan los viejos a los jóvenes. ¡Vacilábamos y llegó él! ¡Retrocedíamos y él avanzó! He aquí lo que enseñan los que tiemblan por la edad a los que tiemblan de miedo! Este anciano es augusto a ojos de la patria. ¡Tuvo una vida larga y una muerte magnífica! ¡Ahora pongamos a buen recaudo su cadáver, que todos y cada uno de nosotros defienda a este anciano muerto como defendería a su padre vivo, y que su presencia entre nosotros vuelva la barricada impenetrable!

Un murmullo de adhesión sombrío y enérgico sonó tras aquellas palabras.

Enjolras se agachó, le alzó la cabeza al anciano y, fiero, le dio un beso en la frente; luego, separándole los brazos y moviendo al muerto con mimo, como si hubiera temido hacerle daño, le quitó el frac, les enseñó a todos los agujeros ensangrentados y dijo:

—Ésta es ahora nuestra bandera.

III
MÁS LE HABRÍA VALIDO A GAVROCHE ACEPTARLE LA CARABINA A ENJOLRAS

Cubrieron a Mabeuf con un chal grande y negro de la viuda de Hucheloup. Seis hombres hicieron con los fusiles unas angarillas; pusieron en ellas el cadáver y lo llevaron, con las cabezas descubiertas y una lentitud solemne, hasta colocarlo encima de la mesa grande de la sala de abajo.

Aquellos hombres, entregados a aquel acto transcendente y sagrado, no se acordaban ya de la situación de peligro en que estaban.

Cuando pasó el cadáver junto a Javert, que seguía impasible, Enjolras le dijo al espía:

—¡Tú, hasta luego!

Entretanto, a Gavroche, que era el único que no había abandonado su puesto y se había quedado de guardia, le pareció ver a unos hombres acercarse a paso de lobo a la barricada. Gritó de pronto:

—¡Cuidado!

Courfeyrac, Enjolras, Jean Prouvaire, Combeferre, Joly, Bahorel y Bossuet salieron atropelladamente de la taberna. Era ya casi demasiado tarde. Se veía una aglomeración reluciente de bayonetas que ondulaban por encima de la barricada. Unos guardias municipales de elevada estatura estaban entrando, unos saltando por encima del ómnibus y otros por la abertura, e iban echando hacia atrás al golfillo, que retrocedía pero no huía.

El momento era crítico. Era ese momento primero y temible de la inundación, cuando el río supera el nivel del terraplén y el agua empieza a filtrarse por las rendijas del dique. Un segundo más y tomaban la barricada.

Bahorel se abalanzó sobre el primer guardia municipal que entraba y lo mató a quemarropa de un disparo de carabina; el segundo mató a Bahorel de un bayonetazo. Otro había derribado ya a Courfeyrac, que gritaba: «¡A mí!». El más alto de todos, una especie de coloso, se acercaba a Gavroche con la bayoneta por delante. El golfillo agarró con los bracitos el enorme fusil de Javert, se lo echó resueltamente a la cara, apuntó al gigante y disparó. No salió el tiro. Javert no había cargado el fusil. El guardia municipal soltó la carcajada y alzó la bayoneta por encima del niño.

Antes de que la bayoneta tocase a Gavroche, al soldado se le escapó el fusil de las manos; una bala le había entrado por la frente al guardia municipal y cayó de espaldas. Otra bala le dio en pleno pecho al otro guardia, que había atacado a Courfeyrac, y lo hizo caer al suelo.

Era Marius, que acababa de entrar en la barricada.

IV
EL BARRIL DE PÓLVORA

Marius, que seguía escondido en el recodo de la calle de Mondétour, asistió a la primera fase del combate irresoluto y trémulo. Pero no pudo resistirse mucho rato a ese vértigo misterioso y soberano que podríamos llamar la atracción del abismo. Al ver la inminencia del peligro, al ver la muerte del señor Mabeuf, ese fúnebre enigma, al ver que moría Bahorel, que Courfeyrac gritaba: «¡A mí!», que amenazan al niño y que tenía amigos por socorrer o por vengar, se desvaneció todo titubeo y se lanzó al combate empuñando las dos pistolas. Del primer disparo salvó a Gavroche y del segundo sacó del apuro a Courfeyrac.

Al oír los tiros y los gritos de los guardias a quienes había alcanzado, los asaltantes treparon por la barricada, por cuya cima se veía asomar ahora más que de medio cuerpo para arriba y empuñando fusiles a un tropel de guardias municipales, de soldados de infantería de línea y de guardias nacionales de los arrabales. Ocupaban ya más de la tercera parte de la barrera, pero no saltaban dentro del recinto, como si se lo estuvieran pensando, temiéndose alguna trampa. Miraban dentro de la barricada a oscuras como quien mira la guarida de unos leones. El resplandor de la antorcha sólo iluminaba las bayonetas, los colbacs y la parte de arriba de los rostros inquietos e irritados.

Marius se había quedado desarmado; había tirado las pistolas descargadas, pero vio el barril de pólvora en la sala de abajo, cerca de la puerta.

Cuando se volvió a medias para mirar hacia ese lado, un soldado le apuntó. En el preciso momento en que el soldado estaba apuntando a Marius, una mano se puso en el extremo del cañón y lo tapó. Era la de alguien que se había abalanzado hacia él, el obrero joven del pantalón de pana. El disparo salió y le atravesó la mano al obrero, y quizá también lo atravesó a él, pues se desplomó, pero la bala no alcanzó a Marius. Entre el humo, más bien se intuyó que llegó a verse todo aquello. Marius, que estaba entrando en la sala de abajo, apenas si se dio cuenta. No obstante, había vislumbrado el cañón del fusil orientado hacia él y la mano que lo había tapado, y había oído el disparo. Pero, en minutos como ése, las cosas que se ven vacilan y se precipitan, y nadie se para a pensar en nada. Va uno impulsado hacia una sombra aún mayor y todo es una nube.

Los insurrectos, sorprendidos, mas no asustados, se habían concentrado. Enjolras gritó: «¡Esperad! ¡No disparéis al azar!». Pues, efectivamente, en la primera confusión podían herirse entre sí. La mayoría había subido a la ventana del primer piso y las buhardillas, desde las que dominaban a los asaltantes. Los más decididos, con Enjolras, Courfeyrac, Jean Prouvaire y Combeferre, se habían adosado orgullosamente a las casas del fondo, a pecho descubierto, y se enfrentaban a las hileras de soldados y de guardias que coronaban la barricada.

Todo sucedió sin precipitación, con esa seriedad peculiar y amenazadora que precede al cuerpo a cuerpo. Por ambas partes apuntaban a quemarropa; estaban tan cerca unos de otros que podían hablarse sin alzar la voz. Cuando llegó el punto en que va a saltar la chispa, un oficial con alzacuellos y charreteras de gran tamaño alargó la espada y dijo:

—¡Abajo las armas!

—¡Fuego! —dijo Enjolras.

Ambas detonaciones sonaron a un tiempo, y todo desapareció entre el humo.

Humo agrio y asfixiante entre el que se arrastraban, con quejidos débiles y sordos, moribundos y heridos.

Cuando se disipó el humo, pudo verse, en ambos bandos, a los combatientes, en número menor, pero que no se habían movido del sitio y estaban volviendo a cargar las armas en silencio.

De pronto, se oyó una voz tonante que gritaba:

—¡Fuera o vuelo la barricada!

Todos se volvieron hacia el lugar del que procedía la voz.

Marius había entrado en la sala de abajo y había cogido el barril de pólvora; luego había aprovechado el humo y esa especie de niebla oscura que llenaba el recinto de la barricada para escurrirse, siguiéndola, hasta la jaula de adoquines donde estaba colocada la antorcha. Quitar la antorcha de un tirón, colocar en la jaula el barril de pólvora, tirar de un empujón la fila de adoquines encima del barril, que se reventó en el acto con algo así como una obediencia terrible, todo ello no le llevó a Marius sino el tiempo de agacharse y volver a incorporarse; y ahora todos, los guardias nacionales, los guardias municipales, los oficiales y los soldados, apelotonados en la otra punta de la barricada, lo veían estupefactos, con un pie en los adoquines, la antorcha en la mano y una resolución fatídica iluminándole el rostro altanero, acercando la llama de la antorcha hacia el montón temible donde podía verse el barril de pólvora roto, y lanzando aquel grito terrible:

—¡Fuera o vuelo la barricada!

Tras el octogenario, Marius, en aquella barricada, era la visión de la revolución joven, después de haberse aparecido la antigua.

—¡Saltará la barricada y tú con ella! —dijo un sargento. Marius contestó:

—Y yo con ella.

Y acercó la antorcha al barril de pólvora.

Pero ya no quedaba nadie en la barrera. Los asaltantes, dejando atrás a los muertos y a los heridos, retrocedían revueltos y en desorden hacia la punta de la calle y volvían a desaparecer en la oscuridad. Fue un sálvese quien pueda.

La barricada estaba despejada ya.

V

ACABAN LOS VERSOS DE JEAN PROUVAIRE

Todos rodearon a Marius. Courfeyrac se le echó en los brazos.

—¡Estás aquí!

—¡Qué alegría! —dijo Combeferre.

—¡Qué a punto has llegado! —dijo Bossuet.

—De no ser por ti, estaría muerto —siguió diciendo Courfeyrac.

—De no ser por usted, me habrían dado para el pelo —añadió Gavroche.

Marius preguntó:

—¿Dónde está el jefe?

—Eres tú —dijo Enjolras.

Marius había tenido todo el día una hoguera en el cerebro; ahora era un torbellino. Le parecía que ese torbellino que llevaba dentro estaba fuera y lo arrastraba. Le daba la impresión de que estaba ya a una distancia inmensa de la vida. Los dos meses luminosos de júbilo y amor que había tenido desembocaban de pronto en ese abismo espantoso: la pérdida de Cosette, aquella barricada, el señor Mabeuf eligiendo la muerte en defensa de la República y él convertido en jefe de los insurrectos; todas esas cosas le parecían una pesadilla monstruosa. Tenía que hacer un esfuerzo mental para acordarse de que cuanto lo rodeaba era real. Marius había vivido aún demasiado poco para saber que nada es más inminente que lo imposible y que lo que hay que tener siempre previsto es lo imprevisto. Presenciaba su propio drama como una obra de teatro que no entendiera.

En esa bruma por la que pasaban las ideas, no reconoció a Javert, quien, atado al poste, no había movido ni la cabeza durante el ataque a la barricada y miraba bullir la revuelta en torno con la resignación de un mártir y la majestad de un juez. Marius ni se fijó en él.

En tanto, los asaltantes ya no se movían; se los oía andar y pulular al final de la calle, pero no se aventuraban a meterse en ella, bien porque estuvieran esperando órdenes, bien porque esperasen refuerzos antes de correr otra vez hacia aquel reducto inexpugnable. Los insurrectos apostaron centinelas, y unos cuantos, que eran estudiantes de medicina, empezaron a curar a los heridos.

Habían sacado las mesas de la taberna, con la excepción de dos mesas reservadas para las hilas y los cartuchos y de la mesa donde yacía Mabeuf; las añadieron a la barricada y las sustituyeron, en la sala de abajo, por los colchones de las camas de la viuda de Hucheloup y de las criadas. En esos colchones pusieron a los heridos. En cuanto a las tres infelices que vivían en Corinthe, nadie sabía qué había sido de ellas. Acabaron por encontrarlas escondidas en el sótano.

Un dolor tremendo ensombreció la alegría de haber despejado la barricada.

Pasaron lista y faltaba uno de los insurrectos. ¿Y cuál de ellos? Uno de los más queridos, uno de los más valientes. Jean Prouvaire. Lo buscaron entre los heridos; no estaba. Lo buscaron entre los muertos; no estaba. Quedaba claro que lo habían hecho prisionero.

Combeferre le dijo a Enjolras:

—Tienen a nuestro amigo y nosotros tenemos a su agente de la policía.

¿Tienes mucho empeño en matar al de la pasma?

—Sí —contestó Enjolras—, pero menos que en salvarle la vida a Jean Prouvaire.

Esto ocurría en la sala de abajo, junto al poste de Javert.

—Bueno —siguió diciendo Combeferre—, pues ataré el pañuelo al bastón e iré a parlamentar y a ofrecerles el cambio de su hombre por el nuestro.

—Escucha —dijo Enjolras, poniéndole la mano en el brazo a Combeferre.

Al final de la calle había un entrechocar de armas significativo. Se oyó gritar a una voz viril:

—¡Viva Francia! ¡Viva el porvenir! Reconocieron la voz de Prouvaire.

Brilló un relámpago y retumbó una detonación. Luego, otra vez el silencio.

Enjolras miró a Javert y le dijo:

—Tus amigos acaban de fusilarte.

VI
LA AGONÍA DE LA MUERTE TRAS LA AGONÍA DE LA VIDA

Una singularidad de este tipo de guerra es que las barricadas las atacan casi siempre de frente y que, por lo general, los asaltantes se abstienen de rodear las posiciones, bien porque tengan miedo a las emboscadas, bien porque no se atrevan a meterse en calles tortuosas. Por lo tanto, toda la atención de los insurrectos estaba puesta en la barricada grande, que era, por supuesto, el punto continuamente amenazado donde se reanudaría de forma infalible el combate. Marius, no obstante, se acordó de la barricada pequeña y fue hacia allá. Estaba desierta y sólo la custodiaba el farolillo, que temblaba entre los adoquines. Por lo demás, la callejuela de Mondétour y las bocacalles de La Petite-Truanderie y Le Cygne estaban muy tranquilas.

Cuando Marius se iba ya, tras esa inspección, oyó que alguien decía su nombre con voz débil en la oscuridad:

—¡Señor Marius!

Se sobresaltó al reconocer la voz que lo había llamado dos horas antes a través de la verja de la calle de Plumet.

Pero esa voz ahora no pasaba de ser un soplo. Miró en torno y no vio a nadie.

Marius pensó que se había confundido y que era una ilusión que su mente sumaba a las realidades extraordinarias que colisionaban a su alrededor. Dio un paso para salir del recodo apartado donde estaba la barricada.

—¡Señor Marius! —repitió la voz.

Ya no podía caberle duda; lo había oído con toda claridad; miró y no vio nada.

—En el suelo, a sus pies —dijo la voz.

Se inclinó y vio la sombra de una forma que se arrastraba hacia él. Iba reptando por el empedrado. Y aquel ser era quien hablaba.

El farolillo permitía intuir un blusón, un pantalón de pana roto, unos pies descalzos y algo que parecía un charco de sangre. Marius vio a medias una cara pálida que se alzaba hacia él y le dijo:

—¿No me reconoce?

—No.

—Éponine.

Marius se agachó a toda prisa. Era, efectivamente, la pobre muchacha.

Iba vestida de hombre.

—¿Cómo es que está aquí? ¿Qué hace aquí?

—Me estoy muriendo —dijo ella.

Hay palabras e incidentes que espabilan a las personas agobiadas. Marius exclamó, sobresaltado:

—¡Está herida! Espere, que voy a llevarla a la sala. Allí la curarán. ¿Es grave? ¿Cómo tengo que cogerla para no hacerle daño? ¿Qué le duele? ¡Socorro, Dios mío? Pero ¿qué vino a hacer aquí?

E intentó pasarle un brazo por la espalda para levantarla. Al hacerlo, le rozó la mano.

Ella lanzó un grito débil.

—¿Le he hecho daño? —preguntó Marius.

—Un poco.

—Pero si sólo le he tocado la mano.

Ella levantó la mano para que la viera Marius; y Marius vio un agujero negro en el centro de esa mano.

—¿Qué le pasa en la mano? —preguntó.

—Tiene un agujero.

—¡Un agujero!

—Sí.

—¿De qué?

—De una bala.

—¿Cómo ha sido?

—¿No vio que lo estaba apuntando un fusil?

—Sí; y una mano lo tapó.

—Era la mía.

Marius se estremeció.

—¡Qué locura! ¡Pobre niña! Pero si sólo es eso, tanto mejor, no será nada. Déjeme que la lleve a una cama. Le harán una cura; nadie se muere por agujero en la mano.

Ella susurró:

—La bala me atravesó la mano, pero me salió por la espalda. Es inútil sacarme de aquí. Voy a decirle qué cura puede hacerme usted, mejor que la de un cirujano. Siéntese a mi lado en esa piedra.

Él obedeció; ella apoyó la cabeza en las rodillas de Marius y, sin mirarlo, dijo:

—¡Ay, qué cosa tan buena! ¡Qué bien se está! ¡Hala, ya no me duele nada!

Se quedó callada un momento; luego volvió la cara trabajosamente y miró a Marius.

—¿Sabe una cosa, señor Marius? Me daba rabia que entrase usted en ese jardín. Ya ve, qué bobada, si era yo quien le había dicho dónde estaba la casa, y, además, en fin, cómo no iba a decirme que un joven como usted…

Se interrumpió y, salvando las insondables transiciones que le andaban, seguramente, por el pensamiento, siguió diciendo con una sonrisa desgarradora:

—Yo le parecía fea, ¿verdad? Y añadió:

—¿Sabe? ¡Está perdido! Ya no saldrá nadie de la barricada. ¡Y soy yo quien lo ha traído aquí, ya ve! Va a morir, y cuento con ello. Aunque, pese a todo, cuando vi que lo estaban apuntando, puse la mano en el cañón del fusil. ¡Qué gracia tiene! Pero es que quería morir antes que usted. Cuando me dio esa bala, me arrastré hasta aquí; no me vieron y no me recogieron. Lo estaba esperando; decía: ¿Será posible que no venga? Ay, si supiera, me mordía el blusón, ¡me dolía tanto! Pero ahora estoy bien. ¿Se acuerda del día en que entré en su cuarto y me miré en su espejo? ¿Y del día en que me lo encontré en el bulevar, donde estaban las lavanderas? ¡Cómo cantaban los pájaros! Total, hace nada de eso. Me dio cinco francos y le dije: No quiero dinero suyo. Recogería usted la moneda, ¿no? Que a usted no le sobra el dinero. No se me ocurrió decirle que la recogiera. Había un sol muy hermoso, no hacía frío. ¿Se acuerda, señor Marius? ¡Ay, qué contenta estoy! Todo el mundo se va a morir.

Tenía una expresión trastornada, seria y desconsoladora. Por el blusón rasgado se le veían los pechos. Mientras hablaba, se apoyaba la mano en el pecho, donde había otro agujero por el que salía de vez en cuando un chorro de sangre, como un chorro de vino de una botella abierta.

Marius miraba a aquella criatura desventurada con compasión infinita.

—¡Ay —dijo ella de repente—, ya me vuelve! ¡Me ahogo!

Agarró el blusón y lo mordió; estiraba en el empedrado las piernas, rígidas.

En ese momento, la voz de gallo joven de Gavroche sonó en la barricada. El niño se había subido a una mesa para cargar el fusil y cantaba alegremente una canción muy popular por entonces:

Lafayette está al quite y el gendarme repite:

¡vámonos, vámonos, vámonos!

Éponine se incorporó y atendió; luego dijo en un susurro:

—Es él.

Y, dirigiéndose a Marius:

—Ahí está mi hermano. Que no me vea. Me reñiría.

—¿Su hermano? —preguntó Marius, que pensaba con el corazón amargado y dolorido en las obligaciones para con los Thénardier que le había dejado su padre en herencia—. ¿Quién es su hermano?

—Ese niño.

—¿El que está cantando?

—Sí.

Marius hizo un ademán.

—¡Ay, no se vaya! —dijo Éponine—. Ya no falta mucho.

Estaba casi sentada, pero hablaba muy bajo y unos hipidos le cortaban la voz. A ratos se interrumpía el estertor. Acercaba la cara cuanto podía a la cara de Marius. Añadió, con una expresión singular:

—Mire, no quiero jugarle una mala pasada. Tengo en el bolsillo una carta para usted. Desde ayer. Me dijeron que la echara al correo. Me quedé con ella. No quería que le llegase. Pero a lo mejor me guarda rencor cuando volvamos a vernos dentro de un rato. Porque volveremos a vernos, ¿verdad? Coja la carta.

Le agarró convulsivamente la mano a Marius con la suya, perforada, pero parecía no notar ya el sufrimiento. Se metió la mano de Marius en el bolsillo del blusón. Marius tocó, efectivamente, un papel.

—Cójala —dijo ella. Marius cogió la carta.

Éponine hizo un ademán de satisfacción y asentimiento.

—Ahora, para pagarme el recado, prométame… Y se detuvo.

—¿Qué? —preguntó Marius.

—¡Prométamelo!

—Se lo prometo.

—Prométame que me dará un beso en la frente cuando me muera. Lo notaré.

Dejó caer otra vez la cabeza en las rodillas de Marius y se le cerraron los párpados. Él creyó que aquella pobre alma ya se había ido. Éponine no se movía; de pronto, cuando Marius la creía dormida para siempre, abrió despacio los ojos, donde se veía la sombría hondura de la muerte, y le dijo con un tono cuya dulzura parecía venir ya de otro mundo:

—Mire, señor Marius, creo que he estado un poco enamorada de usted. Volvió a intentar sonreír y expiró.

GAVROCHE EXPERTO CALCULADOR DE LAS DISTANCIAS

Marius cumplió su promesa. Puso un beso en esa frente lívida de la que brotaba un sudor helado. No era una infidelidad a Cosette; era un adiós pensativo y dulce a un alma desventurada.

La carta que Éponine le había dado le había causado no poco sobresalto. Enseguida había caído en la cuenta de que se trataba de un acontecimiento. Estaba impaciente por leerla. Así es el corazón del hombre; apenas si acababa de cerrar los ojos la pobre niña y ya estaba Marius pensando en abrir ese papel. La depositó en el suelo con suavidad y se fue. Algo le decía que no podía leer aquella carta en presencia de aquel cadáver.

Se acercó a una vela en la sala de abajo. Era una notita doblada y sellada con ese primor elegante propio de las mujeres. Las señas estaban escritas con letra femenina y decían:

«Al señor Marius Pontmercy, en casa del señor Courfeyrac, calle de la Verrerie, 16».

Rompió el sello y leyó:

«Ay, amado mío, mi padre quiere que nos vayamos ahora mismo. Esta noche estaremos en el 7 de la calle de L'Homme-Armé. Dentro de ocho días estaremos en Inglaterra. COSETTE. 4 de junio».

Eran tan inocentes aquellos amores que Marius ni siquiera sabía cómo era la letra de Cosette.

Lo sucedido puede referirse en pocas palabras. Éponine era la autora de todo. Tras la velada del 3 de junio, se le ocurrieron dos cosas: descabalar los proyectos que su padre y los bandidos tenían para la calle de Plumet y separar a Marius de Cosette. Cambió los andrajos con el primer granujilla con el que coincidió y a quien le había hecho gracia vestirse de mujer mientras Éponine se disfrazaba de hombre. Ella fue quien en Le Champ de Mars le hizo a Jean Valjean esa advertencia tan expresiva: Múdese. Y, efectivamente, Jean Valjean se fue a casa y le dijo a Cosette: Nos vamos esta noche a la calle de L'Homme-Armé con Toussaint. La semana que viene estaremos en Londres. Cosette, aterrada ante aquel golpe inesperado, escribió dos líneas a toda prisa a Marius. Pero ¿cómo echar la carta al correo? No salía sola a la calle; y Toussaint, sorprendida ante ese recado, le habría enseñado desde luego la carta al señor Fauchelevent. Cuando estaba con esa ansiedad, Cosette vio a través de la verja a Éponine, vestida de hombre, que ahora andaba siempre rondando por las inmediaciones del jardín. Cosette llamó a aquel «obrero joven» y le dio cinco francos y la carta al tiempo que le decía: «Lleve esta carta ahora mismo a esas señas». Éponine se metió la carta en el bolsillo. Al día siguiente, 5 de junio, fue a casa de Courfeyrac para preguntar por Marius, no para entregarle la carta, sino, cosa que cualquier alma celosa y enamorada entenderá, «a ver de qué se enteraba». Se quedó esperando allí a Marius o a Courfeyrac a falta de algo mejor, siempre con la intención de enterarse de algo. Cuando Courfeyrac dijo: «Nos vamos a las barricadas», se le pasó una idea por la cabeza: ir a morir así, como podría haber ido a morir de cualquier otra forma, y que Marius muriera también. Se fue detrás de Courfeyrac, se enteró bien del sitio en que estaban construyendo la barricada y, con la plena seguridad ya de que Marius no había recibido aviso alguno, puesto que ella había interceptado la carta, y de que el joven acudiría al caer la tarde a la cita de todas las noches, fue a la calle de Plumet, esperó a Marius y le transmitió esa llamada de sus amigos que, a lo que creía, lo llevaría a la barricada. Contaba con la desesperación de Marius cuando no encontrase a Cosette, y no se equivocaba. Por su parte, se volvió a la calle de La Chanvrerie. Acabamos de ver qué hizo allí. Murió con esa alegría trágica de los corazones celosos que se llevan consigo a la tumba al ser amado, diciendo: ¡no será de nadie!

Marius cubrió de besos la carta de Cosette. ¡Así que lo quería! Por un momento se le ocurrió la idea de que ya no tenía que morirse. Luego, se dijo: «Se va. Su padre se la lleva a Inglaterra y mi abuelo no me da permiso para casarme. Esta fatalidad no ha cambiado». Los soñadores como Marius pasan por abatimientos supremos de los que salen posturas tajantes y desesperadas. El cansancio de vivir resulta insoportable; lo más rápido es morirse.

Pensó entonces que le quedaban dos deberes por cumplir: informar a Cosette de su muerte, enviándole un adiós supremo, y salvar de la catástrofe inminente que estaba en marcha a aquel pobre niño, el hermano de Éponine y el hijo de Thénardier.

Tenía encima un portafolio, el mismo en que había llevado el cuaderno en el que tantos pensamientos de amor había escrito para Cosette. Arrancó una hoja y escribió a lápiz las siguientes líneas:

«Nuestra boda es imposible. Le he pedido permiso a mi abuelo y me lo ha negado; no tengo fortuna, ni tú tampoco. Fui corriendo a tu casa y ya no estabas; ya sabes qué palabra te había dado, voy a cumplirla. Voy a morir. Te quiero. Cuando leas esto, mi alma estará a tu lado y te sonreirá».

Como no tenía nada para sellar la carta, se limitó a doblar el papel en cuatro y escribió las siguientes señas:

A la señorita Cosette Fauchelevent, en casa del señor Fauchelevent, calle de L'Homme-Armé, 7.

Tras doblar la carta, se quedó un momento pensativo, volvió coger el portafolio, lo abrió y escribió con el mismo lápiz en la primera página estas cuatro líneas:

«Me llamo Marius Pontmercy. Que lleven mi cadáver a casa de mi abuelo, señor Gillenormand, en el 6 de la calle de Les Filles-du-Calvaire. Barrio de Le Marais».

Volvió a meterse el portafolio en el bolsillo del frac y, luego, llamó a Gavroche. El golfillo, al oír la voz de Marius, acudió con su expresión alegre y servicial.

—¿Quieres hacer algo por mí?

—Lo que sea —dijo Gavroche—. ¡Por Dios bendito! Sin usted no lo habría contado, en serio.

—¿Ves esta carta?

—Sí.

—Cógela. Sal de la barricada ahora mismo (Gavroche, intranquilo, empezó a rascarse la oreja) y mañana se la das a la señorita Cosette en estas señas: en casa del señor Fauchelevent, calle de L'Homme-Armé, 7.

El heroico niño contestó:

—Sí, ya, pero mientras tanto tomarán la barricada y yo no estaré.

—La barricada no volverán a atacarla hasta que amanezca, por las trazas que lleva eso, y no la tomarán antes de mañana al mediodía.

Efectivamente, la nueva tregua que los asaltantes le habían dado a la barricada parecía prolongarse. Era una de esas intermitencias, frecuentes en los combates nocturnos, que siempre van seguidas de un encarnizamiento mayor.

—Bueno —dijo Gavroche—, ¿y si voy a llevar la carta mañana por la mañana?

—Será demasiado tarde. Probablemente la barricada estará rodeada y todas las calles vigiladas y no podrás salir. Vete ahora mismo.

A Gavroche no se le ocurrió nada que pudiera argüir y se quedó quieto, indeciso, rascándose la oreja, muy mustio. De pronto, con uno de esos movimientos de pájaro que tenía, cogió la carta.

—Está bien —dijo.

Y se fue corriendo por la callejuela de Mondétour.

A Gavroche se le había ocurrido una idea que lo había decidido a irse, pero que no dijo, por temor a que Marius pusiera alguna objeción.

La idea era ésta:

—Acaban de dar las doce y la calle de L'Homme-Armé no queda lejos; voy a llevar la carta ahora mismo y volveré a tiempo.

LIBRO DECIMOQUINTO
LA CALLE DE L'HOMME-ARMÉ

I
UN VADE QUE SE VA DE LA LENGUA

¿Qué son las convulsiones de una ciudad comparadas con los levantamientos del alma? El hombre es de mayor hondura aún que el pueblo. Jean Valjean, en ese preciso momento, era presa de una espantosa sublevación. Habían vuelto a abrirse en él todos los abismos. Él también se estremecía, igual que París, en los umbrales de una revolución formidable y oscura. Había bastado con unas pocas horas. De repente las sombras le habían tapado el destino y la conciencia. De él también podía decirse, igual que de París: están frente a frente los dos principios. El ángel blanco y el ángel negro van a luchar a brazo partido en el puente que cruza el abismo.

¿Cuál de los dos tirará al otro? ¿Quién ganará?

La víspera de ese día, el 5 de junio, Jean Valjean, junto con Cosette y Toussaint, se había trasladado a la calle de L'Homme-Armé. Allí le esperaba una peripecia.

Cosette no se había ido de la calle de Plumet sin amagar cierta resistencia. Por primera vez desde que compartían la existencia, Cosette y Jean Valjean habían tenido voluntades diferentes, que habían chocado o, al menos, se habían opuesto. Hubo objeción por una parte e inflexibilidad por otra. Ese consejo brusco: múdese, que le había espetado un desconocido, había alarmado tanto a Jean Valjean que lo volvió tajante. Pensaba que habían encontrado su rastro y que lo perseguían. Cosette tuvo que ceder.

Llegaron los dos a la calle de L'Homme-Armé sin despegar los labios ni cruzar palabra, ambos absortos en sus respectivas preocupaciones personales; Jean Valjean tan intranquilo que no veía la tristeza de Cosette; Cosette tan triste que no veía la intranquilidad de Jean Valjean.

Jean Valjean había llevado consigo a Toussaint, cosa que no había hecho nunca en sus ausencias anteriores. Tenía el pálpito de que no iba a volver quizá a la calle de Plumet y no podía ni dejar atrás a Toussaint ni revelarle su secreto. Por lo demás, notaba que era fiel y de fiar. Entre criado y amo, la traición empieza con la curiosidad. Ahora bien, Toussaint, como si hubiese estado predestinada a servir a Jean Valjean, no era curiosa. Decía, tartamudeando, con su hablar campesino de

Barneville: «Una es tal cual y atiende a lo que atiende; lo demás, allá penas». (Soy como soy, hago el trabajo que tengo que hacer y el resto no es cosa mía.)

Al irse de la calle de Plumet, de donde salieron casi como si fueran huyendo, Jean Valjean no se llevó nada más que la maletita de los sahumerios que Cosette llamaba la inseparable. Unos baúles llenos habrían requerido unos mozos; y unos mozos son unos testigos. Llamaron a un coche de punto para que los recogiera en la puerta de la calle de Babylone y se marcharon.

A Toussaint le costó que le dieran permiso para empaquetar algo de ropa blanca, ropa de vestir y unos cuantos objetos de aseo. Cosette se llevó sólo la caja de papel de cartas y el vade.

Jean Valjean, para desaparecer con mayor soledad y oscuridad, se las arregló para no salir del hotelito de la calle de Plumet hasta que empezó a caer la tarde, lo que le dejó margen a Cosette para escribir a Marius. Llegaron a la calle de L'Homme-Armé cuando ya era noche cerrada.

Se acostaron en silencio.

La vivienda de la calle de L'Homme-Armé estaba en un patio trasero y en el segundo piso y constaba de dos dormitorios, un comedor y una cocina que colindaba con el comedor; había también un altillo con una cama de tijera que le correspondió a Toussaint. El comedor era al tiempo recibidor y separaba los dos dormitorios. La vivienda contaba con los enseres necesarios.

Nos calmamos de la misma forma disparatada que nos alarmamos; tal es la naturaleza humana. No bien se vio Jean Valjean en la calle de L'Homme- Armé, mermó su ansiedad, que fue desapareciendo gradualmente. Hay sitios tranquilizadores que influyen mecánicamente, por decirlo así, en el ánimo. Calle oscura, vecinos tranquilos. A Jean Valjean se le contagió a saber qué serenidad en aquella callejuela del París antiguo, tan estrecha que un madero transversal colocado en dos postes impide el paso de los coches, muda y sorda en medio de la ciudad sonora, crepuscular en pleno día e incapaz, como quien dice, de emociones entre sus dos filas de casas altas y centenarias que callan como ancianas, que es lo que son. En esa calle está estancado el olvido. Jean Valjean respiró. ¿Quién iba a dar con él allí?

De lo primero que se ocupó fue de colocar la inseparable a su vera.

Durmió bien. La noche es buena consejera; y podemos añadir que es apaciguadora. A la mañana siguiente, se despertó casi alegre. Le pareció precioso el comedor, que era feísimo, amueblado con una mesa redonda vieja, un trinchero que tenía encima un espejo vencido hacia adelante, un sillón apolillado y unas cuantas sillas que cargaban con los bultos de

Toussaint. De uno de esos paquetes asomaba por un agujero el uniforme de guardia nacional de Jean Valjean.

En cuanto a Cosette, le había pedido a Toussaint que le llevase un caldo a su cuarto y no se dejó ver hasta última hora de la tarde.

A eso de las cinco, Toussaint, que iba de un lado para otro muy atareada con aquella modesta mudanza, colocó encima de la mesa del comedor algo de pollo frío que Cosette se dignó tomar en cuenta por mostrarse deferente con su padre.

Hecho esto, Cosette alegó una jaqueca persistente, le dio las buenas noches a Jean Valjean y se encerró en su dormitorio. Jean Valjean comió con apetito un ala de pollo y, de codos en la mesa, y recobrando poco a poco la serenidad, volvió a sentirse seguro de sí mismo.

Mientras cenaba con tanta sobriedad, algo oyó más o menos, en dos o tres ocasiones, del tartamudeo de Toussaint, que le decía: «Señor, hay tomate, están peleando en París». Pero, absorto en gran cantidad de arreglos interiores, no atendió. A decir verdad, no la había oído.

Se levantó y empezó a dar paseos de la ventana a la puerta y de la puerta a la ventana, cada vez más calmado.

Al calmarse, le volvió al pensamiento Cosette, que era su única preocupación. No era que lo inquietase aquella jaqueca, un ataque de nervios mínimo, un enfurruñamiento de muchacha, una nube pasajera; dentro de un día o dos ya no quedaría nada de ello; pero pensaba en el porvenir y, como de costumbre, pensaba con dulzura. A decir verdad, no veía obstáculo alguno para que pudiera seguir adelante la vida dichosa. Hay horas en que todo parece imposible; hay otras en que todo parece fácil; Jean Valjean se hallaba en una de esas horas buenas. Suelen llegar tras las malas, como el día tras la noche, por esa ley de sucesión y de contraste que es el mismísimo fondo de la naturaleza y que las inteligencias superficiales llaman antítesis. En aquella calle apacible en que había buscado refugio, Jean Valjean se desprendía de cuanto llevaba ya tiempo alterándolo. Precisamente porque había visto muchas tinieblas, empezaba a ver un poco de cielo azul. Haberse ido de la calle de Plumet sin complicaciones y sin incidentes era ya un paso positivo. A lo mejor era sensato salir del país, aunque no fuera más que por unos meses, e irse a Londres. Pues se irían. Estar en Francia o estar en Inglaterra, ¿qué más le daba con tal de tener cerca a Cosette? Cosette era su nación. Cosette le bastaba para ser feliz; la idea de que quizá él no bastase para que Cosette fuera feliz, esa idea que, tiempo atrás, le había causado fiebre e insomnio, ni siquiera se le pasaba ya por la cabeza. Se hallaba en un colapso de todos los dolores pasados y en pleno optimismo. Como Cosette estaba junto a él, le parecía que era suya, efecto óptico que afecta a todo el mundo. Organizaba in mente y con todo tipo de facilidades la salida hacia Inglaterra con Cosette y veía, en las perspectivas de su ensoñación, cómo su felicidad volvía a edificarse en el lugar que fuera.

Según andaba arriba y abajo, con paso lento, la mirada topó de pronto con algo peculiar.

Vio ante sí, en el espejo inclinado que estaba encima del aparador, y leyó con toda claridad las cuatro líneas siguientes:

«Ay, amado mío, mi padre quiere que nos vayamos ahora mismo. Esta noche estaremos en el 7 de la calle de L'Homme-Armé. Dentro de ocho días estaremos en Inglaterra. COSETTE. 4 de junio».

Jean Valjean se detuvo, desencajado.

Cosette, al llegar, había puesto el vade encima del trinchero, delante del espejo, y, entregada por completo a su dolorosa angustia, lo había dejado olvidado allí, sin fijarse siquiera en que se quedaba abierto por el secante en que había apoyado, para secarlas, las líneas que había escrito y había encomendado al obrero joven que pasaba por la calle de Plumet. Lo que había escrito se había quedado impreso en el secante.

Y se reflejaba en el espejo.

De ello resultaba eso que se llama en geometría la imagen simétrica; de forma tal que lo escrito, que estaba del revés en el secante, aparecía del derecho en el espejo, o sea, en su sentido natural; y Jean Valjean tenía ante los ojos la carta que Cosette le había escrito a Marius la víspera.

Era de lo más sencillo y era algo fulminante.

Jean Valjean se acercó al espejo. Volvió a leer las cuatro líneas, pero no creyó lo que estaba viendo. Esas líneas le hacían el mismo efecto que si apareciesen en la luz de un relámpago. Era una alucinación. Era imposible. No existían.

Poco a poco aquella percepción se fue concretando; miró el secante de Cosette y recuperó la sensación del hecho real. Cogió el secante y dijo:

«Viene de aquí». Pasó revista febrilmente a las cuatro líneas impresas en el secante; del revés, parecían unos garabatos extraños y no les vio sentido alguno. Entonces se dijo: «Pero si no tienen significado. Aquí no pone nada». Y respiró hondo con un alivio indecible. ¿Quién no ha tenido alegrías simplonas como ésa en momentos espantosos? El alma no se rinde a la desesperación sin haber agotado antes todas las ilusiones.

Tenía el secante en la mano y lo miraba, con una felicidad estúpida, dispuesto casi a reírse de la alucinación que lo había engañado. De pronto, volvieron a topársele los ojos con el espejo y volvió a ver la visión. Las cuatro líneas estaban allí, trazadas con nitidez inexorable.

Esta vez no era un espejismo. La reincidencia de una visión es una realidad; era algo palpable; era un escrito que el espejo ponía del derecho. Lo entendió todo.

Jean Valjean titubeó, soltó el vade y se desplomó en el sillón viejo, junto al trinchero, con la cabeza colgando y las pupilas vidriosas y extraviadas. Se dijo que no cabía duda, que la luz del mundo se había eclipsado para siempre y que Cosette le había escrito aquello a alguien. Entonces oyó que su alma, que volvía a ser tremenda, lanzaba en las tinieblas un rugido sordo.

¡Cualquiera le quita al león el perro que tiene en la jaula!

Cosa extraña y triste: en aquel momento, Marius aún no tenía la carta de Cosette; el azar la llevó a traición a las manos de Jean Valjean antes de entregársela a Marius.

Hasta aquel día, los padecimientos no habían vencido a Jean Valjean. Había pasado por pruebas espantosas, no se le había escatimado ni una sola sevicia fruto de la fortuna adversa; la ferocidad de la suerte, armada con todas las vindictas y todos los errores sociales, lo había escogido y se había ensañado con él. No había retrocedido ante nada ni nada lo había doblegado. Había aceptado, cuando había sido menester, todos los extremos; había sacrificado su inviolabilidad de hombre tras haberla conquistado; había entregado su libertad; había arriesgado la cabeza; lo había perdido todo; lo había padecido todo, y había seguido siendo desinteresado y estoico, tanto que a veces habríase podido pensar que era ajeno a sí mismo como un mártir. Podía parecer que a aquella conciencia suya, curtida en todos los asaltos posibles de la adversidad, nada podría rendirla nunca. Pues bien, si alguien lo hubiera visto por dentro, no le habría quedado más remedio que comprobar que en aquel momento flaqueaba.

Y es que, de todas las torturas que había padecido en aquel prolongado tormento a que lo sometía el destino, ésta era la más terrible. Nunca lo habían aferrado unas tenazas así. Notó el revolverse misterioso de todas las sensibilidades latentes. Notó el pellizco en la fibra desconocida. La prueba suprema, ay, o, mejor dicho, la prueba única es la pérdida del ser amado.

Cierto que es que el pobre Jean Valjean, el viejo Jean Valjean, no quería a Cosette sino como un padre; pero ya hemos comentado antes que, por la propia soledad de su existencia, en aquella paternidad estaban todos los amores; quería a Cosette como a una hija, y la quería como a una madre, y la quería como a una hermana; y, como nunca había tenido ni amante ni mujer, como la naturaleza es un acreedor que no acepta los protestos, ese sentimiento, que es el más imposible de perder de todos, iba mezclado con los otros, inconcreto, ignorante, puro con la pureza de la ceguera, inconsciente, celestial, angelical, divino; no era tanto un sentimiento cuanto un instinto; no era tanto un instinto cuanto una atracción, imperceptible e invisible, pero real; y el amor propiamente dicho formaba parte de su tremendo cariño por Cosette, de la misma forma que el filón de oro está en la montaña, tenebroso y virgen.

Recordemos esa situación del corazón que ya hemos indicado. No era posible entre ellos matrimonio alguno; ni siquiera el de las almas; y, no obstante, no por ello era menos cierto que sus destinos estaban desposados. Con la excepción de Cosette, es decir, con la excepción de una infancia, Jean Valjean no había tenido, en su prolongada vida, ninguna de esas cosas que se pueden amar. Las pasiones y los amores consecutivos no le habían proporcionado esos verdes sucesivos, verde claro encima del verde oscuro, que se les ven a las frondas que han pasado el invierno y a los hombres que pasan de los cincuenta. En resumidas cuentas, y ya lo hemos dicho varias veces, toda esa fusión interna, todo ese conjunto, cuya resultante era una virtud acendrada, abocaba a Jean Valjean a ser un padre para Cosette. Un padre peculiar, constituido por ese abuelo, ese hijo, ese hermano y ese marido que estaban en Jean Valjean; padre en quien había incluso una madre; padre que quería a Cosette y que la adoraba y cuya luz, cuya morada, cuya familia, cuya patria y cuyo paraíso era aquella niña.

Por lo tanto, cuando vio que no cabía duda de que aquello había acabado ya, que Cosette se le escapaba, se le escurría de las manos, se le hurtaba, que era una nube, que era agua, cuando tuvo ante la vista aquella evidencia aplastante: su corazón tiende hacia otro; otro es el anhelo de su vida; existe el amado y yo sólo soy el padre; ya no existo; cuando ya no pudo dudarlo; cuando se dijo: «¡Se marcha lejos de mí!», sintió un dolor que iba más allá de todo lo concebible. ¡Haber hecho cuanto había hecho para llegar a aquello y, ¿sería posible?, no ser ya nada! Entonces, como acabamos de decir, se estremeció de rebeldía de pies a cabeza. Notó hasta la raíz del pelo el gigantesco despertar del egoísmo y el propio yo soltó un rugido en el abismo de aquel hombre.

Existen derrumbamientos internos. Una certidumbre que sume en la desesperación no penetra en el hombre sin apartar ni romper unos cuantos elementos profundos que son a veces el hombre mismo. El dolor, cuando alcanza ese grado, es un sálvese quien pueda de todas las fuerzas de la conciencia. Crisis así son crisis fatídicas. Pocos de nosotros salimos de ellas semejantes a nosotros mismos y firmes en el deber. Cuando se rebasan los límites del sufrimiento, la virtud más imperturbable se desconcierta. Jean Valjean cogió otra vez el secante y volvió a convencerse; se quedó inclinado, y como petrificado, sobre esas cuatro líneas innegables, con la mirada fija; luego lo invadió por dentro una nube tal que hubiera podido creerse que todo el interior de aquella alma se venía abajo.

Le pasó revista a esa revelación, a través de la lente de aumento del ensimismamiento, con una calma aparente y amedrentadora, pues, cuando la calma de un hombre alcanza la frialdad de la estatua, es algo temible.

Calibró el paso espantoso que acababa de dar su destino sin sospecharlo él; recordó los temores del verano anterior, que tan insensatamente se habían disipado; reconoció el precipicio; seguía siendo el mismo; sólo que Jean Valjean no estaba ya en su umbral, sino en lo más hondo.

Cosa inaudita y dolorosa, había caído en él sin darse cuenta. Se le había ido toda la luz de la vida mientras creía que seguía viendo el sol.

No le titubeó el instinto. Relacionó varias circunstancias, varias fechas, varios rubores y palideces de Cosette y se dijo: «Es él». El poder de adivinación de la desesperación es algo así como un arco misterioso que nunca yerra el tiro. Con la primera conjetura llegó hasta Marius. No sabía el nombre, pero dio enseguida con el hombre. Vio con toda claridad, en el fondo de la implacable evocación del recuerdo, al rondador de Le Luxembourg, aquel miserable buscador de amoríos, aquel vago de romanza, aquel imbécil, aquel cobarde, porque es una cobardía ir a ponerles ojos melosos a muchachas que tienen a su lado a su padre, que las quiere.

Tras tener la seguridad de que aquella situación estaba aquel joven y que todo procedía de él, Jean Valjean, el hombre regenerado, el hombre que tanto se había ocupado de labrar su alma, el hombre que tantos esfuerzos había hecho para convertir toda la vida, toda la miseria y toda la desventura en amor, se miró por dentro y vio un espectro: el Odio.

En los grandes dolores hay abatimiento. Desaniman de la existencia. El hombre en quien penetran nota que se les va otra cosa. En la juventud es una visita lúgubre; más adelante es siniestra. Cuando se tiene la sangre caliente, el pelo negro, la cabeza erguida en la cima del cuerpo como la llama en el candelabro, cuando el rollo del destino está aún casi todo por leer, cuando el corazón colmado de un amor deseable palpita aún con latidos que pueden hallar respuesta, cuando se tiene por delante tiempo para reparaciones, cuando están ahí todas las mujeres, y todas las sonrisas, y todo el porvenir, y todo el horizonte, cuando la fuerza de la vida está entera, la desesperación, sí, es algo espantoso, pero, ¡ay! ¿qué no será en la vejez, cuando los años van cada vez más deprisa y son más lívidos, en esa hora crepuscular en que empiezan a verse las estrellas desde la tumba?

Mientras meditaba, entró Toussaint. Jean Valjean se levantó y le preguntó:

—¿Por dónde? ¿Lo sabe?

Toussaint, estupefacta, sólo pudo responderle:

—¿Mande?

Jean Valjean añadió:

—¿No me dijo hace un rato que había combates?

—Ah, sí, señor —contestó Toussaint—. Por la parte de Saint-Merry.

Existen algunos impulsos automáticos que nacen, incluso sin darnos cuenta, de la parte más profunda del pensamiento. Fue seguramente por uno de esos impulsos, del que apenas fue consciente, por lo que Jean Valjean, cinco minutos después, se vio en la calle.

Estaba sentado, con la cabeza descubierta, en el mojón de la puerta de su casa. Parecía prestar oído.

Ya se había hecho de noche.

II
EL GOLFILLO ENEMIGO DE LAS LUCES

¿Cuánto tiempo estuvo así? ¿Cuáles fueron los flujos y reflujos de aquella meditación trágica? ¿Se enderezó? ¿Siguió doblegado? ¿Se había doblado hasta quebrarse? ¿Podía enderezarse aún y volver a recobrar el equilibrio de la conciencia haciendo pie en algo sólido? Es harto probable que ni él hubiera podido decirlo.

La calle estaba desierta. Unos cuantos vecinos que volvían apresuradamente a casa ni siquiera se fijaron en él. En momentos de peligro cada cual va a lo suyo. El farolero vino, como solía, a encender el farol que estaba precisamente delante de la puerta del número 7 y se fue. Jean Valjean no le habría parecido un hombre vivo a cualquiera que lo hubiera visto entre aquellas sombras. Allí estaba, sentado en el mojón de su portal, quieto como una larva de hielo. La desesperación congela. Se oía el toque de rebato y unos cuantos rumores tempestuosos. Entre todas aquellas convulsiones de la campana mezclándose con el levantamiento, el reloj de Saint-Paul dio las once, grave y sin apresurarse; porque el toque de alarma es el hombre; y la hora es Dios. Jean Valjean no echó cuenta del paso de una hora a otra; Jean Valjean no se movió. Pero, más o menos en ese momento, una explosión repentina sonó por la parte del Mercado Central; y luego siguió otra, aún más violenta; se trataba probablemente del ataque a la barricada de la calle de

La Chanvrerie, ese que hemos visto más arriba que rechazó Marius. Con esa doble explosión, cuya furia parecía mayor en el estado de estupor de la noche, Jean Valjean se sobresaltó; se irguió, mirando hacia el lado del que venía el ruido; luego volvió a desplomarse en el mojón, cruzó los brazos y la cabeza volvió a caerle despacio sobre el pecho.

Reanudó el tenebroso diálogo consigo mismo.

De repente alzó la vista; alguien andaba por la calle, oía pasos cerca; miró y, a la luz del farol, por el lado de la calle que acaba en los Archivos, vio una cara pálida, joven y radiante.

Gavroche acababa de llegar a la calle de L'Homme-Armé.

Gavroche iba mirando hacia arriba y parecía buscar algo. Veía perfectamente a Jean Valjean, pero sin tenerlo en cuenta.

Gavroche, tras mirar hacia arriba, miró hacia abajo; se ponía de puntillas y palpaba las puertas y las ventanas de las plantas bajas; estaban todas cerradas a cal y canto. Tras probar con cinco o seis fachadas de casas, todas igual de atrancadas, el golfillo se encogió de hombros y discutió la cuestión consigo mismo de la siguiente forma:

—¡Cáspita!

Y luego volvió a mirar hacia arriba.

Jean Valjean, quien, momentos antes, en el estado de ánimo en que se hallaba, no le habría dirigido la palabra a nadie ni le habría respondido, notó un impulso irresistible de trabar conversación con aquel niño.

—Pequeño —dijo—, ¿qué tienes?

—Tengo que tengo hambre —contestó Gavroche sin rodeos. Y añadió:

«Ni que usted fuera tan alto».

Jean Valjean rebuscó en el bolsillo del chaleco y sacó una moneda de cinco francos.

Pero Gavroche, que era de la familia de la nevatilla y pasaba enseguida de un gesto a otro, acababa de coger una piedra. Había visto el farol.

—Anda —dijo—, ¿por aquí todavía conservan los faroles? No están en regla, amigos. Menudo desorden. ¡Fuera!

Y le tiró la piedra al farol, cuyo cristal cayó con tal estruendo que los vecinos, acurrucados tras las cortinas en la casa de enfrente, exclamaron:

«¡Volvemos a 1793!».

El farol osciló con fuerza y se apagó. La calle se quedó a oscuras de golpe.

—Eso es, abuela calle, ponte el gorro de dormir —dijo Gavroche. Y, volviéndose hacia Jean Valjean, le preguntó:

—¿Cómo se llama ese monumento gigantesco que tienen al final de la calle? Son los Archivos, ¿no? Sería cosa de arrugar un poco esas columnas tan tontas y hacer una barricada como es debido.

Jean Valjean se acercó a Gavroche.

—Pobrecillo —dijo a media voz, hablándose a sí mismo—; tiene hambre.

Y le metió en la mano la moneda de cinco francos.

Gavroche alzó la cara, asombrado de ver tanto dinero junto; miró la moneda en la oscuridad, y era tan blanca que lo deslumbró. Sabía de oídas que existían monedas de cinco francos; tenían una reputación simpática; se alegró mucho de ver una de cerca. Dijo: «¿A ver el tigre?».

Lo contempló extasiado un ratito; luego, volviéndose hacia Jean Valjean, le devolvió la moneda y le dijo majestuosamente:

—Burgués, prefiero romper los faroles. Tenga su fiera. A mí no se me corrompe. Tiene cinco garras, pero no me araña.

—¿Tienes madre? —preguntó Jean Valjean. Gavroche contestó:

—Más que usted, seguro.

—Bueno —siguió diciendo Jean Valjean—, pues quédate con el dinero para tu madre.

Gavroche se conmovió. Por lo demás, acababa de fijarse en que el hombre con quien estaba hablando no llevaba sombrero, y eso le inspiró confianza.

—¿De verdad que no me lo da para que no rompa los faroles? —preguntó.

—Rompe lo que quieras.

—Es usted un buen hombre —dijo Gavroche.

Y se metió la moneda de cinco francos en uno de los bolsillos. Como se fiaba cada vez más de aquel hombre, añadió:

—¿Vive en esta calle?

—Sí. ¿Por qué?

—¿Podría decirme cuál es el número 7?

—¿Para qué buscas el número 7?

El niño se calló entonces, temeroso de haber hablado de más, se hundió las uñas enérgicamente entre el pelo y se limitó a responder:

—Ah, eso…

Le cruzó una idea por la cabeza a Jean Valjean. Tal es la lucidez de la angustia. Le dijo al niño:

—¿Me traes tú la carta que estoy esperando?

—¿Usted? —dijo Gavroche—. Usted no es una mujer.

—La carta es para la señorita Cosette, ¿no?

—¿Cosette? —masculló Gavroche—. Sí, creo que es ese nombre tan raro.

—Bueno, pues yo soy quien tiene que entregarle la carta —dijo Jean Valjean—. Dámela.

—Entonces sabrá usted que me mandan de la barricada.

—Desde luego —dijo Jean Valjean.

Gavroche hundió la mano en otro de los bolsillos y sacó un papel doblado en cuatro.

Luego hizo el saludo militar.

—Un respeto para el despacho, que lo manda el gobierno provisional — dijo.

—Dámelo —dijo Jean Valjean.

Gavroche sujetaba el papel en alto, por encima de la cabeza.

—No se vaya a creer que es un cartita de amor. Es para una mujer, pero es para el pueblo. Nosotros combatimos y respetamos a las mujeres. No somos como la gente de la buena sociedad, donde hay lechuguinos que ponen a caldo a los callos.

—Dame.

—La verdad —siguió diciendo Gavroche— es que me parece usted un buen hombre.

—Dámelo ya.

—Tenga.

Y le entregó el papel a Jean Valjean.

—Y dese prisa en llevar la cosa, no tenga esperando a la Cosette. Y Gavroche se quedó tan contento de aquella ocurrencia.

Jean Valjean preguntó:

—¿La respuesta hay que llevarla a Saint-Merry?

—Eso sería hacer un pan como unas hostias —exclamó Gavroche—. Esta carta viene de la barricada de la calle de La Chanvrerie, que es adonde yo me vuelvo. Buenas noches, ciudadano.

Dicho esto, Gavroche se fue, o, mejor dicho, voló como un pájaro en libertad hacia el lugar de donde procedía. Volvió a sumirse en la oscuridad como si la horadase, con la velocidad recta de un proyectil; la calle de L'Homme-Armé se quedó otra vez silenciosa y solitaria; en un abrir y cerrar de ojos, aquel niño peculiar, que llevaba en sí sombra y sueño, se había esfumado entre la bruma de esas filas de casas negras y se había disuelto como humo en las tinieblas; habría podido pensarse que se había disipado y desvanecido si, pasados pocos minutos de su desaparición, el retumbar de unos cristales rotos y el cataplof espléndido de un farol cayendo sobre el empedrado no hubieran vuelto a despertar a los vecinos indignados. Era Gavroche que pasaba por la calle de Le Chaume.

III
MIENTRAS COSETTE Y TOUSSAINT DUERMEN

Jean Valjean se volvió a su casa con la carta de Marius.

Subió las escaleras a tientas, satisfecho de aquella oscuridad como el búho que se ha hecho con su presa; abrió y cerró la puerta sin ruido; aguzó el oído por si se oía algo; comprobó que, según las apariencias, Cosette y Toussaint estaban durmiendo; metió en la botella del mechero Fumade dos o tres cerillas antes de conseguir que prendiera, de tanto como le temblaba la mano; lo que acababa de hacer era hasta cierto punto un robo. Por fin consiguió encender la vela, se puso de codos en la mesa, desdobló el papel y lo leyó.

Cuando alguien padece una emoción violenta, no lee, sino que derriba el papel, como quien dice, lo estruja como a una víctima, lo arruga, le clava las uñas de la ira o las del júbilo; va corriendo a las últimas líneas, brinca hasta las primeras; le presta una atención febril que entiende lo esencial por encima; se aferra a un punto y todo lo demás se desvanece. En la nota que le enviaba Marius a Cosette, Jean Valjean sólo vio estas palabras:

«… Voy a morir… Cuando leas esto, mi alma estará a tu lado…».

Al ver esas dos líneas, lo deslumbró un fogonazo horrible; la nueva emoción que lo embargaba lo dejó anonadado por unos momentos; miraba la nota de Marius con una especie de embriaguez asombrada; tenía ante la vista este esplendor: la muerte del ser odiado.

Soltó en su fuero interno un grito espantoso de alegría. Así que ya había concluido todo. El desenlace llegaba antes de lo que se hubiera atrevido a esperar. Esa persona que se interponía en su destino iba a desaparecer. Se iba espontáneamente, libremente, por voluntad propia. Sin que él, Jean Valjean, hubiera intervenido para nada, sin que tuviera culpa alguna, «ese hombre» iba a morir. Quizá incluso había muerto ya. Al llegar a este punto, hizo unos cálculos febriles: no, todavía no estaba muerto. Estaba claro que la carta se había escrito para que Cosette la leyese a la mañana siguiente; después de las dos descargas que habían sonado entre las once y la medianoche no había habido más; la barricada no la atacarían en serio hasta que despuntase el día; pero qué más daba, si «ese hombre» está metido en esta guerra, está perdido, atrapado en sus engranajes. Jean Valjean se sentía liberado. Volvería a quedarse a solas con Cosette. Se acababa la competencia; el futuro volvía a empezar.

Bastaba con que se guardase esa nota en el bolsillo. Cosette no se enteraría nunca de qué había sido de «ese hombre». «Basta con dejar que las cosas sucedan. Este hombre no puede librarse. Si todavía no está muerto, va a morir, seguro. ¡Qué felicidad!»

Tras decirse todo eso para sus adentros, volvió a la adustez. Luego bajó y despertó al portero.

Transcurrida más o menos una hora, Jean Valjean salió vestido de arriba abajo de guardia nacional y armado. El portero no había tenido dificultad para conseguirle en el vecindario lo preciso para completar el equipo. Llevaba un fusil cargado y una cartuchera repleta de cartuchos. Se encaminó hacia el Mercado Central.

IV
GAVROCHE SE PASA DE CUMPLIDOR

Entretanto, a Gavroche acababa de ocurrirle una aventura.

Gavroche, tras lapidar con gran primor el farol de la calle de Le Chaume, llegó a la calle de Les Vieilles-Haudriettes y, como «no pasaba ni un gato», le pareció un momento oportuno para cantar cuanta canción se le ocurriera. Lejos de andar más despacio cuando cantaba, lo hacía más deprisa. Fue sembrando a lo largo de las casas dormidas o aterradas estas estrofas incendiarias:

Miente el pájaro entre las hojas y dice
que Atala ayer
con un ruso cogió y se fue.
Donde van las chicas hermosas.
Pierrot, amigo, dices cosas
porque Mila el otro día
me llamó por su celosía.
Donde van las chicas hermosas.
Y son pícaras muy garbosas.
Con su veneno me embrujaron
y a Orfila lo emborracharon.
Donde van las chicas hermosas.
Me gusta el amor y sus broncas.
Quiero a Agnes, a Paméla quiero.
Lise se quemó en mi mechero.
Donde van las chicas hermosas.
Al ver las mantillas de blondas que Zélia y Suzette se ponían,
mi alma en sus pliegues se lía.

Donde van las chicas hermosas.
Amor, si coronas de rosas a Lola en la sombra tardía,
por ella el alma daría.
Donde van las chicas hermosas.
Jeanne, te vistes y retocas.
Me voló el corazón un día.
¿Quizá tú lo recogerías?
Donde van las chicas hermosas.
Al salir del baile a deshora a las estrellas les decía:
«Mirad a Stella cómo brilla».
Donde van las chicas hermosas.

Gavroche, mientras cantaba, interpretaba una pantomima. El ademán es el punto de apoyo de la canción. Hacía con la cara, que era un repertorio inagotable de máscaras, muecas más convulsas y más fantásticas que las bocas de un trozo de tela lleno de agujeros en un vendaval. Por desgracia, como estaba solo y la calle estaba a oscuras, ni lo veía nadie ni nadie lo habría podido ver. Hay riquezas que se pierden.

De repente, se paró en seco.

—Dejemos aquí la romanza —dijo.

Sus pupilas felinas acababan de divisar en el entrante de una puerta cochera eso a lo que llaman bodegón con personaje, es decir, una persona y un objeto. El objeto era un carretón, y el personaje, un carbonero que estaba durmiendo en él.

Las varas del carretón estaban apoyadas en el empedrado y el carbonero tenía apoyada la cabeza en el piso del carretón. Estaba hecho un ovillo en ese plano inclinado y los pies le llegaban al suelo.

Gavroche, que tenía experiencia en las cosas de este mundo, cayó en la cuenta de que era un borracho.

Era algún mandadero de por allí que había bebido de más y dormía de más.

—Mira tú para qué valen las noches de verano —pensó Gavroche—. El carbonero se duerme en su carretón. Y uno se lleva el carretón para la república y le deja el carbonero a la monarquía.

La idea luminosa que viene a continuación le había alumbrado los pensamientos:

—Este carretón quedaría estupendamente en nuestra barricada. El carbonero roncaba.

Gavroche tiró despacio del carretón hacia atrás y del carbonero hacia adelante, es decir, por los pies; y, al cabo de un minuto, el carbonero, impertérrito, dormía tumbado en los adoquines.

El carretón estaba libre.

Gavroche, que estaba acostumbrado a enfrentarse donde fuera con lo imprevisto, llevaba siempre de todo encima. Se hurgó en uno de los bolsillos y sacó un trozo arrugado de papel y un trozo de lápiz rojo que le había quitado a un carpintero cualquiera.

Escribió:

«República francesa.

»Recibo por tu carretón». Y firmó: «GAVROCHE».

A continuación, le metió el papel en el bolsillo del chaleco de pana al carbonero, que no había dejado de roncar, empuñó las varas y se fue en dirección al Mercado Central, empujando el carretón a todo correr con un estruendo glorioso y triunfal.

Era peligroso. Había un puesto de tropas en la Real Imprenta. Gavroche no se acordaba. En ese puesto estaban acuartelados unos guardias nacionales de los arrabales. La escuadra estaba empezando a espabilarse y las cabezas se alzaron de los catres de tijera. Dos faroles rotos seguidos y aquella canción cantada a voz en cuello eran mucho para unas calles tan apocadas a las que les apetece irse a dormir cuando se pone el sol y coronan tan temprano la vela con el apagador. El golfillo llevaba una hora metiendo, en aquel distrito tranquilo, el escándalo de una mosquita dentro de una botella. El sargento lo oía. Y estaba a la espera. Era un hombre prudente.

El rodar endiablado del carretón colmó la medida de la espera admisible y decidió al sargento a hacer una ronda.

—¡Ya están ahí, y son una cuadrilla! —dijo—. Vayamos con tiento.

Estaba claro que la hidra de la anarquía había salido de la caja donde estaba metida y andaba suelta por el barrio.

Y el sargento se arriesgó a salir del puesto con pasos sordos.

De repente, Gavroche, que iba empujando el carretón, cuando estaba a punto de salir de la calle de Les Vieilles-Haudriettes, se dio de bruces con un uniforme, un chacó, un plumero y un fusil.

Se paró en seco otra vez.

—Anda —dijo—, si es él. Muy buenas, orden público.

Cuando Gavroche se quedaba cortado, se le pasaba pronto y se tranquilizaba enseguida.

—¿Dónde vas, golfo? —gritó el sargento.

—Ciudadano —dijo Gavroche—, yo todavía no lo he llamado burgués. ¿Por qué me insulta?

—¿Dónde vas, bribón?

—Caballero —siguió diciendo Gavroche—, es posible que ayer aún fuera usted un hombre de ingenio, pero esta mañana lo destituyeron.

—Te pregunto dónde vas, pillo. Gavroche contestó:

—Qué simpatía tiene usted al hablar. Le digo en serio que no aparenta la edad que tiene. Debería vender el pelo que le queda a cien francos cada pelo. Sacaría quinientos francos.

—¿Dónde vas? ¿Dónde vas? ¿Dónde vas, bandido? Gavroche respondió:

—Pero ¡qué palabras tan feas! La primera vez que lo den de mamar, que le limpien mejor la boca.

El sargento cruzó la bayoneta.

—¿Vas a decirme de una vez dónde vas, miserable?

—Mi general —dijo Gavroche—, voy a buscar al médico, que tengo a la mujer de parto.

—¡A las armas! —gritó el sargento.

Usar para salvarse lo que lo ha perdido a uno, he ahí la obra maestra de los hombres fuertes; Gavroche calibró la situación de una ojeada. El carretón lo había puesto en un aprieto y el carretón iba a protegerlo.

En el momento en que el sargento iba a abalanzarse sobre Gavroche, el carretón, convertido en proyectil y empujado con fuerza, se le vino encima, rodando con furia, y el sargento, a quien golpeó en todo el vientre, cayó de espaldas en el arroyo al tiempo que disparaba un tiro al aire.

Al oír el grito del sargento, los hombres del puesto salieron manga por hombro; el tiro trajo consigo una descarga general disparada al azar; luego recargaron las armas y dispararon otra vez.

Aquel juego de la gallina ciega duró un cuarto de hora largo y mató los cristales de unas cuantas ventanas.

Mientras tanto, Gavroche, que había dado marcha atrás corriendo desaforadamente, se detuvo a cinco o seis calles de allí y se sentó, sin resuello, en el mojón que hace esquina al mercado de Les Enfants-Rouges.

Aguzó el oído.

Tras quedarse unos momentos recobrando la respiración, se volvió hacia el lado por el que seguían sonando a más y mejor los tiros, se puso la mano izquierda a la altura de la nariz y la disparó hacia adelante tres veces dándose un cachete con la mano derecha en la parte de atrás de la cabeza, gesto soberano en que los pilluelos parisinos han condensado la ironía francesa y de cuya eficacia no cabe duda, puesto que lleva durando ya medio siglo.

Una reflexión amarga le aguó el buen humor.

—Sí —dijo—, me carcajeo, me parto, me sale la alegría por todas partes, pero me desvío; voy a tener que dar un rodeo. ¡Con tal de que llegue a tiempo a la barricada!

Y, dicho esto, echó a correr otra vez. Y, mientras corría, dijo:

—A ver, ¿en qué estaba yo?

Y volvió a cantar la canción internándose deprisa en las calles, mientras se iba oyendo más débilmente en la oscuridad:

Vamos a poner firmes todas las bastillas que en pie seguían y el orden público al día.

Donde van las chicas hermosas, lon, la.

Se caen los bolos con las bolas.

Y el viejo mundo se caía con la bola que más valía.

Dónde van las chicas hermosas, lon, la.

Pueblo, a ver, las muletas prontas y a cargarse el Louvre a porfía, que se acabaron las orgías.

Donde van las chicas hermosas, lon, la.

Entramos por las verjas flojas y a Carlos X, sin ningún guía, se le voló la monarquía.

Donde van las chicas hermosas, lon, la.

El puesto no empuñó las armas en vano. Conquistaron el carretón y detuvieron al borracho. Aquél lo llevaron al depósito, a éste le dieron la lata un poco más adelante, por cómplice, en los consejos de guerra. El ministerio público de la época demostró, en circunstancia tal, su celo infatigable en pro de la defensa de la sociedad.

La aventura de Gavroche pasó a formar parte de la tradición de Le Temple y es uno de los recuerdos más espantosos de los burgueses ancianos de Le Marais; en sus recuerdos se llama: el ataque nocturno al puesto de la Real Imprenta.

QUINTA PARTE: JEAN VALJEAN

LIBRO PRIMERO
LA GUERRA ENTRE CUATRO PAREDES

I
EL CARIBDIS DEL BARRIO DE SAINT-ANTOINE Y EL ESCILA DEL ARRABAL DE LE TEMPLE

Las dos barricadas más memorables que pueda citar el observador de las enfermedades sociales no son de la época en que se sitúa la acción de este libro. Esas dos barricadas, símbolos ambas, con aspectos diferentes, de una situación temible, brotaron del suelo en la fatídica insurrección de junio de 1848, la mayor guerra callejera que haya visto la historia.

Sucede a veces que, incluso en contra de los principios, incluso en contra de la libertad, de la igualdad y de la fraternidad, incluso en contra del sufragio universal, incluso en contra del gobierno de todos para todos, desde lo hondo de sus angustias, de sus desalientos, de su desvalimiento, de sus fiebres, de sus desgracias, de sus miasmas, de sus ignorancias, de sus tinieblas, esa tremenda desesperada, la chusma, protesta; y el populacho se enfrenta al pueblo.

Los bergantes van en contra del derecho común; la oclocracia se insubordina contra el demos.

Son jornadas nefastas; pues siempre existe cierta dosis de derecho incluso en una demencia tal; hay suicidio en ese duelo; y esas palabras, que quieren ser injurias, bergantes, chusma, oclocracia, populacho, dan fe más bien, ay, de la culpabilidad de quienes reinan que de la culpabilidad de quienes sufren; los culpables son más bien los privilegiados que los desheredados.

En lo que a nosotros se refiere, nunca pronunciamos esas palabras sin dolor ni sin respeto, pues, cuando la filosofía sondea los acontecimientos a los que corresponden, con gran frecuencia da con muchas cosas grandes que se codean con las miserias. Atenas era una oclocracia; los bergantes hicieron Holanda; el populacho salvó en más de una ocasión Roma, y la chusma iba en pos de Jesucristo.

No existe pensador que no se haya quedado contemplando a veces las magnificencias de abajo.

A esa chusma se refería seguramente san Jerónimo, y a toda esa pobre gente, y a todos esos vagabundos, y a todos esos miserables de entre los que salieron los apóstoles y los mártires, cuando decía esta frase misteriosa: Fex urbis, lex orbis.

Las exasperaciones de ese gentío que padece y sangra, sus violencias a contrapelo contra los principios que constituyen su vida, sus desmanes contra el derecho son golpes de Estado populares, y hay que reprimirlos. El hombre probo se entrega a ello y combate contra ese gentío por el propio amor que le tiene. Pero ¡cuánto lo disculpa al tiempo que se enfrenta a él!

¡Cuánto lo venera al tiempo que le opone resistencia! Es uno de esos momentos infrecuentes en que, mientras hacemos lo que hay que hacer, sentimos algo que nos desconcierta y que casi podría disuadirnos de seguir adelante; persistimos, es menester, pero la conciencia satisfecha está triste y al cumplimiento del deber se añade el entorpecimiento del corazón oprimido.

Apresurémonos a decir que junio de 1848 fue un acontecimiento aparte casi imposible de clasificar dentro de la filosofía de la historia. Hay que dar de lado todo cuanto acabamos de decir cuando nos referimos a ese levantamiento extraordinario en el que se palpaba la sagrada ansiedad del trabajo, que exigía sus derechos. Hubo que combatirlo, eso era lo debido puesto que se trataba de un ataque a la República. Pero, en el fondo, ¿qué fue junio de 1848? Una rebelión del pueblo contra sí mismo.

Si no se pierde el asunto de vista no existe digresión posible; que se nos permita, pues, pedirle al lector que se fije por un momento en las dos barricadas, únicas a más no poder, que acabamos de mencionar y caracterizaron esta insurrección.

Una tapaba la entrada del barrio de Saint-Antoine; otra impedía llegar al arrabal de Le Temple; quienes tuvieron delante, bajo el resplandeciente cielo azul de junio, esas dos espantosas obras maestras de la guerra civil no podrán olvidarlas nunca.

La barricada de Saint-Antoine era monstruosa; tenía la altura de tres pisos y una anchura de setecientos pies. Tapiaba, de esquina a esquina, la amplia entrada al barrio, es decir, tres calles; surcada de barrancos, desmenuzada, troceada, coronada con las almenas de una brecha inmensa, reforzada con apilamientos que eran a su vez bastiones, proyectando cabos acá y allá, adosada firmemente a los dos tremendos promontorios de las casas del arrabal, brotaba como una elevación ciclópea al fondo de la temible plaza que presenció el 14 de julio. Diecinueve barricadas se iban escalonando calles adentro detrás de esta barricada madre. Sólo con verla se notaba en el barrio el gigantesco padecimiento agonizante que había llegado a ese momento extremo en que un desvalimiento desesperado quiere convertirse en catástrofe. ¿Con qué estaba hecha esa barricada? Había quien decía que con los restos de tres casas de seis pisos derribadas ex profeso. Otros decían que con el prodigio de todas las iras. Tenía el aspecto consternante de todas las edificaciones fruto del odio y la ruina. Era posible decir: ¿quién lo ha construido? También era posible decir: ¿quién lo ha destruido? Era la improvisación de la efervescencia. ¡Anda, mira! ¡Esa puerta! ¡Esa verja! ¡Ese alero! ¡Ese marco de ventana! ¡Ese infiernillo roto!

¡Esa olla rajada! ¡Traedlo todo! ¡Echadlo todo aquí! ¡Empujad, traed rodando, picad, desmantelad, ponedlo todo patas arriba, derribadlo todo! Era la colaboración del adoquín, del mampuesto, de la viga, de la barra de hierro, del trapo, del azulejo reventado, de la silla desfondada, del troncho de col, del harapo, del andrajo y de la maldición. Era algo grande y pequeño. Era el abismo que el batiburrillo parodiaba allí mismo. La mole junto al átomo; el lienzo de pared arrancado y la escudilla rota; una confraternización amenazadora de todos los restos; allí habían arrojado Sísifo la roca y Job la loza rota. En resumidas cuentas, algo terrible. Era la acrópolis de los ganapanes. Cubrían el accidentado talud unas carretas volcadas; allí estaba cruzado un carromato grandísimo, con el eje apuntando al cielo, que parecía una cuchillada en esa fachada tumultuosa; un ómnibus, que habían izado a pulso hasta lo más alto del montón, como si los arquitectos de aquella edificación salvaje hubieran querido añadir al espanto una travesura de chiquillos, mostraba la vara de la que habían desenganchado a saber qué caballos del cielo. Tan gigantesco conglomerado se le presentaba a la mente como ese empeño de gigantes que apilan el monte Osa sobre el monte Pelión, propio de todas las revoluciones: 1793 sobre 1789; el 9 de termidor sobre el 10 de agosto; el 18 de brumario sobre el 21 de enero; vendimiario sobre pradial; 1848 sobre 1830. La plaza se lo merecía, y esa barricada era digna de hallarse en el mismísimo sitio del que había desaparecido la Bastilla. Si el océano construyera diques, lo haría así. Aquel amontonamiento deforme llevaba la huella de la furia del oleaje.

¿Qué oleaje? El gentío. Era como ver la petrificación de la tremolina. Parecía oírse por encima de aquella barricada, como si ésa hubiera sido su colmena, el zumbido de las enormes abejas tenebrosas del progreso violento. ¿Era una maraña? ¿Era una bacanal? ¿Era una fortaleza? Parecía haberla construido a aletazos el vértigo. En aquel reducto había parte de cloaca; y en aquel revoltijo, algo olímpico. Podían verse, en una mezcolanza colmada de desesperación, albardillas de tejados, trozos de buhardillas donde aún quedaba el papel pintado; chasis de ventanas cuyos cristales se hincaban en los escombros, a la espera del cañón; chimeneas arrancadas, armarios, mesas, bancos; un enredo que soltaba alaridos; y esos mil objetos indigentes, que incluso para el mendigo son desechos y en los que hay parte de ira y parte de anonadamiento. Hubiérase dicho que era el andrajo de un pueblo, andrajo de madera, de hierro, de bronce, de piedra; y que el barrio de Saint-Antoine lo había echado fuera de un escobazo colosal, convirtiendo en barricada su miseria. Bloques semejantes a tajos de carnicero, cadenas dislocadas, armazones de codales con forma de horca y ruedas horizontales que asomaban entre los escombros, se amalgamaban en aquella edificación de la anarquía con la sombría imagen de los antiguos suplicios que había padecido el pueblo. La barricada de Saint-Antoine sacaba partido de todo para armarse; de allí surgía cuanto puede la guerra civil arrojar a la cabeza de la sociedad; aquello no era combate, era paroxismo; las carabinas que defendían ese reducto, entre las que había unos cuantos trabucos, disparaban migajas de loza, huesecillos, botones e incluso ruedecitas de mesilla de noche, proyectiles peligrosos porque llevaban cobre. Era una barricada desaforada; lanzaba hacia las nubes un clamor indecible; había ratos en que, para provocar al ejército, se cubría de gente y de tempestad; un barullo de cabezas flamígeras la coronaba; un pulular la abarrotaba; tenía una cresta que erizaban los fusiles, los sables, los palos, las hachas, las picas y las bayonetas; una gran bandera roja restallaba al viento; se oían gritos de mando, canciones de ataque, redobles de tambor, sollozos de mujer y las carcajadas tenebrosas de los muertos de hambre. Era desmesurada y estaba viva; y, como del lomo de un animal eléctrico, brotaba de ella un chisporroteo fulminante. El espíritu de la revolución cubría con su nube aquella cumbre en que retumbaba la voz de Dios; una majestad extraña se desprendía de aquel titánico cuévano de escombros. Era un basurero y era el Sinaí.

Como ya hemos dicho antes, atacaba en nombre de la revolución. ¿Qué atacaba? La revolución. Esa barricada, el azar, el desorden, el espanto, el malentendido, lo desconocido, se enfrentaba a la asamblea constituyente, a la soberanía del pueblo, al sufragio universal, a la nación, a la República; y era la Carmañola desafiando a la Marsellesa.

Desafío insensato, pero heroico, porque aquel antiguo arrabal es un héroe.

El barrio y su reducto se apoyaban. El barrio respaldaba el reducto, el reducto se adosaba al barrio. La extensa barricada se prolongaba como un acantilado donde iba a romper la estrategia de los generales de África. Las cavernas, las excrecencias, las verrugas y las gibosidades que tenía hacían muecas, por así decirlo, y reían sardónicamente tras el humo. La metralla se desvanecía entre lo informe; los proyectiles de obús se hundían en ella, se abismaban; la barricada se los tragaba; las balas de cañón sólo agujereaban agujeros. ¿De qué vale dispararle balas de cañón al caos? Y los regimientos, acostumbrados a los espectáculos guerreros más fieros, miraban con ojos intranquilos esa especie de reducto, que era animal salvaje porque se erizaba como un jabalí y era montaña por lo enorme.

A un cuarto de legua, en la esquina de la calle de Le Temple, que desemboca en el bulevar cerca de Le Château-d'Eau, quien asomara atrevidamente la cabeza fuera del saliente que formaba el escaparate del comercio Dallemagne podía ver, de lejos, pasado el canal, en la calle que sube por las rampas de Belleville, en el punto culminante de la cuesta, un muralla rara que llegaba hasta el segundo piso de las fachadas, algo así como un guión que uniera las casas de la derecha con las casas de la izquierda, como si la calle hubiera cerrado espontáneamente el más alto de sus muros para clausurarse de golpe. Habían construido ese muro con adoquines. Era recto, formal, frío, perpendicular, nivelado a escuadra, tirado a cordel, trazado con plomada. No tenía cemento, desde luego, pero eso no le alteraba la arquitectura rígida, como les sucede a algunas murallas romanas. Por la altura se intuía el espesor. El entablamento era matemáticamente paralelo a la base. Se divisaban, de trecho en trecho, en la superficie gris, unas aspilleras casi invisibles que parecían hilos negros. Intervalos iguales separaban esas aspilleras. La calle estaba desierta en todo el trecho que abarcaba la vista. Estaban cerradas todas las puertas y todas las ventanas. Al fondo se alzaba ese obstáculo que convertía la calle en un callejón sin salida; un muro quieto y tranquilo; no se veía a nadie; no se oía nada, ni un grito, ni un ruido, ni un hálito. Un sepulcro.

El cegador sol de junio inundaba de luz esa cosa tremenda. Era la barricada del arrabal de Le Temple.

Nada más llegar allí y divisarla, les era imposible incluso a los más arrojados no quedarse pensativos ante aquella aparición misteriosa. Estaba bien ajustada, bien encajada, bien imbricada y era rectilínea, simétrica y fúnebre. Había en ella algo de la ciencia de las tinieblas. Se notaba que el jefe de aquella barricada o era un geómetra o era un espectro. Todo el mundo la miraba y bajaba el tono de voz.

De vez en cuando, si alguien, un soldado, un oficial o un representante del pueblo, se arriesgaba a cruzar por la calzada solitaria, se oía un silbido agudo y débil y el transeúnte caía herido o muerto; o, si se libraba, podía verse cómo se hundía una bala en cualquier postigo cerrado o en una rendija entre dos mampuestos o en el yeso de una pared. A veces era una bala de vizcaíno. Porque los hombres de la barricada se habían fabricado con dos pedazos de hierro de las tuberías del gas, taponados con estopa y arcilla refractaria, dos cañones pequeños. No despilfarraban la pólvora tontamente. Casi todas las balas daban en el blanco. Había unos cuantos cadáveres, acá y allá, y charcos de sangre en el empedrado. Recuerdo una mariposa blanca que iba y venía por la calle. El verano no abdica.

En las inmediaciones, la parte de debajo de las puertas cocheras estaba atestada de muertos.

Cualquiera notaba que lo estaba apuntando alguien invisible y caía en la cuenta de que toda la calle, cuan larga era, estaba en el punto de mira.

Agolpados detrás de esa especie de badén que forma, a la entrada del arrabal de Le Temple, el puente cintrado del canal, los soldados de la columna de ataque observaban, muy serios y con gran recogimiento, aquel reducto lúgubre, aquella quietud, aquella impasibilidad de las que salía la muerte. Algunos reptaban, bocabajo, hasta la parte superior de la curva del puente, teniendo buen cuidado de que los chacós no asomasen.

El valeroso coronel Monteynard admiraba, escalofriado, aquella barricada. ¡Qué construcción! —le decía a un representante—. No hay ni un adoquín que sobresalga más que otro. Es una porcelana. En ese preciso instante, una bala le destrozó la condecoración de la Legión de Honor que llevaba en el pecho y cayó.

—Pero ¡qué cobardes! —decían todos—. ¡Que salgan! ¡Que se los vea!

¡No se atreven! ¡Se esconden!

La barricada del arrabal de Le Temple, que defendían ochenta hombres y atacaban diez mil, aguantó tres días. Al cuarto día, hicieron igual que en Zaatcha y en Constantina, abrieron agujeros en las casas, fueron por los tejados y la barricada cayó. A ninguno de aquellos ochenta cobardes se le ocurrió huir; mataron a todos menos al jefe, Barthélemy, del que luego hablaremos.

La barricada de Saint-Antoine era el tumulto de los truenos; la barricada de Le Temple era el silencio. Había entre ambos reductos la diferencia que existe entre lo formidable y lo siniestro. Aquélla parecía unas fauces; ésta, una máscara.

Dando por hecho que la gigantesca y tenebrosa insurrección de junio se compuso de ira y enigma, se notaba en la primera barricada al dragón, y en la segunda, a la esfinge.

Esas dos fortalezas las habían construido dos hombres; el primero se llamaba Cournet, y el segundo, Barthélemy. Cournet hizo la barricada de Saint-Antoine; Barthélemy, la barricada de Le Temple. Ambas eran a imagen y semejanza del constructor.

Cournet era un hombre de elevada estatura, ancho de espaldas, de cara encarnada, puños que aplastaban, corazón arrojado, alma leal, mirada sincera y terrible. Intrépido, enérgico, irascible, aborrascado; el hombre más cordial y el combatiente más temible. La guerra, la lucha, la refriega eran el aire que respiraba y lo ponían de excelente humor. Había sido oficial de marina, y se intuía por los ademanes y la voz que procedía del océano y venía de la tempestad; era la prolongación del huracán en la batalla. Descartando la genialidad, había en Cournet algo de Danton, de la misma forma que, descartando la divinidad, había algo de Hércules en Danton.

Barthélemy, flaco, encanijado, pálido, taciturno, fue algo así como un golfillo trágico que a los diecisiete años, tras abofetearlo un guardia, lo acechó, lo esperó y lo mató y fue a presidio. Salió de presidido e hizo aquella barricada.

Más adelante, acontecimiento fatídico, en Londres, proscritos ambos, Barthélemy mató a Cournet. Fue un duelo lóbrego. Poco después, pillado en el engranaje de una de esas aventuras misteriosas en que tiene que ver la pasión, catástrofes en que la justicia francesa ve circunstancias atenuantes y la justicia inglesa sólo ve un muerto, ahorcaron a Barthélemy. Así es el sombrío edificio social: merced a la miseria material, merced a la oscuridad moral, aquel desdichado en quien tenía cabida una inteligencia firme, sin duda, y grande, quizá, empezó en Francia en presidio y acabó en el patíbulo en Inglaterra. Barthélemy, cuando se presentaba la ocasión, sólo izaba una bandera, la bandera negra.

II
QUÉ HACER EN EL ABISMO A MENOS QUE SE CHARLE

Dieciséis años se notan en la educación subterránea en disturbios; y junio de 1848 sabía más que junio de 1832. Por lo tanto, la barricada de la calle de la Chanvrerie no era sino un esbozo y un embrión comparada con las dos barricadas colosales que acabamos de describir someramente; pero en aquella época era temible.

Los insurrectos, bajo la atenta mirada de Enjolras, porque Marius ya no se fijaba en nada, aprovecharon la noche. No sólo hicieron reparaciones en la barricada, sino que la agrandaron. La elevaron otros dos pies. Unas barras de hierro clavadas en los adoquines parecían unas lanzas allí apostadas. Toda clase de escombros, que habían añadido tras traerlos de todas partes, volvían más complejo el entramado exterior. Habían vuelto a construir sabiamente el reducto, muralla por dentro y maleza por fuera.

Repararon las escaleras de adoquines, que permitían subir a la barricada como a la muralla de una ciudadela.

Asearon la barricada, quitaron los escombros de la sala de abajo, usaron la cocina como ambulancia, terminaron de curar a los heridos, recogieron la pólvora que andaba rodando por el suelo y por encima de las mesas, fundieron balas, fabricaron cartuchos, hicieron hilas, repartieron las armas de los caídos, limpiaron el interior del reducto, recogieron los restos y se llevaron los cadáveres.

Apilaron a los muertos en la callejuela de Mondétour, que seguía en su poder. El empedrado siguió siendo rojo mucho tiempo en aquel sitio. Había entre los muertos cuatro guardias nacionales de los arrabales. Enjolras mandó que pusieran de lado los uniformes.

Enjolras aconsejó a todo el mundo que durmiera un par de horas. Un consejo de Enjolras era una consigna. No obstante, sólo tres o cuatro disfrutaron de ese sueño. Feuilly dedicó esas dos horas a grabar en la pared frontera a la taberna:

¡VIVAN LOS PUEBLOS!

Esas tres palabras, excavadas en el mampuesto con un clavo, seguían leyéndose en esa pared en 1848.

Las tres mujeres habían aprovechado la tregua nocturna para esfumarse definitivamente, lo que permitió a los insurrectos respirar más a gusto.

Habían dado con alguna forma de refugiarse en una casa del vecindario. La mayoría de los heridos podían seguir combatiendo y querían hacerlo. Cubrían el suelo de la cocina, convertida en ambulancia, unos colchones y unos haces de paja, donde estaban cinco hombres heridos de gravedad, entre los que había dos guardias municipales. A los guardias municipales los curaron los primeros.

Sólo quedaron ya en la sala de abajo Mabeuf bajo la sábana negra y Javert, atado al poste.

—Ésta es la sala de los muertos —dijo Enjolras.

En el interior de aquella sala, que apenas iluminaba una vela, al fondo del todo, como la mesa mortuoria estaba detrás del poste, como una barra horizontal, Javert de pie y Mabeuf yacentes formaban algo así como una cruz grande e imprecisa.

La vara del ómnibus, aunque los tiros la habían partido, daba aún para poder colgar de ella una bandera.

Enjolras, que tenía esa virtud propia de un jefe: hacer siempre lo que decía, sujetó a ese mástil el frac agujereado y ensangrentado del anciano muerto.

No era ya posible comer nada. No había ni pan ni carne. Los cincuenta hombres de la barricada llevaban allí dieciséis horas y no habían tardado en acabar con las escasas provisiones de la taberna. Llega siempre un momento en que toda barricada que resiste se convierte inevitablemente en la balsa de La Méduse. Hubo que resignarse a pasar hambre. Eran las primeras horas de aquel día espartano del 6 de junio en que, en la barricada Saint-Merry, Charles Jeanne, rodeado de insurrectos que pedían pan, contestaba a todos esos combatientes que pedían de comer a gritos: «¿Para qué? Son las tres. A las cuatro estaremos muertos».

Como ya no quedaba de comer, Enjolras vedó que se bebiera. Prohibió el vino y racionó el aguardiente.

Habían encontrado en el sótano alrededor de quince botellas llenas, herméticamente selladas. Enjolras y Combeferre las examinaron. Combeferre, al subir, dijo: «Son existencias antiguas de Hucheloup, que empezó por ser tendero de ultramarinos».

—Debe de ser vino del bueno —comentó Bossuet—. Menos mal que Grantaire está durmiendo. Si estuviera despierto, nos costaría salvar esas botellas.

Enjolras, aunque la gente refunfuñaba, puso el veto a esas quince botellas; y, para que nadie las tocase y fueran sagradas, mandó que las colocasen debajo de la mesa en la que yacía Mabeuf.

A eso de las dos de la mañana hicieron un recuento. Todavía eran treinta y siete.

Empezaba a apuntar el día. Acababan de apagar la antorcha, que habían vuelto a colocar en su alveolo de adoquines. Las tinieblas invadieron el interior de la barricada, esa especie de patinillo que formaba la calle, y parecía, en ese impreciso horror crepuscular, el puente de un barco desmantelado. Los combatientes iban y venían y se movían por él como formas negras. Por encima de aquel atemorizador nido de sombra, se esbozaban, lívidos, los pisos de las casas mudas; arriba del todo, las chimeneas iban blanqueando. El cielo tenía ese delicioso matiz indeciso que puede ser blanco y puede ser azul. Pasaban volando unos pájaros, gritando de felicidad. Como la casa alta que le hacía las veces de telón de fondo a la barricada miraba a levante, tenía un reflejo rosa en el tejado. En el tragaluz del tercer piso el viento de la mañana le revolvía el pelo gris al hombre muerto.

—Estoy contentísimo de que hayan apagado la antorcha —le decía Courfeyrac a Feuilly—. Esa antorcha que el viento espantaba era un fastidio. Parecía que tenía miedo. La luz de las antorchas se parece a la sensatez de los cobardes; da poca luz porque tiembla.

El alba espabila las mentes como si fueran pájaros; todos charlaban.

Joly, al ver un gato rondando por un canalón, hallaba en ello tema para filosofar.

—¿Qué es el gato? —exclamaba—. Es una corrección. Cuando Dios hizo el ratón, dijo luego: «¡Anda! He metido la pata». E hizo el gato. El gato es la errata del ratón. El ratón más el gato son la galerada vuelta a leer y corregida de la creación.

Combeferre, rodeado de estudiantes y de obreros, hablaba de los muertos, de Jean Prouvaire, de Bahorel, de Mabeuf, e incluso de Cabuc y de la circunspecta tristeza de Enjolras. Decía:

—Harmodio y Aristogitón, Bruto, Querea, Stéfano, Cromwell, Charlotte Corday, Louis Sand, todos tuvieron, tras asestar el golpe, su momento de angustia. Tenemos un corazón tan trémulo y la vida humana es un misterio tal que, incluso en un asesinato cívico, incluso en un asesinato liberador, en el caso de que los haya, el remordimiento de haber matado a un hombre supera la alegría de haber servido al género humano.

Y, tales son los meandros de la conversación, un minuto después, por una transición que procedía de los versos de Jean Prouvaire, Combeferre estaba comparando entre sí a los traductores de las Geórgicas, a Raux con Cournand, a Cournand con Delille, y señalaba los escasos fragmentos traducidos por Malfilâtre y, en particular, los prodigios de la muerte de César; y con ese nombre, César, la charla volvía a Bruto.

—Fue justo —dijo Combeferre— que cayera César. Cicerón fue severo con César y tuvo razón. Esa severidad suya no es diatriba. Cuando Zoilo insulta a Homero, cuando Mævio insulta a Virgilio, cuando Visé insulta a Moliere, cuando Pope insulta a Shakespeare, cuando Fréron insulta a Voltaire, se está cumpliendo una ley antigua de envidia y odio; los genios atraen las injurias; con los grandes hombres siempre se meten en mayor o menor grado. Pero Zoilo es una cosa y Cicerón es otra. Cicerón es justiciero con las ideas de la misma forma que Bruto es justiciero con la espada. En lo que a mí se refiere, censuro esta justicia, la de la espada, pero la Antigüedad la admitía. César, que violó el Rubicón, que concedió como si fueran suyas dignidades que procedían del pueblo, que no se levantaba cuando entraba el Senado, actuaba, como dice Eutropio, como un rey y casi como un tirano, regia ac poene tyrannica. Era un gran hombre; pues qué se le va a hacer; o mejor que fuera así, más elevada es la lección. Sus veintitrés heridas me conmueven menos que el escupitajo en la cara de Cristo. A César lo apuñalan los senadores; a Cristo lo abofetean unos criados. Se nota el Dios en que es mayor el ultraje.

Bossuet, que hablaba con los demás desde arriba, subido en un montón de adoquines, exclamaba, con la carabina en la mano:

—¡Ah, Cidateneo; ah, Mirrino; ah, Probalinto; ah, gracias de la Eántide!

¡Ah! ¿Quién me concederá el don de pronunciar los versos de Homero como un griego de Laurion o de Edapteón?

III
UN CLARO Y NUEVAS NUBES

Enjolras había ido a hacer un reconocimiento. Salió por la callejuela de Mondétour, haciendo eses pegado a las casas.

Los insurrectos, hemos de decirlo, rebosaban esperanza. La forma en que habían rechazado el ataque nocturno los llevaba casi a desdeñar el ataque del despuntar del día. Lo esperaban y les hacía sonreír. No ponían en duda el éxito de la misma forma que no ponían en duda su causa. Por lo demás, estaba claro que les llegarían refuerzos. Contaban con ellos. Con esa facilidad para profetizar el triunfo que es una de las fuerzas del francés empeñado en un combate, dividían el día que estaba a punto de comenzar en tres fases seguras: a las seis de la mañana, un regimiento «con quien ya se había hablado» cambiaría de bando; a mediodía, la insurrección de París entero; al ponerse el sol, la revolución.

Se oía el toque de rebato de Saint-Merry, que no había callado un minuto desde el día anterior, lo cual demostraba que la otra barricada, la grande, la de Charles Jeanne, seguía en su sitio.

Todas aquellas esperanzas iban de un grupo a otro como un cuchicheo alegre y temible que se parecía al zumbido guerrero de una colmena de abejas.

Regresó Enjolras. Volvía de su oscuro paseo de águila por las tinieblas exteriores. Se quedó un rato escuchando todo aquel júbilo con los brazos cruzados y una mano en la boca. Luego, lozano y sonrosado entre la blancura de la mañana, que iba creciendo, dijo:

—Interviene todo el ejército de París. La tercera parte de ese ejército se centra en la barricada en que estáis. Además está la Guardia Nacional. He visto los chacós del 5.º de infantería ligera y los guiones de la sexta legión. Os atacarán dentro de una hora. En lo que al pueblo se refiere, ayer hubo efervescencia, pero esta mañana ya no se mueve. Ni hay esperanza ni hay nada que esperar. Ni de un arrabal ni de un regimiento. Os han abandonado. Esas palabras cayeron en pleno zumbido de los grupos e hicieron en ellos el mismo efecto que la primera gota de la tormenta en un enjambre.

Todos se quedaron callados. Hubo un momento de silencio indecible en que se podría haber oído a la muerte pasar volando.

Fue un momento breve.

Una voz, desde lo hondo del grupo menos destacado, le gritó a Enjolras:

—Bien está. Vamos a subir la barricada veinte pies y aquí nos quedaremos todos. Ciudadanos, hagamos el juramento de los cadáveres. Que se vea que, aunque el pueblo abandone a los republicanos, los republicanos no abandonan al pueblo.

Esas palabras apartaban el pensamiento de todos de las ansiedades individuales. Las recibió una aclamación entusiasta.

Nunca se supo cómo se llamaba el hombre que habló así; fue cualquier obrero ignorado, un desconocido, un olvidado, un héroe que pasó por allí, ese magno anónimo que siempre se halla en las crisis humanas y en las génesis sociales y que, en determinado momento, dice de forma suprema la frase decisiva y se desvanece en las tinieblas tras haber sido, por un minuto, entre el resplandor de un relámpago, el pueblo y Dios.

Hasta tal punto estaba en el ambiente esa decisión inexorable el 6 de junio de 1832 que, casi a la misma hora, en la barricada de Saint-Merry, los insurrectos lanzaron este clamor histórico y del que quedó acta en el juicio:

«¡Qué más da que vengan a socorrernos o que no vengan! Que nos maten aquí hasta el último».

Como podemos ver, las dos barricadas estaban aisladas materialmente, pero en comunicación.

IV
CINCO MENOS Y UNO MÁS

Después de hablar y proferir la frase del alma colectiva aquel hombre anónimo, que había decretado el «juramento de los cadáveres», brotó de todas las bocas un grito extrañamente satisfecho y tremendo, de sentido lóbrego y acento triunfal:

—¡Viva la muerte! Aquí nos quedamos todos.

—¿Por qué todos? —dijo Enjolras.

—¡Todos! ¡Todos! Enjolras añadió:

—La posición es buena, la barricada es espléndida. Basta con treinta hombres. ¿Por qué vamos a sacrificar a cuarenta?

Le contestaron:

—Porque ninguno querrá irse.

—Ciudadanos —gritó Enjolras, y tenía en la voz una vibración casi irritada—, la República no tiene bastantes hombres para andarse con despilfarros inútiles. La vanagloria es un despilfarro. Si hay quien tenga el deber de irse, es ése un deber con que el que hay que cumplir como con cualquier otro.

Enjolras, el hombre de principios, tenía ante sus correligionarios esa especie de omnipotencia que nace de lo absoluto. Pero, fuere cual fuere dicha omnipotencia, hubo murmullos de protesta.

Jefe de cuerpo entero, Enjolras, al oír esos murmullos, insistió. Siguió diciendo con tono altanero:

—Quienes teman quedarse en treinta nada más que lo digan. Los murmullos fueron a más.

—Por cierto —comentó una voz en uno de los grupos—, se dice muy pronto eso de que nos vayamos. La barricada está rodeada.

—No lo está por la parte del Mercado Central —dijo Enjolras—. La calle de Mondétour está libre, y por la calle de Les Prêcheurs se puede llegar hasta el mercado de Les Innocents.

—Y al llegar allí nos detendrán —dijo otra voz del grupo—. Nos toparemos con algún cuerpo de guardia de línea o de los arrabales. Verán pasar a un hombre con blusón y gorra. ¿Tú de dónde vienes? ¿No serás de los de la barricada? Y le miran a uno las manos. Hueles a pólvora. Fusilado.

Enjolras, sin contestar nada, le dio un golpe en el hombro a Combeferre y los dos entraron en la sala de abajo.

Volvieron a salir poco después. Enjolras llevaba, con los brazos estirados, los cuatro uniformes que había mandado que pusieran aparte. Detrás iba Combeferre con los correajes y los chacós.

—Con este uniforme —dijo Enjolras—, se mete uno en las filas y se escabulle. Aquí hay para cuatro de momento.

Y arrojó al suelo desempedrado los cuatro uniformes.

El estoico auditorio no se inmutó. Combeferre tomó la palabra.

—Vamos —dijo—, un poco de compasión. ¿Sabéis de qué se está hablando aquí? Se está hablando de las mujeres. A ver, ¿hay mujeres o no las hay? ¿Hay niños o no los hay? ¿Hay o no hay madres meciendo una cuna con el pie y rodeadas de chiquillos? Quien no haya visto nunca una mujer dando de mamar que levante la mano. ¡Ah, que todos queréis que os maten! Pues yo también lo quiero, pero lo que no quiero es sentir alrededor fantasmas de mujeres retorciéndose los brazos. Morid, bien está, pero no matéis. Los suicidios como los que van a darse aquí son sublimes, pero el suicido es muy estrecho y no admite extensiones; y en cuanto afecta a vuestros seres queridos, el suicido se llama asesinato. Pensad en las cabecitas rubias y pensad en las cabezas canas. Mirad, Enjolras me acaba de contar que hace un rato ha visto en la esquina de la calle de Le Cygne una ventana encendida, una vela en una ventana pobre, en el quinto, y en el cristal la sombra temblona de una cabeza de anciana que tenía aspecto de haber pasado la noche despierta y esperando. A lo mejor es la madre de uno de vosotros. Bueno pues ése que se vaya y que vaya corriendo a decirle a su madre: «¡Aquí estoy, madre!». Puede quedarse tranquilo, que aquí haremos la tarea de todas formas. Quien sea el sustento de los suyos con su trabajo no tiene ya derecho a sacrificarse. Eso es desertar de la familia. ¡Y los que tienen hijas y los que tienen hermanas! ¿Lo habéis pensado? Dejáis que os maten, ya estáis muertos, muy bien. ¿Y mañana? Unas muchachas sin pan, ¡qué cosa tan terrible! El hombre pide limosna, la mujer se vende. Ay, esos seres adorables, tan gráciles y tan dulces, que llevan gorros de flores, que colman la casa de castidad, que cantan, que parlotean, que son como un perfume vivo, que demuestran la existencia de los ángeles en el cielo con la pureza de las vírgenes en la tierra, esa Jeanne, esa Lise, esa Mimí, esas deliciosas criaturas honestas, que son vuestra bendición y vuestro orgullo, ¡ah, Dios mío!, van a pasar hambre. ¿Qué os voy a decir que no sepáis? Existe un mercado de carne humana. ¡Y si con lo que las rodeáis es con manos de sombras trémulas no impediréis que ingresen en él! Pensad en las calles, pensad en el adoquinado lleno de viandantes, pensad en las tiendas delante de las que esas mujeres van y vienen, escotadas y pisando el barro. También esas mujeres fueron puras. Pensad en vuestras hermanas, los que las tengáis. La miseria, la prostitución, los guardias, Saint-Lazare, a eso es a lo que van a ir a parar esas jóvenes delicadas y hermosas, esos frágiles prodigios de pudor, de encanto y de hermosura, más lozanos que las lilas del mes de mayo. ¡Ah, que habéis querido que os matasen! ¡Ah, que ya no estáis ahí! Muy bien; por querer sacar al pueblo de las manos de la monarquía, entregáis a vuestras hijas a la policía. Amigos, cuidado, tened compasión. Hay poca costumbre de acordarse de las mujeres, de las desdichadas mujeres. Nos fiamos de que a las mujeres no las educaron como a los hombres, les impedimos leer, les impedimos pensar, les impedimos meterse en política. Pero ¿vais a poder impedirles que vayan a la morgue esta noche para identificar vuestros cuerpos? Vamos, que quienes tengan familia se porten como buenas personas y nos den un apretón de manos y se vayan y nos dejen rematar solos este asunto. Ya sé que se necesita mucho valor para irse, es difícil; pero más que difícil es meritorio. Se dice uno: Tengo un fusil, estoy en la barricada, aquí me quedo, que le vamos a hacer. Se tarda poco en decir eso de qué le vamos a hacer. Pero hay un día de mañana, amigos míos; y vosotros no estaréis en ese día de mañana, pero vuestras familias sí que estarán. ¡Y cuántos sufrimientos! Mirad, un niño precioso y sano, con mejillas como manzanas, que charla con media lengua, que gorjea, que trina, que se ríe, que huele bien al darle un beso, ¿sabéis en qué se convierte cuando lo abandonan? Conocí a uno, muy chiquitín, así de pequeño. El padre había muerto. Lo recogieron por caridad unos pobres, pero no tenían pan ni para ellos. El niño siempre tenía hambre. Era invierno. No lloraba. Se iba hacia la estufa, que nunca estaba encendida y que tenía el cañón, ya sabéis, enmasillado con tierra amarilla. El niño arrancaba con los deditos un trozo de tierra de aquella y se lo comía. Tenía una respiración ronca, la cara lívida, las piernas fláccidas, el vientre hinchado. No decía nada. Le hablaban y no contestaba. Se murió. Lo llevaron a morir al hospicio Necker, que fue donde yo lo vi. Estaba de interno en ese hospicio. Así que si hay entre vosotros padres que tienen la dicha de pasearse los domingos llevando cogida en la mano tranquilizadora y robusta la manita de su niño, que esos padres se imaginen que ese niño que digo es el suyo. Me acuerdo de ese pobre chiquillo, me parece que lo estoy viendo; cuando estuvo desnudo encima de la mesa de anatomía, las costillas le asomaban de la piel como las fosas en la hierba de un cementerio. Le encontraron en el estómago algo así como barro. Tenía ceniza entre los dientes. Vamos, pensemos en conciencia y pidamos consejo al corazón. Las estadísticas dicen que la mortalidad de los niños abandonados es de un cincuenta y cinco por ciento. Lo repito, estamos hablando de mujeres, estamos hablando de madres, estamos hablando de muchachas, estamos hablando de críos. ¿Alguien os está hablando de vosotros? Sabemos muy bien cómo sois; sabemos muy bien que sois todos unos valientes, por vida de… Sabemos muy bien que lleváis todos en el alma la alegría y la gloria de dar la vida por la gran causa; sabemos muy bien que sentís que sois los elegidos para morir de forma útil y magnífica y que todos queréis la parte de triunfo que os corresponde. Me parece muy bien. Pero no estáis solos en este mundo. Hay otras personas en las que debéis pensar. No hay que ser egoísta.

Todos bajaron la cabeza con expresión sombría.

¡Curiosas contradicciones del corazón humano en los momentos más tenebrosos! Combeferre, que hablaba así, no era huérfano. Se acordaba de las madres de los demás y se olvidaba de la suya. Iba a dejar que lo matasen. Era «egoísta». Marius, en ayunas, febril, después de dejar atrás todas las esperanzas, naufragado en el dolor, que es el naufragio más sombrío, saturado de emociones violentas y sintiendo acercarse el fin, se había ido sumiendo cada vez más en aquel estupor visionario que precede siempre a la hora fatídica libremente aceptada.

Un fisiólogo habría podido estudiar en él los síntomas en aumento de ese ensimismamiento febril que la ciencia conoce y tiene clasificado y que es al sufrimiento lo que la voluptuosidad al placer. También la desesperación tiene un éxtasis propio. En él estaba Marius. Lo presenciaba todo como desde fuera; como ya hemos dicho, las cosas que sucedían en presencia suya le parecían lejanas; se percataba del conjunto, pero no distinguía los detalles. Veía las idas y venidas como a través de un resplandor. Oía que las voces hablaban como en lo hondo de un abismo.

Pero esto lo inmutó. Había en aquella escena una flecha que le llegó y lo despertó. Él sólo pensaba en morir y no quería que nada lo distrajera; pero, en su estado de fúnebre sonambulismo, pensó que, al perderse, no está prohibido salvar a alguien.

Alzó la voz:

—Enjolras y Combeferre tienen razón —dijo—; nada de sacrificios inútiles. Me sumo a ellos y hay que darse prisa. Combeferre os ha dicho cosas decisivas. Entre vosotros hay quienes tienen familia, madres, hermanas, mujeres, hijos. Que salgan de las filas.

Nadie se movió.

—¡Los hombres casados y quienes tengan a su cargo a una familia que salgan de las filas! —repitió Marius.

Gozaba de gran autoridad. Enjolras era el jefe de la barricada, desde luego, pero Marius la había salvado.

—¡Os lo ordeno! —gritó Enjolras.

—Os lo ruego —dijo Marius.

Entonces, afectados por las palabras de Combeferre, quebrantados por la orden de Enjolras, emocionados por el ruego de Marius, aquellos hombres heroicos empezaron a denunciarse mutuamente.

—Es verdad —le decía un joven a un hombre hecho y derecho—. Tú eres padre de familia. Vete.

—El que debería irse eres tú —contestaba el hombre—. De ti dependen tus dos hermanas.

Y estalló una lucha inaudita. Todos peleaban para que no los echasen de la tumba.

—Hay que darse prisa —dijo Courfeyrac—. Dentro de un cuarto de hora será demasiado tarde.

—Ciudadanos —añadió Enjolras—. Esto es una república y el sufragio universal manda. Decidid vosotros quiénes tienen que irse.

Obedecieron. Al cabo de pocos minutos designaron a cinco por unanimidad y éstos salieron de las filas.

—¡Son cinco! —exclamó Marius. Sólo había cuatro uniformes.

—Pues uno tiene que quedarse entonces —dijeron los cinco.

Y hubo una pugna por quién se quedaba, y los cinco buscaban razones para que no se quedasen los demás. Empezó la generosa disputa.

—Tú tienes una mujer que te quiere.

—Tú tienes a tu madre, que es muy vieja.

—Tú no tienes ya ni padre ni madre. ¿Qué va a ser de tus tres hermanitos?

—Tú tienes cinco hijos.

—Tú tienes derecho a vivir; tienes diecisiete años, no es edad para morirse.

Aquellas grandes barricadas revolucionarias eran puntos de cita de héroes. Lo inverosímil era sencillo. Aquellos hombres no se sorprendían entre sí.

—Daos prisa —repetía Courfeyrac.

De entre los grupos le gritaron a Marius:

—Decida usted quién se queda.

—Sí —dijeron los cinco—. Decida y obedeceremos.

Marius no pensaba ya que pudiera pasar por más emociones. No obstante, ante la idea aquella de escoger a un hombre para que muriera, se le fue toda la sangre al corazón. Se habría puesto pálido si hubiese podido estar aún más pálido.

Se acercó a los cinco, que le sonreían; y todos, con la mirada rebosante de esa inmensa llama que se ve en lo hondo de la historia, en las Termópilas, le gritaban:

—¡Yo! ¡Yo! ¡Yo!

Y Marius, en estado de estupor, los contó: ¡seguían siendo cinco! Bajó luego la vista hacia los cuatro uniformes.

En ese momento cayó, como del cielo, un quinto uniforme sobre los otros cuatro.

El quinto hombre se había salvado.

Marius alzó los ojos y reconoció al señor Fauchelevent. Jean Valjean acababa de entrar en la barricada.

Bien por haberse informado, bien por instinto, bien por casualidad, entraba por la callejuela de Mondétour. Como iba vestido de guardia nacional, había llegado sin dificultad.

El vigía que habían puesto los insurrectos en la calle de Mondétour no tenía por qué dar la alarma por un guardia nacional aislado. Lo dejó entrar en la calle diciéndose: seguramente es un refuerzo y, en el peor de los casos, un prisionero. Era un momento demasiado serio para que el centinela se distrajera de su deber y de su puesto de observación.

Cuando Jean Valjean entró en el reducto, nadie se fijó en él, pues todos los ojos estaban clavados en los cinco elegidos y en los cuatro uniformes. Jean Valjean vio, oyó y, calladamente, se quitó el uniforme y lo arrojó encima de los otros.

La emoción fue indescriptible.

—¿Quién es ese hombre? —preguntó Bossuet.

—Es —respondió Combeferre— un hombre que salva a los demás. Marius añadió con voz grave:

—Lo conozco.

Con esa garantía les bastaba a todos. Enjolras se volvió hacia Jean Valjean.

—Bienvenido, ciudadano. Y añadió:

—Ya sabrá que vamos a morir.

Jean Valjean, sin contestar, ayudó al insurrecto al que salvaba a ponerse el uniforme.

V

EL HORIZONTE QUE SE VE DESDE LO ALTO DE LA BARRICADA

La resultante y el colofón de la situación de todos en aquella hora fatídica y en aquel lugar inexorable fue la melancolía suprema de Enjolras.

Enjolras llevaba en sí la plenitud de la revolución; no obstante, era incompleto, tan incompleto como puede ser lo absoluto; se parecía demasiado a Saint-Just y no lo suficiente a Anacharsis Cloots; sin embargo, en la Sociedad de los Amigos del A B C las ideas de Combeferre habían acabado por imantarle las suyas hasta cierto punto; llevaba una temporada saliendo poco a poco de la forma estrecha del dogma y cediendo a los ensanchamientos del progreso; y había acabado por aceptar, como evolución definitiva y magnífica, que la gran república francesa se transformara en una inmensa república humana. En cuanto a los medios inmediatos, ya que la situación era violenta, quería que fueran violentos; en eso no variaba; y no había dejado esta escuela épica y temible que se resume en la siguiente fecha: 1793.

Enjolras estaba de pie en la escalera de adoquines con uno de los codos apoyado en el cañón de la carabina. Meditaba; se sobresaltaba como si pasasen ráfagas; los lugares donde se halla la muerte incitan a las inspiraciones oratorias. Le brotaban de las pupilas, que la mirada interior colmaba, algo así como fuegos sofocados. De pronto irguió la cabeza; la melena rubia cayó hacia atrás como la del ángel en la oscura cuadriga hecha de estrellas y fue como una melena de león que, al espantarse, llamease como una aureola; y Enjolras exclamó:

—Ciudadanos, ¿representáis el porvenir? ¡Las calles de las ciudades repletas de luces y de ramas verdes en los umbrales; las naciones hermanas; los hombres justos; los ancianos bendiciendo a los niños; el pasado gustando del presente; los pensadores con plena libertad; los creyentes con plena igualdad; el cielo por religión; Dios sacerdote directo; la conciencia humana convertida en altar; no más odios; la fraternidad del taller y de la escuela por labor y la notoriedad por recompensa; el trabajo para todos, el derecho para todos, la paz sobre todos; no más sangre vertida, no más guerra, las madres dichosas! El primer paso es domeñar la materia; el segundo, llevar a cabo el ideal. Pensad en todo lo que ha hecho ya el progreso. Antaño las primeras razas humanas veían pasar, aterradas, ante sus ojos la hidra que soplaba en las aguas, el dragón que vomitaba fuego, el grifo que era el monstruo del aire y volaba con las alas de un águila y las garras de un tigre; animales espantosos que estaban por encima del hombre. Pero el hombre tendió trampas, las trampas sagradas de la inteligencia, y acabó por atrapar en ellas a los monstruos. Hemos domado la hidra, y se llama barco de vapor; hemos domado el dragón, y se llama locomotora; estamos a punto de domar el grifo, ya lo hemos cogido, y se llama globo. El día en que concluya esta obra prometeica y el hombre haya enganchado ya a su voluntad el tiro de la triple Quimera antigua, la hidra, el dragón y el grifo, llegará el amor del agua, del fuego y del aire y será para el resto de la creación animada lo que antaño fueron los antiguos dioses. ¡Valor y adelante! Ciudadanos, ¿dónde vamos? A la ciencia hecha gobierno; a la fuerza de las cosas convertida en la única fuerza pública; a la ley natural que lleve en sí la propia sanción y la propia penalización y promulgue la evidencia; a un amanecer de la verdad que coincida con el amanecer del día. Vamos a la unión de los pueblos; vamos a la unidad del hombre. No más ficciones; no más parásitos. Lo verdadero gobernará lo real, ésa es la meta. La civilización tendrá su sede en la cima de Europa y, más adelante, en el centro de los continentes, en un gran parlamento de la inteligencia. Ya sucedió algo parecido. Los anfictiones se reunían dos veces al año, una en Delfos, el lugar de los dioses, y otra en las Termópilas, el lugar de los héroes. Europa tendrá sus anfictiones; la tierra tendrá sus anfictiones; Francia está preñada de ese porvenir sublime. Ésa es la gestación del siglo XIX; lo que esbozó Grecia es digno de que lo culmine Francia. Escúchame tú, Feuilly, valiente obrero, hombre del pueblo, hombre de los pueblos. Yo te venero. Sí, tú ves con claridad los tiempos futuros, sí, tienes razón. No tenías ni padre ni madre, Feuilly; tomaste por madre a la humanidad y por padre al derecho. Vas a morir aquí, es decir, vas a triunfar. Ciudadanos, suceda lo que suceda hoy, tanto si nos derrotan como si triunfamos, lo que vamos a hacer es una revolución. De la misma forma que los incendios iluminan la ciudad entera, las revoluciones iluminan al género humano entero. ¿Y qué revolución vamos a hacer? Acabo de decirlo, la revolución de lo Verdadero. Desde el punto de vista político, no hay sino un principio: la soberanía del hombre sobre sí mismo. Esa soberanía del yo se llama Libertad. Donde se asocian dos o más soberanías de ésas empieza el Estado. Pero en una asociación así no hay abdicación ninguna. Todas las soberanías ceden cierta cantidad de sí mismas para constituir el derecho común. Esta cesión que todos y cada uno hacen a todos los demás se llama Igualdad. El derecho común no es sino la protección de todos que irradia en el derecho de todos y cada uno. Esta protección de todos para todos se llama Fraternidad. El punto de intersección de todas esas soberanías que se suman se llama Sociedad. Esa intersección es una confluencia, ese punto es un nudo. Y de ahí viene eso que llamamos el vínculo social. Hay quien lo llama contrato social; y es lo mismo, pues en la palabra contrato, etimológicamente, está la idea de vínculo. Pongámonos de acuerdo en qué es la igualdad, pues si la libertad es la cima, la igualdad es la base. La igualdad, ciudadanos, no es que toda la vegetación esté enrasada, una sociedad de hierbas largas y de robles bajos; un vecindario de envidias que se castren entre sí; es, en el ámbito civil, que todas las aptitudes tengan las mismas oportunidades; en el ámbito político, es que todos los votos valgan lo mismo; en el ámbito religioso, es que todas las conciencias tengan los mismos derechos. La Igualdad tiene un órgano: la instrucción gratuita y obligatoria. El derecho al alfabeto, por ahí es por donde hay que empezar. La escuela primaria obligatoria para todos; la escuela secundaria brindada a todos, ésa es la ley. De la escuela idéntica sale la sociedad igual. ¡La enseñanza, sí! ¡Luz! ¡Luz! Todo viene de la luz y todo va a la luz. Ciudadanos, el siglo XIX es grande, pero el siglo XX será feliz. Y ya no pasará nada que tenga que ver con la historia vieja; no tendremos ya que temer, como ahora, una conquista, una invasión, una usurpación, una rivalidad a mano armada de naciones, una interrupción de la civilización que dependa de un matrimonio de reyes, de un nacimiento en el seno de las tiranías hereditarias, de un reparto de pueblos obra de un congreso, de un desmembramiento porque se hunda una dinastía, de un combate entre dos religiones que choquen de frente como dos carneros del reino de la oscuridad, en el puente de lo infinito; no tendremos ya que temer la hambruna, ni la explotación, ni la prostitución fruto de la desesperación ni el desvalimiento, ni la miseria fruto del paro, ni el patíbulo, ni la espada, ni las batallas, ni todos los robos de salteador del azar en el bosque de los acontecimientos. Casi podríamos decir que ya no habrá acontecimientos. Los hombres serán felices. El género humano cumplirá su ley como cumple la suya el globo terrestre; se restablecerá la armonía entre el alma y el astro; el alma gravitará en torno a la verdad igual que el astro en torno a la luz. Amigos, esta hora en que estamos y en la que os hablo es una hora oscura; pero tales son las inversiones terribles del porvenir. Una revolución es un peaje. ¡Ah, el género humano quedará liberado, alzado y consolado! Se lo afirmamos en esta barricada. ¿Desde dónde lanzar el grito de amor si no es desde la cima del sacrificio? ¡Ah, hermanos míos, éste es el punto en que coinciden quienes piensan y quienes sufren; esta barricada no se compone de adoquines, ni de vigas, ni de chatarra; consta de dos cúmulos: un cúmulo de ideas y un cúmulo de dolores! La miseria y los ideales se encuentran aquí. El día abraza a la noche y le dice: Voy a morir contigo y tú renacerás conmigo. Del abrazo de todos los desconsuelos surge la fe. Aquí aportan los sufrimientos su agonía y las ideas su inmortalidad. Esta agonía y esta inmortalidad se mezclarán y compondrán nuestra muerte. Hermanos, quien muere aquí muere en pleno resplandor del porvenir, y entramos en un sepulcro empapado de aurora.

Enjolras, más que callar, se interrumpió; se le movían los labios en

silencio como si siguiera hablando consigo mismo; y, por eso, atentos todos e intentando seguir oyéndolo, lo miraron. No hubo aplausos; pero sí prolongados cuchicheos. La palabra es soplo, el estremecimiento de las inteligencias se parece al estremecimiento de las hojas.

VI
MARIUS DESENCAJADO. JAVERT LACÓNICO

Digamos qué le estaba pasando a Marius por la cabeza.

Recordemos en qué situación tenía el alma. Acabamos de recordar que para él todo era ya sólo una visión. Y todo lo veía turbio. Marius, digámoslo de nuevo, estaba a la sombra de esas anchas alas tenebrosas que se abren sobre los agonizantes. Sentía que ya había entrado en la tumba, le parecía que estaba ya del otro lado de la muralla y no veía ya los rostros de los vivos sino con los ojos de un muerto.

¿Cómo es que estaba allí Fauchelevent? ¿Por qué estaba allí? ¿A qué había ido? Marius no se hizo todas esas preguntas. Por lo demás, como cuando estamos desesperados lo propio de esa desesperación es que afecta a todos tanto como a nosotros, le parecía lógico que todo el mundo acudiera para morir.

Pero se le encogió el corazón al pensar en Cosette.

Por lo demás, el señor Fauchelevent no le dirigió la palabra, no lo miró y ni siquiera pareció oírlo cuando Marius alzó la voz para decir: «Lo conozco».

En lo que a Marius se refería, ese comportamiento del señor Fauchelevent era un alivio y, si es que se puede usar esa palabra para impresiones semejantes, podríamos decir que le gustaba. Había notado siempre en su fuero interno una imposibilidad absoluta de hablarle a aquel hombre enigmático que le resultaba a un tiempo equívoco e impresionante. Llevaba, además, mucho sin verlo, y eso acrecentaba aún más esa imposibilidad para una forma de ser tímida y reservada como la de Marius.

Los cinco hombres elegidos salieron de la barricada por la callejuela de Mondétour; parecían del todo guardias nacionales. Uno se fue llorando. Antes de irse, dieron un abrazo a los que se quedaban.

Cuando se hubieron marchado los cinco hombres devueltos a la vida, Enjolras se acordó del condenado a muerte. Entró en la sala de abajo. Javert, atado al poste, estaba pensativo.

—¿Necesitas algo? —le preguntó Enjolras. Javert le contestó:

—¿Cuándo me van a matar?

—Espera. Necesitamos todos los cartuchos ahora mismo.

—Entonces deme de beber —dijo Javert.

Enjolras le llevó un vaso de agua con sus propias manos y, como Javert estaba atado, lo ayudó a beber.

—¿Algo más? —añadió Enjolras.

—Estoy mal en este poste —contestó Javert—. Habéis sido muy duros de corazón dejándome aquí toda la noche. Atadme como queráis, pero bien podríais tenderme en una mesa como a ese otro.

Y con un ademán de la cabeza, señalaba el cadáver de Mabeuf.

Recordemos que había al fondo de la sala una mesa grande y larga en que habían estado fundiendo balas y haciendo cartuchos. Como ya habían acabado de hacer cartuchos y habían usado toda la pólvora, la mesa estaba libre.

Al ordenarlo Enjolras, cuatro insurrectos desataron del poste a Javert. Mientras lo desataban, un quinto hombre le tenía una bayoneta apoyada en el pecho. Le dejaron las manos atadas a la espalda, le pusieron en los pies una cuerda de látigo delgado y sólida que le permitía dar pasos de quince pulgadas como quienes van a subir al patíbulo y le hicieron andar hasta la mesa del fondo de la sala, donde lo tendieron y lo ataron fuertemente por la cintura.

Para mayor seguridad, añadieron a las ligaduras que le impedían todo intento de evasión, pasándole una cuerda por el cuello, esa especie de atadura que llaman en las cárceles martingala y que empieza en la nuca, se bifurca en el estómago y llega hasta las manos tras pasar por la entrepierna.

Mientras ataban a Javert, un hombre, en el umbral de la puerta, lo miraba con singular atención. La sombra del hombre hizo que Javert volviera la cabeza. Alzó la vista y reconoció a Jean Valjean. Ni tan siquiera se sobresaltó, bajó altaneramente los párpados y se limitó a decir: «Es lo más lógico».

VII
LA SITUACIÓN SE AGRAVA

Llegaba el día a toda prisa. Pero ni se abría ninguna ventana ni se entornaba ninguna puerta; era el alba, pero no era el despertar. Las tropas se habían retirado del final de la calle de la Chanvrerie, como ya hemos dicho; la calle parecía despejada y se abría ante los transeúntes con una tranquilidad siniestra. La calle de Saint Denis estaba tan callada como la avenida de las Esfinges de Tebas. Ni un ser viviente en las glorietas, que un reflejo de sol blanqueaba. Nada más lúgubre que esa claridad en aquellas calles desiertas.

No se veía nada, pero se oía algo. Había a cierta distancia un movimiento misterioso. Estaba claro que se acercaba el instante crítico. Los vigías se replegaron, como habían hecho la víspera por la noche; pero esta vez se replegaron todos.

La barricada era más fuerte que durante el primer ataque. Después de irse los cinco hombres, la habían hecho aún más alta.

Atendiendo a la opinión del vigía que había estado observando la zona del Mercado Central, Enjolras, por temor a que los sorprendieran por la espalda, tomó una decisión transcendente. Mandó cerrar el estrecho pasadizo de la callejuela de Mondétour, que seguía libre hasta entonces. Para hacerlo levantaron los adoquines de unas cuantas manzanas más. Así la barricada tenía unas tapias que la aislaban de tres calles: por delante, la calle de la Chanvrerie; a la izquierda, la calle de Le Cygne y La Petite- Truanderie; a la derecha, la calle de Mondétour, y era casi inexpugnable, pero cierto es que los de dentro quedaban fatalmente encerrados. Tenía tres frentes, pero ya no tenía salida.

—Fortaleza, sí; pero también ratonera —dijo Courfeyrac riéndose.

Enjolras mandó amontonar junto a la puerta de la taberna alrededor de treinta adoquines, «que habían sobrado», decía Bossuet.

Por la parte de la que debía llegar el ataque había ahora un silencio tan profundo que Enjolras dispuso que todo el mundo volviera a los puestos de combate.

Les dieron a todos una ración de aguardiente.

No hay nada más curioso que una barricada que se prepara para un asalto. Todos eligen el sitio como quien va a presenciar un espectáculo. Unos se arriman de costado, otros se ponen de codos, otros se parapetan. Algunos se hacen cubículos con adoquines, Que hay un rincón molesto, se apartan de él. Que hay un resalto que puede servir de protección, se refugian en él. Los zurdos son elementos de gran valor; ocupan los puestos que les resultan incómodos a los demás. Muchos se las ingenian para luchar sentados. Hay un deseo de matar a gusto y morir con comodidad. En la funesta guerra de junio de 1848, un insurrecto que tenía una puntería temible y peleaba desde una azotea, en lo alto de un tejado, pidió que le llevasen un sillón Voltaire; una descarga de metralla lo encontró allí sentado.

En cuanto el jefe ordena el zafarrancho de combate, cesan cualesquiera movimientos desordenados; ya no hay roces, ni camarillas, ni apartes; nadie va ya por su cuenta; los pensamientos de todas las mentes convergen y se convierten en espera del asaltante. Una barricada antes del peligro es un caos; en el peligro es disciplina. El peligro impone orden.

En cuanto Enjolras cogió su carabina de dos tiros y se colocó en una especie de almena que había reservado para sí, todos callaron. Un chisporroteo de ruidos menudos retumbó confusamente a lo largo de la muralla de adoquines. Era que estaban armando los fusiles.

Por lo demás, los comportamientos eran más altaneros y más confiados que nunca; el exceso de sacrificio reafirma; no tenían ya esperanza, pero tenían desesperación. La desesperación es el arma definitiva que a veces lleva a la victoria; lo dijo Virgilio. Los recursos supremos nacen de las resoluciones extremas. Hay veces en que embarcarse en la muerte es la forma de librarse del naufragio; y la tapa del ataúd se convierte en tabla de salvación.

Igual que la víspera por la noche, todos tenían la atención puesta, y casi podríamos decir afincada, en el extremo de la calle, que ahora estaba iluminado y visible.

La espera no fue larga. Comenzó a notarse con claridad un bullicio por la zona de Saint-Leu, pero no tenía que ver con los movimientos del primer ataque. Un chapoteo de cadenas, los tumbos intranquilizadores de una mole, un entrechocar de bronce que fuese a brincos por el empedrado, algo parecido a un estrépito solemne anunciaron que se acercaba algún siniestro artefacto metálico. Se les sobresaltaron las entrañas a aquellas calles viejas y tranquilas, trazadas para la circulación fecunda de los intereses y de las ideas y que no se hicieron para que rodasen por ellas las ruedas monstruosas de la guerra.

Se tornó feroz la fijeza de las pupilas de todos los combatientes, clavadas en el extremo de la calle.

Apareció una pieza de artillería.

Los artilleros iban empujando el cañón; iba montado en las muñoneras y le habían quitado el avantrén; dos de ellos agarraban la cureña, y otros cuatro empujaban las ruedas; otros más los seguían con la caja de municiones. Se veía el humo de la mecha encendida.

—¡Fuego! —gritó Enjolras.

Toda la barricada disparó; la detonación fue tremenda; una avalancha de humo tapó y difuminó la pieza y a los hombres; pasados unos pocos segundos, se disipó la nube y volvieron a verse los hombres: los servidores de la pieza estaban acabando de llevarla rodando ante la barricada, despacio, correctamente y sin apresurarse. Ni uno de ellos estaba herido. Luego, el jefe de la pieza, haciendo fuerza en la culata para elevar la trayectoria del tiro, se puso a apuntar el cañón con la seriedad de un astrónomo que apunta con el catalejo.

—¡Bien por los cañoneros! —gritó Bossuet. Y toda la barricada aplaudió.

Poco después, firmemente apostada en el centro de la calle, a caballo en el arroyo, la pieza estaba ya colocada en batería. Unas fauces tremendas se abrían frente a la barricada.

—¡Venga, alegría! —dijo Courfeyrac—. Aquí llega el tormento. Después de la toba, el puñetazo. El ejército saca la pataza. La barricada se va a llevar un buen tantarantán. El tiroteo palpa, el cañón agarra.

—Es una pieza de ocho, un modelo nuevo de bronce —añadió Combeferre—. Esas piezas, a poco que se sobrepase la proporción de diez partes de estaño por cien de cobre, tienen tendencia a estallar. El exceso de estaño les quita dureza. Y el resultado es que tienen escarabajos en el oído. Para obviar ese peligro y poder forzar la carga, a lo mejor habría que volver al procedimiento del siglo XIV, a los flejes, y ceñir por fuera la pieza con una serie de anillos de hierro sin soldar, desde la culata hasta el muñón. Mientras llega ese momento, van remediando el defecto como pueden; consiguen ver dónde están los escarabajos en el oído de un cañón con el gato. Pero hay un sistema mejor, que es el topo de Gribeauval.

—En el siglo XVI —comentó Bossuet— rayaban los cañones.

—Sí —contestó Combeferre—, así aumenta la potencia balística, pero disminuye la precisión del disparo. En el tiro a corta distancia, la trayectoria no es ya tan fija como sería de desear, la parábola es exagerada, el camino que sigue el proyectil no es ya lo bastante recto para que pueda atinar en los objetos intermedios, lo que es, sin embargo, en el combate una necesidad cuya importancia crece con la proximidad del enemigo y la precipitación en los disparos. Esa falta de tensión de la curva del proyectil en los cañones rayados del siglo XVI se debía a la escasez de la carga: las cargas escasas se las imponen a ese tipo de artefactos las necesidades de balística, tales como, por ejemplo, la conservación de las cureñas. En resumidas cuentas, el cañón, ese déspota, no puede hacer todo cuanto quiere; la fuerza es una gran debilidad. Una bala de cañón sólo recorre seiscientas leguas por hora; la luz recorre setenta mil leguas por segundo. Ésa es la superioridad de Jesucristo sobre Napoleón.

—Volved a cargar las armas —dijo Enjolras.

¿Cómo iba a portarse ante la bala de cañón el revestimiento de la barricada? ¿Abriría el impacto una brecha? Tal era la cuestión. Mientras los insurrectos volvían a cargar los fusiles, los artilleros cargaban el cañón.

En el reducto reinaba una gran ansiedad. Dispararon, retumbó la detonación.

—¡Presente! —gritó una voz alegre.

Al mismo tiempo que caía la bala en la barricada, cayó Gavroche dentro de la barricada.

Llegaba por la parte de la calle de Le Cygne y había salvado ágilmente la barricada aneja, cuya parte frontal daba al dédalo de La Petite- Truanderie.

Gavroche causó mayor impresión en la barricada que la bala de cañón.

La bala se había perdido entre el revoltillo de escombros. Lo más que había roto era una rueda del ómnibus, y había acabado con el carretón viejo de Anceau. En vista de lo cual, la barricada se echó a reír.

—¡Seguid! —les gritó Bossuet a los artilleros.

VIII

LOS ARTILLEROS CONSIGUEN QUE LOS TOMEN EN SERIO

Todos rodearon a Gavroche.

Pero no le dio tiempo a contar nada. Marius, tembloroso, se lo llevó aparte.

—¿Tú qué vienes a hacer aquí?

—¡Anda! —dijo el niño—. ¿Y usted?

Y se quedó mirando fijamente a Marius con su desparpajo épico. La luz altanera que llevaba en la mirada le hacía parecer los ojos más grandes.

Marius siguió diciendo con tono severo:

—¿Quién te dijo que volvieras? Por lo menos habrás llevado la carta a la dirección que te di.

Gavroche no dejaba de sentir ciertos remordimientos en lo referido a esa carta. Con la prisa que tenía por volver a la barricada, se la había quitado de encima en cuanto había podido. No le quedaba más remedio que confesarse a sí mismo que la había puesto un tanto alegremente en manos de aquel desconocido cuya cara ni siquiera había podido ver. Cierto que aquel hombre iba con la cabeza al aire, pero con eso no bastaba. En resumidas cuentas, se echaba en cara en su fuero interno unas cuantas cosas al respecto y temía que Marius le hiciera reproches. Para salir del paso, se acogió al procedimiento más sencillo: mintió como un bellaco.

—Ciudadano, le entregué la carta al portero. La señora estaba durmiendo. Le darán la carta cuando se despierte.

Al enviar aquella carta, Marius pretendía dos cosas: decirle adiós a Cosette y salvar a Gavroche. Tuvo que conformarse con la mitad de sus deseos.

El envío de la carta y la presencia del señor Fauchelevent en la barricada: se le vino al pensamiento esa coincidencia. Le indicó al señor Fauchelevent a Gavroche.

—¿Conoces a ese hombre?

—No —dijo Gavroche.

Efectivamente, como acabamos de recordarlo, Gavroche sólo había visto a Jean Valjean de noche.

Las conjeturas confusas y enfermizas que había esbozado la mente de Marius se disiparon. ¿Sabía algo acaso de las opiniones del señor Fauchelevent? A lo mejor el señor Fauchelevent era republicano, y de ahí, sin más, aquella presencia suya en el combate.

Entretanto, Gavroche ya estaba en la otra punta de la barricada, gritando: «¡Mi fusil!».

Courfeyrac mandó que se lo devolvieran.

Gavroche avisó a «los compañeros», como los llamaba él, de que la barricada estaba bloqueada. A él le había costado mucho llegar. Un batallón de infantería de línea, cuyos pabellones estaban en La Petite-Truanderie, vigilaba por el lado de la calle de Le Cygne; por el lado opuesto, la guardia municipal tenía tomada la calle de Les Prêcheurs. Enfrente, tenían al grueso del ejército.

Tras dar esas informaciones. Gavroche añadió:

—Os autorizo a darles una paliza infame.

En tanto, Enjolras estaba al acecho, aguzando el oído en su almena.

Los asaltantes, que, por lo visto, no habían quedado satisfechos con la bala de cañón disparada, no habían vuelto a disparar.

Una compañía de infantería de línea había acudido para ocupar la extremidad de la calle, en retaguardia de la pieza. Los soldados estaban levantando el adoquinado de la calzada y construyendo con los adoquines un murete de poca altura, algo así como un parapeto que no tenía más de dieciocho pulgadas de alto y estaba encarado a la barricada. En la esquina de la izquierda de aquel parapeto se veía la cabeza de columna de un batallón de los arrabales que estaba concentrado en la calle de Saint-Denis.

A Enjolras, que montaba vigilancia, le pareció oír ese ruido peculiar que suena cuando sacan de los cajones de munición los botes de metralla y vio que el jefe de la pieza rectificaba el punto de mira y giraba levemente la boca del cañón hacia la izquierda. Luego los cañoneros empezaron a cargar la pieza. El propio jefe de la pieza agarró el botafuego y lo acercó al oído del cañón.

—¡Bajad la cabeza! ¡Volved al muro! —gritó Enjolras—. ¡Y todos de rodillas pegados a la barricada!

Los insurrectos, desperdigados ante la taberna y que habían dejado el puesto de combate al llegar Gavroche, se abalanzaron, revueltos, hacia la barricada; pero antes de que cumplieran la orden de Enjolras, llegó la descarga, con el estertor espantoso de un disparo de metralla. Pues eso era.

La carga iba dirigida a la abertura del reducto; había rebotado en la pared y de resultas de ese rebote espantoso había dos muertos y tres heridos.

Si las cosas seguían así, la barricada no podría resistir. La metralla entraba.

Hubo un murmullo de consternación.

—Impidamos que vuelvan a disparar —dijo Enjolras.

Y, bajando la carabina, apuntó al jefe de la pieza que, en aquel momento, inclinado sobre la culata del cañón, estaba rectificando el punto de mira y determinándolo definitivamente.

Ese jefe de pieza era un sargento de cañoneros apuesto, muy joven, rubio, de expresión dulce, con el aspecto inteligente que corresponde a esa arma predestinada y temible que, a fuerza de perfeccionarse en el espanto, acabará por matar la guerra.

Combeferre, de pie junto a Enjolras, miraba al joven aquel.

—¡Qué lástima! —dijo Combeferre—. ¡Qué odiosas son estas carnicerías! Vamos, cuando ya no haya reyes, no habrá guerras. Enjolras, estás apuntando a ese sargento y no lo miras. Pues es un muchacho encantador, ¿sabes?, e intrépido. Se le nota en que está pensando, esos jóvenes del cuerpo de artillería son gente muy instruida; tiene un padre, una madre, una familia; seguramente estará enamorado; no pasa de los veinticinco años. Podría ser hermano tuyo.

—Lo es —dijo Enjolras.

—Sí —dijo Combeferre—, y mío también. Bueno, pues no lo matemos.

—Déjame. Lo que hay que hacer, hay que hacerlo.

Y a Enjolras le corrió despacio una lágrima por la mejilla de mármol.

Al tiempo, apretó el gatillo de la carabina. Brotó el relámpago. El artillero dio dos vueltas, con los brazos estirados hacia adelante y la cabeza erguida como para tomar aire; se desplomó luego en el costado de la pieza y allí se quedó quieto. Se le veía la espalda, de cuyo centro salía, recto, un chorro de sangre. La bala le había atravesado el pecho de parte a parte. Estaba muerto.

Tuvieron que llevárselo y sustituirlo. Y así, efectivamente, se ganaban unos minutos.

IX

USO DE ESE ANTIGUO TALENTO DE CAZADOR FURTIVO Y DE ESA PUNTERÍA INFALIBLE QUE INFLUYÓ EN LA CONDENA DE L796

Las opiniones se cruzaban en la barricada. La pieza iba a volver a disparar. Con aquella metralla no iban a durar ni un cuarto de hora. Era imprescindible amortiguar los impactos.

Enjolras ordenó:

—Ahí hay que poner un colchón.

—No tenemos —dijo Combeferre—; están acostados en ellos los heridos.

Jean Valjean, sentado aparte en un mojón, en la esquina de la taberna, con el fusil entre las piernas, no había participado hasta entonces en nada de lo que estaba sucediendo. Parecía no oír a los combatientes que decían a su alrededor: «Ese fusil está sin hacer nada».

Cuando Enjolras dio la orden, se puso de pie.

Recordemos que, al llegar el grupo delante de la calle de la Chanvrerie, una anciana, previendo las balas, puso un colchón delante de la ventana. Esa ventana, que era la de una buhardilla, estaba en el tejado de una casa de seis pisos, situada en parte de fuera de la barricada. El colchón, puesto de lado y apoyado por abajo en dos varas de tender la ropa, lo sujetaban dos cuerdas que, de lejos, parecían dos cordeles, e iban atadas a dos clavos hincados en el marco de la ventana de la buhardilla. Esas dos cuerdas se veían con claridad contra el fondo del cielo como si fueran dos cabellos.

—¿Alguien me puede prestar una carabina de dos tiros? —dijo Jean Valjean.

Enjolras, que acababa de volver a cargar la suya, se la alargó. Jean Valjean apuntó a la buhardilla y disparó.

Ya estaba cortada una de las dos cuerdas del colchón.

El colchón ya sólo colgada de un hilo.

Jean Valjean disparó por segunda vez. La otra cuerda azotó los cristales de la ventana abuhardillada. El colchón se escurrió entre las dos varas y cayó a la calle.

La barricada aplaudió. Todas las voces gritaron:

—Ya tenemos un colchón.

—Sí —dijo Combeferre—, pero ¿quién va a ir a buscarlo?

Pues, efectivamente, el colchón había caído fuera de la barricada, entre los sitiados y los sitiadores. Ahora bien, la muerte del sargento de cañoneros había exasperado a la tropa y los soldados llevaban unos momentos tendidos bocabajo detrás de la fila de adoquines que habían construido, y, para sustituir al silencio forzado de la pieza, que callaba a la espera de que se reorganizase su servicio, habían abierto fuego contra la barricada. Los insurrectos no respondían a esas descargas para ahorrar municiones. Los disparos se estrellaban contra la barricada; pero la calle, llena de balas, resultaba terrible.

Jean Valjean salió de la abertura a la calle, cruzó entre la tormenta de balas, fue hasta el colchón, lo recogió, se lo echó a la espalda y regresó a la barricada.

Colocó personalmente el colchón en la abertura. Y lo sujetó a la pared de forma tal que los artilleros no lo vieran.

Hecho esto, esperaron la descarga de metralla. No tardó en llegar.

El cañón vomitó con un rugido toda su carga de postas. Pero no rebotó ninguna. La metralla abortó en el colchón. Se cumplía el efecto previsto. La barricada estaba protegida.

—Ciudadano —le dijo Enjolras a Jean Valjean—, la República le da las gracias.

Bossuet admiraba los resultados y reía. Exclamó:

—Es inmoral que un colchón sea tan poderoso. El triunfo de lo que cede sobre lo que fulmina. Pero no importa: ¡gloria al colchón que anula al cañón!

X
AURORA

En ese momento se estaba despertando Cosette.

Su cuarto era estrecho, limpio, discreto, con una ventana grande que daba a levante y al patio trasero de la casa.

Cosette no sabía nada de lo que estaba sucediendo en París. No estaba presente el día anterior y ya se había vuelto a su cuarto cuando Toussaint dijo: «Por lo visto, hay tomate».

Cosette había dormido pocas horas, pero había dormido bien. Había tenido gratos sueños, lo que se debía quizá hasta cierto punto a que tenía una camita muy blanca. Se le había aparecido en medio de una luz alguien que era Marius. Se despertó porque el sol le daba en los ojos y, al principio, le pareció que el sueño seguía.

El primer pensamiento que tuvo al despertarse fue risueño. Cosette se sintió completamente tranquilizada. Pasaba, como Jean Valjean pocas horas antes, por esa reacción del alma que no quiere ni poco ni mucho ser desdichada. Empezó con todas sus fuerzas a sentirse llena de esperanza sin saber por qué. Luego se le oprimió el corazón. Llevaba tres días sin ver a Marius. Pero se dijo que él habría recibido su carta, que sabía dónde estaba ella y que era muy listo y seguramente daría con la forma de llegar hasta allí. Y eso sucedería seguramente ese día, y a lo mejor esa misma mañana. Era completamente de día, pero el rayo de luz era muy horizontal, así que pensó que debía de ser muy temprano; pero que tenía que levantarse, sin embargo, para recibir a Marius.

Sentía que no podía vivir sin Marius y que, por consiguiente, con eso bastaba y Marius vendría. No era admisible objeción alguna. Era algo seguro. Bastante monstruoso era que llevase tres días sufriendo. Que

Marius hubiera estado ausente tres días era algo que Dios había hecho muy mal. Ahora esa jugarreta tan cruel del cielo era una prueba superada. Marius estaba a punto de llegar y traería una buena noticia. Así es la juventud; no tarda en secarse los ojos; el dolor le parece inútil y no lo acepta. La juventud es la sonrisa del porvenir ante un desconocido que es ese mismo porvenir. Está en su propia naturaleza ser feliz. Es como si el elemento que compone su respiración fuera la esperanza.

Por lo demás, Cosette no conseguía acordarse de qué le había dicho Marius en lo referido a esa ausencia que no iba a durar sino un día ni qué explicación le había dado. Todo el mundo se ha fijado en la habilidad con que una moneda que se nos cae corre a esconderse y qué maña se da para que no haya forma de encontrarla. Hay pensamientos que nos gastan la misma broma: se nos acurrucan en un rincón de la cabeza y se acabó: se han perdido; la memoria no consigue recuperarlos. A Cosette le daba cierta rabia ese esfuerzo mínimo e inútil de sus recuerdos. Se decía que no estaba nada bien y que era muy culpable por haberse olvidado de las palabras que había dicho Marius.

Se levantó de la cama e hizo las dos abluciones: la del alma y del cuerpo, la oración y el aseo.

Podemos, si es menester, introducir al lector en un dormitorio nupcial, pero no en un dormitorio virginal. El verso apenas si se atrevería; la prosa no debe atreverse.

Es el interior de una flor que aún no se ha abierto, es una blancura en la sombra, es la celda íntima de una azucena cerrada que el hombre no debe mirar hasta que no la haya mirado el sol. La mujer en pimpollo es sagrada. Ese lecho inocente que se abre, esa semidesnudez adorable que tiene miedo de sí misma, ese pie blanco que busca refugio en una zapatilla, ese seno que se vela ante un espejo como si ese espejo fuera una pupila, esa camisa que se apresura a volver a su sitio y tapar un hombro si un mueble cruje o si pasa un coche, esos cordones anudados, esos corchetes metidos en la presilla, esas lazadas, esos sobresaltos, esos estremecimientos de frío y de pudor, esa turbación medrosa y exquisita de todos los ademanes, esa inquietud casi alada donde no hay nada que temer, las fases sucesivas de la ropa tan deliciosas como las nubes de la aurora, nada de eso debe contarse, y nombrarlo es ya demasiado.

Cuando se levantan una muchacha y una estrella, la mirada del hombre debe ser aún más religiosa ante aquélla que ante ésta. La posibilidad de tenerla al alcance debe convertirse en un respeto mayor todavía. La pelusilla del melocotón, la ceniza de la ciruela, el cristal irradiado de la nieve, el ala de la mariposa empolvada de plumas son zafios si se comparan con esa castidad que ni siquiera sabe que es casta.

La muchacha no es sino un resplandor de ensueño y aún no es una estatua. Su alcoba se esconde en la parte oscura del ideal. El tacto indiscreto de la mirada maltrata esa inconcreta penumbra. En este caso contemplar es profanar.

Por lo tanto, no mostraremos nada en absoluto de ese dulce ajetreo del despertar de Cosette.

Dice un cuento oriental que Dios hizo la rosa blanca, pero que, al mirarla Adán en el momento en que se estaba abriendo, se azoró y se volvió de color de rosa. Somos de esos que se sienten apurados ante las muchachas y las flores porque les parecen venerables.

Cosette se vistió deprisa y se peinó, cosa muy sencilla en aquellos tiempos en que las mujeres no se rellenaban los rizos y los bandós con almohadillas ni toneletes y no se ponían miriñaques en el pelo. Abrió luego la ventana y paseó la mirada entorno, con la esperanza de que se viera en parte la calle, la esquina de un edificio, un trozo de empedrado, y poder acechar la llegada de Marius. Pero no se veía nada del exterior. El patio trasero lo rodeaban unas paredes bastante altas, y sólo tenía vistas a algunos jardines. Cosette decidió que esos jardines eran repulsivos; por primera vez en la vida le parecieron feas unas flores. El mínimo trozo del arroyo del cruce se habría ajustado mucho mejor a sus deseos. Tomó el partido de mirar el cielo, como si pensara que Marius también podía llegar por allí.

De repente, se echó a llorar. No es que tuviera el alma versátil; pero estaba en una situación en que el abatimiento interrumpía las esperanzas. Notó confusamente algo horrible, sin saber qué. No cabe duda de que las cosas van por el aire. Se dijo que no tenía seguridad de nada; que perderse de vista era perderse; y la idea de que Marius pudiera quizá volver bajando del cielo le pareció no ya deliciosa, sino lúgubre.

Luego, porque esas nubes son así, recobró la calma y la esperanza y algo así como una sonrisa inconsciente, pero que confiaba en Dios.

Nadie se había levantado aún en la casa. Reinaba un silencio provinciano. Nadie había abierto los postigos. El chiscón del portero estaba cerrado. Toussaint no se había levantado, y Cosette pensó, lógicamente, que su padre estaba durmiendo. Sin duda había sufrido mucho y debía sufrir mucho aún porque se decía que su padre había sido malo; pero contaba con Marius. Definitivamente, era imposible que una luz así se eclipsara. De vez en cuando oía a cierta distancia algo parecido a unas sacudidas sordas y decía: «¡Qué raro que anden abriendo y cerrando puertas cocheras tan temprano!». Eran los cañonazos que se estrellaban contra la barricada.

Había, unos pocos pies más abajo de la ventana de Cosette, en una cornisa de la pared, vieja y muy negra, un nido de vencejos. El nido, en voladizo, rebasaba un poco la cornisa, de forma tal que desde arriba podía verse por dentro ese paraíso en miniatura. Ahí estaba la madre, abriendo las alas como un abanico para cubrir a los pollos; el padre revoloteaba, se iba, volvía luego, traía en el pico comida y besos. El día naciente bañaba en luz dorada aquella visión feliz; la magna ley que dice «multiplicaos» estaba allí presente y augusta; y ese dulce misterio florecía en la gloria de la mañana. Cosette, dándole el sol en el pelo y con el alma sumida en quimeras, con la luz del amor por dentro y la de la aurora por fuera, se inclinó de forma automática y, sin casi atreverse a confesarse que estaba pensando al tiempo en Marius, empezó a mirar los pájaros, esa familia, el macho y la hembra, la madre y las crías, con la honda turbación que le infunde un nido a una virgen.

XI
EL TIRO DE FUSIL QUE NO FALLA Y QUE NO MATA A NADIE

Seguía el fuego de los asaltantes. Los disparos y la metralla se alternaban, sin causar grandes daños, la verdad sea dicha. Lo único que padecía era la parte de arriba de la fachada de Corinthe; la ventana del primer piso y las ventanas abuhardilladas del tejado, que acribillaban las postas y las balas de vizcaíno, se iban deformando poco a poco. Los combatientes que se habían apostado allí habían tenido que retirarse. Por lo demás, se trata de una táctica para atacar barricadas: se mantiene un fuego flojo pero continuo para que a los insurrectos se les agoten las municiones si cometen el error de responder. Y cuando se nota, porque van disparando menos, que no les quedan ya ni balas ni pólvora, comienza el asalto. Enjolras no había caído en esa trampa; la barricada no respondía.

Con cada descarga del pelotón, Gavroche se abultaba la mejilla con la lengua, señal de supremo desdén.

—Nada, nada —decía—, destrozad el lienzo. Necesitamos hilas.

Courfeyrac le reprochaba a la metralla que fuera tan poco eficaz y le decía al cañón:

—Te estás volviendo difuso, mi buen amigo.

La batalla, igual que el baile, puede resultar intrigante. Es probable que el silencio del reducto estuviera empezando a intranquilizar a los atacantes y a hacerles temer cualquier incidente inesperado y que sintieran la necesidad de atravesar con la vista ese montón de adoquines y enterarse de qué ocurría detrás de aquella muralla impasible que recibía los disparos sin contestar. Los insurrectos vieron de pronto un casco que relucía al sol en un tejado vecino. Un bombero estaba con la espalda apoyada en una chimenea alta y parecía estar haciendo de centinela. La mirada le caía directamente dentro de la barricada.

—¡Qué vigilante tan molesto! —dijo Enjolras.

Jean Valjean le había devuelto la carabina a Enjolras, pero tenía su fusil. Sin decir palabra, apuntó al bombero, a quien, un segundo después, una bala le quitó el casco, que cayó ruidosamente a la calle. El soldado, asustado y pasmado, se apresuró a desaparecer.

Otro observador ocupó su lugar. Éste era un oficial. Jean Valjean, que había vuelto a cargar el fusil, apuntó al recién llegado y mandó el casco del oficial a reunirse con el del soldado. El oficial no insistió y se retiró a toda prisa. Esta vez habían entendido el aviso. No volvió a aparecer nadie en el tejado y renunciaron a espiar la barricada.

—¿Por qué no ha matado a esos hombres? —le preguntó Bossuet a Jean Valjean.

Jean Valjean no contestó.

XII
EL DESORDEN PARTIDARIO DEL ORDEN

Bossuet le susurró al oído a Combeferre:

—No me ha contestado a la pregunta.

—Es un hombre que hace el bien a tiros —dijo Combeferre.

Quienes conservan aún algún recuerdo de aquella época ya lejana saben que la Guardia Nacional de los arrabales luchaba con valentía contra las insurrecciones. Fue especialmente encarnizada e intrépida en esas jornadas de junio de 1832. Taberneros de Pantin hubo, de Les Vertus o de La Cunette, cuyo «establecimiento» holgaba por culpa de los disturbios, que se convertían en leones al ver vacía la sala de baile y morían por salvar ese orden encarnado en el merendero. En aquel tiempo burgués y heroico a la vez, frente a ideas que tenían sus propios caballeros, había intereses que tenían sus propios paladines. El prosaísmo del móvil no mermaba en nada la valentía del movimiento. Si el montón de escudos bajaba, había banqueros que cantaban La Marsellesa. Había quien derramaba heroicamente la sangre en pro del mostrador y defendía con entusiasmo lacedemonio la tienda, ese diminutivo inmenso de la patria.

Hemos de decir que, en el fondo, todo aquello era muy serio. Eran los elementos sociales que entraban en liza a la espera del día en que encuentren un equilibrio.

Otra característica de la época era la anarquía mezclada con el gubernamentalismo (nombre bárbaro del partido formal). Se era partidario del orden con indisciplina. De repente redoblaba el tambor, a las órdenes de este o aquel comandante de la Guardia Nacional, para llamamientos caprichosos: había capitanes que iban al combate por inspiración; y guardias nacionales que luchaban cuando se les ocurría y por su cuenta. En los momentos de crisis, en las «jornadas», no se pedía tanto una opinión a los jefes cuanto a los propios instintos. Había en el ejército del orden guerrilleros auténticos; algunos blandían la espada, como Fannicot; y otros, la pluma, como Henri Fonfrede.

La civilización, cuya representante era por desdicha, en aquella época, más una suma de intereses que un grupo de principios, estaba en peligro o creía estarlo; soltaba el grito de alarma; todos se volvían hombres del centro para defenderla, socorrerla y protegerla, según les pareciera; y el primero que pasaba se arrogaba la tarea de salvar a la sociedad.

Ese celo llegaba a veces al exterminio. Este o aquel pelotón de guardias nacionales se convertía, por su propia autoridad, en consejo de guerra y juzgaba y ejecutaba en cinco minutos a un prisionero insurrecto. Una improvisación así fue la que mató a Jean Prouvaire. Ley de Lynch feroz que ningún partido puede reprochar a los otros pues la aplica tanto la república en América cuanto la monarquía en Europa. A esa ley de Lynch se sumaban equivocaciones. Un día de sublevación, a un poeta joven, llamado Paul- Aimé Garnier, lo persiguieron por la Place-Royale, poniéndole la bayoneta en la espalda, y sólo consiguió salvarse al hallar refugio en la puerta cochera del número 6. Gritaban: ¡Ahí va otro de los sansimonianos esos!, y lo querían matar. El caso era que llevaba debajo del brazo un tomo de las memorias del duque de Saint-Simon. Un guardia nacional leyó en el libro la palabra Saint-Simon y grito: ¡Muera!

El 6 de junio de 1832, una compañía de guardias nacionales de los arrabales, al mando del capitán Fannicot, antes citado, cayó diezmada porque así lo quiso él y le entró esa fantasía, en la calle de la Chanvrerie. Del hecho, por muy singular que sea, queda constancia en la instrucción judicial que se abrió tras la insurrección de 1832. El capitán Fannicot, burgués impaciente y atrevido, algo así como un condotiero de esa categoría cuyas características acabamos de explicar, gubernamentalista fanático y díscolo, no pudo resistirse al atractivo de abrir fuego antes de tiempo ni a la ambición de tomar la barricada él solo, es decir, con su compañía. Lo exasperaron las sucesivas apariciones de la bandera roja y del frac viejo, que tomó por la bandera negra; criticaba en voz alta a todos los generales y los jefes de los diversos cuerpos, que deliberaban, opinaban que no había llegado el momento del asalto decisivo y dejaban, según la expresión célebre de uno de ellos, que «la insurrección se cociera en su propio jugo». Pero a él le parecía que la barricada ya estaba madura; y como lo que está maduro tiene que caer, hizo la prueba.

Estaba al mando de hombres tan resueltos como él, «unos empecinados», como dijo un testigo. Su compañía, esa misma que había fusilado a Jean Prouvaire, era la primera del batallón que estaba apostado en la esquina de la calle. Cuando menos se lo esperaba nadie, el capitán lanzó a sus hombres contra la barricada. Ese movimiento, llevado a cabo con mejor voluntad que estrategia, le salió muy caro a la compañía Fannicot. Antes de que hubiera recorrido las dos terceras partes de la calle, la recibió desde la barricada una descarga cerrada. Cuatro guardias, los más audaces, que corrían en cabeza, cayeron fulminados a quemarropa al pie mismo del reducto; y aquel valeroso tropel de guardias nacionales, hombres muy valientes pero que no poseían la tenacidad militar, tuvo que replegarse, tras unos cuantos titubeos, dejando en el empedrado quince cadáveres. Con ese titubeo les dio tiempo a los insurrectos a volver a cargar las armas y otra descarga, muy mortífera, alcanzó a la compañía antes de que pudiera volver a la esquina de la calle, que le servía de refugio. Hubo un momento en que estuvo entre dos fuegos de metralla y la alcanzaron los disparos de la pieza en batería que, al no haber recibido órdenes, seguía disparando. El intrépido e imprudente Fannicot fue uno de los muertos por esa metralla. Lo mató el cañón, es decir, el orden.

Ese ataque, más rabioso que serio, irritó a Enjolras:

—Esos imbéciles —dijo— mandan a la muerte a sus hombres y a nosotros nos hacen gastar municiones para nada.

Enjolras hablaba como el auténtico general de un levantamiento, es decir, lo que era. La insurrección y la represión no luchan con armas iguales. La insurrección, que se agota pronto, sólo puede disparar determinado número de veces y sólo puede gastar determinado número de combatientes. Una cartuchera vacía y un hombre muerto no pueden sustituirse. La represión, que cuenta con el ejército, no tiene que contar a los hombres; y, como cuenta con Vincennes, no tiene que contar los disparos. La represión tiene tantos regimientos cuantos hombres tiene la barricada y tantos arsenales cuantas cartucheras tiene la barricada. Son, pues, combates de uno contra ciento, y siempre concluyen con el aniquilamiento de las barricadas, a menos que la revolución aparezca de repente y arroje en la balanza su espada flamígera de arcángel. Son cosas que suceden. Y entonces todo se alza, los adoquines entran en efervescencia, los reductos populares pululan, París tiene un sobresalto soberano, se alza el quid divinum, flota en el ambiente un 10 de agosto, flota en el ambiente un 29 de julio, aparece una luz prodigiosa, las fauces abiertas de la fuerza retroceden y el ejército, ese león, ve ante sí, de pie y sosegado, a este profeta: Francia.

XIII
FULGORES QUE PASAN

Hay de todo en el caos de sentimientos y pasiones que defienden una barricada; hay valentía, hay juventud, hay pundonor, entusiasmo, ideales, convicción, encarnizamiento de jugador y, sobre todo, esperanzas intermitentes.

Una de esas intermitencias, uno de esos inconcretos estremecimientos de esperanza cruzó de pronto, en el momento más inesperado, por la barricada de La Chanvrerie.

—¿Estáis oyendo? —exclamó súbitamente Enjolras, que estaba siempre al acecho—. Me parece que París se despierta.

Es cierto que, en la mañana del día 6 de junio, la insurrección fue a más hasta cierto punto durante una o dos horas. La obstinación del toque de rebato de Saint-Merry dio nueva vida a ciertas veleidades. En la calle de Le Poirier y en la calle de Les Gravilliers hubo inicios de barricadas. Delante de la Porte de Saint-Martin, un joven armado con una carabina atacó él solo a un escuadrón de caballería. Al descubierto, en pleno bulevar, puso una rodilla en tierra, se echó el arma al hombro, disparó, mató al jefe del escuadrón y se dio media vuelta diciendo: Otro más que no podrá ya perjudicarnos. Lo mataron a sablazos. En la calle de Saint-Denis, una mujer disparaba sobre la guardia municipal apostada detrás de una celosía cerrada. Con cada disparo se veían estremecerse las hojas de la celosía. Detuvieron a un niño de catorce años en la calle de La Cossonnerie con los bolsillos llenos de cartuchos. Atacaron varios puestos. En la entrada de la calle de Bertin-Poirée, un tiroteo intenso y totalmente imprevisto recibió a un regimiento de coraceros a cuyo frente iba el general Cavaignac de Baragne. En la calle de Planche-Mibray les tiraron a las tropas desde lo alto de los tejados cascos de loza y utensilios de cocina: mala señal; y cuando le refirieron ese hecho al mariscal Soult, el antiguo lugarteniente de Napoleón se quedó pensativo al recordar la frase de Suchet en Zaragoza: Estamos perdidos si las viejas nos vacían el orinal en la cabeza.

Esos síntomas generales que surgían cuando los disturbios parecían ya localizados, esa furia febril que volvía a prevalecer, esas pavesas que volaban acá y allá por encima de esas aglomeraciones profundas de combustible que son los arrabales de París, todo lo dicho, en conjunto, intranquilizó a los jefes militares. Y hubo prisa por apagar esos conatos de incendio. Retrasaron, hasta tener sofocados esos chisporroteos, el ataque a las barricadas Maubuée, de La Chanvrerie y de Saint-Merry, para no tener que ocuparse ya más que de ellas y poder acabar con todo de una vez. Enviaron columnas a las calles en fermentación, barriendo las grandes y sondeando las pequeñas, a derecha e izquierda, ora con precaución y despacio, ora a paso de carga. Las tropas derribaban las puertas de las casas desde las que habían disparado; simultáneamente la caballería maniobraba para dispersar a los grupos de los bulevares. Esta represión no careció de ruido y de ese escándalo tumultuoso característico de los choques entre el ejército y el pueblo. Eso era lo que llegaba a Enjolras en los intervalos de los cañonazos y los tiroteos. Había visto, además, pasar por el extremo de la calle heridos en angarillas y le decía a Courfeyrac: «Esos heridos no son nuestros».

Poco duró la esperanza; el fulgor se eclipsó enseguida. En menos de media hora se desvaneció lo que andaba por el aire; fue como un relámpago sin rayo, y los insurrectos notaron que se les venía encima esa capa de plomo que la indiferencia del pueblo echa sobre los obstinados que quedan abandonados.

El movimiento general, del que parecía haberse dado un esbozo más o menos impreciso, había abortado; y la atención del ministro de la Guerra y la estrategia de los generales podían concentrarse ahora en las tres o cuatro barricadas que seguían en pie.

El sol iba subiendo por el cielo. Un insurrecto interpeló a Enjolras:

—Oye, que por aquí hay hambre. ¿De verdad que vamos a morirnos así, sin comer?

Enjolras, que seguía de codos en su almena, sin apartar la vista del extremo de la calle, asintió con la cabeza.

XIV
EN EL QUE LEEREMOS EL NOMBRE DE LA AMANTE DE ENJOLRAS

Courfeyrac, sentado en un adoquín, al lado de Enjolras, seguía insultando al cañón y, cada vez que pasaba con un ruido monstruoso esa oscura nube de proyectiles que recibe el nombre de metralla, la acogía con una ráfaga de ironía.

—Te estás dejando los pulmones, mi pobre amigo, me das pena, te estás quedando sin estruendo. Eso no es un trueno, es un ataque de tos.

Y los que estaban alrededor se reían.

Courfeyrac y Bossuet, cuyo valiente buen humor crecía con el peligro, sustituían, igual que la señora Scarron, la comida por las bromas y, ya que andaban mal de vino, escanciaban alegría a todos.

—Admiro a Enjolras —decía Bossuet—. Me tiene maravillado esa temeridad impasible suya. Vive solo, y es posible que por eso sea un poco triste; Enjolras se queja de que su grandeza lo aboca a la viudedad. Todos nosotros tenemos más o menos alguna amante que nos vuelve locos, es decir, valientes. Lo menos que puede hacer quien esté enamorado como un tigre es pelear como un león. Es una forma de vengarnos de esos malos tragos por los que nos hacen pasar las señoras modistillas. Roland se dejó matar para hacer rabiar a Angélique. Todos nuestros heroísmos proceden de nuestras mujeres. Un hombre sin mujer es una pistola sin percutor; la mujer es la que pone al hombre en el disparadero. Bueno, pues Enjolras no tiene mujer. No está enamorado y se las compone para ser intrépido. Es inaudito que alguien pueda ser frío como el hielo y osado como el fuego.

Enjolras no parecía estar escuchando, pero, si hubiera tenido a alguien cerca, ese alguien le habría oído susurrar a media voz: Patria.

Todavía estaba Bossuet bromeando cuando Courfeyrac exclamó:

—¡Hay novedades!

Y, adoptando la voz de un ujier que anuncia a alguien, añadió:

—Me llamo Pieza de Ocho.

Efectivamente, acababa de entrar en el escenario un nuevo personaje. Otra boca de fuego.

Los artilleros ejecutaron con rapidez la maniobra y colocaron la segunda pieza en batería junto a la primera.

Era el principio del desenlace.

Pocos momentos después, las dos piezas, cuyos servidores eran muy activos, estaban disparando de cara al reducto; los fuegos del pelotón de la infantería de línea y de la guardia de los arrabales apoyaban a la artillería.

A poca distancia se oía otro cañoneo. Al mismo tiempo que estas dos piezas se encarnizaban con el reducto de la calle de La Chanvrerie, otras dos bocas de fuego, que apuntaban una a la calle de Saint-Denis y la otra a la calle Aubry-le-Boucher, acribillaban la barricada Saint-Merry. Cada cañón era como el eco lúgubre de los otros tres.

Los ladridos de esos sombríos perros de la guerra se respondían.

De las dos piezas que disparaban ahora contra la fachada de la calle de La Chanvrerie, una lo hacía con metralla y la otra con balas.

La pieza que disparaba balas apuntaba algo alto y el tiro estaba calculado para que la bala diese en el filo extremo de la cresta superior de la barricada, lo desmenuzase y convirtiera los adoquines en metralla, que les caía encima a los insurrectos.

La finalidad de esa forma de disparar era apartar a los combatientes de la parte superior del reducto y obligarlos a apelotonarse dentro, es decir, era ya un anuncio del asalto.

Cuando las balas hubieran expulsado a los combatientes de la parte alta de la barricada y la metralla los hubiera expulsado de las ventanas de la taberna, las columnas de asalto podrían aventurarse por la calle sin que las apuntase nadie, y quizá incluso sin que las vieran, trepar de repente por el reducto, como la noche anterior, y, ¿quién sabe?, tomarlo por sorpresa.

—Es imprescindible que esas piezas dejen de resultar tan incómodas —dijo Enjolras. Y gritó: «¡Fuego contra los artilleros!».

Todos estaban listos. La barricada, que llevaba mucho callada, disparó desaforadamente; hubo siete u ocho descargas sucesivas, entre frenéticas y alegres; la calle se llenó de un humo cegador y, al cabo de unos minutos, a través de esa bruma cruzada de llamas, fue posible divisar confusamente a las dos terceras partes de los artilleros caídos sobre las ruedas de los cañones. Los que seguían en pie continuaban sirviendo las piezas con calma rigurosa, pero los disparos se habían espaciado.

—Esto va bien —le dijo Bossuet a Enjolras—. Un éxito. Enjolras movió la cabeza dubitativamente y contestó:

—Otro cuarto de hora de un éxito así y ya no quedarán en la barricada ni diez cartuchos.

Al parecer, Gavroche oyó esa frase.

XV
GAVROCHE SALE AL EXTERIOR

Courfeyrac vio de pronto a alguien al pie de la barricada, fuera, en la calle, entre las balas.

Gavroche había cogido un cesto para botellas en la taberna, había salido por la abertura y estaba entregado tranquilamente a la ocupación de vaciar en el cesto las cartucheras llenas de cartuchos de los guardias nacionales que habían muerto en el talud del reducto.

—¿Qué haces ahí? —dijo Courfeyrac. Gavroche alzó la cabeza.

—Ciudadano, estoy llenando este cesto.

—Pero ¿es que no ves la metralla? Gavroche contestó:

—Pues sí, está lloviendo. ¿Y qué? Courfeyrac gritó:

—¡Vuelve!

—Ahora voy —dijo Gavroche.

Y, de un brinco, se adentró en la calle.

Recordemos que la compañía Fannicot, al retirarse, había dejado tras de sí un rastro de cadáveres.

Alrededor de veinte muertos yacían desperdigados por todo el empedrado de la calle. Alrededor de veinte cartucheras, desde el punto de vista de Gavroche; una provisión de cartuchos para la barricada.

El humo de la calle era como una niebla. Quien haya visto una nube metida en una garganta montañosa, entre dos escarpaduras cortadas a pico, puede imaginarse ese humo, encerrado y como más denso entre las dos filas sombrías de unas casas altas. Subía despacio y se renovaba continuamente; el resultado era una oscuridad gradual que empalidecía incluso la luz del pleno día. Apenas si se divisaban los combatientes de una punta a otra de la calle, que, sin embargo, era muy corta.

Aquel oscurecimiento, que, probablemente, era algo que los jefes que iban a dirigir el asalto a la barricada pretendían y tenían calculado, le resultó de utilidad a Gavroche.

Bajo las ondulaciones de ese humo y gracias a que era muy menudo, pudo adentrarse bastante en la calle sin que lo vieran. Desvalijó las siete u ocho cartucheras que le pillaban más cerca sin gran peligro.

Iba arrastrándose, bocabajo; corría a cuatro patas; llevaba el cesto en los dientes, se retorcía, se escurría, ondulaba, hacía eses de un muerto a otro y vaciaba las cartucheras igual que un mono abre una nuez.

Desde la barricada, en cuyas proximidades estaba aún, no se atrevían a decirle a voces que volviera, por temor a llamar la atención.

En un cadáver, que era de un cabo, encontró un cebador de pólvora en forma de pera.

—Para la sed —dijo, metiéndoselo en el bolsillo.

A fuerza de avanzar, llegó al punto en que la niebla de las descargas se volvía transparente.

El resultado fue que los tiradores de la infantería de línea, colocados tras el murete de adoquines y en guardia, y los tiradores de los arrabales, concentrados en la esquina de la calle, se señalaron unos a otros de repente algo que se movía entre el humo.

En el momento en que Gavroche le estaba quitando los cartuchos a un sargento que yacía junto a un mojón, una bala dio en el cadáver.

—¡Caramba! —dijo Gavroche—. ¿Pues no me están matando a los muertos?

Otra bala le sacó chispas al empedrado junto a él. Y otra más volcó el cesto.

Gavroche miró y vio que las balas venían de los guardias de los arrabales.

Se enderezó, enhiesto, con el pelo al viento, se puso en jarras, mirando fijamente a los guardias nacionales que le disparaban, y cantó:

Si acaba de caer,
la culpa es de Voltaire,
si una bala me dio
la culpa es de Rosseau...

Luego recogió el cesto, volvió a meter en él, sin dejarse uno, los cartuchos que se habían caído y, avanzando entre el tiroteo, fue a vaciar otra cartuchera. Una cuarta bala volvió a errar el blanco y Gavroche cantó:

No sé el paternóster, la culpa es de Voltaire;
pajarillo soy yo,
la culpa es de Rousseau.

La quinta bala sólo consiguió inspirarle la tercera estrofa:

Alegría es mi haber,
la culpa es de Voltaire;
miseria me equipó,
la culpa es de Rousseau.
Así siguió un rato.

El espectáculo era espantoso y encantador. Gavroche, tiroteado, se burlaba del tiroteo. Al parecer, se estaba divirtiendo mucho. Era el gorrión que picotea entre los cazadores. A cada descarga contestaba con una estrofa. Todos lo apuntaban sin parar, pero nadie le daba. Los guardias nacionales y los soldados se reían mientras lo encañonaban. Él se tiraba al suelo, luego se enderezaba, hurtaba el bulto en el entrante de una puerta, luego brincaba, desaparecía, volvía a aparecer, huía, regresaba, contestaba a la metralla con morisquetas y, sin embargo, arramblaba con los cartuchos, vaciaba las cartucheras y llenaba el cesto. Los insurrectos, jadeando de ansiedad, lo seguían con la vista. La barricada estaba temblando; él cantaba. No era un niño, no era un hombre; era un ser extraño, a medias golfillo y a medias duende. Hubiérase dicho que, en la refriega, era invulnerable. Las balas lo perseguían; él las superaba en agilidad. Jugaba con la muerte a no se sabe qué juego del escondite amedrentador; cada vez que se le acercaba la cara chata del espectro, el golfillo le daba una toba.

Pero, por fin, una bala, más afinada o más traidora que las demás, alcanzó al niño fuego fatuo. Vieron trastabillar a Gavroche; luego, se desplomó. Toda la barricada soltó un grito; pero había algo de Anteo en el pigmeo aquel; para un golfillo tocar el empedrado al caer es lo mismo que para el gigante tocar la tierra: Gavroche no había caído sino para volverse a enderezar; se quedó sentado, con un largo hilillo de sangre cruzándole la cara; alzó ambos brazos al cielo, miró hacia el lugar de donde había venido el disparo y empezó a cantar:

Me acabo de caer,
la culpa es de Voltaire; una bala me dio,
la culpa es de...

No pudo terminar. Otra bala del mismo tirador lo detuvo en seco. Esta vez cayó con la cara contra el suelo y no volvió a moverse. Aquella almita tan grande acababa de alzar el vuelo.

XVI
DE CÓMO SE LLEGA DE HERMANO A PADRE

Había en ese mismo momento, en el parque de Le Luxembourg —porque la mirada del drama debe estar presente por todas partes—, dos niños cogidos de la mano. Uno de ellos podía tener siete años, y el otro, cinco. Como la lluvia los había mojado, iban por los paseos del lado del sol; el mayor guiaba al pequeño; iban harapientos y estaban pálidos; parecían aves esquivas. El más pequeño decía: «Tengo mucha hambre».

El mayor, algo protector ya, llevaba a su hermano cogido de la mano izquierda, y en la derecha, una varita.

Estaban solos en el parque. El parque estaba desierto, la policía había mandado cerrar las verjas por la insurrección. Las tropas que habían vivaqueado en él se habían ido por necesidades del combate.

¿Cómo estaban allí esos niños? A lo mejor se habían escapado de un cuerpo de guardia cuya puerta se había quedado entornada; quizá por los alrededores, en el portillo de Enfer o en la explanada del Observatorio, o en la glorieta vecina que domina ese frontón en que pone: invenerunt parvulum pannis involutum, había algún barracón de saltimbanquis del que habían huido; a lo mejor habían burlado la vigilancia de los inspectores del parque a la hora de cerrar y habían pasado la noche en uno de esos quioscos en que se leen los periódicos. El hecho es que iban errabundos y parecían libres. Ir errabundo y parecer libre equivale a haberse perdido. Esos pobres niños se habían perdido, efectivamente.

Eran los mismos niños por los que había andado preocupado Gavroche y que el lector recordará. Los hijos de Thénardier que tenía alquilados la Magnon para atribuírselos al señor Gillenormand y eran ahora hojas caídas de todas esas ramas sin raíces, que el viento arrastraba por los suelos.

La ropa, decente en tiempos de la Magnon, a quien le servía de folleto de propaganda ante el señor Gillenormand, se había convertido en andrajos. Esas criaturas pertenecían ya a la estadística de los «niños abandonados» que la policía encuentra, recoge, extravía y vuelve a encontrar en las calles de París.

Tenía que ser un día como aquél, lleno de alteraciones, para que esos niños míseros estuvieran en ese parque. Si los guardas los hubieran visto, habrían expulsado a esos andrajosos. Los niños pobres no entran en los parques municipales; sin embargo, habría que pensar que, como niños que son, tienen derecho a las flores.

Éstos estaban allí porque las verjas estaban cerradas. Estaban allí irregularmente. Se habían colado en el parque y se habían quedado en él. Aunque estén las verjas cerradas, no deja de haber inspectores; se supone que la vigilancia sigue siendo la misma, pero se afloja y se toma un descanso; y los inspectores, a quienes también afecta la ansiedad pública, y más ocupados en lo que pasa fuera que en lo que pasa dentro, habían dejado de mirar el parque y no habían visto a esos dos delincuentes.

Había llovido la víspera, e incluso un poco por la mañana. Pero en junio los chaparrones no tienen importancia. Cuando ha transcurrido una hora después de una tormenta, apenas si cae alguien en la cuenta de que ese día hermoso y rubio ha llorado. La tierra en verano se seca tan deprisa como la mejilla de un niño.

En ese momento del solsticio la luz del mediodía es mordiente, por decirlo de alguna forma. Se apodera de todo. Se pega a la tierra, se superpone a ella con algo parecido a una succión. Diríase que el sol está sediento. Un chaparrón es un vaso de agua; el sol se bebe la lluvia en el acto. Por la mañana todo está chorreando y por la tarde todo está polvoriento.

No hay nada tan admirable como unas frondas a las que ha lavado la cara la lluvia y que han secado los rayos del sol; es un frescor cálido. Los jardines y las praderas, con agua en las raíces y sol en las flores, se convierten en cazoletas de incienso y humean a un tiempo con todos sus aromas. Todo ríe, canta y se brinda. Notamos una suave embriaguez. La primavera es un paraíso provisional; el sol ayuda al hombre a ser paciente.

Hay personas que no piden nada más; seres vivos que, si tienen el azul del cielo, dicen: ¡me basta!; meditabundos absortos en el prodigio, que toman de la idolatría de la naturaleza la indiferencia ante el bien y el mal; contempladores del cosmos radiantemente absortos y ajenos al hombre, que no entienden que a alguien le preocupen el hambre de éstos y la sed de aquéllos, la desnudez del pobre en invierno, la combadura linfática de una columna vertebral infantil, el jergón, la buhardilla, el calabozo y los harapos de las muchachas muertas de frío, siendo así que es posible soñar bajo los árboles; mentes apacibles y terribles, despiadadamente satisfechas. Cosa extraña: les basta con el infinito. No le hacen caso a esa gran necesidad del hombre, lo finito, que permite el abrazo. De lo finito, que permite el progreso y el trabajo sublime, ni se acuerdan. No tienen capacidad para lo indefinido, que nace de la combinación humana y divina de lo infinito y lo finito. Si se hallan ante la inmensidad, sonríen. La alegría, nunca; siempre el éxtasis. Abstraerse, en eso consiste su vida. La historia de la humanidad no es para ellos sino una planificación parcial; en ella no entra el Todo; el verdadero Todo se queda al margen; ¿para qué ocuparse de ese detalle: el hombre? El hombre sufre, es posible; pero ¡mirad cómo sale Aldebarán! La madre se ha quedado sin leche, el recién nacido se muere, pero ¡observad este rosetón maravilloso de una rodaja de la albura del abeto cuando lo miramos con el microscopio! ¡Compáreme usted con eso el mejor de los encajes de Malinas! A estos pensadores se les olvida el amor. El zodiaco tiene tal éxito con ellos que les impide ver llorar a un niño. Dios les eclipsa el alma. Es una familia de mentes pequeñas y grandes a la vez. Horacio fue uno de ellos; y Gœthe; y La Fontaine, quizá; espléndidos egoístas de lo infinito; sosegados espectadores del dolor, que no ven a Nerón si hace bueno, a quienes el sol tapa la hoguera, que mirarían cómo guillotinan a alguien buscando un efecto luminoso, que no oyen ni el grito ni el sollozo ni el estertor ni el toque de rebato, a quienes todo les parece bien puesto que existe el mes de mayo, que mientras haya nubes de púrpura y oro por encima de sus cabezas estarán encantados de la vida y que tienen la firme determinación de ser felices hasta que se agoten el resplandor de los astros y el canto de los pájaros.

Son radiantes tenebrosos. No sospechan que son dignos de compasión. Y lo son, desde luego. Quien no llora no ve. Hay que admirarlos y compadecerlos, como compadeceríamos y como admiraríamos a un ser que fuera a la vez noche y día, que no tuviera ojos bajo las cejas y tuviera un astro en la mitad de la frente.

La indiferencia de esos pensadores: he aquí, en opinión de algunos, una filosofía superior. Bien está; pero en esa superioridad hay una invalidez. Se puede ser inmortal y cojo: por ejemplo, Vulcano. Se puede ser más que un hombre y menos que un hombre. Lo incompleto inmenso está en la naturaleza. ¿Quién sabe si el sol no será ciego?

Pero entonces, ¡cómo! ¿De quién fiarse? Solem quis dicere falsum audeat? ¿Hay incluso, en vista de eso, algunos genios, algunos Humanos Altísimos, algunos hombres-astro que podrían estar equivocados? Eso que está allá arriba, en la cumbre, en la cima, en el cenit, eso que envía tanta claridad a la tierra, ¿puede ocurrir que vea poco, que vea mal, que no vea?

¿No es acaso desesperante? No. Pero ¿qué hay, pues, por encima del sol? El dios.

El 6 de junio de 1832, alrededor de las once de la mañana, Le Luxembourg, solitario y despoblado, estaba delicioso. Los arriates en quincunce y los parterres cruzaban entre sí, en la luz, sahumerios y resplandores deslumbrantes. Las ramas, locas en la claridad del mediodía, parecía que intentaban besarse. Había en los sicomoros un guirigay de currucas; los gorriones eran los reyes; los pájaros carpinteros trepaban por los castaños dando golpecitos con el pico en los agujeros de la corteza. Las platabandas aceptaban la legítima monarquía de los lirios blancos; el aroma más augusto es el que brota de la blancura. Podía olerse el perfume picante de los claveles. Las antiguas cornejas de María de Médicis estaban enamoradas en los altos árboles. El sol doraba, arrebolaba y encendía los tulipanes, que no son sino todas las variedades de la llama hechas flores. Alrededor de los macizos de tulipanes volaban en torbellino las abejas, como las chispas de esas flores llama. Todo era encanto y júbilo, incluso la lluvia que se avecinaba; en aquella reincidencia, que les sería provechosa al lirio de los valles y a la madreselva, no había nada inquietante; las golondrinas amenazaban de forma deliciosa con volar bajo. Todo el que estuviera allí respiraba dicha; la vida olía bien; de toda aquella naturaleza brotaba el candor, la ayuda, la asistencia, la paternidad, la caricia, la aurora. Los pensamientos que caían del cielo eran suaves como el beso en una manita infantil.

Las estatuas, bajo los árboles, desnudas y blancas, vestían túnicas de sombra con agujeros de luz; aquellas diosas lucían andrajos de sol;

llevaban rayos colgando por todas partes. Alrededor del estanque grande, la tierra se había secado ya tanto que estaba quemada. Soplaba el viento suficiente para levantar acá y allá breves algaradas de polvo. Unas cuantas hojas amarillas, que habían durado desde el pasado otoño, se perseguían alegremente y parecían jugar como chiquillas.

En aquella abundancia de claridad había un no sé qué tranquilizador. Eran desbordantes la vida, la savia, el calor, los efluvios; tras la creación se notaba la enormidad del manantial; en todos esos hálitos impregnados de amor, en ese vaivén de reverberaciones y de reflejos, en esa extraordinaria generosidad de rayos, en ese escanciar indefinido de oro líquido se notaba la prodigalidad de lo inagotable; y, detrás de ese esplendor, igual que detrás de una cortina de llamas, se intuía a Dios, ese millonario en estrellas.

Gracias a la arena, no había ni una mancha de barro; gracias a la lluvia, no había ni un grano de ceniza. Los ramos acababan de lavarse; todos los terciopelos, todos los rasos, todos los charoles, todos los oros que brotan de la tierra en forma de flores eran irreprochables. Era una magnificencia pulcra. El hondo silencio de la naturaleza dichosa colmaba el parque. Silencio celestial compatible con mil músicas, con arrullos de nidos, con zumbidos de enjambres, con palpitar del viento. Toda la armonía de la estación se consumaba en un conjunto de grácil encanto; las entradas y las salidas de la primavera ocurrían en el orden estipulado; las lilas estaban acabando y los jazmines empezando; algunas flores se habían retrasado, algunos insectos se habían adelantado; la vanguardia de las mariposas rojas de junio confraternizaba con la retaguardia de las mariposas blancas de mayo. Los plátanos se remozaban. La brisa abría ondas en la gigantesca magnificencia de los castaños. Era esplendoroso. Un veterano del cuartel vecino, que miraba por la verja, decía: «Aquí está la primavera presentando armas con uniforme de gala».

Toda la naturaleza estaba almorzando; la creación estaba sentada a la mesa; era ya la hora; en el cielo estaba el gran mantel azul y en la tierra el gran mantel verde; el sol lo iluminaba todo a giorno. Dios servía esa comida universal. Todos los seres tenían su pasto o su pitanza. La paloma torcaz encontraba cañamones; el pinzón, mijo; el jilguero, hierba del pájaro; el petirrojo, lombrices; la abeja encontraba flores; la mosca encontraba infusorios; el verderón encontraba moscas. Cierto es que se comían todos entre sí hasta cierto punto, y en eso consiste el misterio del mal mezclado con el bien; pero ni un solo animal se quedaba con el estómago vacío.

Los dos niños abandonados habían llegado junto al estanque grande y, un tanto aturrullados con tanta luz, intentaban esconderse, que es lo instintivo en los pobres y los débiles ante la magnificencia, incluso la impersonal; se habían quedado detrás de la caseta de los cisnes.

A intervalos, por acá y por allá, cuando soplaba el viento, se oían confusamente gritos, un rumor, algo así como unos estertores tumultuosos, que eran tiroteos; y golpes sordos, que eran cañonazos. Había humo por encima de los tejados hacia la zona del Mercado Central. Una campana, que parecía una llamada, sonaba a lo lejos.

Aquellos niños no parecían oír esos ruidos. El más pequeño repetía a veces a media voz: «Tengo hambre».

Casi al mismo tiempo que los dos niños, se acercaba al estanque grande otra pareja. Era un buen señor de cincuenta años que llevaba de la mano a un niñito de seis. Seguramente un padre con su hijo. El niñito de seis llevaba en la mano un bollo grande.

Por entonces, en algunas de las casas ribereñas de la calle de Madame y de la calle de Enfer había una llave de Le Luxembourg de la que podían disfrutar los inquilinos cuando estaban cerradas las verjas, autorización que ya se ha suprimido. Aquel padre y aquel hijo debían de venir seguramente de alguna de esas casas.

Los dos niños pobres vieron llegar «al señor» y se escondieron algo más.

Era un burgués. El mismo quizá a quien Marius, en plena fiebre amorosa, había oído un día, junto a ese mismo estanque, aconsejar a su hijo que «evitase los excesos». Parecía afable y altanero, y la boca, que no cerraba nunca, sonreía siempre. En esa sonrisa automática, que causa un exceso de mandíbula y una cortedad de piel, se ven más los dientes que el alma. El niño, con aquel bollo empezado que no se terminaba, parecía ahíto. El niño aquel iba vestido de guardia nacional porque había disturbios; y el padre seguía vestido de paisano por prudencia.

El padre y el hijo se detuvieron junto al estanque donde nadaban los cisnes. El señor aquel parecía sentir una admiración particular por los cisnes. Se les parecía porque andaba como ellos.

En aquellos momentos los cisnes nadaban, en lo cual consiste su talento principal, y eran hermosísimos.

Si los dos niños pobres hubieran atendido y hubieran tenido edad para entenderlas, habrían oído las palabras de un hombre serio. El padre le iba diciendo al hijo:

—El sabio vive contento conformándose con poco. Fíjate en mí, hijo mío. No me gusta el boato. Nunca se me ve con fraques recargados de oro y pedrería; le dejo ese oropel a las almas de organización defectuosa.

Al llegar a este punto, estallaron gritos hondos que llegaban de la parte del Mercado Central y se incrementaron el repicar de la campana y el rumor.

—¿Qué es eso? —preguntó el niño. El padre contestó:

—Son unas saturnales.

De pronto, divisó a los dos niños andrajosos, inmóviles detrás de la casita verde de los cisnes.

—He aquí el principio —dijo. Y, tras un silencio, añadió:

—La anarquía entra en este parque.

Entretanto, el niño mordió el bollo, lo escupió y, de repente, se echó a llorar.

—¿Por qué lloras? —preguntó el padre.

—No tengo hambre —dijo el niño. La sonrisa del padre se acentuó.

—No hay que tener hambre para comerse un bollo.

—Estoy harto de este bollo. Está muy seco.

—¿No quieres más?

—No.

Su padre señaló los cisnes.

—Échaselo a esas aves palmípedas.

El niño titubeó. Que uno no quiera más bollo no es razón para dárselo a nadie.

El padre añadió:

—Sé humanitario. Hay que compadecerse de los animales. Y, quitándole el bollo a su hijo, lo arrojó al estanque.

El bollo cayó bastante cerca de la orilla.

Los cisnes estaban alejados, en el centro del estanque, y ocupados pescando algo. No habían visto ni al señor ni el bollo.

El burgués, dándose cuenta de que el bollo corría el riesgo de desperdiciarse, y alterado ante ese naufragio inútil, se entregó a un revuelo de ademanes y señales telegráficas que acabó por llamar la atención de los cisnes.

Vieron algo que flotaba, cambiaron de amura como barcos, pues lo son, y se dirigieron despacio hacia el bollo, con la majestuosidad beatífica que corresponde a unos animales blancos.

—Las palmípedas atienden a las palmadas —dijo el burgués, encantado de ser tan ingenioso.

En ese momento, el tumulto lejano de la ciudad creció repentinamente. Esta vez resultó siniestro. Hay ráfagas de viento que hablan con mayor claridad que otras. La que soplaba ahora trajo con claridad redobles de tambores, clamores, disparos de pelotones y las lúgubres respuestas de la campana a rebato y del cañón. Y coincidió todo ello con una nube negra que tapó de golpe el sol.

Los cisnes no habían llegado aún hasta el bollo.

—Vámonos a casa —dijo el padre—. Están atacando Les Tuileries. Volvió a coger a su hijo de la mano. Luego añadió:

—De Les Tuileries a Le Luxembourg no media más que la distancia que separa la monarquía de la Cámara Alta; queda muy cerca. Van a llover los tiros de fusil.

Miró la nube.

—Y, a lo mejor, hasta llueve lluvia; el cielo interviene; la rama menor está condenada. Vámonos enseguida a casa.

—Me gustaría ver cómo se comen los cisnes el bollo —dijo el niño. El padre contestó:

—Sería una imprudencia. Y se llevó a su burguesito.

El hijo, que lamentaba no ver los cisnes, tuvo la cabeza vuelta hacia el estanque hasta que se lo tapó una esquina de los parterres.

Pero, al mismo tiempo que los cisnes, se habían acercado al bollo los dos niños perdidos. Flotaba en el agua. El pequeño miraba el bollo; el mayor miraba cómo se alejaba el señor.

El padre y el hijo se internaron en el laberinto de paseos que conduce a la escalinata del macizo de árboles que cae por la parte de la calle de Madame.

En cuanto se perdieron de vista, el mayor se tumbó rápidamente bocabajo en el borde redondeado del estanque y, aferrándose a él con la mano izquierda, inclinándose hacia el agua, a punto casi de caerse, alargó con la mano derecha la varita hacia el bollo. Los cisnes, al ver al enemigo, se apresuraron y, al apresurarse, sus pechos causaron un efecto que le vino bien al pescadorcito; el agua refluyó con el avance de los cisnes y una de esas ondas concéntricas y flojas empujó despacio el bollo hacia la varita del niño. Cuando ya estaban llegando los cisnes, la varita tocó el bollo. El niño dio un golpe rápido, llevó a la orilla el bollo, espantó a los cisnes, cogió el bollo y se enderezó. El bollo estaba mojado, pero tenían hambre y sed. El mayor partió en dos trozos el bollo, uno grande y uno pequeño, se quedó con el pequeño, le dio el grande a su hermanito y le dijo:

—Échate esto entre pecho y espalda.

XVII

MORTUUS PATER FILIUM MORITURUM EXPECTAT

Marius había saltado fuera de la barricada. Combeferre fue detrás. Pero era demasiado tarde. Gavroche estaba muerto. Combeferre llevó el cesto de cartuchos; Marius llevó al niño.

Por desgracia, iba pensando, lo que el padre del niño hizo por su padre él se lo devolvía al hijo, pero Thénardier llevó a su padre vivo, y él volvía con el niño muerto.

Cuando Marius entró en el reducto con Gavroche en brazos, tenía, igual que el niño, la cara cubierta de sangre.

En el preciso momento en que se inclinaba para coger a Gavroche, una bala le había rozado la cabeza; no lo había notado.

Courfeyrac se quitó la corbata y le vendó la frente a Marius.

Pusieron a Gavroche en la misma mesa que Mabeuf y cubrieron los dos cuerpos con el chal negro. Bastó para el anciano y el niño.

Combeferre repartió los cartuchos del cesto que había recuperado. Con ellos podía cada hombre hacer quince disparos.

Jean Valjean seguía en el mismo sitio, sentado inmóvil en el mojón. Cuando Combeferre le presentó sus quince cartuchos, los rechazó negando con la cabeza.

—¡Menudo excéntrico! No debe de haber muchos como él —le dijo por lo bajo Combeferre a Enjolras—. Se las apaña para no luchar en la barricada.

—Lo cual no le impide defenderla —contestó Enjolras.

—El heroísmo tiene sus personajes peculiares —siguió diciendo Combeferre.

Y Courfeyrac, que lo había oído, añadió:

—Éste es de un estilo diferente que Mabeuf.

Hay que dejar constancia de que el fuego que azotaba la barricada casi no alteraba la tranquilidad del interior. Quienes no han cruzado nunca por el torbellino de este tipo de guerras no pueden hacerse idea de los singulares momentos de calma que se mezclan con las convulsiones. Los hombres van y vuelven, charlan, bromean, pierden el tiempo. Un conocido nuestro oyó un día que un combatiente le decía, entre la metralla: Estamos aquí como en un almuerzo de solteros. Repetimos que el reducto de la calle de La Chanvrerie parecía muy tranquilo por dentro. Habían agotado o estaban agotando todas las peripecias y todas las etapas. La posición había pasado de ser crítica a ser amenazadora; y era muy probable que de amenazadora se convirtiera en desesperada. A medida que la situación se iba volviendo cada vez más oscura, un resplandor heroico teñía cada vez más de púrpura la barricada. Enjolras, muy serio, imperaba en ella con la actitud de un espartano joven que consagra la espada desenvainada al sombrío genio Epidotes.

Combeferre, con el delantal puesto, curaba a los heridos; Bossuet y Feuilly hacían cartuchos con la pólvora del cebador que había encontrado Gavroche en el cadáver del cabo, y Bossuet le decía a Feuilly: Dentro de nada vamos a coger la diligencia para otro planeta; Courfeyrac, en los pocos adoquines que había reservado para sí cerca de Enjolras, estaba colocando y ordenando todo un arsenal, el bastón con estoque, el fusil, dos pistolas de arzón y unos nudillos de hierro, con el mismo primor con que una joven ordena la vitrinita con su colección de curiosidades. Jean Valjean, mudo, miraba la pared que tenía enfrente. Un obrero se ataba a la cabeza con un cordel un sombrero de paja de alas anchas de la señora Hucheloup, por las insolaciones, a lo que decía. Los jóvenes de La Cougourde de Aix charlaban alegremente como si les apremiara hablar provenzal por última vez. Joly, que había descolgado el espejo de la viuda Hucheloup, se miraba la lengua. Unos cuantos combatientes, que habían descubierto unas cortezas de pan bastante mohosas en un cajón, se las estaban comiendo con avidez. Marius estaba preocupado por lo que fuera a decirle su padre.

XVIII
EL BUITRE SE VUELVE PRESA

Insistamos en un hecho fisiológico propio de las barricadas. No debemos omitir nada de lo que caracterice esta sorprendente guerra urbana.

Fuere cual fuere esa extraña tranquilidad interior que acabamos de mencionar, no por ello deja de ser la barricada, para quienes se hallan dentro, una visión.

Hay algo de apocalipsis en la guerra civil; se mezclan todas las brumas de lo desconocido con esos incendios fieros; las revoluciones son esfinges, y quienquiera haya pasado por una barricada cree que ha pasado por un sueño.

Lo que se siente en lugares así ya lo hemos indicado al hablar de Marius, y hemos de ver sus consecuencias; es más que la vida y menos que la vida. Cuando alguien sale de una barricada, no sabe ya qué ha visto en ella. Se ha portado de forma terrible y lo ignora. Ha tenido en torno ideas combatientes con rostro humano; ha tenido metida la cabeza en una luz de porvenir. Había cadáveres tendidos y fantasmas de pie. Las horas eran colosales y parecían horas de eternidad. Ha vivido en la muerte. Han pasado sombras. ¿Quiénes eran? Ha visto manos en las que había sangre; había un ruido ensordecedor espantoso; había también un silencio horrible; había bocas abiertas que gritaban y otras bocas abiertas que callaban; estaba dentro de un humo y quizá dentro de una oscuridad nocturna. Es como si hubiera tocado el rezumar siniestro de las profundidades desconocidas; se mira uno algo rojo que tiene en las uñas. Ya no recuerda qué es.

Regresemos a la calle de La Chanvrerie.

De repente, entre dos descargas, se oyó un sonido distante: estaba dando una hora.

—Son las doce —dijo Combeferre.

No había acabado de dar la hora y ya se erguía Enjolras en lo alto de la barricada para lanzar este clamor tonante:

—Meted adoquines en la casa. Colocadlos en el repecho de la ventana del primero y de las ventanas de la buhardilla. La mitad de los hombres a los fusiles, y la otra mitad, a los adoquines. No hay que perder un minuto.

Un pelotón de bomberos y zapadores, con el hacha al hombro, acababa de aparecer en formación de combate en el extremo de la calle.

No podía ser sino la cabeza de una columna; y ¿de qué columna? De la columna de ataque, por descontado; los bomberos y zapadores a cuyo cargo corría derribar la barricada precedían siempre a los soldados a cuyo cargo corría trepar por ella.

No cabía duda de que estaba a punto de llegar ese momento que el señor de Clermont-Tonnerre llamaba, en 1822, «el empujón».

Cumplieron la orden de Enjolras con la premura pertinente, propia de los barcos y las barricadas, los dos únicos escenarios de combate de los que es imposible evadirse. En menos de un minuto, subieron al primer piso y al desván las dos terceras partes de los adoquines que Enjolras había mandado apilar a la puerta de Corinthe; y, antes de que transcurriera el segundo minuto, esos adoquines, diestramente colocados unos encima de otros, tapiaban hasta media altura la ventana del primero y los tragaluces abuhardillados. Por unos cuantos intervalos, que había previsto cuidadosamente Feuilly, el constructor en jefe, podían asomar los cañones de los fusiles. Fue tanto más fácil armar así las ventanas cuanto que había cesado la metralla. Las dos piezas disparaban ahora balas al centro de la muralla para agujerearla y abrir, si es que era posible, una brecha para el asalto.

Cuando ya estuvieron en su sitio los adoquines destinados a la defensa suprema, Enjolras mandó llevar al primer piso las botellas que había metido debajo de la mesa en la que estaba Mabeuf.

—¿Quién se las va a beber? —preguntó Bossuet.

—Ellos —contestó Enjolras.

Luego cerraron a cal y canto la ventana de la sala de abajo y tuvieron a mano las barras de hierro que servían para atrancar por las noches la puerta de la taberna.

Ya estaba acabada la fortaleza. La barricada era la muralla, la taberna era el torreón.

Sobraron adoquines y con ellos taparon la abertura.

Como a los defensores de una barricada no les queda más remedio que ahorrar municiones y los asaltantes lo saben, los sitiadores toman sus disposiciones con algo parecido a una cachaza irritante, se exponen al fuego antes de tiempo aunque más en apariencia que en realidad y se lo toman con calma. Los preparativos para el ataque se llevan a cabo siempre con cierta lentitud metódica; luego, el rayo.

Esa lentitud le permitió a Enjolras pasarle revista a todo y perfeccionarlo todo. Se daba cuenta de que, si unos hombres así iban a morir, su muerte tenía que ser una obra maestra.

Le dijo a Marius:

—Somos los dos jefes. Entro a dar las últimas órdenes. Tú quédate fuera observando.

Marius se apostó en la cresta de la barricada.

Enjolras mandó clavar la puerta de la cocina, que, como recordaremos, era la ambulancia.

—Que no les salpique nada a los heridos —dijo.

Dio las últimas instrucciones en la sala de abajo con voz tajante, pero serenísima; Feuilly escuchaba y respondía en nombre de todos.

—Tened preparadas las hachas en el primer piso para cortar la escalera.

¿Las tenéis?

—Sí —dijo Feuilly.

—¿Cuántas?

—Dos hachas y otra de las de matar bueyes.

—Está bien. Tenemos en pie veintiséis combatientes. ¿Cuántos fusiles hay?

—Treinta y cuatro.

—Sobran ocho. Tenedlos cargados como los demás y a mano. Los sables y las pistolas en el cinturón. Veinte hombres a la barricada. Seis emboscados en las buhardillas y en la ventana del primero para abrir fuego contra los asaltantes a través de las aspilleras de los adoquines. Que no quede aquí ni un trabajador inútil. Dentro de un rato, cuando el tambor dé el toque de carga, que los veinte de abajo vayan corriendo a la barricada. Los primeros que lleguen tendrán los mejores sitios.

Tras tomar estas disposiciones, se volvió hacia Javert y le dijo:

—No me olvido de ti.

Y, dejando una pistola encima de la mesa, añadió:

—El último en salir que le vuele la cabeza a este espía.

—¿Aquí? —preguntó una voz.

—No, no mezclemos este cadáver con los nuestros. Se puede saltar por encima de la barricada pequeña que da a la callejuela de Mondétour. Sólo tiene cuatro pies de alto. El hombre está bien atado. Que lo lleven allí y que lo ejecuten.

Había en aquellos momentos alguien más impasible que Enjolras, y ese alguien era Javert.

Entonces apareció Jean Valjean.

Estaba mezclado con el grupo de insurrectos. Salió de él y le dijo a Enjolras:

—¿Es usted el comandante?

—Sí.

—Hace un rato me dio las gracias.

—En nombre de la República. La barricada tiene dos salvadores, Marius Pontmercy y usted.

—¿Le parece que merezco una recompensa?

—Desde luego.

—Pues pido una.

—¿Cuál?

—Ser yo quien le levante a este hombre la tapa de los sesos.

Javert alzó la cabeza, vio a Jean Valjean, hizo un movimiento imperceptible y dijo:

—Es de justicia.

En cuanto a Enjolras, estaba volviendo a cargar la carabina; paseó la mirada en torno:

—¿No hay reclamaciones?

Y se volvió hacia Jean Valjean:

—Quédese con el de la pasma.

Efectivamente, Jean Valjean tomó posesión de Javert sentándose en el filo de la mesa. Cogió la pistola y un leve chasquido anunció que acababa de armarla.

Casi en acto se oyó un toque de corneta.

—¡Alerta! —gritó Marius desde lo alto de la barricada.

Javert se echó a reír con esa risa silenciosa tan suya y, mirando fijamente a los insurrectos, les dijo:

—No se puede decir que andéis mejor de salud que yo.

—¡Todos fuera! —gritó Enjolras.

Los insurrectos se abalanzaron tumultuosamente y, al salir, les golpeó la espalda, permítasenos la expresión, esta frase de Javert:

—¡Hasta ahora!

XIX
LA VENGANZA DE JEAN VALJEAN

Cuando Jean Valjean se quedó a solas con Javert, desató la cuerda que sujetaba al prisionero por la cintura y cuyo nudo estaba debajo de la mesa. Después, le indicó con un gesto que se pusiera de pie.

Javert obedeció con esa sonrisa indecible en que se condensa la supremacía de la autoridad encadenada.

Jean Valjean agarró a Javert por la gamarra como quien agarra a un animal de carga por la pechera y, tirando de él, salió de la taberna despacio porque Javert tenía las piernas trabadas y no podía dar sino pasitos cortos.

Jean Valjean llevaba la pistola en la mano.

Cruzaron así el trapecio interior de la barricada. Los insurrectos, pendientes de la inminencia del ataque, estaban de espaldas.

Marius, que estaba de lado en el extremo de la derecha de la muralla, fue el único que los vio pasar. La luz sepulcral que llevaba en el alma iluminó al grupo del reo y el verdugo.

Jean Valjean obligó, no sin trabajo, a Javert, atado, a trepar por el atrincheramiento de la calle de Mondétour, pero sin soltarlo ni por un momento.

Tras salvar esa barrera, se encontraron solos en la callejuela. Ya no los veía nadie. Las esquinas de las casas se interponían entre ellos y las miradas de los insurrectos. Los cadáveres que habían retirado de la barricada formaban un apilamiento terrible a pocos pasos.

En aquel montón de muertos podían verse un rostro lívido, una melena suelta, una mano agujereada y un seno femenino a medio cubrir. Era Éponine.

Javert miró de reojo a esa muerta y dijo a media voz, muy tranquilo:

—Me parece que conozco a esa muchacha.

Luego se volvió hacia Jean Valjean.

Jean Valjean se metió la pistola debajo del brazo y clavó en Javert una mirada que no precisaba palabras para decir: «Javert, soy yo».

Javert respondió:

—Tómate la revancha.

Jean Valjean se sacó del bolsillo una navaja y la abrió.

—¡Una sirla! —exclamó Javert—. Tienes razón. Te pega más.

Jean Valjean cortó la gamarra que llevaba Javert al cuello; cortó luego las cuerdas de las muñecas y, después, agachándose, cortó el cordel que tenía en los pies; y, enderezándose, le dijo:

—Está libre.

No era fácil dejar asombrado a Javert. No obstante, por muy dueño de sí que fuera, no pudo evitar la conmoción. Se quedó con la boca abierta e inmóvil.

Jean Valjean siguió diciendo:

—No creo que salga de aquí. Sin embargo, si saliera por casualidad, vivo en la calle de L'Homme-Armé, en el siete, y me conocen por Fauchelevent.

A Javert le frunció la cara una mueca de tigre que le entreabrió una comisura de la boca y susurró, entre dientes:

—Ten cuidado.

—Váyase —dijo Jean Valjean. Javert preguntó:

—¿Has dicho Fauchelevent, en la calle de L'Homme-Armé?

—En el número siete. Javert repitió a media voz:

—Número siete.

Se volvió a abrochar la levita, recobró la rigidez militar de la espalda, dio media vuelta, cruzó los brazos sujetándose la barbilla con una mano y echó a andar en dirección al Mercado Central. Jean Valjean lo seguía con la vista. Tras dar unos cuantos pasos, Javert se volvió y le gritó a Jean Valjean:

—Me está fastidiando. Prefiero que me mate.

Javert no se daba cuenta de que había dejado de tutear a Jean Valjean.

—Váyase —dijo Jean Valjean.

Javert se alejó, andando despacio. Poco después, dobló la esquina de la calle de Les Prêcheurs.

Tras perder de vista a Javert, Jean Valjean dio un tiro al aire. Volvió luego a la barricada y dijo:

—Ya está.

Esto es lo que había sucedido entre tanto:

Marius, más pendiente de lo que ocurría fuera que de lo que ocurría dentro, no se había fijado bien hasta entonces en el espía atado en la oscuridad de la parte trasera de la sala de abajo.

Cuando lo vio, a la luz del día, saltar por encima de la barricada para encaminarse a la muerte, lo reconoció. Le brotó en la mente un recuerdo repentino. Se acordó del inspector de la calle de Pontoise y de las dos pistolas que le había dado y que él, Marius, había utilizado en esa misma barricada; y no sólo recordó la cara sino también cómo se llamaba.

Era, no obstante, un recuerdo brumoso y turbio, como todas las ideas que tenía. No se hizo una afirmación, sino una pregunta: «¿No es ése aquel inspector de policía que me dijo que se llamaba Javert?».

A lo mejor aún estaba a tiempo de interceder por aquel hombre. Pero antes tenía que saber si se trataba efectivamente de Javert.

Marius se dirigió a Enjolras, que acaba de colocarse en el otro extremo de la barricada.

—¡Enjolras!

—¿Qué?

—¿Cómo se llama ese hombre?

—¿Quién?

—El agente de policía. ¿Sabes cómo se llama?

—Desde luego. Nos lo dijo.

—¿Cómo se llama?

—Javert.

Marius se irguió.

En ese momento se oyó el disparo de pistola. Jean Valjean apareció y voceó:

—Ya está.

Un frío oscuro le cruzó a Marius por el corazón.

XX
LOS MUERTOS ESTÁN EN LO CIERTO Y LOS VIVOS NO ESTÁN EQUIVOCADOS

Iba a empezar la agonía de la barricada.

Todo contribuía para darle a aquel minuto supremo una majestad trágica: mil estruendos misteriosos por el aire; el hálito de las muchedumbres armadas que avanzaban por calles que no se veían; el galope intermitente de la caballería; la pesada conmoción de la artillería en marcha; las descargas de los pelotones y los cañoneos que se cruzaban en el dédalo de París; las humaredas del combate que se elevaban, doradas, por encima de los tejados; a saber qué gritos lejanos más o menos terribles; relámpagos amenazadores por doquier; el toque de rebato de Saint-Merry, que ahora sonaba como un sollozo; la calidez de la estación; el esplendor del cielo lleno de sol y de nubes; la hermosura del día y el espantoso silencio de las casas.

Porque, desde la víspera, las dos hileras de casas de la calle de La Chanvrerie se habían convertido en dos murallas, unas murallas hoscas. Las puertas cerradas, las ventanas cerradas, los postigos cerrados.

En aquellos tiempos, tan diferentes de estos en que nos hallamos ahora, cuando llegaba la hora en que el pueblo quería acabar con una situación que había durado ya en exceso, con una Carta otorgada o con un país legal, cuando la ira universal andaba diluida por el aire, cuando la ciudad consentía en que la desempedraran, cuando la insurrección despertaba la sonrisa de la burguesía al cuchichearle al oído la consigna, entonces los vecinos, impregnados de amotinamiento, por así decirlo, se convertían en auxiliares del combate y la vivienda confraternizaba con la fortaleza improvisada que se apoyaba en ella. Cuando la situación no estaba madura, cuando la insurrección no contaba con consentimiento alguno, cuando las masas no aprobaban el movimiento, los combatientes estaban perdidos, la ciudad se volvía en un desierto en torno a la revuelta, las almas se helaban, los refugios quedaban tapiados y la calle se convertía en desfile para ayudar al ejército a tomar la barricada.

No es posible conseguir que un pueblo avance por sorpresa a mayor velocidad de la que desea. ¡Malhaya quien intente forzarle la mano! Un pueblo no consiente en que lo obliguen a algo. Llegado ese caso, deja a la insurrección que se las apañe como pueda. Los insurrectos se convierten en apestados. Una casa es una escarpa, una puerta es un rechazo, una fachada es un muro. Ese muro ve, oye y no quiere. Podría entornarse y salvarnos. No. Ese muro es un juez. Nos mira y nos condena. ¡Qué sombrías esas casas cerradas! Parecen muertas y están vivas. La vida, que se halla como en suspenso en ellas, allí sigue. Nadie ha salido desde hace veinticuatro horas, pero no falta nadie. Dentro de esa roca, van, vienen, se acuestan, se levantan; están en familia; beben y comen; pasan miedo, ¡qué cosa más terrible! El miedo disculpa esa amedrentadora falta de hospitalidad; se añade el desconcierto, que es una atenuante. Hay veces incluso, y es algo que ya se ha visto, en que el miedo se convierte en pasión; el temor puede trocarse en furia, como la prudencia puede trocarse en rabia; de ahí procede esa expresión de tanto calado: Los moderados fuera de sí. Existen incendios de espanto supremo de donde surge, como un humo lúgubre, la ira. «¿Y ésos qué quieren? Nunca están a gusto. Ponen en un compromiso a la gente de paz. ¡Como si no hubiera ya revoluciones de sobra! ¿Qué han venido a hacer aquí? Que se larguen. Peor para ellos. Es culpa suya. Se lo merecen. No va con nosotros. Pobre calle, nos la han puesto perdida de balas. Son una panda de golfos. Sobre todo, que no se os ocurra abrir la puerta.» Y la casa toma aspecto de tumba. El insurrecto agoniza ante esa puerta; ve llegar la metralla y los sables desenvainados; si grita, sabe que lo están oyendo, pero nadie atenderá; hay allí mismo paredes que podrían protegerlo; hay hombres que podrían salvarlo; y esas paredes tienen oídos de carne y hueso, y esos hombres tienen entrañas de piedra.

¿A quién acusar?

A nadie y a todo el mundo.

A estos tiempos incompletos en que vivimos.

La utopía, cuando se convierte en insurrección, es siempre por su cuenta y riesgo; de protesta filosófica se convierte en protesta armada; y de Minerva, en Palas. La utopía que pierde la paciencia y se convierte en disturbio sabe lo que le espera; casi siempre llega demasiado pronto. Entonces se resigna y acepta estoicamente la catástrofe en vez del triunfo. Sirve, sin quejarse, e incluso disculpándolos, a esos mismos que reniegan de ella; y su magnanimidad reside en aceptar que la abandonen. Se muestra indomable ante los obstáculos y benigna con la ingratitud.

¿Es ingratitud, por cierto?

Sí, desde el punto de vista del género humano. No, desde el punto de vista del individuo.

El progreso es el modo del hombre. La vida general del género humano se llama Progreso; el paso colectivo del género humano se llama Progreso. El progreso avanza; lleva a cabo el gran viaje humano y terrenal hacia lo celestial y lo divino; tiene sus paradas, en que reúne al rebaño rezagado; tiene sus estaciones, en que medita, ante un Canaán espléndido que le desvela de pronto su horizonte; tiene sus noches, en que duerme; y una de las dolorosas ansiedades del pensador es ver planear la sombra sobre el alma humana y palpar entre las tinieblas, sin conseguir despertarlo, al progreso dormido.

—A lo mejor Dios se ha muerto —le decía un día Gérard de Nerval a quien escribe estas líneas, confundiendo el progreso con Dios, y tomando la interrupción del movimiento por la muerte del Ser.

Se equivoca quien desespera. El progreso acaba por despertarse, infaliblemente, y, en resumidas cuentas, podríamos decir que, incluso dormido, sigue caminando, porque en ese tiempo ha crecido. Cuando volvemos a verlo de pie, lo vemos más alto. Ser un flujo siempre apacible no depende ni del progreso ni del río; que nadie les ponga represas, que nadie interrumpa su curso con rocas; por culpa del obstáculo, el agua hace espuma y la humanidad entra en efervescencia. Y de ahí nacen perturbaciones; pero, pasadas esas perturbaciones, nos damos cuenta de que se ha andado camino. Hasta que quede establecido el orden, que no es sino la paz universal, hasta que reinen la armonía y la unidad, las etapas del progreso serán las revoluciones.

¿Qué es, pues, el progreso? Acabamos de decirlo. La vida permanente de los pueblos.

Ahora bien, acontece de vez en cuando que la vida momentánea de los individuos se resiste a la vida eterna del género humano.

Reconozcámoslo sin amargura: el individuo tiene su propio interés, claro y distinto, y puede, sin pecar de felonía, determinar ese interés y defenderlo; el presente tiene su cuota permisible de egoísmo; la vida momentánea cuenta con sus derechos y no tiene por qué sacrificarse continuamente por el porvenir. La generación que tiene ahora mismo un derecho de tránsito por la tierra no está en la obligación de abreviarlo en pro de las generaciones, iguales a ellas, en última instancia, a quienes les tocará la vez más adelante. «Existo —susurra ese alguien que se llama Todos—. Soy joven y estoy enamorado; soy viejo y quiero descansar; soy padre de familia, trabajo, voy prosperando, los negocios van bien, tengo casas por alquilar, tengo dinero en valores del Estado, soy feliz, tengo mujer e hijos, me gusta todo eso, quiero vivir, dejadme en paz.» Y de todo ello nace, en algunos momentos, una etapa de frío glacial para las vanguardias magnánimas del género humano.

Por lo demás, hemos de reconocerlo, la utopía sale de su esfera radiante al guerrear. Ella, la verdad del mañana, le toma prestado el procedimiento a la batalla, la mentira del ayer. Ella, que es el porvenir, obra como en el pasado. Ella, la idea pura, se vuelve desmán. Convierte en complejo su heroísmo al sumarle una violencia de la que está justificado que deba dar cuenta; violencia ocasional, recurso a la violencia, contrarios a los principios y por los que recibe, inevitablemente, un castigo. La utopía hecha insurrección lucha empuñando el antiguo código militar; fusila a los espías, ejecuta a los traidores, suprime a seres vivos y los arroja a las tinieblas ignotas. Recurre a la muerte, lo cual es algo muy grave. Es como si la utopía hubiera perdido la fe en su proyección, que es su fuerza irresistible e incorruptible. Golpea con la espada. Ahora bien, no hay espada sencilla. Toda espada tiene dos filos; quien hiere con uno se hiere con el otro.

Tras hacer esta salvedad, y hacerla muy en serio, no podemos por menos de admirar, triunfen o no, a los gloriosos luchadores del porvenir, los confesores de la utopía. Hay que venerarlos, incluso en sus abortos, y es quizá cuando fracasan cuando cobran mayor majestuosidad. La victoria, cuando ocurre según el progreso, merece el aplauso de los pueblos; pero una derrota heroica merece que éstos se enternezcan. Aquélla es espléndida; ésta es sublime. Para nosotros, que preferimos el martirio al éxito, John Brown es mayor que Washington; y Pisacane es mayor que Garibaldi.

Alguien tiene que estar a favor de los vencidos.

Se es injusto con esos magnos ensayadores del porvenir cuando abortan. Acusan a los revolucionarios de sembrar el temor. Toda barricada parece un atentado. Incriminan sus teorías, sospechan de sus metas, temen sus pensamientos ocultos, denuncian sus conciencias. Les reprochan que alcen, edifiquen y amontonen, contra las circunstancias sociales imperantes, un cúmulo de miserias, de dolores, de iniquidades, de agravios y de desesperaciones y que extraigan de los bajos fondos bloques de tinieblas para parapetarse tras sus almenas y combatir. Les gritan: «¡Desempedráis el infierno!». Podrían contestar: «¡Por eso está hecha nuestra barricada de buenas intenciones!».

No cabe duda de que lo mejor es la solución pacífica. En resumidas cuentas, no podemos por menos de reconocerlo, cuando vemos el adoquín nos acordamos del oso de la fábula[71], y se trata de una buena voluntad que intranquiliza a la sociedad. Pero de la voluntad de la sociedad depende el salvarse a sí misma; apelamos a su propia buena voluntad. No es preciso ningún remedio violento. Estudiar el mal en un acuerdo amistoso, dejar constancia de que existe y curarlo luego. A eso es a lo que la instamos.

Fuere como fuere, incluso cuando caen, y sobre todo cuando caen, son augustos esos hombres que, en todos los lugares del universo, con los ojos clavados en Francia, luchan en pro de esa gran obra con la lógica inflexible del ideal; entregan sus vidas en un don desinteresado al progreso; cumplen con los designios de la Providencia; llevan a cabo un acto religioso. Llegado el momento, con el mismo desinterés que un actor a quien le llega el turno de hablar, obedeciendo al guión divino, entran en la tumba. Y ese combate sin esperanza, y esa desaparición estoica, los aceptan para que llegue a sus espléndidas y supremas consecuencias universales el soberbio movimiento humano que empezó irresistiblemente el 14 de julio de 1789. Esos soldados son sacerdotes. La Revolución Francesa es un gesto de Dios.

Por lo demás, existen, y es conveniente añadir esta diferenciación a las diferenciaciones ya indicadas en otro capítulo, las insurrecciones aceptadas, que se llaman revoluciones, y existen las insurrecciones rechazadas, que se llaman disturbios. Una insurrección que estalla es una idea que se examina ante el pueblo. Si el pueblo le adjudica una bola negra, la idea es un fruto huero, y la insurrección, una algarada.

Lanzarse a la guerra ante cualquier intimación y siempre que la utopía lo desee no es lo que corresponde a los pueblos. No siempre ni a todas horas tienen las naciones temperamento de héroe ni de mártir.

Las naciones son de talante positivo. A priori, la insurrección les causa repugnancia; en primer lugar porque frecuentemente suele acabar en catástrofe; y en segundo, porque siempre parte de una abstracción.

Pues, y es algo hermoso, es siempre al ideal, y sólo al ideal, a lo que se entregan con abnegación los abnegados. Una insurrección es un entusiasmo. El entusiasmo puede encolerizarse, y de ahí vienen los enfrentamientos armados. Pero cualquier insurrección que se eche el fusil a la cara contra un gobierno o contra un régimen apunta más arriba. Así, por ejemplo, debemos insistir, contra quien combatían los jefes de la insurrección de 1832, y muy particularmente los jóvenes entusiastas de la calle de La Chanvrerie, no era contra Luis Felipe. La mayoría, cuando hablaban a corazón abierto, reconocían las virtudes de ese rey que lindaba con la monarquía y con la revolución; ninguno lo odiaba. Pero atacaban a la rama menor del derecho divino en la persona de Luis Felipe como habían atacado a la rama primogénita en la persona de Carlos X; lo que querían derrocar al derrocar la monarquía en Francia, ya lo hemos explicado, eran la usurpación del hombre por el hombre y la del derecho, en todo el universo, por los privilegios. La consecuencia de París sin rey era, de rebote, el mundo sin déspotas. Así era como razonaban. No cabe duda de que su meta era muy lejana, e inconcreta quizá, ni de que retrocedía ante el esfuerzo; pero era una meta grande.

Así son las cosas. Y hay quienes se sacrifican por esas visiones que, para los sacrificados, son casi siempre ilusiones, pero ilusiones a las que va unida, en resumidas cuentas, toda la certidumbre humana. Los insurrectos poetizan la insurrección y le dan un baño dorado. Se meten de cabeza en esas acciones trágicas embriagándose con lo que van a hacer. ¿Quién sabe? A lo mejor lo consiguen. Son pocos; se enfrentan a un ejército entero; pero defienden el derecho, la ley natural, la soberanía de cada cual sobre su propia persona, de la que no es posible abdicar: la justicia, la verdad; y, si es preciso, mueren como los trescientos espartanos. No se acuerdan de don Quijote, sino de Leónidas. Y siguen adelante, y, cuando ya están en camino, no retroceden, y aprietan el paso como si embistieran, con la esperanza de una victoria inaudita, de consumar la revolución, de devolverle la libertad al progreso humano, del engrandecimiento del género humano, de la liberación universal y, en el peor de los casos, la esperanza de las Termópilas.

Los combates por el progreso suelen fracasar, y acabamos de decir el porqué. Las muchedumbres se resisten a que tiren de ellas los paladines. Al gentío espeso, a las multitudes, frágiles precisamente por el peso que tienen, les dan miedo las aventuras; y en los ideales hay aventura.

No olvidemos, por lo demás, que ahí están los intereses, que son poco amigos de los ideales y de lo sentimental. Hay veces en que el estómago paraliza el corazón.

La grandeza y la hermosura de Francia residen en que echa menos barriga que los demás pueblos; le resulta más fácil ceñirse el cíngulo. Es la primera en despertarse, la última en dormirse. Avanza. Le gusta investigar.

Y eso se debe a que es artista.

Los ideales no son sino el punto culminante de la lógica, de la misma forma que lo hermoso no es sino la cumbre de la verdad. Los pueblos artistas son también los pueblos consecuentes. Amar la belleza es ver la luz. Por eso la antorcha de Europa, es decir, la civilización, la llevó primero Grecia, que se la entregó luego a Italia, que se la entregó a Francia.

¡Pueblos divinos que son una avanzadilla! Vitæ lampada tradunt.

Cosa admirable, la poesía de un pueblo es el elemento de su progreso. El grado de civilización se mide por el grado de imaginación. Sólo que un pueblo civilizador debe seguir siendo un pueblo varonil. Corinto, sí; Síbaris, no. Quien se afemina degenera. No hay que ser ni diletante ni virtuoso; pero hay que ser artista. En cuestiones de civilización, no hay que refinar, hay que sublimar. Y tal es la condición para darle al género humano el patrón de lo ideal.

El ideal moderno tiene su tipo en el arte; y su recurso, en la ciencia. Con la ciencia es como se podrá llevar a cabo esa visión augusta de los poetas: la hermosura social. La representación del Edén será $A + B$. En este punto al que ha llegado la civilización, lo exacto es un elemento necesario de lo espléndido; y el órgano científico no sólo sirve al sentimiento artístico, sino que lo completa; el sueño debe calcular. El arte, que es el conquistador, tiene que hallar su punto de apoyo en la ciencia, que es la que camina. Tiene importancia la solidez de la montura. El espíritu moderno es el genio griego usando el vehículo del genio indio: Alejandro subido al elefante.

Las razas a las que el dogma petrifica o el lucro desmoraliza no valen para conductoras de la civilización. La genuflexión ante el ídolo o ante la moneda atrofia los músculos que caminan y la voluntad que avanza. Impregnarse de lo religioso o de lo mercantil merma la proyección de un pueblo, le rebaja el horizonte al rebajarle el nivel y le arrebata esa inteligencia, a la vez humana y divina, de la meta universal, que es lo que caracteriza a las naciones misioneras. Babilonia no tiene ideales; Cartago no tiene ideales. Atenas y Roma, sí; y conservan, incluso a través del espesor nocturno de los siglos, aureolas de civilización.

Francia es un pueblo de calidad similar a Grecia e Italia. Es ateniense en lo hermoso y romana en lo grande. Y, además, es bondadosa. Se entrega. Se encuentra con mayor frecuencia que los demás pueblos de humor para la abnegación y el sacrificio. Lo que sucede es que ese humor va y viene. Y ahí reside el gran peligro para quienes corren cuando ella sólo quiere andar, o para los que andan cuando ella quiere pararse. Francia padece recaídas de materialismo y hay momentos en que en las ideas que obstruyen esa mente sublime no queda ya nada que recuerde la grandeza francesa y son de las dimensiones de un Missouri o de una Carolina del Sur. Nada se puede hacer. La giganta juega a hacerse la enana; Francia, la inmensa, tiene caprichos fantasiosos de pequeñez. Y eso es todo.

Nada que podamos objetar. Los pueblos, como los astros, tienen derecho al eclipse. Y no importa con tal de que la luz vuelva y el eclipse no degenere en oscuridad nocturna. Alba y resurrección son palabras sinónimas. La reaparición de la luz es idéntica a la persistencia del yo.

Dejemos constancia serena de esos hechos. La muerte en la barricada o la tumba en el exilio son una posibilidad aceptable. El nombre auténtico de la abnegación es el desprendimiento. Que los abandonados consientan en que los abandonen, que los exiliados consientan en que los exilien, y limitémonos a suplicar a los grandes pueblos que no retrocedan demasiado cuando retroceden.

Existe la materia; existe el minuto; existen los intereses; existe el vientre; pero el vientre no debe ser la única sabiduría. La vida momentánea tiene sus derechos, lo aceptamos; pero la vida permanente tiene los suyos. Por desdicha, ir cabalgando no impide la caída. Son cosas que vemos en la historia con mayor frecuencia de la que nos gustaría. Una nación es ilustre; paladea lo ideal; luego, cae al suelo y le agrada el sabor del fango; y, si le preguntan por qué abandona a Sócrates por Falstaff, contesta: Es que me gustan los hombres de Estado.

Unas cuantas palabras más antes de entrar en la refriega.

Una batalla como la que estamos contando en este momento no es sino una convulsión hacia lo ideal. El progreso trabado es enfermizo y tiene ataques de epilepsia trágicos, como éste. Con esta enfermedad del progreso, la guerra civil, hemos tenido que toparnos. Es una de las fases fatídicas, acto y entreacto a un tiempo, de ese drama cuyo eje es un condenado social y cuyo nombre verdadero es: el Progreso.

¡El Progreso!

En este grito, que proferimos con frecuencia, se compendia todo nuestro pensamiento; y en el punto de este drama al que hemos llegado, y dado que a la idea que en él reside le queda aún más de una penalidad por soportar, quizá nos esté permitido, si no alzar el velo, al menos dejar que se trasluzca con claridad su resplandor.

El libro que el lector tiene ante los ojos en este momento es, de cabo a rabo, en conjunto y en sus detalles, fueren cuales fueren sus intermitencias, sus excepciones o sus desfallecimientos, el camino del mal hacia el bien, de lo injusto hacia lo justo, de lo falso hacia lo cierto, de la noche hacia el día, del apetito hacia la conciencia, de la podredumbre hacia la vida, de la bestialidad hacia el deber, del infierno hacia el cielo, de la nada hacia Dios. Punto de partida: la materia; punto de llegada: el alma. Al principio, la hidra; el ángel, al final.

XXI
LOS HÉROES

De pronto, el tambor dio el toque de carga.

El ataque fue como el huracán. La víspera, en la oscuridad, algo así como una boa se había acercado sigilosamente a la barricada. Ahora, en pleno día, en aquella calle en forma de embudo, estaba claro que no cabía la sorpresa; la fuerza bruta, por lo demás, se había quitado la máscara, el cañón empezó a rugir y el ejército se abalanzó sobre la barricada. Ahora la habilidad consistía en furia. Una columna de infantería de línea poderosísima, entreverada a intervalos iguales con guardias nacionales y guardias municipales a pie, y con el respaldo de una retaguardia enorme a la que se oía sin vérsela, desembocó en la calle a paso de carga, con redoble de tambores y toque de cornetas, con la bayoneta cruzada y los zapadores en cabeza; e, imperturbable, entre los proyectiles, llegó en derechura hasta la barricada con el peso de una viga de bronce contra una pared.

La pared resistió.

Los insurrectos abrieron fuego con ímpetu. A la barricada, por la que habían trepado los atacantes, la coronaron crines de relámpagos. El asalto fue tan tremendo que, por un momento, los asaltantes fueron una inundación; pero la barricada se sacudió a los soldados como un león se sacude los perros y no quedó cubierta de asaltantes sino como el acantilado se cubre de espuma; y volvió a aparecer momentos después, escarpada, negra y formidable.

A la columna no le quedó más remedio que replegarse; se agolpó en la calle, al descubierto, aunque terrible, y respondió al reducto con un tiroteo espantoso. Quienes hayan visto unos fuegos artificiales recordarán ese haz que forman sus relámpagos al cruzarse y que se llama la palmera. Imaginemos esa palmera, pero no ya vertical, sino horizontal, con una bala, unas postas o un proyectil de vizcaíno en el extremo de todos y cada uno de sus chorros de fuego y desgranando la muerte en sus racimos de truenos. Y bajo todo aquello estaba la barricada.

Decisión igual por ambas partes. La valentía era allí casi bárbara y se le sumaba algo así como una ferocidad heroica que empezaba por el propio sacrificio. Eran los tiempos en que un guardia nacional peleaba como un zuavo. La tropa quería acabar de una vez; la insurrección quería luchar. Aceptar la agonía en plena juventud y en plena salud convierte la intrepidez en frenesí. Todos en aquella refriega se crecían en la hora suprema. La calle se cubrió de cadáveres.

En uno de los extremos de la barricada estaba Enjolras, y en el otro, Marius. Enjolras, que se sabía toda la barricada de memoria, se reservaba y se resguardaba; tres soldados cayeron, uno tras otro, bajo su almena sin haber llegado a verlo siquiera; Marius luchaba a pecho descubierto. Se convertía en punto de mira. Le asomaba más de medio cuerpo en lo alto de la barricada. No hay pródigo más desenfrenado que un avaro que se desboca; no hay hombre más tremendo en la acción que un soñador. Marius estaba soberbio y ensimismado. Peleaba como en un sueño. Hubiérase dicho un fantasma disparando un fusil.

A los sitiados se les iban agotando los cartuchos; mas no así los sarcasmos. En ese torbellino del sepulcro en que estaban, reían.

Courfeyrac tenía la cabeza destocada.

—¿Dónde has metido el sombrero? —le preguntó Bossuet. Courfeyrac contestó:

—Al final, han conseguido quitármelo a cañonazos. O decían cosas altaneras.

—¿Cómo se explica que esos hombres (y citaba algunos nombres, nombres conocidos, e incluso célebres, y algunos pertenecientes al antiguo ejército) que prometieron unirse a nosotros y juraron ayudarnos, y se comprometieron a ello por su honor, y que eran nuestros generales, nos abandonen? —exclamaba amargamente Feuilly.

Y Combeferre se limitaba a responderle con una sonrisa muy seria:

—Hay personas que observan las reglas del honor como quien observa las estrellas, desde muy lejos.

El interior de la barricada estaba tan lleno de cartuchos rajados que parecía que hubiera nevado.

Los asaltantes tenían a su favor el número; los insurrectos, la posición. Estaban en lo alto de una muralla y fulminaban a quemarropa a los soldados que trastabillaban al tropezar con los muertos y los heridos y se quedaban trabados en la escarpa. Aquella barricada, tal y como estaba construida y admirablemente reforzada, era en verdad una de esas posiciones en que un puñado de hombres tiene en jaque a una legión. No obstante, recibiendo continuamente reclutamientos nuevos y creciendo bajo la lluvia de balas, la columna de ataque se aproximaba de forma inexorable, y ahora, poco a poco, paso a paso, pero de forma indudable, el ejército oprimía la barricada igual que el tornillo en el lagar.

Los asaltos iban sucediéndose. El espanto iba a más.

Estalló entonces encima de ese montón de adoquines, en esa calle de La Chanvrerie, una batalla digna de una muralla de Troya. Esos hombres macilentos, andrajosos, agotados, que llevaban veinticuatro horas sin comer, que no habían dormido, a quienes no les quedaban ya sino unos pocos tiros por disparar, que se palpaban los bolsillos por si les quedaba algún cartucho, heridos casi todos, con la cabeza o el brazo vendados con un trapo manchado de óxido y negruzco, con agujeros en la ropa de los que manaba la sangre, apenas armados con fusiles de mala muerte y sables viejos y mellados, se convirtieron en titanes. Diez veces llegaron los atacantes hasta la barricada, la asaltaron, la escalaron, y no la tomaron ninguna.

Para hacernos una idea de esa lucha deberíamos imaginarnos que han prendido fuego a un apiñamiento de tremendas valentías y estamos contemplando el incendio. No era un combate, era un horno por dentro; las bocas respiraban llamas; los rostros eran extraordinarios. La forma humana parecía algo imposible, los combatientes llameaban y era asombroso ver cómo iban y venían por entre aquel humo rojo esas salamandras de la reyerta. Renunciamos a describir las escenas sucesivas y simultáneas de esa matanza grandiosa. Sólo la epopeya goza del privilegio de dedicar doce mil versos a una única batalla.

Hubiérase dicho ese infierno del brahmanismo, el más temible de los diecisiete abismos, que el Veda llama el Bosque de las Espadas.

Combatían cuerpo a cuerpo, palmo a palmo, disparando pistolas, dándose sablazos, a puñetazos, de lejos, de cerca, desde arriba, desde abajo, desde todos lados, desde el tejado de la casa, desde las ventanas de la taberna, desde los tragaluces de los sótanos en que algunos se habían metido. Eran uno contra sesenta. La fachada de Corinthe, medio en ruinas, daba miedo. La ventana, con tatuajes de metralla, se había quedado sin cristales y sin armazón ni marco, y no era ya sino un agujero informe, tumultuosamente taponado con adoquines. Mataron a Bossuet; mataron a Feuilly; mataron a Courfeyrac; mataron a Joly; a Combeferre lo atravesaron de tres bayonetazos en el pecho en el momento en que estaba levantando a un soldado herido; no le dio tiempo sino a alzar la vista al cielo y expiró.

Marius seguía en la brecha, pero tan acribillado de heridas, sobre todo en la cabeza, que no se le veía la cara por tenerla llena de sangre y parecía que la llevase tapada con un pañuelo rojo.

El único indemne era Enjolras. Cuando se quedaba sin arma, alargaba la mano a derecha o izquierda y un insurrecto le metía en el puño un arma cualquiera. Sólo le quedaban ya cuatro espadas rotas; una más que a Francisco I en Marignan.

Homero dice: «Diomedes degüella a Axilo Teutránida, que moraba en la feliz Arisbe; Euríalo el Mecistíada da muerte a Dreso y a Ofeltio, a Esepo y Pedaso, a quienes la náyade Abarbarea concibiera en otro tiempo del eximio Bucolión; Odiseo derriba a Pidites percosio; Antíloco, a Ablero; Polipetes, a Astíalo; Polidames, a Otos de Cilene; y Teucro, a Aretaón; y Eurípilo, con la pica, a Melantio. Agamemnón, rey de héroes, abate a Elato, que habitaba en la escarpada Pedaso, a orillas del Sátniois, de sonora corriente». En nuestros antiguos cantares de gesta, Esplandián ataca con un hacha de fuego de doble filo al marqués gigante Swantibore, y él se defiende lapidando al caballero con unas torres que arranca de raíz. En nuestras antiguas paredes pintadas al fresco vemos a los dos duques, el de Bretaña y el de Borbón, armados, con sus escudos de armas y sus timbres de guerra, a caballo y atacándose con el hacha de combate, con la cara cubierta de hierro, los pies calzados de hierro, las manos enguantadas de hierro, y los corceles uno con caparazón de armiño y otro con gualdrapas de azur; Bretaña con su león entre los dos cuernos de la corona; Borbón llevando por celada una flor de lis monstruosa con visera. Pero, para ser grandioso, no es necesario llevar, como Yvón, el morrión ducal; ni empuñar, como Esplandián, una llama viva; ni, como Fileo, padre de Polidames, haberse traído de Éfira una estupenda armadura regalo del rey de hombres Eufetes; basta con dar la vida por una convicción o por una lealtad. Ese soldadito ingenuo, ayer campesino de Beauce o de Limousin, que, con el machete al costado, anda rondando a las niñeras en Le Luxembourg; ese estudiante joven y pálido inclinado sobre una pieza de anatomía o sobre un libro, adolescente rubio que se afeita con tijeras: cogedlos a ambos, insufladles un hálito de deber, enfrentadlos en la glorieta de Boucherat o en el callejón sin salida de Planche-Mibray, y que luche aquél por su bandera y luche éste por su ideal y que los dos den por hecho que luchan por la patria; el combate será colosal; y la sombra que este sorche y este proyecto de matasanos proyecten, al enzarzarse, en ese magno campo épico en que se mueve la humanidad será tan grande como la de Megarionte, rey de Licia, rica en tigres, al luchar cuerpo a cuerpo con el gigantesco Áyax, el igual de los dioses.

XXII
PALMO A PALMO

Cuando no quedaron ya más jefes vivos que Enjolras y Marius, en ambos extremos de la barricada, el centro, que habían sostenido tanto tiempo Courfeyrac, Joly, Bossuet, Feuilly y Combeferre, cedió. El cañón no había abierto ninguna brecha practicable, pero sí había rebajado sensiblemente la parte central del reducto; en ese punto, las balas habían acabado con la cresta de la muralla, que se había venido abajo, y los cascotes, que habían caído a veces dentro y a veces fuera, habían acabado por formar, a ambos lados de la barrera, algo así como dos taludes, uno interior y otro exterior. El talud exterior era un plano inclinado por el que se podía atacar.

Por allí intentaron un asalto definitivo, y el asalto tuvo éxito. Llegó de forma irresistible, a paso gimnástico, una masa erizada de bayonetas y el prieto frente de batalla de la columna atacante apareció, entre el humo, en lo alto de la escarpa. Esta vez todo había acabado. El grupo de insurrectos que defendía el centro retrocedió en desorden.

Entonces se despertó en algunos el sombrío amor por la vida. Cuando los apuntó aquel bosque de fusiles, algunos ya ni quisieron morir. En un minuto así el instinto de conservación aúlla y el animal aflora en el hombre. Tenían pegadas las espaldas al edificio alto, de seis pisos, que formaba el fondo del reducto. Esa casa podía ser la salvación. Esa casa estaba parapetada y como amurallada de arriba abajo. Antes de que las tropas de infantería de línea entrasen en el reducto, daba tiempo a que una puerta se abriese y se volviera a cerrar, bastaba con lo que dura un relámpago, y les iba la vida a esos desesperados en que la puerta de esa casa se entornase de pronto y se volviese a cerrar en el acto. Detrás de aquella casa había calles, la posibilidad de huir, el espacio abierto. Empezaron a golpear aquella puerta a culatazos y a patadas, llamando, gritando, suplicando, juntando las manos. Nadie abrió. En el tragaluz del tercer piso la cara muerta los miraba.

Pero Enjolras y Marius, y siete u ocho hombres que se habían reunido en torno a ellos, se habían abalanzado para protegerlos. Enjolras les gritó a los soldados: «¡Quietos ahí!». Y como un oficial no obedecía, Enjolras mató a ese oficial. Ahora estaba en el patinillo interior del reducto, adosado al edificio de Corinthe, con la espada en una mano y la carabina en la otra, y sujetaba la puerta de la taberna, por la que impedía entrar a los asaltantes. Les gritó a los desesperados: «Sólo hay una puerta abierta, y es ésta». Y, cubriéndolos con su cuerpo, enfrentándose él solo a un batallón, los hizo entrar, pasando por detrás de él. Enjolras, ejecutando con la carabina, que ahora usaba como bastón, lo que los luchadores de canne francesa llaman «la rosa cubierta», hizo caer las bayonetas que lo rodeaban y fue el último en entrar; hubo un momento espantoso en que los soldados querían entrar y los insurrectos querían cerrar la puerta. Se cerró por fin con violencia tal que, al encajar en el marco, pudieron verse, cortados y pegados a la chambrana, los cinco dedos de un soldado que se había aferrado a ella.

Marius se había quedado fuera. Un tiro acababa de romperle la clavícula; notó que perdía el conocimiento y caía. Y, en ese momento, con los ojos ya cerrados, sintió la conmoción de una mano vigorosa que lo agarraba, y el desmayo en que se sumió le dejó apenas un instante para pensar, al tiempo que le enviaba un supremo recuerdo a Cosette: «Me han hecho prisionero. Me van a fusilar».

Enjolras, al no ver a Marius entre los refugiados de la taberna, pensó lo mismo. Pero estaban todos viviendo ese instante en que no le da a cada cual sino tiempo para pensar en la propia muerte. Enjolras echó la barra de la puerta, el cerrojo y el candado, mientras, desde fuera, la golpeaban con furia, los soldados a culatazos y los zapadores a hachazos. Los asaltantes se habían apiñado ante aquella puerta. Empezaba ahora el asedio de la taberna.

Los soldados, hemos de decir, estaban iracundos.

La muerte del sargento de artillería los había irritado; y, además, cosa aún más tremenda, durante las pocas horas anteriores al ataque había corrido entre ellos la voz de que los insurrectos mutilaban a los prisioneros y que había en la taberna el cadáver de un pobre soldado decapitado. Ese tipo de rumor fatídico suele ir parejo a las guerras civiles, y fue un rumor falso de esa clase el que causó, más adelante, la catástrofe de la calle de Transnonain.

Tras haber atrancado la puerta, Enjolras dijo a los demás:

—Vendamos cara la vida.

Luego, se acercó a la mesa donde estaban tendidos Mabeuf y Gavroche. Bajo el paño negro se veían dos formas tiesas y rígidas, una grande y otra pequeña, y los trazos de los dos rostros se dibujaban de forma inconcreta bajo los pliegues fríos del sudario. Una mano asomaba de la mortaja y colgaba hacia el suelo. Era la del anciano.

Enjolras se inclinó y besó esa mano venerable, de la misma forma que había besado al anciano en la frente.

Eran los dos únicos besos que había dado en la vida.

Abreviemos. La barricada había luchado como una puerta de Tebas; la taberna luchó como una casa de Zaragoza. Resistencias así son hoscas.

No hay cuartel. No puede haber parlamentarios. Los contendientes quieren morir con tal de matar. Cuando Suchet dijo: «Capitulen», Palafox contestó:

«Después de la guerra a cañonazos, la guerra a cuchilladas». De nada careció la toma por asalto de la taberna Hucheloup; ni la lluvia de adoquines cayendo sobre los sitiadores desde la ventana y desde el tejado y exasperando a los soldados al aplastarlos de forma terrible; ni los disparos desde los sótanos y las buhardillas; ni el ataque furioso; ni la defensa rabiosa; ni, por fin, cuando cedió la puerta, las locuras frenéticas del exterminio. Los asaltantes, al entrar atropelladamente en la taberna, tropezando en los entrepaños de la puerta hundida y derribada, no hallaron ni a un combatiente. La escalera de caracol, cortada a hachazos, estaba caída en el centro de la sala de abajo; unos cuantos heridos expiraban; todos los que no habían muerto estaban en el primer piso y, desde allí, por el agujero del techo, que había sido la entrada de la escalera, salió un aterrador estallido de disparos. Eran los últimos cartuchos. Cuando se agotaron, cuando esos agonizantes temibles no tuvieron ya ni pólvora ni balas, todos cogieron dos de esas botellas que había reservado Enjolras y que ya hemos mencionado y se enfrentaron a los que trepaban con esas mazas increíblemente frágiles. Eran botellas de agua fuerte. Contamos, tal y como sucedieron, esos hechos sombríos de las carnicerías. El asediado, ay, todo lo convierte en arma. El fuego griego no fue una deshonra para Arquímedes; la pez hirviendo no fue una deshonra para Bayard. Todo en la guerra es espanto y nada de ella puede escogerse. Las descargas de fusilería de los asaltantes, aunque con dificultades y de abajo arriba, eran mortíferas. No tardaron las cabezas muertas, de las que chorreaban largos hilillos rojos y humeantes, en rodear el filo del agujero del techo. El estruendo era indecible; una humareda prisionera y ardiente sumía casi del todo el combate en las tinieblas. No hay palabras para referir el horror cuando llega a esos extremos. En aquella lucha infernal ya no quedaban hombres. No había sino gigantes contra colosos. Era mayor el parecido con Milton y Dante que con Homero. Unos demonios atacaban; unos espectros resistían.

Era el heroísmo monstruoso.

XXIII
ORESTES EN AYUNAS Y PÍLADES BORRACHO

Por fin, haciéndose estribo unos a otros con las manos, ayudándose del esqueleto de la escalera, trepando por las paredes, agarrándose al techo, malhiriendo en el filo mismo de la trampilla a los últimos que resistían, alrededor de veinte asediantes, soldados, guardias nacionales, guardias municipales, todos revueltos, la mayoría con el rostro desfigurado por las heridas de aquella ascensión fatídica, irrumpieron en la sala del primer piso. Allí no quedaba ya sino un hombre en pie, Enjolras. Sin cartuchos, sin espada, sólo tenía en la mano el cañón de la carabina cuya culata les había roto en la cabeza a los que habían ido entrando. Había interpuesto entre los asaltantes y él la mesa de billar; había retrocedido hasta una esquina de la sala y allí, con mirada altanera y la cabeza enhiesta, con aquel trozo de arma en la mano, resultaba aún lo bastante temible para que hubiera un espacio vacío a su alrededor. Se alzó un grito:

—Es el jefe. Fue él quien mató al artillero. Si se ha metido ahí, bien está ahí. Que se quede donde está. Vamos a fusilarlo aquí mismo.

—Fusiladme —dijo Enjolras.

Y tirando el trozo de carabina y cruzando los brazos, presentó el pecho.

La audacia de quien sabe morir siempre conmueve a los hombres. No bien hubo cruzado los brazos Enjolras, aceptando el final, cesó en la sala el estruendo de la lucha y aquel caos se apaciguó repentinamente para convertirse en algo así como una solemnidad sepulcral. Era como si el peso de la majestuosidad amenazadora de Enjolras, desarmado e inmóvil, cayera sobre aquel tumulto y bastase la autoridad de la mirada serena de aquel joven, el único que no tenía herida alguna, soberbio, ensangrentado, encantador, indiferente como si fuese invulnerable, para obligar a ese tropel siniestro a matarlo con respeto. Su apostura, que en aquellos momentos el orgullo hacía parecer mayor aún, era un fulgor; y como si, de la misma forma que no habían podido herirlo, no pudiera estar cansado tras aquellas veinticuatro horas espantosas que acababan de transcurrir, seguía bermejo y sonrosado. A él quizá era a quien se refería tiempo después, ante el consejo de guerra, un testigo, al decir: «Había un insurrecto a quien oí que llamaban Apolo». Un guardia nacional, que estaba apuntando a Enjolras, bajó el arma diciendo: «Me da la impresión de que voy a fusilar una flor».

Doce hombres formaron un pelotón en la esquina opuesta a aquella en que estaba Enjolras y prepararon los fusiles en silencio.

Luego, un sargento gritó:

—¡Apunten!

Un oficial intervino.

—Esperen.

Y le preguntó a Enjolras:

—¿Quiere que le venden los ojos?

—No.

—¿Fue usted quien mató al sargento de artillería?

—Sí.

Grantaire llevaba despierto unos momentos.

Recordemos que Grantaire llevaba desde la víspera durmiendo en la sala de arriba de la taberna, sentado en una silla y desplomado encima de una mesa.

Era la consumación, en toda su plenitud, de la antigua metáfora: difunto de taberna. El repugnante filtro de ajenjo, cerveza negra y alcohol lo había sumido en un letargo. Como la mesa era pequeña y no servía para la barricada, se la habían dejado. Seguía en la misma postura, con el pecho doblado sobre la mesa, la cabeza apoyada de plano en los brazos, rodeado de vasos, de jarros y de botellas. Dormía con el aplanamiento del sueño del oso aletargado y de la sanguijuela ahíta. De nada habían valido ni el tiroteo, ni las balas de cañón, ni la metralla que entraba por la ventana en la sala donde estaba, ni el prodigioso estruendo del asalto. Sólo respondía a veces a los cañonazos con un ronquido. Parecía estar esperando a que una bala lo librase del trabajo de despertarse. Yacían a su alrededor varios cadáveres y, de entrada, nada lo diferenciaba de esos que dormían el profundo sueño de la muerte.

El ruido no despierta a un borracho; el silencio sí lo despierta. Esa singularidad se ha observado más de una vez. Que todo se desplomase en torno acrecentaba el anonadamiento de Grantaire; los derrumbamientos lo acunaban. Esa especie de tregua del tumulto cuando ese tumulto se enfrentó a Enjolras le dio una sacudida a aquel sueño tan pesado. Algo así es lo que sucede cuando un coche que va al galope se para en seco. Los que van amodorrados se despiertan. Grantaire se enderezó, sobresaltado, estiró los brazos, se frotó los ojos, miró, bostezó y cayó en la cuenta de lo que sucedía.

La borrachera que concluye se parece a una cortina que se rasga. Vemos de forma global y con una única ojeada todo cuanto ocultaba esa cortina. De pronto, todo se brinda a la memoria; y el borracho, que no sabe nada de cuanto ha sucedido en las últimas veinticuatro horas, ya está al tanto de todo no bien abre los párpados. Le vuelven las ideas con una lucidez brusca; se disipa lo borroso de la embriaguez, que es como un vaho que le tenía cegado el cerebro, y cede el sitio a la obsesión clara y nítida de las realidades.

Como estaba metido en un rincón y algo así como protegido tras la mesa de billar, los soldados, con la vista clavada en Enjolras, no habían visto a Grantaire y el sargento se preparaba a repetir la orden:

«¡Apunten!» cuando de pronto oyeron una voz recia que gritaba muy cerca:

—¡Viva la República! Yo también soy de esta guerra. Grantaire se había puesto de pie.

El gigantesco resplandor de todo el combate que se había perdido y en que no había participado le asomó a los ojos brillantes al borracho transfigurado.

Repitió: «¡Viva la República!», cruzó la sala con paso firme y fue a colocarse frente a los fusiles, de pie, junto a Enjolras.

—Dos pájaros de un tiro —dijo.

Y, volviéndose hacia Enjolras, le preguntó con voz dulce:

—¿Me permites?

Enjolras le estrechó la mano sonriendo.

Aún no se le había borrado la sonrisa cuando estalló la detonación.

Enjolras, a quien atravesaron ocho disparos, se quedó pegado de espaldas a la pared, como si las balas lo hubieran clavado en ella. Inclinó la cabeza y nada más.

Grantaire, fulminado, cayó a sus pies.

Pocos momentos después, los soldados expulsaban de los altos de la casa a los últimos insurrectos que habían buscado refugio allí. Disparaban en la buhardilla a través de un enrejado de madera. Hubo lucha en los sotabancos. Arrojaban cuerpos por las ventanas, algunos vivos aún. A dos soldados del cuerpo de cazadores que estaban intentando poner de pie el ómnibus destrozado los mataron dos disparos de carabina que dispararon desde las buhardillas. Un hombre que vestía un blusón y a quien arrojaron desde esas buhardillas con un bayonetazo en el vientre agonizaba entre estertores en el suelo. Un soldado y un insurrecto resbalaban juntos por las tejas en pendiente y no querían soltarse; y caían abrazados en un abrazo feroz. Los mismos combates había en el sótano. Gritos, disparos, pisadas fieras. Luego, el silencio. Habían tomado la barricada.

Los soldados empezaron a registrar las casas de las inmediaciones y a perseguir a los fugitivos.

XXIV
PRISIONERO

Marius había caído prisionero, efectivamente. Prisionero de Jean Valjean. La mano que lo había agarrado por detrás en el preciso instante en que caía y que notó que lo cogía según perdía el conocimiento era la de Jean Valjean.

Jean Valjean no había participado en el combate sino exponiéndose. Sin él, en esa etapa suprema de la agonía, nadie se habría acordado de los heridos. Merced a él, que estaba presente en la carnicería igual que una providencia, a todos cuantos caían los levantaban, los llevaban a la sala de abajo y los curaban. En los intervalos, reparaba la barricada. Pero no salió de sus manos nada que pudiera parecerse a un disparo, ni un ataque y ni tan siquiera a una defensa personal. Callaba y socorría. Por lo demás, apenas si tenía unos cuantos rasguños. Las balas no quisieron saber nada de él. Si el suicidio formaba parte de aquello en que había soñado al acudir a aquel sepulcro, había fracasado en esa pretensión. Pero no creemos que hubiera pensado en el suicidio, que es un acto contrario a la religión.

Jean Valjean, en la nube densa del combate, no parecía ver a Marius; la realidad es que no le quitaba la vista de encima. Cuando un disparo derribó a Marius, Jean Valjean saltó con la agilidad de un tigre, cayó sobre él como sobre una presa y se lo llevó.

El torbellino del ataque estaba en esos momentos tan centrado en Enjolras y en la puerta de la taberna que nadie vio a Jean Valjean, llevando en brazos a Marius desvanecido, cruzar por el campo desempedrado de la barricada y desaparecer detrás de la esquina del edificio de Corinthe.

Recordemos que aquella esquina, que formaba algo así como un cabo que entrase en la calle, ponía unos cuantos pies de terreno al amparo de las balas y de la metralla, y también de las miradas. Existe a veces en los incendios una habitación que no se quema, y, en los mares más encrespados, pasado un promontorio o al fondo de un callejón sin salida de escollos, un rinconcito tranquilo. En esa especie de recoveco del trapecio interior de la barricada era donde había agonizado Éponine.

En él se detuvo Jean Valjean, depositó en el suelo a Marius, apoyó la espalda en la pared y miró en torno.

La situación era espantosa.

De momento, quizá durante dos o tres minutos, ese lienzo de pared era un refugio, pero ¿cómo escapar de aquella matanza? Recordaba la situación angustiosa en que había estado ocho años antes en la calle de Polonceau y cómo había conseguido salir de ella; entonces había sido difícil; hoy era imposible. Tenía ante sí aquella casa implacable y sorda de seis pisos en que sólo parecía residir el hombre muerto asomado a la ventana; a la derecha tenía la barricada, bastante baja, que cortaba la calle de La Petite- Truanderie; salvar ese obstáculo parecía fácil, pero, por encima de la cresta de la barrera se veía una fila de puntas de bayoneta. Era la tropa de infantería de línea, que estaba apostada del otro lado de la barricada y montaba guardia. Estaba claro que cruzar esa barricada era ir en busca de los disparos del pelotón, y que cualquier cabeza que se arriesgase a asomar por encima de la muralla de adoquines serviría de blanco a sesenta tiros de fusil. A la izquierda tenía el campo de batalla. Tras la esquina de aquella pared estaba la muerte.

¿Qué hacer?

Sólo un ave habría podido sacarlo de allí.

Tenía que decidirse inmediatamente, dar con un recurso, tomar una decisión. A pocos pasos de él, combatían; por ventura, todos se encarnizaban contra un punto único, la puerta de la taberna; pero bastaría con que a un soldado, sólo a uno, se le ocurriera dar la vuelta al edificio o atacarlo por el flanco y todo habría acabado.

Jean Valjean miró la casa que tenía enfrente; miró la barricada que tenía al lado; luego miró al suelo, con la violencia de la necesidad suprema, desesperado y como si hubiera querido perforarlo con la mirada.

A fuerza de mirarlo, un no sé qué que parecía un asidero inconcreto en medio de aquella agonía apareció y tomó forma a sus pies, como si conseguir la eclosión del objeto deseado fuera una potencia de la mirada. Divisó a pocos pasos, al pie de la barrera pequeña, que tan despiadadamente guardaban y vigilaban desde fuera, bajo unos adoquines caídos que la tapaban a medias, una reja de hierro colocada de plano y nivelada con el suelo. Esa reja, de barrotes recios y transversales, tenía unos dos pies cuadrados. Habían arrancado el marco de adoquines que la sujetaba y parecía que estaba suelta. A través de los barrotes se veía a medias una abertura oscura, algo parecido al conducto de una chimenea o al cilindro de una cisterna. Jean Valjean se abalanzó hacia ella. Su veterana ciencia de las evasiones le volvió a la cabeza como una luz. Apartar los adoquines; alzar la reja; echarse a la espalda a Marius inerte, como si fuera un cuerpo muerto; bajar con esa carga, ayudándose de los codos y de las rodillas, por esa especie de pozo, poco profundo por ventura; cerrar por encima de su cabeza la pesada trampilla de hierro sobre la que volvieron a caer los adoquines al moverla; hacer pie en una superficie enlosada a tres metros por debajo del nivel del suelo: llevó todo eso a cabo como se hace en los delirios, con fuerza de gigante y rapidez de águila; tardó apenas unos pocos minutos.

Jean Valjean se vio, con Marius, que seguía desmayado, en algo así como un largo corredor subterráneo.

Allí había una paz profunda, un silencio absoluto y oscuridad.

Volvió a sentir la impresión que había notado tiempo ha, al caer, desde la calle, dentro del convento. Pero la carga que llevaba ahora no era ya Cosette, era Marius.

Apenas si oía ya, por encima de sí, como si fuese un murmullo inconcreto, el formidable escándalo de la toma por asalto de la taberna.

LIBRO SEGUNDO
LOS INTESTINOS DE LEVIATÁN

I
EL MAR EMPOBRECE LA TIERRA

París tira al agua anualmente veinticinco millones. Y no es una metáfora. ¿Cómo y de qué manera? De día y de noche. ¿Con qué finalidad? Con ninguna. ¿Con qué intención? Con ninguna. ¿Para qué? Para nada. ¿A qué órgano recurre? A sus intestinos. ¿Cuáles son sus intestinos? Las alcantarillas.

Veinticinco millones es la cantidad más moderada de entre las cantidades aproximativas que proporcionan las evaluaciones de la ciencia ad hoc.

La ciencia, tras haber andado a tientas mucho tiempo, sabe hoy que el abono que mejor fecunda y resulta más eficaz es el abono humano. Los chinos, y hemos de decirlo aunque nos avergüence, lo supieron antes que nosotros. No hay campesino chino, lo dice Eckeberg, que vaya a la ciudad sin volver trayendo, en las dos puntas de su vara de bambú, dos cubos llenos de eso que llamamos inmundicias. Merced al abono humano, los campos en China son aún tan jóvenes como en tiempos de Abraham. El trigo chino produce un volumen de hasta ciento veinte veces el peso de la simiente. No hay excrementos que puedan compararse en fertilidad con los detritos de una ciudad. Una gran ciudad es la estercoladora más poderosa. Utilizar la ciudad para abonar la llanura sería un éxito seguro. Nuestro oro es estiércol, pero en cambio nuestro estiércol es oro.

¿Qué hacemos con ese estiércol de oro? Lo arrastramos hacia el abismo.

No escatimamos grandes gastos para enviar flotas de navíos a recoger en el polo austral las heces de los petreles y de los pingüinos; pero el incalculable elemento de opulencia que tenemos al alcance de la mano lo tiramos al mar. Si todo el abono humano y animal que desperdicia el mundo se lo devolviéramos a la tierra en vez de tirarlo al agua, bastaría para dar de comer al mundo.

Ese montón de basuras junto a un mojón de la calle, esos carretones de cieno que van dando tumbos de noche por las calles, esos espantosos toneles de la vía pública, esos fétidos chorreones de fango subterráneo que nos oculta el empedrado, ¿sabe el lector qué son? Son praderas en flor, son hierba verde, son serpol, tomillo y salvia, son caza, son reses, son el mugido satisfecho de los bueyes al caer la tarde, son heno aromático, son trigo dorado, son pan en las mesas, son sangre cálida en las venas, son salud, son alegría, son vida. Así lo quiere esta creación misteriosa en que consiste la transformación en la tierra y la transfiguración en el cielo.

Hemos de devolver todo eso al gran crisol; y de ahí saldrá nuestra abundancia. Del alimento de las plantas procede el alimento de los hombres.

Es todo el mundo muy dueño de desaprovechar esa riqueza y, además, muy dueño de pensar que digo ridiculeces. Será la obra maestra de su ignorancia.

Calculan las estadísticas que sólo Francia vierte e invierte todos los años en el Atlántico, por la desembocadura de sus ríos, un depósito de quinientos millones. Tomemos buena nota de lo siguiente: con esos quinientos millones podrían cubrirse las tres cuartas partes de los presupuestos del Estado. Los hombres son tan hábiles que prefieren quitarse de encima esos quinientos millones tirándolos al arroyo. Es la mismísima sustancia del pueblo lo que lleva a nuestros ríos, aquí gota a gota y allá a chorros, el mísero vómito de nuestras alcantarillas, y al océano, el gigantesco vómito de nuestros ríos. Cada uno de los hipidos de nuestras cloacas nos cuesta mil francos. Con dos resultados: la tierra empobrecida y el agua apestada. El hambre sale del surco, y la enfermedad, del río.

Es sabido que, en este mismo momento, el Támesis está emponzoñando Londres.

En lo que a París se refiere, en estos últimos tiempos ha sido preciso trasladar la mayor parte de las bocas de las alcantarillas río abajo, más allá del último puente.

Un aparato de doble tubería, dotado de válvulas y de esclusas de limpieza, que aspirase y expulsase, un sistema de drenaje elemental, tan sencillo como los pulmones humanos, que funciona ya a pleno rendimiento en varias comunas inglesas, bastaría para traer a nuestras ciudades el agua pura de los campos y enviar a nuestros campos el agua enriquecida de las ciudades; y ese fácil vaivén, el más sencillo del mundo, dejaría en casa los quinientos millones que tiramos fuera. Pero nadie piensa en eso.

El procedimiento actual perjudica queriendo beneficiar. Las intenciones son buenas, pero los resultados son lamentables. Creyendo depurar la ciudad, se debilita a su población. Una alcantarilla es un malentendido. Cuando el drenaje, con su doble función, devolviendo lo que toma, haya sustituido en todas partes a las alcantarillas, que son un simple lavado empobrecedor, entonces, combinándolo con los datos de una economía social nueva, se multiplicará por diez el producto de la tierra y el problema de la miseria se verá atenuadísimo. Añadamos la supresión de los parasitismos y ese problema quedará zanjado.

Entretanto, la riqueza pública se va al río e impera el despilfarro.

Despilfarro es la palabra. Y así se arruina Europa, extenuada.

En cuanto a Francia, acabamos de dar cifras. Ahora bien, como en París vive el veinticinco por ciento de la población total francesa y los excrementos parisinos son los de mayor riqueza, nos quedamos por debajo de la realidad cuando calculamos que lo que pierde París de esos quinientos millones que Francia desecha anualmente son veinticinco millones. Esos veinticinco millones, si se empleasen en asistencia y en diversiones, duplicarían el esplendor de París. La ciudad se los gasta en cloacas. De forma tal que puede decirse que sus alcantarillas son la tremenda prodigalidad de París, su fiesta maravillosa, la Quinta Beaujon, su orgía, su flujo de oro a manos llenas, su boato, su lujo, su magnificencia.

Así es como, con la ceguera de una mala política económica, ahogan el bienestar común y dejan que se lo lleve la corriente y se pierda en los abismos. Debería haber redes como las de Saint-Cloud para los caudales públicos.

Económicamente, los hechos pueden resumirse de la siguiente forma: París manirroto.

París, esa ciudad modelo, ese patrón de las capitales bien hechas del que todos los pueblos desean tener una copia, esa metrópoli de lo ideal, esa patria augusta de la iniciativa, del impulso y de la prueba, ese centro y ese lugar de los ingenios, esa ciudad nación, esa colmena del porvenir, ese compuesto maravilloso de Babilonia y Corinto, en lo referido a este aspecto conseguiría que se encogiera de hombros un campesino de Fo-Kian.

Quienes imiten a París se arruinarán.

Por lo demás, y muy especialmente en este derroche inmemorial e insensato, el propio París es un imitador.

Tan sorprendentes inepcias no son nada nuevo; no se trata de una necedad reciente. Los antiguos se comportaban como los modernos. «Las cloacas de Roma —dice Liebig— absorbieron todo el bienestar del labriego romano.» Cuando las cloacas romanas arruinaron la campiña de Roma, Roma dejó exhausta a Italia; y, cuando metió Italia en sus cloacas, luego tiró a ellas Sicilia, y después Cerdeña, y después África. Las alcantarillas de Roma se tragaron el mundo. Esas cloacas se brindaban a engullir la Ciudad y el universo. Urbi et orbi. Ciudad eterna, alcantarillas insondables.

En esas cosas, igual que en otras, Roma da ejemplo.

Y París sigue ese ejemplo, con toda la necedad propia de las ciudades inteligentes e ingeniosas.

Para las necesidades de la operación acerca de la que acabamos de explayarnos, París tiene, bajo el suelo, otro París; un París de alcantarillas, con sus calles, sus cruces, sus plazas, sus callejones sin salida, sus arterias y su circulación, que es fango, pero sin forma humana.

Porque no hay que andarse con halagos, ni siquiera con un gran pueblo; donde hay de todo, hay ignominia junto a lo sublime; y si en París está Atenas, la ciudad de luz, y Tiro, la ciudad de poder, y Esparta, la ciudad de virtud, y Nínive, la ciudad de prodigio, también está Lutecia, la ciudad de cieno.

Por cierto que también en eso está el sello de su fuerza; y en la titánica sentina de París se consuma, en el ámbito de los monumentos, ese ideal extraño que, en la humanidad, consumaron hombres tales como Maquiavelo, Bacon y Miguel Ángel: la abyección grandiosa.

El subsuelo de París, si la mirada pudiera atravesar la superficie, brindaría la apariencia de una madrépora colosal. No cuenta una esponja con más boquetes ni pasillos que esa mota de tierra de seis leguas de circunferencia en la que reposa esta gran ciudad antigua. Por no mencionar las catacumbas, que son un sótano aparte, por no mencionar el inextricable enrejado de los conductos del gas, por no echar cuenta del extenso sistema tubular del agua corriente que va a parar a las fuentes públicas, sólo las alcantarillas forman, bajo las dos orillas, una prodigiosa red tenebrosa; un laberinto que va siguiendo su pendiente.

Allí surge, entre la bruma húmeda, la rata, que parece el fruto del parto de París.

II
HISTORIA ANTIGUA DE LAS ALCANTARILLAS

Imaginemos que levantamos París como si fuera una tapadera: la red subterránea de las alcantarillas, a vista de pájaro, dibuja en las dos orillas algo así como una rama gruesa injertada en el río. En la orilla derecha, la alcantarilla de circunvalación sería el tronco de esa rama; las conducciones secundarias serían las ramas pequeñas, y los callejones sin salida, las ramillas.

Esta imagen no es sino somera y exacta a medias, pues el ángulo recto, que es el habitual en este tipo de ramificaciones subterráneas, se da muy poco en la vegetación.

Podremos hacernos con una representación más parecida de ese extraño plano geometral si suponemos que estamos viendo, colocado de plano sobre un fondo de tinieblas, un curioso alfabeto oriental confuso como un batiburrillo y cuyas letras deformes estuvieran soldadas entre sí, en un desorden aparente y como al azar, a veces por las esquinas y a veces por los extremos.

Las sentinas y las alcantarillas desempeñaban un papel muy principal en la Edad Media, en el Bajo Imperio y en el Antiguo Oriente. En ellas nacía la peste; en ellas morían los déspotas. Las muchedumbres miraban con temor casi religioso esos lechos de podredumbre, esas monstruosas cunas de la muerte. El foso de los parásitos en Benarés no da menos vértigo que la fosa de los leones de Babilonia. Tiglatpileser, por lo que dicen los textos rabínicos, juraba por la sentina de Nínive. De las alcantarillas de Münster saca Juan de Leiden su luna falsa y del pozo negro de Kejsheb saca su menecmo oriental, Mokanna, el profeta velado de Jorasán, su sol falso.

La historia de los hombres se refleja en la historia de las cloacas. Las Gemonias nos refieren qué era Roma. Las alcantarillas de París fueron algo antiguo y tremendo. Fueron sepulcro, fueron asilo. El crimen, la inteligencia, la protesta social, la libertad de conciencia, el pensamiento, el robo, todo cuanto las leyes humanas persiguen o persiguieron se escondió en ese agujero: los parisinos que se alzaron, con mazos, contra los impuestos en el siglo XIV; los cortabolsas del siglo XV; los hugonotes del siglo XVI; los iluminados de Morin en el siglo XVII; los malhechores que calentaban las plantas de los pies a sus víctimas en el siglo XVIII. Hace cien años, de las alcantarillas salían las puñaladas nocturnas y por las alcantarillas se escurría el ratero en peligro; lo que eran las cuevas en el bosque lo eran las alcantarillas en París. Los truhanes, esa picaresca gala, le daban el visto bueno a las alcantarillas como sucursal de la Corte de los Milagros; y, por las noches, socarrones y feroces, se metían en el vomitorio Maubuée como en una alcoba.

Era lo lógico que quienes trabajaban a diario en el callejón sin salida de Vide-Gousset o en la calle de Coupe-Gorge pasaran la noche en el puentecillo de Chemin-Vert o bajo el arco del puente de Hurepoix. Procede de ahí todo un pulular de recuerdos. Toda clase de fantasmas vagan por esos largos corredores solitarios; por doquier podredumbre y miasmas; acá y allá un tragaluz por el que Villon, desde dentro, charla con Rabelais, que está fuera.

Las alcantarillas, en el París antiguo, son el punto de cita de todos los cansancios y todos los intentos. La economía social las considera un detrito; la filosofía social, un residuo.

Las alcantarillas son la conciencia de la ciudad. Todo converge hacia ellas, todo se enfrenta en ellas. En ese sitio lívido, hay tinieblas, pero ya no quedan secretos. Todo tiene su forma verdadera o, al menos, su forma definitiva. Lo bueno del montón de basura es que no miente. Allí ha buscado refugio la ingenuidad. Está la careta de Basilio, pero se le ven el cartón y los cordeles, y tanto la parte de dentro como la de fuera, y la perfila un barro honrado. Es vecina de la nariz postiza de Scapin. Todo lo sucio de la civilización, cuando está ya fuera de servicio, cae en esa fosa de la verdad donde va a parar el gigantesco corrimiento social. Se hunden, pero se esparcen. Esa mezcolanza es una confesión. En ese lugar no existen ya falsas apariencias y nada se puede emplastecer; la basura se quita la camisa, desnudez absoluta, desbandada de las ilusiones y de los espejismos; sólo lo que es; y con la siniestra cara de lo que se está concluyendo. Realidad y desaparición. Ahí un culo de botella es confesión de borrachera; el asa de un cesto habla de la domesticidad; el corazón de una manzana, que tuvo opiniones literarias, vuelve a ser el corazón de una manzana; la efigie de la moneda de dos céntimos se cubre de cardenillo sin disimulo; el escupitajo de Caifás coincide con el vómito de Falstaff; el luis de oro que sale del garito se tropieza con el trozo de soga del suicida; un feto lívido rueda envuelto en lentejuelas que bailaron en la Ópera el pasado martes de carnaval; un birrete que juzgó a los hombres se revuelca junto a una basura podrida que fue la falda de alguna modistilla; es más que fraternidad, es tuteo. Cuanto usaba afeites se vuelve borroso. Fuera el último velo. Estas alcantarillas son unas cínicas. Lo cuentan todo.

Nos agrada esta sinceridad de las inmundicias, y es un descanso para el alma. Cuando se ha pasado uno la vida soportando en la tierra el espectáculo de esos aires que se dan la razón de Estado, los juramentos, la sabiduría política, la justicia humana, la probidad profesional, las austeridades de la situación y las togas incorruptibles, es un alivio meterse en unas alcantarillas y ver el fango correspondiente.

Y, al tiempo, resulta didáctico. Ya dijimos algo más arriba que la historia pasa por las alcantarillas. Las matanzas de noches de san Bartolomé se van filtrando gota a gota por entre los adoquines. Los magnos asesinatos públicos y las carnicerías políticas y religiosas cruzan por ese subterráneo de la civilización y arrojan a él sus cadáveres. La mirada meditabunda ve a todos los asesinos históricos en esa penumbra repulsiva, de rodillas, usando de delantal un trozo del sudario, enjugando lúgubremente sus obras. Ahí está Luis XI con Tristán; Francisco I con Duprat; Carlos XI con su madre; Richelieu con Luis XIII; ahí está Louvois; ahí está Letellier; ahí están Hébert y Maillard, rascando las piedras e intentando borrar el rastro de sus acciones. Se oyen bajo las bóvedas las escobas de esos espectros. Se respira la tremenda fetidez de las catástrofes sociales. Se ven por los rincones espejeos rojizos. Corre por allí un agua terrible donde se lavaron manos ensangrentadas.

El observador social tiene que meterse entre esas sombras. Pertenecen a su laboratorio. La filosofía es el microscopio del pensamiento. Todos pretenden rehuirla, pero a ella nada se le escapa. No vale de nada andarse con rodeos. ¿Qué faceta mostramos cuando nos andamos con rodeos? La de la vergüenza. La filosofía persigue al mal con su mirada proba y no le permite que escurra el bulto anonadándose. Todo lo reconoce en el desvanecimiento de las cosas que desaparecen, en el encogimiento de las cosas que se esfuman. Partiendo del andrajo, reconstruye la púrpura; y a la mujer, partiendo del retal. Con la cloaca rehace la ciudad; con el barro rehace las costumbres. Partiendo de los cascos saca la conclusión de cómo eran el ánfora o el jarro. Reconoce por la huella de una uña en un pergamino la diferencia entre la judería de la Judengasse y la judería del Gueto. Encuentra en lo que queda lo que fue: el bien, el mal, lo falso, lo cierto, la mancha de sangre del palacio, la mancha de tinta de la cueva, la gota de sebo del lupanar, las pruebas soportadas, las tentaciones bienvenidas, el vómito de las orgías, la arruga de los caracteres al rebajarse, la huella de la prostitución en esas almas tan soeces que eran capaces de ella, y en la ropa de los mozos de cordel de Roma la señal del codazo de Mesalina.

<h3 style="text-align:center">III</h3>
<h2 style="text-align:center">BRUNESEAU</h2>

Las alcantarillas de París en la Edad Media eran legendarias. En el siglo XVI, Enrique II intentó sondarlas, pero la operación se quedó a medias. Hace menos de cien años, nadie se ocupaba de las cloacas, que se hallaban en estado de completo abandono, de lo que da fe Mercier.

Así era aquel París antiguo, entregado a los enfrentamientos, las indecisiones y las vacilaciones. Durante mucho tiempo fue bastante necio. Más adelante, 1789 demostró cómo se vuelven inteligentes las ciudades. Pero, en los tiempos antiguos, la capital tenía poca cabeza; no sabía sacar adelante sus asuntos ni moral ni intelectualmente; ni sabía barrer la basura como tampoco sabía barrer los abusos. Todo eran obstáculos, no había nada seguro. No se concebía, por ejemplo, un itinerario para las alcantarillas. Era tan imposible orientarse en los vertederos como entenderse en la ciudad; arriba, lo ininteligible, abajo lo inextricable; bajo la confusión de las lenguas, la confusión de los sótanos; Babel iba encima de Dédalo.

A veces, a las alcantarillas de París se les ocurría desbordarse, como si ese Nilo ignoto montase repentinamente en cólera. Existía algo tan infame como las inundaciones de alcantarilla. Había ocasiones en que ese estómago de la civilización digería mal; las cloacas regurgitaban en la ciudad y París notaba el regusto de su fango. Algo bueno había en esa semejanza de las alcantarillas con el remordimiento; eran avisos; muy mal recibidos, por cierto; a la ciudad le parecía indignante el atrevimiento de su barro y no aceptaba que las basuras regresasen. Que las expulsen mejor.

La inundación de 1802 es una de las cosas que recuerdan en la actualidad los parisinos que han cumplido los ochenta. El fango se extendió en forma de cruz por la plaza de Les Victoires, donde está la estatua de Luis XIV; se metió por la calle de Saint-Honoré, saliendo por las dos bocas de alcantarilla de Les Champs-Élysées; en la calle de Saint-Florentin, por la alcantarilla Saint-Florentin; en la calle de Pierre-a-Poisson, por la alcantarilla de La Sonnerie; en la calle de Popincourt, por la alcantarilla de Le Chemin-Vert; en la calle de La Roquette, por la alcantarilla de la calle de Lappe; cubrió el arroyo de la calle de Les Champs-Élysées hasta una altura de treinta y cinco centímetros; y, a mediodía, por el vomitorio del Sena, que funcionaba al revés, entró en la calle Mazarine, en la calle de L'Échaudé y en la calle de Les Marais, donde se detuvo tras recorrer ciento nueve metros, a pocos pasos precisamente de la casa donde había vivido Racine, respetando, en lo tocante al siglo XVII, al poeta más que al rey. Alcanzó el espesor mayor en la calle de Saint-Pierre, donde se elevó tres pies por encima de las losas de la gárgola; y la extensión mayor, en la calle de Saint- Sablin, donde cubrió doscientos treinta y ocho metros.

A comienzos de este siglo las alcantarillas de París eran aún un lugar misterioso. El barro no puede nunca tener buena reputación; pero aquí la mala fama llegaba hasta el espanto. París sabía más o menos que tenía debajo un sótano horroroso. Lo mencionaba como a esa monstruosa porqueriza de Tebas donde pululaban las escolopendras de quince pies de largo y que habría podido hacerle las veces de bañera a Behemot. Las botazas de los poceros nunca se aventuraban más allá de determinadas zonas conocidas. No distaban aún mucho los tiempos en que los basureros se limitaban a descargar sin más en las alcantarillas esos carretones, desde cuya parte más alta Sainte-Foix confraternizaba con el marqués de Créqui. En cuanto a limpiarlas, se encomendaba esa misión a los chaparrones, que estorbaban más de lo que barrían. Roma permitía aún cierta poesía a sus cloacas y las llamaba Gemonias; París insultaba a las suyas y las llamaba el Agujero apestoso. La ciencia y la superstición coincidían en el horror. El Agujero apestoso le resultaba tan repugnante a la higiene cuanto a la leyenda. El Monje Ceñudo nació bajo la dovela fétida de la alcantarilla Mouffetard; a los cadáveres de la calle de Les Marmousets los arrojaban a la alcantarilla de La Barillerie; Fagon atribuyó la temible fiebre maligna de 1685 al enorme hiato de la alcantarilla de Le Marais, que estuvo abierto hasta 1685 en la calle de Saint-Louis, casi enfrente del rótulo del periódico Le Messager galant. La boca de alcantarilla de la calle de La Mortellerie era famosa por las pestes que brotaban de ella; con su reja de hierro acabada en pinchos que fingía ser una hilera de dientes, era, en aquella calle fatídica, como las fauces de un dragón que mandase a los hombres el infierno con su aliento. La imaginación popular aliñaba la sombría sentina de París con a saber qué repulsivo cruce con lo infinito. Las alcantarillas no tenían fondo. Las alcantarillas eran el Baratrón. Ni siquiera a la policía se le pasaba por las mientes la idea de explorar aquellas regiones sarnosas. Tentar a lo desconocido, sondar aquella sombra, explorar ese abismo, ¿quién se habría atrevido? Era espantoso. No obstante, alguien apareció. Las cloacas tuvieron su Cristóbal Colón.

Un día, en 1805, en una de esas escasas ocasiones en que Napoleón se presentaba en París, el ministro del Interior, un tal Decres o Crétet, acudió a primera hora de la mañana al dormitorio del amo y señor. Se oía en Le Carrousel el arrastrar de sables de todos esos soldados extraordinarios de la gran República y del gran Imperio; había atasco de héroes en la puerta de Napoleón; hombres del Rin, del Escalda, del Adige y del Nilo; compañeros de Joubert, de Desaix, de Marceau, de Hoche, de Kléber; aerosteros de Fleurus, granaderos de Maguncia, pontoneros de Génova, húsares a quienes miraron las Pirámides, artilleros a quienes salpicó la bala de cañón de Junot, coraceros que tomaron por asalto la flota anclada en Zuyderzée; unos habían ido en pos de Bonaparte en el puente de Lodi, otros acompañaron a Marat en la trinchera de Mantua, otros le tomaron la delantera a Lannes en el camino encajonado de Montebello. Todo el ejército de entonces estaba allí, en el patio de Les Tuileries; lo representaban una escuadra o un pelotón, que custodiaban el descanso de Napoleón; y era la época esplendorosa en que el Gran Ejército tenía Marengo a la espalda y Austerlitz por delante. «Majestad

—le dijo el ministro del Interior a Napoleón—, he visto ayer al hombre más intrépido del Imperio.» «¿Quién es ese hombre? —preguntó con tono brusco el emperador—. ¿Y qué ha hecho?» «Quiere hacer algo, Majestad.» «¿Y qué es ello?» «Visitar las alcantarillas de París.»

Ese hombre existía y se llamaba Bruneseau.

IV
DETALLES NO SABIDOS

Se llevó a cabo esa visita. Fue una campaña temible; una batalla nocturna contra la peste y la asfixia. Fue, al tiempo, un viaje de descubrimientos. Uno de los supervivientes de aquella exploración, un obrero inteligente, muy joven a la sazón, refería hace pocos años los curiosos detalles que a Bruneseau le pareció oportuno omitir en el informe que le hizo al prefecto de policía por no ser dignos del estilo administrativo. Los procedimientos desinfectantes eran muy rudimentarios por entonces. No bien hubo cruzado Bruneseau las primeras articulaciones de la red subterránea, ocho de los veinte trabajadores se negaron a seguir adelante. La operación era complicada; la visita implicaba una limpieza; había pues que limpiar al tiempo que se medía el terreno; tomar nota de las entradas de agua; contar las rejas y las bocas; hacer una lista detallada de las ramificaciones; indicar las corrientes en la divisoria de aguas; explorar las respectivas circunscripciones de las diversas cuencas; sondar las alcantarillas pequeñas que entroncan con la alcantarilla principal; medir la altura de coronación de todos los corredores y la anchura, tanto en el arranque de la bóveda cuanto al nivel de la base; y, finalmente, determinar las ordenadas de nivelación en la recta de todas las bocas de entrada, bien en la base de la alcantarilla, bien en el piso de la calle. El avance era muy trabajoso. Con frecuencia las escalas se hundían en tres pies de lodo. Los faroles agonizaban entre los miasmas. De vez en cuando se llevaban a un pocero desmayado. En algunos lugares había precipicios. El suelo se había hundido, las losas se habían desfondado, la alcantarilla se había convertido en pozo ciego; ya no se hacía pie en nada sólido; un hombre se cayó y costó mucho sacarlo de allí. Por consejo de Fourcroy, iban encendiendo a trechos, en los puntos que estaban ya suficientemente saneados, unos jaulones llenos de estopa empapada en resina. Algunas zonas de las paredes estaban cubiertas de hongos deformes que parecían tumores; incluso la piedra parecía enferma en aquel ambiente irrespirable.

Bruneseau comenzó la exploración aguas arriba y fue avanzando al hilo de la corriente, aguas abajo. En la divisoria de aguas de los dos conductos de Le Grand-Hurleur consiguió leer, en una piedra saliente, la fecha de 1550; esa piedra indicaba el punto extremo donde se había detenido Philibert Delorme, a quien había encomendado Enrique II que visitara los albañales subterráneos de París. Aquella piedra era la señal del siglo XVI en las alcantarillas; Bruneseau dio con la mano de obra del XVII en el corredor de Le Ponceau y en el conducto de la calle Vieille-du-Temple, cuyas bóvedas se hicieron entre 1600 y 1650; y con la mano de obra del XVIII en la sección oeste del colector, que encajonaron y abovedaron en 1740. Ambas bóvedas, sobre todo la más reciente, la de 1740, tenían más grietas y estaban más decrépitas que la obra de las alcantarillas de circunvalación, que databan de 1412, época en que ascendieron el arroyo que nace de los manantiales de Ménilmontant a la dignidad de Alcantarilla Mayor de París, ascenso análogo al de un campesino a primer ayuda de cámara del rey; algo así como convertir a Gros-Jean en Lebel.

Acá y allá, y sobre todo debajo del Palacio de Justicia, creyeron reconocer nichos de calabozos antiguos excavados en las mismísimas alcantarillas. In pace aborrecible. Un collar de hierro estaba colgado en una de esas celdas. Las tapiaron todas. Hicieron algunos hallazgos extraños; entre otros, el esqueleto de un orangután que desapareció de la Casa de Fieras en 1800, desaparición que tuvo mucho que ver seguramente con la famosa e indiscutible aparición del Diablo en la calle de Les Bernardins en el último año del siglo XVIII. El pobre diablo acabó por ahogarse en las alcantarillas.

En el corredor largo y cintrado que va a dar a L'Arche-Marion, un cuévano de trapero, perfectamente conservado, dejó admirados a los entendidos. Por doquier, el cieno, que los poceros habían llegado ya a manipular con intrepidez, estaba repleto de objetos valiosos, joyas de oro y de plata, piedras preciosas, monedas. Si un gigante hubiera pasado por un cedazo estas cloacas habría encontrado en él la riqueza de los siglos pasados. En la división de aguas de los dos ramales de la calle de Le Temple y la calle de Saint-Avoye encontraron una singular moneda hugonote de cobre en una de cuyas caras se veía un cerdo tocado con un sombrero de cardenal y, en la otra, un lobo luciendo una tiara en la cabeza.

El hallazgo más sorprendente lo hicieron a la entrada de la Alcantarilla Mayor. Esa entrada la cerraba antaño una reja de la que sólo quedaban los goznes. De uno de esos goznes colgaba algo parecido a un andrajo informe y sucio que seguramente se había quedado ahí al pasar y flotaba en la oscuridad mientras acababa de deshacerse. Bruneseau acercó el farol y examinó el jirón aquel. Era de batista muy fina y, en una de las esquinas, menos raída que las demás, podía verse una corona heráldica bordada encima de estas siete letras: LAVBESP. La corona era de marqués y las siete letras querían decir Laubespine. Cayeron en la cuenta de que lo que estaban viendo era un trozo del sudario de Marat. Marat, de joven, tuvo amores. Era en los tiempos en que formaba parte de la casa del conde de Artois como médico de las cuadras. De esos amores, históricamente comprobados, con una dama noble le quedó aquella sábana. Despojo o recuerdo. Cuando murió, como era el único tejido de calidad que tenía en casa, lo usaron para enterrarlo. Unas viejas envolvieron en él, para que fuera a la tumba en ese lienzo donde había gozado, al trágico Amigo del pueblo.

Bruneseau siguió adelante. Dejaron el harapo donde estaba; no lo remataron. ¿Fue desprecio o respeto? Marat se merecía ambas cosas. Y, además, era tanta en él la huella del destino que no se sabía si tocarlo o no. Por lo demás, hay que dejar las cosas del sepulcro en el lugar que eligen. En resumidas cuentas, era una reliquia peculiar. En ella había dormido una marquesa, en ella se había podrido Marat; había cruzado por Le Panthéon para ir a parar a las ratas de la alcantarilla. Aquel trapo de alcoba, cuyos mínimos pliegues Watteau habría dibujado antaño gozosamente, al final había acabado por ser digno de la mirada fija de Dante.

Tardaron siete años en recorrer del todo las vías públicas subterráneas de la inmundicia de París, de 1805 a 1812. Según iba avanzando, Bruneseau disponía, dirigía y concluía obras de gran envergadura; en 1808 rebajó el piso de Le Ponceau y, abriendo por todos lados ramales nuevos, amplió las alcantarillas, en 1809, por debajo de la calle Saint-Louis, hasta la fuente de Les Innocents; en 1810 pasaron por debajo de la calle de Froidmanteau y de La Salpêtriere; en 1811, por debajo de la calle Neuve-des-Petits-Peres, de la calle de Le Mail, de la calle de L'Écharpe y de la Place-Royale; en 1812, por debajo de la calle de La Paix y por debajo de La Chaussée d'Antin. Simultáneamente, desinfectó y saneó toda la red. Ya en el segundo año de las obras, Bruneseau había tomado como adjunto a su yerno, Nargaud.

Así fue como, a principios de este siglo, la sociedad antigua limpió su doble fondo y aseó sus alcantarillas. Al menos algo quedó limpio; menos es nada.

Tortuosas, agrietadas, desempedradas, resquebrajadas, con zanjas por medio, a tumbos por recodos extraños, subiendo y bajando sin lógica alguna, fétidas, asilvestradas, hostiles, sumidas en la oscuridad, con cicatrices en las baldosas y cuchilladas en las paredes, espantosas, así eran, vistas retrospectivamente, las antiguas alcantarillas de París. Ramificaciones hacia todos lados; zanjas que se cruzan; ramales; encrucijadas; estrellas, como en las zapas; intestinos ciegos; callejones sin salida; bóvedas cubiertas de salitre; sumideros infectos; filtraciones como herpes en las paredes; gotas que caen de los techos; tinieblas; nada igualaba el horror de aquella antigua cripta exutorio, aparato digestivo de Babilonia, antro, fosa, abismo por el que cruzan calles, topera titánica donde a la mente le parece ver cómo ronda, por entre las sombras, por la basura que fue esplendor, ese topo enorme: el pasado.

Y así, repetimos, eran las alcantarillas de antaño.

<h1 style="text-align:center">V</h1>

PROGRESO ACTUAL

En la actualidad, las alcantarillas son limpias, frías, rectas, correctas. Cumplen casi con el ideal de eso que se entiende en Inglaterra cuando se usa la palabra «respetable». Son decorosas y grisáceas; tiradas a cordel; casi podríamos decir que van de tiros largos. Se parecen a unos asentadores que se hubieran convertido de repente en consejeros de Estado. Hay casi luz bastante para ver con claridad. El fango se porta de forma decente. De entrada, pueden parecer incluso uno de esos corredores subterráneos que tanto abundaban antes y tan útiles resultaban para que escapasen los monarcas y los príncipes en aquellos buenos tiempos de antaño en que «el pueblo quería a sus reyes». Las alcantarillas actuales son unas alcantarillas dignas; impera en ellas el estilo puro; el clásico alejandrino rectilíneo, que, tras expulsarlo de la poesía, se ha refugiado aparentemente en la arquitectura, parece mezclado con todas las piedras de esta larga bóveda tenebrosa y blancuzca; cada uno de los desaguaderos es como un soportal; la calle de Rivoli impone su escuela incluso en las cloacas. Por lo demás, si hay un lugar en que esté en su sitio la línea geométrica, ése es desde luego la zanja estercórea de una gran ciudad. En ella todo debe subordinarse al camino más corto. Las alcantarillas tienen ahora cierto aspecto oficial. Incluso los informes de la policía, que a veces tratan de ellas, no les faltan ya al respeto. Las palabras que las caracterizan en la lengua administrativa son escogidas y respetables. Lo que antes se llamaba pasadizo ahora se llama galería; lo que se llamaba agujero ahora se llama respiradero. Villon no reconocería su antigua vivienda de reserva. Esa red de sótanos sigue teniendo, desde luego, su inmemorial pulular de roedores, más pululante que nunca; de vez en cuando, alguna rata veterana se arriesga a asomar la cabeza por la ventana de las alcantarillas y pasa revista a los parisinos; pero incluso esa plaga se va domesticando, satisfecha en su palacio subterráneo. En las cloacas no queda ya nada de la ferocidad primitiva. La lluvia, que ensuciaba las alcantarillas de antaño, lava las alcantarillas de ahora. De todos modos, no conviene fiarse. Los miasmas aún siguen residiendo en ellas. Más que irreprochables, son hipócritas. Por más que se hayan esforzado la dirección de la policía y la comisión de sanidad. Pese a todos los sistemas de saneamiento, brota de ellas un olor impreciso y sospechoso, igual que de Tartufo después de confesarse.

Reconozcamos que, en última instancia, llevarse por delante los desperdicios es un homenaje de las alcantarillas a la civilización, y como, desde ese punto de vista, la conciencia de Tartufo es un progreso si la comparamos con los establos de Augías, no cabe duda de que las alcantarillas de París han ido a mejor.

Es más que un progreso; es una transmutación. Entre las alcantarillas de antes y las actuales media una revolución. ¿Quién llevó a cabo esa revolución?

El hombre de quien nadie se acuerda y al que nosotros nos hemos referido, Bruneseau.

VI
PROGRESO FUTURO

Excavar las alcantarillas de París no fue pequeña tarea. Los diez últimos siglos laboraron en ella sin poder rematarla, como tampoco pudieron rematar París. En las alcantarillas, efectivamente, repercute todo cuanto afecta al crecimiento de París. Son, bajo tierra, como un pólipo tenebroso de mil antenas que crece por debajo al mismo tiempo que la ciudad por encima. Cada vez que la ciudad abre una calle, las alcantarillas estiran un brazo. La antigua monarquía construyó sólo veintitrés mil trescientos metros de alcantarillas; en ese punto estaba París el 1 de enero de 1806. A partir de esa época, de la que volveremos a hablar dentro de un rato, esa obra volvió a empezar y siguió progresando de forma provechosa y enérgica; Napoleón construyó —se trata de unas cantidades curiosas— cuatro mil ochocientos cuatro metros; Luis XVIII, cinco mil setecientos nueve; Carlos X, diez mil ochocientos treinta y seis; Luis Felipe, ochenta y nueve mil veinte; la República de 1848, veintitrés mil trescientos ochenta y uno; el régimen actual, setenta mil quinientos; en total, en la actualidad: doscientos veintiséis mil seiscientos diez metros; sesenta leguas de alcantarillas; enormes entrañas de París. Ramificación oscura que no descansa nunca; edificación ignorada y gigantesca.

Como vemos, el dédalo subterráneo de París es hoy más de diez veces mayor de lo que era a comienzos de siglo. Cuesta mucho concebir cuánta perseverancia y cuántos esfuerzos se precisaron para llevar esas cloacas al grado de perfección relativa con que cuentan ahora. El antiguo prebostazgo monárquico y, en los diez últimos años del siglo XVIII, el ayuntamiento revolucionario pasaron por grandes trabajos para conseguir perforar las cinco leguas de alcantarillas existentes antes de 1806. Toda clase de obstáculos estorbaba esa operación: unos, propios de la naturaleza del suelo; otros, inherentes a los mismísimos prejuicios del laborioso vecindario de París. París está construido encima de un yacimiento que se rebela curiosamente ante el pico, el azadón y la sonda, ante la manipulación humana. No hay nada más difícil de perforar, en nada es más difícil ahondar que en esa formación geológica a la que se superpone esa maravillosa formación histórica que se llama París; en cuanto, por el procedimiento que sea, empieza el trabajo y se aventura por entre esa capa aluvial, abundan las resistencias subterráneas: arcillas líquidas, manantiales, rocas duras y esos cienos blandos que la ciencia especializada llama gachas. El pico avanza laboriosamente por láminas calcáreas que alternan con vetas muy delgadas de greda y capas pizarrosas en cuyas hojas están incrustadas cáscaras de ostras contemporáneas de los océanos preadamitas. A veces, un arroyo perfora de repente una bóveda empezada y empapa a los trabajadores; o aflora una colada de marga y se abalanza con la furia de una catarata, destrozando como si fueran de cristal las vigas más gruesas del apeo. Hace poco, en La Villette, cuando hubo que llevar, sin interrumpir la navegación ni vaciar el canal, el colector por debajo del canal Saint-Martin, el agua inundó de pronto las obras subterráneas, superando toda la potencia de las bombas de achique. Un buzo tuvo que buscar la grieta del tapón de la cuenca, y costó mucho cerrarla. En otros lugares, cerca del Sena, e incluso bastante lejos del río, como por ejemplo en Belleville, en la Grande-Rue y en el pasadizo de Lumiere, existen arenas sin fondo que chupan y en las que un hombre puede desaparecer visto y no visto. Añadamos la asfixia por los miasmas, los desplomes que entierran a los trabajadores, los hundimientos repentinos. Añadamos el tifus, que va calando en ellos poco a poco. En la actualidad, tras perforar la galería de Clichy con terraza para el conducto de agua principal del Ourcq, trabajando en zanja a diez metros de profundidad; tras abovedar el Bievre, entre desplomes, recurriendo a excavaciones, pútridas con frecuencia, y a codales, desde el bulevar de L'Hôpital hasta el Sena; tras construir, para librar a París de las aguas torrenciales de Montmartre y que pudiera desaguar esa charca fluvial de nueve hectáreas, que se pudría estancada junto al portillo de Les Martyrs; tras haber construido, decíamos, la línea de alcantarillas desde el portillo de Blanche hasta el camino de Aubervilliers en cuatro meses, trabajando de día y de noche, a una profundidad de once metros; tras haber, y eso es algo nunca visto anteriormente, realizado bajo tierra una alcantarilla en la calle de Barre-du-Bec, sin zanja, a seis metros por debajo del nivel del suelo, falleció el capataz Monnot. Tras abovedar tres mil metros de alcantarillas en todos los lugares de la ciudad, desde la calle Traversiere-Saint-Antoine hasta la calle de L'Ourcine, tras librar de las inundaciones fluviales, por el ramal de L'Arbalete, el cruce de Censier-Mouffetard; tras construir la alcantarilla Saint-Georges, sobre chapa de roca y hormigón, en arenas fluidas, y dirigir el tremendo rebajamiento del piso del empalme Notre- Dame-de-Nazareth, falleció el ingeniero Duleau. No existe boletín alguno para esos actos valerosos, de mayor utilidad, empero, que la estúpida carnicería de los campos de batalla.

Las alcantarillas de París, en 1832, distaban mucho de ser lo que son hoy en día. Bruneseau había dado el primer impulso, pero fue necesario el cólera para que quedase decidida esa gran reconversión que aconteció después. Resulta sorprendente decir, por ejemplo, que en 1821 parte de la alcantarilla de circunvalación, llamada el Gran Canal, como en Venecia, se pudría aún, estancada a cielo abierto, en la calle de Les Gourdes. Hasta 1823 no se encontró la ciudad de París en los bolsillos los doscientos sesenta y seis mil ochenta francos con seis céntimos necesarios para cubrir esa ignominia. Los tres pozos de absorción de Combat, de Cunette y de Saint-Mandé, con sus desaguaderos, sus aparatos, sus colectores y sus ramales de depuración, no se hicieron hasta 1836. Las vías públicas intestinales de París se han renovado por completo y, como ya hemos dicho, crecieron diez veces más en el último cuarto de siglo.

Hace treinta años, en la época de la insurrección del 5 y del 6 de junio, en muchos puntos lo que había aún eran las antiguas alcantarillas. Muchas calles, que son hoy en día abombadas, eran a la sazón calzadas hendidas. Se veía con gran frecuencia, en la divisoria de vertientes de una calle o de un cruce de calles, rejas grandes y cuadradas de barrotes gruesos, de hierro reluciente por haberlo abrillantado los pasos de los transeúntes, peligrosas para los coches que patinaban y para los caballos, que se caían. La lengua oficial de la administración de carreteras daba a esos tramos en pendiente el expresivo nombre de caballones. En 1832, en muchísimas calles, la calle de L'Étoile, la calle de Saint-Louis, la calle de Le Temple, la calle Vieille-du- Temple, la calle de Notre-Dame-de-Nazareth, la calle de Folie-Méricourt, el muelle de Les Fleurs, la calle de

Le Petit-Musc, la calle de Normandie, la calle de Le Pont-aux-Biches, la calle de Les Marais, la calle de Notre- Dame-des-Victoires, el barrio de Saint-Martin, el barrio de Montmartre, la calle de Grange-Bateliere, en Les Champs-Élysées, en la calle de Jacob, en la calle de Tournon, aún mostraban cínicamente las fauces las antiguas cloacas góticas. Eran gigantescos hiatos abiertos en arcos de piedra de monumental descaro y que, a veces, tenían alrededor unos cuantos mojones. París, en 1806, contaba aún con casi la misma cantidad de metros de alcantarillas de mayo de 1663, cinco mil trescientas veintiocho toesas. Posteriormente a Bruneseau, el 1 de enero de 1832, tenía cuarenta mil trescientos metros. De 1806 a 1831, construyeron al año, por término medio, setecientos cincuenta metros; después construyeron todos los años ocho mil metros, e incluso diez mil, de galerías, con albañilería de materiales pequeños y baño de cal hidráulica sobre cimientos de hormigón.

A doscientos francos el metro, las sesenta leguas de alcantarillas del París actual equivalen a cuarenta y ocho millones.

Dejando aparte el progreso económico que ya hemos mencionado al principio, a esta desmedida cuestión de las alcantarillas de París van unidos graves problemas higiénicos.

París se halla entre dos capas, una capa acuífera y una capa de aire. La capa acuífera, que está a gran profundidad, pero que han alcanzado ya dos perforaciones, se nutre del yacimiento de arenisca verde que hay entre la creta y la roca calcárea jurásica; podemos representar ese yacimiento con un disco de veinticinco leguas de radio; en él rezuman gran cantidad de ríos y de arroyos; en un vaso de agua del pozo de Genelle nos estamos bebiendo el Sena, el Marne, el Yonne, el Oise, el Aisne, el Cher, el Vienne y el Loira. Es una capa acuífera salubre que procede, en primer lugar, del cielo y, en segundo, de la tierra; la capa de aire es malsana, procede de las alcantarillas. En la respiración de la ciudad van mezclados todos los miasmas de las cloacas; por eso tiene mal aliento. Existen comprobaciones científicas de que el aire de encima del estiércol es de mayor pureza que el que hay encima de París. Dentro de determinado período de tiempo, y con

ayuda del progreso, se perfeccionarán los mecanismos y, al hacerse la luz, se usará la capa acuífera para purificar la capa de aire. Es decir, para lavar las alcantarillas. Sabido es que por lavado de alcantarillas entendemos la devolución del fango a la tierra; el envío del estiércol al suelo y del abono a los campos. Con ese simple hecho menguará la miseria y aumentará la salud en toda la comunidad social. En el momento actual, las enfermedades de París llegan a cincuenta leguas a la redonda del Louvre, tomando a éste como cubo de esa rueda pestilente.

Podríamos decir que, desde hace diez siglos, las cloacas son la enfermedad de París. Las alcantarillas son la tara que lleva la ciudad en la sangre. El instinto popular lo ha sabido siempre. El oficio de pocero era antaño casi tan peligroso, y le repugnaba al pueblo casi tanto como el oficio de descuartizador que tanto tiempo se miró con horror y se le dejó al verdugo. Había que pagar mucho a un albañil para que se decidiera a internarse en esa zapa fétida; la escala del perforador de pozos se lo pensaba antes de meterse ahí; había un refrán que rezaba: bajar a las alcantarillas es bajar a la tumba; y ya hemos dicho que todo tipo de leyendas aborrecibles rodeaba de espanto esa sentina colosal, ese albañal tan temido que conserva las huellas de las revoluciones del globo terrestre y también de las revoluciones de los hombres y donde hallamos vestigios de todos los cataclismos, desde la concha del diluvio hasta el harapo de Marat.

LIBRO TERCERO
EL BARRO, PERO EL ALMA

I
LAS CLOACAS Y SUS SORPRESAS

En las alcantarillas de París era donde estaba Jean Valjean.

Otro parecido de París con el mar. Igual que en el océano, el buzo puede desaparecer.

Había sido una transición inaudita. En pleno centro de la ciudad, Jean Valjean había salido de la ciudad y, en un abrir y cerrar de ojos, en lo que se tarda en alzar una tapa y volver a cerrarla, había pasado de la luz del día a la oscuridad más completa, de mediodía a medianoche, del estruendo al silencio, del torbellino de los truenos al entumecimiento de la tumba y, por obra y gracia de una peripecia aún más prodigiosa que la de la calle de Polonceau, del peligro más extremado a la seguridad más absoluta.

Caída repentina a un sótano; desaparición en las mazmorras de París; salir de esa calle donde la muerte estaba por doquier para irse a esa especie de sepultura donde estaba la vida; fue un momento raro. Se quedó unos segundos aturdido; aguzaba el oído, estupefacto. La trampilla de la salvación se le había abierto de pronto bajo los pies. El favor del cielo lo había cogido a traición, por decirlo de algún modo. ¡Adorables emboscadas de la Providencia!

Pero el herido no se movía, y Jean Valjean no sabía si lo que llevaba a cuestas en aquella fosa era un hombre vivo o un hombre muerto.

La primera sensación que tuvo fue la de haberse quedado ciego. De pronto, ya no veía nada. Le pareció también que había bastado un minuto para dejarlo sordo. Ya no oía nada. La tormenta frenética de muerte que transcurría a pocos pies por encima de él no le llegaba, como hemos dicho ya, debido al espesor del suelo que lo separaba de ella, sino apagada e indistinta, como un susurro en unas profundidades. Notaba que pisaba tierra firme; y nada más; pero le bastaba. Estiró un brazo, y luego el otro, y tocó las paredes de ambos lados, y se dio cuenta de que el pasillo era estrecho; resbaló, y cayó en la cuenta de que las baldosas estaban mojadas. Adelantó un pie, con cuidado, temiendo un agujero, un pozo ciego, algún abismo; comprobó que el enlosado seguía. Una bocanada de aire fétido lo avisó del lugar en que se hallaba.

Al cabo de unos instantes, dejó de estar ciego. Entraba algo de luz desde el respiradero por el que se había colado y se le habían acostumbrado los ojos a aquel sótano. Empezó a vislumbrar algunas cosas. Una pared cerraba a su espalda el pasillo que le hacía las veces de madriguera, pues no hay palabra que exprese mejor la situación. Era uno de esos callejones sin salida que la lengua especializada llama ramales. Por delante tenía otra pared, una pared de oscuridad. La claridad del respiradero moría a diez o doce pasos del punto en que estaba Jean Valjean y apenas si proyectaba una blancura lívida en unos pocos metros de la pared húmeda de la alcantarilla. Más adelante, había una mole opaca; meterse en ella parecía espantoso, y entrar era como dejarse engullir. Pero era posible, sin embargo, internarse en esa muralla de bruma, y era necesario. E incluso era necesario darse prisa. Jean Valjean pensó que esa verja que había visto él bajo los adoquines podían verla también los soldados, y que todo dependía de ese azar. Podían bajar ellos también al pozo y registrarlo. No había ni un minuto que perder. Había dejado a Marius en el suelo; lo recogió, también en este caso es ésa la palabra adecuada, se lo volvió a cargar a la espalda y echó a andar de nuevo. Se internó con paso resuelto en aquella oscuridad.

La verdad es que estaban menos a salvo de lo que creía Jean Valjean.

Era posible que los estuvieran esperando peligros de otra categoría, y no menores. Tras el torbellino fulminante del combate, la caverna de los miasmas y de las trampas; tras el caos, las cloacas. Jean Valjean había caído de un círculo del infierno en otro.

Tras dar cincuenta pasos, tuvo que detenerse. Se presentó un problema. El corredor iba a dar a un pasadizo con el que se cruzaba en perpendicular. Y allí se podía tirar por dos caminos. ¿Cuál tomar? ¿Había que girar a la izquierda o a la derecha? ¿Cómo orientarse en ese laberinto negro? Ya hemos comentado que ese laberinto sigue un curso, que indica la cuesta abajo. Ir cuesta abajo es ir hacia el río.

Jean Valjean se percató de ello en el acto.

Se dijo que seguramente estaba en la alcantarilla del Mercado Central; que, si tiraba a la izquierda e iba cuesta abajo, llegaría, antes de que transcurriera un cuarto de hora, a cualquier boca que diera al Sena entre el puente de Le Change y el Pont-Neuf, es decir, que iría a parar, en pleno día, al puente más transitado de París. A lo mejor llegaba a algún arco en una encrucijada. Los viandantes se quedarían estupefactos al ver a dos hombres ensangrentados salir del suelo, a sus pies. Llegarían los guardias, el cuerpo de guardia del ejército más próximo tomaría las armas. Los apresarían antes de que salieran del todo. Valía más internarse en el dédalo, fiarse de aquella negrura, ponerse en manos de la Providencia en lo referido a la salida.

Fue cuesta arriba y giró a la derecha.

Tras revolver la esquina de la galería, desapareció la luz lejana del respiradero; volvió a venírsele encima la cortina de oscuridad y se quedó ciego otra vez. No por ello dejó de andar, y tan deprisa como pudo. Llevaba los dos brazos de Marius alrededor del cuello y los pies de éste iban colgando por detrás. Le sujetaba ambos brazos con una mano y con la otra palpaba la pared. Le rozaba la mejilla la de Marius y se quedaba pegada a la suya porque estaba manchada de sangre. Notaba que le corría por el cuerpo y se le metía por debajo de la ropa un riachuelo tibio que procedía de Marius. No obstante, un calor natural en la oreja que tenía junto a la boca del herido indicaba que éste respiraba y, por consiguiente, estaba vivo. El corredor por donde iba ahora Jean Valjean era menos estrecho que el primero. Jean Valjean caminaba con bastantes dificultades. Las lluvias de la víspera no habían hallado salida aún y formaban un torrente pequeño en el centro del piso; no le quedaba más remedio que ir pegado a la pared para no ir pisando el agua. Así avanzaba, entre tinieblas. Se parecía a esas criaturas de la noche que van a tientas por lo invisible y perdidas subterráneamente por las vetas de la sombra.

Poco a poco, pese a todo, bien porque algunos respiraderos alejados enviasen algo de luz, que flotaba en aquella bruma opaca, bien porque se le fuera acostumbrado la vista a la oscuridad, volvió a ver con vaguedad y empezó a tener conciencia de forma confusa ora de la muralla que estaba tocando, ora de la bóveda bajo la que transitaba. Las pupilas se dilatan en la oscuridad y acaban por dar con algo de luz de la misma forma que el alma se dilata en la desgracia y acaba por dar con Dios.

Resultaba muy difícil orientarse.

El trazado de las alcantarillas repercute, por decirlo de alguna forma, en el trazado de las calles que van por encima. En el París de entonces había dos mil doscientas calles. Imaginemos, bajo ellas, ese bosque de ramas tenebrosas que recibe el nombre de alcantarillas. El conjunto de alcantarillas que existía a la sazón, puesto en una sola hilera, habría medido once leguas. Ya dijimos antes que la red actual, merced a la actividad especial de los últimos treinta años, no tiene menos de sesenta leguas.

Jean Valjean, de entrada, se confundió. Creyó que estaba bajo la calle de Saint-Denis; y fue una contrariedad que no estuviera allí. Debajo de la calle de Saint-Denis hay una alcantarilla vieja de piedra, de tiempos de Luis XIII, que va derecha al colector que se llama la Alcantarilla Mayor, con un único recodo, a la derecha, a la altura de la antigua Corte de los Milagros, y con un único ramal, la alcantarilla Saint-Martin, cuyos cuatro brazos se cortan en forma de cruz. Pero el pasadizo de La Petite-Truanderie, cuya entrada estaba junto a la taberna Corinthe, nunca tuvo comunicación con el subterráneo de la calle de Saint-Denis; va a dar a la alcantarilla Montmartre; y por ese camino se había internado Jean Valjean. En él abundaban las ocasiones de perderse. La alcantarilla Montmartre es uno de los dédalos más intrincados de la red antigua. Afortunadamente, Jean Valjean había dejado a su espalda la alcantarilla del Mercado Central, cuyo plano geometral reproduce una multitud de mastelerillos enredados; pero tenía por delante más de un encuentro que podría ponerlo en apuros y más de una esquina de calle —pues de calles se trata— brindándose en la oscuridad como un signo de interrogación; primero, a la izquierda, la gran alcantarilla Plâtriere, algo así como un rompecabezas chino que extendía y embrollaba su caos de letras T y de letras Z por debajo de la Casa de Correos y la rotonda de la lonja del trigo hasta el Sena, donde termina en forma de Y; luego, a la derecha, el corredor en curva de la calle de Le Cadran con sus tres dientes, que son otros tantos callejones sin salida; en tercer lugar, a la izquierda, el ramal de Le Mail, que tiene la complicación, casi a la entrada, de algo así como una horca y llega, haciendo eses, hasta la amplia cripta de desagüe de Le Louvre, que se divide y se ramifica en todas las direcciones; para terminar, a la derecha, el corredor sin salida de la calle de Les JeGneurs, sin contar unos cuantos nichos pequeños, acá y allá, antes de llegar a la alcantarilla de circunvalación, la única que podía llevarlo a una salida lo bastante alejada para resultar segura.

Si Jean Valjean hubiera estado al tanto hasta cierto punto de cuanto hemos indicado aquí, no habría tardado en darse cuenta, sólo con tantear la pared, de que no estaba en la galería subterránea de la calle de Saint-Denis. En vez de la piedra de talla de antes, en vez de la arquitectura antigua, altanera y regia incluso en las alcantarillas, con piso y cimientos corridos de granito y mortero de cal gruesa, que costaba ochocientas libras cada toesa, habría notado en la mano los materiales baratos contemporáneos, el parche económico, la piedra molar con baño de mortero hidráulico sobre una capa de hormigón, que cuesta doscientos francos el metro, la albañilería burguesa que llaman de materiales pequeños; pero no sabía nada de todo esto.

Avanzaba, ansioso, pero sereno, sin ver nada, sin saber nada; lo envolvía el azar, es decir, que lo había engullido la Providencia.

Hemos de reconocer que, progresivamente, iba notando cierto espanto. La sombra que lo rodeaba se le metía en el ánimo. Caminaba dentro de un enigma. Ese acueducto de las cloacas es temible; tiene cruces vertiginosos. Es lóbrego sentirse preso de ese París de tinieblas. A Jean Valjean no le quedaba más remedio que dar con el camino sin verlo, y tener casi que inventarlo. En aquel ámbito desconocido, cada paso que daba podía ser el último. ¿Cómo iba a salir de allí? ¿Encontraría una salida? ¿La encontraría a tiempo? ¿Aquella esponja subterránea y colosal de alveolos de piedra dejaría que calase en ella y la perforase? ¿Se toparía con algún nudo inesperado de oscuridad? ¿Llegaría al punto inextricable e infranqueable?

¿Mataría a Marius la hemorragia y a él el hambre? ¿Acabarían por perderse los dos allí dentro y convertirse en dos esqueletos en un rincón de aquella oscuridad nocturna? No lo sabía. Se hacía todas esas preguntas y no hallaba respuesta. Los intestinos de París son un precipicio. Estaba, igual que el profeta, en el vientre del monstruo.

Se llevó de repente una sorpresa. En el momento más inesperado, y sin haber dejado de caminar en línea recta, se dio cuenta de que ya no iba cuesta arriba; el agua del arroyo le golpeaba los talones en vez de llegarle a la punta de los pies. La alcantarilla iba ahora cuesta abajo. ¿Por qué? ¿Iría a llegar de pronto al Sena? Era un gran peligro, pero el peligro de retroceder era aún mayor. Siguió adelante.

No iba hacia el Sena. El caballón que forma el suelo de París en la orilla derecha desagua una de sus cuencas en el Sena y la otra en la Alcantarilla Mayor. La cresta de ese caballón que marca la divisoria de las aguas traza una línea muy caprichosa. El punto más alto, que es el lugar donde se dividen los desagües, está en la alcantarilla Saint-Aloye, pasada la calle Michel-le-Comte; en la alcantarilla de Le Louvre, junto a los bulevares, y en la alcantarilla Montmartre, junto al Mercado Central. A ese punto culminante había llegado Jean Valjean. Se dirigía hacia la alcantarilla de circunvalación; iba por buen camino. Pero no lo sabía.

Cada vez que encontraba un ramal, palpaba las esquinas y, si le parecía que aquella abertura brindada era menos ancha que el corredor en que estaba, no se metía por ella y pasaba de largo, pensando, y con razón, que cualquier vía más estrecha tenía que ir a parar a un callejón sin salida y no podía sino desviarlo de la meta, es decir, de la salida. Evitó así la trampa cuádruple que le tendían, en la oscuridad, los cuatro dédalos que hemos enumerado más arriba.

Hubo un momento en que se dio cuenta de que estaba saliendo de debajo del París que el levantamiento tenía petrificado, en donde las barricadas habían cortado la circulación, y que se metían debajo del París vivo y normal. Notó de pronto encima de la cabeza algo así como un trueno lejano pero continuo. Era el rodar de los coches.

Llevaba andando alrededor de media hora, o al menos eso calculaba, y aún no había pensado en descansar; sólo había cambiado de mano para sujetar a Marius. La oscuridad era más profunda que nunca, pero aquella profundidad lo tranquilizaba.

De pronto vio, ante sí, su propia sombra. Se recortaba contra el fondo de una débil luz rojiza, casi indistinta, que teñía vagamente de púrpura el piso por el que andaba y la bóveda que tenía sobre la cabeza y resbalaba, a derecha e izquierda, por las dos paredes viscosas del corredor. Se dio la vuelta, estupefacto.

Detrás de él, en la parte del corredor que acababa de dejar atrás, a una distancia que le pareció inmensa, llameaba, rayando la densa oscuridad, algo así como un astro espantoso que parecía estar mirándolo.

Era la sombría estrella de la policía que se alzaba en las alcantarillas.

Detrás de esa estrella rebullían confusamente ocho o diez formas negras, enhiestas, inconcretas, terribles.

II
EXPLICACIÓN

Aquel día, 6 de junio, se dispuso una batida por las alcantarillas. Se temía que se hubiesen refugiado en ellas los vencidos; y a Gisquet, el prefecto, le correspondió registrar el París oculto mientras el general Bugeaud hacía limpieza en el París público, una operación doble y coordinada que requirió una estrategia doble de las fuerzas públicas, que representaban arriba el ejército y, abajo, la policía. Tres pelotones de guardias y de poceros exploraron las vías subterráneas de París; uno, la orilla derecha; otro, la orilla izquierda; y el tercero, la zona de la isla de La Cité.

Los agentes iban armados con carabinas, porras, espadas y puñales.

Lo que en aquel momento enfocaba a Jean Valjean era el farol de la ronda de la orilla derecha.

Esa ronda acababa de pasar revista a la galería en curva y a los tres callejones sin salida que están debajo de la calle de Le Cadran. Mientras paseaban el fanal por lo hondo de esos callejones, Jean Valjean se había topado con la entrada de la galería, se había percatado de que era más estrecha que el pasillo y no se había metido por ella. La dejó atrás. A los hombres de la policía, al salir de la galería de Le Cadran, les había parecido oír un ruido de pasos que iban hacia la alcantarilla de circunvalación. Eran los pasos de Jean Valjean efectivamente. El sargento que mandaba la ronda alzó el farol y el grupo empezó a mirar, entre la niebla, hacia el lado del que había llegado el ruido.

Fue para Jean Valjean un minuto indecible.

Afortunadamente, aunque él veía bien el farol, el farol lo veía mal a él. Era la luz, y él era la sombra. Estaba muy lejos y mezclado con la negrura del lugar. Se pegó a la pared y se quedó quieto.

Por lo demás, no se daba cuenta de qué era lo que se movía a su espalda. La falta de sueño y de alimentos y las emociones lo habían sumido a él también en un estado visionario. Veía un resplandor y, en torno a ese resplandor, unas larvas. ¿Qué era aquello? No caía en la cuenta.

Al detenerse Jean Valjean, dejó de oírse el ruido.

Los hombres de la ronda escuchaban y no oían nada; miraban y no veían nada. Conferenciaron.

Había por entonces en este punto de la alcantarilla Montmartre algo así como una encrucijada, que llamaban de servicio y que, luego, suprimieron porque se formaba en ella un laguito subterráneo cuando entraba, en las tormentas fuertes, el torrente del agua de lluvia. La ronda pudo apiñarse en esa encrucijada.

Jean Valjean vio cómo esas larvas se reunían en algo así como un corro.

Aquellas cabezas de dogo se arrimaron y cuchichearon.

El resultado del consejo que celebraron aquellos perros guardianes fue que se habían equivocado, que no había sonado ningún ruido, que no había nadie por allí y que no merecía la pena meterse en la alcantarilla de circunvalación, que sería perder el tiempo y que, en cambio, había que darse prisa en ir hacia Saint-Merry; y que si había algo que hacer y algún «republicano andrajoso» que buscar, era en el barrio ese.

De vez en cuando los partidos les ponen medias suelas nuevas a los insultos viejos. En 1832 republicano andrajoso fue la transición entre jacobino y demagogo, que, por entonces, no se usaba casi y prestó más adelante tan buenos servicios.

El sargento dio la orden de torcer a la izquierda, hacia la cuenca del Sena. Si se les hubiera ocurrido dividirse en dos grupos e ir en ambas direcciones, habrían capturado a Jean Valjean. Todo estuvo pendiente de un hilo. Es probable que las instrucciones de la prefectura, previendo alguna posibilidad de combate y que los insurrectos fueran muchos, prohibieran a las rondas que se dividiesen. La ronda volvió a ponerse en marcha, dando la espalda a Jean Valjean. De todo ese barullo, Jean Valjean no vio nada sino que el farol se eclipsó al dar media vuelta de golpe.

Antes de irse, el sargento, para descargo de conciencia de la policía, disparó la carabina hacia la dirección que no iban a seguir, hacia donde estaba Jean Valjean. La detonación fue despertando ecos por la cripta, como un borborigmo de aquellos intestinos titánicos. Un cascote que cayó en el arroyo y produjo un chapoteo en el agua a pocos pasos de Jean Valjean le indicó que la bala había dado en la bóveda que tenía encima de la cabeza.

Retumbaron unos pasos rítmicos y pausados en el piso, que el aumento progresivo de la distancia fue amortiguando; el grupo de formas negras se internó en la oscuridad, osciló y flotó un resplandor, dejando en la bóveda un arco rojizo que fue a menos y, luego, desapareció; el silencio volvió a hacerse profundo, la oscuridad volvió a ser compacta, la ceguera y la sordera tomaron posesión de nuevo de las tinieblas; y Jean Valjean, que aún no se atrevía a moverse, se quedó mucho rato con la espalda pegada a la pared, aguzando el oído, dilatando las pupilas y mirando cómo se desvanecía esa patrulla de fantasmas.

III
TRAS LA PISTA DE UN HOMBRE

Hay que reconocerle a la policía de entonces, para ser justos, que, incluso en las circunstancias públicas más graves, cumplía imperturbablemente con su deber de vigilancia de la red viaria. Unos disturbios no eran para ella un pretexto para dejarles flojas las riendas a los malhechores ni para descuidar al vecindario porque el gobierno estuviera en peligro. El servicio ordinario se llevaba a cabo con la corrección requerida, junto con el servicio extraordinario, y éste no alteraba aquél. Con un acontecimiento político de alcance incalculable en marcha, bajo la presión de una revolución posible, sin dejar que lo distrajeran la insurrección y las barricadas, un agente le seguía la pista a un ladrón.

Algo por estilo era lo que estaba sucediendo en la tarde de aquel 6 de junio a orillas del Sena, en la margen derecha, un poco más allá del puente de Les Invalides.

Ahora no hay ya margen allí. Ha cambiado el aspecto del lugar.

En esa margen, dos hombres, a cierta distancia entre sí, parecían observarse mientras uno rehuía al otro. El que iba delante intentaba alejarse; el que iba detrás intentaba acercarse.

Era como una partida de ajedrez que se estuviera jugando de lejos y en silencio. Ninguno de los dos parecía apresurarse; y ambos caminaban despacio, como si los dos temiesen que, al mostrar una prisa excesiva, el otro apretase el paso.

Hubiérase dicho un apetito que va en pos de una presa fingiendo que no lo hace ex profeso. La presa era solapada y no bajaba la guardia.

Se atenían a las proporciones usuales entre la garduña acorralada y el dogo que la acorrala. El que intentaba escapar era estrecho de espaldas y de aspecto encanijado; el que intentaba echarle el guante era un mocetón de estatura elevada y apariencia ruda, y rudo debía de ser el encuentro con él.

Aquél, que sabía que era más débil, rehuía a éste; pero lo rehuía con gran fiereza; si alguien hubiera podido observarlo, le habría visto en la mirada la sombría hostilidad de quien escapa y todas las amenazas que se dan en el temor.

La margen era solitaria: no pasaba nadie; no había siquiera un barquero o un descargador en las gabarras amarradas acá y allá.

No era posible ver bien a esos dos hombres sino desde el muelle de enfrente, y a quien los hubiera mirado a esa distancia el hombre de delante le habría parecido un ser erizado, desharrapado y sospechoso, intranquilo, tiritando, con un blusón hecho jirones; y el otro, una persona clásica y oficial que llevaba la levita de la autoridad abrochada hasta la barbilla.

Entra dentro de lo posible que el lector reconociese a ambos hombres si los viera de más cerca.

¿Qué pretendía el de detrás?

Probablemente conseguir proporcionarle al que iba delante un atuendo más abrigado.

Cuando un hombre al que viste el Estado persigue a un hombre harapiento es para convertirlo en un hombre a quien también vista el

Estado. El único problema reside en el color. Ir de azul es muy honroso; ir de rojo resulta desagradable.

Existen unos purpurados de abajo.

Era probablemente de alguna molestia y de alguna púrpura como ésas de lo que el de delante quería escabullirse.

Si el de detrás lo dejaba que fuera delante y no lo había agarrado ya era, según las apariencias, porque albergaba la esperanza de verlo llegar a alguna cita significativa y reunirse con algún grupo que constituyera una buena presa. Esta operación delicada se llama «seguir».

Lo que convierte esta conjetura en altamente probable es que el hombre bien abrochado, al ver desde la margen que por el muelle pasaba un coche de punto vacío, le hizo una seña al cochero; el cochero la entendió, reconoció desde luego al hombre que se había dirigido a él, dio media vuelta y empezó a seguir, al paso, arriba, por el muelle, a los dos hombres. El personaje sospechoso y desharrapado que iba delante no se dio cuenta.

El coche de punto iba siguiendo los árboles de Les Champs-Élysées. Se veía asomar por encima del parapeto el busto del cochero, con el látigo en la mano.

En una de las instrucciones secretas que da la policía a los agentes va este apartado: «Tener siempre a mano un coche de alquiler por si acaso».

Mientras maniobraban, cada uno según sus intereses, con irreprochable estrategia, ambos hombres se estaban acercando a una rampa del muelle que bajaba hasta la margen y permitía por entonces a los cocheros de punto procedentes de Passy llegar hasta el río para dar de beber a los caballos. Esa rampa se ha suprimido con posterioridad, por razones de simetría; los caballos se mueren de sed, pero la vista se deleita.

Era verosímil que el hombre del blusón subiera por esa rampa para intentar escapar por Les Champs-Élysées, lugar ornado de árboles, pero por donde pasan, también, muchos agentes de policía y en donde quien le seguía habría encontrado con facilidad alguien que le echase una mano.

Ese punto del muelle dista muy poco de la casa que el coronel Brack mandó traer desde Moret a París en 1824, conocida como la casa de Francisco I. Hay, muy cerca, un cuerpo de guardia.

Para mayor sorpresa de quien lo observaba, el hombre acosado no tiró por la rampa del abrevadero. Siguió andando por la margen, a lo largo del muelle.

Estaba claro que se hallaba en una situación cada vez más crítica. A menos que se arrojase al Sena, ¿qué podía hacer?

No quedaba ya medio alguno de subir al muelle; no había ni rampas ni escaleras; y estaban muy cerca de ese lugar donde el Sena hace un recodo que va hacia el puente de Iéna y la margen, cada vez más estrecha, acababa en una lengua delgada y se hundía en el agua. Allí se quedaría irremediablemente bloqueado entre la pared cortada a pico a la derecha, el río a la izquierda y enfrente, y la autoridad pisándole los talones.

Cierto es que el final de la margen lo ocultaba a la vista un montón de escombros de alrededor de seis o siete pies de alto procedente de a saber qué derribo. Pero ¿esperaba acaso aquel hombre ocultarse con provecho detrás de aquella escombrera a la que bastaba con dar la vuelta? Habría sido un recurso pueril. Seguramente no era eso lo que pensaba hacer. No es tanta la inocencia de los ladrones.

El montón de escombros formaba a orillas del agua algo así como una elevación que llegaba, en forma de promontorio, hasta la pared del muelle.

El hombre a quien seguían llegó a esa colinita y la rodeó, con lo que el otro hombre lo perdió de vista.

Éste, al que nadie veía pues él no veía a nadie, aprovechó para dejarse de disimulos y apretar mucho el paso. En pocos momentos llegó al montón de escombros y lo rodeó. Y al llegar del otro lado se quedó estupefacto. El hombre al que iba siguiendo no estaba allí.

Eclipse total del hombre del blusón.

Desde el montón de escombros la margen no tenía ya sino una longitud de alrededor de treinta pasos. Luego se hundía en el agua que rompía contra la pared del muelle.

El fugitivo no habría podido tirarse al Sena ni trepar hasta el muelle sin que su perseguidor lo viera. ¿Qué había sido de él?

El hombre de la levita abrochada llegó al final de la margen y allí se quedó un momento, pensando, con los puños convulsos y pasando revista a todo con la mirada. De pronto, se dio un golpe en la frente. Acababa de divisar, en el punto en que acababa la tierra y empezaba al agua, una verja de hierro ancha y baja, cintrada, con una cerradura grande y tres goznes muy gruesos. Esa reja, que era algo así como una puerta abierta en la parte de abajo del muelle, daba tanto al río cuanto a la margen. Salía por debajo un arroyo negruzco. Ese arroyo desaguaba en el Sena.

Tras los pesados barrotes oxidados se vislumbraba una especie de corredor abovedado y oscuro.

El hombre se cruzó de brazos y miró la verja con expresión de reproche. Como no bastó con la mirada, probó a empujarla; la sacudió y aguantó con solidez. Probablemente acababan de abrirla, aunque, cosa singular en una verja tan oxidada como aquélla, no se hubiese oído ruido alguno; pero no cabía duda de que la habían vuelto a cerrar, lo cual indicaba que aquel ante quien se había abierto esa puerta tenía no una ganzúa, sino una llave.

Aquella evidencia le pareció clarísima en el acto a la mente del hombre que se esforzaba por quebrantar la verja y le hizo soltar esta consideración indignada:

—¡Qué barbaridad! ¡Una llave del gobierno!

Se calmó luego, en el acto, y expresó todo un mundo de ideas de su fuero interno con esa ráfaga de exclamaciones a las que dio un acento casi irónico:

—¡Vaya, vaya, vaya, vaya!

Dicho esto, con la esperanza de a saber qué, de que volviera a salir el hombre o de ver entrar a otros, se apostó al acecho detrás del montón de escombros, con la rabia paciente del perro de muestra.

Por su parte, el coche de punto, que iba ateniéndose a cuanto hacía el hombre, se había detenido por encima de él, junto al parapeto. El cochero, previendo que la parada iba a ser larga, les metió el hocico a los caballos en ese saco de avena húmeda por abajo que tan bien conocen los parisinos y en que, dicho sea de paso, los meten a veces a ellos los gobiernos. Los pocos transeúntes que pasaban por el puente de Iéna volvían brevemente la cabeza, antes de alejarse, para mirar esos dos detalles tan quietos del paisaje: el hombre en la margen del río y el coche de punto en el muelle.

IV
ÉL TAMBIÉN CARGA CON SU CRUZ

Jean Valjean había seguido andando y no se había vuelto a parar.

La caminata era cada vez más trabajosa. La altura de las bóvedas es variable; la media es de unos cinco pies con seis pulgadas, y está calculada para la estatura de un hombre; a Jean Valjean no le quedaba más remedio que andar inclinado para que Marius no se golpease con la bóveda; tenía que agacharse a cada momento, volver a enderezarse y palpar la pared continuamente. Las piedras estaban trasudadas; y el piso, viscoso; y eran malos puntos de apoyo tanto para la mano cuanto para el pie. Tropezaba en el repugnante estiércol de la ciudad. Los reflejos intermitentes de los respiraderos no llegaban sino muy de tarde en tarde, y tan pálidos que el sol parecía la luz de la luna; todo lo demás era niebla, miasmas, opacidad, negrura. Jean Valjean tenía hambre y sed; sobre todo sed; y las alcantarillas son como el mar, un sitio lleno de agua que no se puede beber. Sabido es que era de una fuerza prodigiosa, que la edad había mermado muy poco debido a la vida casta y sobria que llevaba, pero, pese a todo, estaba empezando a desfallecer. Notaba ya el cansancio, y al menguar la fuerza crecía el peso de la carga. Marius, muerto quizá, pesaba como pesan los cuerpos inertes. Jean Valjean lo sujetaba de forma que no hubiese estorbo para el pecho y la respiración pudiera tener la mayor libertad posible. Notaba cómo las ratas se le escurrían velozmente entre las piernas. Una se asustó tanto que a punto estuvo de morderlo. De vez en cuando le llegaba por los vierteaguas de las bocas de alcantarilla una ráfaga de aire fresco que lo reanimaba.

Podían ser las tres de la tarde cuando llegó a la alcantarilla de circunvalación.

Al principio lo extrañó aquel ensanchamiento repentino. Se encontró de pronto en una galería a cuyas paredes no llegaba con los brazos estirados y bajo una bóveda que no tocaba con la cabeza. Efectivamente, la Alcantarilla Mayor tiene ocho pies de ancho por siete de alto.

En el punto en que la alcantarilla Montmartre se une a la Alcantarilla Mayor desembocan otras dos galerías subterráneas, la de la calle de Provence y la de L'Abattoir, y se forma una encrucijada. Entre esos cuatro caminos, alguien menos sagaz habría titubeado. Jean Valjean se fue por la más ancha, es decir, por la alcantarilla de circunvalación. Pero volvía a plantearse la pregunta: ¿cuesta arriba o cuesta abajo? Pensó que la situación era apurada y que ahora había que llegar al Sena, fueren cuales fueren los riesgos. Dicho de otro modo, ir cuesta abajo. Giró a la izquierda.

Estuvo muy atinado. Pues sería un error creer que la alcantarilla de circunvalación tiene dos salidas, una en dirección a Bercy y otra en dirección a Passy, y que es, como su nombre indica, el cinturón subterráneo del París de la orilla derecha. La Alcantarilla Mayor no es, debemos recordarlo, sino el antiguo arroyo de Ménilmontant y va a dar, si se va cuesta arriba, a un callejón sin salida, es decir, a su primitivo punto de partida, que fue su manantial, al pie de la colina de Ménilmontant. No tiene comunicación directa con el ramal que recoge las aguas de París a partir del barrio de Popincourt y que desemboca en el Sena por la alcantarilla Amelot, más arriba de la antigua isla Louviers. A este ramal, que completa el colector, lo separa de él, bajo la propia calle de Ménilmontant, un lienzo que señala la divisoria de aguas río arriba y río abajo. Si Jean Valjean hubiese tirado galería arriba, habría llegado, tras mil esfuerzos, exhausto y agonizando en las tinieblas, a una pared. Habría estado perdido.

En el mejor de los casos, retrocediendo un trecho, metiéndose por el corredor de Les Filles-du-Calvaire y siempre y cuando no titubease en el cruce subterráneo de la encrucijada de Boucherat, fuese por el corredor Saint-Louis y girase, luego, a la izquierda en el pasadizo Saint-Gilles y, acto seguido, a la derecha, y evitase la galería Saint-Sébastien, habría podido llegar a la alcantarilla Amelot y desde allí, y con tal de que no se extraviase en esa especie de letra F que está bajo la Bastilla, alcanzar la boca que sale al Sena cerca de L'Arsenal. Pero para eso habría tenido que conocer a fondo y con todas sus ramificaciones y aberturas la gigantesca madrépora de las alcantarillas. Ahora bien, y debemos insistir en ello, no sabía nada de esa espantosa red de vías por la que iba andando; y, si alguien le hubiese preguntado dónde estaba, habría contestado: en la oscuridad.

No le falló el instinto. Bajar era, efectivamente, la salvación posible.

Dejó a la derecha los dos pasillos que se ramifican como una garra debajo de la calle de Laffitte y de la calle de Saint-Georges y el largo corredor bifurcado de La Chaussée d'Antin.

Pasado un afluente que era muy probablemente el ramal de La Madeleine, se detuvo. Estaba muy cansado. Por un tragaluz bastante ancho, probablemente el respiradero de la calle de Anjou, entraba una luz casi fuerte. Jean Valjean, con el mimo de un hermano para el hermano herido, dejó a Marius en el hoyo de la alcantarilla. La cara ensangrentada de Marius apareció entre la luz blanca del respiradero como en lo hondo de una tumba. Tenía los ojos cerrados, el pelo pegado a las sienes como pinceles secos manchados de pintura roja, las manos caídas y muertas, los miembros fríos, sangre coagulada en la comisura de los labios. Un coágulo de sangre se le había quedado en el nudo de la corbata; la camisa se le metía por las heridas; el paño del frac le rozaba los cortes en carne viva. Jean Valjean, apartando con la yema de los dedos la ropa, le puso la mano en el pecho; el corazón seguía latiendo. Jean Valjean hizo jirones la camisa, vendó las heridas lo mejor que pudo y detuvo el flujo de sangre; luego, inclinándose en aquella media luz sobre Marius, que seguía sin conocimiento y casi sin hálito, lo miró con indecible odio.

Al apartarle la ropa a Marius le había encontrado en los bolsillos dos cosas: el pan que se le había quedado allí olvidado desde la víspera y el portafolio de Marius. Se comió el pan y abrió el portafolio. En la primera página se encontró las cuatro líneas que había escrito Marius y que, recordémoslo, eran éstas:

«Me llamo Marius Pontmercy. Que lleven mi cadáver a casa de mi abuelo, señor Gillenormand, en el 6 de la calle de Les Filles-du-Calvaire. Barrio de Le Marais».

Jean Valjean leyó a la luz del respiradero esas cuatro líneas y se quedó un momento como ensimismado, repitiendo a media voz: «Calle de Les Filles-du-Calvaire, número 6; señor Gillenormand». Volvió a meterle a Marius en el bolsillo el portafolio. Había comido, le habían vuelto las fuerzas; se echó otra vez a Marius a la espalda, le apoyó con cuidado la cabeza en su hombro derecho y siguió cuesta abajo por la alcantarilla.

La Alcantarilla Mayor, que sigue la dirección de la línea de vaguada del valle de Ménilmontant, tiene una longitud de unas dos leguas. Está empedrada en la mayor parte del recorrido.

Jean Valjean carecía de esta antorcha del nombre de las calles de París con la que vamos iluminando al lector su caminata subterránea. Nada le indicaba por qué zona de la ciudad estaba pasando ni qué trayecto había seguido. Sólo la mayor palidez de los charcos de luz con que se topaba de trecho en trecho le indicaba que el sol se iba retirando del adoquinado de la calle y que el día no tardaría en ir hacia el declive; y como el ruido de las ruedas de los coches, por encima de su cabeza, había pasado de continuo a intermitente y, luego, había cesado casi por completo, llegó a la conclusión que no estaba ya bajo el centro de París y se estaba acercando a alguna zona solitaria, próxima a los paseos de ronda o los muelles más alejados. Donde hay menos calles y menos casas las alcantarillas tienen menos tragaluces. La oscuridad iba haciéndose más densa en torno a Jean Valjean. No por ello dejó de andar, a tientas.

Aquella sombra se volvió de pronto terrible.

V

TANTO EN LA ARENA COMO EN LA MUJER HAY UNA SUTILEZA QUE ES PERFIDIA

Notó que se metía en el agua y que lo que tenía bajo los pies no era ya empedrado, sino cieno.

A veces, en algunas costas de Bretaña o de Escocia, un hombre, un viajero o un pescador, que va andando, con marea baja, por el arenal, lejos de la orilla, se da cuenta de pronto de que desde hace unos minutos le cuesta andar. Bajo los pies nota la playa como si estuviera hecha de pez: se le pegan las suelas; ya no es arena, sino liga. El arenal está completamente seco, pero a cada paso, nada más alzar el pie, la huella se llena de agua. Por lo demás, la mirada no ha captado ningún cambio; la playa inmensa está lisa y tranquila, toda la arena parece igual, nada diferencia el suelo sólido del que ha dejado de serlo; la nubecilla alegre de las pulgas de mar no ha dejado de brincar tumultuosamente bajo los pies del caminante. El hombre continúa andando, sigue adelante, tuerce hacia la tierra, intenta acercarse a la costa. No está preocupado. ¿Por qué iba a preocuparse? Pero nota como si los pies le fueran pesando cada vez más, a cada paso. De repente, se hunde. Se hunde dos o tres pulgadas. Definitivamente está claro que no va por el buen camino; se detiene para orientarse. De pronto, se mira los pies. Le han desaparecido los pies. Se los tapa la arena. Saca los pies de la arena, quiere desandar lo andado, retrocede, se hunde más. La arena le llega a los tobillos; hace fuerza para salir de ella y tira hacia la izquierda; la arena le llega a media pierna; tira a la derecha; la arena le llega a las corvas. Entonces se da cuenta con indecible espanto de que se ha metido en unas arenas movedizas y que lo que tiene debajo es ese medio aterrador en que el hombre no puede ya andar como tampoco puede ya nadar el pez. Tira la carga, si es que lleva una; aligera peso, como un barco en peligro de zozobrar; ya no está a tiempo, la arena le llega por encima de las rodillas.

Llama; hace señas con el sombrero o con el pañuelo; la arena se lo traga cada vez más; si la playa está desierta, si la tierra queda a demasiada distancia, si ese banco de arena tiene una reputación demasiado mala, si no hay un héroe por las inmediaciones, está condenado a que se lo trague la arena. Está condenado a ese enterramiento espantoso, largo, infalible, implacable, que no es posible ni retrasar ni apresurar, que dura horas, que no acaba nunca, que lo atrapa a uno cuando está de pie, libre y rebosante de salud; que tira de uno por los pies; que, con cada esfuerzo que intenta, con cada grito que suelta, lo arrastra algo más hacia abajo, que parece castigarlo a uno por oponer resistencia abrazándolo de forma más estrecha, que mete al hombre despacio en la tierra dejándole mucho rato para que mire el horizonte, los árboles, la campiña verde, el humo de las aldeas en la llanura y las velas de los barcos en el mar, las aves que vuelan y cantan, el sol, el cielo. Que se lo trague a uno la arena es como un sepulcro que se vuelve marea y sube hacia el vivo desde lo hondo de la tierra. Todos y cada uno de los minutos son un entierro inexorable. El desventurado intenta sentarse, tenderse, reptar; todos los movimientos que hace lo sepultan; se yergue, se hunde; nota que la tierra se lo traga; suelta alaridos, implora, les grita a las nubes, se retuerce los brazos, desespera. Ya le llega la arena al vientre; ya le llega al pecho; ya no es sino un busto. Alza las manos, gime con furia, crispa las uñas en el arenal, quiere agarrarse a esa ceniza, se apoya en los codos para salir de esa faja blanda, solloza frenéticamente; la arena sube. La arena le llega a los hombros; la arena le llega al cuello; ahora ya sólo se le ve la cara. La boca grita, se le llena de arena; silencio. Los ojos miran aún; la arena se los cierra: oscuridad. Luego mengua la frente; aún se estremecen unos mechones de pelo sobre la arena; asoma una mano, perfora la superficie del arenal, se mueve, se agita y desaparece. Siniestra desaparición de un hombre.

Hay veces en que al jinete se lo traga la arena con el caballo; hay veces en que al carretero se lo traga con el carro; todo se va a pique en el arenal. Es como naufragar en un lugar que no es el agua. Es la tierra ahogando al hombre. La tierra embebida de océano se vuelve trampa. Se brinda como una llanura y se abre como una ola. El abismo tiene traiciones así.

Esta fúnebre aventura, siempre posible en esta playa marítima o en aquélla, podía ocurrir también, hace treinta años, en las alcantarillas de París.

Antes de las importantes obras que empezaron en 1833, en las vías públicas subterráneas de París podían ocurrir hundimientos repentinos.

El agua se infiltraba en algunos terrenos del subsuelo especialmente deleznables; el piso, bien estuviera pavimentado, como en las alcantarillas antiguas, bien fuera de cal hidráulica sobre una capa de hormigón, cómo en las nuevas galerías, cedía. Un plegamiento en un suelo así es una grieta; y llega el hundimiento. Cierto tramo del suelo se hundía. Esa hendedura, ese hiato en un abismo de barro, se llamaba en la lengua especializada socavón.

¿Qué es un socavón? Son las arenas movedizas de la orilla del mar que aparecen de pronto bajo tierra; es el arenal del monte de Saint-Michel en unas alcantarillas. El suelo, empapado, se halla como en estado de fusión; todas las moléculas están en suspensión en un medio blando; ni es tierra ni es agua. La profundidad es enorme a veces. Nada más temible que toparse con algo así. Si lo dominante es el agua, la muerte es rápida, te hundes; si lo dominante es la tierra, la muerte es lenta, la tierra te traga.

¿Es posible imaginar una muerte así? Que se lo trague a uno un arenal a la orilla del mar es espantoso, pero ¿qué no será en las cloacas? En vez del aire libre, de la luz de pleno día, de ese horizonte límpido, de esos ruidos anchurosos, de esas nubes libres de las que llueve la vida, de esas barcas que se divisan a lo lejos, de esa esperanza que tiene todas las formas posibles, de los transeúntes probables, del socorro que puede llegar hasta en el último minuto, en vez de todo eso, ¡la sordera, la ceguera, una bóveda negra, el interior de una tumba ya construida de antemano, la muerte en el cieno bajo una tapadera! Ahogarse despacio entre las inmundicias; una caja de piedra en la que abren las garras en el fango y lo agarra a uno por la garganta; ¡la fetidez mezclada con el estertor, el cieno en vez de la arena, el ácido sulfhídrico en vez del huracán, la basura en vez del océano! ¡Y llamar, y rechinar los dientes, y retorcerse, y forcejear, y agonizar con esa ciudad enorme, que no está enterada de nada, encima de la cabeza!

¡Qué espanto indecible morir así! ¡La muerte a veces se redime de su atrocidad mediante cierta dignidad terrible! En la hoguera, en el naufragio es posible comportarse con grandeza; entre las llamas y entre la espuma es posible un comportamiento altivo; es una caída en el abismo que transfigura. Pero aquí, no. La muerte es sucia. Es humillante expirar. Las visiones supremas que flotan son abyectas. Barro es sinónimo de vergüenza. Es algo mezquino, feo, infame. Morir en un tonel de malvasía, como Clarence, bien está; en la fosa del basurero, como D'Escoubleau, es horroroso. Forcejear ahí dentro es repugnante; es agonizar chapoteando. Hay las suficientes tinieblas para que sea el infierno y el suficiente barro para que sea sólo un lodazal; y el moribundo no sabe si se convertirá en espectro o en sapo.

En cualquier otro sitio el sepulcro es lóbrego; aquí es deforme.

La profundidad de los socavones y también la longitud y la densidad variaban según que el suelo fuese de peor o mejor calidad. Había veces en que un socavón tenía tres o cuatro pies de profundidad; y otras tenía ocho o diez; en otras ocasiones, no tenía fondo. Aquí el cieno era casi sólido; allá, casi líquido. En el socavón Lumiere un hombre tardó un día entero en desaparecer, mientras que el lodazal Phélippeaux se lo habría tragado en cinco minutos. El cieno soporta el peso mejor o peor según que sea más o menos denso. Un niño se salva donde un hombre está perdido. La primera ley para salvarse es soltar cualquier carga que se lleve. Tirar la bolsa de herramientas, o el cuévano, o la artesa. Por ahí empezaba cualquier pocero que notase que el suelo cedía.

Los socavones tenían causas diversas: suelo deleznable; algún hundimiento a una profundidad fuera del alcance de los hombres; los chaparrones veraniegos fuertes; las lluvias incesantes del invierno; las lluvias menudas, pero prolongadas. A veces el peso de las casas circundantes en un terreno margoso o arenoso vencía las bóvedas de las galerías subterráneas y las alabeaba; o podía ocurrir que el piso reventase y se abriese con aquel empuje tremendo. Así fue como el aplastamiento de Le Panthéon obstruyó hace un siglo parte de los sótanos de la Montagne Sainte-Geneviève. Cuando la presión de las casas hundía una alcantarilla, ese desorden, a veces, salía a la superficie, a la calle, dejando entre los adoquines algo así como unas separaciones en forma de dientes de sierra; esa rotura iba creciendo, formando una línea que iba haciendo eses, por toda la bóveda agrietada; y entonces, al estar el daño a la vista, se podía remediar con rapidez. Podía suceder también en muchas ocasiones que ningún tajo desvelara en el exterior los destrozos internos. Y, en tal caso, ¡pobres poceros! Si entraban sin tomar precauciones en la alcantarilla hundida, podían estar yendo a su perdición. Los registros antiguos mencionan a unos cuantos poceros que quedaron sepultados de esa forma en los socavones. Hay en ellos varios nombres; entre otros, el del pocero a quien se tragó un hundimiento debajo del arco de la calle de Carême- Prenant, un tal Blaise Poutrain; ese Blaise Poutrain era hermano de Nicolas Poutrain, que fue el último enterrador de ese cementerio que llevaba el nombre de Les Innocents, en 1785, época en que murió dicho cementerio.

Se dio también el caso de aquel encantador vizconde d'Escoubleau, a quien hemos mencionado algo más arriba, uno de los héroes del sitio de Lérida en que los asaltantes llevaban medias de seda y a los violines en cabeza. D'Escoubleau, al verse sorprendido una noche en los aposentos de su prima, la duquesa de Sourdis, se ahogó en una zanja de la alcantarilla Beautreillis, donde había buscado refugio para escapar del duque. La señora de Sourdis, cuando le refirieron esta muerte, pidió el frasco de sales y, a fuerza de olerlo, se le olvidó llorar. En casos así, no hay amor que valga; las cloacas lo apagan. Hero se niega a lavar el cadáver de Leandro. Tisbe se tapa las narices ante Píramo y dice: ¡Puaj!

VI
EL SOCAVÓN

Jean Valjean había llegado a un socavón.

Ese tipo de desplome era frecuente por entonces en el subsuelo de Les Champs-Élysées, que era poco propicio para las obras hidráulicas y donde duraban poco las construcciones subterráneas porque era de excesiva fluidez. Esa fluidez es mayor incluso que la falta de consistencia de la propia arena del barrio de Saint-Georges, con la que no pudo más que un revestimiento de hormigón, y la de las capas arcillosas infiltradas de gas del barrio de Les Martyrs, tan líquidas que no pudo abrirse el paso por debajo del pasadizo de Les Martyrs más que mediante una tubería de fundición. Cuando, en 1836, echaron abajo, para volver a construirla, la alcantarilla vieja de piedra que pasa por debajo del barrio de Saint-Honoré, donde ahora mismo vemos a Jean Valjean, las arenas movedizas del subsuelo de Les Champs-Élysées hasta el Sena obstaculizaron las obras tanto que la operación duró más de seis meses, con grandes protestas de los vecinos colindantes, sobre todo de los que tenían palacetes y carrozas. Las obras fueron algo más que dificultosas; fueron peligrosas. Cierto es que hubo cuatro meses y medio de lluvia y tres crecidas del Sena.

El socavón que Jean Valjean se había encontrado era consecuencia del chaparrón de la víspera. El adoquinado, que tenía poco apoyo en la arena de debajo, había cedido y causado una saturación de agua de lluvia. Tras la infiltración, siguió el hundimiento. El cieno venció el piso, dislocado.

¿Cuánto trecho? Imposible decirlo. La oscuridad era allí más densa que en cualquier otro punto. Era un agujero de barro en una caverna nocturna.

Jean Valjean notó que le fallaba el suelo. Se metió en ese fango. Era agua en la superficie y cieno en el fondo. No quedaba más remedio que pasar. Dar marcha atrás era imposible. Marius estaba moribundo; y Jean Valjean, exhausto. ¿Dónde ir, por lo demás? Jean Valjean siguió adelante. Además, la zanja pareció poco profunda cuando dio los primeros pasos. Pero, según avanzaba, los pies se le iban hundiendo. No tardó en llegarle el cieno a media pierna y el agua más arriba de las rodillas. Andaba alzando con ambos brazos a Marius cuanto podía por encima del agua. Ahora le llegaba el cieno a las corvas y el agua a la cintura. Ya no podía retroceder. Cada vez se hundía más. Aquel cieno, con bastante densidad para el peso de un hombre, estaba claro que no aguantaba dos. Marius y Jean Valjean habrían tenido una oportunidad de salir del paso cada uno por su cuenta. Jean Valjean siguió andando, llevando a aquel moribundo que quizá era ya un cadáver.

Le llegaba el agua a las axilas; notaba que se iba a pique; apenas si podía moverse en aquella hondura cenagosa en que estaba. La densidad, que hacía las veces de sostén, era también el obstáculo. Seguía llevando en vilo a Marius con un derroche inaudito de fuerza y avanzaba; pero se hundía. Ya sólo llevaba fuera del agua la cabeza y ambos brazos, que alzaban a Marius. Hay, en las pinturas antiguas del Diluvio, una madre que lleva así a su hijo.

Se hundió más, echó la cara hacia atrás para librarla del agua y poder respirar; a quien lo hubiera visto en esa oscuridad le habría parecido ver una máscara flotando en sombras; él veía a medias colgar por encima de él la cara lívida de Marius. Hizo un esfuerzo desesperado y avanzó un pie; le tropezó el pie con algo sólido, a saber qué, un punto de apoyo. Ya era hora.

Se enderezó y se retorció, se afincó con algo parecido a la rabia en ese punto de apoyo. Le pareció que era el primer peldaño de unas escaleras que subían hacia la vida.

Ese punto de apoyo con que se había topado entre el cieno en el momento supremo era el arranque de la otra vertiente del piso, que se había doblado sin romperse y había formado una concavidad bajo el agua, como un tablón y de una sola pieza. Los pavimentos bien construidos se abovedan y resultan firmes. Aquel tramo del piso, sumergido en parte, pero sólido, era una auténtica rampa; y si uno llegaba a la rampa, se había salvado. Jean Valjean subió por aquel plano inclinado y llegó al otro lado de la zanja.

Al salir del agua, tropezó con una piedra y cayó de rodillas. Le pareció que era algo justo y se quedó un rato, con el alma ensimismada a saber en qué palabras que le decía a Dios.

Se puso de pie, tiritando, muerto de frío, sucísimo, encorvado bajo aquel moribundo que llevaba a cuestas, chorreando fango, con el alma rebosante de una extraña claridad.

VII
A VECES NAUFRAGAMOS CUANDO CREEMOS DESEMBARCAR

Volvió a ponerse en marcha.

Aunque, si bien es cierto que no se había dejado la vida en el socavón, sí se había dejado las fuerzas. Ese esfuerzo supremo lo había dejado agotado. Notaba ahora un cansancio tal que, cada tres o cuatro pasos, se veía en la necesidad de recobrar el aliento y se apoyaba en la pared. En una ocasión tuvo que sentarse en el poyo para poner a Marius en otra postura, y creyó que no podría levantarse. Pero aunque se le hubiera extinguido el vigor, no se le había extinguido la energía. Se incorporó.

Anduvo con desesperación, casi deprisa; dio así alrededor de cien pasos, sin enderezar la cabeza, casi sin respirar; y de repente se dio un golpe contra la pared. Había llegado a un recodo de la alcantarilla y, al acercarse con la cabeza gacha a la esquina, se había topado con el muro. Alzó la vista y, en la punta del subterráneo, ante sí, a distancia, a mucha distancia, divisó una luz. Esta vez no era la luz amedrentadora; era la luz buena y blanca. Era la claridad del día.

Jean Valjean estaba viendo la salida.

Un alma condenada que, entre las llamas del infierno, viera de pronto la salida de la gehena, sentiría lo que sintió Jean Valjean. Volaría desatinada con los muñones de las alas abrasadas hacia la puerta radiante. Jean Valjean dejó de notar el cansancio, dejó de notar el peso de Marius, recobró las pantorrillas de acero. Más que andar, corrió.

Según se iba acercando a la salida, ésta se volvía cada vez más nítida. Era un arco cintrado, de menor altura que la bóveda, que iba bajando gradualmente, y menos ancho que la galería, que se iba estrechando según bajaba la bóveda. El túnel acababa como un embudo; un estrechamiento vicioso, imitado de los portillos de los penales, lógico en una cárcel, carente de lógica en unas alcantarillas y que, más adelante, se rectificó.

Jean Valjean llegó a la salida. Y allí se detuvo.

Era la salida, pero era imposible salir.

Una verja recia cerraba el arco; y a esa verja, cuyos goznes, como parecía deducirse de las apariencias, giraban muy de tarde en tarde, la sujetaba al marco de piedra una cerradura recia que, roja de orín, parecía un ladrillo enorme. Se veía el orificio de la llave y el grueso pestillo que se hundía hasta muy adentro en el cerradero de hierro. Estaba claro que la cerradura tenía dos vueltas de llave. Era una de esas cerraduras de fortaleza que tanto abundaban en el París antiguo.

Del otro lado de la verja, el aire libre, el río, la luz del día, la margen muy estrecha, pero suficiente para irse por ella, los muelles distantes, París, ese abismo donde es tan fácil ocultarse, el horizonte abierto, la libertad. A la derecha, río abajo, se vislumbraba el puente de Iéna y, a la izquierda, río arriba, el puente de Les Invalides; habría sido un lugar propicio para esperar a que se hiciera de noche y escapar. Era uno de los puntos más solitarios de París; la orilla que está delante de Le Gros-Caillou. Las moscas entraban y salían por entre los barrotes de la verja.

Podían ser las ocho y media de la tarde. Estaba oscureciendo.

Jean Valjean dejó a Marius pegado al muro, en la parte seca del piso; luego se acercó a la verja y crispó ambos puños en los barrotes; los sacudió frenéticamente, pero no se inmutaron. La verja no se movió. Jean Valjean agarró los barrotes uno tras otro, con la esperanza de poder arrancar el que fuera menos sólido y usarlo como palanca para levantar la puerta o para romper la cerradura. No se movió ningún barrote. No están más firmes los dientes de un tigre en sus alveolos. Sin palanca, no se podía hacer fuerza. El obstáculo era invencible. No había forma de abrir la puerta.

¿Había pues que darlo todo por acabado allí? ¿Qué hacer? ¿Por qué decidirse? Dar marcha atrás, repetir el trayecto espantoso que ya había recorrido; no tenía fuerzas para eso. Por lo demás, ¿cómo volver a cruzar aquella zanja de la que no había salido sino por milagro? Y, pasada la zanja, ¿no andaba por allí aquella ronda de la policía a la que, desde luego, no podría hurtarse dos veces? Y, además, ¿dónde ir? ¿Qué dirección tomar? Ir cuesta abajo no era encaminarse a la meta. Aunque llegase a otra salida, se encontraría con que la obstruían una tapa o una reja. No cabía duda de que todas las salidas estaban cerradas así. La casualidad habría arrancado la reja por la que habían entrado, pero estaba claro que todas las demás bocas de alcantarilla estaban cerradas. Lo único que había conseguido era escapar para meterse en una cárcel.

Todo había acabado. Todo cuanto había hecho Jean Valjean era inútil. Dios no quería.

Estaban ambos atrapados en la oscura y gigantesca telaraña de la muerte; y Jean Valjean notaba cómo corría por esos hilos negros, en las tinieblas, la araña espantosa.

Le dio la espalda a la verja y se desplomó en el empedrado, derribado más que sentado, junto a Marius, que seguía exánime, y le cayó la cabeza en las rodillas. No había salida. Eran las heces de la angustia.

¿En quién pensaba en tan hondo desaliento? Ni en sí mismo ni en Marius. Pensaba en Cosette.

VIII
EL JIRÓN DE FRAC

Mientras estaba sumido en ese anonadamiento, se le posó una mano en el hombro y una voz que hablaba bajo le dijo:

—¿Repartimos?

¿Había alguien entre aquellas sombras? No hay nada que se parezca tanto al sueño como la desesperación; Jean Valjean creyó que estaba soñando. No había oído pasos. ¿Era aquello posible? Alzó la vista.

Tenía a un hombre ante sí.

Aquel hombre vestía un blusón; iba descalzo; llevaba los zapatos en la mano izquierda; estaba claro que se los había quitado para poder acercarse a Jean Valjean sin que lo oyese andar.

Jean Valjean no titubeó ni por un segundo. Por muy imprevisto que fuera el encuentro, aquel hombre le resultaba conocido. Aquel hombre era Thénardier.

Aunque hubiese despertado, por decirlo de alguna manera, sobresaltado, Jean Valjean, acostumbrado a estar sobre aviso y curtido en golpes inesperados a los que hay salir al paso deprisa, recobró en el acto toda la presencia de ánimo. Además, la situación no podía ir a peor; existe determinado grado de desvalimiento que no puede ya ir en crescendo, y ni siquiera el mismísimo Thénardier podía volver más negra aquella oscuridad.

Hubo un intervalo de espera.

Thénardier hizo visera con la mano derecha, llevándosela a la frente; luego guiñó los ojos, frunciendo el entrecejo, lo que, junto con un leve fruncimiento de los labios, es característico de la atención sagaz de un hombre que quiere reconocer a otro. No lo consiguió. Jean Valjean, como acabamos de decir, estaba de espaldas a la luz y estaba, además, tan desfigurado y tan ensangrentado que no se lo habría podido reconocer a las doce del día. En cambio, con la luz de la verja dándole en la cara, una luz de sótano, bien es verdad, lívida, pero de una lividez nítida, Thénardier, como dice esa metáfora enérgica y vulgar, se le metió a Jean Valjean en el acto por los ojos. Aquellas condiciones desiguales bastaban para concederle cierta ventaja a Jean Valjean en aquel duelo misterioso que iba a entablarse entre las dos situaciones y los dos hombres. Era un encuentro entre Jean Valjean velado y Thénardier desenmascarado.

Jean Valjean se dio cuenta enseguida de que Thénardier no lo había reconocido.

Se quedaron un momento mirándose en aquella penumbra, como para medir cuántos puntos calzaban. Thénardier fue el primero en romper el silencio.

—¿Cómo te las vas a apañar para salir? Jean Valjean no contestó.

Thénardier siguió diciendo:

—No valen las ganzúas. Pero tienes que irte de aquí.

—Es verdad —dijo Jean Valjean.

—Bueno, pues repartimos.

—¿Qué quieres decir?

—Tú has matado a ese hombre; bien está. Yo tengo la llave. Thénardier señalaba con el dedo a Marius. Siguió diciendo:

—No te conozco, pero quiero ayudarte. Seguro que eres un amigo.

Jean Valjean estaba empezando a entender lo que pasaba. Thénardier lo tomaba por un asesino.

Thénardier siguió diciendo:

—Mira, compañero, tú no habrás matado a ese hombre sin mirar a ver qué lleva en los bolsillos. Dame la mitad y te abro la puerta.

Y, sacando a medias una llave grande de debajo del blusón lleno de agujeros, añadió:

—¿Quieres ver cómo es la llave de la libertad? Mira.

Jean Valjean se quedó «estupefacto», como le decía Cinna a Augusto en la obra del buen Corneille, hasta el punto de dudar de que lo que estaba viendo fuese real. Era la Providencia que se presentaba con un aspecto espantoso y el ángel bueno que brotaba del suelo con la forma de Thénardier.

Thénardier se metió el puño en un bolsillo grande que tenía debajo del blusón, sacó una cuerda y se la alargó a Jean Valjean.

—Toma —dijo—, de propina te doy la cuerda.

—¿Y para qué quiero una cuerda?

—También necesitas una piedra, pero de eso ya encontrarás fuera. Tienes ahí un montón de escombros.

—¿Y para qué quiero una piedra?

—Imbécil, ¿no vas a tirar al simple ese al río? Pues necesitas una piedra y una cuerda, porque si no flotará en el agua.

Jean Valjean cogió la cuerda. No hay nadie que no acepte así a veces las cosas, de forma automática.

Thénardier chasqueó los dedos como si se le acabase de ocurrir algo de repente.

—Por cierto, compañero, ¿cómo te las has apañado para salir de la zanja? Yo no me he atrevido con ella. ¡Puaj! No se puede decir que huelas a flores.

Tras una pausa, añadió:

—Te hago preguntas, pero haces bien en no contestarme. Es un aprendizaje para el maldito rato que se pasa con el juez de instrucción. Y además quien no habla nada no se arriesga a hablar demasiado alto. Da igual; porque no te veo la cara y porque no sé cómo te llamas no te vayas a creer que no sé quién eres y qué quieres. Está de lo más visto. Le has dado un tantarantán al señor y ahora quieres meterlo en algún sitio. Necesitas el río, el mejor remedio para las meteduras de pata. Ayudar a un buen chico en apuros me da por el gusto.

Mientras alababa a Jean Valjean por no decir nada, estaba claro que intentaba hacerlo hablar. Lo empujó por el hombro, para probar a verlo de perfil, y exclamó, aunque sin salirse de ese tono medio del que no aparentaba la voz:

—Hablando de la zanja, ¡menudo bestia estás hecho! ¿Por qué no tiraste ahí al hombre?

Jean Valjean siguió callado.

Thénardier continuó diciendo, subiéndose hasta la nuez el pingajo que le hacía las veces de corbata, ademán que es el complemento del aspecto de eficiencia de un hombre serio:

—Y eso que es posible que hayas obrado con prudencia. Mañana, los obreros, cuando vengan a tapar el agujero, seguro que habrían encontrado al muñeco este ahí olvidado, y se habría podido, hilo a hilo y brizna a brizna, pillar el rastro y llegar hasta ti. Alguien ha pasado por las alcantarillas, ¿Quién? ¿Por dónde salió? ¿Alguien lo vio salir? La policía es de lo más ingeniosa. Las alcantarillas son traidoras y denuncian. Un hallazgo así es una rareza, llama la atención; no hay muchas personas que usen las alcantarillas para sus asuntos, mientras que el río es de todos. El río es la fosa de verdad. Al cabo de un mes, van y pescan al hombre en las redes de Saint-Cloud. ¿Y qué más da? ¡Si es una carroña! ¿Quién ha matado a este hombre? París. Y la justicia ni siquiera da parte. Has hecho bien.

Cuanto más locuaz era Thénardier, más muerto estaba Jean Valjean.

Thénardier volvió a zarandearlo por el hombro.

—Y ahora vamos a cerrar el negocio. Repartamos. Has visto la llave que tengo, enséñame el dinero que llevas.

Se notaba a Thénardier desencajado, fiero, turbio, algo amenazador, pero amistoso pese a todo.

Había algo raro; Thénardier no se comportaba con sencillez, no parecía del todo a gusto; aunque no ponía expresión misteriosa, hablaba bajo; de vez en cuando se llevaba un dedo a los labios y susurraba: ¡chitón! Era difícil adivinar por qué. Allí nada más estaban ellos dos. Jean Valjean pensó que a lo mejor había otros bandidos ocultos en algún recodo, no muy lejos, y que Thénardier no tenía intención de repartir con ellos.

Thénardier añadió:

—Acabemos. ¿Cuánto llevaba el simple ese en los sonajeros?

Jean Valjean se registró los bolsillos.

Como recordaremos, tenía la costumbre de llevar siempre dinero encima. La oscura vida de apuros y expedientes a la que estaba abocado lo convertía en una necesidad. Pero en esta ocasión lo habían pillado de improviso. Al ponerse la víspera por la noche el uniforme de guardia nacional, se le había olvidado, por estar ensimismado en pensamientos tan sombríos, coger la cartera. Sólo llevaba dinero suelto en el bolsillo del chaleco. Le dio la vuelta al bolsillo, empapado de fango, y colocó en el zampeado del piso un luis de oro, dos monedas de cinco francos y cinco o seis de diez céntimos.

Thénardier sacó el labio de abajo, con una torsión significativa del cuello.

—Por bien poco lo has matado —dijo.

Empezó a palparles confianzudamente los bolsillos a Jean Valjean y a Marius. Jean Valjean, cuya mayor preocupación era seguir de espaldas a la luz, se lo consintió. Al tiempo que hurgaba en el frac de Marius, Thénardier se las ingenió, con maña de prestidigitador, para arrancarle un jirón, sin que Jean Valjean se diera cuenta, y se lo metió debajo del blusón, pensando probablemente que aquel trozo de tela podría servirle más adelante para saber quiénes eran el hombre asesinado y el asesino. Por lo demás, no encontró nada que no fueran los treinta francos.

—Pues es verdad —dijo—. En resumidas cuentas, sólo lleváis eso. Y, olvidándose del repartimos de antes, se quedó con todo.

Se lo pensó un poco en lo tocante a las monedas de diez céntimos. Pero, bien pensado, las cogió también, refunfuñando:

—La verdad es que no se puede apiolar a la gente tan barato. Dicho esto, volvió a sacar la llave de debajo del blusón.

—Y ahora, amigo, tienes que salir. Aquí pasa como en la feria, se paga a la salida. Has pagado, sal.

Y se echó a reír.

¿Albergaba, al proporcionarle a un desconocido aquella llave y dejar que saliera por aquella puerta otro que no fuera él, la intención pura y desinteresada de salvar a un asesino? Permítasenos dudarlo.

Thénardier ayudó a Jean Valjean a volver a echarse a Marius a la espalda y luego se acercó a la verja descalzo y de puntillas, haciéndole señas a Jean Valjean para que lo siguiera; miró hacia fuera; se llevó el dedo a los labios y se quedó unos pocos segundos como en suspenso; tras aquella inspección, metió la llave en la cerradura. Se abrió el pestillo y la puerta giró sobre los goznes. No hubo ni crujidos ni chirridos. Todo fue muy quedo. Estaba claro que esa puerta y esos goznes, cuidadosamente aceitados, se abrían con más frecuencia de lo que se habría podido suponer. Tanta suavidad resultaba siniestra; se intuían idas y venidas furtivas, entradas y salidas silenciosas de los hombres nocturnos, y los pasos de lobo del crimen. No cabía duda de que las alcantarillas eran cómplices de alguna banda misteriosa. Aquella verja taciturna era una encubridora.

Thénardier entreabrió la puerta, sólo lo imprescindible para que pudiera pasar Jean Valjean, volvió a cerrar la verja, dio dos vueltas de llave en la cerradura y se hundió de nuevo en la oscuridad sin hacer más ruido que un soplo. Parecía que pisaba con las patas de terciopelo del tigre. Momentos después, aquella repulsiva providencia ya había vuelto a internarse en lo invisible.

JEAN VALJEAN SE VIO FUERA.
IX

MARIUS LE PARECE MUERTO A ALGUIEN QUE ENTIENDE DEL ASUNTO

Dejó despacio a Marius en la orilla.

¡Estaban fuera!

Había dejado atrás los miasmas, la oscuridad, el horror. Lo inundaban el aire sano, puro, vivo, alegre, respirado con libertad. Por doquier, en torno, el silencio; pero el silencio adorable del sol que se ha puesto en el azul del cielo. Había llegado el crepúsculo; se acercaba la noche, la gran liberadora, la amiga de todos los que necesitan un manto de sombra para salir de una angustia. Se brindaba el cielo por todas partes como una gigantesca serenidad. El río le llegaba hasta los pies con un ruido de beso. Se oía el diálogo aéreo de los nidos que se daban las buenas noches en los olmos de Les Champs-Élysées. Unas cuantas estrellas salpicaban con luz débil el azul pálido del cenit y, sólo visibles para la ensoñación, lanzaban en la inmensidad fulgures menudos e imperceptibles. La noche desplegaba por encima de la cabeza de Jean Valjean todas las dulzuras del infinito.

Era esa hora indecisa y exquisita que no dice ni que sí ni que no. Había ya bastante oscuridad para poder perderse en ella a cierta distancia y bastante luz aún para que pudieran reconocerlo a uno de cerca.

Jean Valjean se quedó unos segundos irresistiblemente vencido ante toda aquella serenidad augusta y acariciadora; hay minutos de olvido así; el sufrimiento renuncia a acosar al mísero; todo se eclipsa en el pensamiento; la paz arropa al meditabundo como una oscuridad nocturna; y, bajo el crepúsculo radiante e imitando al cielo que se ilumina, el alma se llena de estrellas. Jean Valjean no pudo por menos de contemplar aquella anchurosa sombra clara que había por encima de él; pensativo, tomaba en el majestuoso silencio del cielo eterno un baño de éxtasis y de oración. Luego, impulsivamente, como si le volviera el sentimiento de un deber, se inclinó hacia Marius y, cogiendo agua en la mano a medio cerrar, le echó con suavidad unas cuantas gotas en la cara. Los párpados de Marius no se alzaron; pero la boca entreabierta respiraba.

Jean Valjean iba a meter otra vez la mano en el río cuando, de pronto, notó un impreciso apuro, como cuando, sin verlo, tenemos a alguien detrás.

Ya hemos explicado en otro lugar cómo es esa impresión, que todo el mundo conoce.

Se dio la vuelta.

Y, como en aquella ocasión, tenía efectivamente a alguien detrás.

Un hombre de elevada estatura, envuelto en una larga levita, con los brazos cruzados y que llevaba en el puño derecho y a la vista una porra con una bola de plomo, estaba, de pie a pocos pasos, detrás de Jean Valjean en cuclillas junto a Marius.

Era algo así como una aparición colaboradora de la sombra. A un hombre sencillo lo habría asustado el crepúsculo; y a un hombre que se pensara las cosas, la porra.

Jean Valjean reconoció a Javert.

El lector ha adivinado sin duda que el perseguidor de Thénardier no era otro que Javert. Javert, tras su inesperada salida de la barricada, había ido a la prefectura de policía, había dado parte verbalmente al prefecto en persona durante una breve audiencia y, luego, se había reincorporado en el acto al servicio, que incluía, como recordaremos por la nota que le habían encontrado encima, determinada vigilancia en las márgenes de la orilla derecha de Les Champs-Élysées de la que, desde hacía ya una temporada, estaba pendiente la policía. Allí había divisado a Thénardier y lo había seguido. Ya estamos al tanto del resto.

Está claro también que aquella verja, que tan amablemente le había abierto a Jean Valjean Thénardier, era una treta de éste. Thénardier intuía que Javert seguía allí; el hombre al que acechan tiene un olfato que no lo engaña; tenía que tirarle un hueso al sabueso aquel. Un asesino, ¡qué oportunidad! Era, dentro de lo malo, una de esas cosas que hay que aprovechar. Thénardier, al salir Jean Valjean en su lugar, le entregaba una presa a la policía, la apartaba de su rastro, conseguía que una empresa mayor la hiciera olvidarse de él, compensaba a Javert por la espera, lo que siempre agrada a los de la madera, ganaba treinta francos y tenía la sana intención de salir airoso del paso recurriendo a esa maniobra de diversión.

Jean Valjean había sorteado un escollo para ir dar con otro. Era muy crudo salir de Thénardier para caer en Javert.

Javert no reconoció a Jean Valjean, quien, como ya hemos dicho, había dejado de parecerse a sí mismo. No descruzó los brazos, afianzó en el puño la porra con un gesto imperceptible y dijo con voz cortante y tranquila:

—¿Quién es usted?

—Yo.

—¿Y usted quién es?

—Jean Valjean.

Javert agarró la porra con los dientes, dobló las rodillas, inclinó el torso, le puso a Jean Valjean en los hombros las dos manos robustísimas que se encajaron en ellos como dos prensas, lo miró de cerca y lo reconoció. Las caras se tocaban casi. La mirada de Javert era terrible.

Jean Valjean se quedó inerte mientras lo atenazaba Javert, como un león que consintiera a un lince que le clavase las garras.

—Inspector Javert —dijo—, me tiene cogido. Por lo demás, me considero prisionero suyo desde esta mañana. Si le di mi dirección no fue para intentar escaparme. Préndame. Pero concédame una cosa.

Javert parecía no oírlo. Tenía clavada en Jean Valjean una mirada fija. Fruncía la barbilla, con lo que los labios le subían hacia la nariz, seña de hosco ensimismamiento. Por fin, soltó a Jean Valjean, se enderezó, volvió a empuñar la porra y, como en sueños, susurró más que dijo la siguiente pregunta:

—¿Qué hace aquí y quién es este hombre? Seguía sin tutear a Jean Valjean.

Jean Valjean contestó, y Javert pareció despertar con el sonido de su voz:

—De él precisamente quería hablarle. Disponga de mí como guste; pero ayúdeme a llevarlo a su casa. Es todo cuanto le pido.

A Javert se le contrajo la cara como le sucedía siempre que alguien parecía creerlo capaz de hacer una concesión. Pero no dijo que no.

Volvió a agacharse, se sacó un pañuelo del bolsillo, lo metió en el agua y le limpió a Marius la frente ensangrentada.

—Este hombre estaba en la barricada —dijo a media voz y como si hablase consigo mismo—. Era ese al que llamaban Marius.

Espía de primera calidad, lo había observado todo, lo había escuchado todo, lo había oído todo y lo había recogido todo, aunque creyera que iba a morir; había espiado incluso en la agonía y, acodado en el primer peldaño del crepúsculo, había tomado notas.

Le cogió la mano a Marius, buscando el pulso.

—Es un herido —dijo Jean Valjean.

—Es un muerto —dijo Javert. Jean Valjean contestó:

—No, todavía no.

—¿Así que lo ha traído de la barricada aquí? —comentó Javert.

Muy honda tenía que ser su preocupación para que no insistiera en ese inquietante rescate recurriendo a las alcantarillas y que ni se fijase siquiera en el silencio de Jean Valjean que vino tras la pregunta.

Jean Valjean, por su parte, no parecía pensar sino en eso. Siguió diciendo:

—Vive en La Marais, en la calle de Les Filles-du-Calvaire, en casa de su abuelo… Se me ha olvidado cómo se llama de apellido.

Jean Valjean rebuscó en el frac de Marius, sacó el portafolio, lo abrió por la página en que Marius había garabateado unas páginas a lápiz y se lo alargó a Javert.

Flotaba aún luz bastante para que se viera a leer. Javert, además, llevaba en la mirada la fosforescencia felina de las aves nocturnas. Desentrañó las pocas líneas que había escrito Marius: Gillenormand, calle de Les Filles-du- Calvaire, 6.

Luego gritó: «Cochero».

Recordemos que había un coche de punto esperando por si acaso. Javert se quedó con el portafolio de Marius.

Un momento después, el coche bajó por la rampa del abrevadero y llegó a la margen. Colocaron a Marius en la banqueta del fondo y Javert se sentó cerca de Jean Valjean en la banqueta delantera.

Tras cerrarse la portezuela, el coche se alejó deprisa, muelles arriba en dirección a la plaza de La Bastille.

Dejaron los muelles y entraron en las calles. El cochero, silueta negra en el pescante, fustigaba los caballos flacos. Silencio gélido en el coche. Daba la impresión de que Marius, inmóvil, con el torso adosado al rincón del fondo y la cabeza caída sobre el pecho, los brazos colgando, las piernas tiesas, no estaba ya a la espera sino de un ataúd; Jean Valjean parecía hecho de sombra; y Javert, de piedra; y en aquel coche lleno de oscuridad, cuyo interior, cada vez que pasaba junto a un farol, se volvía de una lividez pálida como si lo iluminase un relámpago intermitente, el azar había reunido y parecía someter a un careo lúgubre a aquellas tres inmovilidades trágicas, el cadáver, el espectro y la estatua.

<h2 style="text-align:center">X</h2>

<h2 style="text-align:center">VUELVE A CASA EL HIJO PRÓDIGO DE SU VIDA</h2>

Con cada bache del adoquinado le caía a Marius del pelo una gota de sangre.

Era noche cerrada cuando el coche de punto llegó ante el número 6 de la calle de Les Filles-du-Calvaire.

Javert se bajó el primero, comprobó de una ojeada el número encima de la puerta cochera y, alzando el pesado llamador de hierro forjado, recargado a la antigua usanza con los adornos de un macho cabrío y un sátiro enfrentados, dio un golpe recio. Se entornó la hoja de la puerta y Javert la empujó. Asomó en parte el portero, bostezando, despierto a medias, con una vela en la mano.

Todo dormía en la casa. En el barrio de Le Marais la gente se va a la cama temprano, sobre todo los días de algaradas. Ese barrio viejo se espanta de la revolución y se refugia en el sueño, igual que los niños, cuando oyen venir al coco, esconden enseguida la cabeza debajo de las mantas.

Entretanto, Jean Valjean y el cochero estaban sacando a Marius del coche. Jean Valjean lo sujetaba por las axilas, y el cochero, por las corvas.

Mientras cargaban así con Marius, Jean Valjean le metió la mano bajo la ropa, llena de desgarrones, le palpó el pecho y se aseguró de que el corazón le seguía latiendo. Y le latía incluso con algo más de fuerza, como si el movimiento del coche hubiera desencadenado cierta reanudación de la vida.

Javert preguntó al portero con el tono que debe tener el gobierno con el portero de un faccioso:

—¿Hay alguien aquí que se llame Gillenormand?

—Aquí es. ¿Qué le quiere usted?

—Le traemos a su hijo.

—¿A su hijo? —dijo el portero, pasmado.

—Está muerto.

Jean Valjean, que iba detrás de Javert, harapiento y sucio, y a quien el portero miraba con cierto espanto, le hizo una seña negativa con la cabeza.

El portero no pareció entender ni la palabra de Javert ni la seña de Jean Valjean.

Javert siguió diciendo:

—Fue a la barricada y aquí lo traemos.

—¡A la barricada! —exclamó el portero.

—A que lo matasen. Vaya a despertar al padre. El portero no se movía.

—¡Vaya de una vez! —volvió a decir Javert. Y añadió:

—Mañana habrá un entierro en esta casa.

Para Javert los incidentes que solían ocurrir en la vía pública se clasificaban de forma categórica porque por ahí empiezan la previsión y la vigilancia; y todas y cada una de las eventualidades tenían su compartimento; los hechos posibles estaban, por así decirlo, en unos cajones de los que salían, llegado el caso, en cantidades variables; por la calle andaban escándalos, algaradas, carnavales y entierros.

El portero se limitó a despertar a Basque. Basque despertó a Nicolette; Nicolette despertó a la señorita Gillenormand. Y al abuelo lo dejaron dormir, pensando que tiempo tendría de enterarse.

Subieron a Marius al primer piso, sin que nadie, por lo demás, se enterase en el resto del edificio, y lo dejaron en un sofá viejo en el recibidor de la casa del señor Gillenormand; y, mientras Basque iba a buscar un médico y Nicolette abría los armarios de ropa blanca, Jean Valjean notó que Javert le tocaba el hombro. Entendió lo que quería decirle y volvió a bajar, mientras Javert le iba pisando los talones.

El portero los vio irse igual que los había visto llegar, sumido en una somnolencia espantada.

Subieron otra vez al coche de punto y el cochero volvió al pescante.

—Inspector Javert —dijo Jean Valjean—, concédame una cosa más.

—¿Qué es ello? —preguntó Javert con rudeza.

—Déjeme ir a mi casa un momento. Luego, haga conmigo lo que quiera.

Javert se quedó callado unos instantes, con la barbilla metida en el cuello de la levita; luego abrió la ventanilla de delante.

—Cochero —dijo—, al número 7 de la calle de L'Homme-Armé.

XI
LO ABSOLUTO SE TAMBALEA

No volvieron a abrir la boca en todo el rato que duró el trayecto.

¿Qué quería Jean Valjean? Concluir lo que había empezado; avisar a Cosette de dónde estaba Marius; darle quizá alguna otra indicación útil; tomar, si le era dado, ciertas disposiciones supremas. En lo tocante a él, todo había acabado; Javert lo había cogido y él no se resistía; otro, en esa misma situación, se habría acordado quizá vagamente de la cuerda que le había dado Thénardier y de los barrotes del primer calabozo en que lo metieran; pero, desde los tiempos en que conoció al obispo, Jean Valjean, hemos de insistir en ello, sentía un hondo titubeo religioso ante cualquier atentado a la vida, incluso contra la propia.

El suicidio, ese misterioso ataque material a lo desconocido en que puede caber hasta cierto punto la muerte del alma, era algo de lo que no era capaz Jean Valjean.

A la entrada de la calle de L'Homme-Armé se detuvo el coche de punto por tratarse de una calle demasiado estrecha para que puedan entrar los coches. Javert y Jean Valjean se bajaron.

El cochero hizo caer humildemente en la cuenta al «señor inspector» de que le habían estropeado el terciopelo de Utrecht del coche la sangre del hombre asesinado y el barro del asesino. A esa conclusión era a la que había llegado. Añadió que le debían una indemnización. Al tiempo, sacando del bolsillo la libreta, rogó al señor inspector que tuviera la bondad de darle por escrito «alguna cosita que le valiera de certificación».

Javert rechazó la libreta que le alargaba el cochero y le dijo:

—¿Qué se te debe, incluidas la espera y la carrera?

—Me cogió hace siete horas y cuarto y la tapicería estaba nueva —contestó el cochero—. Ochenta francos, señor inspector.

Javert sacó del bolsillo cuatro napoleones y despidió el coche de punto.

Jean Valjean pensó que Javert tenía intención de llevarlo a pie al puesto de policía de la calle de Les Blancs-Manteaux o al de Les Archives, que caen muy cerca.

Entraron en la calle. Estaba desierta, como de costumbre. Javert iba detrás de Jean Valjean. Llegaron al número 7. Jean Valjean llamó. Se abrió la puerta.

—Está bien —dijo Javert—. Suba.

Añadió con una expresión rara y como si le costase trabajo decir aquello:

—Lo espero aquí.

Jean Valjean miró a Javert. Aquel comportamiento no entraba en las costumbres de Javert. No obstante, que Javert ahora se fiase de él con altanería, igual que el gato se fía y le concede al ratón una libertad que mide lo que miden sus uñas, no podía por menos de sorprender a Jean Valjean, resuelto a entregarse y acabar de una vez. Empujó la puerta, entró en la casa, le gritó al portero, que estaba acostado y había tirado del cordón desde la cama: «¡Soy yo!», y subió las escaleras.

Al llegar al primer piso, hizo un alto. En todos los vía crucis hay estaciones. La ventana del rellano, que era una ventana de guillotina, estaba abierta. Como en muchas casas antiguas, las escaleras tomaban la luz de la calle y tenían vistas a ella. El farol de la calle, que estaba enfrente precisamente, iluminaba algo los peldaños, con lo cual los vecinos podían ahorrar en luz.

Jean Valjean, ya fuera para recobrar el aliento, ya fuera de forma automática, sacó la cabeza por la ventana. Se asomó a la calle. Era corta y el farol la iluminaba de punta a cabo. Jean Valjean notó un fogonazo de asombro: ya no había nadie.

Javert se había marchado.

XII

EL ABUELO

Basque y el portero habían trasladado al salón a Marius, que seguía tendido y sin moverse en el sofá donde lo habían dejado al llegar. Había acudido el médico, a quien habían ido a buscar. La señorita Gillenormand se había levantado.

La señorita Gillenormand iba y venía, espantada, juntando las manos e incapaz de hacer nada que no fuera decir: «Señor, ¿será posible?». Y añadía de vez en cuando: «¡Se va a poner todo perdido de sangre!». Cuando se le pasó el primer susto, le afloró a la mente cierta filosofía de la situación cuya manifestación fue la exclamación siguiente: «¡Tenía que acabar así la cosa!». No llegó a decir ese ¡Si ya lo sabía yo! que es de rigor en las situaciones de este tipo.

Por orden del médico, se dispuso una cama de tijera junto al sofá. El médico reconoció a Marius y, tras comprobar que tenía pulso, que el herido no tenía en el pecho ninguna herida penetrante y que la sangre de la comisura de los labios venía de las fosas nasales, mandó que lo tendieran en la cama sin almohada, con la cabeza al mismo nivel que el cuerpo e incluso más baja y el pecho al aire para facilitar la respiración. La señorita Gillenormand, al ver que desnudaban a Marius, se retiró. Se fue a su cuarto a rezar el rosario.

No había en el torso ninguna lesión interior; una bala, cuyo impacto había amortiguado el portafolio, se había desviado y trazado alrededor de las costillas un desgarrón repulsivo, pero superficial y, por consiguiente, sin peligro. La larga caminata subterránea había acabado de dislocarle la clavícula y había por esa zona muchos desórdenes. En los brazos tenía heridas de sable. Ninguna cuchillada le desfiguraba el rostro; sin embargo, tenía la cabeza llena de cortes. ¿Qué pasaba con esas heridas de la cabeza?

¿Iban más allá del cuero cabelludo? ¿Afectaban al hueso? Aún no era posible decirlo. Un síntoma grave era que le habían hecho perder el sentido, y no siempre se despierta uno de desvanecimientos así. La hemorragia, además, había dejado agotado al herido. De cintura para abajo, la barricada había protegido esa parte del cuerpo.

Basque y Nicolette estaban haciendo tiras la ropa blanca y preparando vendas; Nicolette las cosía, Basque las enrollaba. Como no había hilas, el médico contuvo la sangre de las heridas de forma provisional con pellas de algodón. Junto a la cama, ardían tres velas encima de una mesa donde estaba abierto el maletín de cirujano. El médico le lavó la cara y el pelo a Marius con agua fría. Un cubo lleno se volvió rojo en un momento. El portero alumbraba, con la vela en la mano.

El médico parecía estar meditando melancólicamente. De vez en cuando negaba con la cabeza, como si contestase a alguna pregunta que se hacía en su fuero interno. Mala señal para el enfermo esos diálogos misteriosos del médico consigo mismo.

Cuando estaba el médico secando la cara y tocando levemente con el dedo los párpados, que seguían cerrados, se abrió una puerta al fondo del salón y apareció una cara alargada y pálida.

Era el abuelo.

Los disturbios habían tenido los dos últimos días muy inquieto, indignado y preocupado al señor Gillenormand. No había podido dormir la noche anterior y había estado con fiebre todo el día. Por la noche, se había acostado muy temprano, recomendando que cerrasen todo en la casa a cal y canto, y el cansancio lo había amodorrado.

El sueño de los ancianos es frágil; el dormitorio del señor Gillenormand era contiguo al salón y, por mucho cuidado que hubieran tenido, el ruido lo despertó. Sorprendido al ver una raja de luz en la puerta, se levantó de la cama y acudió a tientas.

Estaba en el umbral, con una mano en el picaporte de la puerta entornada, adelantando un tanto la cabeza temblona, con el cuerpo enfundado en una bata blanca, recta y sin pliegues, como un sudario, asombrado; parecía un fantasma mirando dentro de una tumba.

Divisó la cama y, en el colchón, a aquel joven, ensangrentado, blanco con blancura de cera, con los ojos cerrados, la boca abierta, los labios pálidos, desnudo de cintura para arriba, cubierto con los cortes de unas heridas bermejas, inmóvil bajo una luz fuerte.

El abuelo notó de pies a cabeza el escalofrío que pueden notar unos miembros osificados; le veló los ojos, cuyas córneas habían amarilleado con los años, algo así como un espejeo vidrioso; le asomaron por toda la cara en un instante los ángulos terrosos de una calavera; se le quedaron colgando los brazos como si se hubiera roto un resorte y el estupor se notó en la forma en que se le separaron los dedos de ambas manos, trémulas; las rodillas puntiagudas se le doblaron y le abrieron la bata, por la que asomaron aquellas pobres piernas desnudas cubiertas de vello blanco; y susurró:

—¡Marius!

—Señor —dijo Basque—, acaban de traer al señor. Fue a la barricada y…

—¡Y está muerto! —gritó el anciano con voz terrible—. ¡Ah, el muy bandido!

Entonces, algo parecido a una transfiguración sepulcral enderezó a ese centenario, tieso como un hombre joven.

—Caballero —dijo—, es usted el médico. Empiece por decirme una cosa. Está muerto, ¿verdad?

El médico, en el colmo de la ansiedad, se quedó callado.

El señor Gillenormand se retorció las manos con una carcajada espantosa.

—¡Está muerto! ¡Está muerto! ¡Ha ido a que lo matasen a las barricadas! ¡Por odio a mí! ¡Lo ha hecho en contra mía! ¡Ah, el bebedor de sangre este! ¡Así es como me vuelve! ¡Miseria de mi vida, está muerto!

Se acercó a una ventana, la abrió de par en par como si se asfixiara y de pie, de cara a la noche, empezó a hablarle a la oscuridad de la calle:

—¡Acribillado, acuchillado, degollado, exterminado, destrozado, cortado a pedazos! ¡Hay que ver! ¡Qué bergante! ¡Sabía perfectamente que lo estaba esperando y que le había mandado preparar su cuarto, y que yo me había puesto a la cabecera de la cama su retrato de cuando era un niño pequeño! ¡Sabía perfectamente que podía volver cuando quisiera y que llevaba años llamándolo, y que me quedaba por las noches al amor de la lumbre con las manos en las rodillas, sin saber qué hacer, y que me estaba volviendo tonto! ¡Sabías perfectamente que bastaba con que volvieras y dijeses: Aquí estoy, para ser el amo de la casa, y que yo te obedecería y que harías lo que te diera la gana con este viejo imbécil de tu abuelo! Lo sabías perfectamente, y dijiste: ¡No, que es un monárquico, no iré! ¡Y te fuiste a las barricadas a que te matasen por pura maldad! ¡Para vengarte de lo que te había dicho yo del duque de Berry! ¡Menuda infamia! ¡Os podéis ir a dormir tan tranquilos! Está muerto. Éste ha sido mi despertar.

El médico, que estaba empezando a preocuparse por partida doble, dejó de atender a Marius un momento, se acercó al señor Gillenormand y lo cogió del brazo. El abuelo se volvió, lo miró con unos ojos que parecían más grandes e inyectados en sangre y le dijo con mucha calma:

—Muchas gracias, caballero. Estoy tranquilo, soy un hombre, vi la muerte de Luis XVI, sé apechar con los acontecimientos. Hay algo tremendo, y es pensar que han sido esos periódicos suyos los causantes de todo el daño. ¡Tendrán escritorzuelos, picos de oro, abogados, oradores, tribunos, discusiones, progresos, luces, derechos del hombre, libertad de prensa, y así es como les llevarán a sus hijos a casa! ¡Ah, Marius, qué cosa tan abominable! ¡Te han matado y mueres antes que yo! ¡Una barricada!

¡Ah, el muy bandido! Doctor, ¿vive usted en el barrio, creo? Sí, si lo conozco muy bien. Veo pasar su cabriolé desde la ventana. Voy a decirle una cosa. Está en un error si cree que estoy enfadado. No se puede uno enfadar con un muerto. Sería una estupidez. Yo crié a este niño. Era ya viejo cuando él era aún muy pequeño. Jugaba en Les Tuileries con su palita y su sillita y para que los inspectores no lo riñeran yo iba tapando sobre la marcha con el bastón los agujeros que hacía en el suelo con la pala. Un día gritó: ¡Abajo Luis XVIII! Y se fue. No fue culpa mía. Era tan sonrosado y tan rubio. Su madre se murió. ¿Se ha fijado en que todos los niños pequeños son rubios? ¿De qué dependerá? Es el hijo de uno de esos bandidos del Loira, pero los hijos son inocentes de los crímenes de los padres. Me acuerdo cuando era así de pequeño. No conseguía pronunciar la d. Tenía una forma de hablar tan dulce y tan incomprensible que parecía un pájaro.

¡Me acuerdo de que en una ocasión, delante del Hércules Farnesio, la gente hacía corro para asombrarse y admirarlo, de guapo que era aquel niño! Con una cara como las que se ven en los cuadros. Yo sacaba mi vozarrón y con el bastón le metía miedo, pero él sabía que era en broma. Por las mañanas, cuando entraba en mi cuarto, refunfuñaba, pero me parecía que entraba el sol. No puede uno defenderse de esos arrapiezos. Te pescan, te agarran, ya no te sueltan. ¡La verdad es que no había niño tan adorable como éste! ¿Qué dicen ahora de todos esos Lafayette y Benjamin Constant y Tirecuir de Corcelles suyos, que me lo han matado? Esto no se puede quedar así.

Se acercó a Marius, que seguía lívido e inerte, y junto a quien había regresado el médico, y volvió a retorcerse los brazos. Al anciano se le movían los labios de forma automática y dejaban pasar, como hálitos en un estertor, palabras casi indistintas que apenas se oían. «¡Ah, desnaturalizado!

¡Ah, carne de club! ¡Ah, bellaco! ¡Ah, septembrista.» Reproches en voz baja de un agonizante a un cadáver.

Poco a poco, como las erupciones interiores deben salir siempre al exterior, volvieron a encadenarse las palabras, pero el abuelo parecía no tener ya fuerzas para decirlas; tenía la voz tan sorda y apagada que parecía venir de la orilla opuesta del abismo.

La verdad es que me da lo mismo, yo también voy a morirme. ¡Y pensar que en París no habrá ni una pícara que no hubiera sido dichosa haciendo feliz a este miserable! ¡Un pillo que, en vez de divertirse y de disfrutar de la vida, fue a pelear y a que lo ametrallasen como a un animal! ¿Y por quién? ¿Y por qué? ¡Por la República! ¡En vez de irse a bailar a La Chaumiere, que es la obligación de los jóvenes! ¡Mira que no aprovechar los veinte años! ¡La República, vaya maldita tontería! ¡Pobres madres!

¿Para eso paren guapos mozos? Nada, que está muerto. Así se juntarán dos entierros en la puerta cochera. ¡Así que esto es lo que has querido que te hicieran por la cara bonita del general Lamarque! Pero ¿qué te iba ni te venía a ti el general Lamarque? ¡Un soldadote! ¡Un charlatán! ¡Ir uno a que lo maten por un muerto! ¿No es para volverse loco? ¡A ver quién puede entenderlo! ¡A los veinte años! ¡Y sin volver la cabeza para ver si se estaba dejando algo atrás! Resulta que ahora a los viejos no les queda más remedio que morirse a solas. ¡Revienta en un rincón, búho! Bien está, por cierto, me alegro, es lo que estaba esperando, así me moriré de golpe. Soy ya demasiado viejo, tengo cien años, tengo cien mil años, hace mucho que me he ganado el derecho de estar muerto. ¡De ésta lo consigo! ¡Así que se acabó! ¡Qué gusto! ¿Para qué anda usted dándole a respirar amoniaco y todo ese montón de medicinas? ¡Qué imbécil de médico! ¡Está perdiendo el tiempo! Venga, que está muerto y bien muerto. Si lo sabré yo, que también estoy muerto. Y que no ha hecho las cosas a medias. Sí, estamos viviendo unos tiempos infames, infames, infames; y eso es lo que opino de vosotros, de vuestras ideas, de vuestros sistemas, de vuestros maestros, de vuestros oráculos, de vuestros doctores, de esos sinvergüenzas de escritores vuestros, de esos bellacos de filósofos vuestros, y de todas esas revoluciones que llevan espantando desde hace sesenta años a las bandadas de cuervos de Les Tuileries! Y ya que has sido tan despiadado que has ido a que te matasen así, no pienso ni apenarme por tu muerte, ¿te enteras, asesino?

En ese momento, Marius alzó despacio los párpados y le tropezó la mirada, que aún velaba el pasmo letárgico, con el señor Gillenormand.

—¡Marius! —gritó el anciano—. ¡Marius, Marius mío! ¡Mi niño! ¡Mi hijo queridísimo! Abres los ojos, me miras, estás vivo. ¡Gracias!

Y cayó desmayado.

LIBRO CUARTO
JAVERT DESCARRILA

Javert se había alejado con paso tardo de la calle de L'Homme-Armé.

Caminaba con la cabeza gacha por primera vez en la vida y, también por primera vez en la vida, con las manos a la espalda.

Hasta ese día, Javert sólo había usado, de las dos posturas de Napoleón, la del hombre decidido, con los brazos cruzados ante el pecho; de la del hombre indeciso, con las manos a la espalda, nada sabía. Ahora había ocurrido un cambio; toda su persona, despaciosa y sombría, rezumaba ansiedad.

Se internó en las calles silenciosas.

Pese a todo, iba en una dirección determinada.

Tiró por el camino más corto hacia el Sena, llegó al muelle de Les Ormes, anduvo a lo largo del muelle, dejó atrás la plaza de La Greve y se detuvo a poca distancia del puesto de policía de la plaza de Le Châtelet, en la esquina del puente de Notre-Dame. El Sena forma allí, entre el puente de Notre-Dame y el puente de Le Change por un lado, y, por otro, entre el muelle de La Méssigerie y el muelle de Les Fleurs, algo así como un lago cuadrado por el que cruza un rápido.

Ese tramo del Sena lo temen mucho los marineros. No hay nada más peligroso que ese rápido, que por entonces encajonaban y encrespaban los pilotes del molino del puente, derruido en la actualidad. El peligro es mayor por la proximidad de los dos puentes; el agua se apresura con mucha fuerza bajo los arcos. Pasa en ondas anchas y terribles; se acumula y se agolpa; el caudal empuja las pilastras de los puentes como si quisiera arrancarlos con gruesas maromas líquidas. Los hombres que se caen ahí no vuelven a aparecer; los mejores nadadores se ahogan.

Javert se puso de codos en el parapeto, apoyando la barbilla en ambas manos, y, mientras clavaba mecánicamente las uñas crispadas en las pobladas patillas, reflexionó.

Una novedad, una revolución, una catástrofe acababa de acontecer en su fuero interno; había motivos para pasarle revista.

Javert sufría espantosamente.

Javert había dejado de ser una persona sencilla hacía unas horas. Estaba ofuscado; aquella mente, tan cristalina dentro de su ceguera, había perdido la transparencia; había una nube en aquel cristal. Javert notaba en la conciencia el deber de desdoblarse, y no podía disimulárselo a sí mismo. Al encontrarse de forma tan inesperada con Jean Valjean en las márgenes del Sena, fue en parte como el lobo que recupera la presa y en parte como el perro que recobra a su amo.

Veía ante sí dos caminos, igual de rectos ambos; pero veía dos; y le resultaba aterrador, a él que nunca había conocido en la vida sino una única línea recta. Y, qué angustia tan dolorosa, esos dos caminos eran contrarios. Una de esas dos líneas rectas excluía a la otra. ¿Cuál de las dos era la verdadera?

Estaba en una situación indecible.

Deberle la vida a un malhechor; aceptar esa deuda y pagarla; estar, a pesar suyo, en pie de igualdad con un preso reincidente y devolverle un favor con otro favor; consentir en que le dijera: «Vete» y decirle él a su vez:

«Sé libre»; sacrificar por motivos personales el deber, esa obligación general, y notar en esos motivos personales algo no menos general, y quizá superior; traicionar a la sociedad para seguir siendo fiel a su conciencia; que todas esas cosas absurdas hubieran ocurrido y que se le vinieran encima todas juntas: eso era lo que lo aterraba.

Algo lo había asombrado, y era que Jean Valjean lo hubiera indultado; y algo lo había dejado de piedra, y era que él, Javert, hubiera indultado a Jean Valjean.

¿En qué punto estaba? Se buscaba y ya no se encontraba.

¿Qué hacer ahora? Entregar a Jean Valjean estaba mal; dejar en libertad a Jean Valjean estaba mal. En el primero de los casos, el servidor de la autoridad caía más bajo que el presidiario: en el segundo, un presidiario se situaba por encima de la ley y la pisoteaba. Los dos casos eran deshonrosos para él, Javert. En todos los partidos que podían tomarse, había una degradación. El destino tiene situaciones extremas que se despeñan en la impostura y más allá de las cuales la vida no es ya sino precipicio. Javert se hallaba en una de esas situaciones extremas.

Una de las ansiedades que sentía se debía a tener que verse en la obligación de pensar. La propia violencia de todas aquellas emociones contradictorias lo obligaba a hacerlo. Pensar: algo que le resultaba inusitado y singularmente doloroso.

En el hecho de pensar hay siempre cierta dosis de rebeldía interior; y notarse eso por dentro lo irritaba.

Pensar, en general y en temas que no entrasen en el círculo limitado de sus funciones, le habría resultado en cualquier caso algo inútil y fatigoso; pero pensar en el día que acababa de transcurrir era una tortura. Sin embargo, no le quedaba más remedio que mirar en su conciencia después de conmociones como aquéllas y ser consciente de sí ante sí mismo.

Lo que acababa de hacer le daba escalofríos. A él, a Javert, le había parecido oportuno tomar la decisión, en contra de todos los reglamentos de la policía, en contra de toda la organización social y jurídica, en contra del código entero, de poner a alguien en libertad; lo había hecho por conveniencia propia; había puesto sus propios asuntos en el lugar de los asuntos públicos. ¿No era acaso algo incalificable? Cada vez que miraba cara a cara esa acción que no tenía nombre y que él había cometido se estremecía de pies a cabeza. ¿Qué decisión tomar? No le quedaba sino un recurso: volver a toda prisa a la calle de L'Homme-Armé y meter en la cárcel a Jean Valjean. Estaba claro que eso era lo que había que hacer. Y no era capaz.

Algo le cortaba el camino en esa dirección.

¿Algo? ¿Qué? ¿Existe en el mundo algo que no sean los tribunales, las sentencias ejecutorias, la policía y la autoridad? Javert estaba trastornado.

¡Un condenado intocable! ¡Un presidiario a quien no podía echarle mano la justicia! ¡Y eso por obra y gracia de Javert!

Que Javert y Jean Valjean, que el hombre hecho para castigar y el hombre hecho para recibir el castigo, que esos dos hombres, que pertenecían ambos a la ley, hubieran llegado al extremo de situarse ambos por encima de la ley, ¿no era acaso algo espantoso?

¡Cómo! ¿Podían ocurrir monstruosidades así sin castigo para nadie?

¡Jean Valjean, más poderoso que todo el orden social, iba a quedar libre y él, Javert, seguiría comiendo el pan del gobierno!

Los pensamientos que lo tenían absorto se iban volviendo poco a poco tremendos.

Habría podido en ese ensimismamiento hacerse además algún reproche referido al insurrecto a quien habían llevado a la calle de Les Filles-du- Calvaire; pero no pensaba en él. La falta menor se diluía en la mayor. Por lo demás, estaba claro que el insurrecto aquel estaba muerto, y, según la ley, la persecución acaba con la muerte.

Jean Valjean: ése era el peso que llevaba en el ánimo.

Jean Valjean lo desconcertaba. Todos los axiomas que habían sido los puntos de apoyo de toda su existencia se desmoronaban en presencia de aquel hombre. La generosidad de Jean Valjean para con él, Javert, lo agobiaba. Otros hechos, que recordaba y tiempo atrás había considerado embustes y locuras, le volvían ahora a la memoria como realidades. El señor Madeleine volvía a aparecer detrás de Jean Valjean, y ambas personalidades se superponían para no ser sino una, venerable. Javert notaba que se le metía en el alma algo espantoso: la admiración por un presidiario. ¿Era posible respetar a un condenado? Se estremecía con esa idea, y no podía apartarla. Por mucho que se resistiera, no le quedaba más remedio que reconocer en su fuero interno que aquel miserable era sublime. Y eso era algo odioso.

¡Un malhechor que hacía el bien, un presidiario compasivo, manso, caritativo, clemente, que devolvía bien por mal, que devolvía perdón por odio, que prefería la compasión a la venganza, que prefería perderse él a perder al enemigo, que salvaba a quien lo había golpeado, arrodillado en el escalón más alto de la virtud, más cerca del ángel que del hombre! A

Javert no le quedaba más remedio que reconocer que un monstruo así existía.

Aquello no podía durar.

Cierto era, y debemos insistir en ello, que no se había rendido sin resistencia ante aquel monstruo, ante aquel ángel infame, ante aquel héroe repulsivo, que casi lo indignaba tanto cuanto lo asombraba. Veinte veces había rugido en él el tigre de la legalidad cuando iba en aquel coche, cara a cara con Jean Valjean. Veinte veces había sentido la tentación de arrojarse sobre Jean Valjean, de agarrarlo y de devorarlo, es decir, detenerlo. ¿Podía haber algo más sencillo? Gritar al ver el primer puesto de policía que hubiera estado al paso: «¡Aquí tengo a un preso evadido!». Llamar a los gendarmes y decirles: «¡Este hombre es cosa vuestra!». Y luego irse, dejar allí al condenado, desentenderse de lo demás y no meterse en nada. Ese hombre es ya para siempre un preso de la ley; la ley hará con él lo que quiera. ¿Hay algo más justo? Javert se había dicho todo eso; había querido seguir adelante, actuar, detener al hombre; y entonces, igual que ahora, no había podido; y cada vez que había alzado la mano convulsivamente hacia el cuello de la levita de Jean Valjean, la mano, como si se lo impidiera un peso enorme, había vuelto a bajar, y había oído en lo hondo del pensamiento una voz, una voz extraña, que le gritaba: «Bien está. Entrega a quien te salvó. Luego manda que te traigan la jofaina de Poncio Pilatos y lávate las garras».

Volvía luego los pensamientos hacia sí mismo y, junto a Jean Valjean, enaltecido, se veía a sí mismo, a Javert, rebajado.

¡Un presidiario, benefactor suyo!

Y el caso era que no debería haber permitido a aquel hombre que lo dejase vivir. En aquella barricada tenía derecho a que lo matasen. Debería haber invocado ese derecho. Pedir socorro a los otros insurrectos en contra de Jean Valjean, conseguir a la fuerza que lo fusilaran; más le habría valido. Su angustia suprema era la desaparición de la certidumbre. Se sentía con las raíces al aire. El código no era ya en su mano sino un palo roto. Se las tenía que ver con escrúpulos de naturaleza desconocida. Le estaba aconteciendo una revelación sentimental completamente distinta de la aseveración legal, que había sido hasta entonces lo único por lo que había medido los hechos. Seguir con su honradez antigua ya no le bastaba. Estaba aflorando todo un orden de hechos inesperados, y lo subyugaba. Su alma presenciaba la aparición de todo un mundo nuevo: la buena obra aceptada y devuelta; la abnegación; la misericordia; la compasión violentando a la austeridad; la aceptación de personas; no más condenas definitivas; no más condenados a los infiernos; la posibilidad de una lágrima en los ojos de la justicia, una justicia no sabida, una justicia según Dios, en sentido inverso de la justicia de los hombres. Divisaba entre las tinieblas el amedrentador amanecer de un sol ético desconocido; lo espantaba y lo deslumbraba. Búho forzado a mirar con ojos de águila.

Se decía que sí, que era cierto, que existían excepciones, que la autoridad podía quedar desconcertada, que a la norma se la podía tomar desprevenida ante un hecho, que no todo cabía en las páginas del código, que lo imprevisto imponía su autoridad, que la virtud de un presidiario podía tenderle una trampa a la virtud de un funcionario, que lo monstruoso podía ser divino, que el destino tenía emboscadas como aquélla; y pensaba, desesperado, que ni siquiera él se había librado de que lo pillase por sorpresa.

No le quedaba más remedio que reconocer que la bondad existía. Aquel presidiario había sido bueno. Y él también, Javert, cosa inaudita, acababa de ser bueno. Así que se estaba volviendo un depravado.

Se veía como un cobarde. Sentía horror por su propia persona.

El ideal de Javert no era ser humano, ser grande, ser sublime; era ser irreprochable.

Ahora bien, acababa de faltar a ese ideal.

¿Cómo había llegado a aquello? ¿Cómo habían sucedido todas esas cosas? No habría podido decírselo a sí mismo. Se agarraba la cabeza con las dos manos, pero, por mucho que lo intentaba, no conseguía explicárselo.

Había tenido siempre, desde luego, la intención de entregar a Jean Valjean a la ley, una ley cuyo cautivo era ese Jean Valjean y cuyo esclavo era él, Javert. No había caído ni por un momento en la cuenta, mientras lo tenía cogido, de que pensase en dejarlo escapar. Era hasta cierto punto sin saberlo como había abierto la mano y lo había soltado.

Veía a medias toda clase de realidades enigmáticas. Se hacía preguntas y se contestaba; y las respuestas que se daba lo espantaban. Se preguntaba:

«Ese presidiario, ese desesperado a quien no sólo seguí sino que perseguí y que me ha tenido puesto el pie encima, y que podía vengarse, y que, además, debía hacerlo, tanto por rencor cuanto por su propia seguridad, al dejarme vivir, al indultarme, ¿qué ha hecho? Su deber. No. Algo más. Y yo, al indultarlo a mi vez, ¿qué he hecho? Mi deber. No. Algo más. ¿Existe, pues, algo más que el deber?». Llegado aquí, se espantaba; se le desbarataba la balanza; uno de los platillos caía al abismo; el otro se remontaba hasta el cielo; y a Javert no lo atemorizaba menos el que estaba arriba que el que estaba abajo. Sin ser ni poco ni mucho eso que se llama partidario de Voltaire, o filósofo, o incrédulo, sino respetuoso, antes bien, por instinto, con la iglesia establecida, no sabía de ella sino como fragmento augusto del conjunto social; el orden era su dogma y con él le bastaba; desde que había tenido edad para ser hombre y funcionario, casi toda su religión era la policía; era, y empleamos aquí las palabras sin la mínima ironía y en su acepción más seria, era, ya lo hemos dicho, espía como otros son sacerdotes. Tenía un superior, el señor Gisquet; nunca se había parado a pensar hasta entonces en ese otro ser superior: Dios.

Ese jefe nuevo, Dios, lo sentía de forma inopinada y era algo que lo turbaba.

Lo tenía desorientado aquella presencia inesperada; no sabía qué hacer con aquel superior, él, que estaba al tanto de que la obligación del subordinado es acatar siempre y que no debe ni desobedecer, ni censurar ni discutir y que, ante un superior que le cause excesiva extrañeza, el único recurso que le queda al inferior es dimitir.

Pero ¿cómo se dimite ante Dios?

Fuere como fuere, y a eso acababa siempre por volver, había un hecho que, para él, primaba sobre todo lo demás, y era que acababa de cometer una infracción espantosa. Acababa de hacer la vista gorda en lo tocante a un condenado reincidente y evadido. Acababa de dejar en libertad a un presidiario. Acababa de hurtarle a las leyes a un hombre que les pertenecía. Eso había hecho. No se entendía ya a sí mismo. Ya no tenía la seguridad de que ser quien era. Incluso las razones de su comportamiento se le escapaban; sólo le daban vértigo. Había vivido hasta entonces de esa fe ciega que nace de la probidad tenebrosa. La fe lo estaba abandonando; la probidad le fallaba. Todo cuanto había creído se esfumaba. Verdades no deseadas lo obsesionaban de forma inexorable. A partir de ahora tendría que ser un hombre distinto. Padecía los extraños dolores de una conciencia repentinamente operada de cataratas. Veía cosas que le repugnaba ver. Se sentía vaciado, inútil, dislocado de su vida anterior, destituido, disuelto. La autoridad había muerto en él. Se había quedado sin razón de ser.

¡Terrible situación esa de sentir emociones!

¡Ser granito y dudar! ¡Ser la estatua del castigo fundida de una pieza en el molde de la ley y darse cuenta de repente de que bajo el seno de bronce hay algo absurdo y desobediente que casi se parece a un corazón! ¡Llegar al extremo de devolver bien por bien, aunque se haya estado uno diciendo hasta ahora que ese bien era el mal! ¡Ser perro guardián y lamer! ¡Ser hielo y derretirse! ¡Ser tenaza y convertirse en mano! ¡Notarse de pronto dedos que se abren! ¡Aflojar, qué cosa tan aterradora!

¡El hombre proyectil no sabe ya la trayectoria y retrocede!

Verse en la obligación de reconocer lo siguiente: ¡la infalibilidad no es infalible; el dogma puede equivocarse; no todo queda dicho cuando ha hablado un código; la sociedad no es perfecta; en la autoridad cabe la complejidad del titubeo; puede crujir el edificio; los jueces son hombres; la ley puede equivocarse; los tribunales pueden confundirse! ¡Ver una grieta en el inmenso cristal azul del firmamento!

Lo que le estaba sucediendo a Javert era, para su conciencia rectilínea, algo semejante al descarrilamiento de trenes de Fampoux; era un alma que se salía de las vías, una probidad que se estrellaba al verse irresistiblemente proyectada en línea recta y estamparse contra Dios. ¡Era, desde luego, muy extraño que al conductor del orden, que al mecánico de la autoridad, montado en el ciego caballo de hierro de carriles rígidos, pudiera derribarlo el resplandor de un relámpago y que lo inmutable, lo directo, lo correcto, lo geométrico, lo pasivo, lo perfecto pudiese ceder! ¡Que existiera para la locomotora un camino de Damasco!

Dios, siempre interior al hombre y refractario a la falsa conciencia, él que es la conciencia verdadera, él que le prohíbe a la chispa que se apague, que le ordena al rayo que no se olvide del sol; él que intima al alma para que reconozca la verdad absoluta cuando se enfrenta al fingimiento absoluto, la humanidad imperdible, el corazón humano inadmisible, ese fenómeno espléndido, el más hermoso quizá de nuestros fenómenos interiores, ¿lo entendía Javert? ¿Ahondaba en él Javert? ¿Caía Javert en la cuenta de él? Está claro que no. Pero, con la presión de ese fenómeno incomprensible, pero que no podía negar, notaba que se le partía la cabeza.

No era tanto un ser a quien transfigurase el prodigio cuanto una víctima de ese prodigio. Lo padecía, exasperado. No veía en todo ello sino una inmensa dificultad para existir. Le parecía que a partir de entonces nunca más podría respirar con desahogo.

Notar por encima de él lo desconocido: no estaba acostumbrado a eso.

Hasta entonces, todo cuando había estado por encima de él lo había visto como una superficie nítida, sencilla, límpida; nada que no conociera ni fuera confuso; nada que no estuviera definido, coordinado, encadenado, concreto, que no fuera exacto, circunscrito, limitado, cerrado; todo previsto; la autoridad era algo plano; ni se prestaba a caídas ni daba vértigo. Javert nunca había visto lo desconocido sino abajo. Lo irregular, lo inesperado, el hueco desordenado del caos, la caída posible a un precipicio, todo eso era cosa de las regiones inferiores, de los rebeldes, de las malas personas, de los miserables. Ahora Javert echaba hacia atrás la cabeza y, de repente, lo asustaba aquella aparición inaudita: un abismo en las esferas de arriba.

¡Cómo! ¡Tenía uno que verse desmantelado de arriba abajo!

¡Desconcertado por completo! ¿De qué fiarse? ¡Se venía abajo todo aquello de lo que uno estaba convencido!

¡Cómo! ¡Un miserable magnánimo podía atinar con el lado flaco de la sociedad! ¡Cómo! ¡Un honrado servidor de la ley podía verse atrapado de pronto entre dos crímenes, el crimen de dejar que se escapase un hombre y el crimen de detenerlo! ¡No todo era seguro en la consigna que el Estado le da al funcionario! ¡Podía el deber toparse con callejones sin salida! ¡Cómo!

¡Todo aquello estaba pasando de verdad! ¿Era cierto que un antiguo bandido, agobiado de condenas, podía enderezarse y tener razón a la postre?

¿Era posible creer algo así? ¿Había, pues, casos en que la ley tenía que retroceder ante el crimen transfigurado balbuciendo disculpas?

¡Sí, era posible! ¡Y Javert lo estaba viendo! ¡Y Javert lo estaba tocando!

¡Y no sólo no podía negarlo sino que era parte de ello! Eran realidades. Y era abominable que los hechos reales pudieran llegar a tamaña deformidad.

Si los hechos cumplieran con su deber, se limitarían a ser pruebas de la ley; los hechos los envía Dios. ¿Ahora iba a bajar de las alturas la anarquía? Así que —y con la lente de aumento de la angustia y con la ilusión óptica de la consternación, todo cuanto hubiera podido restringir y rectificar su impresión quedaba borrado y la sociedad y el género humano y el universo se resumían en adelante desde su punto de vista en un trazo sencillo y terrible—, así que, decíamos, las condenas, la cosa juzgada, la fuerza derivada de la legislación, las sentencias de los tribunales soberanos, la magistratura, el gobierno, la prevención y la represión, los conocimientos oficiales, la infalibilidad legal, el principio de autoridad, todos dogmas en que descansan la seguridad política y civil, la soberanía, la justicia, la lógica derivada del código, el absoluto social, la verdad pública, todo aquello no era sino escombros, montón, caos; y él, Javert, el vigía del orden, la incorruptibilidad al servicio de la policía, el dogo providencial de la sociedad, estaba vencido y derribado; y, de pie sobre todas esas ruinas, un hombre tocado con el gorro verde y con una aureola rodeándole la cabeza; a aquel desbarajuste habían llegado; tal era la visión espantosa que tenía en el alma.

¿Podía ser soportable? No.

Situación violenta donde las haya. Con sólo dos posibilidades de salir de ella. Una, ir resueltamente a buscar a Jean Valjean y devolver al calabozo al hombre del presidio. Otra…

Javert se apartó del parapeto y, con la cabeza erguida en esta ocasión, se encaminó con paso firme hacia el puesto de policía, que señalaba un farol, en una de las esquinas de la plaza de Le Châtelet.

Al llegar, vio por la ventana a un guardia y entró. Sólo por la forma de empujar la puerta de un cuerpo de guardia se reconocen entre sí los policías. Javert dio su nombre, enseñó la tarjeta al guardia y se sentó a la mesa del puesto, donde ardía una vela. Había encima de la mesa una pluma, un tintero de plomo y papel para los eventuales atestados y los informes de las rondas nocturnas.

Una mesa así, con el inevitable complemento de la silla con asiento de paja, es una institución; la hay en todos los puestos de policía; lleva el invariable aderezo de un platillo de madera de boj lleno de serrín y de una cajuela de cartón llena de obleas rojas para sellar; y es la planta inferior del estilo oficial. En ella comienza la literatura del Estado.

Javert cogió la pluma y una hoja de papel y empezó a escribir. Esto fue lo que escribió:

«UNAS CUANTAS OBSERVACIONES EN PRO DE UNAS MEJORAS DEL SERVICIO:

Primero: ruego al señor prefecto que tenga a bien leer esto.

Segundo: a los detenidos que llegan a la instrucción les quitan los zapatos y los dejan descalzos en las baldosas mientras los cachean. Varios de ellos vuelven tosiendo a la cárcel. Este proceder acarrea gastos de enfermería.

Tercero: los seguimientos funcionan bien con relevos de agentes de trecho en trecho, pero sería necesario que, en las ocasiones importantes, dos agentes por lo menos no se perdiesen de vista, dado que si, por un motivo cualquiera, un agente flaquea en el servicio, el otro lo vigila y lo sustituye.

Cuarto: no tiene explicación que en el reglamento especial de la cárcel de Les Madelonnettes al preso se le prohíba tener una silla incluso si la paga.

Quinto: en Les Madelonnettes sólo hay dos barrotes en la cantina, lo que permite que la cantinera deje que los presos le toquen la mano.

Sexto: los presos llamados voceadores, que llaman a los otros presos para que vayan al locutorio, le piden diez céntimos al detenido para gritar su nombre con claridad. Es un robo.

Séptimo: por un hilo corriente le quitan cincuenta céntimos al preso en el taller de los tejedores; es un abuso del contratista porque el tejido no es de peor calidad.

Octavo: es enojoso que los visitantes de La Force tengan que cruzar por el patio de los chiquillos para ir al locutorio de Sainte-Marie-l'Égytienne.

Noveno: está comprobado que todos los días se oye cómo algunos gendarmes cuentan en el patio de la prefectura los interrogatorios que les hacen los magistrados a los procesados. Es una falta grave contraria al orden que un gendarme, que debería ser sagrado, repita lo que ha oído en el despacho de instrucción.

Décimo: la señora Henry es una mujer honrada; su cantina es muy decorosa; pero no está bien que una mujer se ocupe de los calabozos de los incomunicados. No es digno de una cárcel como La Conciergerie, que es la de una gran civilización.

JAVERT

Inspector de 1.ª clase

En el puesto de policía de Le Châtelet.

7 de junio de 1832, alrededor de la una de la madrugada».

Javert secó la tinta fresca de la hoja, la dobló como una carta, la selló, escribió por detrás: «Nota para la administración», la dejó encima de la mesa y salió del puesto. La puerta, acristalada y con barrotes, se cerró a sus espaldas.

Volvió a cruzar, en diagonal, la plaza de Le Châtelet; regresó al muelle y, con precisión automática, al punto exacto del que se había ido un cuarto de hora antes; se puso otra vez de codos y se halló en la misma postura y en la misma piedra del parapeto. Fue como si no se hubiera movido.

La oscuridad era completa. Era el momento sepulcral posterior a la medianoche. Un techo de nubes ocultaba las estrellas. El cielo no era sino una densidad siniestra. En las casas de la isla de La Cité no quedaba ya ni una luz; nadie pasaba; todo cuanto se veía de calles y muelles estaba desierto; Notre-Dame y las torres del Palacio de Justicia parecían trazos en la noche. Un farol teñía de rojo el borde del muelle. Las siluetas de los puentes, en hilera, se deformaban entre la bruma. El río iba crecido por las lluvias.

El lugar en que se había acodado Javert estaba, como recordaremos, exactamente encima del rápido del Sena y caía en picado sobre esa temible espiral de torbellinos que se enrosca y se desenrosca como un tornillo sin fin.

Javert asomó la cabeza y miró. Todo estaba oscuro. No se veía nada. Se oía un ruido de espuma; pero no se veía el río. A ratos, en aquellas profundidades vertiginosas, surgía una luz y serpenteaba inconcretamente, pues el agua tiene esa facultad, en la oscuridad más absoluta, de tomar la luz a saber de dónde y de convertirla en culebra. La luz se desvanecía y todo volvía a ser impreciso. Allí parecía abrirse la inmensidad. Lo que había abajo no era agua, era sima. La pared del muelle, abrupta, borrosa, mezclada con el vaho, de pronta desaparición, semejaba una escarpadura del infinito.

No se veía nada, pero se notaba el frío hostil del agua y el olor desabrido de las piedras húmedas. Un hálito hosco subía del abismo. El caudal crecido del río, que más se intuía que se divisaba, el trágico cuchicheo de la corriente, la enormidad lúgubre de los arcos del puente, la caída imaginable a aquel vacío oscuro, toda aquella sombra rebosaba espanto.

Javert se quedó quieto unos minutos, mirando aquella oquedad de tinieblas; clavaba en lo invisible una mirada fija que parecía atenta. Sonaba el rumor del agua. De repente, se quitó el sombrero y lo dejó al filo del muelle. Un instante después, una silueta alta y negra, que algún transeúnte rezagado habría podido tomar por un fantasma, apareció de pie en el parapeto, se inclinó hacia el Sena, luego se enderezó y cayó, erguida, entre las tinieblas; hubo un chapoteo sordo; y sólo la sombra supo de las convulsiones de aquella forma oscura que había desaparecido bajo el agua.

LIBRO QUINTO
EL NIETO Y EL ABUELO

I
DONDE VUELVE A APARECER EL ÁRBOL DE LA VENDA DE CINC

Poco tiempo después de los acontecimientos que acabamos de referir, el conocido por Boulatruelle se llevó un buen susto.

Boulatruelle es aquel peón caminero de Montfermeil al que vimos de pasada en las partes tenebrosas de este libro.

Es posible que el lector recuerde que Boulatruelle era un hombre que se dedicaba a asuntos turbios y diversos. Picaba piedra y malograba viajeros en el camino real. Era peón y ladrón, y había algo que lo ilusionaba: creía que había tesoros enterrados en el bosque de Montfermeil. Tenía la esperanza de dar un día con dinero enterrado al pie de un árbol; mientras tanto, los buscaba en los bolsillos de los viandantes.

No obstante, de momento se estaba portando con prudencia. Acababa de salvarse por los pelos. Como ya sabemos, lo habían detenido en la buhardilla de Jondrette con los demás bandidos. Hay vicios provechosos: se había salvado por borracho. Nunca quedó claro si estaba en aquel sitio para robar o como robado. Lo había dejado en libertad un sobreseimiento que se basaba en su probado estado de embriaguez la noche de la encerrona. Otra vez tenía no ya campo sino bosque libre. Se había vuelto a su habitual camino de Gagny a Lagny, para empedrarlo por cuenta del Estado, bajo supervisión administrativa, con la cabeza gacha, muy pensativo y un tanto desengañado del robo, que había estado a punto de perderlo, pero no menos encariñado con el vino, que acababa de salvarlo.

En cuanto al susto que se llevó poco después de haber regresado bajo el techo de césped de su choza, ocurrió como sigue:

Una mañana, Boulatruelle, según iba, como de costumbre y poco antes de amanecer, al tajo, y quizá también al ojeo, divisó entre las ramas a un hombre a quien no vio sino de espaldas, pero cuya planta, por lo que pudo colegir con la distancia y la luz del crepúsculo matutino, no le resultaba del todo desconocida. Boulatruelle, por más que borracho, tenía una memoria correcta y lúcida, arma defensiva indispensable para cualquiera que esté un tanto indispuesto con el orden legal.

—¿Dónde demonios he visto yo a alguien que tenía un aire con ese hombre? —se preguntó.

Pero no pudo contestarse nada sino que se parecía a alguien cuya huella confusa se le había quedado en la mente.

Por lo demás, Boulatruelle, dejando de lado la identidad, con la que no conseguía dar, relacionó circunstancias y echó cuentas. Aquel hombre no era de la comarca. Acababa de llegar. A pie, por descontado. Ningún coche público pasa a esas horas por Montfermeil. Había caminado toda la noche.

¿De dónde venía? No de muy lejos. Porque no llevaba ni macuto ni paquete alguno. De París, seguramente. ¿Por qué estaba en aquel bosque? ¿Y por qué estaba a aquella hora? ¿Qué había ido a hacer allí?

Boulatruelle pensó en el tesoro. A fuerza de rebuscar en la memoria, recordó más o menos que, años antes, ya lo había puesto sobre aviso un hombre que podía ser muy bien ese mismo.

Mientras meditaba, y por el propio peso de la meditación, agachó la cabeza, cosa natural, pero de escasa habilidad. Cuando la alzó, ya no vio nada. El hombre se había desvanecido en el bosque y en la luz crepuscular.

—Por todos los demonios —dijo Boulatruelle—, que he de volver a dar con él. Ya descubriré yo la parroquia del parroquiano ese. Este paseante de culo de gato tiene un porqué y me enteraré. No hay secretos en mi bosque en los que yo no tenga que ver.

Y agarró el pico, que era muy puntiagudo.

—Esto viene bien —masculló— para rebuscar en la tierra y en un hombre.

Y, de la misma forma que se anudan dos hilos, tirando como pudo por el itinerario que había debido de seguir el hombre, echó a andar por el sotobosque.

Tras un centenar de zancadas, vino en su ayuda la luz del día, que ya empezaba a apuntar. Huellas de suelas en la arena, acá y allá, hierbas pisadas, helechos aplastados, ramas jóvenes dobladas en los matorrales que se enderezaban con grácil lentitud, como los brazos de una mujer hermosa que se despereza al despertar, le marcaron algo parecido a una pista. La siguió, para perderla luego. El tiempo transcurría. Se internó más en el bosque y llegó a algo así como un altozano. Un cazador madrugador pasaba lejos, por un sendero, silbando la canción Compadre Guilleri, con lo que se le ocurrió la idea de subirse a un árbol. Aunque viejo, era ágil. Había allí un haya de gran tamaño, digna de Títiro y de Boulatruelle. Boulatruelle se subió al haya lo más arriba que pudo.

Había sido una buena idea. Al explorar las soledades del bosque por el lado más enmarañado y hosco, Boulatruelle divisó al hombre de repente.

No bien divisarlo, lo perdió de vista.

El hombre entró, o más bien se escurrió, en un claro bastante alejado que tapaban unos árboles grandes, pero que Boulatruelle conocía bien porque le había llamado la atención, cerca de un montón grande de piedras, un castaño enfermo al que habían vendado con una tira de cinc clavada en la propia corteza. Aquel claro es ese mismo al que llamaban hace tiempo la finca Blaru. El montón de piedras, destinado no se sabe a qué cometido, que estaba allí hace treinta años seguramente sigue en el mismo sitio. Nada iguala la longevidad de un montón de piedras a no ser la de una empalizada de tablones. Está donde está de forma provisional. ¡Qué mejor razón para perdurar!

Boulatruelle, con la presteza de la alegría, más que bajar del árbol se dejó caer. Ya había dado con la guarida, ahora había que coger al animal. Allí estaba seguramente el famoso tesoro soñado.

No era cosa de poco llegar al claro. Por los senderos transitados, que hacen miles de eses molestas, se precisaba un cuarto de hora largo. En línea recta, por la maleza, que es en esa zona particularmente prieta, muy espinosa y muy agresiva, se necesitaba bastante más de media hora. En eso fue en lo que Boulatruelle cometió el error de no caer en la cuenta. Se fió de la línea recta; ilusión óptica respetable, pero que pierde a muchos hombres. La maleza, por muy intrincada que fuera, le pareció el camino mejor.

—Vamos a tirar por la calle de Rivoli de los lobos —dijo.

Boulatruelle, que solía ir por caminos torcidos, cometió la equivocación de andar derecho.

Tuvo que vérselas con acebos, con ortigas, con espinos albares, con rosales silvestres, con cardos y con zarzas muy irascibles. Y salió con muchos arañazos.

Al llegar a la parte baja del barranco, encontró agua y tuvo que cruzarla. Por fin llegó al claro Blaru al cabo de cuarenta minutos, sudoroso, mojado, sin resuello, arañado y feroz.

En el claro no había nadie.

Boulatruelle se acercó corriendo al montón de piedras. Estaba en su sitio. No se lo habían llevado.

En cuanto al hombre, se había esfumado en el bosque. Había escapado.

¿Adónde? ¿Hacia qué lado? ¿Entre qué maleza? Imposible adivinarlo.

Y, cosa dolorosísima, había detrás del montón de piedras, delante del árbol con la chapa de cinc, tierra recién movida, un pico olvidado o abandonado y un agujero.

El agujero estaba vacío.

—¡Ladrón! —gritó Boulatruelle amenazando el horizonte con ambos puños.

II
TRAS SALIR DE LA GUERRA CIVIL, MARIUS SE PREPARA PARA LA GUERRA DOMÉSTICA

Marius estuvo mucho tiempo ni muerto ni vivo. Tuvo varias semanas fiebre acompañada de delirio y de síntomas cerebrales bastante graves fruto más de las conmociones de las heridas de la cabeza que de las heridas en sí. Se pasó noches enteras repitiendo el nombre de Cosette con la lúgubre locuacidad de la fiebre y con la sombría testarudez de la agonía. Algunas heridas eran tan anchas que supusieron un serio peligro, pues en algunas llagas de mucha anchura siempre existe el peligro de que la supuración se reabsorba y, en consecuencia, mate al enfermo por la influencia de determinadas circunstancias atmosféricas; con cada cambio de tiempo, con la mínima tormenta, el médico se preocupaba. «Sobre todo que el enfermo no tenga ningún sobresalto», repetía. Los vendajes eran complicados y dificultosos, pues fijar aparatos y lienzos con esparadrapo no era algo que se hubiera inventado aún por entonces. A Nicolette se le fue en hilas una sábana «del tamaño de un techo», decía. No sin trabajo las lociones cloruradas y el nitrato de plata pudieron más que la gangrena. Mientras hubo peligro, el señor Gillenormand, fuera de sí junto a la cabecera de su nieto, estuvo igual que Marius: ni muerto ni vivo.

A diario y, en ocasiones, dos veces al día, un caballero de pelo blanco y muy atildado —así era como lo describía el portero— venía a saber del enfermo y dejaba, para las curas, un paquete grande de hilas.

Por fin, el 7 de septiembre, cuatro meses día por día después de la dolorosa noche en que Jean Valjean lo había llevado moribundo a casa de su abuelo, el médico manifestó que respondía de él. Comenzó la convalecencia. Pero Marius tuvo que pasarse aún más de dos meses tendido en una otomana por los accidentes padecidos debido a la fractura de la clavícula. Siempre hay una última herida que se niega a cerrarse y hace que las curas se eternicen para mayor fastidio del enfermo.

Por lo demás, aquella enfermedad prolongada y aquella convalecencia prolongada lo salvaron de las represalias. En Francia no hay ira, ni siquiera pública, que siete meses no extingan. Los disturbios, en el estado en que se halla la sociedad, son culpa de todos hasta tal extremo que viene luego cierta necesidad de hacer la vista gorda.

Añadamos que la incalificable ordenanza de Gisquet, que intimaba a los médicos a denunciar a los heridos, indignó a la opinión pública, y no sólo a la opinión pública, sino al rey antes que a nadie, y dicha indignación amparó y protegió a los heridos; y, dejando aparte a los que cayeron presos en combate, los consejos de guerra no se atrevieron a molestar a ninguno. Así que dejaron a Marius en paz.

El señor Gillenormand empezó por padecer todas las angustias y supo luego de todos los éxtasis. Costó mucho impedirle que se pasase todas las noches junto al herido: mandó que llevaran su sillón grande al lado de la cama de Marius; exigió que su hija usara la mejor ropa blanca de la casa para hacer compresas y vendas. La señorita Gillenormand, como persona sensata y madura, halló la forma de salvar la ropa blanca buena al tiempo que dejaba creer al abuelo que lo estaban obedeciendo. El señor Gillenormand no permitió que le explicasen que para hacer hilas no es tan buena la batista como el hilo basto ni tan bueno el hilo nuevo como el hilo usado. Asistía a todas las curas de las que la señorita Gillenormand se ausentaba púdicamente. Cuando cortaban la carne muerta con tijeras, decía: ¡ay, ay! No había nada tan enternecedor como verlo alargar una taza de tisana al herido con su suave temblor senil. Agobiaba al médico a preguntas. No se daba cuenta de que volvía a hacer continuamente las mismas.

El día en que el médico le anunció que Marius estaba fuera de peligro, al buen señor le entró un delirio. Le dio tres luises de propina al portero. Por la noche, se fue a su cuarto bailando una gavota y haciendo castañetas con el pulgar y el índice; y cantó la canción siguiente:

Jeanne es de Fougere hija.

¡Qué nido de pastoras! Y sus sayas tan pillas me enamoran.

Amor moras en ella porque es en su mirada donde pones tus flechas tan taimadas.

Yo la canto y me gustan más que Diana en su braña Jeanne y sus tetas duras

de Bretaña.

Luego se arrodilló en una silla y a Basque, que lo estaba mirando por la puerta entornada, le pareció con toda seguridad que estaba rezando.

Hasta entonces no había creído en Dios.

Con cada fase de la mejoría, que iba adquiriendo gradualmente trazos más firmes, el abuelo disparataba cada vez más. Llevaba a cabo mecánicamente un sinnúmero de acciones rebosantes de júbilo; subía y bajaba las escaleras sin saber por qué. Una vecina, bonita por lo demás, se quedó asombradísima una mañana cuando recibió un ramo de flores enorme: se lo enviaba el señor Gillenormand. El marido le organizó una escena de celos. El señor Gillenormand intentaba sentarse a Nicolette en las rodillas. Llamaba a Marius señor barón. Gritaba: ¡Viva la República!

Le preguntaba al médico a cada momento: «¿Verdad que ya no hay peligro?». Miraba a Marius con ojos de abuela. No le quitaba ojo cuando comía. Estaba desaforado y desenfrenado; el amo de la casa era Marius; en aquella alegría había abdicación, era el nieto de su nieto.

En aquel júbilo en que vivía, era el más vulnerable de los niños. Por temor a cansar o importunar al convaleciente, se colocaba a espaldas suyas para sonreírle. Estaba contento, alegre, encantado, encantador, joven. El pelo blanco añadía una majestad dulce a la luz risueña que tenía en la cara. Cuando el encanto se suma a las arrugas, resulta adorable. Existe a saber qué aurora en la vejez dichosa.

En cuanto a Marius, mientras dejaba que lo vendasen y que lo cuidasen, tenía una idea fija: Cosette.

Desde que habían desaparecido la fiebre y el delirio, ya no decía aquel nombre, y habría podido creerse que no pensaba ya en ella. Callaba precisamente porque en ella tenía puesta el alma.

No sabía qué había sido de Cosette; todo lo sucedido en la calle de La Chanvrerie era como una nube en su recuerdo; le flotaban en la mente sombras casi indistintas: Éponine, Gavroche, Mabeuf, los Thénardier y todos sus amigos, lúgubremente envueltos en el humo de la barricada; el extraño paso del señor Fauchelevent por aquella aventura sangrienta le parecía un enigma en una tempestad; no entendía en absoluto por qué estaba vivo; no sabía cómo se había salvado ni quién lo había salvado, ni nadie de cuantos lo rodeaban lo sabía; todo cuanto habían podido decirle era que lo habían llevado de noche en un coche de punto a la calle de Les Filles-du-Calvaire; pasado, presente, futuro, todo no era ya en su cabeza sino la niebla de una idea vaga, pero en esa bruma había un punto fijo, una línea clara y concreta, algo que era de granito, una decisión, una voluntad: encontrar a Cosette. Para él pensar en la vida no podía separarse de pensar en Cosette; había decidido en su corazón que no aceptaría aquélla sin ésta y estaba inquebrantablemente decidido a exigir a quienquiera que pretendiese obligarlo a vivir, a su abuelo, a la suerte, al infierno, que le devolviera su edén desaparecido.

No se le ocultaban los obstáculos.

Subrayemos, llegados aquí, un detalle: ni lo habían conquistado ni lo habían enternecido gran cosa toda la solicitud y todos los mimos de su abuelo. De entrada, no estaba enterado de todos; además, en sus sueños de enfermo, aún febriles quizá, desconfiaba de esas zalamerías como de algo raro y nuevo cuya pretensión era domeñarlo. No lo enternecían. El abuelo malgastaba su pobre sonrisa de anciano. Marius se decía que duraría mientras él, Marius, no dijera nada y dejara que lo mangoneasen; pero que en cuanto se tratase de Cosette, se toparía con otra cara diferente y a la auténtica opinión del abuelo se le caería la careta. Entonces las cosas se pondrían feas: se recrudecerían las cuestiones familiares, habría posturas enfrentadas y llegarían a un tiempo todos los sarcasmos y todas las objeciones, Fauchelevent, Coupelevent, la fortuna, la pobreza, la miseria, la piedra al cuello, el porvenir. Violenta resistencia; conclusión: negativa. Marius hacía acopio de firmeza de antemano.

Y, además, según iba volviendo a la vida, surgían de nuevo los antiguos agravios, las úlceras viejas de la memoria se le volvían a abrir, pensaba de nuevo en el pasado; volvía a hallarse el coronel Pontmercy entre el señor Gillenormand y él, Marius; se decía que no podía esperar ninguna bondad auténtica de quien había sido tan injusto y tan duro con su padre. Y, junto con la salud, le volvía algo así como una aspereza contra su abuelo. El anciano padecía por ello con dulzura.

El señor Gillenormand notaba, sin demostrarlo ni poco ni mucho por lo demás, que Marius, desde que había vuelto a casa y recobrado el conocimiento, no lo había llamado padre ni una vez. Tampoco lo llamaba señor, cierto es; pero se las apañaba para no decir ninguna de las dos cosas construyendo de cierta forma las frases.

Estaba claro que se acercaba una crisis.

Como sucede casi siempre en casos así, Marius, para probar sus fuerzas, intentó alguna escaramuza antes de reñir una batalla. Es lo que se llama tantear el terreno. Sucedió que una mañana el señor Gillenormand, a propósito de un periódico que se le puso a tiro, habló con ligereza de la Convención y se le escapó un epifonema monárquico relacionado con Danton, Saint-Just y Robespierre.

—Los hombres de 1793 eran unos gigantes —dijo Marius con acento severo. El anciano calló y no volvió a decir palabra en todo el día.

Marius, que siempre tenía presente al abuelo inflexible de sus primeros años, vio en ese silencio una ira hondamente reconcentrada que le hizo augurar una encarnizada lucha; e incrementó en los recovecos del pensamiento los preparativos de lucha.

Decidió que, en caso de negativa, se arrancaría los aparatos, se dislocaría la clavícula, dejaría al aire y en carne viva cuanto de las heridas le quedaba y rechazaría todos los alimentos. Sus llagas eran sus municiones. Tener a Cosette o morir.

Esperó el momento favorable con la paciencia solapada de los enfermos. Y ese momento llegó.

III
MARIUS ATACA

Un día, el señor Gillenormand, mientras su hija ordenaba los frascos y las tazas encima del mármol de la cómoda, se había inclinado hacia Marius y le decía con su tono más tierno:

—Mira, Marius, hijito, yo en tu lugar empezaría ahora a tomar carne, mejor que pescado. Un lenguado frito es estupendo para iniciar una convalecencia; pero, para poner de pie al enfermo, se necesita una buena chuleta.

Marius, que ya había recuperado las fuerzas casi por completo, las reunió, se sentó, apoyó los dos puños crispados en las sábanas de la cama, miró a su abuelo de frente, puso una expresión tremenda y dijo:

—Esto me lleva a decirle a usted una cosa.

—¿Qué es ello?

—Que quiero casarme.

—Ya está previsto —dijo el abuelo. Y se echó a reír.

—¿Cómo que ya está previsto?

—Sí, está previsto. Tendrás a tu chiquilla.

Marius, estupefacto, y con el agobio de un deslumbramiento, se estremeció de arriba abajo.

El señor Gillenormand siguió diciendo:

—Sí, tendrás a esa guapa niña tuya, tan bonita. Viene todos los días, en forma de un señor mayor, a saber cómo estás. Desde que te hirieron, se pasa la vida llorando y haciendo hilas. Me he informado. Viven en la calle de L'Homme-Armé, en el número 7. ¡Ah, conque hemos acertado! ¡Ah, conque la quieres para ti! Bueno, pues la tendrás. No te lo esperabas, ¿eh? Te habías organizado tu conspiracioncita; te habías dicho: Se lo voy yo a decir por las bravas al abuelo ese, a esa momia de la regencia y del Directorio, a ese antiguo petimetre, a ese Dorante convertido en Geronte; él también tuvo sus devaneos y sus amoríos, y sus modistillas y sus Cosettes; tuvo sus frufrús, probó sus alas, comió el pan de la primavera; tendrá que recordarlo. Vamos a verlo. Batalla. ¡Ah, conque coges al abejorro por los cuernos! Pues muy bien. Te ofrezco una chuleta y me contestas: Por cierto, me quiero casar. Menuda transición. ¡Ah, conque pensabas que me iba a mosquear! No sabías que soy un viejo cobarde. ¿Y ahora qué me dices? Te da rabia, ¿eh?, encontrarte con que tu abuelo es todavía más tonto que tú.

¡Ésa no te la esperabas! Te has quedado sin poder echarme el discurso que me ibas a echar, señor abogado. Pues te chinchas. Hago lo que quieras que haga, ¿a que te has quedado de un aire, so imbécil? Mira, yo también me he informado, yo también soy un taimado; es encantadora; es formal; de lanceros, nada; ha hecho montones de hilas; es una joya; te adora. Si te hubieras muerto, ya habríamos sido tres; su caja habría acompañado a la mía. Se me había ocurrido que podía, en cuanto estuvieras mejor, plantártela por las buenas junto a la cama; pero a las muchachas sólo en las novelas se las coloca de sopetón al lado de la cama de los heridos guapos por los que sienten interés. Eso no se hace. ¿Qué habría dicho tu tía? Te pasabas desnudo casi todo el rato, muchacho. Pregúntale a Nicolette, que no se ha separado de ti ni un minuto, si era posible tener aquí a una mujer. Y, además, ¿qué habría dicho el médico? Las chicas bonitas no curan la fiebre. En fin, ya está bien, vamos a dejarlo, dicho está, hecho está, confirmado está, tuya es. Mira lo feroz que soy. ¿Sabes? Me di cuenta de que no me querías y dije: ¿Qué podría hacer yo para que este borrico me quisiera? Y dije: Hombre, tengo a esa niña a mano, voy a dársela; y entonces no le quedará más remedio que quererme un poco, o que decir por qué no me quiere. ¡Ah, conque te creías que este viejo iba a ponerse como una fiera, a sacar el vozarrón y a enarbolar el bastón contra toda esa aurora! Pues de eso nada.

Cosette, pues muy bien. Amor, pues muy bien. Estoy de lo más dispuesto. Señor mío, tenga la bondad de casarse. Sé feliz, mi niño querido.

Dicho esto, el anciano rompió en sollozos.

Y le agarró la cabeza a Marius y la estrechó con ambos brazos contra el pecho, y los dos se echaron a llorar. Ésa es una de las formas de la dicha suprema.

—¡Padre! —exclamó Marius.

—¡Ah! ¿Entonces me quieres? —dijo el anciano.

Hubo un momento inefable. Se asfixiaban y no podían hablar. Por fin, el anciano tartamudeó:

—¡Vamos! Ya se le ha quitado el tapón. Me ha dicho: Padre.

Marius liberó la cabeza de los brazos del abuelo y le dijo con suavidad:

—Pero, padre, ahora que ya estoy bien, me parece que podría verla.

—También está previsto; la verás mañana.

—¡Padre!

—¿Qué?

—¿Por qué no hoy?

—Bueno, pues hoy. Digamos que hoy. Me has llamado tres veces «padre», así que es lo menos. Voy a ocuparme del asunto. Te la traeremos. Te digo que estaba previsto. Ya estaba puesto en verso. Es el desenlace de la elegía del Joven enfermo de André Chenier, de André Chénier al que degollaron los bandid… los gigantes de 1793.

El señor Gillenormand creyó ver que Marius fruncía levemente el ceño, pero éste, en realidad, no podemos por menos de decirlo, ya había dejado de escucharlo, en alas del éxtasis, y pensaba mucho más en Cosette que en 1793. El abuelo, temeroso de haber sacado a relucir de forma tan inoportuna a André Chénier, añadió a toda prisa:

—Degollado no es la palabra adecuada. El hecho es que a los grandes genios revolucionarios, que no eran malos, eso no se puede negar, que eran unos héroes, ya lo creo, les pareció que André Chénier les resultaba un poco engorroso y lo mandaron guillot… Es decir, que esos grandes hombres, el siete de termidor, por el interés de la salvación pública, rogaron a André Chénier que tuviera a bien ir a…

El señor Gillenormand, a quien se le había atragantado la frase, no pudo seguir adelante; y al no poder ni concluirla ni retirarla, mientras su hija le arreglaba la almohada detrás de la espalda a Marius, trastornado por tantas emociones, el anciano se abalanzó, tan deprisa como se lo permitieron los años, fuera del dormitorio, cerró la puerta al salir y, encarnado, ahogándose, echando espuma por la boca, con los ojos saliéndosele de las órbitas, se dio de bruces con el buen Basque, que estaba embetunando las botas en el recibidor. Agarró a Basque por las solapas y le gritó en toda la cara, furioso:

«Por las cien mil comadres de Belcebú, ¡esos bandidos lo asesinaron!».

—¿A quién, señor?

—¡A André Chénier!

—Lo que diga el señor —contestó Basque, espantado.

IV

A LA SEÑORITA GILLENORMAND ACABA POR NO PARECERLE MAL QUE EL SEÑOR FAUCHELEVENT HUBIERA ENTRADO CON UN PAQUETE DEBAJO DEL BRAZO

Cosette y Marius volvieron a verse.

Renunciamos a contar lo que fue aquella entrevista. Hay cosas que no se debe intentar describir; el sol es una de ellas.

La familia en pleno, incluidos Basque y Nicolette, estaba reunida en la habitación de Marius en el momento en que entró Cosette.

Apareció en el umbral; parecía que estaba dentro de un nimbo.

En ese preciso momento el abuelo iba a sonarse; se quedó a medias, sin sacar la nariz del pañuelo, y, mirando a Cosette por encima de éste, exclamó:

—¡Adorable!

Luego se sonó ruidosamente.

Cosette estaba embriagada, encantada, asustada, en los cielos. Notaba cuánto espanto puede hacer sentir la felicidad. Balbucía, muy pálida, muy ruborizada, deseando arrojarse en brazos de Marius y no atreviéndose a hacerlo. Avergonzada de estar enamorada delante de todas aquellas personas. Somos despiadados con los enamorados felices; nos quedamos cuando más querrían estar solos. Y la verdad es que no necesitan para nada a la gente.

Con Cosette, y detrás de ella, había entrado un hombre de pelo blanco, serio, pero sonriente sin embargo, con una sonrisa inconcreta y dolorosa. Era «el señor Fauchelevent»; era Jean Valjean.

Iba muy atildado, como había dicho el portero, vestido de arriba abajo de negro y con ropa nueva y corbata blanca.

El portero estaba a mil leguas de reconocer en aquel burgués tan correcto, en aquel probable notario, al espantoso acarreador de cadáveres que se le había presentado en la puerta en la noche del 7 de junio, desharrapado, lleno de barro, repugnante, desencajado, con una máscara de sangre cubriéndole la cara, agarrando por debajo de los brazos a Marius desmayado; no obstante, se le había despertado el olfato de portero. Cuando el señor Fauchelevent llegó con Cosette, el portero no pudo por menos de decirle confidencialmente a su mujer, en un aparte: «No sé por qué me parece siempre que ya había visto antes esa cara».

El señor Fauchelevent, en la habitación de Marius, se había quedado como aparte, junto a la puerta. Llevaba debajo del brazo un paquete bastante parecido a un volumen in-octavo envuelto en papel. El papel del envoltorio estaba verdoso y parecía enmohecido.

—¿Este señor lleva siempre libros debajo del brazo, como ahora? —preguntó en voz baja a Nicolette la señorita Gillenormand, a quien no le gustaban los libros.

—¿Qué pasa? —contestó en el mismo tono el señor Gillenormand, que la había oído—. Es un sabio. ¿Y qué? ¿Acaso tiene él la culpa? Tampoco el señor Boulard, a quien conocí, iba nunca sin un libro y llevaba siempre uno así, apretado contra el pecho.

Y, saludando, dijo, en voz alta:

—Señor Tranchelevent…

Gillenormand no lo hizo aposta, pero no fijarse en los nombres era en él una forma de comportarse aristocrática.

—Señor Tranchelevent, tengo el honor de pedirle para mi nieto, el señor barón Marius Pontmercy, la mano de la señorita.

El «Señor Tranchelevent» accedió con una inclinación.

—Dicho queda —dijo el abuelo.

Y, volviéndose hacia Marius y Cosette, con ambos brazos extendidos y bendiciendo con ellos, gritó:

—Tenéis permiso para adoraros.

No se lo hicieron decir dos veces. ¡Aunque hubiera gente! Empezaron los gorjeos. Hablaban bajo, Marius acodado en la otomana, Cosette de pie, a su lado.

—¡Ay, Dios mío! —susurraba Cosette—. ¡Vuelvo a verlo! ¡Eres tú! ¡Es usted! ¡Mira que haber ido a pelear así! Pero ¿por qué? Es horrible. Llevo cuatro meses muerta. ¡Ay, qué perversidad haber ido a esa batalla! ¿Qué le había hecho yo? Se lo perdono, pero no vuelva a hacerlo. Hace un rato, cuando llegaron a avisarnos para que viniéramos, volví a creer que me moría, pero era de alegría. ¡Estaba tan triste! No me paré a arreglarme, debo de meter miedo. ¿Qué va a decir su familia al verme una pechera tan arrugada? Pero ¡diga algo! Me deja que hable yo sola. Seguimos en la calle de L'Homme-Armé. Por lo visto, lo de su hombro era tremendo. Me han contado que cabía el puño dentro. Y además parece ser que le cortaban la carne con tijeras. Eso sí que es espantoso. Lo que he llorado, me he quedado sin ojos. Es curioso que pueda una sufrir tanto. ¡Su abuelo parece muy bueno! No se mueva, no se apoye en el codo, tenga cuidado no se vaya a hacer daño. ¡Ay, qué feliz soy! ¿Así que ya se acabaron las penas? Estoy como tonta. Quería decirle cosas que ya no sé. ¿Me sigue queriendo? Vivimos en la calle de L'Homme-Armé. No hay jardín. No he parado de hacer hilas; mire, caballero, mire, la culpa es suya, tengo callos en los dedos.

—¡Ángel! —decía Marius.

Ángel es la única palabra de la lengua que no puede desgastarse. Ninguna otra palabra podría soportar el uso despiadado que le dan los enamorados.

Luego, como había público, se interrumpieron y no dijeron ya ni palabra, limitándose a tocarse despacio la mano.

El señor Gillenormand se volvió hacia cuantos estaban en la habitación y exclamó:

—A ver, hablen alto. Hagan ruido de fondo. ¡Venga, un poco de barullo, qué demonios! Que estos niños puedan charlar a gusto.

Y, acercándose a Marius y a Cosette, les dijo por lo bajo:

—Tuteaos. No tengáis ningún reparo.

La tía Gillenormand presenciaba estupefacta aquella irrupción de luz en su hogar envejecido. No había agresividad alguna en ese estupor; no era ni poco ni mucho la mirada escandalizada y envidiosa que clava una lechuza en dos palomas torcaces, sino los ojos simplones de una pobre inocente de cincuenta y siete años; era la vida fallida mirando ese triunfo, el amor.

—Señorita Gillenormand —le decía su padre—, ya te había dicho yo que te iba a pasar esto.

Se quedó callado un momento y añadió:

—Mira la felicidad de los demás. Luego se volvió hacia Cosette.

—¡Qué bonita es! ¡Qué bonita! Es un Greuze. ¡Así que te vas a quedar con todo esto para ti solo, grandísimo granuja! ¡Ay, amiguito, te has librado de buena conmigo, qué suerte tienes, si no me sobrasen a mí quince años, nos batiríamos a espada por ella! Fíjese, señorita, estoy enamorado de usted. Así de sencillo. Se lo merece. ¡Ay, qué boda tan preciosa vamos a tener! Nuestra parroquia es Saint-Denis du Saint-Sacrement, pero ya conseguiré una dispensa para que os caséis en Saint-Paul. Es mejor iglesia. La hicieron los jesuitas. Queda más coquetón. Está delante de la fuente del cardenal de Birague. La obra maestra de la arquitectura de los jesuitas está en Namur. Se llama Saint-Loup. Tendréis que ir cuando os caséis. Vale la pena el viaje. Señorita, estoy de parte suya por completo, quiero que las muchachas se casen, es lo propio. Hay unos cuantos santos a quienes no debería nunca vestir nadie. No perder la doncellez es hermoso, pero es frío. La Biblia dice: Multiplicaos. Para salvar al pueblo, se necesita a Juana de Arco; pero para hacer el pueblo, hace falta la comadre Gigogne del teatro de marionetas. ¡Así que a casarse tocan, hermosas! No le veo la gracia a eso de quedarse soltera. Ya sé que le dan a una en esos casos una capilla aparte en la iglesia y que siempre puede hacerse de la cofradía de la Virgen; pero ¡qué caramba, un marido guapo y buen chico y al cabo de un año un rorro bien gordito y rubio que mama como una fiera, con sus buenas roscas en los muslos y sobándole el pecho a la madre con las manitas sonrosadas, risueño como la aurora, la verdad es que es preferible con mucho a tener en la mano una vela en el rezo de vísperas y cantar Turris eburnea!

El abuelo hizo una pirueta con sus piernas de noventa años y siguió hablando como un resorte que se dispara:

—Así, poniendo coto a tus quimeras vanas, dentro de poco, Alcippe, es verdad que te casas. Por cierto.

—¿Qué, padre?

—¿No tenías un amigo íntimo?

—Sí, Courfeyrac.

—¿Qué ha sido de él?

—Ha muerto.

—Más vale así.

Se sentó junto a ellos, hizo sentar a Cosette y asió las cuatro manos con las suyas, viejas y arrugadas.

—Es deliciosa, esta chiquilla. ¡Es una obra maestra, la Cosette esta! Es muy niña y muy gran señora. Sólo va a ser baronesa, qué forma de bajar de categoría: nació marquesa. Pero ¡qué pestañas! Hijos míos, meteos bien en la cabeza que estáis en lo que hay que estar. Quereos. Quereos hasta volveros tontos. El amor es la simpleza de los hombres y el ingenio de Dios. Adoraos. Aunque —añadió, poniéndose mohíno de repente—, ¡qué desgracia! Más de la mitad de lo que tengo está en renta vitalicia; mientras yo viva, nos iremos apañando, pero dentro de unos veinte años, cuando yo me muera, ¡ay, pobres hijos míos!, os quedaréis sin un céntimo. Y esas hermosas manos blancas, señora baronesa, no podrán encender todas las luces que quieran, porque os quedaréis a dos velas.

Llegados a este punto, se oyó una voz grave y serena que decía:

—La señorita Euphrasie Fauchelevent tiene seiscientos mil francos. Era la voz de Jean Valjean.

No había dicho aún ni una palabra; nadie parecía ya acordarse siquiera de que estaba presente; y se había quedado de pie e inmóvil detrás de todas aquellas personas felices.

—¿Quién es la señorita Euphrasie Fauchelevent? —preguntó el abuelo, pasmado.

—Soy yo —contestó Cosette.

—¡Seiscientos mil francos! —repitió el señor Gillenormand.

—Menos catorce o quince mil francos quizá —dijo Jean Valjean.

Puso encima de la mesa el paquete que la señorita Gillenormand había tomado por un libro.

Jean Valjean abrió personalmente el paquete; era un fajo de billetes de banco. Los hojearon y los contaron. Había quinientos billetes de mil francos y ciento sesenta y ocho de quinientos. En total, quinientos ochenta y cuatro mil francos.

—¡Éste sí que es un libro bueno! —dijo el señor Gillenormand.

—¡Quinientos ochenta y cuatro mil francos! —susurró la tía.

—Esto cambia mucho las cosas, y para bien, ¿verdad, señorita Gillenormand? —añadió el abuelo—. ¡Este demonio de Marius ha sacado del nido en el árbol de los sueños a una modistilla millonaria! ¡Para que se fíen ustedes de las aventurillas de los muchachos! Los estudiantes descubren estudiantas de seiscientos mil francos. Cherubino trabaja mejor que Rothschild.

—¡Quinientos ochenta y cuatro mil francos! —repetía a media voz la señorita Gillenormand—. ¡Quinientos ochenta y cuatro mil! ¡O sea: seiscientos mil, como quien dice!

En cuanto a Marius y Cosette, se estaban mirando mientras ocurría aquello; apenas si se fijaron en ese detalle.

V

VALE MÁS DEPOSITAR EL DINERO EN UN BOSQUE QUE EN EL DESPACHO DE UN NOTARIO

Al lector no le habrá costado mucho entender, seguramente, sin que hayan sido precisas muchas explicaciones, que Jean Valjean, tras el caso Champmathieu, pudo, aprovechando la primera evasión, que duró pocos días, ir a París, y sacar a tiempo de la banca Laffitte la cantidad que había ganado, en Montreuil-sur-Mer, con el nombre de señor Madeleine; y que, temeroso de que volvieran a detenerlo, cosa que sucedió efectivamente poco después, escondió y enterró esa cantidad en el bosque de Montfermeil en el lugar llamado la finca Blaru. La cantidad, seiscientos treinta mil francos, estaba toda ella en billetes de banco, que abultaban poco y cabían en una caja; aunque, para proteger la caja de la humedad, la había metido en un cofrecillo de roble lleno de virutas de castaño. En ese mismo cofrecillo puso su otro tesoro, los candeleros del obispo. Recordemos que, al salir huyendo de Montreuil-sur-Mer, se llevó esos candeleros. El hombre a quien vio una primera vez Boulatruelle era Jean Valjean. Más adelante, cada vez que Jean Valjean necesitaba dinero, iba a buscarlo al claro de Blaru. De ahí esas ausencias que hemos mencionado. Tenía un pico entre los helechos, en un escondrijo que sólo conocía él. Cuando vio que Marius ya estaba convaleciente, dándose cuenta de que se acercaba la hora en que ese dinero iba a serle de utilidad, fue a buscarlo; era también a él a quien había visto en el bosque Boulatruelle, aunque en esta ocasión por la mañana, no por la noche. Boulatruelle heredó el pico.

La cantidad real era de quinientos ochenta y cuatro mil quinientos francos. Jean Valjean se quedó con los quinientos. «Más adelante, ya veremos», pensó.

La diferencia entre esa cantidad y los seiscientos treinta mil francos que había sacado de la banca Laffitte equivalía al gasto de diez años, de 1823 a 1833. Los cinco años que habían pasado en el convento habían salido por sólo cinco mil francos.

Jean Valjean colocó los dos candeleros de plata encima de la chimenea, donde brillaron para mayor admiración de Toussaint.

En otro orden de cosas, Jean Valjean sabía que se había librado de Javert. Habían comentado en su presencia, y él lo había comprobado en Le Moniteur, donde había salido publicado, que un inspector de policía llamado Javert había aparecido ahogado bajo un barco de lavanderas, entre el puente de Le Change y el Pont-Neuf, y que un escrito que había dejado aquel hombre, irreprochable, por lo demás, y muy considerado por sus jefes, hacía pensar que había tenido un ataque de enajenación mental y se había suicidado.

—Desde luego —pensó Jean Valjean—, si me tenía pillado y me dejó en libertad, es que ya estaba loco.

VI
LOS DOS ANCIANOS HACEN CUANTO ESTÁ EN SU MANO, CADA CUAL A SU MANERA, PARA QUE COSETTE SEA FELIZ

Se hicieron todos los preparativos de la boda. Consultaron al médico, que dictaminó que podría celebrarse en febrero. Estaban en diciembre. Así transcurrieron unas cuantas semanas deliciosas.

El abuelo no era el menos dichoso. Se pasaba cuartos de hora enteros contemplando a Cosette.

—¡Qué admirable y qué hermosa muchacha! ¡Parece tan dulce y tan buena! Qué tesoro de mujercita, ni que decir tiene que es la muchacha más encantadora que haya visto en la vida. Y, andando el tiempo, tendrá prendas con aroma a violeta. ¡Es una bendición, vamos! Con semejante criatura sólo se puede vivir noblemente. Marius, hijo, eres barón, eres rico, déjate de abogacías, te lo ruego.

Cosette y Marius habían pasado de golpe del sepulcro al paraíso. La transición no se había andado con miramientos y los habría dejado aturdidos si no fuera porque los tenía deslumbrados.

—¿Entiendes algo de lo que está pasando? —le decía Marius a Cosette.

—No —contestaba Cosette—, pero me parece que nos está mirando Dios.

Jean Valjean se hizo cargo de todo, allanó todos los inconvenientes, lo concilió todo, lo volvió todo fácil. Lo apremiaba la felicidad de Cosette con tanto ahínco como a la propia Cosette, y, en apariencia, con alegría no menor.

Como había sido alcalde, supo resolver una cuestión delicada de la cual sólo él estaba enterado: la identidad civil de Cosette. Decir crudamente sus orígenes, ¿quién sabe?, podría haber impedido el matrimonio. Sacó a Cosette de todas las dificultades. La dotó de una familia de personas fallecidas, lo cual era un medio seguro para no correr el riesgo de alguna reclamación. Cosette era cuanto quedaba de una familia extinguida; Cosette no era hija suya, sino la hija de otro Fauchelevent. Dos hermanos Fauchelevent habían sido jardineros en el convento de Le Petit-Picpus. Fueron a ese convento; abundaron los mejores informes y los testimonios más respetables; las buenas monjas, poco aptas para andar sondeando las cuestiones de paternidad, poco aficionadas a ello y sin malicia alguna, nunca habían sabido muy bien cuál de los dos Fauchelevent era el padre de la niña. Dijeron lo que se les pidió que dijeran, y lo dijeron con entusiasmo. Se redactó un acta de notoriedad. Cosette se convirtió ante la ley en la señorita Euphrasie Fauchelevent. Quedó declarada huérfana de padre y madre. Jean Valjean se las ingenió para que lo declarasen tutor con el apellido de Fauchelevent, y al señor Gillenormand tutor sustituto.

En cuanto a los quinientos ochenta y cuatro mil francos, era un legado que le había hecho a Cosette una persona ya difunta que deseaba que no se supiese quién era. El legado primitivo había sido de quinientos noventa y cuatro mil francos, pero se habían gastado diez mil en la educación de la señorita Euphrasie, cinco mil de los cuales se le habían pagado al propio convento. Aquel legado, encomendado a una tercera persona, debía entregarse a Cosette cuando fuera mayor de edad o en el momento en que contrajese matrimonio. Todo resultaba muy respetable en conjunto, como puede verse, sobre todo con una aportación de más de medio millón. Cierto es que había alguna singularidad que otra, pero nadie se fijó en ellas; a uno de los interesados le vendaba los ojos el amor; y a los demás, los seiscientos mil francos.

Cosette se enteró de que no era hija de aquel anciano a quien había llamado padre tanto tiempo. No era sino un pariente; su padre auténtico era otro Fauchelevent. En cualquier otro momento se habría quedado consternada. Pero en aquellas horas inefables que estaba viviendo no fue sino una sombra leve, una nublado, y tenía tantos motivos de alegría que la nube pasó deprisa. Tenía a Marius. Llegaba el joven, se esfumaba el anciano; así es la vida.

Y además Cosette estaba acostumbrada hacía muchos años a verse rodeada de enigmas; todo el que haya tenido una infancia misteriosa está siempre dispuesto a renunciar a algo.

Pero, sin embargo, siguió llamando padre a Jean Valjean.

Cosette, embelesada, estaba entusiasmada con Gillenormand. Cierto que es la colmaba de madrigales y de regalos. Mientras Jean Valjean le proporcionaba a Cosette una situación de normalidad en la sociedad y una identidad firme, el señor Gillenormand se ocupaba de la canastilla de novia. Nada lo divertía tanto como mostrarse espléndido. Le había regalado a Cosette un vestido de guipur de Binche que había sido de su abuela.

—Estas modas están volviendo —decía—; las antiguallas hacen furor, y las jóvenes de mi vejez se visten como las viejas de mi infancia.

Desvalijaba las respetables cómodas triponas de laca de Coromandel que llevaban años sin abrirse.

—Confesemos a estas nobles ancianas —decía—; a ver qué tienen en la panza.

Profanaba ruidosamente cajones ventrudos llenos de atavíos de todas las mujeres de su vida, de todas sus amantes y de todas sus antepasadas. Pequines, damascos, lustrinas, muarés pintados, vestidos de brocado de Tours flambé, pañuelos de las Indias ribeteados con un oro que se podía lavar, cortes de droguete de seda sin revés, puntos de Génova y de Alencon, aderezos de orfebrería antigua, bomboneras de marfil decoradas con batallas microscópicas, avíos, cintas, se lo prodigaba todo a Cosette. Cosette, maravillada, trastornada de amor por Marius y loca de agradecimiento por el señor Gillenormand, soñaba con una dicha sin límites ataviada de satén y terciopelo. Le daba la impresión de que unos serafines llevaban su canastilla de novia. El alma le alzaba el vuelo por el cielo azul con alas de encaje de Malinas.

La embriaguez de los enamorados sólo era pareja, como ya hemos dicho, con el éxtasis del abuelo. Había algo así como una fanfarria en la calle de Les Filles-du-Calvaire.

Todas las mañanas llegaba una nueva ofrenda para Cosette, salida del batiburrillo del abuelo. Todos los perifollos habidos y por haber se desplegaban con esplendidez en torno a la joven.

Un día, Marius, que, aunque dichoso, gustaba de charlar de cosas serias, dijo, a propósito de algún incidente:

—Tan grandes fueron los hombres de la Revolución que gozan ya del prestigio de los siglos, igual que Catón o que Focio, y todos parecen cabalgar a lomos de un Pegaso antiguo.

—¡Raso antiguo! —exclamó el anciano—. Gracias, Marius. Es precisamente la idea que andaba buscando.

Y al día siguiendo un espléndido vestido de raso antiguo de color té se sumaba a la canastilla de novia de Cosette.

El abuelo sacaba de aquellos trapos sabias consideraciones.

—El amor está bien; pero además necesita cosas de éstas. A la felicidad le hacen falta cosas inútiles. La felicidad es sólo lo necesario. Hay que aliñarla con grandes cantidades de cosas superfluas. Un palacio y su corazón. Su corazón y el Louvre. Su corazón y las fuentes de Versalles. Que me den a mi pastora y a ver si se la puede hacer duquesa. Que me traigan a mi Filis coronada de acianos y que añadan cien mil libras de renta. Que me abran una bucólica que se pierda de vista bajo una columnata de mármol. Consiento en la bucólica y también en la magia del mármol y el oro. La dicha a secas es como el pan a secas. Da de comer, pero no de cenar. Quiero lo superfluo, lo inútil, lo extravagante, lo excesivo, lo que no vale para nada. Me acuerdo de haber visto en la catedral de Estrasburgo un reloj tan alto como una casa de tres pisos, que marcaba la hora, que tenía la gentileza de marcar la hora, pero que no parecía hecho para ese menester; y que, tras haber dado las doce del mediodía, o las doce de la noche, mediodía, la hora del sol, medianoche, la hora del amor, o cualquier otra que se le ocurra a quien sea, daba la luna y las estrellas, la tierra y el mar, las aves y los peces, a Febo y a Febe, y una letanía de cosas que salían de una caseta, y los doce apóstoles, y el emperador Carlos V, y Eponina y Sabin, y, de propina, un montón de hombrecillos dorados que tocaban la trompeta. Sin mencionar unos carillones deliciosos que desperdigaba por el aire a las primeras de cambio sin saber a santo de qué. ¿Vale lo mismo una mala esfera monda lironda que sólo dice qué hora es? Yo estoy de parte del reloj grandísimo de Estrasburgo y lo prefiero al cuco de la Selva Negra.

El señor Gillenormand disparataba de forma muy particular en lo

referido a la boda y todos los entrepaños pintados del siglo XVIII desfilaban, revueltos, en sus ditirambos.

—No sabéis nada del arte de las fiestas. No tenéis ni idea en estos tiempos de organizar un día de celebración —exclamaba—. Este siglo XIX vuestro es un flojo. Carece de excesos. No sabe nada de lo suntuoso, no sabe nada de lo noble. Está esquilado al rape en todo. Ese tercer estado vuestro es insípido, incoloro, inodoro e informe. ¿Con qué sueñan vuestras mujeres de la clase media que toman estado, como ellas dicen? Con un tocador bonito y recién decorado, palisandro y calicó. ¡Abran paso que se casa el señor Rácano con la señorita Agarrada! ¡Boato y esplendor! Han pegado un luis de oro a una vela. Así es esta época. Quiero escapar a los tiempos anteriores a los sármatas. ¡Ay, si ya en 1787 predije que todo estaba perdido cuando vi al duque de Rohan, príncipe de Léon, duque de Chabot, duque de Montbazon, marqués de Soubise, vizconde de Thouars y par de Francia ir a Longchamp en un mal coche de un caballo! Y ha dado sus frutos. En este siglo se hacen negocios, se juega a la Bolsa, se gana dinero y se es cicatero. La gente cuida y da lustre a lo que se ve; va hecho un brazo de mar, lavado, enjabonado, raspado, afeitado, peinado, lustrado, atusado, frotado, cepillado, aseado por fuera, irreprochable, pulimentado como un canto rodado, discreto, limpito; y, al mismo tiempo, ¡por la virtud de mi amiga!, lleva en el fondo de la conciencia unos estiércoles y unas cloacas que echarían para atrás a una vaquera de esas que se suenan con los dedos. Les doy a estos tiempos esta divisa: Limpieza sucia. Marius, no te enfades, concédeme licencia para hablar; no estoy diciendo nada malo del pueblo, ya lo ves, me hago lenguas de ese pueblo tuyo, pero permíteme que arremeta un tanto contra la burguesía, que yo pertenezco a ella. Quien bien te quiere te hará llorar. Dicho esto, afirmo sin rodeos que hoy en día la gente se casa, pero ya no sabe casarse. ¡Pues sí, echo de menos el encanto de las costumbres antiguas! Lo echo de menos todo. Aquella elegancia, aquella caballerosidad, aquellos modales corteses y bonitos, aquel lujo tan regocijante que era cosa de todo el mundo, la música que formaba parte de la boda, sinfonía por arriba, panderetas por abajo, los bailes, las caras alegres en torno a la mesa, los madrigales alambicados, las canciones, los fuegos artificiales, las risas francas, el Demonio y su cortejo, los moños de lazos con muchas cintas. Echo de menos la liga de la novia. La liga de la novia es prima del ceñidor de Venus. ¿De qué va la guerra de Troya? Pues de la liga de Helena, carape. ¿Por qué combaten, por qué

Diómedes el divino le parte en la cabeza a Meriones aquel casco grande de bronce con diez puntas? ¿Por qué Aquiles y Héctor se zurran a golpes de pica? Porque Helena dejó que Paris le quitase la liga. Con la liga de Cosette, Homero haría la Ilíada. Metería en su poema a un charlatán viejo como yo y lo llamaría Néstor. Amigos míos, en aquellos gratos tiempos de antaño, la gente se casaba sabiamente; hacían un buen contrato y, después, una buena comilona. En cuanto salía Cujas, entraba Camacho. Pero, ¡por vida de…!, es que el estómago es animal agradable que pide lo que le corresponde y también quiere lo suyo de la boda. Cenabas bien y tenías una guapa vecina de mesa sin griñón y que, aunque se tapase la espetera, se la tapaba poco.

¡Ay, qué bocazas risueñas aquellas y que alegres éramos en aquellos tiempos! La juventud era un ramo; a todo joven lo remataba una rama de lilo o un manojo de rosas; por muy guerrero que fueses, eras pastor; y si por casualidad eras capitán de dragones, te las apañabas para llamarte Florian. Había empeño en ser lindo mozo. Se usaban bordados y colorete. Un burgués parecía una flor; y un marqués, una piedra preciosa. Nada de trabillas, nada de botas. Ibas pimpante, bruñido, tornasolado, cobrizo, hecho un torbellino, primoroso, coqueto, lo cual no te impedía llevar la espada al costado. El colibrí tiene pico y uñas. Eran los tiempos de Las Indias galantes. Una de las caras del siglo era lo exquisito, y la otra, lo esplendoroso; ¡y por Dios que se divertían! Hoy en día se lleva eso de ser serio. Los burgueses son avaros, y la burguesía, gazmoña; vuestro siglo es infortunado. Expulsaría a las Gracias por ir demasiado escotadas.

¡Esconden, ay, la belleza como si fuese una fealdad! Desde la Revolución todo lleva pantalones, incluso las bailarinas; una danzarina tiene que ser circunspecta; vuestros rigodones son doctrinarios. Hay que ser majestuoso.

¡Qué contrariedad no llevar la barbilla metida en la corbata! El ideal de un arrapiezo de veinte años que se casa es parecerse al señor Royer-Collard.

¿Y sabéis qué se consigue con tanta majestuosidad? Ser pequeño. Enteraos de lo siguiente: la alegría no es sólo alegre; es grande. ¡Enamoraos con alegría, qué demonios, y, cuando os casáis, casaos febrilmente, aturdidos con el jaleo y el barullo de la felicidad! En la iglesia, seriedad, bien está. Pero, en cuanto acabe la misa, repámpanos, debería montarse un sueño como una tremolina alrededor de la novia. Una boda tiene que ser regia y quimérica; tiene que pasear la ceremonia de la catedral de Reims a la pagoda de Chanteloup. Me horrorizan las bodas apocadas. ¡Pardiobre! Subid al Olimpo, al menos ese día. Sed dioses. ¡Ay, podríamos ser silfos, Juegos y Risas, argiráspidas; y somos desguiñapados! Amigos míos, todo recién casado tiene que ser el príncipe Aldobrandini. Aprovechad ese minuto único en la vida para alzar el vuelo hasta el empíreo con los cisnes y las águilas, aunque volváis a caer mañana en la burguesía de las ranas. No ahorréis en el himeneo, no le escatiméis sus esplendores; no os andéis con cicaterías en el día en que resplandecéis. La boda no es la vida doméstica.

¡Ah, si hicieran las cosas como yo quiero, sería todo de lo más galante! Se oirían violines en los árboles. Éste es mi programa: azul cielo y plata. Sumaría a la fiesta a las divinidades agrestes, convocaría a las dríadas y a las nereidas. Las bodas de Anfítrite, una nube rosa, ninfas bien peinadas y desnudas de pies a cabeza, un académico brindándole cuartetos a la diosa, un carro del que tiren monstruos marinos.

Iban delante Tritón,
y sacaba de su concha
los agradables sonidos
que a las ninfas enamoran.

Ése sí que es un programa para una fiesta; y, si no lo es, es que yo he dejado de ser un entendido, qué caramba.

Mientras el abuelo, en plena efusión lírica, se escuchaba a sí mismo.

Cosette y Marius gozaban de la embriaguez de mirarse libremente.

La señorita Gillenormand veía todo aquello con su placidez imperturbable. Había tenido en cinco o seis meses unas cuantas emociones: el regreso de Marius; Marius regresa ensangrentado; Marius regresa de una barricada; Marius muerto; a continuación, Marius vivo; Marius reconciliado; Marius prometido; Marius casándose con una pobretona; Marius casándose con una millonaria. La última sorpresa habían sido los seiscientos mil francos. Luego, había regresado a su indiferencia de niña de primera comunión. Asistía regularmente a los oficios, pasaba las cuentas del rosario, leía el devocionario, cuchicheaba avemarías en un rincón de la casa mientras en otro había quien cuchicheaba I love you y veía más o menos a Marius y a Cosette como dos sombras. La sombra era ella.

Existe cierto estado de ascetismo inerte que torna el alma, que el entumecimiento neutraliza, ajena a eso que podríamos llamar la empresa de vivir; no capta, si omitimos los terremotos y las catástrofes, ninguna de las impresiones humanas, ni las impresiones gratas ni las impresiones ingratas.

«Una devoción así —le decía Gillenormand a su hija— es el equivalente del catarro. No hueles nada de la vida. No notas malos olores, pero tampoco ninguno bueno.»

Por lo demás, los seiscientos mil francos habían acabado con las indecisiones de la solterona. Su padre había tomado la costumbre de contar tan poco con ella que no la había consultado en cuanto al consentimiento al matrimonio de Marius. Había actuado fogosamente, como solía, sin pararse a pensar, como déspota convertido en esclavo, sino en cuanto pudiera contentar a Marius. En lo tocante a la tía, que esa tía existiera y que pudiera tener una opinión ni siquiera se le había ocurrido; y la tía, por muy mansa que fuera, se había ofendido. Algo soliviantada en su fuero interno, pero impasible por fuera, se había dicho: «Mi padre decide sin mí el asunto del matrimonio; yo resolveré sin él el asunto de la herencia». Pues, efectivamente, ella era rica, y su padre, no. Así que se había reservado su decisión al respecto. Es harto probable que, si hubiese sido un matrimonio pobre, ella hubiese dejado que fuera pobre. ¡Que se aguante mi señor sobrino! Se casa con una menesterosa, que sea menesteroso. Pero el medio millón de Cosette agradó a la tía y le cambió la postura interior en lo referido a la pareja de enamorados. Seiscientos mil francos se merecen una consideración, y estaba claro que a ella no le quedaba más remedio que dejarles su fortuna a esos jóvenes en vista de que ya no la necesitaban.

Quedó dispuesto que la pareja viviría en casa del abuelo. El señor Gillenormand se empeñó resueltamente en darles su cuarto, la mejor habitación de la casa. Me va a rejuvenecer —afirmaba—. Es un proyecto ya antiguo. Siempre pensé que es mejor folgar que dormir. Amuebló la habitación con un montón de bibelots galantes. Mandó que decorasen el techo y tapizaran las paredes con una tela extraordinaria de la que tenía una pieza y que, por ser de Utrecht, tenía un fondo satinado botón de oro con flores de terciopelo de las llamadas oreja de liebre.

—De una tela así —decía— eran las cortinas de la cama de la duquesa de Anville en La Roche-Guyon.

Colocó encima de la chimenea una figurita de porcelana de Sajonia que llevaba un manguito sobre el vientre desnudo.

La biblioteca del señor Gillenormand se convirtió en el despacho de abogado que necesitaba Marius; recordemos que el consejo de la orden exige que se cuente con un despacho.

VII
EFECTOS DEL SUEÑO CUANDO SE JUNTAN CON LA DICHA

Los enamorados se veían a diario. Cosette llegaba con el señor Fauchelevent. «Es el mundo al revés —decía la señorita Gillenormand— esto de que la novia venga así, a domicilio, a que la cortejen.» Pero la costumbre había nacido de la convalecencia de Marius; y los sillones de la calle de Les Filles-du-Calvaire, más adecuados para las charlas íntimas que las sillas de paja de la calle de L'Homme-Armé, hicieron que se arraigara. Marius y el señor Fauchelevent se veían, pero no se hablaban. Era como si se tratase de un acuerdo. Toda joven necesita una carabina. Cosette no habría podido acudir sin el señor Fauchelevent. Para Marius, el señor Fauchelevent era la condición de Cosette. La aceptaba. Cuando salían a relucir, de forma inconcreta y sin grandes precisiones, temas de política que tratasen de la mejora general de la suerte de todos, conseguían decirse algo más que sí o no. En una ocasión, hablando de la enseñanza, que Marius quería que fuera gratuita y obligatoria, incrementada en todas sus formas, dispensada a todos igual que el aire y el sol, en pocas palabras, algo que el pueblo entero pudiera respirar, estuvieron de acuerdo y llegaron casi a entablar una conversación. Marius se fijó entonces en que el señor Fauchelevent hablaba bien e incluso con cierta elevación en el lenguaje. Carecía de algo, sin embargo, no se sabía de qué. El señor Fauchelevent no llegaba a hombre de mundo; y era algo más que hombre de mundo.

Marius, en su fuero interno, y en lo hondo del pensamiento tenía cercado con toda clase de preguntas mudas a ese señor Fauchelevent que se mostraba con él benigno y frío sin más. A ratos dudaba de sus propios recuerdos. Tenía en la memoria un agujero, un lugar oscuro, un abismo que habían ahondado cuatro meses de agonía. Había perdido muchas cosas en ese abismo. Llegaba a preguntarse si había visto de verdad al señor Fauchelevent, un hombre tan serio y tan sereno, en la barricada.

No era ése por lo demás el único asombro que le habían dejado en la mente las apariciones y desapariciones del pasado. No debemos pensar que se hubiera liberado de todas esas obsesiones de la memoria que nos obligan, incluso cuando somos felices y estamos satisfechos, a mirar atrás melancólicamente. En la cabeza que no se vuelve hacia los horizontes borrados no hay ni pensamiento ni amor. A ratos, Marius se cubría la cara con las manos y el pasado tumultuoso y borroso le cruzaba por el crepúsculo que tenía en la cabeza. Veía caer a Mabeuf; oía a Gavroche cantar bajo la lluvia de metralla; notaba en los labios la frialdad de la frente de Éponine; Enjolras, Courfeyrac, Jean Prouvaire, Combeferre, Bossuet, Grantaire, todos sus amigos se erguían ante él y se desvanecían luego. Todos esos seres queridos, doloridos, valientes, encantadores o trágicos ¿eran acaso sueños? ¿Habían existido en realidad? La sublevación se lo había llevado todo envuelto en humo. A esas grandes fiebres corresponden grandes sueños. Se hacía preguntas; se tentaba; todas aquellas realidades desvanecidas le daban vértigo. ¿Dónde estaban todos? ¿Era verdad que todo estuviera muerto? Todo había caído en las tinieblas, que se lo habían llevado todo, menos a él. Le daba la impresión de que todo había desaparecido como detrás de un telón de teatro. A veces caen telones así en la vida. Dios pasa al acto siguiente.

Y él ¿era acaso el mismo hombre? Él, el pobre, era rico; él, el abandonado, tenía una familia; él, el desesperado, se casaba con Cosette. Le parecía que había cruzado por una tumba en donde había entrado negro y de donde había salido blanco. Y en esa tumba se habían quedado los demás. Había momentos en que todas aquellas personas del pasado regresaban y estaban presentes, y hacían corro a su alrededor y le ensombrecían el ánimo; entonces pensaba en Cosette y recobraba la serenidad; pero para borrar aquella catástrofe necesitaba nada menos que esta felicidad.

El señor Fauchelevent casi ocupaba un lugar entre esas personas desvanecidas. Marius no se decidía a creer que el Fauchelevent de la barricada fuera el mismo que este Fauchelevent de carne y hueso, sentado, tan circunspecto, junto a Cosette. Aquél debía de ser seguramente una de esas pesadillas que llegaban y volvían a irse con sus horas de delirio. Por lo demás, como los dos tenían un carácter abrupto, no había pregunta alguna que Marius pudiera hacerle al señor Fauchelevent. Ni se le habría ocurrido esa posibilidad. Ya dejamos dicho anteriormente ese detalle característico.

Dos hombres que tienen en común un secreto y, por algo así como un acuerdo tácito, no cruzan ni una palabra al respecto es algo que escasea menos de lo que se suele creerse.

Sólo una vez lo intentó Marius. Hizo que saliera en la conversación la calle de La Chanvrerie y, volviéndose hacia el señor Fauchelevent, le dijo:

—¿Conoce bien esa calle?

—¿Qué calle?

—La calle de La Chanvrerie.

—No me suena de nada el nombre de esa calle —contestó el señor Fauchelevent con el tono más natural del mundo.

La respuesta, que se refería al nombre de la calle, y no a la calle en sí, le pareció a Marius más concluyente de lo que era en realidad.

«Está claro que lo soñé —pensó—. Tuve una alucinación. Fue alguien que se le parecía. El señor Fauchelevent no estaba.»

VIII
DOS HOMBRES IMPOSIBLES DE LOCALIZAR

Por mucho que fuera el encanto en que vivía, no le borró de la mente a Marius otras preocupaciones.

Durante los preparativos de la boda, y a la espera de la fecha fijada, encargó unas investigaciones retrospectivas difíciles y escrupulosas.

Debía agradecimientos por varios lados; los debía en nombre de su padre y los debía en nombre propio.

Estaba Thénardier; y estaba el desconocido que lo había llevado a él, a Marius, a casa del señor Gillenormand.

Marius estaba empeñado en encontrar a esos dos hombres, pues no tenía intención de casarse, de ser feliz y de olvidarlos; y temía que, si se quedaban sin pagar, esas deudas del deber proyectasen una sombra en su vida, tan luminosa a partir de ahora. Le resultaba imposible dejar todos esos atrasos pendientes a la espalda y quería, antes de entrar jubilosamente en el porvenir, que el pasado le hubiera extendido un recibo de pago.

Que Thénardier fuese un sinvergüenza no restaba nada al hecho de que hubiera salvado al coronel Pontmercy. Thénardier era un bandido para todo el mundo, menos para Marius.

Y Marius, que nada sabía de la verdadera escena del campo de batalla de Waterloo, no estaba al tanto de la particularidad de que su padre estaba con Thénardier en esa peculiar situación de deberle la vida sin deberle agradecimiento alguno.

Ninguno de los agentes diversos a los que recurrió Marius consiguió hallar el rastro de Thénardier. Por ese lado todo parecía haberse borrado por completo. La Thénardier había muerto en la cárcel durante la instrucción del juicio. Thénardier y su hija Azelma, los dos únicos que quedaban de aquel grupo lastimoso, habían vuelto a hundirse en la sombra. La sima de lo

Desconocido social había vuelto a cerrarse silenciosamente sobre esas personas. Ni siquiera se veía ya en la superficie ese estremecimiento, ese temblor, esos oscuros círculos concéntricos que anuncian que algo ha caído ahí y es posible echar una sonda.

Al haber muerto la Thénardier, al quedar exculpado Boulatruelle, al haber desaparecido Claquesous y haberse escapado de la cárcel los principales acusados, el juicio de la emboscada del caserón Gorbeau había quedado más o menos abortado. El asunto se había aclarado muy poco. El banco del tribunal de lo criminal había tenido que conformarse con dos subalternos: Panchaud, conocido por Printanier, conocido por Bigrenaille, y Demi-Liard, conocido por Deux-Milliards, a quienes condenaron, en un juicio entre partes, a diez años de presidio. A trabajos forzados a perpetuidad condenaron en rebeldía a sus cómplices. A Thénardier, el jefe y el incitador, lo condenaron, también en rebeldía, a muerte. Esta condena era lo único que quedaba de Thénardier y arrojaba sobre ese nombre enterrado su fulgor siniestro, como una vela al lado de un ataúd.

Por lo demás, al conseguir que Thénardier retrocediera hasta las profundidades más remotas por temor a que volvieran a cogerlo, esta condena incrementaba la espesura tenebrosa que cubría a aquel hombre.

En cuanto al otro hombre, el desconocido que había salvado a Marius, las investigaciones dieron al principio cierto fruto y, luego, se detuvieron en seco. Consiguieron dar con el coche de punto que había llevado a Marius a la calle de Les Filles-du-Calvaire a primera hora de la noche del 6 de junio. El cochero declaró que el 6 de junio, tras ordenárselo un agente de la policía, había estado «estacionado» desde las tres de la tarde hasta que se hizo de noche, en el muelle de Les Champs-Élysées, por encima de la salida de la Alcantarilla Mayor; que, a eso de las nueve de la noche, la verja de la alcantarilla que da a las márgenes del río se había abierto; que un hombre había salido por ella, llevando a la espalda a otro hombre que parecía muerto; que el agente que estaba apostado en aquel lugar había detenido al hombre vivo y se había hecho cargo del hombre muerto; que, por orden del agente, él, el cochero, había dado acogida «a toda esa gente» en su coche; que, primero, habían ido a la calle de Les Filles-du-Calvaire; que allí habían dejado al hombre muerto; que el hombre muerto era el señor Marius y que él, el cochero, lo reconocía a la perfección aunque «esta vez» estuviera vivo; que, luego, los otros habían vuelto a subir al coche, que él había fustigado a los caballos, que a pocos pasos de la puerta de los Archivos le habían voceado que se parase; que allí, en la calle, le habían pagado y lo habían dejado y que el agente se había llevado al otro hombre; que no sabía nada más; que la noche estaba muy oscura.

Ya hemos dicho que Marius no recordaba nada. No tenía más recuerdo que el de una mano enérgica que lo había agarrado por detrás en el momento en que caía de espaldas en la barricada; luego, se le borraba todo. No recuperó el conocimiento hasta que estuvo ya en casa del señor Gillenormand.

Se perdía en conjeturas.

No podía dudar de su propia identidad. ¿Cómo era posible no obstante que, tras caer en la calle de La Chanvrerie, lo hubiera recogido el agente de policía en las márgenes del Sena, cerca del puente de Les Invalides? Alguien lo había llevado desde el barrio del Mercado Central hasta Les Champs-Élysées. ¿Y cómo? Por las alcantarillas. ¡Qué abnegación inaudita!

¿Alguien? ¿Quién?

Ése era el hombre al que buscaba Marius.

De ese hombre, que era su salvador, nada se sabía; ni una huella; ni el mínimo indicio.

Marius, aunque por ese lado se viera obligado a una gran reserva, siguió investigando hasta llegar a la prefectura de policía. Tampoco allí, igual que había sucedido en los demás sitios, llegaron las informaciones a proporcionarle aclaración alguna. La prefectura sabía aún menos que el cochero del coche de punto. No tenían constancia de ninguna detención llevada a cabo el 6 de junio ante la verja de la Alcantarilla Mayor; no habían recibido ningún atestado de ningún agente que tuviera que ver con ese hecho, que en la prefectura consideraban una fábula. La invención de esa fábula se la atribuían al cochero. Un cochero que busca una propina es capaz de todo, incluso de tener imaginación. No obstante, el hecho era cierto, y a Marius no podía caberle duda, a menos que dudase de su propia identidad, como acabamos de decir.

Todo, en aquel extraño enigma, era inexplicable.

Aquel hombre, aquel hombre misterioso a quien el cochero había visto salir de la verja de la Alcantarilla Mayor llevando a la espalda a Marius desmayado y a quien el agente de policía que estaba vigilando había detenido en flagrante delito de salvar a un insurrecto, ¿qué había sido de él?

¿Y qué había sido del agente? ¿Por qué ese agente no había dicho nada?

¿Había conseguido escapar el hombre? ¿Había sobornado al agente? ¿Por qué el hombre aquel no le daba señales de vida a Marius, que se lo debía todo? Tamaño desinterés no era menos prodigioso que tamaña abnegación.

¿Por qué no volvía a aparecer aquel hombre? A lo mejor estaba por encima de la recompensa, pero nadie está por encima del agradecimiento. ¿Había muerto? ¿Qué clase de hombre era? ¿Qué rostro tenía? Nadie podía decirlo. El cochero contestaba: La noche era muy oscura. Basque y Nicolette, pasmados, sólo se habían fijado en su señorito, todo ensangrentado. El portero, cuya vela había iluminado la trágica llegada de Marius, era el único que se había fijado en el hombre y éstas eran las señas que daba: «Era un hombre que metía miedo».

Con la esperanza de poder sacar partido de ella en las investigaciones, Marius conservó la ropa ensangrentada que llevaba puesta cuando lo llevaron a casa de su abuelo. Al examinar el frac, notaron que uno de los faldones tenía un rasgón raro. Faltaba un trozo.

Una noche, Marius estaba hablando, delante de Cosette y de Jean Valjean, de aquella singular aventura, de las incontables informaciones que había buscado y de la inutilidad de sus esfuerzos. La expresión fría del «señor Fauchelevent» lo impacientaba. Exclamó con una vehemencia en que casi se notaba la vibración de la ira:

—Sí, ese hombre, sea quien sea, fue sublime. ¿Sabe lo que hizo, caballero? Intervino como si fuera el arcángel. ¡Tuvo que arrojarse a la batalla, que llevarme consigo, que abrir la alcantarilla, que meterme dentro a rastras, que llevarme a cuestas! ¡Tuvo que recorrer más de una legua y media por galerías subterráneas espantosas, agachado, doblado, entre las tinieblas, por las cloacas, más de legua y media, caballero, con un cadáver a la espalda! Y ¿para qué? Sólo para salvar a un cadáver. Y ese cadáver era yo. Se dijo: Quizá le queda todavía un fulgor de vida; ¡voy a arriesgar mi propia existencia por esa mísera chispa! ¡Y esa existencia suya no la arriesgó una vez, sino veinte! Y todos los pasos que daba eran un peligro. La prueba es que, al salir de las alcantarillas, lo detuvieron. ¿Sabe usted, caballero, que ese hombre hizo todo esto? Y sin esperar recompensa alguna.

¿Quién era yo? Un insurrecto. ¿Quién era yo? Un vencido. Ah, si los seiscientos mil francos de Cosette fueran míos…

—Son suyos —lo interrumpió Jean Valjean.

—Bien —siguió diciendo Marius—, pues ¡los daría por encontrar a ese hombre!

Jean Valjean no dijo nada.

LIBRO SEXTO
LA NOCHE EN BLANCO

I
16 DE FEBRERO DE 1833

La noche del 16 al 17 de febrero de 1833 fue una noche bendita. Por encima de la oscuridad de esa noche, el cielo estaba abierto. Fue la noche de bodas de Marius y de Cosette.

El día había sido adorable.

No había sido la fiesta azul que soñaba el abuelo, un cuento de hadas con una confusión de querubines y cupidos sobrevolando la cabeza de los novios, una boda digna de pintar en una sobrepuerta; pero sí fue dulce y risueña.

La moda, en cuestiones de bodas, no era en 1833 lo que es hoy en día. Francia no le había tomado aún prestado a Inglaterra ese refinamiento supremo de raptar a la novia, de escapar al salir de la iglesia, de ocultarse, avergonzándose de ser feliz, y de combinar los modales de alguien en bancarrota con el embeleso del cantar de los cantares. Aún no se había caído en la cuenta de cuán casto, exquisito y decente era llevarse a tumbos el paraíso personal en silla de posta, entreverar de clic-clacs ese misterio privado, convertir en lecho nupcial la cama de una posada y dejar, al irse, en la alcoba vulgar a tanto la noche, el más sagrado de los recuerdos junto y revuelto con la charla íntima del conductor de la diligencia y la sirvienta de la posada.

En esta segunda mitad del siglo XIX en que nos hallamos, el alcalde y su faja, el sacerdote y su casulla y la ley y Dios no bastan ya; hay que completarlos con el postillón de Longjumeau; chaqueta azul con vueltas rojas y botones de bola, placa en el brazal, calzón de cuero verde, maldiciones a los caballos normandos de cola atada, galones de mentira, sombrero de charol, pelucón empolvado, látigo enorme y botas recias. Francia no lleva aún la elegancia como hace la nobility inglesa, hasta el punto de arrojarle a la calesa de posta de los novios una granizada de zapatillas desbocadas y de zapatos viejos en recuerdo de Churchill, que fue luego Marlborough, o Malbrouck, a quien asedió el día de su boda la ira de una tía suya, que le trajo suerte. Los zapatos viejos y las zapatillas no forman parte todavía de nuestras celebraciones nupciales; pero, paciencia, como la ampliación del buen gusto no para, ya llegaremos a ello.

En 1833, hace cien años, no estaba al uso la boda a trote largo.

En aquella época se pensaba aún, cosa peculiar, que una boda es un fiesta íntima y social, que un banquete patriarcal no afea una solemnidad doméstica, que el regocijo, incluso excesivo, no le resulta perjudicial a la felicidad, siempre y cuando sea decoroso, y que, por último, es venerable y bueno que la fusión de dos destinos de la que saldrá una familia empiece en el hogar y que el testigo de la vida en pareja sea a partir de entonces la cámara nupcial.

Y caían en la impudicia de casarse en casa.

Así que la boda se celebró, ateniéndose a esa moda hoy en día caduca, en casa del señor Gillenormand.

Por muy natural y corriente que sea este asunto de casarse, las amonestaciones que hay que publicar, las actas que hay que levantar, el ayuntamiento y la iglesia siempre presentan ciertas complicaciones. No fue posible tenerlo todo listo antes del 16 de febrero.

Ahora bien, queremos dejar constancia del detalle por simple prurito de exactitud: resultó que el 16 de febrero era martes de carnaval. Hubo titubeos y escrúpulos, sobre todo por parte de la señorita Gillenormand.

—¡Martes de carnaval! —exclamó el abuelo—. Mejor que mejor. Hay un refrán que dice:

"Boda en martes de carnaval:

los hijos nunca saldrán mal.

Adelante, pues. ¡Quedamos en que el 16! ¿Tú quieres retrasar la boda, Marius?

—Por supuesto que no —contestó el enamorado.

—A casarnos tocan —dijo el abuelo.

Así que la boda se celebró el 16, pese a la algazara pública. Llovía el día aquel, pero siempre hay en el cielo un rinconcito azul al servicio de la felicidad, que los enamorados ven incluso aunque el resto de la creación esté metido debajo de un paraguas.

La víspera, Jean Valjean le había entregado a Marius, en presencia del señor Gillenormand, los quinientos ochenta y cuatro mil francos.

Como el matrimonio se efectuaba con el régimen de comunidad de bienes, los trámites fueron sencillos.

Jean Valjean no necesitaba ya a Toussaint y Cosette la heredó y la ascendió a la categoría de doncella.

En cuanto a Jean Valjean, había en la casa de los Gillenormand una habitación muy hermosa amueblada exprofeso para él y Cosette le había dicho de forma tan irresistible: «Padre, se lo ruego», que casi le había hecho prometer que la ocuparía.

Pocos días antes del fijado para la boda, Jean Valjean tuvo un accidente; se magulló el pulgar de la mano derecha. No era nada grave, y no permitió que nadie interviniera, ni le hiciera una cura, ni viera tan siquiera el daño; Cosette, tampoco. Pero, pese a todo, tuvo que envolverse la mano en un trozo de lienzo y llevar el brazo en cabestrillo, con lo cual no pudo firmar nada. El señor Gillenormand, como tutor sustituto de Cosette, lo hizo en su lugar.

No llevaremos al lector ni al ayuntamiento ni a la iglesia. No es costumbre llegar hasta ahí en pos de los enamorados, sino que se vuelve la espalda al drama en cuanto lleva en el ojal un ramo de bodas. Nos limitaremos a dejar constancia de un incidente, que por lo demás le pasó inadvertido al cortejo, ocurrido en el trayecto entre la calle de Les Filles-du- Calvaire y la iglesia de Saint-Paul.

Estaban volviendo a empedrar por entonces el extremo norte de la calle de Saint-Louis. Estaba ésta cortada a partir de la calle de Le Parc-Royal. Los coches de la boda no podían ir directamente a Saint-Paul. No quedaba más remedio que cambiar de itinerario, y lo más sencillo era dar la vuelta por el bulevar. Uno de los invitados comentó que era martes de carnaval y que habría por esa zona un atasco de coches. «¿Por qué?», preguntó el señor Gillenormand. «Por las máscaras.» «Estupendo —dijo el abuelo—. Vamos por ahí. Esos jóvenes se casan; van a entrar en la parte seria de la vida. Ver unas cuantas máscaras les servirá de preparación.»

Tiraron por el bulevar. En la berlina de cabeza iban Cosette y la señorita Gillenormand, el señor Gillenormand y Jean Valjean. Marius, aún separado de la novia, ateniéndose a la costumbre, iba en la de detrás. El cortejo nupcial, al salir de la calle de Les Filles-du-Calvaire, se sumó a la larga procesión de coches que iban, en una fila interminable, desde La Madeleine a la Bastille y desde la Bastille a La Madeleine.

Abundaban las máscaras en el bulevar. Aunque llovía a ratos, Pagliaccio, Pantaleone y Gilles no se desanimaban. Con el buen humor de aquel invierno de 1833, París se había disfrazado de Venecia. Ya no se ven en la actualidad martes de carnaval como aquéllos. Todo cuanto existe es un carnaval desparramado, ya no existe el carnaval.

Los paseos laterales estaban repletos de transeúntes; y las ventanas, de curiosos. Las terrazas que rematan los peristilos de los teatros rebosaban de espectadores. Además de mirar a las máscaras, se miraba ese desfile, tan propio del martes de carnaval como de Longchamp, de vehículos de todo tipo: coches de punto y otros coches de alquiler, charabanes, calesines, cabriolés, avanzaban en orden, rigurosamente pegados unos a otros por mor de las normas policiales y como metidos en unos carriles. Todo el que se halle en un vehículo así es al tiempo espectador y espectáculo. Unos guardias obligaban a permanecer en los arcenes del bulevar a esas dos filas paralelas e interminables que iban en dirección contraria, y vigilaban, para que nada estorbara su doble flujo, esos dos arroyos de coches que fluían, uno aguas arriba y otro aguas abajo, uno hacia la Chaussée d'Antin y otro hacia el barrio de Saint-Antoine. Los coches con escudos de armas de los miembros del Senado y de los embajadores circulaban por el medio de la calzada e iban y venían libremente. Algunos desfiles espléndidos y jubilosos, sobre todo el del Buey Gordo, disfrutaban del mismo privilegio. Entre aquella alegría parisina, Inglaterra restallaba su látigo: la silla de posta de lord Seymour, a la que perseguía un mote populachero, pasaba con gran estruendo.

En esa doble fila, a lo largo de la que los guardias municipales

galopaban como perros pastores, honradas berlinas familiares, abarrotadas de abuelas y de tías abuelas, mostraban en las portezuelas lozanos grupos de niños disfrazados, pierrots de siete años, pierrettes de seis años, criaturitas deliciosas, conscientes de que eran parte oficial del regocijo público, imbuidos de la seriedad de aquella bufonada y circunspectos como funcionarios.

De trecho en trecho se formaba algún atasco en la procesión de vehículos; una de las dos filas laterales se detenía hasta que se deshacía el enredo; que un coche tuviera un contratiempo bastaba para paralizar toda la fila. Luego se reanudaba la marcha.

Las carrozas de la boda iban en la fila que se dirigía a La Bastille, orillando el lado derecho del bulevar. A la altura de la calle de Le Pont-aux- Choux hubo un parón. Casi en el mismo momento, en el otro paseo lateral, se paró también la fila que iba hacia La Madeleine. En ese punto de la fila había un coche de máscaras.

Esos coches, o, mejor dicho, esas carretadas de máscaras las conocen bien los parisinos. Si faltasen un martes de carnaval o un tercer jueves de cuaresma, la gente andaría con la mosca detrás de la oreja y diría: Aquí pasa algo. Seguramente va a cambiar el ministerio. Un apiñamiento de Casandras, de Arlequines y de Colombinas, a tumbos y con los peatones a sus pies, todas las imitaciones grotescas posibles, desde el turco hasta el salvaje, unos hércules cargando con unas marquesas, unas rabaneras que moverían al propio Rabelais a taparse los oídos de la misma forma que las ménades obligaban a Aristófanes a bajar la vista, pelucas de cáñamo, mallas de color de rosa, sombreros de fanchendoso, gafas de figurero, tricornios de Janot que cosquillea una mariposa, increpaciones a los viandantes, brazos en jarras, posturas atrevidas, hombros al aire, caras con careta, impudores sin pelos en la lengua; un caos de descaros que pasea un cochero tocado con flores: en esto consiste esa institución.

Grecia necesitaba el carro de Tespis y Francia precisa el coche de alquiler de Vadé.

Todo puede parodiarse, incluso la parodia. La saturnal, esa mueca de la belleza antigua, llega, de aumento en aumento, hasta el martes de carnaval; y a la bacanal, coronada antaño de pámpanos, inundada de sol, exhibiendo senos de mármol en una semidesnudez divina, se le han aflojado ahora los harapos llegados del norte y ha acabado por llamarse chirigota.

La tradición de los coches de máscaras se remonta a los tiempos más antiguos de la monarquía. Las cuentas de Luis XI conceden al magistrado competente «veinte sueldos torneses para tres coches de máscaras en las encrucijadas». En nuestros días, a esos hacinamientos bullangueros de individuos suele acarrearlos algún carruaje viejo en cuya imperial se agolpan; o su tumultuoso grupo sobrecarga algún landó de alquiler con la capota bajada. Van veinte en un coche de seis. En los asientos, en los transportines, en los fuelles de la capota, en la lanza. Incluso se suben a caballo en los faroles del coche. Van de pie, tumbados, sentados, doblando las rodillas, con las piernas colgando. Las mujeres se les sientan en el regazo a los hombres. Se ve de lejos, por encima del pulular de cabezas, su pirámide desaforada. Esas hornadas de gente en carroza forman, entre el barullo, montañas de regocijo. De ahí salen Collé, Panard y Piron, enriquecidos de jerga. Desde esas alturas le escupen al pueblo el catecismo de la chusma. Ese coche, que con carga tal se torna desmesurado, tiene trazas de conquista. La barahúnda va delante, y la cencerrada, detrás. Allí vociferan, hacen gorgoritos, berrean, explotan, se retuercen de dicha; allí ruge el buen humor, resplandece el sarcasmo, se expande la jovialidad como un manto de púrpura; dos caballejos tiran de una apoteosis de la farsa floreciente; es el carro triunfal de la Risa.

Risa demasiado cínica para ser sincera. Y, efectivamente, es una risa sospechosa. Esa risa tiene una misión. Corre a su cargo dar a los parisinos pruebas de que existe el carnaval.

Esos coches de chusma, en los que se nota a saber qué tinieblas, dan que pensar al filósofo. Hay en ellos un gobierno. Es palpable una afinidad misteriosa entre los hombres públicos y las mujeres públicas.

Que una suma de infamias dé un total de regocijos; que amontonar la ignominia encima del oprobio engolosine a un pueblo; que el espionaje caricaturizado de prostitución divierta a las masas yendo de frente; que a la muchedumbre le guste ver pasar encima de las cuatro ruedas de un coche de alquiler ese monstruoso montón de seres vivos alardeando de harapos, a medias basura y a medias luz, que ladra y que canta; que se aplauda a esa gloria hecha de todas las vergüenzas; que no haya fiesta que agrade al gentío si la policía no pasea por medio de él a esas especies de hidras jubilosas con veinte cabezas: todo eso es, no cabe duda, algo muy triste. Pero ¿qué puede hacerse? La risa pública insulta y amnistía a esas cargas de cieno engalanadas con lazos y flores. La risa de todos es cómplice de la degradación universal. Hay fiestas malsanas que desintegran al pueblo y lo convierten en populacho. Y tanto los populachos cuanto los tiranos precisan de bufones. El rey tiene a Roquelaure, y el pueblo, farándula. París es la gran ciudad trastornada cuando no es la gran ciudad sublime. El carnaval es parte de la política. Debemos reconocer que París acepta de buen grado que la infamia protagonice la comedia. Sólo les pide a sus amos —cuando tiene amos— que el barro lleve la cara pintada. Roma era de la misma opinión. Quería a Nerón: Nerón era una botarga titánica.

Quiso la casualidad, como acabamos de decir, que uno de esos racimos deformes de mujeres y hombres disfrazados, que llevaba a tumbos una calesa grande, se detuviera a la izquierda del bulevar mientras el cortejo de la boda se detenía a la derecha. De un lado a otro del bulevar, el coche donde iban las máscaras vislumbró, enfrente, el coche donde iba la novia.

—¡Anda! —dijo una máscara—. ¡Una boda! ¡Qué parranda!

—Una parranda de mentira —contestó otra—. La parranda de verdad es la nuestra.

Y como la distancia era excesiva para meterse con los de la boda y, por lo demás, temían que los guardias les parasen los pies, las dos máscaras miraron hacia otro lado.

Toda la hornada de máscaras anduvo muy ocupada al cabo de un instante porque el gentío empezó a abuchearlas, que es la forma que tiene la muchedumbre de hacerles carantoñas a las mascaradas; y las dos máscaras que acababan de hablar tuvieron que plantar cara a todo el mundo, junto con sus compañeras, y no les bastó con los proyectiles del repertorio entero de los mercados de abastos para responder a las voces soeces del pueblo. Las máscaras y la multitud cruzaron entre sí espantosas metáforas.

Entretanto, otras dos máscaras del mismo coche, un español de nariz tremenda con aspecto pasado de moda y bigotazos negros y una pescadera del mercado, flaca y muy joven que llevaba un antifaz, se habían fijado también en la boda y, mientras sus acompañantes y los transeúntes se insultaban, dialogaban en voz baja.

Aquel aparte lo cubría el escándalo y se perdía en él. Las ráfagas de lluvia habían mojado el coche abierto; el viento de febrero no tiene nada de cálido; mientras contestaba al español, la pescadera, escotada, tiritaba, reía y tosía.

Esto era lo que decían:

—Oye.

—¿Qué, bato?

—¿Ves a ese viejo?

—¿Qué viejo?

—Ése, el del primer carromato de la boda, del lado nuestro.

—¿El que lleva el brazo enganchado en una corbata negra?

—Sí.

—¿Qué pasa con él?

—Estoy seguro de que lo conozco.

—¡Ah!

—Que me corten la mocha si no tengo guipado de antes a ese compadre.

—Es que hoy en París sólo hay compadres.

—Si te asomas más, ¿puedes ver a la novia?

—No.

—¿Y al novio?

—En ese carricoche no hay novio.

—No puede ser.

—A menos que sea el otro viejo.

—Asómate más a ver si ves a la novia.

—No puedo.

—Da igual, a ese viejo con la pata mala estoy seguro de que lo conozco.

—¿Y qué más te da conocerlo o no?

—Nunca se sabe. ¡A veces vale!

—A mí los viejos me traen al fresco.

—Lo conozco.

—Pues conócelo mucho y muy seguido.

—¿Por qué demonios está en la boda?

—¿No estamos nosotros de parranda?

—¿De dónde viene esa boda?

—Y yo qué sé.

—Oye.

—¿Qué?

—Deberías hacer una cosa.

—¿Qué?

—Bajarte de nuestro carricoche y seguir a esa boda.

—¿Para qué?

—Para saber dónde va y de quién es. Venga, hija, bájate ya y corre, tú que eres joven.

—No puedo bajarme del coche.

—¿Por qué?

—Voy alquilada.

—¡Ah, caramba!

—Le debo el día de máscara a la prefectura de policía.

—Es verdad.

—Si me bajo del coche, el primer inspector que me vea me detiene. Bien lo sabes.

—Sí que lo sé.

—Hoy me tienen comprada los del bandeo.

—Pues es que ese viejo me chincha.

—¿Los viejos te chinchan? Ni que fueras una moza.

—Va en el primer coche.

—¿Y qué?

—En el carricoche de la novia.

—¿Y qué pasa?

—Que es el padre.

—¿Y a mí qué más me da?

—Te digo que es el padre.

—Como si no hubiera más padres en el mundo.

—Oye.

—¿Qué?

—Yo sólo puedo salir con máscara. Aquí estoy escondido, nadie sabe quién soy. Pero mañana se acabaron las máscaras. Es miércoles de ceniza. Me pueden echar el guante. Tengo que volverme al agujero. Tú eres libre.

—Según y cómo.

—Pero más que yo.

—¿Y qué?

—Tienes que intentar enterarte de adónde ha ido esa boda.

—¿Qué adónde va?

—Sí.

—Ya sé yo adónde va.

—¿Dónde?

—A Le Cadran Bleu.

—Pues no, porque no está por ese lado.

—Bueno, pues a La Râpée.

—O a otro sitio.

—Es libre. Las bodas son libres.

—Bueno, pero lo que te digo es que pruebes a enterarte de quién es la boda donde va ese viejo y dónde vive esa boda.

—¡Y qué más! Pues vaya murga. ¡Como si fuera fácil dar, pasados ocho días, con una boda que pasó por París el martes de carnaval! Una aguja en un pajar. ¡Como si fuera posible!

—Da igual. Tienes que probar, ¿me has oído, Azelma?

Las filas volvieron a moverse en sentido contrario, a ambos lados del bulevar, y el coche de las máscaras perdió de vista el «carromato» de la novia.

II
JEAN VALJEAN SIGUE CON EL BRAZO EN CABESTRILLO

Que se realice un sueño. ¿A quién se le concede algo así? Para esas cosas debe de haber elecciones en el cielo; todos somos candidatos, sin saberlo; los ángeles votan. Cosette y Marius habían salido elegidos.

Cosette en el ayuntamiento y en la iglesia estaba radiante y enternecedora. La había vestido Toussaint, con la ayuda de Nicolette.

Cosette llevaba, encima de una falda de tafetán blanco, el vestido de guipur de Binche, un velo de punto de Inglaterra, un collar de perlas finas y una corona de azahar; todo era blanco, y, entre toda aquella blancura, resplandecía. Era un candor exquisito que crecía y se transfiguraba en claridad. Hubiérase dicho una virgen en trance de convertirse en diosa.

Marius llevaba el hermoso pelo lustroso y perfumado; se intuía, acá y allá, bajo los abundantes bucles, unas líneas pálidas que eran las cicatrices de la barricada.

El abuelo, espléndido, con la cabeza erguida, amalgamando más que nunca en su atuendo y sus modales todas las elegancias de tiempos de Barras, acompañaba a Cosette. Sustituía a Jean Valjean, que, por tener el brazo en cabestrillo, no podía llevar la mano de la novia.

Jean Valjean, vestido de negro, iba detrás, sonriente.

—Señor Fauchelevent —le decía el abuelo—, ¡qué día tan hermoso! Voto a favor del fin de las aflicciones y de las penas. No tiene que haber ya tristeza en parte alguna a partir de ahora. ¡Por Cristo! ¡Decreto la alegría! El mal no tiene derecho a existir. Que haya hombres desdichados es, en verdad, una vergüenza para el azul del cielo. El mal no viene del hombre, que en el fondo es bueno. Todas las miserias humanas tienen la capital y el gobierno en el infierno, es decir, en Les Tuileries del demonio. ¡Caramba, qué cosas tan demagógicas digo últimamente! En lo que a mí se refiere, no tengo ya opiniones políticas: que todos los hombres sean ricos, es decir, alegres: a eso me limito.

Cuando, tras concluir todas las ceremonias, tras haber dicho ante el alcalde y el sacerdote todos los síes habidos y por haber, tras haber firmado en el registro municipal y en el de la sacristía, tras haber intercambiado los anillos, tras haberse arrodillado codo con codo bajo el palio de moaré blanco entre el humo del incensario, llegaron Marius de negro y Cosette de blanco, cogidos de la mano mientras todos los admiraban y los envidiaban, en pos del pertiguero con charreteras de coronel que golpeaba las baldosas con su alabarda, entre dos filas de asistentes maravillados, bajo el porche de la iglesia cuya puerta estaba abierta de par en par, listos para volver a subir al coche, cuando ya estaba todo consumado, Cosette aún no podía creérselo. Miraba a Marius, miraba al gentío, miraba el cielo; parecía que tuviera miedo de despertarse. Su expresión asombrada e intranquila le daba un no sé qué encantador. Para regresar, subieron al mismo coche, Marius junto a Cosette; el señor Gillenormand y Jean Valjean se sentaron enfrente de ellos. La señorita Gillenormand había retrocedido a un segundo plano e iba en el coche siguiente. «Hijos míos —decía el abuelo—; ya sois el señor barón y la señora baronesa, con treinta mil libras de renta.» Y Cosette, arrimándose mucho a Marius, le acarició el oído con este cuchicheo angélico: «Así que es verdad. Me llamo Marius. Soy la señora Tú».

Esas dos criaturas resplandecían. Estaban en el minuto irrevocable e inigualable, en el deslumbrador punto de intersección de toda la juventud y toda la alegría. Eran la encarnación del poema de Jean Prouvaire; entre los dos sumaban menos de cuarenta años. Era la sublimación del matrimonio: esos dos niños eran dos azucenas. No se veían, se contemplaban. Cosette divisaba a Marius dentro de una aureola; Marius divisaba a Cosette en un altar. Y en ese altar y en esa aureola, mezclándose ambas apoteosis, al fondo, no muy clara, detrás de una nube para Cosette, en un resplandor de llamas para Marius, estaba el objeto ideal, el objeto real, la cita del beso y del ensueño, la almohada nupcial.

Todos los tormentos por los que habían pasado volvían a ellos convertidos en embriaguez. Les parecía que las penas, los insomnios, las lágrimas, las angustias, los espantos, las desesperaciones, tornados en caricias y rayos de luz, convertían en aún más deliciosa la hora deliciosa que se acercaba, y que las tristezas eran otras tantas sirvientas que estaban acicalando la alegría. ¡Qué bueno era haber sufrido! Su desventura era el nimbo de su dicha. La prolongada agonía de su amor desembocaba en una ascensión.

Reinaba el mismo hechizo en las dos almas, con un toque de voluptuosidad en Marius y un toque de pudor en Cosette. Se decían muy por lo bajo: Iremos a nuestro jardincito de la calle de Plumet para volver a verlo. Los pliegues del vestido de Cosette le caían encima a Marius.

Un día así es una mezcla inefable de sueño y certidumbre. Se posee y se supone. Queda aún tiempo por delante para intuir. En ese día es una emoción indecible que sea mediodía y pensar en la medianoche. A esos dos corazones se les desbordaban los deleites, que alcanzaban a la muchedumbre y alegraban a los transeúntes.

En la calle de Saint-Antoine, delante de Saint-Paul, la gente se paraba para ver a través del cristal de la ventanilla del coche temblar las flores de azahar en la cabeza de Cosette.

Regresaron, luego, a la calle de Les Filles-du-Calvaire, a su casa. Marius, junto a Cosette, subió, triunfal y radiante, aquellas escaleras por donde lo habían subido a rastras y moribundo. Los pobres, apiñados ante la puerta y repartiéndose las bolsas, los bendecían. Había flores por todas partes. No estaba menos perfumada la casa que la iglesia; tras el incienso, las rosas. Les parecía oír voces que cantaban en el infinito; tenían a Dios en el corazón; el destino semejaba un techo de estrellas; veían por encima de las cabezas un fulgor de sol naciente. El reloj dio la hora de pronto. Marius miró el brazo encantador de Cosette, al aire, y las formas sonrosadas que se intuían vagamente tras los encajes del cuerpo del vestido; y Cosette, viendo la mirada de Marius, se ruborizó hasta el blanco de los ojos.

Habían invitado a muchos amigos antiguos de la familia Gillenormand; Cosette estaba muy agasajada. A todos les faltaba tiempo para llamarla señora baronesa.

El oficial Théodule Gillenormand, ahora capitán, había venido de Chartres, donde estaba acuartelado, para asistir a la boda de su primo Pontmercy. Cosette no lo reconoció.

Él, por su parte, acostumbrado a gustar a las mujeres, no se acordó de Cosette, como no se acordaba de ninguna.

—¡Qué bien hice en no creerme la historia del lancero! —se decía Gillenormand para su coleto.

Colette nunca le había mostrado mayor ternura a Jean Valjean. Iba al unísono de Gillenormand; mientras él erigía aforismos y máximas en torno a la alegría, ella exhalaba amor y bondad como si fuera un perfume. La felicidad quiere que todos sean felices.

Recobraba, para hablarle a Jean Valjean, inflexiones de voz de cuando era niña. Lo acariciaba con la sonrisa.

Habían dispuesto un banquete en el comedor.

Una iluminación que emule la luz del día es el aderezo necesario para una gran alegría. Las personas felices no admiten la bruma y la oscuridad. No consienten en la negrura. La noche, sí; las tinieblas, no. Si no hay sol, hay que fabricarlo.

El comedor era una hoguera de objetos alegres. En el centro, en medio de la mesa blanca y resplandeciente, una araña veneciana de caras planas con toda clase de aves de colores, azules, moradas, rojas, verdes, posadas entre las velas; alrededor de la araña, candeleros; en la pared, apliques de espejos con tres y cinco brazos; espejos, cristales, cristalerías, vajillas, porcelanas, fayenzas, cerámicas, objetos de orfebrería, servicios de plata, todo lanzaba destellos y se regocijaba. Los huecos entre los candelabros los llenaban ramos de flores, de forma tal que donde no había una luz había una flor.

En el recibidor, tres violines y una flauta tocaban en sordina cuartetos de Haydn.

Jean Valjean se había sentado en una silla, en el salón, detrás de la puerta, cuya hoja estaba abierta delante de él de forma tal que casi lo ocultaba. Pocos momentos antes de que todos se sentaran a la mesa, Cosette se le acercó, como en un arrebato caprichoso, le hizo una profunda reverencia desplegando con ambas manos el vestido de novia y, con una sonrisa de tierna picardía, le preguntó:

—Padre, ¿está contento?

—Sí —dijo Jean Valjean—, estoy contento.

—Entonces ríase.

Jean Valjean se echó a reír.

Pocos momentos después, Basque anunció que la cena estaba servida. Los comensales entraron en el comedor, siguiendo al señor Gillenormand, que le daba el brazo a Cosette, y se distribuyeron según la disposición prevista, alrededor de la mesa.

Había dos sillones grandes, a derecha e izquierda de la novia, aquél para el señor Gillenormand y éste para Jean Valjean. El señor Gillenormand se sentó. El otro sillón se quedó vacío.

Buscaron con la vista al «señor Fauchelevent». Ya no estaba.

El señor Gillenormand le preguntó a Basque:

—¿Sabes dónde está el señor Fauchelevent?

—Señor —contestó Basque—, precisamente el señor Fauchelevent me ha pedido que le diga al señor que le dolía un poco la mano enferma y que no podía cenar con el señor barón y con la señora baronesa. Ruega que lo disculpen y dice que vendrá mañana por la mañana. Acaba de irse.

Aquel sillón vacío entibió por un momento las efusiones de la cena de bodas. Pero, aunque faltase el señor Fauchelevent, allí estaba el señor

Gillenormand, y el abuelo resplandecía por dos. Aseguró que el señor Fauchelevent hacía bien en acostarse temprano si todavía no se encontraba bien, pero sólo se trataba de una «pupa». Con esta afirmación bastó. Por lo demás, ¿qué es un rincón oscuro en una inundación de alegría como aquélla? Cosette y Marius estaban en uno de esos momentos egoístas y benditos en que no se cuenta con más facultades que la de ser consciente de la felicidad. Y, además, al señor Gillenormand se le ocurrió una idea.

—Por vida de… este sillón está vacío. Ven a sentarte, Marius. Tu tía te lo permitirá, aunque tenga derecho a tu presencia. Este sillón es para ti. Es legal y resulta simpático. Fortunato junto a Fortunata.

Aplausos de toda la mesa. Marius ocupó junto a Cosette el lugar de Jean Valjean; y las cosas se solucionaron de forma tal que Cosette, triste primero por la ausencia de Jean Valjean, acabó por alegrarse de ella. Siempre que el sustituto fuera Marius, Cosette no habría echado de menos al mismísimo Dios. Puso el suave piececito calzado de satén blanco encima del pie de Marius.

Una vez ocupado el sillón, el señor Fauchelevent quedó olvidado y nada faltó ya. Cinco minutos después, la mesa entera reía de punta a cabo con todo el ingenio del olvido.

A los postres, el señor Gillenormand, de pie, con una copa de vino de champaña en la mano, llena a medias para que no se derramase el contenido con el temblor de sus noventa y dos años, brindó a la salud de los novios.

—No vais a libraros de dos sermones —exclamó—. Por la mañana habéis tenido el del cura; y esta noche vais a tener el del abuelo. Oídme; voy a daros un consejo: adoraos. No voy a andarme con tonterías, voy al grano: sed felices. No hay en la creación más seres sensatos que los tórtolos. Los filósofos dicen: Hay que moderar los goces. Yo digo: Dad rienda suelta a vuestras alegrías. Seguid enamorados como diablos. Sed recalcitrantes. Los filósofos chochean. Me gustaría hacerles tragar esa filosofía suya. ¿Puede acaso haber demasiados aromas, demasiados capullos de rosa abiertos, demasiados ruiseñores cantando, demasiadas hojas verdes, demasiada aurora en la vida? ¿Pueden acaso dos personas gustarse demasiado? ¡Ten cuidado, Estelle, que eres demasiado bonita! ¡Ten cuidado, Némorin, que eres demasiado guapo! ¡Menuda patochada! ¿Es posible acaso estar demasiado encantado con el otro, hacerse demasiados mimos, sucumbir demasiado al mutuo hechizo? ¿Es posible estar demasiado vivo? ¿Es posible ser demasiado feliz? Moderad vuestras alegrías. ¿Y qué más? Abajo los filósofos. Lo sabio es el júbilo. Sed jubilosos, seamos jubilosos. ¿Somos felices porque somos buenos o somos buenos porque somos felices? ¿El Sancy se llama el Sancy porque perteneció a Harlay de Sancy o porque pesa ciento seis quilates?[72] No tengo ni idea; la vida está llena de cuestiones como ésa; lo importante es tener el Sancy y la felicidad. Sed felices sin racaneos. Obedezcamos ciegamente al sol. ¿Qué es el sol? Es el amor. Quien dice amor dice mujer.

¡Ajajá! Ésa sí que es una omnipotencia: la mujer. Preguntadle al demagogo este de Marius si no es el esclavo de esta tiranuela de Cosette. ¡Y de muy buen grado, el muy cobarde! ¡La mujer! No hay Robespierre que valga: la mujer es reina. Yo no soy monárquico más que de esa monarquía. ¿Qué es Adán? El reino de Eva. Para Eva no hay un 1789. Hubo el cetro real que remataba una flor de lis; hubo el cetro imperial que remataba un globo; hubo el cetro de Carlomagno que era de hierro; hubo el cetro de Luis el Grande que era de oro. La Revolución los retorció entre el pulgar y el índice, como briznas de paja de tres al cuarto; se acabó, rotos, por los suelos; ya no quedan cetros; pero ¡a ver quién es el guapo que le organiza una revolución a este pañuelito bordado que huele a pachulí! Me gustaría veros a vosotros. Probad. ¿Por qué es sólido? Porque es un trapo. ¡Ah, que sois el siglo XIX! Muy bien, ¿y qué? ¡Nosotros fuimos el siglo XVIII! Y éramos tan bobos como vosotros. No os vayáis a imaginar que habéis cambiado gran cosa en el universo porque lo que os mate sea el cólera morbo y vuestra bourrée se llame cachucha. En el fondo, nunca quedará otro remedio que querer a las mujeres. Os desafío a que cambiéis eso. Estas diablesas son nuestros ángeles. Sí, el amor, la mujer, el beso: es un círculo del que os desafío a que salgáis; y, en lo que a mí se refiere, bien me gustaría volver a entrar. ¿Quién de vosotros ha visto alzarse en el infinito, apaciguando todo cuanto está a sus pies, mirando las olas como una mujer, la estrella Venus, la gran coqueta del abismo, la Célimene del océano?

¡Menudo Alceste está hecho el océano! Pues, por mucho que refunfuñe, aparece Venus y no le queda más remedio que sonreír. Esa fiera se somete. Así somos todos. Ira, tempestad, rayos, espuma hasta el techo. Entra una mujer, nace una estrella; ¡todo el mundo boca abajo! Hace seis meses, Marius estaba combatiendo; hoy se casa. Bien hecho. Sí, Marius; sí, Cosette: tenéis razón. Vivid atrevidamente el uno para el otro, haceos carantoñas, matadnos de rabia por no poder hacer otro tanto, idolatraos. Coged con el pico todas las briznas menudas de felicidad que hay en la tierra y haceos con ellas un nido para toda la vida. ¡Amar y que lo amen a uno, cáspita, qué hermoso milagro cuando se es joven! No os vayáis a imaginar que es un invento vuestro. Yo también soñé; yo también pensé; yo también suspiré; yo también tuve un alma de luna llena. El amor es un niño de seis mil años. Al amor le corresponde una luenga barba blanca. Al lado de Cupido, Matusalén es un chiquillo. Desde hace sesenta siglos, el hombre y la mujer salen de apuros amando. El Diablo, que es muy listo, empezó a odiar al hombre; el hombre, que es más listo que él, empezó a amar a la mujer. Y así se hizo mayor bien a sí mismo que el daño que le hizo el Diablo. Esta astucia se le ocurrió en el paraíso terrenal. Amigos míos, el invento es viejo, pero es reciente. Disfrutad de él. Sed Dafnis y Cloe a la espera de ser Filemón y Baucis. Apañaos para no carecer de nada cuando estéis juntos, y que Cosette sea el sol para Marius y que Marius sea el universo para Cosette. Cosette, que el buen tiempo sea la sonrisa de tu marido; Marius, que la lluvia sea las lágrimas de tu mujer. Y que no llueva nunca en vuestro hogar. Os habéis hecho con el número premiado en la lotería, el amor en el sacramento; tenéis el premio gordo, cuidadlo bien, guardadlo bajo llave, no lo despilfarréis, adoraos y que el resto os importe un bledo. Creedme esto que os estoy diciendo. Es de sentido común. Y el sentido común no puede mentir. Sed uno para otro una religión. Cada cual tiene su forma de adorar a Dios. Y, ¡qué diantre, la mejor manera de adorar a Dios es querer a la mujer de uno! ¡Te quiero! Ése es mi catecismo. Todo el que ama es ortodoxo. El reniego de Enrique IV pone la santidad entre la comilona y la borrachera. ¡Por el empeine de san Gris! No soy de la religión de ese reniego. Se olvida de la mujer. Cosa que me extraña en un reniego de Enrique IV. Amigos míos: ¡viva la mujer! Soy viejo, según dicen, y es pasmoso lo joven que me siento. Me gustaría ir a oír gaitas en el bosque. Estos niños que consiguen ser hermosos y estar contentos me embriagan. Me casaría tan ricamente si alguien me aceptase. Es imposible suponer que Dios nos haya hecho para algo que no sea idolatrar, soltar arrullos, ser un adonis, ser palomo, ser gallo, darle a su amor con el pico de la mañana a la noche, mirarse en la mujercita de uno, estar orgulloso, sentirse triunfante, sacar el buche; para eso es la vida. Y en esto era, lo queráis o no, en lo que pensábamos nosotros, en nuestros tiempos, en los tiempos en que los jóvenes éramos nosotros. ¡Cuerpo de Satanás, y qué bonitas eran las mujeres entonces! ¡Y qué caritas tenían! ¡Qué chiquillas suculentas! Yo es que hacía estragos. Así que quereos. Si los jóvenes no se quisieran, no sé yo, la verdad, para qué iba a haber una primavera; y, por lo que a mí me toca, le pediría a Dios que se guardase todas esas cosas hermosas que nos muestra, y que nos las quitase, y que volviese a poner en su cajón las flores, los pájaros y las muchachas bonitas. Hijos míos, recibid la bendición de este anciano.

La velada fue animada, alegre, grata. El buen humor soberano del abuelo fue la pauta a toda la fiesta y todos se atuvieron a esa cordialidad casi centenaria. Bailaron un poco y se rieron mucho; fue una boda campechana. Podrían haber invitado al bonachón de Jadis. Por lo demás, allí estaba, en la persona de Gillenormand.

Hubo un alboroto. Y, luego, silencio.

Los novios se esfumaron. Poco después de la medianoche la casa de los Gillenormand se convirtió en un templo.

Aquí nos quedamos. En el umbral de las noches de bodas hay un ángel, de pie y sonriente, con un dedo en los labios. El alma entra en contemplación ante ese santuario donde transcurre la celebración del amor.

Tiene que haber resplandores encima de esas casas. La alegría que cobijan debe de brotar a través de las piedras de las paredes en forma de claridad y trazar inconcretos rayos en las tinieblas. Es imposible que esa fiesta sagrada y decisiva no envíe al infinito unos fulgores celestiales. El amor es el crisol sublime donde se funden el hombre y la mujer; surge de ahí el ser uno, el ser triple, el ser final, la trinidad humana. Este nacimiento de dos almas en una tiene que ser una emoción para la sombra. El amante es sacerdote; la virgen arrobada se espanta. Algo de esa alegría llega a Dios. Allí donde hay matrimonio de verdad, es decir, donde hay amor, hay también ideal. Un lecho nupcial es, entre las tinieblas, un rincón de aurora. Si le fuera dado a la pupila de carne vislumbrar las visiones terribles y encantadoras de la vida superior, es probable que viéramos formas de la noche, los desconocidos alados, los transeúntes azules de lo invisible, inclinarse, muchedumbre de cabezas oscuras, en torno a la casa luminosa, satisfechos, bendiciendo, señalándose unos a otros a la virgen esposa, dulcemente alarmada, y llevando el reflejo de la felicidad humana en sus rostros divinos. Si, en esa hora suprema, los esposos, a quienes deslumbra la voluptuosidad y que se creen a solas, aguzasen el oído, oirían en su cuarto un zumbido de alas confusas. La dicha perfecta implica la solidaridad de los ángeles. El techo de esa alcoba pequeña y a oscuras es el cielo entero. Cuando dos bocas, que el amor ha convertido en sagradas, se arriman para crear, es imposible que por encima de ese beso inefable no haya un estremecimiento en el inmenso misterio de las estrellas.

Éstas son las auténticas dichas. No hay alegría sin esas alegrías. El amor, no hay más éxtasis que ése. Todo lo demás es llanto.

Amar o haber amado, con eso basta. No pidáis nada más luego. No hay más perla que encontrar en los repliegues tenebrosos de la vida. Amar es una consumación.

III
LA INSEPARABLE

¿Qué había sido de Jean Valjean?

Nada más echarse a reír tras la cariñosa conminación de Cosette, al ver que nadie se fijaba en él, Jean Valjean se puso de pie e, inadvertido, llegó al recibidor. Era esa misma estancia donde, ocho meses antes, había entrado, negro de barro, de sangre y de pólvora, para devolverle el nieto al abuelo. Guirnaldas de hojas y flores adornaban los antiguos entrepaños de madera de las paredes; los músicos estaban sentados en el sofá donde habían colocado a Marius. Basque, con frac negro, calzón y medias y guantes blancos, colocaba coronas de rosas alrededor de todas las fuentes que iban a servir. Jean Valjean le enseñó el brazo en cabestrillo, dejó a su cargo la explicación de su ausencia y salió.

Las ventanas del comedor daban a la calle. Jean Valjean se quedó unos minutos, a pie firme e inmóvil, en la oscuridad, bajo esas ventanas radiantes. Escuchaba. Le llegaba el ruido confuso del banquete. Oía la voz alta y magistral del abuelo, los violines, el tintineo de los platos y de las copas, las carcajadas; y, entre todo ese rumor alegre, oía la voz jubilosa de Cosette.

Se fue de la calle de Les Filles-du-Calvaire y se volvió a la calle de L'Homme-Armé.

Para volver tiró por la calle de Saint-Louis, la calle de Culture-Sainte- Catherine y Les Blancs-Manteaux; era un camino algo más largo, pero era el mismo por el que, desde hacía tres meses, para evitar los atascos y el barro de la calle Vieille-du-Temple, solía ir a diario con Cosette de la calle de L'Homme-Armé a la calle de Les Filles-du-Calvaire.

Aquel camino, por el que había pasado Cosette, excluía para él cualquier otro.

Jean Valjean regresó a su casa. Encendió la vela y subió. La vivienda estaba vacía. Ni siquiera Toussaint estaba ya allí. Los pasos de Jean Valjean sonaban en las habitaciones más de lo acostumbrado. Todos los armarios estaban abiertos. Entró en el cuarto de Cosette. Ya no había sábanas en la cama. La almohada de cutí, sin funda y sin encajes, estaba encima de las mantas dobladas al pie del colchón, que tenía la funda al aire y en el que nadie volvería ya a dormir. Se habían llevado todos los menudos objetos femeninos a los que tenía apego Cosette; sólo quedaban los muebles grandes y las cuatro paredes. También la cama de Toussaint estaba sin sábanas. Sólo había una cama hecha y que pareciera estar esperando a alguien, y era la de Jean Valjean.

Jean Valjean miró las paredes, cerró las puertas de algunos armarios, anduvo de una habitación a otra.

Entró luego en su cuarto, y puso la vela encima de una mesa.

Había sacado el brazo del cabestrillo y usaba la mano derecha como si ya no le doliera.

Se acercó a su cama y clavó la vista, ¿fue por casualidad?, ¿fue intencionadamente?, en la inseparable, de la que había tenido celos Cosette, en la maletita de la que nunca se separaba. El 4 de junio, al llegar a la calle de L'Homme-Armé, la había dejado en un velador, junto a la cabecera de la cama. Se acercó a ese velador con cierta animación, se sacó una llave del bolsillo y abrió la maleta.

Sacó despacio la ropa con la que, diez años antes, Cosette se había ido de Montfermeil; primero, el vestidito negro, luego la pañoleta negra, luego los enternecedores zapatones de niña que Cosette habría podido casi seguir usando ahora, de tan pequeño como tenía el pie; luego la camisa de franela, bien abrigada, luego las enaguas de punto, luego el delantal con bolsillos, luego las medias de lana. Aquellas medias, que conservaban aún la forma grácil de una piernecita, no eran mucho más largas que la mano de Jean Valjean. Todo era negro. Era él quien había llevado a Montfermeil esa ropa para la niña. Según la iba sacando de la maleta, la dejaba encima de la cama. Pensaba. Recordaba. Era invierno, un mes de diciembre muy frío; la niña tiritaba, medio desnuda, vestida de harapos, con los piececitos rojos en los zuecos. Él, Jean Valjean, le mandó que se quitase aquellos andrajos y que se pusiera la ropa de luto. La madre debía de haberse alegrado en la tumba al ver a su hija llevar luto por ella y, sobre todo, al ver que iba vestida y abrigada. Jean Valjean se acordaba del bosque de Montfermeil; lo habían cruzado juntos Cosette y él; se acordaba del tiempo que hacía, de los árboles sin hojas, del bosque sin pájaros, del cielo sin sol; pero, qué más daba, era delicioso. Ordenó las prendas pequeñas encima de la cama, la pañoleta junto a las enaguas, las medias al lado de los zapatos, la camisa junto al vestido, y las miró, una tras otra. Era una niña tan pequeña, llevaba la muñeca grande en brazos, se había metido el luis de oro en el bolsillo del delantal, se reía, iban los dos de la mano y ella sólo lo tenía a él en el mundo.

Entonces, la venerable cabeza blanca se desplomó encima de la cama, aquel viejo corazón estoico se quebró, la cara se abismó, por así decirlo, en la ropa de Cosette y, si alguien hubiera pasado por las escaleras en aquellos momentos, habría oído unos sollozos espantosos.

IV
IMMORTALE JECUR

Se reanudó la antigua lucha, tremenda, varias de cuyas fases hemos presenciado ya.

Jacob sólo luchó con el ángel una noche. Cuántas veces, ¡ay!, hemos visto a Jean Valjean a brazo partido en las tinieblas con su conciencia y luchando desesperadamente con ella.

¡Lucha inaudita! Hay momentos en que el pie resbala; en otros, se hunde el suelo. ¡Cuántas veces lo había oprimido y agobiado esa conciencia empecinada en el bien! ¡Cuántas veces le había puesto la rodilla en el pecho la verdad inexorable! ¡Cuántas veces, derribado por la luz, le había pedido clemencia a voces! ¡Cuántas veces esa luz implacable que el obispo había encendido en él y sobre él lo había alumbrado a la fuerza cuando lo que deseaba era que lo cegase! ¡Cuántas veces había vuelto a levantarse en el combate, se había aferrado a la roca, había apoyado las espaldas en el sofisma, se había arrastrado por el polvo, tan pronto derribando a su conciencia y aplastándola con su peso como cayendo derribado por ella! Cuántas veces, tras un equívoco, tras un razonamiento traidor y especioso del egoísmo oyó a su conciencia gritarle al oído: ¡Zancadilla! ¡Miserable!

¡Cuántas veces su mente, refractaria, había exhalado un estertor convulso ante la evidencia del deber! Resistencia a Dios. Sudores fúnebres. ¡Cuántas heridas secretas que sólo él notaba cómo sangraban! ¡Cuántas desolladuras en su mísera existencia! ¡Cuántas veces se había vuelto a levantar ensangrentado, magullado, postrado, más lúcido, con la desesperación en el corazón y la serenidad en el alma! Y, vencido, se sentía vencedor. Y, tras haberlo dislocado, atenazado y quebrantado, su conciencia, de pie y poniéndole el pie encima, temible, luminosa, tranquila, le decía: ¡Y ahora ve en paz!

Pero, al salir de tan sombría lucha, qué paz, ¡ay!, tan lúgubre.

Esa noche, no obstante, Jean Valjean notó que estaba riñendo el último combate.

Tenía ante sí una pregunta cruel.

Las predestinaciones no caminan recto, no se desarrollan como una avenida rectilínea ante el predestinado; tienen callejones sin salida, intestinos ciegos, revueltas oscuras, encrucijadas inquietantes que brindan varios caminos. Jean Valjean estaba parado, en esos momentos, en la más peligrosa de esas encrucijadas.

Había llegado al cruce supremo del bien y del mal. Tenía ante la vista esa tenebrosa intersección. También en esta ocasión, como ya le había sucedido en otras peripecias dolorosas, se abrían ante él dos caminos: uno, tentador; el otro, espantoso. ¿Por cuál tirar?

El que infundía temor, ése era el que aconsejaba el misterioso dedo indicador que vemos todos cada vez que clavamos los ojos en la sombra.

Jean Valjean tenía que escoger una vez más entre el puerto aterrador y la trampa risueña.

¿Es, pues, cierto que el alma tiene cura, pero la suerte, no? ¡Qué cosa tan espantosa! ¡Un destino incurable!

Ésta era la pregunta que se le presentaba:

¿De qué forma iba a comportarse Jean Valjean en lo tocante a la dicha de Cosette y de Marius? Esa dicha, era él quien la había querido, era él quién la había forjado; se la había clavado a sí mismo hasta las entrañas; y, en el momento actual, al fijarse en ello, podía sentir esa satisfacción que sentiría un armero que reconociera su marca de fábrica en una navaja al tiempo que se la sacaba, humeante de sangre del pecho.

Cosette tenía a Marius; Marius poseía a Cosette. Lo tenían todo, incluso la riqueza. Y era obra suya.

Pero esa dicha, ahora que existía, ahora que había llegado, ¿qué iba a hacer con ella él, Jean Valjean? ¿Iba a imponer su presencia en esa dicha?

¿Iba a tratarla como si le perteneciera? Cosette era de otro, no cabía duda; pero él, Jean Valjean, ¿iba a quedarse con cuanto pudiera de Cosette? ¿Iba a seguir siendo esa especie de padre, visto a medias, pero respetado, que había sido hasta entonces? ¿Iba a meterse tranquilamente en casa de Cosette? ¿Iba a llevar, sin decir palabra, su pasado a ese porvenir? ¿Iba a presentarse como derechohabiente e iría a sentarse, velado, ante ese hogar luminoso? ¿Iba a tomar entre las suyas, trágicas, sonriéndoles, las manos de esos inocentes? ¿Iba a poner en los apacibles morillos del salón de los Gillenormand aquellos pies suyos que arrastraban en pos la sombra infamante de la ley? ¿Iba a pretender una participación en las oportunidades de Cosette y Marius? ¿Iba a volver más densa la oscuridad sobre su cabeza y la nube sobre las de ellos? ¿Iba a colocar a un tercero, su catástrofe, junto a las dos felicidades de ellos? ¿Iba a seguir callando? En pocas palabras,

¿iba a ser, junto a esos dos seres dichosos, el mudo siniestro del destino?

Hay que estar familiarizado con la fatalidad y sus encuentros para atreverse a alzar la vista cuando hay ciertas preguntas que se nos brindan en su espantosa desnudez. El bien o el mal se hallan entre esos severos signos de interrogación. ¿Qué vas a hacer?, pregunta la esfinge.

Jean Valjean estaba familiarizado con pruebas así. Clavó la mirada en la esfinge.

Pasó revista a todas las facetas del inmisericorde problema.

Cosette, aquella existencia encantadora, era la balsa de ese náufrago.

¿Qué hacer? ¿Aferrarse a ella o abrir las manos?

Si se aferraba, salía del desastre, volvía a subir a la luz del sol, dejaba que le escurriese el agua amarga de la ropa y del pelo, estaba salvado, vivía.

¿Iba a abrir las manos? En tal caso, el abismo.

Deliberaba así, dolorosamente, con sus pensamientos. O, mejor dicho, luchaba, se abalanzaba con una rabia impetuosa por dentro, atacando ora su voluntad, ora su convencimiento.

Fue una dicha para Jean Valjean que pudiera llorar. Le aportó cierta luz. Sin embargo, los principios fueron fieros. Una tempestad, más rabiosa aún que la que, tiempo atrás, lo había empujado hacia Arras, se desencadenó en él. Le volvía el pasado y lo compulsaba con el presente; los comparaba y sollozaba. Abierta ya la compuerta de las lágrimas, el desesperado se retorcía.

Se sentía prisionero.

Por desgracia, en ese pugilato a ultranza entre nuestro egoísmo y nuestro deber, cuando retrocedemos así, paso a paso, ante nuestro ideal inmutable, extraviados, encarnizados, exasperados si cedemos, disputando el terreno, a la espera de una escapatoria posible, buscando una salida, ¡qué resistencia tan brusca y siniestra es la pared que tenemos a la espalda, cuando estamos entre la espada y la pared!

¡Notar el obstáculo de la oscuridad sagrada!

¡Lo invisible inexorable, qué obsesión!

Nunca, pues, acabamos con la conciencia. Resígnate, Bruto; resígnate, Catón. No tiene fondo, porque es Dios. Arrojamos a ese pozo el trabajo de toda una vida, arrojamos la fortuna, arrojamos la riqueza, arrojamos el éxito, arrojamos la libertad o la patria, arrojamos el bienestar, arrojamos el reposo, arrojamos la alegría. ¡Más, más! ¡Vaciad el vaso! ¡Inclinad la urna! Al final, hay que acabar por arrojar el corazón.

Hay por algún sitio, entre la bruma de los infiernos antiguos, un tonel así.

¿No se nos puede perdonar acaso que acabemos por negarnos? ¿Puede tener algún derecho lo inagotable? ¿No están las cadenas infinitas por encima de la fortaleza humana? ¿Quién censuraría a Sísifo y a Jean Valjean si dijeran: ya basta?

El roce limita la obediencia de la materia; ¿no existe un límite para la obediencia del alma? Si el movimiento perpetuo es imposible, ¿es exigible la abnegación perpetua?

El primer paso no tiene importancia; el difícil es el último. ¿Qué había sido el caso Champmathieu comparado con la boda de Cosette y las consecuencias que traía consigo? ¿Qué es volver al presidio si se compara con volver al anonadamiento?

¡Ah, primer peldaño por bajar, qué oscuro estás! ¡Ah, segundo peldaño, qué negro eres!

¿Cómo no desviar la cara esta vez?

El martirio es una sublimación, una sublimación corrosiva. Es una tortura que equivale a una consagración y una coronación. Puede tolerarse durante la primera hora; nos sentamos en el trono de hierro al rojo, nos colocamos en la frente la corona de hierro al rojo, aceptamos el globo de hierro al rojo, cogemos el cetro de hierro al rojo; pero todavía nos queda vestir el manto de llamas; ¿y no ha de haber un momento en que la carne mísera se subleve y en que abdiquemos del suplicio?

Por fin alcanzó Jean Valjean la calma del abatimiento.

Sopesó, meditó, examinó las alternativas de esa misteriosa balanza de luz y sombra.

Imponer el presidio, que era suyo, a esos dos niños deslumbrantes o consumar con sus propias manos su hundimiento irremediable. Por una parte, sacrificar a Cosette; por otra, sacrificarse él.

¿A qué solución se atuvo?

¿Qué determinación tomó? ¿Cuál fue, en su fuero interno, la respuesta definitiva que le dio al incorruptible interrogatorio de la fatalidad? ¿Qué puerta decidió abrir? ¿Qué parte de su vida tomó el partido de cerrar y condenar? De entre todas esas escarpaduras insondables que lo rodeaban, ¿con cuál se quedó? ¿Qué extremidad aceptó? ¿A cuál de esas simas asintió con la cabeza?

Aquel ensimismamiento vertiginoso duró toda la noche.

Allí se quedó, hasta que se hizo de día, en la misma postura, doblado en dos encima de aquella cama, prosternado bajo el peso de la enormidad de la suerte, aplastado, ¡ay!, quizá, con los puños crispados, los brazos estirados en ángulo recto, como un crucificado desenclavado que hubiesen arrojado al suelo boca abajo. Así estuvo doce horas, las doce horas de una larga noche de invierno, aterido, sin levantar la cabeza ni decir una palabra. Estaba inmóvil como un cadáver mientras el pensamiento se le revolcaba por los suelos y remontaba el vuelo, a ratos como la hidra y a ratos como el águila. Al verlo así, sin movimiento, hubiérase dicho un muerto; de repente, tenía un sobresalto convulso y la boca, pegada a la ropa de Cosette, la besaba; entonces se notaba que estaba vivo.

¿Quién lo notaba? ¿Quién era «se» si Jean Valjean estaba solo y no había nadie presente?

El Se que está en las tinieblas.

LIBRO SÉPTIMO
LAS HECES DEL CÁLIZ

I
EL SÉPTIMO CÍRCULO Y EL OCTAVO CIELO

La mañana siguiente a una boda es solitaria. La gente respeta el recogimiento de las personas felices. Y también, en cierto modo, respeta que duerman algo más. El barullo de las visitas y de las enhorabuenas no comienza hasta más tarde. La mañana del 17 de febrero eran algo más de las doce del mediodía cuando Basque, con el paño y el plumero debajo del brazo, ocupado en «hacer el recibidor», oyó un golpe flojo en la puerta. No habían tocado la campanilla, discreción de agradecer en un día así. Basque abrió y vio al señor Fauchelevent. Lo hizo pasar al salón, aún empantanado y revuelto y que parecía el campo de batalla de los regocijos de la víspera.

—Caramba, señor, es que nos hemos despertado tarde —comentó Basque.

—¿Está levantado el señor? —preguntó Jean Valjean.

—¿Qué tal el brazo, señor? —contestó Basque.

—Mejor. ¿Está levantado el señor?

—¿Cuál? ¿El viejo o el nuevo?

—El señor Pontmercy.

—¿El señor barón? —dijo Basque poniéndose firme.

Uno es barón sobre todo para sus criados. Algo les toca; tienen eso que un filósofo llamaría la salpicadura del título, y se sienten halagados. Marius, digámoslo de paso, republicano militante, como bien había demostrado, era ahora barón a pesar suyo. Había ocurrido en la familia, en lo referido a ese título, una revolución en pequeño. Ahora era el señor Gillenormand el que tenía empeño en que lo usara y Marius lo veía con desapego. Pero el coronel Pontmercy había dejado escrito: Mi hijo llevará mi título. Marius obedecía. Y, además, Cosette, en quien empezaba a apuntar la mujer, estaba encantada de ser baronesa.

—¿El señor barón? —repitió Basque—. Voy a ver. Voy a decirle que está aquí el señor Fauchelevent.

No. No le diga que soy yo. Dígale que alguien quiere hablar con él en privado y no le dé ningún nombre.

—¡Ah! —dijo Basque.

—Quiero darle una sorpresa.

—¡Ah! —repitió Basque, dándose a sí mismo el segundo ¡ah! como explicación del primero.

Y salió.

Jean Valjean se quedó solo.

El salón, como acabamos de decir, estaba en completo desorden. Daba la impresión de que, aguzando el oído, habría podido oírse el inconcreto rumor de la boda. Había en el suelo toda clase de flores caídas de las guirnaldas y de los peinados. Las velas, que habían ardido hasta el cabo, añadían al cristal de las arañas estalactitas de cera. No había ni un mueble en su sitio. En los rincones, tres y cuatro sillones, arrimados unos a otros y haciendo corro, parecían proseguir una charla. El conjunto era risueño. Queda aún cierto encanto en una fiesta muerta. Ha sido un suceso feliz. En ese maremágnum de sillas, entre esas flores que se marchitan, bajo esas luces apagadas, los pensamientos han sido alegres. El sol tomaba el relevo de las arañas y entraba alegremente en el salón.

Transcurrieron unos minutos. Jean Valjean estaba inmóvil en el sitio en que Basque lo había dejado. Estaba muy pálido. Tenía ojeras, y los ojos tan hundidos en las órbitas debido al insomnio que casi no se le veían. El frac negro estaba ajado, como una prenda con que se ha pasado la noche. Le manchaba de blanco los codos esa pelusilla que se queda pegada al paño cuando se roza con la ropa de casa. Jean Valjean miraba, a sus pies, el dibujo de la ventana que el sol trazaba en la tarima del suelo.

Oyó un ruido en la puerta y alzó la vista.

Marius entró con la cabeza erguida, la boca risueña, una luz indescriptible en el rostro, la frente despejada, la mirada triunfal. Tampoco él había dormido.

—¡Es usted, padre! —exclamó al ver a Jean Valjean—; ¡ese idiota de Basque me ha venido con aires misteriosos! Pero ha madrugado demasiado.

Sólo son las doce y media. Cosette todavía está durmiendo.

Esa palabra: padre, en labios de Marius y dirigida al señor Fauchelevent, equivalía a: dicha suprema. Sabido es que siempre había habido entre ambos trato escabroso, frialdad y tirantez; hielo por romper o por derretir. Marius estaba en un punto tal de embriaguez que la escabrosidad se suavizaba, el hielo se deshacía y el señor Fauchelevent era para él, igual que para Cosette, un padre.

Siguió hablando; se le desbordaban las palabras, cosa propia de esos divinos paroxismos de la alegría:

—¡Cuánto me alegro de verlo! ¡Si supiera cuánto lo echamos de menos ayer! Buenos días, padre. ¿Qué tal la mano? Mejor, ¿verdad?

Y, satisfecho con la grata respuesta que se daba a sí mismo, añadió:

—Hemos estado hablando mucho de usted los dos. ¡Cosette lo quiere tanto! Que no se le olvide que tiene aquí su habitación. No queremos volver a saber nada de la calle de L'Homme-Armé. Lo que se dice nada. ¿Cómo pudo irse a vivir a una calle así, que está enferma, que está enfurruñada, que es fea, que tiene una barrera en un extremo, en que hace frío, en donde no se puede entrar? Tiene que venirse a vivir aquí. Y hoy mismo. O tendrá que vérselas con Cosette. Está dispuesta a ponernos a todos firmes, se lo aviso. Ya ha visto usted su cuarto, está muy cerca del nuestro y da a los jardines; hemos mandado arreglar la cerradura, la cama está hecha, la habitación está lista, sólo falta que venga usted. Cosette ha colocado junto a la cama una poltrona grande, antigua, de terciopelo de Utrecht, y le ha dicho: ábrele los brazos. Todas las primaveras viene un ruiseñor al grupo de acacias que está delante de sus ventanas. Lo tendrá ahí dentro de dos meses. Tendrá su nido a la izquierda y el nuestro a la derecha. De noche, cantará el ruiseñor, y de día, hablará Cosette. Su habitación está orientada al sur. Cosette le colocará sus libros, su viaje del capitán Cook, y el otro, el de Vancouver, y todas sus cosas. Creo que hay entre ellas una maletita a la que tiene usted mucho apego; le he preparado un rincón con todos los honores. Se ha metido en el bolsillo a mi abuelo, le gusta usted. Viviremos juntos. ¿Sabe jugar al whist? Colmaría de alegría a mi abuelo si supiera jugar al whist. Los días en que tenga que ir yo al palacio de justicia, será usted quien lleve de paseo a Cosette; le dará el brazo, ya sabe, como entonces, en Le Luxembourg.

Estamos completamente decididos a ser muy felices. Y usted participará en nuestra felicidad, ¿me oye, padre? Por cierto, ¿almuerza hoy con nosotros?

—Caballero —dijo Jean Valjean—, tengo que decirle una cosa. Soy un antiguo presidiario.

El límite de los sonidos agudos audibles puede superar de la misma forma las facultades de la mente y las del oído. Esas palabras: Soy un antiguo presidiario, saliendo de los labios del señor Fauchelevent y entrando en los oídos de Marius, iban más allá de lo posible. Marius no las oyó. Le pareció que acababan de decir algo, pero no supo qué. Se quedó con la boca abierta.

Se dio cuenta entonces de que el hombre que le hablaba daba miedo. Lo cegaba su deslumbramiento y no se había fijado hasta entonces en aquella palidez terrible.

Jean Valjean desató la corbata negra que le sujetaba el brazo derecho, se quitó el lienzo que le envolvía la mano, dejó el pulgar al aire y se lo enseñó a Marius.

—No me pasa nada en la mano —dijo. Marius le miró el pulgar.

—Nunca me ha pasado nada —añadió Jean Valjean.

Efectivamente, no había ni rastro de herida. Jean Valjean siguió diciendo:

—Era conveniente que yo no estuviera presente en su boda. He estado lo menos presente que he podido. Fingí esta herida para no cometer una falsificación, para no introducir un motivo de nulidad en la partida de matrimonio, para no tener que firmar.

Marius balbució:

—¿Qué quiere decir esto?

—Quiere decir —contestó Jean Valjean— que he estado en presidio.

—¡Me va a volver loco! —exclamó Marius, espantado.

—Señor Pontmercy —dijo Jean Valjean—, pasé diecinueve años en presidio. Por robo. Luego me condenaron a perpetuidad. Por robo. Por reincidencia. Ahora mismo, soy un evadido.

Por mucho que quisiera Marius retroceder ante la realidad, negar los hechos, resistirse a la evidencia, tenía que rendirse a ella. Empezaba a entender, y, como sucede siempre en tales casos, entendió de más. Sintió el escalofrío de un repulsivo relámpago interior; una idea lo hizo estremecerse al cruzarle por la mente. Vio a medias en el porvenir un destino deforme para sí.

—¡Dígalo todo, dígalo todo! —gritó—. ¡Es usted el padre de Cosette! Y retrocedió dos pasos con un gesto de espanto indecible.

Jean Valjean irguió la cabeza en actitud tan majestuosa que pareció crecer hasta el techo.

—Es preciso que me crea, caballero; y, aunque ante la justicia no tengan validez nuestros juramentos…

Aquí hubo un silencio; luego, con algo así como una autoridad soberana y sepulcral, añadió, articulando despacio y recalcando las sílabas:

—… Usted me creerá. ¡Yo, el padre de Cosette! No ante Dios, señor barón de Pontmercy; yo soy un campesino de Faverolles. Me ganaba la vida podando árboles. No me llamo Fauchelevent, me llamo Jean Valjean. No soy nada de Cosette, puede estar tranquilo.

Marius balbució:

—¿Eso quién me lo prueba?

—Yo. Porque yo lo digo.

Marius miró a aquel hombre. Estaba sombrío y tranquilo. No podía salir ninguna mentira de aquella calma. Lo gélido es sincero. Se palpaba la verdad en aquella frialdad de tumba.

—Lo creo a usted —dijo Marius.

Jean Valjean asintió con la cabeza como para tomar constancia y siguió diciendo:

—¿Qué soy para Cosette? Un transeúnte. Hace diez años, no sabía que existía. La quiero, eso es cierto. Cuando has visto de pequeña a una niña y eres ya un viejo, la quieres. Cuando uno es viejo, se siente uno como un abuelo para todos los niños pequeños. Creo que sí puede dar usted por hecho que tengo algo que se parece a un corazón. Era huérfana. Sin padre ni madre. Me necesitaba. Por eso empecé a quererla. Son tan débiles los niños que el primero que llega, un hombre como yo, puede hacerles de protector. Cumplí ese deber con Cosette. No creo que pueda llamarse en realidad buena acción a una cosa tan pequeña; pero, si es una buena acción, digamos que sí, que la hice. Tome nota de esa circunstancia atenuante. Hoy, Cosette sale de mi vida; nuestros dos caminos se separan. A partir de ahora no puedo ya hacer nada por ella. Es la señora Pontmercy. Ha cambiado de providencia. Y Cosette sale ganando con el cambio. Todo está bien como está. De los seiscientos mil francos, no me ha dicho usted nada, pero voy a tomar la delantera a lo que pudiera usted pensar: es un depósito. ¿Que cómo estaba en mis manos ese depósito? ¿Qué más da? Devuelvo el depósito. Ya no hay nada que pedirme. Completo esa restitución diciendo mi nombre auténtico. Eso es también cosa mía. Y yo tengo empeño en que sepa usted quién soy.

Y Jean Valjean miró a Marius a la cara.

Todo cuanto sentía Marius era tumultuoso e incoherente. Hay ráfagas de viento del destino que nos levantan olas como ésa en el alma.

Todos hemos pasado por momentos de alteración así en que todo se nos desperdiga por dentro; decimos lo primero que se nos ocurre, que no es siempre precisamente lo que habría que decir. Hay revelaciones súbitas con las que no podemos y que emborrachan como un vino funesto. Marius se había quedado estupefacto ante la situación nueva que estaba viendo, y tanto lo estaba que llegó a hablarle a aquel hombre casi como si le guardase rencor por la confesión.

—Pero ¡vamos a ver! —exclamó—. ¿Por qué me cuenta usted todo eso? ¿Quién lo obliga a ello? Podía haber guardado el secreto. Nadie lo ha denunciado, ni lo persigue, ni lo acosa. Tiene algún motivo para hacer de grado una revelación así. Concluya. Hay algo más. ¿Por qué esta confesión? ¿Por qué motivo?

—¿Por qué motivo? —contestó Jean Valjean con voz tan baja y tan sorda que hubiérase dicho que hablaba consigo mismo más que con Marius—. Efectivamente, ¿por qué motivo viene este presidiario a decir: soy un presidiario? Pues bien, sí, el motivo es raro. Es por honradez. Mire, lo malo es que llevo un hilo aquí, en el corazón, que me tiene atado. Los hilos así son resistentes sobre todo cuando eres viejo. La vida entera se va deshaciendo alrededor, y ellos aguantan. Si hubiera podido arrancarme ese hilo, romperlo, deshacer el nudo o cortarlo, irme muy lejos, estaba salvado, podría haberme ido; hay diligencias en la calle de Le Bouloy; los dos son felices y yo me voy. Intenté romper ese hilo, tiré de él, y aguantó, no se rompió, al arrancarlo me arrancaba el corazón. Entonces he dicho: no puedo vivir más que donde vivo. Tengo que quedarme. Sí, sí, tiene usted razón, soy un imbécil; ¿por qué no quedarme, sencillamente? Usted me ofrece una habitación en esta casa, la señora Pontmercy me tiene cariño, le dice a ese sillón: ábrele los brazos; su abuelo está encantado de tenerme aquí, le gusto, viviremos todos juntos, comeremos en la misma mesa, le daré el brazo a Cosette… a la señora Pontmercy, perdón, es la costumbre, no tendremos sino un techo, una mesa, un fuego, el mismo sitio al amor de la lumbre en invierno, el mismo paseo en verano, eso es la felicidad, eso es todo. Viviremos en familia. ¡En familia!

Al decir esa palabra, Jean Valjean se puso hosco. Se cruzó de brazos, miró el suelo que pisaba como si quisiera abrir una sima y, de pronto, le retumbó la voz:

—¡En familia! No. Yo no soy de ninguna familia. No soy de la de usted. No soy de la familia de los hombres. Sobro en las casas en que sus habitantes están entre sí. Hay familias, pero no son para mí. Yo soy el desventurado, estoy fuera. ¿Tuve un padre y una madre? Casi lo dudo. El día en que casé a esta niña, todo se acabó; la he visto feliz, y que estaba con el hombre al que ama, y que había un anciano bueno, un matrimonio de dos ángeles y todas las alegrías en esa casa, y que estaba bien que así fuera; me he dicho: Tú no entres. Podía mentir, es cierto, podía engañarlos a todos, seguir siendo el señor Fauchelevent. Mientras lo hacía por ella, pude mentir; pero ahora que mentiría por mí, no debo hacerlo. Bastaba con que me callase, es cierto, y todo habría seguido adelante. ¿Me pregunta qué me obliga a hablar? Una cosa peculiar: mi conciencia. Y eso que callarme era tan fácil. He pasado la noche intentando convencerme de ello; me está usted confesando, y lo que acabo de decirle es tan extraordinario que está en su derecho; pues sí, me he pasado la noche dándome razones, me he dado muy buenas razones, le aseguro que he hecho cuanto he podido. Pero hay dos cosas que no he conseguido: ni romper el hilo que me sujeta aquí por el corazón, clavado, remachado y sellado, ni lograr que se callase alguien que me habla por lo bajo cuando estoy solo. Y por eso he venido esta mañana a confesárselo todo. Todo o casi. Sería inútil contar cosas que sólo me atañen a mí; me lo guardo. Lo esencial, ya lo sabe. Así que agarré mi misterio y se lo he traído. Y he destripado mi secreto en presencia suya. No ha sido una decisión fácil de tomar. He luchado toda la noche. ¡Ah! ¿Cree acaso que no me he dicho que éste no era el caso Champmathieu; que al ocultar cómo me llamaba no le hacía daño a nadie; que el apellido Fauchelevent me lo dio el propio Fauchelevent en agradecimiento por un favor que le había hecho; y que no había inconveniente en que me quedase con él; y que sería feliz en esa habitación que me ofrece, que no estorbaría, que me quedaría en mi rinconcito y, mientras usted tenía a Cosette, yo tendría el pensamiento de que estaba en la misma casa que ella? Todos habríamos tenido nuestra parte proporcional de dicha. Todo se arreglaba con seguir siendo el señor Fauchelevent. Sí, todo menos mi alma. La alegría me cubría por completo, pero seguía teniendo a oscuras el fondo del alma. No basta con ser feliz, hay que estar contento. De esa forma habría seguido siendo el señor Fauchelevent; de esta forma habría ocultado mi verdadero rostro; de esta forma, mientras presenciaba el florecimiento de los dos, habría habido en mí un enigma; de esta forma, entre la luz de pleno día de los dos, yo habría tenido tinieblas; de esta forma, sin previo aviso, así por las buenas, habría traído el presidio al hogar de los dos; me habría sentado a la mesa de los dos mientras pensaba que, de haberlo sabido, me habríais expulsado; habría dejado que me sirvieran unos criados que, de haberlo sabido, habrían dicho: ¡Qué espanto! Habría rozado con el codo a quienes estarían en su derecho si no quisieran ese roce; habría robado los apretones de manos. En esta casa el respeto se habría repartido entre canas venerables y canas reprobables; en las horas más íntimas, cuando todos los corazones hubieran pensado que estaban abiertos unos para otros hasta lo hondo, cuando hubiéramos estado los cuatro juntos, los dos y su abuelo de usted y yo, ¡habría habido un desconocido! Habría estado codo con codo con estas existencias sin poder pensar más que en no levantar nunca la tapa de mi tremendo pozo. Y, de esa forma, yo, un muerto, me habría impuesto a los vivos. A Cosette la habría condenado a mí a perpetuidad. ¡Usted, ella y yo habríamos sido tres cabezas dentro del gorro verde! ¿No se estremece? Ahora sólo soy el más acongojado de los hombres; habría sido el más monstruoso. ¡Y ese crimen lo habría cometido a diario! ¡Y esa mentira la habría dicho a diario! ¡Y esa cara nocturna la habría tenido puesta encima de la mía a diario! Y de este estigma mío os habría dado una parte a diario, ¡a diario!, a vosotros, queridos míos, a vosotros, hijos míos, a vosotros, inocentes míos. ¿Callarse es poca cosa? ¿Guardar silencio es sencillo? No, no es sencillo. Existe un silencio que miente. ¡Y mi mentira, y mi fraude, y mi indignidad, y mi cobardía, y mi traición, y mi crimen, los habría bebido gota a gota, los habría escupido y los habría vuelto a beber, lo habría dejado a medianoche y lo habría reanudado a mediodía, y al decir buenos días habría mentido, y al decir buenas noches habría mentido, y habría dormido con eso y lo habría comido con el pan, y habría mirado a Cosette a la cara, y habría respondido a la sonrisa del ángel con la sonrisa del condenado, habría sido un embaucador abominable. ¿Para qué? Para ser feliz. ¡Para ser feliz yo! ¿Acaso tengo derecho a ser feliz? Estoy fuera de la vida, caballero.

Jean Valjean dejó de hablar. Marius escuchaba. Cadenas así, de ideas y de angustias, no pueden interrumpirse. Jean Valjean volvió a bajar la voz, pero ya no era la voz sorda, era la voz lúgubre.

—¿Me pregunta por qué hablo? Ni me han denunciado, ni me persiguen, ni me acosan, me ha dicho. ¡Sí! ¡Sí me han denunciado! ¡Sí! ¡Sí me persiguen! ¡Sí! ¡Sí me acosan! ¿Quién? ¡Yo! Yo soy quien me sale al paso, y me lleva a rastras, y me empuja, y me encarcela y me ejecuta. Y cuando es uno quien se apresa a sí mismo, está uno bien apresado.

Y, agarrándose el frac a puñados y tirando de él hacia Marius, siguió diciendo:

—Mire este puño. ¿No le parece que me tiene agarrado por el cuello del frac como si no fuera a soltarlo? Pues es que es otro puño, ¡la conciencia! Caballero, quien quiera ser feliz lo que tiene que hacer es no enterarse del deber, porque, en cuanto se entera, el deber es implacable. Parece como si nos castigase por habernos enterado; pero, no, es una recompensa; porque nos mete en un infierno en que notamos al lado a Dios. En cuanto nos rasgamos las entrañas ya estamos en paz con nosotros mismos.

Y, con una insistencia dolorosa, añadió:

—Señor Pontmercy, todo esto no tiene ni pies ni cabeza; soy un buen hombre. Degradándome ante usted es como me elevo ante mí mismo. Esto mismo me pasó ya en otra ocasión, pero era menos doloroso; no era nada. Sí, un buen hombre. No lo sería si, por mi culpa, hubiera seguido usted estimándome; ahora que me desprecia, lo soy. Va conmigo esta fatalidad: nunca puedo tener más consideración que una robada, y es una consideración que me humilla y me agobia por dentro; y para que yo me respete, tienen que despreciarme. Entonces es cuando me enderezo. Soy un presidiario que obedece a su conciencia. Ya sé que no parece lógico, pero, ¿qué quiere usted que le haga? Así son las cosas. Tengo unos cuantos compromisos conmigo mismo, y cumplo con ellos. Hay encuentros que nos comprometen. Hay azares que desembocan en obligaciones. Ya ve, señor Pontmercy, que me ha ocurrido de todo en la vida.

Jean Valjean hizo otra pausa, tragando saliva con esfuerzo, como si sus palabras tuvieran un regusto amargo, y prosiguió:

—Cuando lleva uno un espanto así a cuestas, no tiene derecho a obligar a los demás a que lo compartan sin saberlo, no tiene derecho a contagiarles la propia peste, no tiene derecho a meterlos en su propio precipicio sin que se den cuenta, no tiene derecho a echarles por encima a los demás el propio blusón rojo; uno no tiene derecho a empantanar solapadamente con la propia miseria la dicha de los demás. Y es odioso acercarse a los sanos y rozarlos, en la sombra, con la propia úlcera invisible. Por mucho que Fauchelevent me prestase su apellido, no tengo derecho a usarlo; él pudo dármelo, yo no he podido tomarlo. Un apellido es un yo. Mire, caballero, tengo algo pensado y algo leído, aunque sea un campesino; y ya ve que me expreso bien. Me doy cuenta de las cosas. Me he hecho una educación propia. Y sí, robar un apellido y meterse debajo no es honrado. Las letras del alfabeto pueden birlarse igual que una bolsa o un reloj. Ser una firma falsa de carne y hueso, ser una llave falsa viva, entrar en casa de la gente honrada haciéndole trampas en la cerradura, no mirar ya nunca de frente, sólo de reojo, ser infame por dentro: ¡no!, ¡no!, ¡no!, ¡no! Vale más sufrir, sangrar, llorar, arrancarse de la carne la piel con las uñas, pasar las noches retorciéndose de angustia, consumirse las entrañas y el alma. Y por eso he venido a contarle todo esto. De grado, como dice usted.

Respiró trabajosamente y concluyó con estas palabras:

—Hace tiempo, para vivir, robé un pan; hoy, para vivir, no quiero robar un apellido.

—Para vivir —lo interrumpió Marius—. ¿No necesita ese apellido para vivir?

—Yo me entiendo —contestó Jean Valjean, asintiendo varias veces seguidas, despacio, con la cabeza.

Hubo un silencio. Los dos callaban, sumidos ambos en un abismo de pensamientos. Marius se había sentado junto a una mesa y apoyaba la comisura de los labios en uno de los dedos, doblado. Jean Valjean paseaba arriba y abajo. Se detuvo delante de un espejo y se quedó allí sin moverse. Luego, como si respondiera a un razonamiento interior, dijo, mirando ese espejo, en el que no se veía:

—¡Mientras que ahora siento alivio!

Siguió andando arriba y abajo por el salón. Al darse la vuelta, cayó en la cuenta de que Marius lo estaba mirando andar. Entonces le dijo, con tono inefable:

—Cojeo un poco. Ahora ya entenderá por qué. Se volvió luego del todo hacia Marius.

—Y ahora, caballero, imagínese lo siguiente: no he dicho nada, he seguido siendo el señor Fauchelevent, he ocupado en su casa el sitio que me corresponde, soy uno de los suyos, vivo en mi habitación, por las mañanas vengo a almorzar en zapatillas, por las noches vamos al teatro los tres, acompaño a la señora Pontmercy a Les Tuileries y a la Place-Royale, estamos juntos, usted me toma por su igual; un buen día, ahí estoy, ahí está usted, charlamos, reímos; de repente oye una voz que grita este nombre: ¡Jean Valjean! ¡Y hete aquí que esa mano espantosa, la policía, sale de la sombra y me arranca de golpe la careta!

Volvió a quedarse callado; Marius se había puesto de pie, estremecido.

Jean Valjean añadió:

—¿Qué le parece?

El silencio de Marius era una respuesta. Jean Valjean siguió diciendo:

—Ya ve que tengo razón al no callarme. Mire, sea feliz, viva en el cielo, sea el ángel de un ángel, viva a pleno sol y que con eso le baste, y no se preocupe de cómo se las apaña un pobre condenado para abrirse el pecho y cumplir con su deber; tiene usted delante a un hombre bien mísero, caballero.

Marius cruzó el salón despacio y, al llegar junto a Jean Valjean, le tendió la mano.

Pero Marius tuvo que coger aquella mano que no se le brindaba. Jean Valjean se lo consintió y a Marius le pareció que estaba estrechando una mano de mármol.

—Mi abuelo tiene amistades —dijo Marius—; conseguiré que lo indulten.

—Es inútil —contestó Jean Valjean—. Me dieron por muerto. A los muertos no los vigilan. Se da por supuesto que se están pudriendo tranquilamente. La muerte es lo mismo que el indulto.

Y, retirándole a Marius la mano que éste le tenía cogida, añadió, con algo así como una dignidad inexorable:

—Por lo demás, cumplir con mi deber, tal es el amigo de quien echo mano; y no necesito más indulto que el de mi conciencia.

En ese momento, en la otra punta del salón, entornaron la puerta despacio y, en el resquicio, apareció la cabeza de Cosette. Sólo se le veía el dulce rostro; iba admirablemente despeinada, tenía aún los párpados cargados de sueño. Hizo el mismo ademán de un pájaro que saca la cabeza del nido, miró primero a su marido; luego, a Jean Valjean, y les dijo, alzando la voz y riéndose, y era como ver una sonrisa en lo hondo de una rosa:

—Apuesto a que estáis hablando de política. ¡Menuda tontería! ¡En vez de estar conmigo!

Jean Valjean se sobresaltó.

—¡Cosette...! —balbució Marius. Y se quedó callado. Hubiérase dicho que eran dos culpables.

Cosette, radiante, seguía mirándolos a ambos. Tenía en los ojos vistas a un paraíso.

—Os he pillado con las manos en la masa —dijo Cosette—. Acabo de oír a través de la puerta a ese señor Fauchelevent mío decir: La conciencia... Cumplir con el deber... Eso es política. Y no quiero. No se puede hablar de política al día siguiente mismo. No es justo.

—Estás equivocada, Cosette —contestó Marius—. Estamos hablando de negocios. Hablamos de la mejor forma de invertir tus seiscientos mil francos...

—Como si no hubiera más que eso de que hablar —interrumpió Cosette.

—Aquí llego. ¿Estorbo?

Y, entrando resueltamente por la puerta, se metió en el salón. Llevaba una larga bata blanca, con mil frunces y unas mangas anchas, que desde el cuello le llegaba a los pies. Hay en los cielos de oro de los cuadros góticos antiguos bolsas así de encantadoras donde meter a los ángeles.

Se miró de pies a cabeza en un espejo grande y luego exclamó, en una explosión de éxtasis inefable:

—Había una vez un rey y una reina. ¡Ay, qué contenta estoy! Dicho esto, les hizo una reverencia a Marius y a Jean Valjean.

—Bueno —dijo—, me voy a acomodar en un sillón aquí, con vosotros. El almuerzo es dentro de media hora; podéis decir todo lo que queráis, ya sé que los hombres tienen que hablar; me portaré muy bien.

Marius la tomó del brazo y le dijo amorosamente:

—Estamos hablando de negocios.

—Por cierto —contestó Cosette—, he abierto la ventana y acaban de llegar al jardín un montón de pardillos. Pájaros, quiero decir, no máscaras. Hoy es miércoles de ceniza, pero no para los pájaros.

—Te digo que estamos hablando de negocios. Anda, Cosette, preciosa, déjanos solos un ratito. Hablamos de números y te aburrirías.

—Te has puesto esta mañana una corbata muy bonita, Marius. Estáis muy guapo, majestad. No, no me aburriré.

—Te aseguro que te aburrirás.

—No, porque sois vosotros. No me enteraré, pero atenderé. Cuando se oyen las voces queridas, no hace falta entender qué palabras dicen. Todo cuanto quiero es que estemos aquí, juntos. ¡Me quedo con vosotros, hale!

—¡Eres mi amadísima Cosette! Imposible.

—¡Imposible!

—Sí.

—Está bien —siguió diciendo Cosette—. Os habría contado novedades. Os habría dicho que el abuelo todavía está durmiendo; que la tía de usted ha ido a misa; que la chimenea de este señor Fauchelevent mío tira mal; que Nicolette ha avisado al deshollinador; que Toussaint y Nicolette se han peleado ya; que Nicolette se ríe de Toussaint porque tartamudea. Bueno, pues os lo vais a perder. ¿Conque imposible? Ya diré yo que es imposible, caballero, cuando me toque decirlo. ¿Y quién se llevará un buen chasco? Te lo pido por favor, Marius, tesorito, déjame que me quede aquí con los dos.

—Te juro que tenemos que estar solos.

—Muy bien. ¿Es que acaso soy yo alguien?

Jean Valjean no decía nada. Cosette se volvió hacia él:

—A ver, padre, de entrada, quiero que venga a darme un beso. ¿Qué hace usted ahí callado en vez de ponerse de mi parte? ¿Qué he hecho yo para que me tocase un padre así? Ya ve lo mal que me va en el matrimonio. Mi marido me pega. Venga, béseme ahora mismo.

Jean Valjean se acercó.

Cosette se volvió hacia Marius.

—Y usted se chincha.

Luego le brindó la frente a Jean Valjean. Jean Valjean dio un paso hacia ella.

Cosette retrocedió.

—Padre, está muy pálido. ¿Le duele el brazo?

—Ya se me ha curado —dijo Jean Valjean.

—¿Ha dormido mal?

—No.

—¿Está triste?

—No.

—Deme un beso. Si está bien de salud, si duerme bien y si está contento, no lo reñiré.

Y volvió a acercarle la frente.

Jean Valjean puso un beso en esa frente donde había un reflejo celestial.

—Sonría.

Jean Valjean sonrió. Fue la sonrisa de un espectro.

—Y ahora defiéndame de mi marido.

—¡Cosette!… —dijo Marius.

—Enfádese, padre. Dígale que me tengo que quedar. Se puede hablar delante de mí. ¿O es que os parezco muy tonta? ¿Tan sorprendente es lo que estáis diciendo? Negocios, meter dinero en un banco, vaya cosa. Los hombres enseguida se andan con misterios. Quiero quedarme. Estoy muy bonita esta mañana. Mírame, Marius.

Y con un encogimiento de hombros adorable y a saber qué enfurruñamiento exquisito, miró a Marius. Hubo entre ellos algo así como un relámpago. Poco importaba que hubiera alguien presente.

—¡Te quiero! —dijo Marius.

—¡Te adoro! —dijo Cosette.

Y cayeron irresistiblemente en brazos uno de otro.

—Y ahora —añadió Cosette arreglándose un pliegue de la bata con un mohín triunfante— me quedo.

—Eso sí que no —contestó Marius con tono suplicante—. Tenemos que dejar terminado algo.

—¿Otra vez me dices que no? Marius adoptó un tono de voz serio:

—Te aseguro, Cosette, que es imposible.

—Ah, conque sacando la voz de hombre, caballero. Muy bien. Ya me marcho. Usted, padre, no me ha apoyado. Mi señor marido, mi señor papá, sois dos tiranos. Se lo voy a contar al abuelo. Si os creéis que voy a volver con servilismos, estáis equivocados. Yo tengo mi orgullo. Ya me las pagaréis. Ya veréis lo que os vais a aburrir sin mí. Me marcho y os está bien empleado.

Y se fue.

Dos segundos después, la puerta volvió a abrirse, el lozano rostro encendido asomó otra vez entre las hojas y les gritó:

—Estoy muy enfadada.

Volvió a cerrarse la puerta y volvieron las tinieblas.

Fue como un rayo de sol equivocado que, sin sospecharlo, hubiese cruzado de pronto por la oscuridad.

Marius se aseguró de que la puerta estaba bien cerrada.

—¡Pobre Cosette! —susurró—. Cuando lo sepa…

Al oír aquello, a Jean Valjean se le estremecieron todos los miembros.

Clavó en Marius una mirada extraviada.

—¡Cosette! Ah, sí, es verdad, se lo va a decir a Cosette. Es justo. Vaya, no lo había pensado. Tiene uno fuerzas para una cosa y no las tiene para otra. Caballero, se lo imploro, se lo suplico, caballero, júreme por lo más sagrado que no se lo dirá. ¿No basta con que lo sepa usted? He podido decirlo espontáneamente, sin que nadie me obligase, se lo habría dicho al universo, al mundo entero, me daba igual. Pero ella, ella no sabe qué es eso, se quedaría espantada. Un presidiario, ¿eso qué es? No quedaría más remedio que explicárselo, que decirle: Es un hombre al que mandaron a un penal. Un día vio pasar una cadena de presos. ¡Ah, Dios mío!

Se desplomó en un sillón y escondió el rostro en ambas manos. No se lo oía, pero por el estremecimiento de los hombros se notaba que estaba llorando. Llanto silencioso, llanto terrible.

En los sollozos hay algo asfixiante. Se adueñó de él una especie de convulsión; se echó hacia atrás, contra el respaldo del sillón, como para respirar, con los brazos colgando, y Marius pudo verle el rostro cubierto de lágrimas; y Marius le oyó susurrar, tan bajo que parecía salirle la voz de unas profundidades sin fondo:

—¡Ah, querría morirme!

—Esté tranquilo —dijo Marius—. Sólo yo estaré al tanto de este secreto.

Y, menos enternecido quizá de lo que habría debido sentirse, pero obligado desde hacía una hora a familiarizarse con una situación espantosa y desesperada, viendo cómo gradualmente un presidiario iba, ante su vista, ocupando el lugar del señor Fauchelevent, al adueñarse de él poco a poco aquella realidad lúgubre y movido por el discurrir natural de los acontecimientos a comprobar qué intervalo acababa de abrirse entre aquel hombre y él, Marius añadió:

—Me es imposible no mencionar ese depósito que tan fiel y honradamente ha entregado. Ha sido un acto de probidad. Es justo que reciba una recompensa. Fije la cantidad usted mismo y se le entregará. No tema pedir demasiado.

—Se lo agradezco, caballero —contestó Jean Valjean mansamente.

Se quedó unos instantes pensativo, pasándose mecánicamente la yema del índice por la uña del pulgar; y, luego, alzó la voz:

Ya hemos terminado casi del todo. Me queda una última cosa...

—¿De qué se trata?

Jean Valjean, tras un titubeo supremo, sin voz, casi sin resuello, balbució más que dijo:

—Ahora que ya está al tanto, ¿cree usted, caballero, que es quien manda, que no debo volver a ver a Cosette?

—Creo que valdría más —contestó Marius con frialdad.

—No volveré a verla —susurró Jean Valjean. Y se encaminó hacia la puerta.

Agarró el picaporte, el pestillo cedió y se entornó la puerta. Jean Valjean la abrió lo suficiente para poder salir, se quedó un momento inmóvil, luego volvió a cerrar la puerta y se volvió hacia Marius.

Ya no estaba pálido, estaba lívido. No tenía ya lágrimas en los ojos, sino algo así como una llama trágica. Su voz volvía a ser extrañamente serena.

—Mire, caballero —dijo—, si no le importa vendré a verla. Le aseguro que lo deseo ansiosamente. Si no hubiera tenido empeño en ver a Cosette, no le habría confesado lo que le he confesado, me habría ido; pero, por querer quedarme donde esté Cosette y seguir viéndola, he tenido que decírselo todo honradamente. Va siguiendo mi razonamiento, ¿verdad? Es algo fácil de entender. Verá, lleva más de nueve años conmigo. Primero vivimos en ese caserón del bulevar; luego, en el convento; luego, cerca de Le Luxembourg. Allí fue donde la vio usted por primera vez. Se acordará del sombrero de felpa azul que llevaba. Luego nos fuimos al barrio de Les Invalides, donde había una verja y un jardín. La calle de Plumet. Yo vivía en un patinillo trasero desde el que oía el piano. Ésa era mi vida. Nunca nos separábamos. Duró nueve años y unos cuantos meses. Yo era como su padre, y ella era mi hija. No sé si me entiende, señor Pontmercy, pero irme ahora, no verla más, no volver a hablarle, quedarme sin nada, me resultaría difícil. Si no le pareciera mal, vendría de vez en cuando a ver a Cosette. No vendría mucho. No me quedaría mucho rato. Puede usted decir que me hagan pasar a la salita de abajo. En la planta baja. Podría entrar por la puerta trasera, que es la de los criados, pero a lo mejor le extrañaba a alguien. Creo que vale más que entre por la puerta de todo el mundo. Se lo digo muy de verdad, caballero. Me gustaría mucho ver a Cosette por algún tiempo más. Tan pocas veces como usted disponga. Póngase en mi lugar, sólo me queda eso. Y, además, hay que ser precavido. Si dejase de venir por completo, causaría mal efecto, parecería raro. Lo que puedo hacer, por ejemplo, es venir a última hora de la tarde, cuando empiece a oscurecer.

—Vendrá usted todas las noches —dijo Marius— y Cosette lo estará esperando.

—Es usted bueno, caballero —dijo Jean Valjean.

Marius se despidió de Jean Valjean, la dicha acompañó hasta la puerta a la desesperación y los dos hombres se separaron.

LAS PARTES OSCURAS QUE PUEDE HABER EN UNA REVELACIÓN

Marius estaba trastornado.

Ahora ya tenía la explicación de aquella especie de distanciamiento que siempre había notado por el hombre junto a quien veía a Cosette. Había en aquella persona un no sé qué enigmático del que lo avisaba el instinto. Ese enigma era la más repugnante de las vergüenzas, el presidio. Aquel señor Fauchelevent era el presidiario Jean Valjean.

Toparse de pronto con semejante secreto en medio de la dicha es algo así como descubrir un escorpión en un nido de tórtolas.

¿Semejante vecindario condenaba para siempre la dicha de Marius y de Cosette? ¿Era un hecho ya decidido? ¿Aceptar a aquel hombre formaba parte de la consumación del matrimonio? ¿Ya no tenía remedio?

¿Marius se había casado también con el presidiario?

Por mucho que se vea alguien coronado de luz y alegría, por mucho que esté paladeando la magna hora purpúrea de la vida, el amor correspondido, unas conmociones como ésta forzarían a estremecerse incluso al arcángel en pleno éxtasis, incluso al semidiós en toda su gloria.

Como siempre sucede en los cambios de decorado a la vista del público, como este de ahora, Marius se preguntaba si no tendría algo que reprocharse. ¿Le había faltado intuición? ¿Había carecido de prudencia?

¿Se había aturdido voluntariamente? Un poco, quizá. ¿Había iniciado sin tomar suficientes precauciones para investigar el entorno aquella aventura amorosa que había desembocado en su boda con Cosette? Comprobaba — así, por una secuencia de comprobaciones sucesivas acerca de nuestra propia persona es como la vida nos va enmendando poco a poco—, comprobaba, digo, la faceta quimérica o visionaria de su forma de ser, algo así como una nube interior propia de muchos caracteres y que, en los paroxismos de la pasión y del dolor, se dilata, modificando la temperatura del alma, y se adueña por entero del hombre hasta tal punto que lo convierte nada más que en una conciencia sumida en una niebla. En más de una ocasión hemos indicado ese elemento característico de la individualidad de Marius. Recordaba que, en la embriaguez de su amor, en la calle de Plumet, durante aquellas cinco o seis semanas extáticas, ni siquiera le había mencionado a Cosette el drama del caserón Gorbeau cuya víctima había adoptado una postura deliberada de silencio durante la lucha y la posterior evasión. ¿Cómo es que no le había dicho nada a Cosette? ¡Y eso que era tan reciente y tan espantoso! ¿Cómo es que ni siquiera le había mencionado a los

Thénardier y, muy en particular, el día en que se había encontrado con Éponine? Casi le costaba explicarse ahora su silencio de entonces. Pero era consciente de ello. Se acordaba de lo aturdido que se había quedado, de su embriaguez por Cosette, del amor que lo absorbía todo, de aquel arrebato mutuo en lo ideal, y quizá también, como de la cantidad imperceptible de sentido común que iba mezclado con aquel estado delicioso y violento del alma, de un impreciso y sordo instinto de ocultar y proscribir de su memoria esa aventura tremenda cuyo contacto temía, en la que no quería desempeñar ningún papel, a la que se hurtaba y en la que no podía ser ni narrador ni testigo sin ser acusador. Por lo demás, aquellas pocas semanas habían sido un relámpago; no les había dado tiempo a nada, sólo a quererse. Pero, en resumidas cuentas, y bien pensado, aunque le hubiera contado la encerrona del caserón Gorbeau a Cosette, aunque le hubiera nombrado a los Thénardier, ¿qué consecuencias habría tenido, incluso aunque hubiera descubierto que Jean Valjean era un presidiario? ¿Qué habría cambiado en él, en Marius? ¿Qué habría cambiado en ella, en Cosette? ¿Habría dado Marius marcha atrás? ¿La habría adorado menos? ¿Habría dejado de casarse con ella? No. ¿Habría cambiado algo en cuanto había hecho? No. Así que no había nada de que arrepentirse, nada que reprocharse. Todo estaba bien como estaba. Hay un dios para esos borrachos a los que llamamos enamorados. Marius había escogido, ciego, el mismo camino que habría escogido clarividente. El amor le había vendado los ojos para llevarlo ¿adónde? Al paraíso.

Pero a partir de ahora ese paraíso lo enmarañaba un vecindario infernal.

Con el antiguo distanciamiento de Marius hacia ese hombre, ese Fauchelevent que se había convertido en Jean Valjean, se mezclaba ahora cierta repulsión.

Hemos de decir que en esa repulsión había cierta compasión e, incluso, cierta sorpresa.

Aquel ladrón, aquel ladrón reincidente, había entregado un depósito. ¿Y qué depósito? Seiscientos mil francos. Sólo él estaba al tanto de ese depósito, podía quedarse con todo y lo había entregado.

Además, había revelado espontáneamente su situación. Nada lo obligaba a ello. Sabía quién era porque se lo había dicho él. Había en aquella confesión más aceptación que humillación, había aceptación del peligro. Para un condenado, una careta no es una careta, es un refugio. Había renunciado a ese refugio. Un nombre falso es la seguridad; había descartado ese nombre falso. Podía, él, un presidiario, esconderse para siempre en el seno de una familia honrada; había resistido a esa tentación.

¿Y por qué? Por escrúpulos de conciencia. Lo había explicado personalmente con el irresistible acento de la realidad. En resumidas cuentas, ese Jean Valjean, fuere quien fuere, era indudablemente una conciencia que se estaba despertando. Había allí el comienzo de a saber qué rehabilitación; y, según todas las apariencias, los escrúpulos se habían adueñado ya hacía mucho de aquel hombre. Semejantes arrebatos de justicia y de bondad no son propios de un carácter corriente. Una conciencia que se despierta es propia de un alma magnánima.

Jean Valjean era sincero. Esa sinceridad, visible, palpable, irrefragable, evidente incluso en el dolor que le causaba, volvía inútiles las informaciones y prestaba autoridad a cuanto decía aquel hombre. Llegados aquí, se invertía para Marius el orden natural de las situaciones. ¿Qué surgía del señor Fauchelevent? Desconfianza. ¿Qué se desprendía de Jean Valjean? Confianza.

Al hacer Marius, pensativo, un misterioso balance del Jean Valjean aquel, tomaba en cuenta el activo, tomaba en cuenta el pasivo y conseguía llegar a un equilibro. Pero todo transcurría como en una tormenta. Marius, al esforzarse por hacerse una idea clara de ese hombre y persiguiendo, por así decirlo, a Jean Valjean en lo hondo del pensamiento, lo perdía y volvía a encontrarlo envuelto en una bruma fatídica.

Aquel depósito devuelto con total honradez, la probidad de la confesión eran cosas buenas. Eran como una escampada entre nubarrones; luego los nubarrones volvían a ser negros.

Por borrosos que fueran los recuerdos de Marius, alguna sombra de ellos le volvía.

¿Qué había sido, en definitiva, aquella aventura de la buhardilla de los Jondrette? ¿Por qué, cuando llegó la policía, ese hombre escapó en vez de presentar una denuncia? Y ahora Marius encontraba la respuesta. Porque era un reincidente que se había evadido.

Otra pregunta: ¿por qué había ido el hombre aquel a la barricada? Porque ahora Marius volvía a ver con claridad ese recuerdo, que había surgido, con las emociones, igual que la tinta simpática con el calor del fuego. Ese hombre estaba en la barricada. No combatía. ¿A qué había ido? Al hacerse esa pregunta, se alzaba un espectro y le daba la respuesta. Javert. Marius recordaba a la perfección ahora la fúnebre visión de Jean Valjean llevándose de la barricada a Javert atado, y aún oía, tras la esquina de la callejuela de Montdétour, el espantoso disparo de pistola. Era muy verosímil que ese soplón y ese presidiario se aborrecieran. Uno de ellos era un estorbo para el otro. Jean Valjean había ido a la barricada para vengarse. No había llegado en los primeros momentos. Sabía probablemente que Javert estaba prisionero allí. La vendetta corsa se introdujo en algunos bajos fondos y ahora es ley; es tan sencilla que no extraña a las almas medio vueltas hacia el bien; y esos corazones son de forma tal que un criminal en vías de arrepentimiento puede tener escrúpulos a la hora de robar y no a la hora de vengarse. Jean Valjean había matado a Javert. Al menos, parecía evidente.

Última pregunta, para concluir, pero ésta no tenía respuesta. Esa pregunta, Marius la notaba como una tenaza. ¿Cómo era que la existencia de Jean Valjean había transcurrido tanto tiempo junto a la de Cosette? ¿Qué era aquel sombrío juego de la Providencia que había puesto a esa niña en contacto con este hombre? ¿Es que también existen en las alturas cadenas de doble grillo y Dios se complace en emparejar al ángel con el demonio?

¿Pueden ser, pues, un crimen y una inocencia compañeros de dormitorio en el misterioso penal de las miserias? En ese desfile de condenados que llaman el destino humano ¿pueden caminar juntas dos cabezas, una ingenua y otra tremenda, una envuelta del todo en los divinos albores del amanecer y otra que empalidece por siempre el resplandor de un relámpago continuo?

¿Quién había podido decidir ese ayuntamiento inexplicable? ¿Cómo y por qué prodigio podía haberse constituido esa comunidad de vida entre la niña celestial y el réprobo anciano? ¿Quién había podido unir al cordero y al lobo y, cosa aún más incomprensible, apegar el lobo al cordero? Porque el lobo quería al cordero; porque aquella persona hosca y fiera adoraba a la criatura débil; porque, durante nueve años, el apoyo del ángel había sido el monstruo. A la infancia y la adolescencia de Cosette, a su acceso a la luz, a su crecimiento virginal hacia la vida y la claridad les había servido de abrigo aquella abnegación deforme. Al llegar aquí, las preguntas se exfoliaban, por así decirlo, en enigmas incontables; se abrían más abismos en el fondo de los abismos y Marius no podía ya asomarse a Jean Valjean sin sentir vértigo. ¿Quién era aquel hombre precipicio?

Los antiguos símbolos genesíacos son eternos; en la sociedad humana, tal y como existe, hasta el día en que la cambie una claridad mayor, existen para siempre dos hombres, uno superior y otro subterráneo; el que se ajusta al bien, ése es Abel; el que se ajusta al mal, ése es Caín. ¿Quién era aquel Caín tierno? ¿Quién era aquel bandido religiosamente absorto en la adoración de una virgen, velando por ella, enalteciéndola, guardándola, dignificándola y rodeándola, él, el impuro, de pureza? ¿Quién era esa cloaca que había venerado aquella inocencia tanto que no había dejado en ella ni una mancha? ¿Quién era ese Jean Valjean que había educado a Cosette? ¿Quién era esa imagen de tinieblas cuyo único cuidado había sido preservar de cualquier sombra y de cualquier nube el amanecer de un astro?

Ése era el secreto de Jean Valjean: ése era también el secreto de Dios.

Al encararse con ese doble secreto, Marius retrocedía. Hasta cierto punto uno lo tranquilizaba en lo referido al otro. En aquella aventura Dios estaba tan a la vista como Jean Valjean. Dios tiene sus propias herramientas. Recurre a la que quiere. No tiene que darle cuentas al hombre. ¿Sabemos acaso cómo se las apaña Dios? Jean Valjean había laborado en Cosette. Era hasta cierto punto el autor de esa alma. Era innegable. ¿Qué más daba a la postre? El operario era espantoso; pero la obra era admirable. Dios hace como le parece los milagros que hace. Había fabricado a aquella deliciosa Cosette y para ello había usado a Jean Valjean. Había sido de su gusto escoger a aquel peculiar colaborador. ¿Qué cuentas tenemos que pedirle?

¿Es acaso la primera vez que el estiércol ayuda a la primavera a fabricar la rosa?

Marius se daba esas respuestas y se decía a sí mismo que eran buenas. En todos los puntos que acabamos de indicar no se había atrevido a apremiar a Jean Valjean, sin reconocer ante sí mismo que no se atrevía a hacerlo. Adoraba a Cosette, tenía a Cosette, Cosette era esplendorosamente pura. Con eso le bastaba. ¿Qué aclaración precisaba? Cosette era una luz.

¿Precisa aclaraciones la luz? Lo tenía todo; ¿qué podía desear? ¿Todo no es acaso bastante? Los asuntos personales de Jean Valjean no eran cosa suya. Y, asomándose a la oscuridad fatídica de ese hombre, se aferraba a esta declaración solemne del mísero: No soy nada de Cosette. Hace diez años, no sabía que existía.

Jean Valjean era un transeúnte. Él mismo lo había dicho. Bien, pues que pasase. Fuere cual fuere su cometido, ya había acabado. Ahora estaba Marius para ejercer con Cosette las funciones de la Providencia. Cosette había ido a reunirse en el azul del cielo con su igual, con su amante, con su esposo, con su varón celestial. Al remontar el vuelo, Cosette, alada y transfigurada, dejaba tras de sí, en tierra, vacía y repulsiva, su crisálida: Jean Valjean.

Discurriera por donde discurriera el pensamiento de Marius, siempre volvía a cierto horror por Jean Valjean. Horror sagrado, quizá, porque, como acabamos de decirlo, notaba en aquel hombre un quid divinum. Pero, fuere como fuere, y por muchas atenuaciones que pudieran buscarse, no quedaba más remedio que regresar siempre a lo siguiente: era un presidiario, es decir, el ser que ni tan siquiera tiene sitio en la escala social, pues se halla por debajo del último peldaño. Después del último de los hombres viene el presidiario. El presidiario ya no es, por así decirlo, el prójimo de los que están vivos. La ley lo ha apeado de toda la parte humana que puede quitarle a un hombre. Marius, por más que demócrata, no había salido aún, en cuestiones penales, del sistema inexorable y compartía todas las ideas de la ley acerca de aquellos a quienes condena la ley. Aún no había progresado del todo, debemos decirlo. No había llegado todavía a distinguir entre lo que escribe el hombre y lo que escribe Dios, entre la ley y el derecho. No había examinado y sopesado ese derecho que se atribuye el hombre de disponer de lo irrevocable y lo irreparable. No se rebelaba ante la palabra vindicta. Le parecía sencillo que algunos quebrantamientos de la ley escrita trajeran consigo condenas eternas y aceptaba, como procedimiento civilizado, la condena social. Todavía estaba en ese punto, sin que ello excluyera la posibilidad, más adelante, de avances infalibles, pues su naturaleza era buena y, en el fondo, se componía toda ella de un progreso latente.

Dentro del ambiente de dichas ideas, Jean Valjean le parecía deforme y repulsivo. Era el réprobo. Era el presidiario. Esa palabra era para él como el sonido de la trompeta del juicio final, y, tras pasarle revista mucho rato a Jean Valjean, su gesto último era desviar la cara. Vade retro.

Hay que reconocer, e incluso hay que insistir en ello, que Marius, al interrogar a Jean Valjean hasta tal punto que éste le había dicho: me está usted confesando, no le había hecho, sin embargo, dos o tres preguntas decisivas. Y no porque no se le hubieran pasado por la cabeza, pero le había dado miedo. ¿La buhardilla de los Jondrette? ¿La barricada? ¿Javert?

¿Quién sabe hasta dónde habrían llegado las revelaciones? Jean Valjean no parecía ser de los que retroceden; ¿y quién sabe si Marius, tras haberlo empujado, no podría haber deseado refrenarlo? En algunas circunstancias supremas, ¿no nos ha sucedido a todos que, tras hacer una pregunta, nos hemos tapado los oídos para no oír la respuesta? Cuando se ama es sobre todo cuando se cae en cobardías de ésas. No es sensato hacerles preguntas a ultranza a las situaciones funestas, sobre todo cuando va fatalmente unido a ellas el aspecto indisoluble de nuestra propia vida. De las desesperadas explicaciones de Jean Valjean ¿qué espantosa luz podía salir? ¿Y quién sabe si esa claridad odiosa no habría alcanzado a Cosette? ¿Quién sabe si no le hubiera quedado a ese ángel en la frente algo así como un fulgor infernal? La salpicadura de un relámpago no deja de ser parte del rayo. En la fatalidad se dan solidaridades así, en que a la mismísima inocencia la tiñe de crimen la sombría ley de los reflejos colorantes. En los rostros más puros puede quedar para siempre la reverberación de una vecindad terrible. Con o sin razón, Marius tuvo miedo. Ya sabía demasiado. Más buscaba aturdirse que ver claro. Despavorido, se llevaba a Cosette en brazos, cerrando los ojos para no ver a Jean Valjean.

Aquel hombre era oscuridad nocturna, oscuridad viva y terrible, ¿Cómo atreverse a buscar el fondo? Hacerle preguntas a la sombra es algo espantoso. ¿Quién sabe qué responderá? El alba podría quedar mancillada para siempre.

En semejante situación de ánimo, era para Marius una perplejidad dolorosa pensar que ese hombre pudiera tener en adelante cualquier contacto con Cosette. Esas preguntas amedrentadoras, ante las que había retrocedido, y de las que habría podido salir una decisión implacable y definitiva, casi se reprochaba ahora no haberlas hecho. Se parecía a sí mismo demasiado bueno, demasiado manso; digámoslo: demasiado débil. Aquella debilidad lo había movido a una concesión imprudente. Se había dejado enternecer. Había hecho mal. Debería haber rechazado a Jean Valjean sin más. Jean Valjean era lo que había que sacrificar; habría debido hacerlo y librar su casa de aquel hombre. Se guardaba rencor a sí mismo, le guardaba rencor a la brusquedad de aquel torbellino de emociones que lo había dejado sordo y ciego y lo había arrastrado. Estaba descontento consigo mismo.

¿Qué hacer ahora? Las visitas de Jean Valjean le producían honda repugnancia. ¿A santo de qué iba a ir ese hombre a su casa? ¿Qué hacer? Llegado a este punto, intentaba aturdirse, no quería ahondar, no quería profundizar, no quería sondearse a sí mismo. Había hecho una promesa, había consentido en que lo arrastrasen a hacer una promesa; se lo había prometido a Jean Valjean; hay que cumplir con lo que se promete, incluso a un presidario, sobre todo a un presidiario. No obstante, su primera obligación era Cosette. En pocas palabras, lo sublevaba una repulsión que dominaba todo lo demás.

Marius le daba vueltas confusamente en la cabeza a todos esos pensamientos, yendo de uno a otro, y todos lo inmutaban. De ahí nacía una alteración profunda. No le fue fácil ocultarle esa alteración a Cosette; pero el amor es un talento, y Marius lo consiguió.

Por lo demás, le hizo, sin propósito aparente, algunas preguntas a Cosette, quien, tan cándida como blanca es una paloma, no sospechó nada; le habló de su infancia, de su juventud; y Marius se fue convenciendo cada vez más de que aquel presidiario había sido para

Cosette tan bueno, paternal y responsable como puede serlo un hombre. Cuanto Marius había visto a medias y supuesto era real. Aquella ortiga funesta había querido y amparado a esta azucena.

LIBRO OCTAVO
VA CAYENDO EL CREPÚSCULO

I
LA SALA DE ABAJO

Al día siguiente, al caer la tarde, llamaba Jean Valjean a la puerta cochera de la casa de los Gillenormand. Lo recibió Basque. Estaba Basque en el patio muy a punto y como si le hubieran dado órdenes. Acontece que hay ocasiones en que se le dice a un criado: Esté pendiente de cuándo llega el señor mengano.

Basque, sin esperar a que Jean Valjean le hablase, le dijo:

—El señor barón me ha encargado que le pregunte si el señor quiere subir o quedarse abajo.

—Quedarme abajo —contestó Jean Valjean.

Basque, respetuosísimo por lo demás, abrió la puerta de la sala de abajo y dijo: «Voy a avisar a la señora».

El recinto donde entró Jean Valjean era una planta baja abovedada y húmeda que usaban a veces de bodega y despensa; daba a la calle, el suelo era de baldosines rojos y le entraba poca luz por una ventana con barrotes de hierro.

No era esa habitación de las que tienen atosigados los zorros, los escobones y las escobas. Nadie se metía con el polvo. No se organizaban persecuciones de arañas. Una telaraña de buen tamaño y bien tensa, muy negra, con adornos de moscas muertas, formaba en la ventana una rueda de pavo real. La sala, pequeña y de techo bajo, la amueblaba un montón de botellas vacías, apiladas en un rincón. La pared, enlucida en un tono ocre amarillento, tenía grandes trechos descascarillados. Había una chimenea de madera pintada de negro y con una repisa estrecha. Estaba encendida, lo cual indicaba que ya contaban con la respuesta de Jean Valjean: Quedarme abajo.

A ambos lados de la chimenea había dos sillones. Entre los dos habían colocado, a modo de alfombra, una alfombrilla vieja de las que se ponen a los pies de la cama, que enseñaba más trama que lana.

La iluminación de la habitación consistía en el fuego de la chimenea y el crepúsculo de la ventana.

Jean Valjean estaba cansado. Llevaba varios días sin comer ni dormir.

Se desplomó en uno de los sillones.

Volvió Basque, dejó encima de la chimenea una vela encendida y se retiró. Jean Valjean, con la cabeza caída y la barbilla pegada al pecho, no vio ni a Basque ni la vela.

De pronto, se enderezó como sobresaltado. Cosette estaba detrás de él. No la había visto entrar, pero había notado que entraba.

Se dio la vuelta. La contempló. Estaba adorablemente hermosa. Pero lo que él miraba, con aquella mirada honda, no era la hermosura, era el alma.

—Vaya, padre —exclamó Cosette—, sabía que era usted una persona peculiar, pero esto no me lo habría esperado nunca. ¡Vaya una idea! Me dice Marius que es usted quien quiere que lo reciba aquí.

—Sí, soy yo.

—Ya me esperaba esa respuesta. Bien. Tengo que advertirle de que lo voy a reñir. Empecemos por el principio. Padre, deme un beso.

Y le acercó la mejilla.

Jean Valjean se quedó quieto.

—Tomo nota de que no se mueve. Actitud culpable. Pero da igual. Lo perdono. Jesucristo dijo: Poned la otra mejilla. Aquí está.

Y le acercó la otra mejilla.

Jean Valjean no se movió. Era como si tuviera los pies clavados al suelo.

—La cosa se pone seria —dijo Cosette—. ¿Qué le he hecho yo? Me declaro reñida con usted. Me debe una reconciliación. Cena usted con nosotros.

—Ya he cenado.

—Mentira. Le diré al señor Gillenormand que le eche una regañina. Los abuelos son para amonestar a los padres. Vamos. Suba conmigo al salón. Ahora mismo.

—Imposible.

En este punto, Cosette perdió algo de terreno. Dejó de dar órdenes y pasó a las preguntas.

—Pero ¿por qué? Y elige para verme el cuarto más feo de la casa. Esto es horroroso.

—Ya sabes…

Jean Valjean rectificó.

—Ya sabe usted, señora Pontmercy, que soy muy particular; tengo mis manías.

Cosette aplaudió.

—¡Señora!… ¡Ya sabe usted!… ¡Más novedades! Pero ¿a qué viene esto?

Jean Valjean la miró con esa sonrisa desconsoladora a la que recurría a veces.

—Quiso ser señora. Ya lo es.

—Para usted no, padre.

—Deje de llamarme padre.

—¿Cómo?

—Llámeme señor Jean. O Jean, si prefiere.

—¿Ya no se llama padre? ¿Ya no me llamo Cosette? ¿Señor Jean? ¿Qué quiere decir todo esto? Pero ¡si es una revolución! ¿Qué ha sucedido? Haga el favor de mirarme a la cara. ¡Y no quiere vivir con nosotros! ¡Y no quiere la habitación que le preparé! ¿Qué le he hecho yo? ¿Qué le he hecho yo? ¿Así que ha pasado algo?

—Nada.

—Y ¿entonces?

—Todo está como siempre.

—¿Por qué cambia de nombre?

—¿No ha cambiado de nombre usted?

Volvió a sonreír con la misma sonrisa y añadió:

—Si es usted la señora Pontmercy, bien puedo yo ser el señor Jean.

—No entiendo nada. Todo esto es una estupidez. Le pediré a mi marido permiso para que sea usted el señor Jean. Y espero que no lo conceda. Me está dando un disgusto muy grande. Bien está que tenga sus manías, pero no está bien darle disgustos a su niña. Está muy mal. Usted, que es bueno, no tiene derecho a portarse mal.

Él no contestó.

Cosette le cogió ambas manos con vehemencia y, con un ademán irresistible, llevándoselas a la cara, se las apretó contra el cuello, bajo la barbilla, que es un gesto de honda ternura.

—¡Ay! —le dijo—. ¡Pórtese bien! Y añadió:

—Esto es lo que entiendo por portarse bien: ser bueno; venirse a vivir aquí, hay pájaros, como en la calle de Plumet; vivir con nosotros; irse de ese agujero de la calle de L'Homme-Armé; no hacernos adivinar charadas; ser como todo el mundo; cenar con nosotros; almorzar con nosotros: ser mi padre.

Él se soltó las manos.

—Ya no necesita un padre; tiene un marido. Cosette se enfadó.

—¡Ya no necesito un padre! ¡Ante cosas así, que no tienen ni pies ni cabeza, no sabe una qué decir, la verdad!

—Si estuviera aquí Toussaint —siguió diciendo Jean Valjean, como alguien que anda buscando autoridades y se agarra a un clavo ardiendo—

sería la primera en reconocer que siempre he tenido mi forma de ser. No hay nada nuevo. Siempre me ha gustado mi agujero oscuro.

—Pero aquí hace frío. No se ve. Es abominable eso de querer ser el señor Jean. No quiero que me llame de usted.

—Hace un rato, según venía —contestó Jean Valjean—, he visto un mueble en la calle de Saint-Louis. En la tienda de un ebanista. Si yo fuera una mujer guapa, haría por tener ese mueble. Un tocador precioso; muy de ahora. De eso que llaman palo de rosa, me parece. Con incrustaciones. Un espejo bastante grande. Tiene cajones. Precioso.

—¡Muy bonito! ¡Vaya forma de hacerse el oso! —contestó Cosette.

Y, con un encanto supremo, apretando los dientes y separando los labios, le soltó un bufido a Jean Valjean. Era una Gracia imitando a una gata.

—Estoy furiosa —siguió diciendo—. Todo el mundo me hace rabiar desde ayer. Y rabio mucho. No entiendo nada. Usted no me defiende contra Marius. Marius no me apoya en contra de usted. Estoy sola. Preparo un cuarto con todo el primor. Si hubiera podido meter dentro al mismo Dios, lo habría puesto. Y me quedo con el cuarto, porque nadie lo quiere. El inquilino me deja plantada. Le encargo a Nicolette una cena muy rica. Puede usted quedarse con su cena, señora. ¡Y mi padre, que se llama Fauchelevent, quiere que lo llame señor Jean, y que lo reciba en un sótano horroroso, viejo, feo y mohoso, donde las paredes tienen barbas y donde en vez de copas de cristal hay botellas vacías, y en vez de cortinas, telarañas! Es usted muy particular, de acuerdo, es su forma de ser; pero a las personas que se casan se les concede una tregua. No debería haber seguido siendo muy particular tan pronto. ¡Así que piensa seguir tan contento en esa abominable calle suya de L'Homme-Armé, donde estuve yo tan desesperada! ¿Qué tiene en contra de mí? ¡Me está dando un disgusto muy grande! ¡Muy mal!

Y, poniéndose seria de repente, miró con fijeza a Jean Valjean y añadió:

—¿Me guarda rencor porque soy feliz?

El candor cala a veces, sin pretenderlo, hasta muy adentro. Aquella pregunta, sencilla para Cosette, era honda para Jean Valjean. Cosette quería arañar; pero desgarraba.

Jean Valjean se puso pálido, tardó unos momentos en responder y, luego, con un tono inefable y hablando para sí, susurró:

—Su felicidad era la meta de mi vida. Ahora ya puede Dios firmar mi hoja de salida. Cosette, eres feliz; ya he cumplido mi tiempo.

—¡Ay, me ha llamado de tú! —exclamó Cosette. Y se le arrojó en los brazos.

Jean Valjean, descompuesto del todo, la estrechó contra el pecho como extraviado. Casi le pareció que la recuperaba.

—¡Gracias, padre! —le dijo Cosette.

Aquel arrebato se estaba volviendo muy doloroso para Jean Valjean. Se apartó con suavidad de los brazos de Cosette y cogió el sombrero.

—¿Y ahora qué pasa? —dijo Cosette. Jean Valjean contestó:

—La dejo, señora Pontmercy; la están esperando. Y, desde el umbral de la puerta, añadió:

—La he llamado de tú. Dígale a su marido que no volverá a suceder. Perdónen.

Jean Valjean se fue dejando a Cosette estupefacta con aquel adiós enigmático.

II
MÁS RETROCESOS

Jean Valjean volvió al día siguiente a la misma hora.

Cosette no le hizo preguntas, no volvió a extrañarse, no volvió a protestar porque tenía frío, no volvió a mencionar el salón; evitó decir padre y señor Jean. Se dejó llamar de usted. Se dejó llamar señora. Sólo que le había mermado la alegría. Habría estado triste si le hubiese sido posible estarlo.

Es probable que hubiera tenido con Marius una de esas conversaciones en que el hombre amado dice lo que quiere, no explica nada y deja satisfecha a la mujer amada. La curiosidad de los enamorados no va mucho más allá de su amor.

A la sala de abajo le habían lavado un poco la cara. Basque había suprimido las botellas, y Nicolette, las arañas.

Todos los días sucesivos trajeron a Jean Valjean a la misma hora. Vino a diario, pues no tenía fuerzas para tomar las palabras de Marius sino al pie de la letra. Marius se las arregló para no estar en casa a la hora en que iba Jean Valjean. La casa se acostumbró a la nueva forma de ser del señor Fauchelevent. Toussaint contribuyó a ello. El señor siempre ha sido así, repetía. El abuelo decretó: «Es un excéntrico». Y todo quedó dicho. Por lo demás, a los noventa años ya no se hacen amistades; todo es yuxtaposición; un recién llegado es un estorbo. No queda sitio; todas las costumbres están afincadas ya. Señor Fauchelevent o señor Tranchelevent, Gillenormand se quedó encantado de que lo dispensasen de la presencia de «ese señor». Y añadió: «Esos excéntricos son de lo más frecuente. Caen en montones de rarezas. Sin motivo alguno. El marqués de Canaples era aún peor. Compró un palacio para vivir en la buhardilla. Son cosas fantasiosas que hace la gente».

Nadie intuyó que hubiera algo nefasto encubierto. ¿Quién habría podido, por cierto, adivinar algo así? Hay pantanos por el estilo en la India; el agua tiene una apariencia extraordinaria, inexplicable, se estremece sin que haga viento, está agitada donde debería estar en reposo. Miramos, en la superficie, esos hervores injustificados; no vemos la hidra que se arrastra por el fondo.

Muchos hombres tienen, así, un monstruo secreto, un mal que nutren, un dragón que los roe, una desesperación que vive en su oscuridad. Un hombre así se parece a los demás, va y viene. Nadie sabe que lleva dentro un espantoso dolor parásito con mil dientes, que vive dentro de ese miserable a quien mata. Nadie sabe que ese hombre es un abismo. Estancado, pero profundo. De vez en cuando aparece en la superficie una perturbación que no se entiende. El frunce de una arruga misteriosa que se desvanece luego; y luego vuelve a aparecer; una pompa sube y estalla. Es poca cosa, es terrible. Es la respiración de la alimaña desconocida.

Algunas costumbres raras: llegar a la hora en que se van los demás; quedarse aparte mientras los demás se pavonean; no quitarse nunca eso que podríamos llamar el abrigo color tapia; buscar el paseo solitario; preferir la calle desierta; no tomar parte en las conversaciones; evitar las aglomeraciones y las fiestas; parecer persona acomodada y vivir pobremente; tener, por muy rico que uno sea, la llave en el bolsillo y la vela en la portería; entrar por la puerta pequeña; subir por la escalera hurtada, todas esas singularidades insignificantes, esas arrugas, esas pompas, esos frunces fugitivos en la superficie proceden con frecuencia de un fondo tremendo.

Transcurrieron así varias semanas. Una vida nueva se fue adueñando poco a poco de Cosette; las relaciones que nacen del matrimonio, las visitas, las tareas domésticas, las diversiones: esos asuntos mayores. Las diversiones de Cosette no eran onerosas; consistían en una sola: estar con Marius. Salir con él o quedarse en casa con él era la principal ocupación de su vida. Era para ellos una alegría siempre recién estrenada salir del brazo, a pleno sol, en plena calle, sin esconderse, delante de todo el mundo, los dos solos. Cosette tuvo una contrariedad. Toussaint no consiguió llevarse bien con Nicolette, es imposible que dos solteronas encajen, y se fue. El abuelo estaba bien de salud; Marius intervenía, acá y allá, en algunos casos; la señorita Gillenormand llevaba apaciblemente, junto a la pareja reciente, esa vida lateral que le bastaba. Jean Valjean venía a diario.

Que hubiera desaparecido el tuteo, que la llamase señora, llamarlo señor Jean: con todo eso Cosette lo veía de forma diferente. El empeño que había puesto en distanciarla de él tenía éxito. Cosette estaba cada vez más alegre y menos afectuosa. Seguía queriéndolo mucho, no obstante, y él lo notaba. Un día, le dijo de pronto: «Era mi padre y ya no es mi padre; era mi tío y ya no es mi tío; era el señor Fauchelevent y es Jean. ¿Quién es usted entonces? No me gusta nada esto. Si no supiera que es tan bueno, le tendría miedo».

Seguía viviendo en la calle de L'Homme-Armé porque no podía decidirse a alejarse del barrio en que vivía Cosette.

Al principio, sólo se quedaba con Cosette unos minutos y, luego, se iba. Poco a poco, se fue acostumbrando a hacer visitas menos cortas.

Hubiérase dicho que aprovechaba el permiso de los días, que iban creciendo; llegó más temprano y se fue más tarde.

Un día, a Cosette se le escapó decirle: «Padre». Un relámpago de alegría le iluminó la cara vieja y sombría a Jean Valjean. La corrigió: «Diga Jean».

—Ay, es verdad —contestó ella, con una carcajada—. Señor Jean.

—Eso es —dijo él.

Y desvió la cara para que ella no le viera secarse los ojos.

III
RECUERDAN EL JARDÍN DE LA CALLE DE PLUMET

Fue la última vez. A partir de ese último fulgor, todo se apagó por completo. No más confianzas, no más saludos con un beso, nunca más esa palabra tan hondamente dulce: ¡padre! A petición propia y siendo él cómplice, se veía sucesivamente expulsado de todo cuanto era su dicha; y con esa desventura de que, tras haber perdido a Cosette entera en un día, había tenido luego que perderla en partes.

La vista acaba por acostumbrarse a la luz de los sótanos. En pocas palabras, le bastaba con una aparición diaria de Cosette. La vida entera se le concentraba en esa hora. Se sentaba a su lado, la miraba en silencio o le hablaba de los años pasados, del convento, de su infancia, de sus amiguitas de entonces.

Una tarde —era uno de los primeros días de abril, ya tibio, fresco aún, el momento de la alegría mayor del sol; en los jardines entorno a las ventanas de Marius y Cosette había la emoción del despertar; el espino albar estaba a punto de florecer; las viejas paredes servían de escaparate a toda una joyería de alhelíes; las bocas de dragón rosa bostezaban en las rendijas de las piedras; había en la hierba un inicio delicioso de margaritas y de botones de oro; estaban empezando las mariposas blancas del año; el viento, ese menestral de la fiesta eterna, ensayaba en los árboles las primeras notas de esta gran sinfonía auroral que los poetas antiguos llamaban el retoñar—, le dijo Marius a Cosette: «Dijimos que volveríamos a nuestro jardín de la calle de Plumet para verlo otra vez. Vamos. No hay que ser ingratos». Y salieron volando como dos golondrinas hacia la primavera. Aquel jardín de la calle de Plumet les parecía el alba. Ya tenían a la espalda, en la vida, algo que era como la primavera de su amor. La casa de la calle de Plumet, arrendada, era todavía de Cosette. Fueron a aquel jardín y a aquella casa. Se encontraron allí consigo mismos; se les fue el santo al cielo. Al caer la tarde, a la hora habitual, llegó Jean Valjean a la calle de Les Filles-du-Calvaire.

—La señora ha salido con el señor y todavía no ha regresado —le dijo Basque.

Jean Valjean se sentó en silencio y estuvo esperando una hora. Cosette no volvió. Agachó la cabeza y se fue.

Cosette estaba tan embriagada con haber ido a pasear a «su jardín» y tan contenta de haber «vivido en su pasado un día entero» que no habló de otra cosa al día siguiente. No se dio cuenta de que no había visto a Jean Valjean.

—¿Cómo fueron? —le preguntó Jean Valjean.

—A pie.

—¿Y cómo volvieron?

—En coche de punto.

Jean Valjean llevaba una temporada fijándose en las estrecheces con que vivía el matrimonio. Era algo que lo importunaba. Marius imponía una economía severa, y Jean Valjean aplicaba esa palabra en su sentido absoluto. Se atrevió a hacer una pregunta:

—¿Por qué no tienen coche propio? Un cupé bonito sólo costaría quinientos francos mensuales. Son ricos.

—No lo sé —contestó Cosette.

—Es como eso de Toussaint —siguió diciendo Jean Valjean—. Se despidió y no ha cogido a otra en su lugar. ¿Por qué?

—Basta con Nicolette.

—Pero usted necesitaría una doncella.

—¿Es que no tengo a Marius?

—Deberían tener casa propia, criados propios, un coche, un palco en el teatro. Nada es demasiado para usted. ¿Por qué no disfrutar de que son ricos? La riqueza se suma a la felicidad.

Cosette no contestó nada.

Las visitas de Jean Valjean no se iban haciendo más cortas. Antes bien. Cuando el que resbala es el corazón, es imposible pararse a media cuesta. Cuando Jean Valjean quería alargar la visita y que nadie se acordase de la hora, cantaba las alabanzas de Marius; le parecía guapo, noble, valiente, ingenioso, elocuente, bueno. Cosette abundaba en esas opiniones. Jean Valjean volvía a la carga. Nunca se agotaba el tema. Marius: palabra inextinguible; en esas seis letras cabían volúmenes enteros. De esa forma conseguía Jean Valjean quedarse mucho rato. ¡Era tan dulce ver a Cosette, olvidar junto a ella! Era una cura para la herida. Varias veces tuvo Basque que ir dos veces a decir: «Me manda el señor Gillenormand a que le recuerde a la señora baronesa que está servida la cena».

Esos días Jean Valjean regresaba a su casa muy pensativo. ¿Algo cierto había, pues, en esa comparación de la crisálida que se le había venido a las mientes a Marius? ¿Era efectivamente Jean Valjean una crisálida tozuda que venía a visitar a su mariposa?

Un día se fue aún más tarde de lo que solía. Al día siguiente le llamó la atención que no estuviera encendida la chimenea. «Caramba —pensó—. No hay fuego.» Y se dio a sí mismo la siguiente explicación: «Es de lo más normal. Estamos en abril. Ya no hace frío».

—¡Dios mío, qué frío hace aquí! —exclamó Cosette al entrar.

—¡No es para tanto! —dijo Jean Valjean.

—¿Es usted quien le ha dicho a Basque que no encienda la chimenea?

—Sí. Estamos casi en mayo.

—Pero el fuego se enciende hasta el mes de junio. En este sótano hace falta todo el año.

—Me pareció que no hacía falta.

—¡Usted siempre con sus cosas! —dijo Cosette.

Al día siguiente, había fuego. Pero habían colocado los dos sillones en el otro extremo de la sala, cerca de la puerta.

—¿Qué querrá decir esto? —pensó Jean Valjean.

Fue a buscar los sillones y los volvió a colocar en el sitio de costumbre, junto a la chimenea.

Que volviese a haber fuego le dio ánimos, sin embargo. Prolongó la charla más aún de lo habitual. Cuando se estaba poniendo de pie para irse, Cosette le dijo:

—Mi marido me dijo ayer una cosa rara.

—¿Qué es ello?

—Me dijo: «Cosette, tenemos treinta mil libras de renta. Veintisiete tuyas y tres que me da mi abuelo». Le contesté: «Eso suma treinta». Y dijo entonces: «¿Te asustaría vivir con las tres mil?». Le contesté: «No. Ni tampoco vivir con nada. Con tal de que sea contigo». Y luego le pregunté: «¿Por qué me dices eso?». Y me contestó: «Por saberlo».

Jean Valjean no fue capaz de decir nada. Cosette estaba esperando probablemente que le diera alguna explicación; él la escuchó en un silencio taciturno. Se volvió a la calle de L'Homme-Armé; estaba tan ensimismado que se equivocó de puerta y en vez de entrar en su casa entró en la de al lado. Hasta que no hubo subido casi dos pisos, no se dio cuenta del error; y volvió a bajar.

Tenía la mente atiborrada de conjeturas. Estaba claro que Marius no se fiaba de la procedencia de los seiscientos mil francos; que temía que vinieran de alguna fuente impura. ¿Quién sabe? A lo mejor había descubierto incluso que ese dinero venía de él, de Jean Valjean, titubeaba ante esa fortuna sospechosa y sentía prevención en considerarla propia, prefiriendo que él y Cosette fueran pobres antes que ser ricos con una riqueza turbia.

Además, Jean Valjean empezaba a notar, de forma imprecisa, que lo estaban despidiendo.

Al día siguiente tuvo un sobresalto al entrar en la sala de abajo. Habían desaparecido los sillones. No había ni tan siquiera una silla.

—¡Pero bueno! —exclamó Cosette, al entrar—. ¡No están los sillones! ¿Dónde han ido a parar los sillones?

—Ya no están —contestó Jean Valjean.

—¡Es el colmo!

Jean Valjean farfulló:

—Le he dicho yo a Basque que los quitase.

—¿Y por qué?

—Hoy sólo voy a quedarme unos minutos.

—Que se quede poco no es una razón para que nos quedemos de pie.

—Me parece que Basque necesitaba los sillones para el salón.

—¿Por qué?

—Seguramente reciben ustedes esta noche.

—No esperamos a nadie. Cosette se encogió de hombros.

—¡Mandar que quiten los sillones! Y el otro día mandó apagar el fuego. ¡Qué raro es usted!

—Adiós —susurró Jean Valjean.

No dijo: «Adiós, Cosette». Pero no tuvo fuerzas para decir: «Adiós, señora Pontmercy».

Se fue, transido.

Ya lo había entendido.

Al día siguiente no fue. Cosette no cayó en la cuenta hasta la noche.

—Anda —dijo—, el señor Jean no ha venido hoy.

Se le oprimió un poco el corazón, pero apenas si lo notó porque la distrajo enseguida un beso de Marius.

Tampoco fue al otro día.

Cosette no se fijó; pasó la velada y durmió por la noche como siempre y no se acordó hasta que se despertó. ¡Era tan feliz! Envió enseguida a Nicolette a casa del señor Jean para saber si estaba enfermo y por qué no había ido la víspera. Nicolette volvió con la respuesta del señor Jean. No estaba enfermo. Estaba ocupado. Iría pronto. En cuanto pudiera. Por cierto, iba a hacer un breve viaje. Que recordase la señora que tenía por costumbre hacer viajes de cuando en cuando. Que no se preocupase. Que no estuviera pendiente de él.

Nicolette, al entrar en casa del señor Jean, le había repetido literalmente las palabras de su señora: que la señora la mandaba a preguntar por qué el señor Jean «no había ido la víspera».

—Llevo dos días sin ir —dijo Jean Valjean suavemente.

Pero a Nicolette no le llamó la atención el comentario y no se lo contó a Cosette.

IV
LA ATRACCIÓN Y LA EXTINCIÓN

En los últimos meses de la primavera y los primeros del verano de 1833, los pocos transeúntes de Le Marais, los dependientes de las tiendas y los desocupados que estaban en el umbral de las puertas se fijaban en un anciano pulcramente vestido de negro que todos los días, más o menos a la misma hora, al caer la tarde, salía de la calle de L'Homme-Armé, por la parte de la calle Sainte-Croix-de-la-Bretonnerie, pasaba por delante de Les Blancs-Manteaux, llegaba hasta la calle de Culture-Sainte-Catherine y, al llegar a la calle de L'Écharpe, giraba a la izquierda y entraba en la calle de Saint-Louis.

Una vez allí, andaba despacio, con la cabeza estirada hacia delante, sin ver ni oír nada, clavando la vista inmutablemente en un punto, siempre el mismo, que parecía ser para él una estrella, pero no era sino la esquina de la calle de Les Filles-du-Calvaire. Cuanto más se acercaba a esa esquina, más se le iluminaban los ojos; le encendía las pupilas algo así como una alegría, como una aurora interior; tenía una expresión fascinada y enternecida; hacía con los labios movimientos enigmáticos, como si le hablase a alguien a quien no veía; sonreía más o menos y andaba lo más despacio que podía. Hubiérase dicho que estaba deseando llegar, pero temía el momento en que estuviese ya muy cerca. Cuando ya quedaban sólo unas cuantas casas entre él y aquella calle que parecía atraerlo, refrenaba el paso tanto que a ratos podía parecer que no andaba. La oscilación de la cabeza y la fijeza de la mirada recordaban la aguja que busca el polo. Por mucho que prolongase la llegada, no le quedaba más remedio que llegar; iba a dar a la calle de Les Filles-du-Calvaire; entonces se paraba, temblando, asomaba la cabeza, con una especie de timidez lúgubre, por la esquina de la última casa y miraba esa calle; y en aquella mirada trágica había algo que se parecía al deslumbramiento de lo imposible y a la reverberación de un paraíso clausurado. Luego, una lágrima, que se había ido formando en la comisura de los párpados, le corría por la mejilla, tras crecer lo suficiente para desprenderse, y se le detenía a veces en los labios. El anciano notaba el sabor amargo. Se quedaba así unos minutos, como si fuera de piedra; luego, volvía por el mismo camino y con el mismo paso; y, según se iba alejando, se le apagaban las pupilas.

Poco a poco, el anciano dejó de llegar hasta la esquina de la calle de Les Filles-du-Calvaire; se quedaba a medio camino, en la calle de Saint-Louis; a veces un poco más allá y a veces un poco más acá. Un día, se quedó en la esquina de la calle de Culture-Sainte-Catherine y miró de lejos la calle de Les Filles-du-Calvaire. Luego, negó despacio con la cabeza, como si no se consintiera algo, y regresó por donde había venido.

No tardó en no llegar siquiera a la calle de Saint-Louis. Iba hasta la calle Pavée, cabeceaba y se daba media vuelta; luego, no pasó de la calle de Les Trois-Pavillons; luego no fue más allá de Les Blancs-Manteaux. Hubiérase dicho un péndulo a quien nadie le da ya cuerda y cuyas oscilaciones se acortan a la espera de detenerse.

Salía todos los días de su casa a la misma hora, iniciaba el mismo trayecto, pero ya no lo remataba y, quizá sin ser consciente de ello, cada vez lo abreviaba más. Se le leía en el rostro este único pensamiento: ¿Para qué? Tenía la mirada apagada; ningún fulgor ya. También se había secado la lágrima; no se le formaba ya en la comisura de los párpados; esos ojos pensativos estaban secos. El anciano seguía estirando la cabeza hacia adelante; a ratos movía la barbilla; daba pena verle las arrugas del cuello flaco. A veces, cuando hacía malo, llevaba debajo del brazo un paraguas, que no abría nunca. Las comadres decían: Es el tonto del barrio. Los niños lo iban siguiendo entre risas.

LIBRO NOVENO
SOMBRA SUPREMA, SUPREMO AMANECER

I
COMPASIÓN PARA LOS DESDICHADOS, PERO INDULGENCIA PARA LOS DICHOSOS

¡Qué tremendo es ser dichoso! ¡Cómo nos contentamos con ello! ¡Cómo nos parece que con eso basta! ¡Cómo, al estar en posesión de la meta falsa de la vida, la dicha, nos olvidamos de la meta auténtica, el deber!

Hemos de decirlo, no obstante, sería un error acusar a Marius.

Marius, ya lo hemos explicado, antes de la boda no le preguntó nada al señor Fauchelevent; y, posteriormente, le dio miedo hacerle preguntas a Jean Valjean. Se había arrepentido de la promesa a la que había dejado que lo comprometiesen. Se había repetido muchas veces que se había equivocado al tener esa condescendencia con la desesperación. Se había limitado a alejar poco a poco a Jean Valjean de su casa y a borrarlo cuanto pudo de la mente de Cosette. Hasta cierto punto, se había interpuesto siempre entre Cosette y Jean Valjean, con la seguridad de que así ella no lo vería y no se acordaría de él. Más que irlo borrando, lo eclipsaba.

Marius hacía lo que le parecía necesario y justo. Creía tener, para apartar a Jean Valjean sin dureza, pero con firmeza, razones serias que ya hemos visto, y otras más, que veremos más adelante. Había coincidido, por casualidad, en un juicio en el que había ejercido de abogado, con un antiguo empleado de la banca Laffitte y, sin buscarlas, se había encontrado con informaciones misteriosas en que, a decir verdad, no había podido ahondar, precisamente por respetar aquel secreto que había prometido no revelar y por consideración con la situación comprometida de Jean Valjean. Creía en esa misma temporada que le correspondía un deber muy serio, la devolución de los seiscientos mil francos a alguien a quien buscaba con la mayor discreción posible. En tanto, se abstenía de tocar ese dinero.

En cuanto a Cosette, nada sabía de ninguno de esos secretos; pero condenarla también sería obrar con dureza.

Existía entre Marius y ella un magnetismo omnipotente que la movía a hacer, instintiva y casi mecánicamente, lo que deseaba Marius. En lo referido al «señor Jean», notaba una voluntad de Marius; y se atenía a ella. Su marido no había tenido que decirle nada; Cosette acusaba la presión inconcreta, pero clara, de sus intenciones tácitas y obedecía ciegamente. En este caso, la obediencia consistía en no recordar lo que olvidase Marius. Y hacerlo no le costaba esfuerzo alguno. Sin saber por qué, y sin que podamos acusarla de ello, se le había convertido hasta tal punto el alma en el alma de su marido que lo que se cubría de sombra en el pensamiento de Marius en el de ella se volvía oscuro.

Pero no exageremos, no obstante; en lo tocante a Jean Valjean, aquel olvido y aquella desaparición no eran sino superficiales. Pecaba más bien de aturdida que de olvidadiza. En el fondo, quería mucho al hombre a quien había llamado padre tanto tiempo. Pero quería aún más a su marido. Y eso era lo que había falseado un tanto la balanza de ese corazón, inclinada sólo hacia un lado.

A veces Cosette mencionaba a Jean Valjean y se extrañaba. Entonces Marius la tranquilizaba.

—Me parece que está fuera. ¿No dijo que se iba de viaje?

«Es verdad —pensaba Cosette—. Solía desaparecer así, Pero no tanto tiempo.»

Dos o tres veces envió a Nicolette a la calle de L'Homme-Armé, para enterarse de si el señor Jean había vuelto de viaje. Jean Valjean mandó contestar que no.

Cosette no insistió, pues no tenía sino una necesidad en el mundo, y era Marius.

Hemos de decir también que, por su parte, Marius y Cosette habían estado fuera. Habían ido a Vernon. Marius había llevado a Cosette a la tumba de su padre.

Marius le había robado poco a poco a Cosette a Jean Valjean. Y Cosette lo había consentido.

Por lo demás, eso que llaman, con excesiva dureza en algunos casos, la ingratitud de los hijos no es siempre tan reprensible como al parecer se cree. Es la ingratitud de la naturaleza. La naturaleza, ya lo hemos dicho en otra ocasión, «mira hacia adelante». La naturaleza divide a los seres vivos en los que llegan y los que se van. Los que se van están vueltos hacia la sombra; los que llegan, hacia la luz. Y de ahí nace una separación que, por parte de los viejos, es fatídica y, por parte de los jóvenes, involuntaria. Esa separación, insensible al principio, va creciendo despacio, como sucede con las ramas. Las ramitas, sin desprenderse del tronco, se alejan de él. No tienen la culpa. La juventud va hacia donde está la alegría, a las fiestas, a los resplandores fuertes, a los amores. La vejez va hacia el final. No se pierden de vista, pero ya no hay abrazo. Los jóvenes sienten que los va enfriando la vida; los ancianos notan que los enfría la tumba. No acusemos a esos pobres niños.

II
ÚLTIMOS LATIDOS DE LA LÁMPARA SIN ACEITE

Un día, Jean Valjean bajó las escaleras, dio tres pasos por la calle, se sentó en un mojón, en el mismo mojón en que se lo encontró, ensimismado, Gavroche la noche del 5 al 6 de junio; se quedó allí unos minutos y volvió a subir. Fue la última oscilación del péndulo. Al día siguiente no salió de casa. Y al otro no salió de la cama.

La portera, que le preparaba las parcas comidas, unas cuantas coles o unas patatas con algo de tocino, miró el plato de barro marrón y exclamó:

—Pero ¡si ayer no comió usted nada, hombre de Dios!

—Sí que comí —contestó Jean Valjean.

—El plato está lleno.

—Mire el jarro de agua. Está vacío.

—Eso demuestra que bebió; no demuestra que comiera.

—Bueno, ¿y si sólo tuve hambre de agua? —dijo Jean Valjean.

—Eso se llama sed; y, cuando no se come y sí se bebe, se llama fiebre.

—Comeré mañana.

—Sí, o por la Trinidad. ¿Y por qué no hoy? ¿Qué es eso de que ya comerá mañana? ¡Mira que dejarme el plato entero sin tocarlo siquiera! ¡Con lo ricas que estaban mis patatas violeta! Jean Valjean le cogió la mano a la anciana.

—Le prometo que me las comeré —le dijo con su voz bondadosa.

—No me tiene usted nada contenta —contestó la portera.

Jean Valjean no veía a más ser humano que a aquella buena mujer. Existen en París calles por las que nadie pasa y casas a las que no va nadie. Él vivía en una de esas calles y en una de esas casas.

De vez en cuando salía; le había comprado a un calderero, por pocos céntimos, un crucifijo pequeño de cobre y lo había colgado de un clavo enfrente de la cama. Esa herramienta de suplicio siempre viene bien no perderla de vista.

Transcurrió una semana sin que Jean Valjean anduviera ni un paso por su cuarto. No se movía de la cama. La portera le decía a su marido:

—El buen hombre de arriba ya no se levanta ni come. No va a durar mucho que digamos. Yo creo que tiene algún disgusto. Nadie me quitará de la cabeza que la hija no se ha casado bien.

El marido contestó con el acento de la soberana autoridad marital:

—Si tiene dinero, que vea a un médico. Si no tiene dinero, que no lo vea. Si no ve a un médico, se morirá.

—¿Y si lo ve?

—Se morirá —dijo el portero.

La portera se puso a raspar con un cuchillo viejo algo de hierba que crecía en lo que ella llamaba su empedrado; y, mientras arrancaba la hierba, refunfuñaba:

—¡Qué lástima! ¡Un viejo tan curiosito! Es blanco como un pollo.

Vio pasar al final de la calle a un médico del barrio; se tomó atribuciones para pedirle que subiera.

—Es en el segundo —le dijo—. Puede entrar directamente. Como el hombre no se mueve ya de la cama, siempre está la llave puesta.

El médico vio a Jean Valjean y habló con él. Cuando bajó, la portera le preguntó:

—¿Qué hay, doctor?

—Ese enfermo suyo está muy enfermo.

—¿Qué le pasa?

—De todo y nada. Es un hombre que, por las apariencias, ha perdido a un ser querido. De eso puede uno morirse.

—¿Qué le ha dicho?

—Me ha dicho que estaba bien.

—¿Volverá usted, doctor?

—Sí —contestó el médico—. Pero tendría que volver alguien que no soy yo.

III
EL QUE LEVANTABA LA CARRETA DE FAUCHELEVENT NO PUEDE CON EL PESO DE UNA PLUMA

Un día, a última hora de la tarde, a Jean Valjean le costó incorporarse apoyándose en el codo; se cogió la mano y no se encontró el pulso; tenía el resuello corto y se le paraba a ratos; se dio cuenta de que estaba más débil que antes. Entonces, seguramente por la presión de alguna preocupación suprema, hizo un esfuerzo, se sentó en la cama y se vistió. Se puso su ropa vieja de obrero. Como ya no salía a la calle, había vuelto a vestirse así y lo prefería. Tuvo que pararse varias veces mientras se vestía; sólo con meterse las mangas de la chaqueta le chorreaba el sudor por la frente.

Desde que estaba solo, había puesto la cama en el recibidor, para vivir lo menos posible en aquel piso desierto.

Abrió la maleta y sacó el ajuar de Cosette. Lo extendió encima de la cama.

Los candeleros del obispo estaban en su sitio, encima de la chimenea. Sacó de un cajón dos velas de cera y las puso en los candeleros. Luego, aunque aún era pleno día porque estaban en verano, las encendió. Así se ven a veces velas encendidas en pleno día en las habitaciones en que hay un muerto.

Todos los pasos que daba, para ir de un mueble a otro, lo dejaban extenuado y no le quedaba más remedio que sentarse. No era un cansancio ordinario que gasta la fuerza para renovarla; era lo que le quedaba de los movimientos posibles; era la vida consumida que se escapa gota a gota en esfuerzos extenuantes que nunca más volverán a hacerse.

Una de las sillas en que se desplomó estaba delante del espejo que tan fatídico le había sido a él y tan providencial le había sido a Marius, en el que había leído en el secante, al revés, la carta de Cosette. Se vio en ese espejo y no se reconoció. Tenía ochenta años; antes de la boda de Marius, apenas si le hubiesen echado cincuenta; aquel año había valido por treinta. Lo que tenía en la frente no eran ya arrugas de la edad, era la marca misteriosa de la muerte. Se notaba cómo había ahondado la uña inmisericorde. Le colgaban las mejillas; el cutis tenía ahora ese color que hace pensar que ya hay tierra por encima de la cara; ambas comisuras de los labios miraban para abajo, como en esas máscaras que los antiguos esculpían en las tumbas; miraba al vacío como con expresión de reproche; hubiérase dicho uno de esos grandes personajes trágicos que tienen queja de alguien.

Estaba en la siguiente situación: la última etapa del abatimiento, en que el dolor ya no fluye; está coagulado, por decirlo de alguna manera; hay en el alma algo así como un coágulo de desesperación.

Había caído la noche. Arrastró trabajosamente una mesa y el sillón viejo hasta la chimenea y puso encima de la mesa pluma, tintero y papel.

Tras hacerlo, tuvo un desvanecimiento. Cuando recobró el conocimiento, tenía sed. Como no podía levantar el jarro de agua, se lo inclinó trabajosamente hacia la boca y bebió un trago.

Luego, sin levantarse, porque no se tenía de pie, se volvió hacia la cama; miró el vestidito negro y todas aquellas cosas que tanto quería.

Contemplaciones así duran horas que parecen minutos. De repente, tuvo un escalofrío, notó que el frío le llegaba; se acodó en la mesa, que alumbraban los candeleros del obispo, y cogió la pluma.

Como la pluma y la tinta llevaban mucho sin usarse, la punta de la pluma estaba doblada, y la tinta, seca; tuvo que levantarse y poner unas cuantas gotas de agua en la tinta, cosa que no pudo hacer sin pararse y sentarse dos o tres veces; y tuvo que escribir con el dorso de la pluma. De vez en cuando, se enjugaba la frente.

Le temblaba la mano. Escribió despacio las siguientes líneas:

«Cosette, te bendigo. Voy a explicarte las cosas. Tu marido hizo bien al darme a entender que tenía que irme; algo se equivocó, sin embargo, en las cosas que creía, pero hizo bien. Es una persona excelente. Sigue queriéndolo mucho después de que yo me muera. Señor Pontmercy, quiera siempre a mi niña adorada. Cosette, alguien encontrará este papel y esto es lo que quiero decirte, vas a ver las cantidades si es que tengo fuerzas para recordarlas, atiende bien, ese dinero es tuyo y bien tuyo. Así fue todo el asunto. El azabache artificial blanco viene de Noruega, el azabache negro viene de Inglaterra, los abalorios de cristal negro vienen de Alemania. El azabache pesa menos, es más valioso y más caro. Se pueden fabricar en Francia imitaciones, igual que en Alemania. Hace falta un yunque pequeño, de dos pulgadas cuadradas, y una lámpara de espíritu de vino para ablandar la cera. Antes, la cera se fabricaba con resina y negro de humo, y la libra costaba cuatro francos. A mí se me ocurrió hacerla con goma laca y trementina. No cuesta más de treinta céntimos y es mucho mejor. Los pendientes se hacen con un cristal violeta que se pega con esa cera en una armadura pequeña de hierro negro. El cristal tiene que ser violeta para las joyas de hierro y negro para las joyas de oro. España lo compra mucho. Es el país del azabache…».

Al llegar aquí, se le cayó la pluma de los dedos y le llegó uno de esos sollozos desesperados que a veces le subían desde las entrañas; el pobre hombre se cogió la cabeza con ambas manos y se quedó pensando.

—¡Ay! —exclamó en su fuero interno (uno de esos gritos acongojantes que sólo Dios oye)—. Se acabó. No volveré a verla. Fue una sonrisa que me pasó por encima. Voy a adentrarme en la oscuridad sin volver a verla siquiera. ¡Ay! Un minuto, un instante, oír su voz, tocarle el vestido, mirarla, a ella, ¡al ángel!, y morir luego. Morir no es nada. Lo espantoso es morir sin verla. Me sonreiría, me diría una palabra. ¿A quién iba a perjudicar eso? No, se acabó, nunca. Me he quedado solo. ¡Dios mío! ¡Dios mío! No volveré a verla.

En ese momento llamaron a la puerta.

IV
LA BOTELLA DE TINTA QUE SÓLO CONSIGUIÓ LIMPIAR

Ese mismo día, o mejor dicho, esa misma noche, al levantarse Marius de la mesa, y cuando acababa de retirarse a su despacho porque tenía que estudiar un expediente, le entregó Basque una carta, diciéndole: «La persona que ha escrito esta carta está en el recibidor».

Cosette se había cogido del brazo del abuelo y estaban dando una vuelta por el jardín.

Una carta puede, lo mismo que un hombre, tener mala facha. Papel basto, doblez torpe: hay misivas que, sólo con verlas, desagradan. La carta que había traído Basque era de ésas.

Marius la cogió. Olía a tabaco. No hay como los olores para despertar los recuerdos. Marius reconoció ese tabaco. Miró las señas: Al señor barón Pommerci. En su residencia. Por el tabaco reconoció la carta. Podría decirse que hay relámpagos de asombro. A Marius lo iluminó uno de esos relámpagos.

El olfato, ese misterioso recordatorio, acababa de resucitar para él todo un mundo. Era el mismo papel, la misma forma de doblarlo, el tono pálido de la tinta; era la letra conocida, y, sobre todo, era el mismo tabaco. Volvía a ver la buhardilla de los Jondrette.

Así, ¡qué curioso capricho del azar!, una de las dos pistas que había buscado tanto, aquella que tantos esfuerzos había realizado últimamente para encontrar y creía perdida para siempre, se le venía sola a las manos.

Rompió con avidez la oblea de la carta y leyó:

«Señor barón:
»Si el Ser Supremo me hubiese conzedido talento yo habría podido ser el barón Thénard, miembro del Instituto (academia de las ciencias),

pero no lo soy. Sólo me apellido igual que él y me sentiré dichoso si ese recuerdo me sirve de recomendazión para hacerme acreedor de la escelencia de sus bondades. El favor que me conceda será rezíproco. Estoy en posesión de un secreto que tiene que ver con un individuo. Ese individuo tiene que ber con usted. Tengo el secreto a su disposición y deseo tener el honor de serle hútil. Le daré una forma senzilla para espulsar de su honorable familia a ese individuo que no se la mereze por ser la señora baronesa de alta cuna. El santuario de la virtud no puede por más tiempo codearse con el crimen sin abdicar.

»Espero en el recibidor las órdenes del señor barón.

»Respetuosamente».

La carta iba firmada «THÉNARD».

No era una firma falsa. Sólo estaba un tanto abreviada.

Por lo demás, el galimatías y la ortografía remataban la revelación. El certificado de origen estaba completo. No había duda posible.

Marius notó una honda emoción. Tras el arrebato de sorpresa, tuvo un arrebato de felicidad. Si ahora encontrase al otro hombre a quien andaba buscando, ese que le había salvado la vida, no tendría ya nada que desear.

Abrió un cajón del secreter, sacó unos cuantos billetes de banco, se los metió en el bolsillo, volvió a cerrar el secreter y tocó la campanilla. Basque entornó la puerta.

—Que pase.

Basque anunció:

—El señor Thénard. Entró un hombre.

Nueva sorpresa de Marius. El hombre que entró le era completamente desconocido.

Aquel hombre, viejo por lo demás, tenía la nariz gruesa, la barbilla hundida en la corbata, unas gafas verdes con doble visera de tafetán verde que le tapaba los ojos, el pelo planchado y pegado en la frente, al filo de las cejas, como la peluca de los cocheros ingleses de buena sociedad. El pelo era gris. Vestía de negro de la cabeza a los pies, una ropa negra muy tazada, pero limpia; un puñado de dijes que le salían del bolsillo del chaleco permitía suponer que allí había un reloj. Llevaba en la mano un sombrero viejo. Caminaba encorvado y la curva de la espalda era mayor por lo marcado de la reverencia.

Lo que llamaba la atención de entrada era que el frac de aquella persona, demasiado ancho, aunque cuidadosamente abotonado, no parecía confeccionado para él. Y aquí se hace necesaria una breve digresión.

Había en París por entonces, en una vivienda vieja y de mala muerte en la calle de Beautreillis, cerca de L'Arsenal, un judío ingenioso cuya profesión consistía en convertir a los bribones en hombres honrados. No por mucho tiempo, porque podría haberle resultado molesto al bribón. El cambio se hacía a la vista del público para un par de días, a razón de un franco y medio diario, mediante un traje que se pareciera lo más posible a la honradez de cualquiera. El dueño de ese negocio de alquiler de trajes se llamaba el Cambista; los pillos parisinos le habían puesto ese nombre, y no se le conocía otro. Tenía un vestuario bastante completo. Los trapos con que disfrazaba a las personas eran más o menos presentables. Tenía especialidades y categorías; de todos y cada uno de los clavos de su tienda colgaba, usada y arrugada, una condición social; aquí el atuendo del magistrado, allá el atuendo del cura, acullá el atuendo del banquero, en un rincón el atuendo del militar retirado, en otra parte el atuendo del literato, más allá el atuendo del hombre de Estado. Aquel personaje era el encargado de vestuario del gigantesco drama que interpretan los truhanes de París. Su antro era las candilejas de las que salía el robo y en que se metía la estafa. Un pícaro andrajoso llegaba a aquel vestuario, pagaba un franco y medio y escogía, según el papel que quisiera interpretar ese día, el atuendo conveniente; y, cuando volvía a bajar las escaleras, el pícaro era alguien. Al día siguiente, devolvía puntualmente la ropa, y al Cambista, que todo lo ponía en manos de ladrones, no le robaba nunca nada nadie. La ropa en cuestión tenía un inconveniente: no «caía bien», porque no estaba confeccionada para quienes la llevaban; a unos les quedaba ceñida y a otros les venía ancha. Y no le sentaba bien a nadie. Cualquier truhán que, por menudo o por robusto, no encajase en el promedio humano no se encontraba a gusto con los trajes del Cambista. No había que ser ni muy gordo ni muy flaco. El Cambista sólo tenía previstos a los hombres corrientes. Le había tomado medidas al género humano en la persona de un golfo cualquiera, que no es ni grueso ni delgado, ni alto ni bajo. Eso daba lugar a adaptaciones a veces complicadas con las que los parroquianos del Cambista se apañaban como podían. ¡Peor para las excepciones! El frac de hombre de Estado, por ejemplo, negro de arriba abajo y, por consiguiente, de recibo, le habría quedado ancho a Pitt y estrecho a Castelcicala. El atavío de hombre de Estado constaba, tal y como vamos a copiarlo, en el catálogo del Cambista de: «Un frac de paño negro, un pantalón de cruzadillo de lana, un chaleco de seda, botas y "ropa blanca"». Al margen, ponía: exembajador; y una nota que transcribimos también: «En caja aparte, una peluca muy bien rizada, unas gafas verdes, unos dijes y dos cañones de pluma cortos, de una pulgada de largo, envueltos en algodón». Todo eso era lo correspondiente al hombre de Estado, exembajador.

El atuendo entero estaba, si es que puede decirse así, extenuado: las costuras eran blanquecinas; en uno de los codos se abría a medias algo parecido a un ojal; además, le faltaba un botón del pecho al frac; pero no pasaba de ser un detalle, ya que, como la mano del hombre de Estado debe hallarse siempre metida dentro del frac y encima del corazón, su cometido consistía en ocultar la ausencia del botón.

Si Marius hubiera estado familiarizado con las instituciones ocultas de París, habría reconocido en el acto, puesto en el visitante que acababa de introducir Basque, el frac de hombre de Estado tomado prestado de la prendería del cambista.

El chasco de Marius al ver entrar a otro hombre y no al que estaba esperando desfavoreció al recién llegado. Le pasó revista de pies a cabeza, mientras el personaje aquel le hacía una reverencia exagerada y le preguntó con tono brusco:

—¿Qué desea?

El hombre respondió, con una mueca amable de la que podría darnos una idea la sonrisa melosa de un cocodrilo:

—Me parece imposible no haber tenido ya el honor de coincidir en sociedad con el señor barón. Bien creo que nos vimos muy en particular, hace unos años, en casa de la princesa Bagration y en los salones de su excelencia el señor vizconde Dambray, miembro del Senado de Francia.

Es siempre buena táctica en las artes de truhanería fingir que se reconoce a alguien a quien no se conoce.

Marius estaba muy atento a la forma de hablar de aquel hombre. Acechaba el acento y los ademanes, pero su chasco iba a más; era una pronunciación gangosa, diferente por completo del sonido de voz agrio y seco que se esperaba. Estaba completamente desconcertado.

—No conozco —dijo— ni a la señora Bagration ni al señor Dambray. Y no he pisado en mi vida la casa de ninguno de ellos.

La respuesta era ruda. El personaje, zalamero pese a todo, insistió:

—¡Será entonces en casa de Chateaubriand donde habré visto al señor! Conozco mucho a Chateaubriand. Es muy afable. Me dice a veces: Thénard, amigo mío… ¿no va a tomar algo conmigo?

El rostro de Marius era cada vez más severo:

—Nunca he tenido el honor de que me recibiera el señor de Chateaubriand. Acabemos. ¿Qué desea?

El hombre, al endurecerse más la voz de Marius, le hizo una reverencia aún más profunda.

—Señor barón, tenga a bien escucharme. Hay en América, en un país que cae por la parte del Panamá, un pueblo que se llama La Joya. Ese pueblo consta de una única casa. Una casa grande, cuadrada, de tres pisos, hecha de adobe; los lados del cuadrado miden quinientos pies de largo; las plantas van retranqueadas doce pies respecto a la planta inferior para tener delante una terraza que da la vuelta al edificio; en el centro, hay un patio interior donde están las provisiones y las municiones; no hay ventanas, sino aspilleras; no hay puerta, sino escalas, escalas para subir desde el suelo hasta la primera terraza; y de la primera, a la segunda; y de la segunda, a la tercera; escalas para bajar al patio interior; no hay puertas en las habitaciones, sino trampillas; no hay escaleras en las habitaciones, sino escalas; por la noche, cierran las trampillas, retiran las escalas, se fijan trabucos y carabinas en las aspilleras; no hay forma de entrar; una casa de día, una fortaleza de noche; ochocientos habitantes; tal es ese pueblo. ¿Por qué tantas precauciones? Porque la comarca es peligrosa, está repleta de antropófagos. Entonces, ¿por qué va la gente allí? Porque es una comarca maravillosa: se encuentra oro.

—¿Adónde quiere ir a parar? —lo interrumpió Marius, que estaba pasando del chasco a la impaciencia.

—A lo siguiente, señor barón. Soy un antiguo diplomático cansado. Esta vieja civilización me ha dejado agotado. Quiero probar suerte con los salvajes.

—¿Y qué?

—Señor barón, el egoísmo gobierna el mundo. La campesina proletaria que trabaja de jornalera se vuelve cuando pasa la diligencia; la campesina propietaria que trabaja en su sembrado no se vuelve. El perro del pobre le ladra al rico, el perro del rico le ladra al pobre. Cada cual va a lo suyo. El interés, ésa es la meta de los hombres. El oro, ése el imán.

—¿Y qué? Concluya.

—Querría ir a afincarme en La Joya. Somos tres. Mi esposa y mi jovencita; una muchacha muy hermosa. El viaje es largo y caro. Necesito algo de dinero.

—¿Y eso qué tiene que ver conmigo? —preguntó Marius.

El desconocido asomó algo el cuello fuera de la corbata, gesto propio del buitre, y contestó sonriendo a más y mejor:

—¿No ha leído mi carta el señor barón?

Algo había de eso. El hecho es que el contenido de la epístola le había resbalado a Marius. Más que la carta, había visto la letra. Apenas si la recordaba. Algo lo había alertado hacía un momento. Se había fijado en este detalle: mi esposa y mi jovencita. Clavaba en el desconocido una mirada penetrante. Un juez de instrucción no lo habría mirado con más atención. Estaba casi al acecho. Se limitó de decir:

—Vaya al grano.

El desconocido se metió ambas manos en los bolsillos del chaleco, irguió la cabeza sin enderezar la espina dorsal, pero examinando también a Marius con la mirada verde de las gafas.

—Bien está, señor barón. Voy al grano. Tengo un secreto que venderle.

—¿Un secreto?

—Un secreto.

—¿Y tiene que ver conmigo?

—Algo.

—¿Y cuál es ese secreto?

Marius se fijaba cada vez más en el hombre, al tiempo que lo escuchaba.

—Empiezo gratis —dijo el desconocido—. Ya verá lo interesante que soy.

—Hable.

—Señor barón, tiene usted en su casa a un ladrón y a un asesino. Marius se sobresalto.

—¿En mi casa? No —dijo.

El desconocido, imperturbable, cepilló el sombrero con el codo y siguió diciendo:

—Asesino y ladrón. Fíjese bien, señor barón, de que no me estoy refiriendo a acontecimientos antiguos, atrasados, caducos, que pueden borrarse con la prescripción ante la ley y el arrepentimiento ante Dios. Me refiero a hechos recientes, a hechos actuales, a hechos que, ahora mismo, aún ignora la justicia. Prosigo. Ese hombre se ha hecho con la confianza de usted y casi se ha colado en su familia con un nombre falso. Voy a decirle su nombre auténtico. Y se lo voy a decir sin pedir nada a cambio.

—Lo escucho.

—Se llama Jean Valjean.

—Lo sé.

—También voy a decirle sin pedirle nada a cambio quién es.

—Diga.

—Es un antiguo presidiario.

—Lo sé.

—Lo sabe desde que he tenido el honor de decírselo.

—No. Ya lo sabía de antes.

El tono frío de Marius; esa doble respuesta, lo sé, ese laconismo refractario al diálogo despertaron en el individuo cierta ira sorda. Le lanzó a Marius a hurtadillas una mirada furiosa, que desapareció en el acto. Por muy veloz que fuera, esa mirada era de las que se reconocen cuando se las ha visto una vez; a Marius no se le escapó. Hay llamaradas que sólo pueden proceder de ciertas almas; incendian las pupilas, esos tragaluces del pensamiento; las gafas no las ocultan; ¡cualquiera le pone cristales al infierno!

El desconocido añadió, sonriendo:

—No me permito desmentir al señor barón. En cualquier caso, se dará cuenta de que estoy informado. Lo que tengo que contarle ahora sólo yo lo sé. Tiene que ver con la fortuna de la señora baronesa. Es un secreto extraordinario. Está en venta. Empiezo por ofrecérselo a usted. Barato. Veinte mil francos.

—Sé ese secreto como sé los demás —dijo Marius. El hombre notó la necesidad de bajar algo el precio.

—Señor barón, digamos diez mil francos y hablo.

—Le repito que no tiene usted nada que contarme. Sé eso que me quiere decir.

Otro relámpago le pasó por los ojos al hombre, que exclamó:

—Pero tendré que cenar hoy por lo menos. Le digo que es un secreto extraordinario. Señor barón, voy a hablar. Hablo. Deme veinte francos.

Marius lo miró fijamente:

—Sé ese secreto suyo tan extraordinario; como también sabía el nombre de Jean Valjean, como también sé el de usted.

—¿Mi nombre?

—Sí.

—Eso no es difícil, señor barón. Tuve el honor de escribírselo y de decírselo. Thénard.

—Dier.

—¿Cómo?

—Thénardier.

—¿Quién?

Ante el peligro, el puercoespín se eriza, el escarabajo se hace el muerto, la vieja guardia forma en cuadrado; el hombre se echó a reír.

Luego se quitó de una toba una mota de polvo de la manga del frac. Marius siguió diciendo:

—Es también el obrero Jondrette, el cómico Fabantou, el poeta Genflot, el español don Alvares y la señora Balizard.

—¿La señora qué?

—Y tuvo un figón en Montfermeil.

—¿Un figón? ¡En la vida!

—Y le digo que es usted Thénardier.

—Lo niego.

—Y que es usted un golfo. Tome.

Y Marius, sacándose un billete de banco del bolsillo, se lo tiró a la cara.

—¡Gracias! ¡Perdón! ¡Quinientos francos! ¡Señor barón!

Y el hombre, trastornado, haciendo reverencias, agarrando el billete, lo miró de cerca.

—¡Quinientos francos! —repitió, pasmado. Y masculló a media voz: ¡Menudo papiro!

Luego exclamó de repente:

—Bien está. Pongámonos cómodos.

Y, con agilidad simiesca, se echó el pelo hacia atrás, se quitó las gafas de un tirón, se sacó de la nariz y escondió los dos cañones de pluma que mencionamos hace un rato y a los que, por lo demás, ya hicimos referencia en otro punto de este libro; se quitó la cara como quien se quita el sombrero.

Se le encendió la mirada; la frente, desigual, accidentada, con bultos en algunos sitios y repulsivas arrugas en la parte de arriba, quedó a la vista; la nariz volvió a ser puntiaguda como un pico; volvió a aparecer el perfil feroz y sagaz del hombre de presa.

—El señor barón es infalible —dijo con voz clara, que había dejado de ser gangosa—: soy Thénardier.

Y enderezó la espalda encorvada.

Thénardier, pues era él, efectivamente, estaba sorprendido a más no poder; habría sentido turbación si eso hubiera sido posible. Había ido a ser portador de asombro y el asombrado era él. Por aquella humillación le pagaban quinientos francos y, visto lo visto, los aceptaba, pero no por ello estaba menos pasmado.

Era la primera vez que veía al barón Pontmercy aquel y, pese al disfraz, el barón Pontmercy lo había reconocido y lo conocía a fondo. Y el barón no sólo estaba al tanto de cuanto tenía que ver con Thénardier, sino que también parecía estar al tanto de cuanto tuviera que ver con Jean Valjean.

¿Quién era aquel joven casi imberbe que sabía todos esos nombres y les abría la bolsa, que maltrataba a los bribones como un juez y les pagaba como un pardillo?

Recordemos que Thénardier, aunque había sido vecino de Marius, nunca lo había visto, cosa frecuente en París; por entonces había oído más o menos hablar a sus hijas de un joven muy pobre que se llamaba Marius y vivía en aquella casa. Le escribió, sin conocerlo, la carta que ya sabemos. Era imposible que relacionase a aquel Marius con el señor barón de Pontmercy.

En cuanto al apellido Pontmercy, recordemos que en el campo de batalla de Waterloo sólo oyó las dos últimas sílabas, por las que sintió siempre el legítimo desdén que se debe a lo que no es sino una palabra de agradecimiento.

Por lo demás, por su hija Azelma, a la que mandó seguir la pista de los novios del 16 de febrero, y por sus investigaciones personales había conseguido enterarse de muchas cosas y, desde lo hondo de sus tinieblas, había logrado hacerse con más de un hilo misterioso. A fuerza de industrias descubrió o, al menos, a fuerza de suposiciones adivinó quién era el hombre con el que se había topado un día en la Alcantarilla Mayor. Del hombre había llegado con facilidad al nombre. Sabía que la señora baronesa de Pontmercy era Cosette. Pero, en lo referido a eso, tenía intención de ser discreto. ¿Quién era Cosette? Él no lo sabía con certeza. Sí que intuía que pudiera ser una bastarda; la historia de Fantine siempre le había parecido poco clara; pero ¿a qué mencionarlo? ¿Para que le pagaran por callarse? Tenía, o creía tener, algo mejor que poner en venta. Y parecía probable que presentarse para hacerle al barón de Pontmercy, sin prueba alguna, la siguiente revelación: Su mujer es una bastarda sólo habría valido para que se encontrasen la bota del marido y la parte baja de la espalda del autor de la revelación.

En opinión de Thénardier, la conversación con Marius no había empezado todavía. Había tenido que retroceder, que modificar la estrategia, que abandonar una posición, que cambiar de frente; pero todavía no estaba comprometido nada esencial y se había metido quinientos francos en el bolsillo. Además, tenía que contar algo decisivo y se sentía fuerte incluso contra aquel barón de Pontmercy tan bien informado y tan bien armado. Para los hombres con el carácter de Thénardier cualquier diálogo es un combate. En este que iba a iniciar, ¿en qué situación estaba? No sabía con quién hablaba, pero sabía de qué hablaba. Pasó rápidamente revista, en su fuero interno, a sus propias fuerzas y, tras decirse: Soy Thénardier, esperó.

Marius se había quedado pensativo. Por fin tenía allí a Thénardier. Allí estaba aquel hombre al que tanto había querido encontrar. Iba, pues, a poder cumplir con la recomendación del coronel Pontmercy. Lo humillaba que aquel héroe le debiese algo a este bandido y que la letra de cambio que su padre había librado contra él, Marius, siguiera aún protestada. También le parecía, en la situación compleja en que se hallaban sus pensamientos en el caso de Thénardier, que había motivos para vengar al coronel de la desdicha de que lo hubiera salvado un bribón como aquél. Fuere como fuere, se alegraba. Por fin iba a librar de ese acreedor indigno a la sombra del coronel y le parecía que iba a sacar de la cárcel por deudas la memoria de su padre.

Junto a ese deber, había otro: aclarar, si es que era posible, cuál podía ser el origen de la fortuna de Cosette. Parecía presentarse la ocasión. A lo mejor Thénardier sabía algo. Podía ser útil ver qué había en el fondo de ese hombre. Empezó por ahí.

El «papiro» se había esfumado dentro del bolsillo del chaleco de Thénardier; y éste miraba a Marius con una mansedumbre casi afectuosa.

Marius quebró el silencio.

—Thénardier, le he dicho cómo se llama usted. ¿Quiere que le diga ahora ese secreto suyo que venía a revelarme? Yo también tengo mis informaciones. Va a ver que sé más cosas que usted. Jean Valjean, como ha dicho, es un asesino y un ladrón. Un ladrón porque robó a un acaudalado industrial a quien llevó a la ruina, el señor Madeleine. Y un asesino porque asesinó al agente de policía Javert.

—No entiendo, señor barón —dijo Thénardier.

—Se lo voy a explicar. Atienda. Había, en un distrito de Pas-de-Calais, allá por 1822, un hombre que había tenido en tiempos pasados algo que ver con la justicia y que, con el nombre de señor Madeleine, se había regenerado y rehabilitado. Ese hombre llegó a ser un justo, en el sentido más rotundo de la palabra. Con una industria, la fabricación de abalorios de cristal negro, trajo prosperidad a una ciudad entera. Hizo también una fortuna personal, pero de forma subsidiaria y, por decirlo de alguna forma, por azar. Era el padre nutricio de los pobres. Fundaba hospitales, creaba escuelas, visitaba a los enfermos, dotaba a las muchachas, ayudaba a las viudas, adoptaba a los huérfanos; era como el tutor de la comarca. Rechazó la Legión de Honor; lo nombraron alcalde. Un presidiario liberado estaba en el secreto de una condena que había tenido que cumplir anteriormente ese hombre; lo denunció, consiguió que lo detuvieran y aprovechó la detención para ir a París y que, falsificando una firma, le entregase la banca Laffitte —ese dato lo sé por el propio cajero— una cantidad de más de medio millón que pertenecía al señor Madeleine. En cuanto al otro hecho, tampoco tiene usted nada nuevo que contarme. Jean Valjean mató al agente Javert; lo mató de un pistoletazo. Yo estaba presente.

Thénardier miró a Marius con esa ojeada soberana del hombre derrotado a quien se le vuelve a poner a tiro la victoria y acaba de recuperar en un minuto todo el terreno que había perdido. Pero volvió a sonreír enseguida; el triunfo del inferior sobre el superior debe ser zalamero; y Thénardier se limitó a decirle a Marius:

—Señor barón, vamos por el camino equivocado.

Y recalcó esta frase haciendo un molinete expresivo con el puñado de dijes.

—¡Cómo! —respondió Marius—. ¿Lo niega usted? Son hechos.

—Son quimeras. La confianza con que me honra el señor barón me impone el deber de hacérselo saber. La verdad y la justicia ante todo. No me gusta ver cómo se acusa injustamente a las personas. Señor barón, Jean Valjean no robó al señor Madeleine y Jean Valjean no mató a Javert.

—¡Ésta sí que es buena! ¿Cómo es eso?

—Por dos razones.

—¿Cuáles? Hable.

—He aquí la primera: no robó al señor Madeleine dado que él, Jean Valjean, era el señor Madeleine.

—¿Qué me está diciendo?

—Y ahora viene la segunda: no asesinó a Javert dado que quien mató a Javert fue Javert.

—¿Qué quiere decir?

—Que Javert se suicidó.

—¡Pruébalo! ¡Pruébalo! —gritó Marius fuera de sí.

Thénardier repitió, escandiendo la frase como si fuera un alejandrino antiguo:

—Al-a-gen-te-Ja-vert-lo-en-con-tra-ron-aho-ga-do-ba-jo-un-bar-co-de-un-puente-que es-Le-Pont-au-Change.

—Pero ¡pruébalo!

Thénardier se sacó del bolsillo lateral un sobre grande de papel gris donde parecía haber hojas de varios tamaños dobladas.

—Tengo mi expediente —dijo, calmoso. Y añadió:

—Señor barón, pensando en el interés de usted he querido conocer a fondo a Jean Valjean. Digo que Jean Valjean y Madeleine son el mismo hombre; y digo que Javert no tuvo más asesino que Javert, y si lo digo es porque tengo pruebas. No pruebas manuscritas, la escritura es sospechosa, la escritura es complaciente, sino pruebas impresas.

Mientras hablaba, Thénardier iba sacando del sobre dos ejemplares de periódico amarillentos, ajados y muy impregnados de tabaco. Uno de esos dos periódicos, roto por todos los dobleces y cayéndose a pedazos de forma cuadrada, parecía muy anterior al otro.

—Dos hechos, dos pruebas —dijo Thénardier. Y le alargó a Marius ambos periódicos abiertos.

Esos dos periódicos ya los conoce el lector. Uno, el más antiguo, un número de Le Drapeau blanc de 25 de julio de 1823, cuyo texto pudimos ver en la página 465 de la segunda parte de este libro, dejaba establecida la identidad del señor Madeleine y de Jean Valjean. El otro, un Moniteur de 15 de junio de 1832, dejaba constancia del suicidio de Javert y añadía que se desprendía de un informe oral de Javert al prefecto que lo habían tenido prisionero en la barricada de la calle de La Chanvrerie y le debía la vida a la magnanimidad de uno de los insurrectos, quien, cuando lo estaba apuntando, en vez de descerrajarle un pistoletazo en la cabeza, disparó al aire.

Marius leyó. Había evidencia, fecha cierta y prueba irrefutable; esos dos periódicos no se habían imprimido exprofeso para refrendar las palabras de Thénardier; la nota que publicaba Le Moniteur era un comunicado administrativo de la prefectura de policía. A Marius no podía caberle duda. Las informaciones del cajero eran falsas, y él se había equivocado. Jean Valjean, magnificado de pronto, salía de la nube. Marius no pudo contener una exclamación de alegría.

—Pero ¡entonces ese desventurado es un hombre admirable! ¡Toda esa fortuna era realmente suya! ¡Es Madeleine, la providencia de toda una comarca! ¡Es Jean Valjean, el salvador de Javert! ¡Es un héroe! ¡Es un santo!

—No es un santo y no es un héroe —dijo Thénardier—. Es un asesino y un ladrón.

Y añadió, con el tono de un hombre que empieza a notar que tiene cierta autoridad:

—Vamos a tranquilizarnos.

Ladrón, asesino, esas palabras, que Marius creía ya desaparecidas, pero volvían, le cayeron encima como una ducha helada.

—¡Otra vez! —dijo.

—Y siempre —dijo Thénardier—. Jean Valjean no robó a Madeleine, pero es un ladrón. No mató a Javert, pero es un asesino.

—¿Se está refiriendo —preguntó Marius— a ese robo insignificante de hace cuarenta años, que expió, como se desprende de esos mismos periódicos que tiene usted, con toda una vida de arrepentimiento, de abnegación y de virtud?

—Digo asesinato y robo, señor barón. Y repito que estoy hablando de hechos actuales. Lo que tengo que revelarle no lo sabe absolutamente nadie. Es algo inédito. Y, a lo mejor, encuentra usted ahí el origen de la fortuna que hábilmente le brindó Jean Valjean a la señora baronesa. Y digo hábilmente porque, con una donación de esa categoría, colarse en una casa honrada cuya vida acomodada podrá compartirse y, al tiempo, ocultar el delito, disfrutar del robo enterrando el nombre y haciéndose con una familia, no sería nada torpe.

—En este punto podría interrumpirle —comentó Marius—, pero siga.

—Señor barón, voy a decírselo todo y encomendaré la recompensa a su generosidad. Este secreto vale oro macizo. Me dirá usted: ¿y por qué no has ido a ver a Jean Valjean? Por una razón sencillísima: sé que se ha desprendido del dinero, y que se ha desprendido a favor de usted, y me parece una combinación ingeniosa; pero ya no tiene un céntimo, me pondría delante las manos vacías; y, como yo necesito algo de dinero para el viaje a La Joya, lo prefiero a usted, que tiene de todo, que a él, que no tiene nada. Estoy un poco cansado, permítame que tome asiento.

Marius se sentó y le indicó con el ademán que se sentara.

Thénardier se acomodó en una silla tapizada en capitoné, recogió los dos periódicos, volvió a meterlos en el sobre y susurró, dando golpecitos con la uña a Le Drapeau blanc: «Éste me ha costado conseguirlo». Después, cruzó las piernas y se arrellanó, postura propia de las personas seguras de lo que están diciendo; y luego entró en materia, muy serio y recalcando las palabras:

—Señor barón, el 6 de junio de 1832, hace un año más o menos, el día de los disturbios, un hombre estaba en la Alcantarilla Mayor de París, por la parte en que la alcantarilla va a dar al Sena, entre el puente de Les Invalides y el puente de Iéna.

Marius acercó bruscamente la silla a la de Thénardier. Thénardier se fijó en el movimiento y prosiguió, con la calma de un orador que ha captado la atención del interlocutor y nota que el adversario palpita con cuanto él dice:

—Ese hombre, obligado a esconderse por razones ajenas, por lo demás, a la política, se había ido a vivir a las alcantarillas y tenía una llave. Era, repito, el 6 de junio; podían ser las ocho de la tarde. El hombre oyó ruido en la alcantarilla. Muy sorprendido, se puso a buen recaudo y al acecho. Era un ruido de pasos, alguien andaba en la oscuridad, iba hacia donde estaba él. Cosa extraña: había en la alcantarilla otro hombre además de él. La verja de salida no caía lejos. Algo de luz, que entraba por ella, le permitió reconocer al recién llegado y ver que ese hombre llevaba algo echado a la espalda. Andaba encorvado. El hombre que andaba encorvado era un expresidiario y lo que llevaba a la espalda era un cadáver. Flagrante delito de asesinato donde los haya, En cuanto el robo, eso era algo que caía por su propio peso; no se mata gratis a un hombre. Ese presidiario iba a tirar el cadáver al río.

Habría que reseñar algo: antes de llegar a la verja, ese presidiario, que había recorrido mucho trecho por las alcantarillas, había tenido que encontrarse forzosamente con una zanja espantosa donde aparentemente podría haber dejado el cadáver; pero, a la mañana siguiente, al trabajar en esa zanja, los poceros habrían dado con el hombre asesinado, y eso no le convenía al asesino. Prefirió cruzar la zanja con la carga, y debió de ser un esfuerzo horroroso; no podía haberse jugado más la vida; no entiendo que saliera vivo de ella.

Marius arrimó más aún la silla. Thénardier aprovechó para respirar hondo. Siguió diciendo:

—Señor barón, una alcantarilla no es Le Champ de Mars. Ahí carece uno de todo, e incluso de espacio. Cuando hay dos hombres en ella no les queda más remedio que encontrarse. Eso fue lo que ocurrió. El alojado y el transeúnte tuvieron que saludarse, con gran disgusto por parte de los dos. El transeúnte le dijo al alojado: Ya ves lo que llevo a cuestas; tengo que salir; tú tienes la llave, dámela. Ese presidiario era un hombre terrible. Imposible decirle que no. Pero, pese a todo, el que tenía la llave parlamentó, sólo para ganar tiempo. Miró al muerto, pero no pudo ver nada, sólo que era joven, bien vestido, con aspecto de rico, y muy desfigurado con la sangre. Mientras hablaban, se las apañó para rasgar y arrancar por detrás, sin que se diera cuenta el asesino, un trozo del frac del hombre asesinado. Pieza de convicción, ya me entiende; una forma de volver a encontrar el rastro de las cosas y de demostrarle el crimen al criminal. Se metió la pieza de convicción en el bolsillo. Luego, abrió la verja, dejó salir al hombre con su impedimenta a la espalda, volvió a cerrar la verja y se escabulló, porque no tenía interés alguno en tener algo que ver con la propina de la aventura ni, sobre todo, en estar presente cuando el asesino tirase al asesinado al río. Ahora lo entiende usted todo. El que llevaba el cadáver era Jean Valjean; el que tenía la llave está hablando con usted ahora mismo; y el trozo de frac... Thénardier remató la frase sacándose del bolsillo y alzando a la altura de los ojos, sujeto entre los dos pulgares y los dos índices, un jirón de paño negro, destrozado y cubierto por completo de manchas oscuras.

Marius se había puesto de pie, pálido, casi sin aliento, clavando la vista en el trozo de paño negro y, sin decir palabra, sin quitarle ojo al harapo, retrocedía hacia la pared y, estirando hacia atrás la mano derecha, buscaba a tientas en esa pared una llave que estaba en la cerradura de una alacena, junto a la chimenea. Dio con la llave, abrió la alacena y metió el brazo sin mirar y sin apartar la mirada pasmada del trapo que Thénardier exhibía.

Entretanto, Thénardier seguía diciendo:

—Señor barón, tengo excelentes razones para creer que el joven asesinado era un opulento forastero a quien hizo caer Jean Valjean en una trampa y que llevaba consigo una cantidad elevadísima.

—¡El joven era yo, y éste es el frac! —gritó Marius. Y arrojo al suelo un frac negro viejo manchado de sangre.

Luego, arrebatándole de las manos a Thénardier el trozo de tela, se puso en cuclillas junto al frac y acercó al faldón destrozado el trozo desgarrado. El rasgón encajaba a la perfección, y el jirón completaba el frac.

Thénardier estaba petrificado. Pensó lo siguiente: «Me ha dejado de un aire».

Marius se incorporó, trémulo, desesperado, radiante.

Rebuscó en el bolsillo y se acercó, furioso, a Thénardier, enseñándole, y apoyándole casi en la cara, el puño, lleno de billetes de quinientos y de mil francos.

—¡Es usted un infame! Es usted un embustero, un calumniador y un facineroso. Venía a acusar a ese hombre y lo ha justificado; quería perderlo y sólo ha conseguido glorificarlo. ¡Y el ladrón es usted! ¡Y el asesino es usted! Yo lo vi, Thénardier, Jondrette, en aquel tugurio del bulevar de L'Hôpital. Sé bastante de usted para mandarlo a presidio, e incluso más allá, si quisiera. ¡Tenga, mil francos, grandísimo pillo!

Y le tiró un billete de mil francos a Thénardier.

—¡Ah, Jondrette, villano y sinvergüenza! ¡Que esto le sirva de lección, chamarilero de secretos, comerciante en misterios, husmeador de tinieblas, miserable! ¡Coja estos quinientos francos y salga de aquí! Waterloo lo protege.

—¡Waterloo! —masculló Thénardier, guardándose en el bolsillo los quinientos francos junto con los mil.

—¡Sí, asesino! Allí le salvó la vida a un coronel…

—A un general —dijo Thénardier, alzando la cabeza.

—¡A un coronel! —repitió Marius con indignación—. Por un general no daría ni un céntimo. ¡Y viene usted aquí con infamias! Le digo que ha cometido todos los crímenes. ¡Váyase! ¡Desaparezca! Y que le vaya bien, es todo lo que deseo. ¡Ah, monstruo! Tenga otros tres mil francos. Cójalos. Se marchará mañana mismo a América con su hija; porque su mujer se murió, abominable embustero. Ya me ocuparé yo de que se vaya, bandido, y en ese momento le daré veinte mil francos. ¡Lárguese con sus fechorías a otra parte!

—Señor barón —contestó Thénardier con una reverencia hasta el suelo—, le estaré agradecido eternamente.

Y Thénardier se fue, sin entender nada, estupefacto y encantado de que lo aplastasen tan gratamente con bolsas de oro y de que le hubiera caído en la cabeza un rayo de billetes de banco.

Lo habían fulminado, pero estaba contento; y le habría contrariado mucho contar con un pararrayos contra el rayo aquel.

Acabemos de una vez con este hombre. Dos días después de los acontecimientos que estamos refiriendo ahora mismo, salió para América, de lo que se ocupó Marius, con nombre falso y con su hija Azelma, llevando consigo un pagaré de veinte mil francos para la banca de Nueva York. La mísera catadura moral de Thénardier, el burgués frustrado, no tenía remedio; fue en América lo que había sido en Europa. El contacto con un hombre perverso basta a veces para pudrir una buena acción y conseguir que de ella salga algo malo. Con el dinero de Marius, Thénardier se hizo negrero.

No bien se hubo marchado Thénardier, Marius fue corriendo al jardín donde aún se estaba paseando Cosette.

—¡Cosette! ¡Cosette! —gritó—. ¡Ven! ¡Ven corriendo! Vámonos. ¡Basque, un coche! Ven, Cosette. ¡Ay, Dios mío! ¡Fue él quien me salvó la vida! ¡No perdamos ni un minuto! Ponte el chal.

Cosette pensó que se había vuelto loco, y obedeció.

Marius no respiraba, se ponía la mano en el corazón para contener los latidos. Iba y venía a zancadas, besaba a Cosette.

—¡Ah, Cosette! ¡Soy un desgraciado! —decía.

Marius estaba como loco. Empezaba a vislumbrar en aquel Jean Valjean a saber qué elevado y oscuro personaje. Veía una virtud inaudita, suprema y suave, humilde en su inmensidad. El presidiario se transfiguraba en Cristo. A Marius lo deslumbraba aquel prodigio. No sabía con exactitud qué estaba viendo, pero estaba viendo algo grande.

En un momento, tuvieron un coche delante de la puerta. Marius hizo subir a Cosette y se metió él de un salto.

—Cochero —dijo—, al número 7 de la calle de L'Homme-Armé. El coche de punto arrancó.

—¡Ay, qué felicidad! —dijo Cosette—. La calle de L'Homme-Armé. No me atrevía a decirte nada. Vamos a ver al señor Jean.

—¡A tu padre! Cosette, a tu padre más que nunca. Cosette, lo adivino. Me dijiste que nunca habías recibido la carta que te mandé con Gavroche. Caería en sus manos, Cosette, y fue a la barricada a salvarme. Como en él es una necesidad ser un ángel, de paso salvó a otros; salvó a Javert. Me salvó de ese abismo para entregarme a ti. Me llevó a la espalda en esa alcantarilla espantosa. ¡Ay, soy un monstruo de ingratitud! Cosette, después de ser tu providencia, fue la mía. Fíjate, había una zanja espantosa, como para ahogarse cien veces, ahogarse en barro, Cosette. Y la cruzó conmigo. Yo estaba desmayado; no veía nada, no oía nada, no podía saber nada de mi propia aventura. Vamos a llevarlo a casa, a llevárnoslo, lo quiera o no, ya no volverá a separarse de nosotros. ¡Con tal de que esté en casa! ¡Con tal de que lo encontremos! Voy a pasarme el resto de mi vida venerándolo. Sí, debe de ser eso, ¿sabes, Cosette? Gavroche tuvo que darle la carta a él. Todo está claro, ¿entiendes?

Cosette no entendía ni palabra.

—Tienes razón —le dijo.

El coche proseguía su camino.

<h1 style="text-align:center">V</h1>

POSTRERA OSCURIDAD TRAS LA QUE VIENE LA LUZ

Al oír llamar a la puerta, Jean Valjean se volvió.

—Adelante —dijo débilmente.

Se abrió la puerta. Aparecieron Cosette y Marius. Cosette se abalanzó dentro de la habitación.

Marius se quedó en el umbral, de pie, apoyado en el marco de la puerta.

—¡Cosette! —dijo Jean Valjean; y se irguió en la silla, con los brazos abiertos y temblorosos, desencajado, lívido, espantoso de ver, con una alegría inmensa en los ojos.

Cosette, ahogándose de emoción, se abrazó a Jean Valjean.

—¡Padre! —dijo.

Jean Valjean, trastornado, balbucía:

—¡Cosette! ¡Ella! ¡Usted! ¡Señora! ¡Eres tú! ¡Ah, Dios mío! Y, preso de los brazos de Cosette, exclamó:

—¡Eres tú! ¡Estás aquí! ¿Así que me perdonas?

Marius, entornando los párpados para impedir que le corriesen las lágrimas, dio un paso y sin aflojar los labios, que apretaba convulsivamente para detener los sollozos, susurró:

—¡Padre mío!

—¡Y usted también me perdona! —dijo Jean Valjean.

Marius no pudo dar con palabra alguna, y Jean Valjean añadió:

—Gracias.

Cosette se quitó de un tirón el chal y tiró el sombrero encima de la cama.

—Me estorban —dijo.

Y, sentándosele al anciano en las rodillas, le apartó el pelo blanco con un ademán adorable y le dio un beso en la frente.

Jean Valjean se lo consentía, extraviado.

Cosette, que no entendía lo que había pasado sino de forma muy confusa, arreciaba en sus caricias, como si quisiera pagar la deuda de Marius.

Jean Valjean balbucía:

—¡Qué tonto es uno! Y yo que creía que no volvería a verla. Fíjese, señor Pontmercy, en el momento en que entró usted me estaba diciendo: Se acabó. Aquí está su vestidito, qué hombre tan mísero soy, ya no veré más a Cosette; eso decía en el preciso momento en que subían por las escaleras.

¡Qué estúpido! ¡Así de estúpido es uno! Pero es que no contamos con Dios. Dios dice: ¿Te crees que vamos a dejarte abandonado, so bobo? No. No. De eso nada. Vamos, hay ahí un pobre hombre que necesita un ángel. Y llega el ángel; ¡y uno vuelve a ver a su Cosette! ¡Ah, qué desdichado era!

Estuvo un momento sin poder hablar; luego, siguió diciendo:

—De verdad que necesitaba ver a Cosette un poquito de vez en cuando. Un corazón precisa un hueso que roer. Pero notaba perfectamente que estaba de más. Me hacía los cargos: No te necesitan, quédate en tu rincón, nadie tiene derecho a eternizarse. ¡Ah. Dios bendito, vuelvo a verla! ¿Sabes, Cosette, que tienes un marido muy guapo? ¡Ay, qué cuello bordado tan bonito llevas! ¡Cuánto me alegro! Me gusta ese dibujo. Te lo ha escogido tu marido, ¿verdad? Y además vas a necesitar casimires. Señor Pontmercy, déjeme que la llame de tú. Será por poco tiempo.

Y Cosette volvía a hablar:

—¡Qué malo ha sido dejándonos como nos dejó! ¿Dónde estuvo? ¿Por qué tardó tanto en volver? Antes los viajes que hacía no duraban más de tres o cuatro días. Le dije a Nicolette que viniera; y siempre le contestaban: Está fuera. ¿Cuánto hace que ha vuelto? ¿Por qué no nos lo dijo? ¿Sabe que está muy cambiado? ¡Ay, qué padre tan malo! ¡Ha estado enfermo y no nos hemos enterado! ¡Mira, Marius, tócale la mano, mira qué fría la tiene!

—¡Así que está usted aquí! ¡Me perdona, señor Pontmercy! —repitió Jean Valjean.

Al volver a oír esa frase que acababa de repetir Jean Valjean, todo cuanto le llenaba a rebosar el corazón a Marius halló salida. Estalló:

—Cosette, ¿lo oyes? ¡A esto hemos llegado! Me pide perdón. ¿Y sabes qué me hizo, Cosette? Me salvó la vida. Hizo más. Te entregó a mí. Y, después de haberme salvado, y después de haberte entregado a mí, Cosette, ¿qué hizo por sí mismo? Se sacrificó. Así es él. ¡Y a mí, al ingrato, a mí, al olvidadizo, a mí, al despiadado, a mí, al culpable, me da las gracias! Cosette, aunque me pase la vida a los pies de este hombre, no bastará, será demasiado poco. Aquella barricada, aquellas alcantarillas, aquel horno, aquella cloaca, ¡todo lo cruzó por mí, y por ti, Cosette! Me llevó a cuestas entre todas esas muertes que apartaba de mí y que aceptaba para él. ¡Todos los corajes, todas las virtudes, todos los heroísmos, todas las santidades, lo tiene todo! Cosette, ¡este hombre es el ángel!

—¡Chsss! ¡Chsss! —dijo bajito Jean Valjean—. ¿Para qué decir todo eso?

—Pero, ¿usted por qué no lo dijo? —exclamó Marius con una ira donde había veneración—. ¡Tiene usted mucha culpa! ¡Le salva la vida a la gente y se lo oculta! Y va aún más allá, so pretexto de quitarse la máscara, se calumnia. Está espantosamente mal.

—Dije la verdad —respondió Jean Valjean.

—No —siguió diciendo Marius—, la verdad es toda la verdad. Y usted no la dijo. Usted era el señor Madeleine, ¿por qué no lo dijo? Salvó usted a Javert, ¿por qué no lo dijo? Yo le debía la vida, ¿por qué no lo dijo?

—Porque estaba de acuerdo con usted. Me parecía que usted tenía razón. Tenía que irme. Si hubiera sabido lo de las alcantarillas, me habría obligado a quedarme. Así que tenía que callar. Si hubiera hablado, habría sido un estorbo para todo.

—¿Un estorbo para qué? ¿Un estorbo para quién? —contestó Marius—. No creerá que va a quedarse aquí. Nos lo llevamos. ¡Ah, Dios mío, cuando pienso que me he enterado de todas estas cosas por casualidad! Nos lo llevamos. Es usted parte de nosotros. Es el padre de ella y el mío. No pasará en esta casa espantosa ni un día más. No piense que va a estar aquí mañana.

—Mañana —dijo Jean Valjean— no estaré aquí, pero tampoco estaré en su casa.

—¿Qué quiere decir? —replicó Marius—. Desde luego que no vamos a volver a consentirle más viajes. No volverá a separarse de nosotros. Nos pertenece. Y no lo vamos a soltar.

—Y esta vez va en serio —añadió Cosette—. Tenemos un coche abajo.

Lo rapto. Si es necesario, recurriré a la fuerza.

Y, riendo, hizo el ademán de levantar en vilo al anciano.

—Sigue teniendo su cuarto en casa —siguió diciendo—. ¡Si supiera qué bonito está el jardín ahora mismo! Las azaleas se están dando muy bien. Hemos enarenado los paseos con arena de río; hay unas conchitas de color morado. Comerá mis fresas. Las riego yo. Y se acabó eso de señora Pontmercy y de señor Jean. Esto es una república, todo el mundo se llama de tú, ¿verdad, Marius? Ha habido un cambio de programa. ¿Sabe, padre? He tenido un disgusto; un petirrojo había anidado en un agujero de la tapia y un gato horrible me lo ha comido. ¡Pobrecito mi petirrojo bonito que asomaba la cabeza por su ventana y me miraba! Me costó una llantina. ¡Habría matado al gato! Pero ahora ya no llora nadie. Todo el mundo se ríe y todo el mundo es feliz. Va usted a venirse con nosotros. ¡Lo que se va a alegrar el abuelo! Tendrá su propio cuadro en el jardín y plantará cosas y ya veremos si sus fresas son tan hermosas como las mías. Y, además, haré todo lo que usted quiera; y además usted me obedecerá como es debido.

Jean Valjean la oía sin enterarse de qué decía. Oía la música de la voz más que el sentido de las palabras; uno de esos lagrimones que son las perlas oscuras del alma se le iba formando lentamente en los ojos, Susurró:

—La prueba de que Dios es bueno es que está ella aquí.

—¡Padre! —dijo Cosette. Jean Valjean siguió hablando:

—Es muy cierto que sería delicioso vivir juntos. Tienen árboles llenos de pájaros. Me pasearía con Cosette. Ser personas que viven, que se dan los buenos días, que se llaman en el jardín, ¡qué dulzura! Se ven desde por la mañana. Cada uno cultivaría su rinconcito. Ella me daría de comer sus fresas; y yo le haría cortar mis rosas. Sería delicioso, pero...

Se interrumpió y dijo muy por lo bajo:

—Qué lástima...

La lágrima no rodó, se metió para dentro, y Jean Valjean la sustituyó por una sonrisa.

Cosette le cogió al anciano ambas manos con las suyas.

—¡Dios mío! —dijo—. Tiene las manos más frías que antes. ¿Está enfermo? ¿Le duele algo?

—¿A mí? No —contestó Jean Valjean—, estoy estupendamente. Sólo que...

Se detuvo.

—¿Solo que...?

—Me voy a morir dentro de un rato. Cosette y Marius se estremecieron.

—¡Morirse! —exclamó Marius.

—Sí, pero no es nada —dijo Jean Valjean. Suspiró, sonrió y añadió:

—Cosette, me estabas hablando; sigue, sigue hablando. Así que se te murió el petirrojo, ¡habla, para que te oiga la voz!

Marius, petrificado, miraba al anciano. Cosette soltó un grito desgarrador.

—¡Padre! ¡Padre mío! ¡Vivirá! Va a vivir. Quiero que viva, ¿me oye?

—¡Ay, sí! Prohíbeme que me muera, ¿Quién sabe? A lo mejor te obedezco. Me estaba muriendo cuando habéis llegado. Y dejé de morirme, me pareció que renacía.

—Está lleno de fuerza y de vida —exclamó Marius—. ¿Cree usted que es tan fácil morirse? Ha estado apenado; ya no volverá a estarlo. Yo soy quien le pide perdón, ¡y de rodillas, además! Va a vivir, y a vivir con nosotros, y a vivir muchos años. Nos lo volvemos a llevar. Aquí nos tiene a los dos, que en adelante no pensaremos más que en una cosa, en su felicidad.

—Ya lo ve —añadió Cosette, llorando a mares—: Marius dice que no se va a morir.

Jean Valjean seguía sonriendo.

—Aunque me volvieran a llevar a su casa, señor Pontmercy, ¿iba a ser yo otro del que soy? No; Dios ha opinado como usted y como yo, y no cambia de opinión; es provechoso que me vaya. La muerte es una buena solución. Dios sabe mejor que nosotros lo que necesitamos. Sed felices; que el señor Pontmercy tenga a Cosette; que la juventud se despose con la mañana; que tengáis en torno, hijos míos, lilas y ruiseñores; que vuestra vida sea un hermoso prado de césped soleado; que todas las delicias del cielo os colmen el alma; y que muera ahora yo, que no valgo para nada. No cabe duda de que todo esto está bien. Vamos, seamos sensatos, ahora ya no hay nada posible, noto perfectamente que se acabó. Hace una hora me desmayé. Y, además, esta noche, me bebí todo ese jarro de agua. ¡Qué bueno es tu marido, Cosette! Estás mucho mejor con él que conmigo.

Se oyó un ruido en la puerta. Era el médico que entraba.

—Hola y adiós, doctor —dijo Jean Valjean—. Éstos son mis pobres hijos.

Marius se acercó al médico. No le dijo sino la siguiente palabra: «¿Caballero?…», pero en la forma de decirlo había toda una pregunta.

El médico respondió a la pregunta con una ojeada expresiva.

—Que las cosas no agraden —dijo Jean Valjean— no es motivo para ser injusto con Dios.

Hubo un silencio. Todos tenían una opresión en el pecho.

Jean Valjean se volvió hacia Cosette. Empezó a contemplarla como si quisiera llevarse cuanto pudiera de ella para la eternidad. En la profundidad de sombra a la que había llegado ya todavía le resultaba posible el éxtasis cuando miraba a Cosette. La reverberación de aquel dulce rostro le iluminaba la cara pálida. El sepulcro puede deslumbrarse.

El médico le tomó el pulso.

—¡Ah, era a ustedes a quienes necesitaba! —susurró, mirando a Cosette y a Marius.

Y, arrimándose al oído de Marius añadió muy por lo bajo:

—Demasiado tarde.

Jean Valjean, casi sin dejar de mirar a Cosette, miró también a Marius y al médico con serenidad. Oyeron que le salía de los labios esta frase, apenas articulada:

—Morir no es nada; no vivir es espantoso.

De repente, se puso de pie. Esos episodios en que se recobra la fuerza son a veces el síntoma de la agonía. Fue con paso firme hacia la pared, apartó a Marius y al médico, que quería ayudarlo, quitó de la pared el crucifijo pequeño de cobre que estaba clavado en ella, volvió a su asiento con toda la libertad de movimientos de la salud y dijo en voz alta, dejando el crucifijo encima de la mesa:

—Éste es el gran mártir.

Luego se le desplomó el torso, la cabeza se le tambaleó, como si se adueñase de él la embriaguez de la tumba, y con ambas manos, colocadas en las rodillas, empezó a socavar con las uñas le tela de los pantalones.

Cosette lo sujetaba por los hombros y sollozaba, e intentaba hablarle sin conseguirlo. Se oían a medias, entre las palabras mezcladas con esa saliva lúgubre que acompaña a las lágrimas, frases como éstas:

—¡Padre! No nos deje. ¿Será posible que no lo hayamos vuelto a encontrar sino para perderlo?

Puede decirse que la agonía avanza haciendo eses. Va y viene, se acerca al sepulcro y regresa hacia la vida. Para morirse se anda en parte a tientas.

Jean Valjean, después de ese síncope a medias, recobró fuerzas, sacudió la cabeza como para desprenderse de las tinieblas y recuperó casi por completo la lucidez. Agarró en parte la manga de Cosette y la besó.

—¡Está volviendo! ¡Doctor! ¡Está volviendo! —gritó Marius.

—Qué buenos sois los dos —dijo Jean Valjean—. Voy a deciros qué me disgustó. Lo que me disgustó, señor Pontmercy, fue que no quisiera tocar ese dinero. Ese dinero es de su mujer, y bien suyo. Os lo voy a explicar, hijos míos, e incluso es por eso por lo que me alegro de veros. El azabache negro viene de Inglaterra, el azabache artificial blanco viene de Noruega. Todo esto lo pone en este papel, que ya leeréis. Para las pulseras, inventé la sustitución de los eslabones de chapa soldada por eslabones de chapa ajustada. Es más bonito, de mejor calidad y más barato. Ya os daréis cuenta de cuánto dinero se puede ganar. Así que la fortuna de Cosette es suya y bien suya. Os doy esos detalles para que os quedéis tranquilos del todo.

La portera había subido y miraba por la puerta entornada. El médico la despidió, pero no pudo impedir que, antes de irse, la buena mujer, muy servicial, le dijera a voces al moribundo:

—¿Quiere un sacerdote?

—Ya tengo uno —contestó Jean Valjean.

Y parecía señalar con el dedo un punto, por encima de la cabeza, donde hubiérase dicho que veía a alguien.

Es probable, efectivamente, que el obispo asistiera a esa agonía. Cosette le metió con cuidado una almohada detrás de la espalda. Jean Valjean siguió diciendo:

—Señor Pontmercy, no tema, se lo suplico. Los seiscientos mil francos son de Cosette. ¡Si no disfrutan de ellos habré tirado mi vida! Habíamos llegado a fabricar muy bien esos abalorios de cristal. Competíamos con esos otros que llaman joyas de Berlín. Claro que lo que no se puede igualar es el cristal negro de Alemania. Una gruesa, donde entran mil doscientos abalorios muy bien tallados, sólo cuesta tres francos.

Cuando va a morir un ser querido, lo miramos con unos ojos que se aferran a él y que querrían retenerlo. Mudos de angustia los dos, sin saber qué decirle a la muerte, desesperados y trémulos estaban ante él los dos, y Cosette le daba la mano a Marius.

Jean Valjean iba decayendo por momentos; se acercaba al horizonte sombrío; la respiración se le había vuelto intermitente y la entrecortaba a ratos un estertor. Le costaba mover el antebrazo, los pies habían perdido el movimiento y, al tiempo que crecían la miseria de los miembros y el abatimiento del cuerpo, se alzaba toda la majestad del alma y se le extendía por la cara. La luz del mundo desconocido se le veía ya en las pupilas.

El rostro se le iba poniendo lívido, y sonreía. Ya no estaba allí la vida; había otra cosa. El aliento bajaba, la mirada crecía. Era un cadáver en que se intuían alas.

Le hizo una seña a Cosette para que se acercase; y luego otra a Marius; estaba claro que era el último minuto de la última hora; y empezó a hablarles con voz tan débil que parecía llegar de lejos, y hubiérase dicho que ahora había una muralla entre ellos y él.

—Acércate, acercaos los dos. Os quiero mucho. ¡Ah, qué bueno es morir así! Tú también me quieres, Cosette mía. Bien sabía yo que le seguías teniendo cariño a este viejo. ¡Qué buena eres por haberme puesto este almohadón detrás de la espalda! Me llorarás un poco, ¿verdad? Pero no demasiado. No quiero que tengas penas de verdad. Tenéis que divertiros mucho, hijos míos. Se me había olvidado deciros que con los pendientes sin clavillo se ganaba más todavía que con todo lo demás. La gruesa, las doce docenas, salía por diez francos y se vendía a sesenta. Era de verdad un buen negocio. Así que no tienen que extrañarle los seiscientos mil francos, señor Pontmercy. Es dinero honrado. Podéis ser ricos con toda tranquilidad. Tenéis que tener coche, de vez en cuando un palco en el teatro, vestidos de baile bonitos para mi Cosette; y, además, convidar a buenas cenas a los amigos y ser muy felices. Hace un rato le estaba escribiendo a Cosette. Ya encontrará mi carta. Le dejo a ella los dos candeleros que están encima de la chimenea. Son de plata; pero para mí son de oro, son de brillantes; convierten en cirios las velas que se les ponen. No sé si el que me los dio está contento de mí, allá arriba. Hice lo que pude. Hijos míos, que no se os olvide que soy un pobre, que me entierren en cualquier rincón, debajo de una losa para señalar el sitio. Ésa es mi voluntad. Nada de nombres en la piedra. Si Cosette quiere pasarse de vez en cuando por allí, me gustará. Usted también, señor Pontmercy.

Tengo que confesarle que no siempre le tuve cariño; le pido perdón. Ahora ella y usted ya no son para mí sino una única persona. Le estoy muy agradecido. Noto que hace feliz a Cosette. Si usted supiera, señor Pontmercy, aquellas mejillas sonrosadas que tenía eran mi alegría; cuando la veía un poco pálida me ponía triste. Hay en la cómoda un billete de quinientos francos. No lo he tocado. Es para los pobres. Cosette, ¿ves ese vestidito que está encima de la cama? ¿Te acuerdas de él? Es de hace sólo diez años. ¡Cómo pasa el tiempo! Fuimos muy felices. Se acabó. No lloréis, hijos míos, que no me voy muy lejos. Os veré desde allí. Bastará con que miréis cuando sea de noche y me veréis sonreír. Cosette, ¿te acuerdas de Montfermeil? Estabas en el bosque; tenías mucho miedo; ¿te acuerdas de cuando te cogí el asa del cubo de agua? Fue la primera vez que toqué esa pobre manita. ¡La tenías tan fría! ¡Ah, por entonces tenía usted las manos encarnadas, señorita, y ahora las tiene bien blancas! Y la muñeca grande, ¿te acuerdas? La llamabas Catherine. ¡La echabas de menos porque no te la llevaste al convento! ¡Cuánto me hiciste reír a veces, ángel mío! Cuando había llovido, echabas a los arroyos briznas de paja y mirabas cómo se iban. Un día te di una raqueta de mimbre y un volante con plumas amarillas, azules y verdes. A ti se te ha olvidado ya. ¡Eras tan traviesa de pequeñita! Jugabas. Te ponías pendientes de cerezas. Son cosas del pasado. Los bosques por los que ha pasado uno con su niña, los árboles por los que nos paseamos, los conventos donde nos escondimos, los juegos, las risas tan buenas de la infancia, ahora son sombra. Me había imaginado que todo eso me pertenecía. En eso era un necio. Los Thénardier fueron malos. Hay que perdonarlos. Cosette, ha llegado la hora de que te diga el nombre de tu madre. Se llamaba Fantine. Que no se te olvide ese nombre: Fantine. Arrodíllate siempre que lo digas. Sufrió mucho. Y te quiso mucho. Le tocó tanta desdicha como felicidad a ti. Son los repartos de Dios. Está allá arriba y nos ve a todos y sabe lo que hace en medio de esas estrellas suyas, tan grandes. Así que me voy, hijos míos. Quereos siempre. Solo eso importa en el mundo: quererse. Os acordaréis de vez en cuando de este pobre viejo que se ha muerto aquí. ¡Ay, Cosette mía! De verdad que no tuve yo la culpa si me he pasado todo este tiempo sin verte; se me partía el corazón; iba todos los días a la esquina de la calle; debía de parecerle muy raro a la gente que me veía pasar; estaba como loco; una vez salí sin sombrero. Hijos míos, empiezo a ver turbio; todavía me quedaban cosas por deciros, pero da igual. Acordaos un poco de mí. Sois unas criaturas benditas. No sé qué me pasa, veo luz. Acercaos más. Muero dichoso. Acercadme vuestras cabezas amadísimas, para que les ponga las manos encima.

Cosette y Marius cayeron de rodillas, fuera de sí, ahogados en llanto, cada uno arrimado a una de las manos de Jean Valjean. Esas manos augustas habían dejado de moverse.

Estaba caído hacia atrás; lo alumbraba la luz de los dos candeleros; el rostro blanco miraba al cielo, dejaba que Cosette y Marius le cubrieran las manos de besos; estaba muerto.

Era una noche sin estrellas y profundamente oscura. Sin duda en la sombra estaba de pie un ángel inmenso, con las alas desplegadas, esperando al alma.

VI
LA HIERBA TAPA Y LA LLUVIA BORRA

Hay, en el cementerio de Le Pere-Lachaise, en las inmediaciones de la fosa común, alejada del barrio elegante de esa ciudad de sepulcros, lejos de todas las tumbas fantasiosas que exhiben en presencia de la eternidad las repulsivas modas de la muerte, en una esquina desierta, pegada a una tapia vieja, debajo de un tejo alto por el que trepan las campanillas, entre la grama y el musgo, una piedra. Esta piedra no se libra más que las otras de la lepra del tiempo, del moho, del liquen ni de los excrementos de los pájaros. El agua la pone verde; y el aire, negra. No cae cerca de ningún camino, y a nadie le gusta ir por esa parte porque la hierba es alta y enseguida se le mojan a uno los pies. Cuando sale un rato el sol, vienen los lagartos. En torno hay un temblor de bromos. En primavera, cantan las currucas en el árbol.

Es una piedra desnuda. Nadie pensó al tallarla más que en lo que le fuera indispensable a la tumba, y no cuidó más que de hacerla lo suficientemente larga y estrecha para cubrir a un hombre.

No se lee nombre alguno en ella.

Únicamente, hace ya muchos años de esto, una mano escribió a lápiz estos cuatro versos que, poco a poco, la lluvia y el polvo fueron dejando ilegibles y que probablemente hoy en día se han borrado ya:

Duerme. Y, aunque el destino le dio andadura extraña, vivía. Y se murió cuando perdió a su ángel; sin más, sencillamente, le sucedió ese trance, como llega la noche cuando el día se marcha.

www.ingramcontent.com/pod-product-compliance
Lightning Source LLC
Chambersburg PA
CBHW061848310726
48972CB00004B/929